KALT &
TÖDLICH

KALT &
TÖDLICH
(COLD & DEADLY)

TONI ANDERSON

Übersetzt von
MARTIN WICK

DEUTSCHE BÜCHER VON TONI ANDERSON

Romantische Krimis

Kalte Gerechtigkeit Serie
Ein kalter, dunkler Ort (A Cold Dark Place)
Kalte Jagd (Cold Pursuit)
Kaltes Morgenlicht (Cold Light of Day)
Kalte Angst (Cold Fear)
Kalte Schatten (Cold in the Shadows)
Kaltes Herz (Cold Hearted)
Kalte Geheimnis (Cold Secrets)
Kalte Bosheit (Cold Malice)
Eiskaltes Versprechen (A Cold Dark Promise)
Kaltblütig (Cold Blooded)

Kalte Gerechtigkeit – die Verhandler Serie
Kalt und tödlich (Cold & Deadly)
Kälter als die Sünde (Colder Than Sin)
Kalte böse Lügen (Cold Wicked Lies)
Kalter grausamer Kuss (Cold Cruel Kiss)
Eiskalt (Cold as Ice)

DEMNÄCHST ERHÄLTLICH …
Kalte Stille (Cold Silence)
Tödliches Spiel (The Killing Game)

Andere deutsche Titel
Im Sog Der Gefahr
Wogen Des Zorns

Auf meiner Website findest du alle deutschen Übersetzungen meiner Bücher:
toniandersonauthor.com/german

Melde dich für meinen deutschsprachigen Newsletter an und erhalte zwei kostenlose, exklusive „Kalte Gerechtigkeit“-Kurzgeschichten sowie Informationen darüber, wann meine nächste deutsche Übersetzung verfügbar ist.

WIDMUNG

Für Karen Bell,
für Jahre der Liebe und Freundschaft.

PROLOG

DER SCHÜTZE KAUERTE sich hinter die niedrige Ziegelmauer auf dem vierstöckigen Gebäude. Der nasse Asphalt schmerzte an den Knien, aber die Mauer hatte die perfekte Höhe, um den Lauf des Browning X-Bolt Micro-Gewehrs mit seinem Ledsniper-Zielfernrohr darauf abzu-stützen.

Etwa vierhundert Meter entfernt, auf der anderen Seite der stark befahrenen Schnellstraße, stand eine Gruppe Männer und Frauen in dunkler Kleidung um ein Loch im Boden. Funkelnde Tropfen hafteten an den Spitzen der zarten Grashalme im üppigen grünen Rasen. Eine leichte Brise raschelte durch das dichte Laub der stämmigen Eichen.

Die Einzelheiten in den schmerzerfüllten Gesichtern der Trauernden waren rasiermesserscharf zu erkennen. Die Frische gebügelter weißer Baumwollhemden. Gräuliche Bartstoppeln, die sich durch vom Wind gerötete Wangen bohrten. Die weiche, runde Kurve eines Ohrläppchens, an dem ein teurer Goldohrring hing.

Das Fadenkreuz richtete sich auf das gutaussehende Gesicht Dominic Sheridans. Seine dunkelblauen Augen waren am Rand gerötet, die Haut angespannt, als ob er bewusst seine Emotionen zurückhielt. Sein Kinn wies ein Grübchen auf, welches einen breiten, grimmigen Mund unterstrich.

So wirkten Beerdigungen auf Menschen.

Die Leute gingen herum, unterstützten einander, in ihrer Trauer vereint, blind für Gefahr – traurig, bestürzt, verletzt.

Würde sie das auseinanderreißen?

Würde es sie zerstören?

Würde es sie schreiend in der Dunkelheit aufwachen lassen, Nacht für Nacht, Jahr für Jahr, als Opfer unbarmherzigen, quälenden Leids?

Würden sie begreifen? Oder würden sie bis zum letzten Mann nichtsahnend bleiben?

Der Abzug fühlte sich glatt und seidig an. Der Zeigefinger war gebogen, balancierte behutsam an der Schwelle zwischen Leben und Tod.

Rachgierig.

Mächtig.

Gottgleich.

Ein langer, langsamer Atemzug. Ein Atemzug, der den Moment markierte, in dem sich alles änderte. Der Moment, in dem die Dunkelheit sichtbar wurde. Der Tod wurde Realität.

Ein stetiges Ausatmen traf auf die natürliche Pause des Körpers. Dann dieser endlos erscheinende Moment der Trägheit, als der Abzug sanft gedrückt wurde und den Schlagbolzen dazu brachte, die explosive Ladung in der Patrone und der Vergeltung zu entzünden, und Fleisch mit 2.700 Stundenkilometern auszulöschen.

Jetzt begann das Endspiel. Jetzt änderte sich alles.

KAPITEL EINS

V AN STAMOS – pensionierter FBI-Agent – hatte sich eine Kugel in den Kopf gejagt. Laut denen, die etwas zu sagen hatten, war es ein Unfall gewesen. Van hatte sich an einem Abend in der vorigen Woche betrunken und versehentlich mit der Dienstwaffe auf sich selbst geschossen, die er dank der Großzügigkeit des FBI nach dreißig Jahren engagierter Arbeit hatte behalten dürfen.

Dominic Sheridan ließ sich nicht hinters Licht führen.

Van war seit vier Jahrzehnten im Besitz einer geladenen Waffe und gelegentlich betrunken gewesen, zuerst als Streifenpolizist und dann als Agent. Es schien ein verdammt großer Zufall, dass der Kerl direkt nach seiner Pensionierung plötzlich unvorsichtig genug wurde, um sich den Gaumen zu durchlöchern.

Dominic presste die Lippen aufeinander, während er und die anderen Sargträger den Sarg auf einen Sockel neben das Grab stellten. Stumm bekämpfte er die Frustration und die Wut, die ihn jedes Mal erfüllten, wenn er darüber nachdachte, dass dieser gütige, anständige, hart arbeitende Mann sich selbst das Leben genommen hatte. Dominic hätte für ihn da sein sollen. Er hätte wissen sollen, dass dies passieren könnte. Er blinzelte mehrere Tränen weg, die unbedingt herausquellen wollten. Er wollte weggehen und eine dunkle Ecke finden und seinen Schmerz herausschreien, aber er verstand es besser als die meisten, seine Gefühle zu verbergen.

In seiner Anfangszeit als neuer Agent hatte Van mehr getan, um ihm Leben und Job zu erhalten, als das gesamte restliche FBI zusammen. Dominic hatte den Kerl geliebt, war aber trotzdem noch zu wütend oder gehemmt oder zu verdammt verkorkst, um bei seiner Beerdigung zu weinen. Was noch schlimmer war, Van hätte es absolut verstanden und ihm verziehen. So ein guter Mensch war er gewesen.

Auf Dominics Schläfe bildeten sich Schweißperlen. Die feine Wolle seines schwarzen Jacketts war für die heiße stickige Schwüle eines Spätsommers in Virginia zu schwer. Sein Hemd klebte an seinem Rücken und ließ seine Haut unangenehm kribbeln, auf dieselbe Art, wie es in seinem Gehirn nach Antworten juckte. Das monotone Murmeln der Stimme des Priesters wetteiferte mit dem unablässigen Summen einer Hirschfliege, die es auf ihn abgesehen hatte. Er ignorierte sie beide, genau wie er versuchte, die Leiche seines Freundes zu ignorieren, die in diesem Holzsarg lag.

Im Moment war es schwer, an irgendetwas anderes zu denken.

Dominic hatte gewusst, dass die Umgewöhnung für einen Kerl schwer sein würde, der zu seiner Zeit eine einflussreiche Person gewesen war, der geholfen hatte, berüchtigte Gangster und gewalttätige Serienmörder hinter Gitter zu bringen. Golf zu spielen und sich dem örtlichen Bridgeclub anzuschließen war kaum in derselben Liga wie die Sicherheit Amerikas zu bewahren, obwohl Van Dominic versichert hatte, dass er sich nach einer langen, befriedigenden Karriere auf Frieden und Ruhe freute.

Er hatte seine Zeit gehabt, hatte Van ihm mit seinem ironischen kleinen Lächeln versichert. Und dann hatte er sich mit seiner eigenen verdammten Waffe eine Kugel in den Kopf gejagt.

Eine Schweißperle lief Dominics Schläfe hinab und in seinen gestärkten Kragen. Es war innerhalb des letzten Jahres die dritte Beerdigung eines Agenten, mit dem er im New Yorker Field Office (NYFO) gearbeitet hatte. Dominic bekam den Eindruck, dass ein FBI-Agent nichts Gefährlicheres tun konnte, als sich pensionieren zu lassen.

Die Tatsache, dass Vans Tod offiziell als Unfall und nicht als Selbsttötung eingestuft wurde, bedeutete, dass Van neben seiner geliebten Frau Jessica beigesetzt werden durfte. Wenn die Diözese Van dieses Recht verwehrt hätte, wäre Dominic nachts mit einigen anderen Agenten und einigen guten Schaufeln hergekommen und hätte den verdammten Sarg selbst umgebettet.

Die Stimme einer Frau übertönte die Predigt. Wütend und scharf. Sie durchschnitt die ernste Atmosphäre wie ein Glassplitter sich durch Haut bohren würde. Dominic erkannte Special Agent Ava Kanas, die mit Supervisory Special Agent Raymond Aldrich stritt, dem Mann, der nach Vans Pensionierung ihr Boss geworden war.

Als sie merkte, dass Leute auf sie aufmerksam geworden waren, senkte die Agentin ihre Stimme. Wenn man allerdings nach ihrer Körpersprache ging, wurde sie in ihrem Streit mit ihrem Chef heftiger. Ihr Kiefer war stahlhart, der Körper angespannt, blasse Finger krallten sich so fest in das Material ihres schwarzen Blazers, dass ihre Knöchel weiß leuchteten.

Dominic kniff seine Augen leicht zusammen. Er war Kanas vor einigen Monaten bei Vans Abschiedsfeier vorgestellt worden. Sie war eine neue Agentin, ein Frischling, in ihrem ersten Büroeinsatz und sah sogar dafür noch jung aus. Sie hatte in der Fredericksburg Resident Agency in Virginia – Vans letzter Stelle – mit Van gearbeitet, und sie schienen sich gut verstanden zu haben. Sein alter Freund und Mentor hatte über die Frau nur Gutes zu sagen gehabt; allerdings hatte Van, sogar schon vor dem Tod seiner Frau, immer eine Schwäche für hübsche Gesichter gehabt. Dominic bildete sich gerne seine eigene Meinung und hatte weder Möglichkeit noch Grund gehabt, sich einen Eindruck von Kanas' Fähigkeiten zu verschaffen. Er war damit beschäftigt gewesen, mit Van und alten Freunden zu plaudern. Viele waren auch heute hier. Doch niemand war in Feierlaune.

Die jüngere Agentin war nicht geblieben, um sich die Geschichten aus glorreichen Zeiten oder von den guten alten Jungs anzuhören. Dominic machte ihr daraus keinen Vorwurf.

Sie griff nach Aldrichs Arm. Ihr Boss versuchte, sich ihrem Griff zu entziehen, aber sie ließ nicht los. Verdammt. Sie standen kurz davor, eine Szene zu machen. Dominic entschuldigte sich bei Vans zwei erwachsenen Töchtern und machte sich auf den Weg, um die sich zusammenbrauende Konfrontation zu verhindern. Er brauchte nur einige Sekunden, um die vor Wut schäumenden Agenten zu erreichen, die neben einer knorrigen alten Eiche am Rand der Menge standen.

Kanas betrachtete ihn misstrauisch. Ihr braunes Haar war zu einem Pferdeschwanz zurückgebunden, der so straff war, dass er an der Haut um ihre Augen zog. Vielleicht erklärte das die Schmerzfalten auf ihrer Stirn, aber er glaubte es nicht.

„Worüber Sie beide auch immer streiten", sagte Dominic leise aber fest, „was halten Sie davon, sich zu beherrschen, bis Sie wieder im Büro sind?" Er verbarg seinen Zorn, nicht aber seine Ungeduld.

Kanas' Kinn hob sich, und ihre zornigen, haselnussbraunen Augen durchbohrten ihn.

Dominic starrte direkt zurück. Er wollte nicht, dass Vans Beerdigung zu etwas anderem wurde als zu der respektvollen Gedenkfeier, die der Mann verdiente. Noch wichtiger war es, dass heute eine Menge mächtiger Leute anwesend waren. Dominic wollte nicht, dass Kanas unangenehm auffiel und womöglich ihre gerade begonnene Karriere ruinierte. Van hätte gewollt, dass Dominic auf sie aufpasste – so wie Van vor all den Jahren auf Dominic aufgepasst hatte.

Er nutzte seine gesamte Erfahrung als einer der besten Verhandlungsführer des FBI, um seine eigene Trauer und Wut zu dämpfen und die Situation in den Griff zu bekommen. „Ich sehe, dass Sie wütend sind, was Mist ist. Aber worum auch immer es geht, hier ist nicht der Ort dafür." Er sprach mit einer beruhigenden Stimme, ohne die Spur eines Tonfalls, der als feindselig missverstanden werden könnte. Er war sanft und verständnisvoll und hatte dabei geholfen, Gefängnisinsassen und Verzweiflungstäter während Geiselnahmen auf der ganzen Welt zu beruhigen.

Kanas öffnete ihren Mund, um etwas zu sagen, aber ihr Boss kam ihr zuvor.

„Sie glaubt nicht, dass es ein Unfall war", murmelte Aldrich leise und nickte in Richtung des Sargs.

Dominics Blick wanderte zu Kanas. Die Wut in ihren hübschen Augen wurde durch einen Schmerz ersetzt, der so intensiv war, dass schon der Anblick fast wehtat. Sie biss sich auf die Lippe und musterte konzentriert ihre schwarzen Lederschuhe.

„Keiner von uns glaubt, dass es ein Unfall war." Dominics Blick kehrte zu dem polierten Holz des Sarges zurück, und eine frische Welle der Schuld überflutete ihn. „Aber das Letzte, was die Familie braucht, ist jemand, der Vans Recht, neben seiner verstorbenen Frau beerdigt zu werden, infrage stellt."

Er bewegte seine Füße, und der Geruch nach nassem Gras und feuchter Erde stieg um ihn herum hoch, dicht und süßlich. In Verbindung mit dem Ort erweckte der Geruch einen plötzlichen Ansturm von Emotionen, die sein Gehirn bombardierten. Er schüttelte sie ab.

Selbstmord machte ihn wütend.

„Sie verstehen nicht." Aldrichs Lippen bewegten sich kaum. „Ava denkt, dass jemand Van umgebracht hat. Sie will, dass die Beerdigung unterbrochen wird, damit der Gerichtsmediziner weitere Untersuchungen vornehmen kann."

Dominics Augen weiteten sich überrascht.

„Es ergibt keinen Sinn", zischte Kanas mit leiser und dringlicher Stimme. „Er hat mich letzten Dienstagnachmittag angerufen." Der Tag, an dem er starb. „Es ging ihm gut. Wir hatten ausgemacht, uns nach der Arbeit am Mittwoch auf einen Kaffee zu treffen."

Dominic drängte sie und Aldrich weiter von den restlichen Trauergästen weg, außer Hörweite. Einige Leute fingen an, ihnen wütende Blicke zuzuwerfen.

„Ich nehme an, dass es zu Vans Tod eine Ermittlung gab?" Dominic starrte dem Frischling in die Augen. Er war nur einige Zentimeter größer, was bedeutete, dass sie annähernd 1,80 m groß war.

„Das Beweissicherungsteam hat es wie einen Tatort behandelt, und es gab eine Autopsie. Nichts wies auf ein Verbrechen hin", sagte Aldrich.

Kanas sah aufmüpfig aus. Dominic berührte ihren Arm in dem Versuch, sie zu beruhigen, und spürte durch das dünne

Material ihres Blazers, wie sie heftig zusammenzuckte.

„Warum zweifeln Sie die Ergebnisse an, Agent Kanas?" Denn so krank es auch sein mochte, der Gedanke, dass Van umgebracht worden war, war wesentlich ansprechender als der Gedanke, dass sein alter Freund sich selbst getötet hatte. Schuld war eine scheußliche Sache. Katholische Schuld war die Hölle.

Und vielleicht war das auch Kanas' Problem. Ihr Schuldbewusstsein, dass sie den Mann nicht gerettet hatte. Dass sie nicht bemerkt hatte, dass er depressiv oder lebensmüde war.

„Es fühlt sich nicht richtig an." Sie presste ihre Lippen zusammen und konnte seinem Blick nicht standhalten.

Er würde nie jemandem raten, sein Bauchgefühl zu missachten. Van hatte ihm das beigebracht, aber jetzt war nicht der richtige Zeitpunkt, Zweifel wegen etwas zu säen, dass durch nichts Stichhaltigeres als Wunschgedanken begründet war.

Er bemerkte die Verzweiflung in ihren Augen und das leichte Zittern ihrer Hände, und ihm kam ein weiterer Gedanke. Sie war eine schöne Frau, und Van war technisch gesehen Single gewesen …

Dominic räusperte sich. „Wissen Sie etwas, das der Rest von uns nicht weiß? Waren Sie beide … miteinander involviert?"

Ihr Kinn fuhr hoch. „Ich habe ihn geliebt, genau wie Sie und unzählige andere ihn geliebt haben. Wie viele von denen haben Sie gefragt, ob sie mit dem Kerl geschlafen haben?" Sie achtete auf ihre Lautstärke, aber jedes Wort fühlte sich wie ein Peitschenhieb auf seiner Haut an.

„Niemand sonst macht bei der Beerdigung des Mannes

eine Szene." Er suchte in diesen ärgerlichen, haselnussbraunen Augen nach der Wahrheit. „Außer Ihnen."

Sie schluckte und wandte den Blick ab. „Wir waren Freunde, sonst nichts." Dann flüsterte sie ihm eindringlich zu. „Ich glaube nicht, dass es ein Unfall war, und ich glaube nicht, dass er sich selbst das Leben genommen hat."

Dominic holte tief Luft. So verführerisch es wäre, ihrer Theorie zu folgen, es gab keine Beweise. Die Beerdigung zu unterbrechen würde Vans Töchter verletzen und verunsichern, und das hätte der Mann nicht gewollt.

„Hören Sie. Er ist gerade von einem der aufregendsten Jobs auf diesem Planeten pensioniert worden. Seine Frau, mit der er fünfunddreißig Jahre lang verheiratet war, hat vor weniger als zwei Jahren einen langen Kampf gegen den Krebs verloren. Van hat gelitten. Ich möchte es auch nicht glauben …"

„Nur kämpfen Sie nicht unbedingt darum, die Wahrheit herauszufinden", entgegnete sie bitter.

Autsch. Das hatte gesessen.

Er beugte sich so weit vor, dass nicht einmal der allmächtige Gott sie hören konnte. „Weil die Wahrheit ist, dass er sich selbst erschossen hat." Trauer und Wut verschmolzen in ihm. „Und diese Wahrheit wird die Leute verletzen, die ein größeres Recht als wir haben, ihn zu betrauern." Dominic warf einen betonten Blick auf Vans Töchter, die sich in ihrem Schmerz gegenseitig stützten. „Nur weil wir es nicht glauben möchten, heißt das nicht, dass es nicht stimmt."

Wenn das nicht die gottverdammte Wahrheit war.

Kanas' Gesicht fiel in sich zusammen, und Tränen schwammen in ihren Augen. Dominic fühlte sich wie ein

Arschloch. Er legte seine Hand auf ihre Schulter, um ihr ein wenig Trost zu spenden, aber sie fuhr zurück.

Er nahm seine Hand weg, und der Impuls erstarb. „Warum widmen wir uns jetzt nicht wieder der Predigt und besprechen das hier später?"

Ein lauter Knall durchdrang den unruhigen Morgen. Dominic brauchte nur einen Sekundenbruchteil, um das Geräusch zu identifizieren.

„Ein Schuss!" schrie er, fuhr herum und griff sich die nächststehende Zivilistin und stieß sie hinter den Baum. Aber anstatt in Deckung zu gehen, rannten die Leute verwirrt herum. Einige beugten sich beim Grab nach vorne. War jemand getroffen worden? Verdammt. Ein weiterer Schuss hallte so laut und tödlich durch die Morgenluft, dass es ihm kalt den Rücken herunterlief. „Aktiver Schütze! Alle in Deckung. Aktiver Schütze!"

Endlich begriff die Menge, was vor sich ging und zerstreute sich in verschiedene Richtungen. Er rannte auf Vans Töchter zu, die so in ihrer Trauer gefangen waren, dass sie den Schuss nicht gehört hatten und von der plötzlichen Unruhe verwirrt waren. Dominic war weder sanft noch rücksichtsvoll. Er schlang einen Arm um die Schultern jeder der beiden Frauen und zwang sie in eine Position, in der sie durch Vans Sarg und ein großes Marmormausoleum geschützt waren.

„Bleiben Sie hier und geduckt." Er würde sich nie verzeihen, wenn Vans Kindern irgendetwas passierte.

Dominic kauerte sich so tief wie möglich nach unten, zog seine Glock-22 hervor, suchte die Umgebung mit den Augen ab, um sich ein Bild von der Situation zu machen, während er Verstärkung hinzurief. Der Priester kauerte hinter einem anderen Baum, und Leute weinten, während sie sich entsetzt hinter jede Deckung drängten, die sie finden konnten.

Gottverdammte Scheiße.

„Bei der St. Michaels Catholic Church wurde ein Schuss abgegeben." Er hob den Kopf über den Marmor und sah eine zusammengekrümmte Gestalt im nassen Gras liegen. Calvin Mortimer. Scheiße. Sie hatten in New York zusammen gearbeitet.

Die Notfallstelle war noch in der Leitung.

„Ein Bundesagent wurde getroffen – wir benötigen umgehend medizinische Hilfe. Könnte eine Situation mit einem aktiven Schützen sein", fügte er hinzu, auch wenn es die Ankunft des Rettungswagens verzögern würde. Er konnte nicht zulassen, dass die Ersthelfer ahnungslos in die Schusslinie gerieten.

Eine weitere Kugel prallte von dem Grabstein über seinem Kopf ab, woraufhin Vans Töchter vor Angst aufschrien.

„Sie sind in Sicherheit, solange Sie Ihren Kopf unten behalten. Gehen Sie nicht aus der Deckung." Zumindest solange man davon ausging, dass der Schütze seine Abschussposition nicht veränderte. Das sagte er ihnen nicht. Er bezweifelte, dass das passieren würde. Es hatte eher etwas von einem Scharfschützenangriff als einem terroristischen Anschlag, und die Polizei sollte in der Lage sein, diesen Kriminellen zu isolieren und zu ergreifen.

Sein Blick wanderte zurück zu Calvin, der bewegungslos in dem nassen Gras lag. Die perfekte Zielscheibe. Verdammt. Dominic konnte den Mann nicht so offen da liegen lassen. Das entfernte Heulen von Sirenen hallte durch die Luft.

Er sah sich um und begegnete dem Blick von Ava Kanas, die ihre Waffe gezogen hatte. Sie neigte ihren Kopf in Calvins Richtung. Dominic nickte und steckte seine Waffe wieder ins

Holster zurück, bevor er von dem Grabstein weg sprintete und damit rechnete, für seine Bemühungen seine Kugel abzubekommen.

Aus dem Augenwinkel sah er Kanas von einem Baum zu nächsten rennen, womit sie hoffentlich einige wertvolle Augenblicke lang die Aufmerksamkeit des Schützen von ihm ablenkte und auf sich richtete. Sein keuchender Atem und das laute Schlagen seines Herzens hallten in seinen Ohren wider. Er hob Calvin hoch und über seine Schulter, zögerte nicht einmal, als eine weitere Kugel von einem in der Nähe stehenden Grabstein abprallte.

Verdammt nochmal.

Dominic rannte in Deckung, hielt den Mann fest, hoffte stark, dass er damit nicht mehr Schaden als Nutzen verursachte. Er legte Calvin vorsichtig auf dem Boden neben dem Motorblock des nächststehenden Fahrzeugs ab.

Ein weiterer Schuss war zu hören und zersplitterte nur Zentimeter neben Ava Kanas' Deckung. Sie hob ihre Glock und zielte, aber wer auch immer die Langwaffe abfeuerte, war weit außer Reichweite. Kanas verzichtete darauf, das Feuer zu erwidern und eventuell unschuldige Zivilisten zu verletzen.

Trotz der Anspannung besonnen. Das bewunderte er.

Dominic richtete seine Aufmerksamkeit wieder auf den verwundeten Mann. Calvin schien nicht zu atmen, und auf der rechten Seite seiner Brust, nahe bei seinem Herzen, klaffte eine Einschusswunde. Sie sah übel aus und Dominics wenige Erste-Hilfe-Kenntnisse reichten in dieser Situation nicht einmal annähernd aus.

„Lassen Sie mich durch." Einer der Trauergäste kroch auf ihn zu. „Ich bin ausgebildeter Krankenpfleger. Lassen Sie mich vorbei."

Dominic tippte dem neben ihm hockenden Mann auf die Schulter. „Wie heißen Sie?"

„Richard."

„Helfen Sie dem Krankenpfleger, Richard. Versuchen Sie, den verletzten Mann am Leben zu halten, bis der Rettungswagen eintrifft."

Der Mann nickte, und der Krankenpfleger begann damit, den Blutfluss aus der Wunde einzudämmen, bevor er anfing, Druck auf die Brust auszuüben.

Calvin hatte viel Blut verloren.

Dominic suchte die Gegend ab. Die meisten Leute blieben sicher aus der Schusslinie. Das Schießen hatte kurz aufgehört. Dominic wusste nicht, ob der Schütze darauf wartete, jemanden zu erwischen, der dumm genug war, sich als Zielscheibe anzubieten, oder ob er gerade flüchtete. Es hing alles von dem endgültigen Plan des Schützen ab.

Einige Agenten, die näher an Vans Sarg waren, arbeiteten sich vorsichtig in die Richtung vor, aus der die Schüsse gekommen waren, aber sie würden durch das völlig offene Gelände, das sie durchqueren müssten, um dorthin zu gelangen, Schwierigkeiten bekommen. Dominic betrachtete Calvins bleiches Gesicht. Blut bedeckte das Hemd des Mannes und das Dominics. Seine Überlebenschancen sanken mit jeder Sekunde, und der Dreckskerl, der auf ihn geschossen hatte, würde vielleicht davonkommen.

„Bleiben Sie unten, bis die örtliche Polizei Ihnen sagt, dass Sie sich bewegen können. Ich muss sicherstellen, dass der Schütze keine Bedrohung mehr darstellt, bevor der Rettungswagen herein darf."

Während er sprach, sprintete Agent Kanas die Straße hinter ihm entlang, nutzte die dort durchgehend geparkten

Autos zur Deckung.

Scheiße.

Dominic rannte ihr nach, rechnete fast mit heftigem Beschuss. Keiner von ihnen trug eine kugelsichere Weste, aber er würde auf gar keinen Fall herumsitzen, während ein anderer Agent versuchte, den Schützen allein anzugreifen.

Sie war schnell, aber er war schneller. Er holte sie ein, als sie die Straße erreichte, und sie rannten zusammen über vier Fahrspuren, wichen nichtsahnenden Fahrern aus, die die beiden Waffen schwingenden Verrückten anhupten. Er hörte quietschende Bremsen und hoffte, dass der Schütze nicht bereit war, unschuldige Zivilisten zu erschießen, die in die Szene hinein stolperten.

Der Gedanke, im Fadenkreuz zu sein, machte ihn wütend, aber er wäre noch wütender, wenn einer seiner Kollegen vor seinen Augen erschossen würde.

„Haben Sie gesehen, wo die Schüsse herkamen?", rief Dominic Kanas zu, während sie mit voller Geschwindigkeit rannten.

Er warf einen Blick auf ihr Gesicht. Blut tröpfelte ihre Wange hinab. Sein Mund wurde trocken. Sie war nur Zentimeter vom Tod entfernt gewesen.

„Ich sah das Aufblitzen einer Mündung auf dem Dach eines niedrigen Wohnblocks aus gelben Ziegeln, zwei Straßen weiter."

„Sind Sie okay?", fragte er schnell.

„Yeah."

Dominic konzentrierte sich darauf, seine Arbeit zu machen. Ava Kanas war ein ebenso ausgebildeter Profi wie er selbst. Während er weiterrannte, befestigte er seinen Ausweis an seinem Gürtel, da er nicht von einem örtlichen Polizisten festgenommen werden wollte, der ihn für den Schützen hielt. Kanas tat dasselbe.

Sie erreichten die Hauptstraße und wichen Fußgängern aus.

„Aktiver Schütze", rief Dominic. „Finden Sie einen Ort, an dem Sie Schutz suchen können, und kommen Sie nicht raus, bevor die Cops Ihnen sagen, dass es sicher ist."

„Das ist es." Kanas' Lungen pfiffen, als sie ein hundert Jahre altes Gebäude erreicht hatten.

„Bleiben Sie hinter mir." Er hielt seine Pistole hoch und wartete, bis Kanas in Position gegangen war, die Mündung ihrer Waffe auf den Boden gerichtet. Sie gingen durch die unverschlossene Eingangstür des Wohnblocks, griffen beim Absuchen des Bereichs auf ihr Grundlagentraining zurück – Training, das Dominic nicht mehr genutzt hatte, seitdem er vor fünf Jahren in die Abteilung für Krisenverhandlungen gewechselt war.

„Sie nehmen die Treppe, ich nehme den Aufzug." Kanas' Stimme war heiser. Wenigstens war er nicht als Einziger außer Atem.

„Nein. Wir bleiben zusammen und nehmen die Treppe." Der Gedanke, dass sie in einer Blechbüchse in der Falle saß, während jemand mit unbekannter Feuerkraft auf sie schoss ... ein Albtraumszenario.

Ihre Augen verengten sich missbilligend, aber er war hier der dienstältere Agent, und sie musste die Befehle befolgen. Ein weiterer Grund, aus dem er das FBI liebte. Sie öffneten vorsichtig die Tür zum Treppenhaus und gingen schnell hinauf, suchten jeden Treppenabschnitt ab, gaben einander vor potenziellen Gefahren Deckung.

Oben angekommen, hielten sie vor der Tür inne, die zum

Dach führte. Dominics Herz hämmerte, sein Körper war schweißbedeckt, während er absichtlich die Geschwindigkeit herunterfuhr, um sich auf das vorzubereiten, was auch immer dahinter lag. Es könnte alles sein, von einem unschuldigen Schaulustigen bis hin zu einem Terroristen, einer Person mit Nervenzusammenbruch oder einem wütenden Gangmitglied. Das ganze Szenario könnte eine Falle sein, um Strafverfolgungsbeamte in den Tod zu locken. Er warf einen Blick auf Kanas. Er wollte heute keinen weiteren Agenten verlieren.

Er wischte seine Stirn an der Schulter seines Jacketts ab und zwang sich, die brutale Realität von Calvin Mortimers Blut zu ignorieren, das auf seinem weißen Hemd leuchtete.

Sie benutzten Handzeichen, um über die Richtung, in die sie gehen würden, zu kommunizieren. Dominic schob die schwere Feuerschutztür langsam auf, hielt sich aber von der Öffnung fern. Das Wichtigste war, schnell durch die Tür zu gelangen, da sie dabei leichte Ziele abgaben. Eine Türöffnung wurde nicht grundlos „tödlicher Trichter" genannt.

Er und Kanas tauschten einen Blick, während sie warteten. Es wurden keine Schüsse abgefeuert. Er konnte nichts außer den Geräuschen des Verkehrs und entfernten Polizeisirenen hören.

Dominic zählte mit seinen Fingern herunter, stürmte dann durch die Türöffnung, hielt sich rechts, während er Augen und Waffe über seinen Bereich des Dachs gleiten ließ. Kanas ging gleichzeitig nach links und tat dasselbe. Sie bewegten sich rasch, umrundeten die Lüftungsschächte und die Wartungshütte, arbeiteten in Formation, wie sie es jahrelang trainiert hatten. Sie bildeten ein gutes Team, nahtlos aufeinander eingespielt.

Das Dach war sauber.

Keiner von ihnen ließ in seiner Wachsamkeit nach. Sie suchten mit den Augen nahegelegene Dächer ab, falls sie sich darüber, wo die Kugeln hergekommen waren, geirrt hatten, oder der Scharfschütze den Standort gewechselt hatte.

Niemand war zu sehen, aber Scharfschützen waren nicht immer offensichtlich.

„Sind Sie sicher, dass das hier der richtige Ort ist?", fragte Dominic endlich, während er nach Luft schnappte.

Kanas reagierte gereizt. Diese Frau mochte es offensichtlich nicht, wenn man ihre Aussagen infrage stellte.

„Ich bin sicher."

Das reichte Dominic. „Wir müssen uniformierte Beamte dazu rufen, damit sie dabei helfen, diese gesamte Gegend abzusuchen."

Sie gingen an die südwestliche Ecke des Dachs – dem Bereich mit der besten Sicht auf den Friedhof.

Beide hielten die Augen nach Fußabdrücken oder anderen Hinweisen offen, aber die raue Oberfläche des flachen Dachs wies keine offensichtlichen Spuren auf.

Am Boden neben einigem Müll wurde das Sonnenlicht von einem metallenen Gegenstand reflektiert.

Dominic fotografierte die Patronenhülse mit seinem Handy, bevor er sie in einen Beweisbeutel aus Plastik steckte. Je schneller sie das Ding ins Büro bekamen, desto besser.

Dominic rief einen Agenten an. „Der Schütze ist verschwunden. Das Gebäude muss abgesucht und gesichert werden. Die anderen Dächer in der Gegend müssen ebenfalls überprüft, und Straßensperren müssen errichtet werden. Schickt ein Beweissicherungsteam auf dieses Dach." Er winkte mit dem Arm, falls sie seine genaue Position nicht wussten. „Wie geht's Calvin?"

Bei der Antwort schloss er die Augen und holte zittrig Luft. Er beendete das Gespräch ohne ein weiteres Wort.

„Er hat's nicht geschafft?", fragte Kanas.

Dominic rieb seine Hand über sein Gesicht und schüttelte den Kopf. Calvin hatte eine Ehefrau und zwei Kinder, die an der High School waren.

„Sie waren befreundet?", fragte sie.

Er nickte erneut, der Kloß in seinem Hals dehnte sich aus, bis er zu dick war, um zu sprechen.

„Es tut mir leid."

Aus der Nähe betrachtet war sie schön, ihr Gesichtsausdruck vor Besorgnis warm, die Haut glatt und rein – abgesehen von dem Schnitt auf ihrer Wange mit dem hässlich verschmierten Blut. Er hob seine Hand, um die Wunde zu begutachten, und sie zuckte weg, während ihre Arme in instinktiver Abwehr nach oben flogen.

Sie erstarrten beide.

Sein Blick verengte sich und hob sich zu der Narbe, die am zarten Bogen ihrer rechten Augenbraue entlanglief. Sie nahm eine Pose gefasster Bereitschaft an. Nicht nur die Vorsicht einer Strafverfolgungsbeamtin, sondern die Alarmbereitschaft von jemandem, der ein Opfer gewesen war.

„Sie bluten." Er achtete darauf, seine Stimme neutral klingen zu lassen, während etwas Heißes und Aggressives durch sein Blut rauschte. Er wollte fragen, was passiert war, aber es ging ihn nichts an, und es war nicht der richtige Zeitpunkt.

Sie hob die Hand an ihre Wange. „Es ist nur ein Kratzer."

Er nickte, und sie taten beide so, als ob sie nicht etwas Wichtiges offenbart hätte. Sie steckten ihre Waffen in die Holster, und er betrachtete sie aus dem Augenwinkel, während sie beide Hände in die Hüften stemmte und konzentriert auf die kleinen Gestalten in dem vierhundert Meter entfernten Friedhof starrte.

„Ich habe Ihnen gesagt, dass an Vans Tod etwas Verdächtiges ist", erinnerte sie ihn, während sie die Rettungswagen ankommen sahen.

Dominic runzelte die Stirn. „Das hier hat vielleicht nichts damit zu tun."

Ihre Miene zeigte so viel Verachtung, dass er fast lachen musste. Fast. Denn vor einigen Minuten hatte jemand bei der Beerdigung seines besten Freundes das Feuer eröffnet, einen guten Mann erschossen und dabei unzählige andere in Gefahr gebracht.

Jemand hatte einen FBI-Kollegen umgebracht, und daran war nichts auch nur annähernd komisch.

KAPITEL ZWEI

Peroxid versiegelte den kleinen Schnitt auf Avas Wange. Die Dämpfe stachen ihr in die Augen, und ihr Kopf schmerzte. Sie wäre heute fast gestorben, aber sie hatte noch keine Zeit gehabt, das zu verarbeiten. Sie war vom Adrenalin zu aufgeputscht gewesen. Zu konzentriert darauf, ihre Arbeit zu machen. Die Nachwirkungen hatten sie aufgewühlt, aber sie hatte keine Zeit, zusammenzubrechen – das konnte später passieren, wenn sie allein in ihrer Wohnung war.

Der Rettungssanitäter hielt inne, bevor er ein Klammerpflaster auf ihrer Wange anbrachte.

„Sind Sie okay?"

Sie nickte.

Er glättete das Pflaster über den rauen Rändern des Schnitts und legte eine beruhigende Hand auf ihre Schulter. „Sieht sauber aus. Ich glaube nicht, dass es eine Narbe geben wird. Wird alles in Ordnung kommen."

Ava zwang sich zu einem zittrigen Lachen. „Das hoffe ich. Tod durch Splitter. Das FBI würde mich ganz sicher rauswerfen."

„Wo haben Sie die her?" Er zeigte auf die kleine zusammengezogene Narbe an ihrer rechten Augenbraue. Es war heute das zweite Mal, dass jemand diese Kindheitsverletzung bemerkt hatte.

„Kickboxen." Sie berührte die Narbe. Das Bild, wie sie durch das Büro ihres Vaters flog, blitzte in ihrem Gedächtnis auf. „War nicht schnell genug." Dieser Teil stimmte wenigstens.

„Sie waren schnell genug, um heute dieser Kugel auszuweichen."

„Ha. Da hatte ich wohl Glück." Training war eine Sache, reichte aber nicht aus, um einer Kugel zu entfliehen. Es war definitiv nicht ihr Lieblingsgefühl, wenn auf sie geschossen wurde, aber sie hatte keine Zeit gehabt, um bewusst Angst zu haben. Sie hatte nur gewollt, dass es aufhörte. „Danke, dass Sie es geflickt haben. Sagen Sie Ihren Kollegen, wie sehr wir ihre harte Arbeit zu schätzen wissen."

Der Rettungssanitäter lächelte leicht, während er sie zu Ende verarztete.

Es war ein Wunder, dass Calvin Mortimer hier und heute das einzige Todesopfer gewesen war. Andere waren in dem Chaos und bei der Flucht in die Sicherheit verletzt worden. Verstauchte Knöchel. Hässliche Wunden. Eine Frau hatte einen Herzstillstand erlitten.

Ava fühlte mit ihr. Ihr eigenes Herz hatte so heftig geschlagen, dass sie gedacht hatte, es würde gleich explodieren.

„Das ist unser Job." Die Augen des Sanitäters zeigten amüsiertes Interesse. Er war auf dunkle, anziehende Weise gutaussehend und erinnerte sie an einen Freund aus ihren Tagen als Streifenpolizistin. Zu einem anderen Zeitpunkt hätte sie ihn vielleicht um eine Verabredung gebeten, aber sie hatte andere Prioritäten.

„Nochmals danke." Sie entsorgte den Verbandsmull, den sie gehalten hatte, und suchte die Menge nach Supervisory Special Agent Dominic Sheridan ab.

Da. Er stand hinter Vans Sarg. Sie sprang von der Stufe hinten am Rettungswagen und ging auf ihn zu. Sheridan sprach mit ihrem Boss, Ray Aldrich, und einer Gruppe von Männern in Anzügen, während Beweissicherungstechniker die Gegend nach in die Erde oder in Baumstämme eingeschlagenen Kugeln absuchten.

Sie betrachtete Sheridan, während sie um das Absperrband zu der Gruppe wichtiger Leute ging. Er war ein attraktiver Kerl, Mitte dreißig. Groß mit brutal kurzem, dunklem Haar und einer ausgeprägten Kieferpartie. Es waren seine Augen, die sie fesselten. Sie waren von einem tiefen Indigoblau. Ava zuckte bei dem Gedanken an das, was sie an diesem Morgen auf dem Dach preisgegeben hatte, zusammen – Dinge, die sie nie jemandem offenbarte. Dinge, die sie fast ihr ganzes Leben zu verstecken versucht hatte. Er hatte sie in einem schwachen Augenblick erwischt. Sie würde in Zukunft besser vorbereitet sein.

Van hatte immer Sheridans Loblied gesungen, aber sie bezweifelte, dass er über die breiten Schultern, schlanken Hüften oder grüblerische Persönlichkeit gesprochen hatte.

Van …

Ihre Lungen zogen sich zusammen, und der Schmerz in ihrem Herzen war eine Erinnerung daran, dass er nie zurückkommen würde. Van Stamos war ihr Idol und Mentor gewesen, derjenige, der sie inspiriert hatte, für das FBI zu arbeiten. Noch wichtiger, er war ihr Freund gewesen. Er hatte Vertrauen in ihre Fähigkeiten und ihre Charakterstärke gehabt. Er hatte sie nicht verhätschelt. Er hatte sie gepusht und es ihr ermöglicht, dies zu erwidern. Sie herausgefordert, ihr Bestes zu geben.

Dank Vans Unterstützung konnte sie mehr Erfahrung und

Verhaftungen vorweisen als irgendjemand sonst aus ihrer Abschlussklasse. Das hatte er ihr gegeben. Ihr einen Vorteil innerhalb des FBIs verschafft, weil er an sie geglaubt hatte. Er hatte immer an sie geglaubt.

Und heute wurde er in verstohlener Eile begraben, als ob die Welt sich seiner schämte. Der Mann verdiente einen heldenhaften Abschied, wie es sich für einen altgedienten Agenten gehörte, der dem FBI mit unendlicher Loyalität sein ganzes Leben gewidmet hatte. Stattdessen hatte er diesen düsteren Abgesang bekommen.

Selbstmord?

Van hätte sich nie selbst getötet, und sie hatte vor, das zu beweisen. Er war für sie da gewesen, als sie ihn gebraucht hatte, jetzt würde sie für ihn da sein. Sie würde ihn nicht im Stich lassen.

Ava ging auf ihre Vorgesetzten zu, entschlossen, dafür zu sorgen, dass jemand dem zuhören würde, was sie zu sagen hatte, selbst wenn es sie unbeliebt machte.

Sie war es gewohnt, unbeliebt zu sein.

Kopfschmerzen setzten ein, nagten an ihren Energiereserven, aber wenn sie das hier nicht jetzt tat, würde sie den Schwung verlieren, ganz zu schweigen von ihren Nerven. Sie näherte sich der Gruppe, tat ihr Bestes, unauffällig zu bleiben, aber diese Leute waren alle hochrangige FBI-Mitarbeiter. Sie hörten mit dem Reden auf, sobald sie in Hörweite kam und warteten, während SSA Sheridan sie vorstellte.

„Das ist Agent Kanas." Seine Stimme war weich und dunkel und liebkoste ihre Haut wie eine samtene Fingerspitze.

Reiß dich zusammen, Ava.

„Sie hat entdeckt, von wo aus der Schütze gefeuert hat,

und unter großer Gefahr für sich selbst für eine Ablenkung gesorgt, während ich versuchte … hm …", Sheridans Stimme brach. „… versuchte, Calvin in Sicherheit zu bringen."

Er hatte sich mutig in die Schusslinie begeben, während andere sich ängstlich versteckt hatten.

„Gute Arbeit", sagte der Mann, der rechts von ihr am nächsten stand.

„Danke." Sie sah auf und ihre Augen wurden groß. „Sir." Sie stand einige Zentimeter vom Direktor des FBI entfernt. „I-ich habe nur getan, wozu ich ausgebildet wurde, Sir. Ich wünschte, wir hätten den Kerl erwischt." Sie warf Sheridan einen Blick zu. Wenn er sie den Aufzug hätte nehmen lassen, hätten sie den Schützen auf dem Dach vielleicht in die Enge treiben können.

Sheridan erwiderte ihren Blick gelassen, als ob er ihre Gedanken lesen könnte. Es war kein angenehmes Gefühl.

„Er wird nicht weit kommen", versicherte der Direktor ihr. „Wir haben die ganze Kraft des FBI darauf angesetzt. Teams unserer Agenten suchen die Gegend nach Spuren ab und nehmen das Viertel unter die Lupe. Hoffentlich können uns Verkehrskameras helfen, die Fahrzeuge in der Umgebung zu identifizieren, und wir können einen Namen herausbekommen."

Ava stützte ihre Hände in ihrer Taille ab. „Könnte der Schütze irgendetwas mit Van Stamos' Tod zu tun haben, Sir?" Sie betrachtete den Sarg, der in der Sonne stand. Van wäre über seinen Platz in der ersten Reihe bei den Vorgängen amüsiert gewesen. Ein letzter Fall in seiner glorreichen Karriere.

Der Direktor runzelte die Stirn, und Ray Aldrich schaltete sich ein. „Stamos' Tod wurde als Unfall eingestuft."

Die Kopfschmerzen drückten sich gegen Avas Stirn, aber sie ignorierte das Pochen. Niemand glaubte, dass es ein „Unfall" war.

Ein dritter Mann, den Ava nicht erkannte, überlegte. „Vielleicht hat der Schütze Stamos' Sterbeanzeige gesehen und ist davon ausgegangen, dass es eine ausgezeichnete Möglichkeit wäre, das FBI ins Visier zu nehmen, da er wusste, dass andere Agenten anwesend sein würden?"

„Oder vielleicht hatte man es speziell auf Calvin Mortimer abgesehen", warf ein anderer Mann ein.

Ava ballte ihre Hände zu Fäusten, hielt die Gefühle jedoch zurück, die hervorbrechen wollten.

Einer der dort stehenden Männer, ein klassisch gutaussehender Vorgesetzter mit definierter Kieferpartie, betrachtete sie mit einem wachen, eisig blauen Blick. Er wirkte vertraut, aber sie konnte ihn nicht einordnen. Vielleicht aus der Akademie? Eine hochschwangere Brünette stand neben ihm, eine Hand ruhte auf ihrem geschwollenen Leib. Sie war bewaffnet.

Ava wünschte, sie wüsste, wer diese Leute waren, aber sie konnte kaum verlangen, dass sie sich vorstellten. Technisch gesehen, war sie die nächsten Wochen noch ein Frischling, während diese Kerle wahrscheinlich zusammen über hundert Jahre Diensterfahrung hatten.

Der Direktor nickte. „Wir können uns in diesem Stadium nicht erlauben, irgendetwas auszuschließen."

Für Ava klang das wie eine Abfuhr. Sie öffnete ihren Mund, um ihre Theorie über Vans Tod mitzuteilen, als sie von einem scharfen Zupfen am Ärmel ihres Blazers aufgehalten wurde.

Es war Sheridan. Sie blickte in sein Gesicht, aber er sah sie nicht an. Der Kerl versuchte, ihr subtil mitzuteilen, dass sie ruhig bleiben sollte. Verdammt, dies könnte ihre einzige Möglichkeit sein. Sie hatte keine direkte Verbindung zum Direktor und bezweifelte, dass sie je wieder so nah bei ihm stehen würde. Sie würde diese Chance nicht verschwenden, nur weil jemand, den sie kaum kannte, der Meinung war, dass sie die Klappe halten sollte.

„Beinhaltet das ein Szenario, in dem dieser Schütze den Mord an Van Stamos absichtlich wie Selbsttötung aussehen ließ, damit er bei dessen Beerdigung die Trauergäste ins Visier nehmen konnte? Und das FBI hat es übersehen?"

Sheridan hustete, ließ seine Hand fallen, kappte jegliche Verbindung.

„Kanas", warnte Aldrich.

Sie warf ihm einen aufsässigen Blick zu. Aldrich war ganz okay, aber Van war ihm als Ermittler zehnfach überlegen gewesen.

„Sie glauben, dass jemand es auf Bundesagenten abgesehen hat?", fragte der Mann, den sie von der Akademie her zu kennen glaubte.

„Gibt es dafür irgendwelche Beweise?" Das kam vom Direktor.

Sie schüttelte den Kopf. Alle Beweise deuteten darauf hin, dass Van sich selbst das Hirn weggepustet hatte, aber sie wusste, dass es nicht stimmte. „Nein, aber wie Sie sagten, Sir, wir können es uns nicht erlauben, etwas auszuschließen." Sie wiederholte seine eigenen Worte und hoffte auf eine positive Reaktion. „Wir sollten definitiv in jede Richtung ermitteln."

Alle Mienen waren skeptisch, abgesehen von jenen der schwangeren Frau und des eisigen Blonden. Sheridan lächelte leicht. Er konnte es sich leisten, seine Karriere stand nicht auf dem Spiel. Die anderen sahen verärgert aus. Sie hatte sich nicht an das Protokoll gehalten und das Patriarchat damit gegen sich aufgebracht.

Der Direktor bedachte sie mit einem Blick, der ihr deutlich machte, wie nahe sie am Abgrund balancierte, aber seine Worte gaben ihr auch Hoffnung.

„Es ist eine Möglichkeit, die wir nicht ignorieren dürfen", stimmte er zu. „Aldrich, gehen Sie die Unterlagen zu Van Stamos' Tod noch einmal durch und halten Sie Ausschau nach etwas Verdächtigem. Reichen Sie den Bericht direkt bei mir ein. Ich werde alles mit der Sondereinheit abstimmen, die eingerichtet wird, um in dieser Schießerei zu ermitteln."

Ava bezweifelte, dass Aldrich mehr als nur eine oberflächliche Überprüfung vornehmen würde, während sie die ganze Welt umkrempeln würde, um nach Antworten zu suchen.

„Ich wäre gerne diejenige, die den Fall überprüft, Sir." Ava zuckte zusammen. Sobald die Worte ihr über die Lippen gekommen waren, wusste sie, dass es ein Fehler war.

„Diese Entscheidung bleibt Ihrem Vorgesetzten überlassen, Agent Kanas", antwortete der Direktor scharf, während er einen Schritt von ihr zurücktrat. Im FBI waren Prozesse alles. Er sah auf seine Uhr. „Ich muss den Präsidenten informieren." Dann starrte er sie scharf an. „Ich möchte Ihre Theorie auf keinem Medienkanal oder Twitter-Konto sehen. Habe ich mich klar ausgedrückt, Agent Kanas?"

„Natürlich, Sir." Sie stand steif da. Wütend. Bei ihr bestand genauso wenig Gefahr, dass sie die Überlegungen weitergab, wie bei jedem anderen hier. Weniger sogar, wenn man bedachte, dass schon allein der Gedanke an Twitter sie würgen ließ. Sie war für die sozialen Medien zu unsozial, ganz abgesehen davon, dass sie zu beschäftigt damit war, ihre Fälle zu bearbeiten.

Der Direktor nickte brüsk und schritt davon, die meisten der Anzugträger folgten ihm wie ein Schwarm, während er auf sein großes, schwarzes Auto zuging.

Sheridan, der blonde Mann und die schwangere Frau blieben zurück. Die Frau streckte ihre Hand aus. „Agent Rooney. Schön, Sie kennenzulernen, auch wenn die Umstände beschissen sind."

Ava umfasste die Finger der anderen Frau mit einem festen Händedruck. Sie hatte von Mallory Rooney gehört. Fast jeder im Büro hatte das. Rooney war mit irgendeinem absolut heißen ehemaligen CIA-Mitarbeiter verheiratet und arbeitete für Lincoln Frazer, den legendären Profiler der Behavioral Analysis Unit – und Ava konnte den blonden Mann an Mallorys Seite endlich zuordnen. Assistant Special Agent in Charge Lincoln Frazer hatte Ava während des Trainings für neue Agenten alles über die grausigen Aspekte von Serienmorden beigebracht.

„Warum glauben Sie, dass Van Stamos ermordet wurde, Agent Kanas?" Frazer verschwendete keine Zeit mit Höflichkeiten.

„Weil er ein gläubiger Katholik war, der in den Himmel kommen wollte?"

Frazer sah nicht beeindruckt aus.

Wie sollte sie in Worte fassen, was sie selbst nicht erklären konnte? „Van glaubte, er würde seine Frau im Jenseits wiedersehen. Er würde sich aber auf gar keinen Fall selbst umbringen und sich diese glückliche Ewigkeit verderben."

Es klang schmalzig, stimmte aber.

„Also keine wirklichen Beweise?" Frazers Blick war

abschätzend.

Sie straffte ihre Haltung. „Nur die Tatsache, dass er den Ruhestand genoss und darüber sprach, nach Italien zu reisen und ein Buch zu schreiben. Außerdem waren wir am nächsten Tag zum Kaffee verabredet."

„Leute, die sich selbst umbringen, machen oft Pläne." Frazer war nicht für seine Toleranz für alberne Ideen bekannt, aber es enttäuschte sie, dass er nicht etwas offener war.

„Van war nicht depressiv", beharrte sie stur.

„Soweit wir wissen", fügte Sheridan hinzu.

Sie fuhr zu ihm herum. „Er war es nicht, und das hätten Sie gewusst, wenn Sie sich die Mühe gemacht hätten, ihn gelegentlich anzurufen."

Sheridans Lippen wurden aufgrund seiner Verärgerung schmal, aber es war ihr egal.

„Van hätte seinen Töchtern das nicht angetan." *Er hätte es mir nicht angetan.*

Sheridans Blick wurde so intensiv, dass sie ihm nicht standhalten konnte. Sie sah weg, aber Frazer betrachtete sie mit derselben adlerähnlichen Konzentration, analysierte schweigend ihre Argumente und Fähigkeiten.

Es erinnerte sie daran, wie Sheridan sie an diesem Morgen auf dem Dach angestarrt hatte. Als ob er aus den Linien ihres Gesichts und den Erinnerungen hinter ihren Augen ihre Lebenserfahrungen herauslesen könnte. Sie hatte sich vor Sheridan verraten, aber sie hatte nicht vor, diesen Fehler zu wiederholen.

Sie zwang sich, unter den prüfenden Blicken nicht zu zappeln.

„Kontaktieren Sie mich in der BAU, wenn Ihr Boss

irgendwelche Unstimmigkeiten in den Umständen von Van Stamos' Tod findet, Agent Kanas. Er war ein guter Mann. Er hat das hier nicht verdient. Cal Mortimer ebenfalls nicht." Frazer drückte Sheridans Schulter, als ob sie Kumpel wären. Mallory Rooney warf ihr ein trockenes Lächeln zu, dann gingen sie und Frazer zu ihrem Auto.

Ava war plötzlich mit Sheridan allein. Sie starrten beide Vans Sarg an, die heiße Sonne ließ ihre Wangen glühen. Die Beerdigung war unterbrochen, bis der Tatort bearbeitet war.

„Ihnen ist bewusst, dass Sie das wohl taktvoller behandelt hätten, wenn Sie einen Bulldozer gefahren wären?", fragte Sheridan leise.

Sie stieß ihre Hände in die Taschen ihres Blazers. „Weil ich gesagt habe, was ich denke, anstatt mich bei den großen Chefs einzuschleimen?"

Erneut erschien das leichte Lächeln auf seinen Lippen und deutete an, dass sie ihn amüsierte. Naja, scheiß auf ihn.

„Weil Sie Ihren Boss wie einen Idioten haben aussehen lassen, der Sie nicht unter Kontrolle hat, und er deshalb sauer sein wird."

Sie hob eine Braue, während sie einander ansahen. Es war mehr als offensichtlich, dass Aldrich ein Idiot war und sie nicht „unter Kontrolle" hatte.

„Ich möchte nur die Wahrheit herausfinden." Ava verschränkte ihre Arme vor der Brust und er nahm ihre Körpersprache mit einem umfassenden Blick auf, der alles sah, was sie nicht sagte. Dass sie wütend und frustriert und verletzt war. Und vielleicht urteilte sie zu hart über ihren Chef. Aldrich war harmlos. Er mochte ärgerlich sein, aber er würde ihr nicht in die Karriere funken, obwohl sie ihm gerade in seine gefunkt hatte.

Verdammt.

Sheridan rückte noch näher heran, bis sein Atem an ihrem Ohr vorbei strich. „Sie müssen vorsichtig sein, Ava." Ihr Name auf seinen Lippen schickte einen Schauer der Erkenntnis ihre Wirbelsäule hinab. „So eine Nummer vor dem Direktor abzuziehen, wird Ihnen einen Ruf als Aufwieglerin einbringen. Und dadurch werden Sie eine Menge Freunde verlieren."

Testete er ihre Reaktion aus, nach dem, was auf dem Dach passiert war? Sie hob ihr Kinn, und sie starrten einander an. So nah, dass sie den Duft seiner Haut riechen und die dunklen Wimpern um seine Augen zählen konnte.

„Das FBI ist ein Team und in diesem Geschäft brauchen wir alle Freunde, die wir kriegen können – das hat Van mir beigebracht." Sein Blick bewegte sich keine Sekunde von ihrem weg.

„Kanas!", rief Aldrich, während er hinter sie beide trat und sie zusammenfahren ließ. „Was zur Hölle war das? Wollen Sie mich wie einen Dummkopf dastehen lassen?"

Sie zuckte zusammen.

Dominic Sheridan murmelte erneut neben ihrem Ohr. „Ich hab's Ihnen gesagt." Und dann drehte er sich um und ging weg. Sie sah zu, wie er die Straße überquerte, in einen schwarzen Prius stieg, die Straße hinunterfuhr und rechts abbog, woraufhin er nicht mehr zu sehen war. Aldrichs Worte prallten wie heftiger Regen von ihr ab. Sie sah zu Vans Sarg, der in der Sonne schmorte. Was hätte ihr Mentor getan, wenn er hier gewesen wäre? Ihr Mund verzog sich zu einem kleinen Lächeln. Er hätte genau das getan, was sie getan hatte.

„Sind wir fertig, Sir?" Sie berührte ihre verletzte Wange. „Ich fühlte mich ein wenig schummrig."

Der Mann warf seine Hände in die Luft. Sie hatte ihren

Trumpf ausgespielt, und er wusste es.

„Ich erwarte Sie morgen um acht Uhr in meinem Büro, um das hier zu besprechen, Ava. Ich meine es ernst. Kommen Sie nicht zu spät."

Sie schnaubte fast, als sie wegging. Zu spät? Er war derjenige, der entspannte Dienststunden einhielt.

Es dauerte, um den enorm großen Tatort herumzugehen, und es erhöhte nur das Gefühl unangenehmer Isolation, das ihre Kollegen ihr vermittelten. Warum glaubte sonst niemand daran, dass Van umgebracht worden war? Machte sie sich etwas vor? Hatten sie ihn so viel besser gekannt, als sie selbst es getan hatte? Beruhten ihre Instinkte auf nichts weiter als einem gebrochenen Herzen und Wunschdenken?

Allerdings hatte sie Aldrich nicht angelogen, als sie erwähnt hatte, sich schummrig zu fühlen. Sie stieg in ihren Dienstwagen und trank aus der Wasserflasche, die sie im Becherhalter aufbewahrte, während sie eine Hand auf ihren knurrenden, grummelnden Magen legte. Die Kopfschmerzen waren schlimmer geworden und stießen wie ein Messer im Schädel in ihr Gehirn. Sie holte einige Tabletten aus ihrer Handtasche, nahm sie mit einem weiteren Schluck Wasser und schloss ihre Augen für ein paar Sekunden Erholung.

Ein weiterer Blick auf die Beweissicherungstechniker, die das nasse Gras auf Händen und Füßen durchsuchten, machte sie noch entschlossener als zuvor, die Wahrheit heraus- zufinden. Van hatte nicht an Zufälle geglaubt. Sie salutierte dem Sarg mit einem traurigen Lächeln. „Keine Sorge, Van. Ich stehe hinter dir."

Er würde ihr sagen, dass sie weitergraben sollte, bis alles anfing, Sinn zu ergeben – aber in diesem Augenblick ergab nichts einen Sinn. Nicht Vans angeblicher Selbstmord, nicht der Schütze bei seiner Beerdigung, nicht die scheinbare Gleichgültigkeit seiner Mitagenten, insbesondere des Mannes mit den faszinierenden dunkelblauen Augen.

DER OBERSTE VERHANDLUNGSFÜHRER des FBI und sein direkter Vorgesetzter, Einheitsleiter Quentin Savage, sah von dem Bericht auf, den er las, als Dominic am späten Nachmittag sein Büro betrat.

„Hab' von der Schießerei gehört." Savages Blick war durchdringend und abschätzend. „Kanntest du das Opfer?"

Dominic setzte sich träge hin und ließ seine Ellenbogen auf seinen Knien ruhen. Er hatte geduscht und das Ersatzhemd und den Anzug angezogen, die er in seiner Reisetasche aufbewahrte. Die blutbefleckte Kleidung hatte er in den Müll geworfen. „Wir waren im New York Field Office Freunde. Der Kerl war verheiratet und hatte Kinder."

„Das tut mir leid." Savage lehnte sich in seinem Stuhl zurück. „Hast du irgendeine Ahnung, was die Identität oder das Motiv des Schützen betrifft?"

Dominic schüttelte den Kopf. Bis jetzt hatten sie absolut gar nichts. „Ich möchte die Erlaubnis, den Fall zu bearbeiten."

„Abgelehnt."

Dominic sah auf. „Aber ..."

„Ich brauche dich hier, Dominic. Wir sind ohnehin schon dünn besetzt, und du bist einer unserer besten Verhandlungsführer. Die Street Agents sollen sich mit der Mordermittlung befassen, und wenn sie unsere Dienste benötigen, werden sie sich melden."

Dominic öffnete den Mund, um zu widersprechen, schloss

ihn dann aber wieder. Savage hatte recht. Die Abteilung für Krisenverhandlungen war hochspezialisiert und ständig unterbesetzt. Es gab nie genügend Agenten. Nie genügend Zeit.

„Ich verstehe, wenn du dir einige Tage freinehmen möchtest …“ Savage ließ den Satz in der Luft hängen, obwohl er es gerade unmöglich gemacht hatte, um Urlaub zu bitten.

„Mir geht's gut.“ Es wäre Dominic besser gegangen, wenn nicht gerade irgendein Arschloch einen seiner Freunde bei der Beerdigung seines Mentors erschossen hätte.

„Hey.“ Charlotte Blood schob ihren Kopf durch Savages Türspalt, ihre Miene voller Mitleid. „Ich habe gehört, dass du einen schrecklichen Tag hattest. Brauchst du irgendwas?“

Dominic schüttelte den Kopf, wusste, dass Fragen und Besorgnis unvermeidlich waren, war aber noch nicht bereit, über das, was geschehen war, und wie es ihm damit ging, zu reden. Er würde die FBI-Psychiaterin aufsuchen und sich der Pflichtprozedur unterziehen und über seine Gefühle reden. Er würde der Ärztin sagen, was sie hören wollte und bescheinigt bekommen, dass er in Ordnung war. Bei Gott, er hatte in seiner Jugend genügend Seelenklempner besucht. Er wusste, wie es ablief.

„Einige von uns gehen nach der Arbeit auf ein Bier und ein Abendessen aus. Wollt ihr Jungs mitkommen? Es könnte vielleicht helfen, unter Freunden zu sein.“ Charlotte war die gute Seele der Abteilung, sie konnte stahlharte Killer mit ein wenig aktivem Zuhören und emotionalen Begriffen in die Knie zwingen. Sie hatte ihr Mitgefühl zur Schärfe einer Samuraiklinge aus dem 14. Jahrhundert ausgefeilt und schwang diese Waffe gnadenlos.

Quentin lächelte Charlotte an, und sie erwiderte das Lächeln. Es war irgendwie unmöglich, ihr zu widerstehen.

Wenn Dominic je in einer Zwangslage wäre, die einen Verhandlungsführer erforderte, würde er wollen, dass Charlotte das Reden übernahm. Er hatte Mitleid mit dem Kerl, in den sie sich verlieben würde, denn er würde keine Chance haben. Aus irgendeinem unerklärlichen Grund flogen seine Gedanken zum Bild von Ava Kanas auf diesem Dach, so isoliert und unnahbar wirkend – das Gegenteil von Charlottes allumfassender Wärme. Er schob das Bild beiseite. Die unerfahrene Frischlings-Agentin war ihr eigener schlimmster Feind.

„Leider muss ich meine Rede für diese Konferenz nächste Woche in Indonesien schreiben." Quentin zog eine Grimasse. Er wurde als einer der Besten im Bereich der Verhandlungstaktiken angesehen, genoss das Scheinwerferlicht allerdings gar nicht.

„Wie sieht's mir dir aus, Dominic?", fragte Charlotte erneut.

„Nicht heute Abend, Char", antwortete er ihr. „Ich habe einige Akten, die bearbeitet werden müssen."

Quentin runzelte die Stirn. Charlottes Lächeln wurde schwächer.

„Wir werden eine Weile dort sein. Es ist Ebans Geburtstag. Gesell dich zu uns, wenn du hungrig wirst oder Gesellschaft möchtest." Bevor sie ging, bedachte sie ihn mit einem besorgten Blick, durch den er sich gleichzeitig warm und schuldig fühlte.

Ja, diese Frau wusste, wie sie die innersten Gefühle beeinflussen konnte. Und sie kam damit durch, weil sie es aufrichtig gut meinte, sogar mit den abgebrühtesten Kriminellen und härtesten FBI-Mitarbeitern.

Dominic stand auf, um zu gehen.

„Wo stehen wir im Alexander-Fall?", fragte Savage schnell.

Die Alexanders waren ein pensioniertes Paar, dessen Träume einer Weltumseglung zerschmettert worden waren, als sie vor fünf Monaten im südchinesischen Meer entführt worden waren.

Es erinnerte Dominic daran, dass er nicht der einzige Mensch auf der Welt war, der einen schlechten Tag hatte. „Seit gestern Abend keine Neuigkeiten. Der Verhandlungsführer, den wir in der Botschaft in Jakarta haben, hat noch eine Woche, bevor sein Turnus endet."

„Finde heraus, ob er seine Abreise eine weitere Woche verschieben und mich in Jakarta treffen kann. Ich lasse mich dann vor Ort informieren. Danach rufst du das Außenministerium an und findest heraus, ob es irgendwelche Aktualisierungen zur Sicherheitssituation in der Region gegeben hat."

„Alles klar." Dominic wusste, was sein Chef tat. Ihn beschäftigt halten. Ihn nicht über die schrecklichen Ereignisse des heutigen Tages nachgrübeln lassen.

Er ging zwei Türen weiter zu seinem Büro, das er mit einem anderen Verhandlungsführer teilte, der gerade von einer Entsendung ins Hauptquartier zurückgekehrt war.

Die Zeit war immer der Freund des Verhandlungsführers, sie machte Entführer mürbe, verbrauchte ihre Ressourcen, senkte ihre Erwartungen. Aber für die Geiseln und ihre Freunde und Familien musste jede Sekunde und jede Stunde eine Qual sein, während sie nicht wussten, ob die geliebten Menschen lebten und litten oder bereits tot waren.

Dominic rief das Außenministerium an, bevor alle dort den Arbeitstag beendet hatten. Während er auf die Verbindung wartete, dachte er erneut über Ava Kanas nach, darüber, wie sie vor ihm weggezuckt war, als er die Verletzung auf ihrer Wange hatte berühren wollen.

Irgendwann hat jemand sie fest genug geschlagen, um eine Narbe zu hinterlassen. War es eine alte Verletzung aus ihrer Kindheit oder etwas kürzlich Geschehenes? Es machte ihn wütend, aber sie wirkte nicht wie die Art Frau, die seine Anteilnahme oder gar sein Mitleid wollte.

Er umfasste seinen Nacken, als das Außenministerium ihn in die Warteschleife legte. Sie hatte definitiv etwas an sich, dass ihn faszinierte. Vielleicht war es diese Verletzlichkeit in Verbindung mit ihrem Mut … nicht nur, als sie zum Standort des Schützen gerannt war, sondern auch, als sie ihre Meinung vor dem Direktor ausgesprochen hatte. Das erforderte Mumm.

Hatte sie eine Charlotte in ihrem Leben, durch die sie sich besser fühlte? Würde ihr Chef sicherstellen, dass sie durch die Schießerei keine negativen Nachwirkungen verspürte? Sie dazu bringen, die FBI-Psychiaterin zu besuchen?

Van hätte es getan.

Würde Aldrich es tun?

Dominic warf seinen Stift hin und rieb sich die Augen, während er in Washington von einer Person zur nächsten verbunden wurde. Wahrscheinlich gab es einen Freund, der Kanas' Hand hielt, wenn sie Trost brauchte. Der Gedanke war unerfreulich. Was dumm war. Es war nicht so, als ob er sie wiedersehen würde, und selbst wenn, er ging nie mit Agentinnen aus, und dieser Grundsatz war auf jüngere Agentinnen gleich doppelt anwendbar.

Er lachte über sein eigenes Ego. Wer zur Hölle behauptete, dass sie ihn überhaupt zweimal ansehen würde? Sie war eine schöne Frau, und vielleicht stand sie nicht mal auf Kerle.

Er verdrängte sie aus seinen Gedanken, während er sein Gespräch mit dem Außenministerium beendete und dann Savage über den neuesten Stand informierte. Dann klingelte sein Handy, und Dominic sah auf die Anrufererkennung.

Der Gouverneur von Vermont war in der Leitung.

Er starrte auf das Display, bis der Anruf schließlich auf die Voicemail ging. Dann stand er auf und griff nach seinem Jackett. Vielleicht brauchte er diesen Drink doch.

KAPITEL DREI

DAS BLATT PAPIER auf dem Tisch wies eine Liste von zehn Namen auf. Zwei waren eines natürlichen Todes gestorben. Der Krebs eines Mannes ging auf seine Arbeit am Ground Zero zurück. Traurig, ja, aber nur, weil er glimpflich davongekommen war. Drei Namen waren in diesem Jahr bereits durchgestrichen worden. Jeder Tod war als natürlicher Tod oder Unfalltod eingestuft worden, inklusive Van Stamos, dessen Selbstmord perfekt vorgetäuscht und erfreulich hässlich verlaufen war.

Ein dicker grüner Marker wurde mit einer Art grimmiger Befriedigung über den Namen „Calvin Mortimer" gezogen. Es war eine Art Zufallsentscheidung gewesen, wer erschossen werden sollte. Nur drei Namen waren noch auf der Liste, der wichtigste davon war Dominic Sheridan. Es war heute verlockend gewesen, ihm eine Kugel zu verpassen, aber dann wäre er zu leicht davongekommen, wie der Mann, der dem Krebs erlegen war. Sheridan verdiente es am meisten, zu leiden. Die Aussicht auf das langsam erwachende Entsetzen, das er verspüren würde, sobald er begriff, dass er gejagt wurde, war ausgesprochen befriedigend.

Vorsichtig wurde die Kappe auf den grünen Marker gesetzt, das Blatt Papier gefaltet und in eine Schreibtischschublade gelegt. Dann wurde die Schublade verschlossen.

Ein Telefon klingelte in der Entfernung. Die Rache musste

vollständig sein, alles umfassend. Geradezu eine Lehrstunde in Sachen Mord. Peter würde so stolz sein.

KAPITEL VIER

„MACHEN SIE JENNIFER McCredie aus dem San Francisco Field Office zu Ihrer Hauptverhandlungsführerin, aber setzen Sie sie nicht zuerst ein." Dominic sprach mit einem Polizeichef einer kleinen Stadt außerhalb von Sacramento, wo ein Mann sich mit seiner Ex-Frau, dem kleinen Sohn und einer Auswahl halbautomatischer Waffen verbarrikadiert hatte. „Einer der anderen Verhandlungsführer soll die Vorarbeit erledigen. Bringen Sie den Mann zum Reden. Geben Sie ihm das Gefühl, dass Sie sich seine Probleme anhören, und es Ihnen wichtig ist, was mit ihm passiert, und niemand wird verletzt werden. Lassen Sie Jennifer nach einigen Stunden mit ihm reden." Sie würde ohnehin so lange brauchen, um den Ort zu erreichen.

Am anderen Ende gab es eine Pause. „Der Kerl hat eine Kellnerin in einem Fast-Food-Lokal erschossen und scheint brennenden Hass gegen Frauen zu empfinden. Warum glauben Sie, dass er mit dieser Jennifer reden wird?"

Weil Jennifer die Top-Verhandlungsführerin an der Westküste war?

Dominic rieb sein Gesicht, froh, dass es kein Videoanruf war. Er ließ sich nicht oft gehen, aber nach dem gestrigen Debakel hatte er sich ein paar Bier mit den anderen erlaubt und war mit einem Kater aufgewacht. Charlotte hatte ihn um Mitternacht in ein Taxi verfrachtet.

Die Frau war eine Heilige.

Dominic trank aus der Wasserflasche, die er auf dem Schreibtisch stehen hatte. „Meiner Erfahrung nach sehnt sich der Kerl genau danach, dass er eine Frau dazu bringen kann, ihm wirklich zuzuhören." Die Kellnerin hatte darauf bestanden, dass der Geiselnehmer das Restaurant verließ, nachdem er mit der Ex-Frau eine Szene gemacht hatte. Die Kellnerin hatte gedroht, die Polizei zu rufen, falls er sich weigerte, ruhig zu gehen. Also hatte er sie erschossen. „Jennifer kann ihn zum Reden bringen, ein einfühlsames Ohr bieten."

Im Laufe der Jahre hatte Dominic bemerkt, dass viele der Leute, die Geiseln nahmen, Männer waren, die das Gefühl hatten, die Kontrolle über das zu verlieren, was sie als ihr Eigentum betrachteten. Ihre Frauen verließen sie oder wollten einfach etwas Unabhängigkeit, und die Männer konnten damit nicht umgehen.

Der Polizeichef grunzte. „Ich habe seinen ehemaligen Chef und seinen Bruder gebeten, herzukommen, um mit ihm zu reden. War das ein Fehler?"

Dominic massierte seine Nasenwurzel. „Es ist prima, dass Sie sie befragen, aber lassen Sie sie nicht mit dem Geiselnehmer reden."

„Warum nicht?"

„Weil Sie keine Ahnung haben, welche Beziehung sie haben, oder welchen Groll der Ehemann vielleicht hegt. Wenn der Geiselnehmer ein misstrauischer Typ ist, könnte er vielleicht denken, dass einer der beiden was mit der Ex-Frau hat. Vertrauen Sie mir, das hat es alles schon gegeben." Mit tödlichen Konsequenzen.

Der Polizeichef machte ein frustriertes Geräusch.

„Lassen Sie SWAT das Umfeld sichern, und finden Sie heraus, ob Sie Sicht auf den Kerl bekommen können, falls Sie eine taktische Lösung brauchen. Dann lassen Sie das Verhandlungsteam seine Arbeit machen. Es wird dauern, aber das ist eine gute Sache." Auf Zeit zu spielen, war ein Konzept, das ihm ein erfahrener Verhandlungsführer beim NYPD beigebracht hatte. „Je länger wir das hinziehen, desto größer ist unsere Chance, dass alle lebend aus dieser Sache herauskommen."

Viele Leute hielten Verhandlungsführer und Verhaltensforscher für die Sozialarbeiter der Strafverfolgung. Die Händchenhalter. Die „Lass uns darüber reden"- oder „Dieser Täter wurde als Kind wahrscheinlich missbraucht"-Typen. Als ob das bedeutete, dass sie irgendwie weniger darauf erpicht waren, die bösen Jungs hinter Gitter zu bringen oder die schadlose Freilassung von Geiseln zu erreichen.

Die Statistiken zeigten ziemlich überzeugend, dass bei der Involvierung von Krisenverhandlungsführern die Gemüter Zeit hatten, sich zu beruhigen, und dass die Dinge mit weniger Gewalt und Schaden für die Beteiligten gelöst wurden.

Der Polizeichef schluckte hörbar. „Da ist ein kleines Kind drin …"

Dominics Griff um das Telefon wurde fester. „Das ist mir bewusst, aber so verführerisch es auch ist, mit Waffen hineinzustürzen, das wäre zu diesem Zeitpunkt das Gefährlichste, was Sie dem Kind antun könnten. Falls die Situation sich verschlechtert, werden Sie das taktische Team bereitstehen haben, um einzugreifen."

Dominic konnte nie umhin, die Zwecklosigkeit der Handlungen der Geiselnehmer zu erkennen. Was glaubten sie, würde passieren? Dass die Polizei sie in Ruhe lassen würde, während sie ihre Familie mit Waffengewalt festhielten? Dass Vergewaltigung und Versklavung in Ordnung waren, solange sie sonst niemanden belästigten?

Ein guter Verhandlungsführer musste alle Beurteilungen beiseiteschieben, musste einen Geiselnehmer – üblicherweise jemand in einer Krisensituation – überzeugen, dass das Leben weiterhin lebenswert war, und dass es immer noch Hoffnung gab, auch wenn die Dinge im Augenblick hoffnungslos schienen. Es wurde erheblich schwerer, wenn jemand in einem Staat mit Todesstrafe ein Kapitalverbrechen begangen hatte.

Wenn die Strafverfolgungsbehörden gezwungen waren, taktisch vorzugehen, könnten Mutter und Kind leicht im Kreuzfeuer getötet werden. Aber wenn die Krisenverhandlungsführer ihren Job effektiv machten, würde es nicht nötig werden, Blendgranaten einzusetzen oder die Barrikaden zu stürmen. Jemanden dazu zu bringen, seine Gefangenen freizulassen und seine Waffen niederzulegen, war ein so erhebendes Gefühl, dass es schwer vorstellbar war.

Der Polizeichef wirkte zögerlich. „Ich werde es auf Ihre Weise machen, aber es wird dem Rathaus nicht gefallen."

„Sagen Sie dem Bürgermeister, dass er sich raushalten soll. Das ist eine Angelegenheit der Polizei, nicht der Politik."

„Ihr." Der Polizist verbesserte ihn. „Ich werde es *ihr* sagen, aber es wird ihr wahrscheinlich nicht gefallen."

Örtliche Politiker und die Polizei dazu zu bringen, auf sinnvolle Weise zu kooperieren, war oftmals eine Herausforderung, und ein Mangel an Kommunikation zwischen verschiedenen Behörden konnte die Position des Verhandlungsführers gefährlich schwächen.

Dominic rollte seine Schulter. „Sagen Sie der Bürgermeisterin, dass sie mich anrufen soll, wenn sie eine

Erklärung der Verhandlungstechniken braucht." Er beendete das Gespräch, wusste, dass der Polizeichef durch Umstände belastet war, mit denen er keine Erfahrung hatte. Anders als Dominic, der fast täglich mit Varianten dieser Situation zu tun hatte. Das bedeutete nicht, dass alle größeren und kleineren Geiselnahmen auf dieselbe Weise und mit den gleichen Ergebnissen behandelt werden konnten. Gefühle beeinflussten Geschehnisse, und das umfasste die unberechenbaren Taten aller Beteiligten. Menschen waren notorisch wankelmütig. Deshalb war es für ausgebildete Verhandlungsführer notwendig, sich im Griff zu haben und ihre Frustration nicht herauszulassen; in dem Wissen, wie man eine angespannte Situation deeskalierte, selbst wenn Leben auf dem Spiel standen.

Er griff erneut nach seiner Wasserflasche und nahm einen weiteren großen Schluck, wünschte sich, dass er den Abend nicht mit einigen Whiskeys beendet hätte. Bier war eine Sache. Fünfzehn Jahre alter Glenfiddich eine andere.

Er überprüfte den Funk, aber es gab noch keine neuen Informationen über den Verdächtigen des Mordes an Calvin. Das Bild von Ava Kanas, die den Direktor des FBI herausforderte, sich Vans Tod genauer anzusehen, blitzte in seinem Gehirn auf. Die Frau hatte Cojones, auch wenn es ihr an Feingefühl mangelte. Er griff nach dem Telefon, rief Fredericksburg an und wurde fast sofort zu Ray Aldrich durchgestellt.

„Irgendwelche Neuigkeiten zu dem Schützen?", fragte Dominic.

Aldrich seufzte. „Nichts, das uns irgendwelche Hinweise auf seine Identität gibt. Da ist eine Parkgarage im Untergeschoss, und wir glauben, dass er wegfuhr, bevor Sie über haupt zu Fuß dort angekommen sind. Es gibt in diesem Gebäude oder der Umgebung nirgendwo Überwachungskameras."

„Was ist mit Vans Tod?" Avas Kanas' Entschlossenheit war überzeugend gewesen, aber vielleicht wollte keiner von ihnen zugeben, dass sie einen Mann im Stich gelassen hatten, der ihnen beiden ein Mentor gewesen war.

„Ich bin die Unterlagen noch einmal durchgegangen, kann aber nichts finden, was verdächtig aussieht."

„Kann ich mir die Akten ansehen?" Dominic schloss seine Augen, während er die Bitte aussprach.

„Sind Sie sicher, dass Sie das tun wollen?"

Wollte er den Todesort und die Autopsiefotos eines seiner besten Freunde sehen? Nein, das wollte er nicht. „Ich könnte vielleicht helfen."

„Okay. Ich schicke Ihnen die Zugangsinformationen, aber sagen Sie nicht, ich hätte Sie nicht gewarnt", meinte Aldrich.

„Was ist mit Agent Kanas? Wie geht es ihr nach der Schießerei?"

Aldrich seufzte. „Sie ist eine gute Agentin, aber sie ist wie ein Hund mit einem Knochen und weiß nicht, wann sie loslassen muss. Ich habe sie auf eine Spur angesetzt, die wir vom New Mexico Field Office erhalten haben, was sie einige Tage oder Wochen beschäftigen sollte."

Also würde sie wahrscheinlich sogar noch frustrierter sein. „Glauben Sie ihr?", fragte Dom.

„Ehrlich gesagt … nein. Ich glaube, sie ist überreizt und aufgebracht."

Ava Kanas wirkte nicht wie jemand, der überreizt war. Sie wirkte entschlossen und leidenschaftlich.

„Standen sie und Van sich nahe?", fragte Dominic.

„Soweit ich weiß zumindest nicht in intimer Hinsicht, wie Sie gestern vorschlugen."

Dominic zuckte zusammen. Das war nicht sein bester Moment gewesen und spiegelte wahrscheinlich eher seine Gedanken über Agent Kanas wider, als sonst irgendetwas. Sie war nun einmal sehr attraktiv.

„Aber sie standen sich nahe. Das ist ihr erster FOA, und Van hat sie unter seine Fittiche genommen. Ich nehme an, sie hat ihn sehr beeindruckt."

Vor mehr als einem Jahrzehnt hatte Van dasselbe mit Dominic getan. Dominic hatte nie den Grund dafür herausgefunden. Hatte er so sehr wie ein Anfänger gewirkt, dass Van gewusst hatte, dass er Hilfe brauchte? Wahrscheinlich.

Etwas an Ava Kanas' Überzeugung schien tiefer begründet als die Reaktion eines Mentees über den Tod des Mentors, aber Dominic war bei Beziehungen im Allgemeinen ein Versager, was zur Hölle wusste er also schon?

„Hier kommt ein weiterer Anruf rein", verkündete Aldrich. „Danke, dass Sie sich die Akten ansehen wollen. Ich möchte vor dem Direktor nicht wie ein Idiot dastehen."

Dominic brummte, als er auflegte. Außenwirkung interessierte ihn kein Stück, aber manche würden vielleicht behaupten, dass er dazu auch keinen Grund hatte, was wahrscheinlich stimmte und ihn sauer machte.

Dominics Posteingang signalisierte eine neue Mail, und da war schon die Nummer der Fallakte der Ermittlung von Vans Tod und ein Zugangscode in seiner Inbox. Sein Mund wurde trocken, und sein Herz fing an zu hämmern, während sein Finger über der Taste schwebte. Er freute sich nicht darauf. Überhaupt nicht.

AVA SAß IN ihrem Dienstwagen am Straßenrand, ein Stück entfernt vom Zuhause der Freundin eines Strafgefangenen, der aus dem Gefängnis von New Mexico geflüchtet war. Das umgebaute ältere Wohnhaus hatte drei Wohnungen, eine auf jeder Etage, und grenzte hinten an die Stadt und den historischen Konföderiertenfriedhof. Es war später Morgen in einer ruhigen Wohngegend, nicht unbedingt hilfreich für Überwachungen, wenn Fremde, die in geparkten Autos saßen, auffielen wie blinkende Neonschilder. Sie behielt die Vordertür im Auge, indem sie in ihren Rückspiegel sah.

Sie hatte sich leger in ein „The National" T-Shirt und ihre ältesten, schäbigsten Jeans gekleidet, welche am Knie zerrissen waren, außerdem ein Paar rote Vans angezogen, damit sie rennen konnte, wenn es notwendig wäre. Sie trug eine Sonnenbrille und ein blaues Armband gegen den bösen Blick, das ihre Mutter ihr geschickt hatte, als sie ihren Abschluss an der Akademie gemacht hatte. Ihre Waffe war an ihrer Hüfte, das T-Shirt darüber gezogen. Eine Ersatzwaffe war an ihren Knöchel geschnallt.

Alle anderen Agenten der Außenstelle waren der Ermittlung der gestrigen Schießerei zugeteilt worden. Es sah aus, als ob sie sich selbst lahmgelegt hätte, indem sie ihre große Klappe vor dem Direktor aufgerissen hatte. Anstatt einbezogen zu werden, hatte man sie kaltgestellt. Der Kloß in ihrem Hals erstickte sie fast.

Van wäre so wütend auf sie gewesen, dass sie das verbockt hatte. Es war ihr egal. Sie würde es nicht ruhen lassen. Er hatte sie gewarnt, immer darauf zu achten, dass sie die Regeln einhielt und ihren Job anständig machte.

Die Öffentlichkeit verließ sich darauf, dass das FBI die bösen Jungs von der Straße holte, und Agenten mussten bereit sein, den Job zu erledigen, ganz gleich, was sie dafür opfern mussten. Agenten durften ein Privatleben haben, aber die Arbeit des FBI stand an erster Stelle. Das hatte er ihr von dem Augenblick an eingehämmert, in dem sie einander begegnet waren.

Also saß sie jetzt hier vor Maria Santanas Wohnung, trank Kaffee und beobachtete die Tür, während sie lieber Vans letzte Aktivitäten nachverfolgt oder in Tür-zu-Tür-Befragungen nach Hinweisen auf die Identität des gestrigen Schützen gesucht hätte.

Eine Fliege summte, und sie schlug sie weg. Obwohl es früh war, und sie unter einem großen, dicht belaubten Baum parkte, war es in ihrem Impala heiß wie im Hades. Sie hatte den Motor und die Klimaanlage abgestellt und die Fenster heruntergelassen, da ein Auto im Leerlauf zu viel Aufmerksamkeit erregen würde. Es versprach ein langer und zäher Einsatz zu werden.

Maria Santanas Freund, Jimmy Taylor, hatte wegen Drogenschmuggels und wegen vorsätzlichen Mordes in zwei Fällen eingesessen, einer davon an einem Polizisten, der ihn verhaften wollte. Ava hatte keine Ahnung, wie Jimmy aus dem Gefängnis entkommen war, aber es schien lächerlich, dass er zurück nach Virginia kommen würde, wenn er sich direkt neben der mexikanischen Grenze befand. Selbst wenn Maria die Verkörperung von sexy war? Er würde auf gar keinen Fall hierher zurückkommen. Das hier war Zeitverschwendung.

Ava zwang sich, nicht zu reagieren, als Maria aus dem Gebäude kam, hübsch und weiblich, mit dunkler Sonnenbrille, einem langen Rock mit Blumenmuster und einer Bauernbluse.

Ava wägte ihre Möglichkeiten ab. Maria zu Fuß folgen, oder hier bleiben und warten, bis sie nach Hause zurückkehrte? Sie könnte auch um den Block fahren, bei Sugar Shack parken und die Wohnung von dort beobachten, während sie ihre Energiespeicher mit Donuts auffüllte, bis Maria zurückkam.

Zu Fuß folgen. Sie konnte die Bewegung brauchen.

Ava streckte die Hand nach dem Türgriff aus, als ein großer, schwarzer Suburban hinter ihr am Straßenrand anhielt.

Sie erstarrte.

Der Fahrer war ein weißer Mann mit dunkler Sonnenbrille und einer tief in die Stirn gezogenen Baseballmütze. War es Jimmy? Nein. Er würde nicht so dumm sein, oder? Ava zwang sich, bewegungslos zu bleiben und keine Aufmerksamkeit zu erregen. Gleichzeitig spähte sie in den Spiegel und versuchte, ihn zu identifizieren.

Maria stieg in den Truck und küsste den Kerl, als ob sie ihn gleich direkt dort auf dem Vordersitz vernaschen würde. Was zum Teufel?

Heilige Scheiße.

Es war Jimmy Taylor. Maria war offensichtlich die Verkörperung von sexy und das Risiko einer längeren Gefängnisstrafe wert. War das echte Liebe oder die ultimative Dummheit? Wenn man bedachte, dass Maria an jeden Ort der Welt hätte fliegen können, um den Kerl zu treffen, neigte Ava dazu, sie beide für Vollidioten zu halten.

Sie ließ sie losfahren und beobachtete, wie sie in die Sylvania Avenue abbogen, bevor sie den Motor anließ und schnell zur Mortimer fuhr, der Parallelstraße. Sie gab Gas, erhaschte einen Blick auf den Suburban, der die Littlepage überquerte, und gab erneut Gas. Als sie die nächste Kreuzung erreichte, hatte sie sie eingeholt und sah sie nach links abbiegen, bevor sie blinkte und dasselbe tat. Sie rief die Zentrale an.

„Ich habe den Verdächtigen Jimmy Taylor gesichtet, er fährt in einem schwarzen Suburban auf der William mit seiner Freundin, Maria Santana, in westlicher Richtung." Sie gab das Nummernschild durch. „Ich verfolge sie und brauche sofortige Verstärkung. Setzt einen Hubschrauber ein, wenn möglich."

Vielleicht konnte sie sich mit einigen örtlichen Polizeiwagen in Verbindung setzen, und sie würden Taylor vielleicht verhaften können, bevor er entkam.

Ava sah mit zusammengekniffenen Augen auf das jetzt vor ihr fahrende Auto. Im Idealfall wäre sie Teil eines Teams – im Gegensatz zu dem, was Sheridan gestern angedeutet hatte, konnte sie im Team arbeiten – und sie würden gemeinsam operieren, Positionen verändern und unterschiedliche Strecken nehmen, aber heute war sie allein. Die Straßen waren ungewöhnlich ruhig, was sowohl gut war wie auch schlecht. Sie bogen rechts auf den Highway 3 ab, und sie blieb näher an dem Fahrzeug, als sie sollte, weil sie nicht an einer Ampel abgehängt werden wollte. Sie hielt die Luft an, als sie an den Ausfahrten zur Route 1 vorbeifuhren, dankbar, dass er keine davon nahm. Leider waren sie nur noch eine Meile vor der Kreuzung, die ihn zur Interstate 95 brachte, welche die gesamte Ostküste entlangführte. Die Polizisten konnten sich eine Verfolgungsjagd bei hoher Geschwindigkeit auf einer so stark befahrenen Straße nicht erlauben, und falls sie ihn verlören, könnte Jimmy an jeden Ort entlang der Ostküste entkommen.

Sie verschaffte sich einen Eindruck der Verhältnisse. Sie waren auf einem vierspurigen Abschnitt der Route 3 mit vielen Geschäften und Restaurants – ein zu großes Risiko für Fußgänger, um das auszuprobieren, was ihr vorschwebte.

„Ich werde versuchen, ihn zum Anhalten zu zwingen, sobald ich eine Grünfläche finde", gab sie der Zentrale durch.

„Roger, Agent Kanas. Verstärkung ist unterwegs."

Ava näherte sich Taylors Fahrzeug und stellte das Blaulicht am Armaturenbrett an. Sie fügte die Sirene hinzu, und Taylors Auto gab Gas.

Scheiße.

Die Zentrale war noch in der Leitung.

„Er ist losgerast." Die achthundert Meter entfernte Auffahrt auf die Interstate wurde sichtbar. Taylor würde versuchen, sie zu erreichen.

Ava wägte ihre Möglichkeiten ab. Der Impala war mit verstärkten Stoßstangen ausgerüstet, da es eines der wenigen Überwachungsfahrzeuge war, die sie in der Außenstelle Fredericksburg hatten. „Ich werde ein PIT-Manöver versuchen, um ihn davon abzuhalten, die Interstate zu erreichen."

Sie hatte die *Pursuit Intervention Technique* während ihrer Ausbildung zur Streifenpolizistin hundert Mal geübt, aber nie unter echten Bedingungen angewandt und nie allein, während sie versuchte, einen mutmaßlichen Mörder zu verhaften.

Er ignorierte die Auffahrt in nördlicher Richtung, was ihr entgegenkam. In Richtung Süden gab es mehr freie Flächen und weniger Bäume am Straßenrand.

Sie drückte ihren Fuß aufs Gaspedal, und ihr Auto schoss nach vorne. Sie brauchte einige nervenzermürbende Sekunden, um ihre Motorhaube direkt an seinem Hinterreifen der Fahrerseite zu positionieren. Er scherte aus, als ob er wüsste, was sie vorhatte. Vielleicht tat er das wirklich. Sie konnte sich kein Zögern erlauben, falls er eine Waffe hatte und zu schießen anfing.

Sie überprüfte ihre Umgebung erneut und sah blinkende Lichter in ihrem Rückspiegel. Die Verstärkung war nah.

„Ich werde versuchen, ihn von der Straße zu drängen." Sie passte ihre Geschwindigkeit seiner an und hoffte, dass der Impala genug Power hatte, um das zu schaffen, was sie vorhatte. Sie umklammerte das Steuer, lenkte ihr Auto auf Zentimeter an Taylors Suburban heran, während er auf die Auffahrt fuhr. Ava trat heftig aufs Gas und riss das Steuer in Richtung des anderen Autos herum. Das flüchtende Auto schleuderte abrupt seitlich über den Asphalt, schlitterte auf den Seitenstreifen und hielt an, um hundertachtzig Grad gedreht.

Ava schaffte es, ihr Auto unter Kontrolle zu halten und hielt ein wenig entfernt auf dem Seitenstreifen. Beim Herausspringen zog sie ihre Glock, während sie gleichzeitig den Hebel für ihren Kofferraum zog. Sie griff nach ihrer kugelsicheren Weste und zog sie über ihren Kopf, schnallte sie mit einer Hand fest und ließ den Suburban dabei keine Sekunde aus den Augen.

Das andere Auto schaukelte noch leicht auf dem Grünstreifen am Straßenrand.

Sie wusste, dass die Verstärkung nahe war, aber sie wusste nicht, in welcher Verfassung die Leute im Fahrzeug waren, also näherte sich Ava dem Fahrzeug vorsichtig auf der Fahrerseite. Ihr Herz hämmerte wegen der Aufregung der Jagd und der Unsicherheit über das, was passieren würde. Hatte Jimmy eine Waffe? Hatte Maria eine?

„FBI. Öffnen Sie die Tür und zeigen Sie mir Ihre Hände", schrie sie.

Die Tür öffnete sich langsam. Jimmy Taylor streckte seine Hände aus, um zu zeigen, dass sie leer waren, und drehte seinen Körper so, dass beide Füße sichtbar waren. Sie ging um das Auto herum, damit sie an ihm vorbei auf den Beifahrersitz sehen konnte. Maria war, anscheinend bewusstlos an der Beifahrertür zusammengesackt. Ihre Haare waren mit Blut verklebt. Auch Taylors Kinn war mit Blut bedeckt.

„Sie haben uns von der Straße gedrängt?" Seine Stimme war vor Entsetzen schrill. „Was soll die Scheiße? Meine Freundin ist verletzt. Ich muss ihr helfen."

Ava balancierte auf ihren Fußballen. „Sie hätte ihren Sicherheitsgurt anlegen sollen."

„Du beschissene Schlampe." Seine Worte waren harsch. Die Augen brannten vor Wut.

„Der Rettungswagen ist auf dem Weg." Das stimmte nicht ganz, aber es würde nicht lange dauern. „Steigen Sie aus dem Auto, Mr. Taylor. Schön langsam."

„Wer? Sie haben den falschen Kerl, Schätzchen, und ich werde Sie und Ihre Abteilung auf alles verklagen, was Sie haben."

„Steigen Sie aus dem Auto, Jimmy."

„Sie haben einen Fehler gemacht, und ich werde Ihren beschissenen Arsch dermaßen verklagen …" Er schob sich langsam aus dem Auto und stürzte dann so schnell auf sie zu, dass sie vollkommen überrumpelt war. Sie duckte sich weg, fluchte und kam dann näher, hielt ihre Waffe außerhalb seiner Reichweite, während sie ihm ihr Knie in den Schritt rammte. Als er sich vor Schmerz zusammenkrümmte, griff sie nach einem seiner Handgelenke und nutzte den Griff, um ihn zu Boden zu zwingen. Streifenpolizisten fuhren vor, während sie ihre Handschellen aus ihrer hinteren Hosentasche nahm. Sie wies sich aus. Ein Polizist kümmerte sich um den Verkehr. Ein anderer näherte sich mit gezogener Waffe, auf Jimmy gerichtet. Ava las dem Kerl seine Rechte vor und bemerkte allmählich das Geräusch eines Hubschraubers über ihnen.

„Da ist eine verletzte Beifahrerin", teilte Ava dem Polizisten mit. „Sie müssen beide im Krankenhaus durchgecheckt werden, bevor die Formalitäten der Verhaftung erledigt werden." Sie half Jimmy auf und übergab ihn einem dritten Cop, der erschienen war. „Ruft die Marshalls an. Sagt ihnen, wir haben etwas gefunden, das sie verloren haben."

Ava und ein weiterer Cop kümmerten sich bis zur Ankunft der Rettungssanitäter um Maria. Die Frau hatte sich ihren Kopf am Seitenfenster angeschlagen und behauptete, sich an gar nichts zu erinnern, nicht einmal ihren Namen. Nicht die erste Person auf der Welt, die behauptete, eine Amnesie zu haben, aber es war im Allgemeinen keine Verteidigungstaktik, die beim Richter gut ankam.

Die Cops steckten Jimmy und Maria in zwei verschiedene Streifenwagen, und Ava hatte kein Problem damit, dass sie die Anerkennung für die Ergreifung einheimsten. Es baute gutes Einvernehmen zwischen den Institutionen auf und bedeutete wesentlich weniger Papierkram für sie. Dann überprüfte sie ihr eigenes Auto auf Schäden. An der Seite war eine leichte Delle, aber nichts Wesentliches. Sie würde vielleicht von den Mechanikern einen Klaps auf die Finger bekommen, aber ihr Chef sollte ausreichend zufrieden sein.

Van hätte seine helle Freude an der ganzen Sache gehabt. Sie sah hoch in den Himmel und grinste, vermisste ihn so akut, dass es sich anfühlte, als ob jemand ein Stück aus ihrem Herzen geschnitten hätte.

Ihr Arbeitshandy klingelte. Sie sah auf das Display und

verzog überrascht ihr Gesicht. „Was kann ich für Sie tun, SSA Sheridan?"

Sie hatte nach ihrem Wortwechsel bei der gestrigen Beerdigung nicht erwartet, noch einmal von ihm zu hören.

„Können Sie mich innerhalb der nächsten Stunde bei Vans Haus treffen?"

Ihr Herz gab ein intensives Pochen von sich. Hatte er etwas herausgefunden?

„Agent Kanas? Sind Sie noch dran?"

„Klar. Ja. Entschuldigung." Sie warf einen Blick auf die verstreut dastehenden Fahrzeuge und die kilometerlange Autoschlange, in der Autofahrer sich den Hals verrenkten, um zu erkennen, was passiert war. Sie hatte Papierkram zu erledigen und einen Bericht zu schreiben, aber … „Ich werde in dreißig Minuten da sein."

Sie legte auf, weil es ihr nicht gefiel, wie sie auf SSA Sheridans Stimme reagierte. Viele Männer hatten sexy Stimmen. Aber das bedeutete gar nichts, auch wenn sie hübsch verpackt waren. Sie stieg in ihr Auto und wusste, dass sie morgen Schmerzen haben würde, aber jetzt war sie immer noch auf dem Adrenalinhoch. Sie hatte dabei geholfen, einen weiteren bösen Jungen hinter Gitter zu bringen, und dafür hatte sie sich überhaupt erst dem FBI angeschlossen. Und dafür blieb sie auch dort.

KAPITEL FÜNF

ALS AVA AUF Vans Haus zufuhr, senkte sich ein Gefühl unglaublicher Trauer über sie. Es sah nicht aus, als ob Sheridan schon hier war, und darüber war sie froh. Es gab ihr einen Augenblick, um in Frieden zu trauern. Es war eine ältere Wohngegend, viele kleinere Einfamilienhäuser aus den Fünfzigern und Sechzigern, dazwischen ein paar neuere, größere Häuser.

Sie stieg aus dem Impala und überquerte langsam die Straße zu dem gepflegten kleinen Bungalow, den Van mit der Ehefrau bewohnt hatte, die er verehrt hatte. Die Luft war von der Hitze des Tages noch warm, und der Duft der Rosen aus Jessicas Garten schwängerte die Luft. Jessica war bereits tot gewesen, als Ava mit ihm gearbeitet hatte, aber jedes Zimmer spiegelte die Frau wider, die dieses Haus zu einem Zuhause gemacht hatte. Soweit Ava wusste, hatte Van nichts verändert.

Als ihr Vater umgebracht worden war, hatte man Ava mit ihrem jüngeren Bruder und ihrer Schwester ans andere Ende des Landes verfrachtet, mit kaum mehr als der Kleidung, die sie trugen. Die einzige Erinnerung an ihren Vater war eine gerahmte Fotografie gewesen, die im Schlafzimmer ihrer Mutter gestanden hatte. Das und Avas wiederholte Albträume.

Ava vermisste ihren Dad, auch wenn sie sich mittlerweile kaum an ihn erinnern konnte.

Der Geruch von frisch gemähtem Gras riss sie aus ihren

Erinnerungen. Das Geräusch von jemandem, der sich von der Seite des Hauses näherte, sorgte dafür, dass sich ihr Körper anspannte.

Supervisory Special Agent Dominic Sheridan erschien in dunklen Hosen, einem leuchtend weißen Hemd – mit seiner Dienstwaffe in einem Schulterholster – und teuer aussehenden schwarzen Lederschuhen, die jetzt mit Grasresten bedeckt waren. Seine Krawatte war verschwunden, die Ärmel waren hochgerollt und enthüllten gebräunte, kräftig aussehende Unterarme und schön geformte Hände.

Er hielt abrupt an, sah einen Augenblick lang verwundert aus und räusperte sich. „Van mochte es nicht, wenn das Gras zu lang war."

Sie wandten die Blicke voneinander ab. Ihre jeweilige Trauer war zu schmerzhaft, um sie zu teilen.

„Mein Jackett ist hinten." Er neigte seinen Kopf mit einer Folgen-Sie-mir-Bewegung zum hinteren Teil des Hauses.

Ava sagte nichts, während sie ihm folgte. Vans Haus stand auf einem Eckgrundstück mit einem großen keilförmigen Garten. Sheridans Dienstwagen, ein Prius, stand vor Vans Garage. Sheridans Jackett hing an einem Zaunpfahl, eine rote Krawatte steckte in der Tasche. Ava sah zu, während er seine Ärmel herunterrollte und die Manschetten zuknöpfte. Die Muskeln in seinen Armen bewegten sich. Ihre Wangen wurden heiß. Hoffentlich hatte er nicht bemerkt, wie sie ihn angaffte, und würde ihr Erröten auf die Sonne schieben. Er schlüpfte in sein Jackett, ließ die Krawatte aber in der Tasche.

„Was kann ich für Sie tun, SSA Sheridan?"

Diese tiefblauen Augen bohrten sich in ihr Gesicht. „Nennen Sie mich Dominic."

„Okay." Sie ließ es wie eine Frage klingen, spielte eine

Gleichgültigkeit vor, die sie nicht empfand. Sein Gesicht war attraktiv. Seine Stimme war attraktiv. Ebenso wie sein dummer Name. Er strahlte Macht und Selbstbewusstsein, Reichtum und Charme aus. Wenn sie nicht ganz dumm war, würde sie dabei bleiben, ihn SSA Sheridan zu nennen.

Als sie nichts weiter sagte, zog er einen Schlüssel aus seiner Tasche. Ava verschränkte ihre Arme. „Sie wollen hineingehen?"

Er nickte.

Ein Schauer der Beklommenheit durchlief sie. „Haben Sie sich die Berichte angesehen?"

Seine Lippen wurden schmal. „Ich habe beschlossen, mir zuerst das Haus anzusehen."

„Tun Sie sich einen Gefallen. Sehen Sie sich die Autopsiefotos nicht an."

„Haben Sie sie angesehen?" Diese jeansfarbigen Augen musterten sie intensiv. Sie wollte vor einem Höherrangingen keine Schwäche zeigen, aber es ging um den Verlust eines Freundes. Eines guten Freundes. Für sie beide.

„Ich wünschte, ich hätte es nicht getan." Sie gab es zu, während sie sich dem Haus zuwandte.

„Ich werde es mir merken."

Dann begegnete Ava seinem Blick. „Aldrich wird nicht froh darüber sein, dass ich hier bin."

„Mein Boss ebenfalls nicht, aber ich hatte nicht vor, es ihm zu sagen."

„Guter Plan." Sie lächelten beide kurz.

Sie gingen in stiller Übereinstimmung durch die Hintertür hinein, Van hatte immer darauf bestanden, dass Freunde und Familie sie benutzten, wenn sie vorbeikamen.

„Wann waren Sie zum letzten Mal hier?", fragte er.

„Letzten Montag." Sie hatte nicht gewollt, dass Van sich einsam fühlte – wenigstens war es das, was sie sich selbst gesagt hatte. In Wahrheit war sie diejenige gewesen, die einsam gewesen war, aber sie würde Sheridan nicht an ihrer Selbstmitleidsparty teilhaben lassen. „Und Sie?"

Er zog eine Grimasse. „Im Mai. Die letzten Monate waren stressig."

Ava merkte, dass er das jetzt bedauerte. Sie trat zur Seite und ließ ihn den Schlüssel herumdrehen und die Tür weit aufstoßen.

Sie wollte einen Schritt nach vorne machen, aber er berührte ihren Arm. „Ziehen Sie die hier an."

Er hielt ihr ein Paar Latexhandschuhe hin und zog dann Schuhüberzüge aus Papier aus seiner Tasche. Sie sah sie überrascht an. „Sie halten das Haus für einen Tatort?"

„Ist es nicht das, wovon Sie die Leute überzeugen wollen?"

„Aber niemand glaubt es." Sie nahm die Handschuhe und zog sie an. „Sie sagten, Sie hätten die Berichte nicht gelesen, also…"

„Ich habe damit angefangen", gab er zu. Er zog den Latexhandschuh mit einem Schnappen über seine Finger. „Es fühlte sich an, als ob ich über einen Fremden lesen würde. Ich kam zu dem Schluss, dass ich ein besseres Gefühl dafür bekommen würde, wenn ich mir den Ort selbst ansehe."

Sie streiften beide die Papierüberzüge über ihre Schuhe. Ein Klumpen aus Angst bildete sich in ihrem Magen. „War sonst jemand hier, seit …?"

Sheridan schüttelte den Kopf. „Vans Töchter wollten bis nach der Beerdigung warten, bevor sie sich um das Haus kümmern."

Sie straffte ihre Schultern und ging hinein. Eine Welle der

Erinnerungen schlug auf sie ein. Van, der neben der Kaffeekanne stand. Van, der zum Abendessen Rührei machte, weil es eines der wenigen Dinge war, die er zubereiten konnte und immer gerne teilte.

Sheridans Mundwinkel waren nach unten verzogen, als ob er seine eigenen Erinnerungen an glücklichere Zeiten durchging. „Warum sind Sie am Montag hergekommen?"

Es fühlte sich jetzt an, als ob es eine Ewigkeit her wäre. „Ich habe eine Verhaftung bei einer Ermittlung zu Kinderpornografie vorgenommen, die angefangen hatte, als er noch beim FBI gewesen war. Er wollte gerne den Stand der Dinge erfahren. Sofern ich ihm etwas mitteilen konnte, meine ich." Sobald frühere Agenten in Pension waren, durften sie keine Informationen über aktive Fälle erhalten, aber sie hatte die Regeln manchmal ein wenig strapaziert, wenn sie das Gefühl hatte, Van könnte vielleicht Erkenntnisse beisteuern.

„Kinderpornografiefälle sind die schlimmsten."

Sie tauschten einen Blick aus. Diese Art Fall war so häufig, dass fast jeder Strafverfolgungsbeamte irgendwann damit zu tun hatte. Viele Agenten, die lange daran arbeiteten, brauchten danach eine Therapie. Für Ava war es eine der effektivsten Therapien, diese Monster hinter Gitter zu bringen.

Ein Geruch zog durch die abgestandene Luft. Für die meisten Leute undefinierbar, nicht aber für Strafverfolgungsbeamte. Er wurde ihnen irgendwann so vertraut wie Salz oder Pfeffer. Sheridan ging voraus, einen kurzen Flur entlang, der in einem großen, offenen Wohnzimmer auf der Linken, sowie einem Gäste-WC und dann einem Arbeitszimmer auf der Rechten endete.

Ein dunkles Gefühl drückte sich zwischen ihre Schulterblätter. Was, wenn ihre Theorie nicht stimmte? Was, wenn sie Dominic Sheridan diese Qual durchleben ließ, nur weil sie nicht bereit war, zu akzeptieren, dass Van entschieden hatte, es alles zu beenden? Es brachten sich ständig Leute um, obwohl man nie die Gründe verstehen konnte. Und hoffentlich würde sie das auch nie.

Was, wenn sie recht hatte? Sheridan war der einzige Mensch, der wenigstens so tat, als ob er ihr glaubte.

Er hielt mit seinen Fingern auf dem Türknauf inne. „Bereit?"

„Nein." Sie wappnete sich. „Tun wir es trotzdem."

Er öffnete die Tür des Arbeitszimmers und schaltete das Licht ein. Sie standen beide einen Augenblick lang da, die Füße wie zusammenpassende Tonklumpen. Der üble Geruch des Todes griff ihren Gaumen an und sie fühlte den Drang zu würgen. Irgendwie bekämpfte sie ihn. Blut und Gehirnmasse klebten an der Wand hinter dem Schreibtisch, nach der ganzen Zeit schwärzlich geworden.

So unheimlich das hier war, es ging immer noch um Van, den Mann, der wie ein Vater für sie gewesen war. Anscheinend brachte sie Vaterfiguren Pech. Sie berührte die Perlen an ihrem Handgelenk.

„Das ist beschissen." Sheridan trat in das Zimmer und ging am Rand entlang, achtete darauf, nichts zu berühren. Sie mochte es, dass er nicht so tat, als ob es ihn nicht berührte. Jeder, der von einem solchen Anblick, bei dem das Opfer ein guter Freund gewesen war, ungerührt blieb, konnte nur ein Soziopath oder ein Arschloch sein, und sie mied normalerweise beides.

Ava folgte ihm wortlos. Jemand hatte die Klimaanlage abgestellt. Die modrige Luft zusammen mit der Verwesung machte den Geruch unerträglich. Ihr wurde eiskalt, und ihr

Magen fing an, sich zusammenzuziehen. Sie ging mit großen Schritten hinüber, um zuerst die Jalousien und dann die Fenster zu öffnen, bis die frische Luft über ihr Gesicht strich und ihr sofort beim Atmen half. Der Geruch frisch gemähten Grases wehte hinein und ließ sie lächeln, während gleichzeitig die Tränen in ihren Augen brannten. Van hätte es zu schätzen gewusst, dass Sheridan seinen Rasen gemäht hatte, auch wenn der Geruch ihr in diesem Augenblick Brechreiz verursachte.

„Das Fenster war am Abend seines Todes offen", erinnerte sie sich, während sie mehrfach in dem verzweifelten Versuch, ihren Hals zu befeuchten, schluckte.

Eine Wand aus Büschen verdeckte den Großteil der Sicht.

Sie wusste nicht, warum sie plötzlich zitterte, obwohl das Haus so stickig und heiß war.

Dominic kam herüber und stand neben ihr, die Hitze seines Körpers wärmte die Luft zwischen ihnen auf. Im anderen, verschlossenen, Fenster befand sich ein Schlüssel. Er berührte ihn mit seinem Zeigefinger.

„Kein Fenstergitter?"

Ava schüttelte den Kopf. „Ich weiß nicht, ob hier je eines war."

„Ich werde Sarah fragen. Sie wird es wissen."

Vans Töchter lebten in Baltimore, wo sie beide das College besucht hatten. Ava war ihnen einige Male, wenn sie auf Besuch waren, kurz begegnet, obwohl sie versucht hatte, sich nicht in die Familienzeit zu drängen.

Sheridan ging auf die andere Seite des Schreibtischs. Geronnenes Blut bedeckte die Lehne des harten Holzdrehstuhls, den Van immer benutzt hatte. Tropfen undefinierbarer Herkunft befleckten den Teppich darunter.

Ava wandte die Augen ab. Das hier war schwerer als sie

erwartet hatte. „Sie haben das, was er an dem Abend trank, sowie sein Glas und seine Waffe ins Labor mitgenommen.“

Sheridan nickte. „Ergibt Sinn.“

Aber sonst ergab nichts einen Sinn. Keine Nachricht. Keine Anzeichen von Depression. Keine Warnung.

„Wer hat ihn gefunden?“, fragte er.

„Ein Nachbar hat es Mittwochmorgen gemeldet.“

„Haben Sie mit ihm geredet?“

Sie schüttelte ihren Kopf. Alles war ein Wirbelwind aus Trauer und Verleugnung gewesen, gefolgt von Wut und Frustration vor der Beerdigung, sodass sie nicht einmal daran gedacht hatte.

„Wollen Sie es jetzt tun?“, fragte er.

Sie würde sich lieber den Magen auspumpen lassen. „Klar.“

SO SEHR ER auch aus Vans Arbeitszimmer rennen wollte, nachdem die Todesszenerie jetzt wirksamer als jede Fotografie in sein Hirn eingebrannt war, Dominic schob trotzdem sorgfältig das Fenster zu und schloss es am Griff ab, bevor er ging. Es sah Van nicht ähnlich, salopp mit Sicherheit umzugehen, aber vielleicht hatte sich das nach Jessicas Tod und seiner darauffolgenden Pensionierung geändert. Vielleicht war es ihm gleichgültig geworden. Dominic war nicht oft genug vorbeigekommen, um es sicher zu wissen, und das nagende Schuldbewusstsein strich weiterhin mit seinen Zähnen über seine Haut. Was Freunde anging war Dominic ganz unten auf der Leiter. Anders als die Agentin, der er den Flur entlang folgte.

Es beschämte ihn. Es bedeutete auch, dass er Ava Kanas helfen wollte, Antworten auf alle offenen Fragen zu finden, um damit abschließen zu können.

Sie gingen durch die Küche, in der Van so viel Zeit mit Kaffeetrinken und Zeitunglesen verbracht hatte. Van hatte behauptet, dass er durch das Studieren von Überschriften in gedruckten Zeitungen ausführlichere Informationen erhielt, als durch das Lesen von Onlineartikeln. Dominic hatte mittlerweile kaum Zeit, die Zeitungen zu lesen, was eine weitere Erinnerung daran war, dass er gar nicht hier sein sollte. Er hätte den Zeitplan für die Verhandlungsführerkurse fertigstellen müssen, die die CNU viermal im Jahr veranstaltete, und sich über die diversen Geiselnahmen innerhalb und außerhalb des Landes informieren sollen. Aber jemand hatte gestern auf sie geschossen, und wie Agent Kanas konnte er die Möglichkeit nicht ignorieren, dass es irgendwie mit Vans Tod zusammenhing. Die Sondereinheit betrachtete alle Aspekte, aber er hatte diesen Mann gut gekannt. Kanas hatte das ebenfalls getan. Wenn es wirklich irgendetwas „Verdächtiges" an Vans Tod gab, dann würden sie es schneller herausfinden als irgendjemand sonst.

Sie standen einen Moment auf der hinteren Veranda, atmeten tief die saubere Luft ein und versuchten, den hartnäckigen Geruch des Todes loszuwerden, der sich stur auf alles legte, mit dem er in Kontakt kam. Das war viel schlimmer, als irgendeinen Tatort zu besuchen. Das hier war jemand, den er geliebt hatte. Jemand, den sie beide geliebt und respektiert hatten.

Vans Familie sollte sich dem auf gar keinen Fall aussetzen müssen. Er würde mit der Firma reden, die bei ihm saubermachte und sehen, ob sie einen professionellen

Reinigungsservice empfehlen könnten. Er würde nicht um Erlaubnis bitten, diesen Ort reinigen dürfen zu lassen. Es wäre das, was Van gewollt hätte.

Vans Haus stand am Ende einer Reihe, aber es gab vorne und hinten weitere Grundstücke. „Welcher Nachbar?", fragte er schroff.

Ava begegnete seinem Blick und er erhaschte in ihren haselnussbraunen Augen einen Ausdruck der Verzweiflung, die er die ganze Woche über selbst verspürt hatte. Sie bewegte ihr Kinn ruckartig nach rechts. „Das Paar mit dem Pudel nebenan."

Dominic war ihnen zum ersten Mal begegnet, als Jessica krank geworden war. Sie waren mehr als Nachbarn. Freunde. Widerstrebend ging er voraus.

Er sah auf seine Uhr. Sein Boss war heute ins Hauptquartier gefahren, um Budgetthemen zu diskutieren, und er würde morgen auch wieder dort sein. Savage übernachtete in Dominics Wohnung in D.C. Sie war schöner als ein Hotel, und Dominic war es recht, wenn sie so oft wie möglich von Leuten benutzt wurde, denen er vertraute.

Es war jedes Jahr dasselbe, Verhandlungsführer, die verzweifelt um mehr finanzielle Mittel bettelten, während HRT und SWAT ein Ersuchen anscheinend nur aussprechen mussten, damit es auf wundersame Weise erfüllt wurde.

Es stimmte, dass Reden es manchmal nicht mit Patronen aufnehmen konnte. Manchmal war der Geiselnehmer entschlossen, seine Gefangenen zu töten. Manchmal handelte es sich um ein narzisstisches Arschloch, mit dem man nicht vernünftig reden konnte. Aber oft konnten Verhandlungsführer zaubern, indem sie einfach die Dinge entschleunigten und zuhörten.

Waco stellte zugegebenermaßen das größte Versagen des FBI dar und hatte den Ruf der Organisation mehr als ein Jahrzehnt über befleckt. Wenn die Verhandlungsführer die Dinge auf ihre Weise hätten handhaben dürfen, wäre das kleine Rinnsal der Leute, die das Gelände verließen, vielleicht zu einem Andrang gewachsen, und David Koresh hätte schließlich möglicherweise niemanden zum Anführen mehr bei sich gehabt, außer sein eigenes aufgeblasenes Ego. Vielleicht wären dann nicht mehr als achtzig Leute in dem Feuer umgekommen. Kinder hätten vielleicht überlebt und das Erwachsenenalter erreicht.

Und vielleicht war das einfach nur Wunschdenken der Verhandlungsführer.

Dominic wusste, dass einige der involvierten Agenten immer noch von dem heimgesucht wurden, was vor so langer Zeit an jenem Apriltag geschehen war, von den Fehlern, die das FBI begangen hatte. Keiner von ihnen wollte eine Wiederholung dieses Fiaskos.

Er hielt das Gartentor für Agent Kanas auf. Sie sah heute wie ein langbeiniger Teenager aus, leger in enge Jeans und ein weiches T-Shirt gekleidet, das ihre Brüste auf eine Weise betonte, die ihn ermahnte, seinen Blick nach oben zu richten. Sie ging vor, und seine Aufmerksamkeit wurde auf ihren Hintern gelenkt. Er gab sich in Gedanken einen Tritt und richtete seine Augen wieder auf ihr langes Haar, das erneut in einem unordentlichen Knoten zurückgehalten wurde.

Was dachte er sich dabei? Er ließ sich nicht mit anderen Agenten ein. Nicht einmal für heiße One-Night-Stands. Das Potential für Komplikationen war zu groß, und er achtete darauf, seine Arbeit und sein Sexleben strikt getrennt zu halten.

Nicht, dass Kanas ihm irgendetwas angeboten hätte.

Am hinteren Gartentor des Nachbars hielt sie an und stemmte ihre Hände in ihre Hüften. „Möchten Sie, dass ich die Befragung führe?"

Das Nachbarhaus war ein großer, neuer Bungalow mit kleinen Fenstern. „Es wäre besser für Ihre Karriere, wenn ich das mache."

Sie zuckte mit einer Schulter. Er bemerkte einen blauen Fleck auf ihrem Unterarm und fragte sich, woher sie ihn hatte – Kampftraining? Verhaftung eines Verdächtigen? Wilder Sex?

Sie bedachte ihn mit einem schnellen Grinsen, und es veränderte ihr ganzes Gesicht. Es war das erste Mal, dass er sie wirklich hatte lächeln sehen, und es machte ihre Gesichtszüge weicher und ließ ihre Augen voller Schalk aufleuchten. „Wenn jemand fragt, werde ich sagen, dass Sie es mir befohlen haben."

Er stieß ein Lachen aus. Er hatte erlebt, wie gut sie Befehle entgegennahm, als sie mit ihrem Chef interagiert hatte. „Hoffen wir, dass niemand fragt."

Es machte ihm nichts aus, die Verantwortung für die heutige „Ermittlung" zu übernehmen, aber er hoffte, dass es nicht so weit kommen würde. Er würde den Flakbeschuss besser überstehen als sie, wenn sie entdeckt würden. Solange sie ihre Befragungen diskret hielten, sollte alles in Ordnung sein.

Sie klopfte fest an die Tür und jeder von ihnen stellte sich auf eine Seite des Türrahmens, obwohl sie keine Schwierigkeiten erwarteten.

Ein Hund bellte und kratzte an der anderen Seite der Tür.

„Wer ist da?" Die Stimme wurde durch das dicke Holz

gedämpft.

Dominic nickte Ava zu.

„Hier ist FBI-Agentin Ava Kanas. Ich bin mit Supervisory Special Agent Sheridan hier, Mr. Gabany. Wir würden gerne mit Ihnen über Van reden.“

Dominic war nicht überrascht, dass Ava sich an den Namen des Nachbarn erinnerte. Van verschwendete seine Zeit nicht mit neuen Agenten, außer er war der Meinung, dass sie Potential hatten, und das war unabhängig davon, ob sie hübsche Gesichter hatten. Kanas' Verhalten seit der Schießerei deutete auf wache Intelligenz und angeborene Kompetenz hin. Sicher, sie war aufdringlich und es fehlte ihr an Taktgefühl, aber sie hatte eine Ehrlichkeit und Integrität an sich, die seinem alten Freund zugesagt hätte.

Es sagte ihm zu.

Die Tür wurde aufgeschlossen und zweieinhalb Zentimeter weit geöffnet. Nach einem Augenblick vorsichtiger Begutachtung wurden die Augen des Mannes groß, und er öffnete die Tür weit. Ein Pudel, den Dominic schon mehrfach gesehen hatte, trottete heraus, um sie zu inspizieren.

„Entschuldigung, Dominic, ich habe den Namen nicht erkannt. Nach der Schießerei gestern sind meine Frau und ich beide etwas nervös. Haben Sie den Schützen erwischt?“

Dominic beugte sich herab, um die weichen Locken auf dem Kopf des Pudels zu streicheln. „Wir arbeiten noch daran. Wie kommt Ihre Frau damit zurecht?“

„Sie ist immer noch ziemlich aufgewühlt.“

„Wir haben einige Fragen.“ Kanas warf Dominic einen Blick zu und kam direkt zum Thema. Geduld war eine weitere Sache, die sie lernen musste. „Sie haben die Leiche gefunden?“

Der Mann wurde blass, seine Haut verfärbte sich zu einem

stumpfen Grau. „Ja. Ja, das habe ich. Das Schlimmste, das ich in meinem ganzen Leben gesehen habe."

„Würde es Ihnen etwas ausmachen, wenn wir hineinkommen?", fragte Dominic leise. Das Letzte, was er wollte, war, einen von Vans Freunden zu traumatisieren.

Gabany warf einen Blick über seine Schulter und schüttelte den Kopf, winkte sie stattdessen hinaus auf die hintere Veranda. „Reza schläft. Ich glaube nicht, dass sie nach dem, was passiert ist, das Haus je wieder verlassen wird."

„Ich weiß, wie sie sich fühlt." Kanas trat einen Schritt zurück und wartete, bis Sam Gabany sich gesetzt hatte.

Dominic konnte sich nicht vorstellen, wie Kanas vor irgendetwas davonlief. Eher, wie sie auf einem Hügel stand und der Welt mit der Faust drohte. Aber jeder ging mit Trauer anders um. Er vergrub seine unter einer stoischen Fassade. So hatte er gelernt, zu überleben. Er sah keinen Grund, sich jetzt zu ändern.

„Können Sie uns sagen, ob Ihnen in der Nacht von Vans Tod oder einer der Nächte davor etwas Ungewöhnliches aufgefallen ist?", fragte Dominic.

Sam Gabany schüttelte seinen Kopf, verschränkte seine Hände zwischen seinen Knien. Sein Hund schnüffelte abwechselnd zuerst an Dominic und dann an Agent Kanas.

„Ich habe am Sonntag mit Van gesprochen, als wir beide im Garten arbeiteten. Ich lieh mir seinen Rasenmäher, weil meiner nicht ansprang." Frische Tränen schimmerten in Gabanys wässrigen Augen. „Ich dachte, ich hätte etwa um zweiundzwanzig Uhr am Dienstagabend einen Schuss gehört. Der Fernseher war an und ich stand nicht sofort auf, weil ich dachte, es käme von der Sendung, die ich ansah. Reza war in der Wanne und rief mich. Sie glaubte auch, etwas gehört zu haben." Er kratzte sich seinen fast kahlen Kopf. „Ich ging zum Fenster, aber es war dunkel draußen und ich sah niemanden auf der Straße. Ich rief Vans Handy an." Er legte seine Hand über seinen Mund. „Ich holte bei Sicherheitsfragen gerne seinen Rat ein." Sein eingesogener Atem klang wie ein Schluchzen.

„Fahren Sie fort", sagte Dominic nach einigen Augenblicken schmerzerfüllten Schweigens leise.

„Ich überprüfte den hinteren Garten und sah Vans Auto in der Einfahrt – er stellte es meistens nicht in die Garage, außer im Winter."

Ein Kind auf einem Rad fuhr einen Fußweg, der hinten am Grundstück vorbeiführte, entlang. Sie sahen alle zu, bis es um die Ecke gebogen und außer Sicht war.

„Ich ging davon aus, dass er draußen wäre, wenn er zu Hause wäre und einen Schuss gehört hätte, um es zu untersuchen, wissen Sie? Ich habe nicht weiter darüber nachgedacht. Habe mich selbst davon überzeugt, dass es aus dem Fernseher gekommen war und bin ins Bett gegangen. Ich hätte mir nie vorstellen können ..." Er schniefte. „Am nächsten Morgen bemerkte ich die Zeitung auf Vans Rasen, also hob ich sie auf und ging in sein Haus – ich habe immer noch einen Ersatzschlüssel an meinem Schlüsselbund. Reza und ich haben früher viel Zeit dort verbracht, als Jessica krank war und Van arbeitete." Der Mann schloss seine Augen, während die Trauer ihn übermannte. „Ich hätte mehr Zeit mit ihm verbringen sollen, als er in Pension ging..."

„Das hätten wir alle", sagte Dominic dem Mann, während Rasierklingen sein Herz aushöhlten.

„Ich dachte, es würde ihm gutgehen. Ich hätte nie gedacht ..." Gabany schluckte laut.

Dominic unterbrach das Schweigen nicht. Schweigen war ein viel zu wenig genutztes Werkzeug, um Antworten zu erhalten. Kanas beobachtete ihn, versuchte zu erspüren, in welche Richtung die Befragung ging.

„Er war traurig wegen Jessica, aber zum Ende ging es ihr so schlecht, dass ich glaube, er war insgeheim erleichtert, als ihr Leiden ein Ende hatte."

„Krebs ist Scheiße", sagte Agent Kanas mit angespanntem Kiefer.

Dominic fragte sich, ob sie jemand Nahestehenden verloren hatte. Er wusste nichts über ihre Familie oder ihren Hintergrund. Der Pudel lief in den Garten. Einen Augenblick lang fühlte es sich an, als ob sie alle darauf warteten, dass Van auf seiner hinteren Veranda erschien und winkte, bevor er sich zu ihnen gesellte.

„Niemand sollte je bezweifeln müssen, was die beiden einander bedeuteten", sagte Gabany kryptisch.

Dominic warf Gabany einen scharfen Blick zu. „Wissen Sie, ob Van mit jemand anderem ausgegangen war, seit Jessicas Tod?"

Gabany wandte den Kopf ab und starrte auf den großen Ahornbaum, der seinen und Vans Garten trennte. „Nein."

Kanas fing Dominics Blick auf. Sie bemerkten beide die Abwehrhaltung. Die knappe Antwort stand im Kontrast zu seinen vorherigen Aussagen.

„Nein, Sie wissen es nicht, oder nein, er ist mit niemand anderem ausgegangen?", bohrte Dominic nach. Hier war etwas, nach dem es sich zu graben lohnte. Etwas Wesentliches und Bedeutungsvolles.

Gabany zuckte mit den Schultern, mied aber seinen Blick. Der Mann hatte sein Abwehrschild hochgefahren. Die Frage war, warum?

„Abgesehen von Sarah und Amy ist sie die einzige Frau, die ich zu Besuch kommen sah." Gabany nickte in Kanas' Richtung, in seinen Augen funkelte Ablehnung. Sarah und Amy waren Vans Töchter.

„Wir waren Kollegen und Freunde", beruhigte Kanas den Mann, was Gabany sich ein wenig entspannen ließ. „Van war wie ein Vater für mich."

„Es klingt, als ob die Vorstellung, dass Van sich mit jemand Neuem einließ, Sie aufregt", sagte Dominic vorsichtig.

„Das ist es nicht, ich …"

„Was ist es dann?", drängte Kanas.

Dominic seufzte. Geduld war eine Tugend. Zum Glück konnte sie erlernt werden.

Gabany presste seine Lippen zusammen. „Wir haben uns alle in der Kirche kennengelernt, okay? Reza und Jessica waren beste Freundinnen. Ich weiß, dass Jessica tot ist und so weiter, aber der Gedanke, Beziehungen … außerhalb der Ehe zu haben … stört mich."

„Beziehungen?" Dominic sah weiter zu Kanas, um ihr zu bedeuten, nichts zu sagen. Den anderen Mann das Schweigen beenden zu lasen.

Es gab etwas, das Gabany ihnen nicht erzählte. Vielleicht war es nichts. Vielleicht war es Tratsch oder Engstirnigkeit. Was auch immer es war, Dominic wollte es wissen.

Gabany kratzte sich am Kopf und senkte seine Stimme zu einem Flüstern, wahrscheinlich, damit seine Frau ihn nicht hörte. „Sexuelle Beziehungen."

Erneut ließ Dominic die Pause andauern und konnte fast spüren, wie Kanas mit den Zähnen knirschte. Sie blieb diesmal still, ihre Finger in ihrem Schoß verkrampft, als ob sie körperlich das Bedürfnis in Schach halten musste, von dem Mann Antworten zu erzwingen. Er fühlte sich, als ob er einen entscheidenden Sieg errungen hätte.

Endlich sprach Gabany wieder. „Ich weiß, dass ein Mann Bedürfnisse hat, aber es fühlte sich falsch an."

„Es fühlte sich falsch an?" Dominic spiegelte die Worte, holte die Information ein Wort nach dem anderen hervor. Spiegeln baute Einvernehmen auf und zwang den Sprecher, seine Gedanken zu erläutern. Es war eine gängige Technik, die Verhandlungsführer nutzten, um Vertrauen aufzubauen.

„Ja, falsch. Als ich ins Haus ging, merkte ich an dem Geruch, dass etwas Schreckliches passiert war." Gabany schauderte. „Ich ging ins Arbeitszimmer und fand Van …" Sein Knie fing an zu wippen.

Der Hund winselte, rannte zurück zur Veranda und kam herüber, um sein Herrchen zu trösten.

Zwei glänzende Streifen erschienen auf Gabanys blassen Wangen. „Ich wollte nicht, dass jeder ihn so sah."

„Wie?", fragte Kanas.

„Seine Hose stand offen und …" Gabany schluckte. „Er war entblößt."

„Seine Genitalien waren entblößt?", stellte Dominic klar.

Gabany nickte, während das Rot auf seinen Wangen stärker wurde.

„Also haben Sie – was? Seinen Reißverschluss hochgezogen?" Agent Kanas' Augen waren riesig. Sie musste an ihrem Pokerface arbeiten.

„Ich wollte nicht, dass er so gefunden wird", sagte Gabany abwehrend.

Er hatte an Vans Leiche etwas verändert, was nichts oder alles bedeuten konnte.

„Was ist Ihrer Ansicht nach passiert?", fragte Dominic leise, während er Kanas einen mahnenden Blick zuwarf.

Gabany bewegte seine Füße. Er fühlte sich offensichtlich unbehaglich damit, vor einer Frau über Sex zu reden. „Ich weiß es nicht."

„Nun, es gibt zwei Möglichkeiten. Entweder hat er allein masturbiert oder es war jemand bei ihm." Kanas hatte offenbar keine Bedenken. „Gab es Samenspuren?"

Gabanys Mund klappte schockiert auf, als ob eine Frau nichts von grundlegender menschlicher Biologie wissen sollte. Ja, Taktgefühl stand definitiv nicht weit oben auf ihrer Liste von Eigenschaften. Kanas war in den absoluten Ermittlermodus gegangen und Gabany dachte immer noch an den Tod seines Freundes.

Dominic versuchte, gar nicht an Van zu denken. „Darf ich eine Sache klarstellen?"

Der Mann sah entsetzt aus, nickte aber.

„Sie haben seine Boxershorts gerichtet, um seinen Penis zu bedecken?"

Ein schnelles Nicken.

„Was ist mit seiner Hose?"

Ein weiteres Nicken. „Ich habe den Reißverschluss hochgezogen und den Knopf geschlossen."

„Er hat nie eine andere Frau erwähnt? Nicht einmal nebenbei?", fragte Kanas. „Denn er hat mir gegenüber definitiv niemanden erwähnt."

Gabany schüttelte den Kopf, sah besiegt aus. „Nein."

Dominic hielt inne. Er war nicht sicher, wie dies die Dinge veränderte. Vielleicht hatte Van sich einen runtergeholt, bevor er alles beendet hatte. Aber hätte er wirklich so gefunden werden wollen?

Oder hatte Agent Kanas recht und jemand anderes war im Arbeitszimmer gewesen, jemand, der der Kugel geholfen hatte, ihren Weg in sein Gehirn zu finden?

Oder hatte Van an diesem Abend eine sexuelle Begegnung gehabt und war so sehr von Schuld und Reue und Selbsthass wegen des Betrugs an seiner toten Frau überwältigt worden, dass er sich selbst getötet und seine Schande direkt offen für jeden sichtbar gelassen hatte, als eine Art verdrehte Selbstgeißelung?

Das Problem mit diesem Szenario war, dass Van auf gar keinen Fall gewollt hätte, dass jemand vom FBI ihn so fände. Van hatte den schwarzen Humor und die berüchtigten modernen Legenden verstanden, die im FBI umhergingen. Er würde einfach nicht gewollt haben, dass dieses entwürdigende Detail sein Vermächtnis würde.

Aber wenn eine weitere Frau beteiligt war, wo war sie und wann war sie gegangen? Bevor oder nachdem Van eine Kugel im Kopf hatte?

„Wären Sie bereit, eine offizielle Aussage zu Protokoll zu geben?", fragte Dominic.

„Wird mich das in Schwierigkeiten bringen?" Gabany klang jetzt abwehrend.

Dominic stieß den Atem durch seine Nase aus. „Es könnte ihnen eine Verwarnung einbringen. Aber solange Sie die Wahrheit sagen, gehe ich nicht davon aus, dass der Bezirksstaatsanwalt erpicht auf eine Anklage ist."

Gabany wurde um den Mund herum weiß. „Muss meine Frau davon erfahren? Oder die Öffentlichkeit? Ich habe es getan, um Vans Ruf zu schützen …"

„Ich kann nicht garantieren, dass niemand es herausfinden wird", sagte Dominic ihm ehrlich. „Aber niemand innerhalb des FBI möchte, dass Vans Andenken irgendwie befleckt wird. Er war ein ausgesprochen respektierter Agent, den wir liebten und schätzten. Niemand wird die Information öffentlich machen, sofern wir es nicht müssen."

Gabany nickte langsam. „Geben Sie mir Ihre Karte, und ich werde Ihnen eine unterschriebene Aussage schicken."

So funktionierte es nicht, aber Dominic würde herausfinden, wie er damit umgehen sollte, wenn er das Dokument in der Hand hatte. Der Bezirksstaatsanwalt würde hierfür auf keinen Fall eine Verurteilung anstreben. Dominic überreichte seine Karte und Kanas tat dasselbe.

Der Pudel winselte, als sie weggingen, was Dominic an seinen eigenen Hund denken ließ, der wahrscheinlich zusammengerollt auf seinem Bett lag, obwohl er nicht dort hinauf durfte.

„Worüber lächeln Sie?", fragte Kanas mit zusammengebissenen Zähnen.

Er zog eine Augenbraue hoch. „Haben Sie ein Problem damit, dass ich lächle?"

„Angesichts dessen, was wir gerade über Van erfahren haben, ja."

„Entspannen Sie sich, Kanas. Van ist tot, ganz egal welchen Gesichtsausdruck ich mache."

Ihr Blick flackerte schockiert über sein Gesicht. Dann wandte sie sich ab. Sie murmelte etwas, das er nicht verstand.

Er sah auf seine Uhr. „Ich muss zurück nach Quantico."

„Was?" Kanas hielt an und sah ihn ungläubig an. „Wir müssen mit dem Gerichtsmediziner reden. Herausfinden, ob sie Abstriche für die DNA genommen haben. Wir müssen verfolgen, was Van am Tag seines Todes alles getan hat. Wir können ihn vielleicht mit jemandem zusammen…"

„Wir sind dieser Ermittlung nicht aktiv zugeteilt, erinnern Sie sich?" Obwohl er eine Entschuldigung hatte, da Aldrich ihn gebeten hatte, sich die Akten anzusehen, hatte Kanas diese nicht. „Sie müssen zurück ins Büro, bevor Ihr Chef bemerkt, dass Sie sich unerlaubt entfernt haben. Ich werde den Gerichtsmediziner und das Labor kontaktieren und…"

„Nein. Kommt nicht infrage." Sie stemmte ihre Hände in die Hüften, ihr T-Shirt spannte sich über ihren vollen Brüsten. Er musste sich zwingen, seinen Blick nicht abschweifen zu lassen. Ava Kanas hatte die Art von Körper, die einen Mann jede bestehende Regel brechen lassen konnte, und Dominic war kein Regelbrecher.

„Sie stellen mich bei dieser Sache nicht kalt", beharrte sie.

Und die Art Mund, die einen Mann in den Wahnsinn treiben konnte. Und das nicht auf eine gute Weise.

„Kaltstellen?" Meinte sie das ernst? „Die Führung zu übernehmen ist nicht Kaltstellen. Haben Sie schon mal was von Teamwork gehört? Kooperation? Oder das schlichte Ihren-Arsch-retten?"

„Meinen Arsch retten?" Goldene Flecken funkelten tief in ihren Augen auf. „Sie wären nicht einmal hier, wenn ich nicht gewesen wäre."

Dominic bemühte sich um seine natürliche Ruhe, die er normalerweise so leicht erreichte. „Ich versuche, Ihre Karriere beim FBI vor diesem Kamikazeabsturz zu bewahren, dem Sie sich so unbedingt aussetzen möchten."

Ihre Lippen öffneten sich, und ihre Brust hob und senkte sich rasch, während sie offensichtlich versuchte, ihr Temperament im Zaum zu halten.

„Es gibt hierfür Regeln und Prozesse. Wir haben keine soliden Beweise. Wir haben keine Zeugen. Alles, was wir haben, ist ein Mann, der behauptet, dass er die Kleidung von jemandem gerichtet hat, der höchstwahrscheinlich Selbstmord begangen hat." Er zügelte das Temperament, das allmählich in ihm hochkochte. Es war ironisch, dass er es einfacher fand, mit Bankräubern und Terroristen umzugehen als mit Ava Kanas. „Ich überprüfe die Akten und sehe nach, welche Beweise am Tatort gesammelt wurden, und frage den Gerichtsmediziner, welche Proben sie während der Obduktion entnommen haben." Die Beerdigung war verschoben worden, aber angesichts der Einbalsamierung konnte Dominic nicht sicher sein, welche Spuren noch vorhanden waren. Wenigstens war er in einer Position, in der er an sie gelangen konnte, ohne dass er seinen Job verlor.

Sie schluckte angespannt. „Was soll ich tun?"

„Erledigen Sie einfach Ihren Job, bis wir mehr Antworten haben." Er zog seine Krawatte aus seiner Tasche und schlang sie um seinen Kragen.

Ihre Augen verfolgten jede Bewegung seiner Finger. „Ich lasse das hier nicht fallen, nur weil meine ‚Vorgesetzten' es mir sagen. Das ist nicht das, was Van mir über die Durchführung von Ermittlungen beigebracht hat. Alles infrage stellen. Sich von niemandem vorschreiben lassen, das eigene Bauchgefühl zu ignorieren. Den eigenen Instinkten vertrauen."

Gott, sie machte einen wahnsinnig. „Sie begreifen absichtlich das Wesentliche nicht. Ich werde nicht zulassen, dass Sie Ihre Karriere versauen, weil Sie vor Trauer außer sich sind."

„Sie werden es nicht zulassen?" Ein Muskel zuckte in ihrem Kiefer.

„Das ist richtig, Ava." Er regte sie auf. Es wäre hundert Mal einfacher, sie in Grund und Boden zu starren, wenn er sie nicht hätte an sich ziehen und küssen wollen, bis sie keine Luft mehr bekam. Scheiße. „Ich lasse es nicht zu. Das ist es, was Van mir beigebracht hat – wie man eine Karriere nicht versaut."

Seine Nachdrücklichkeit brachte sie zum Schweigen. Nach langer Stille sagte sie schließlich: „In Ordnung." Aber es klang eher wie „Fick dich."

Sie schob sich an ihm vorbei, ihre Schritte ausschreitend und selbstbewusst und sauer. „Lassen Sie mich wissen, wenn ich sonst noch etwas tun kann, um Sie zu unterstützen, Sir."

Er schüttelte den Kopf. Himmel, sie war stur, aber ihre Vorgesetzten zu verärgern, war keine besonders gute Methode, ihren Job zu behalten. Ava Kanas würde das hier um nichts in der Welt ruhen lassen. Die Frage war, wie weit er bereit war zu gehen, um sie zu beschützen?

KAPITEL SECHS

EINE STUNDE SPÄTER fiel die Sonne in einem schrägen Winkel durch die Jalousien, dazu entschlossen, ihre Netzhäute auszubrennen, obwohl es nicht das war, was Ava störte.

Sie war immer noch so wütend auf Dominic Sheridan, dass es sie nicht einmal beruhigt hatte, an diesem Morgen ihr FD 302 über den Zwischenfall mit Jimmy Taylor zu schreiben. Jimmy war wieder sicher in Gewahrsam, und Maria, die Freundin, lag mit einer Gehirnerschütterung im Krankenhaus, nachdem ihr Kopf auf dem Armaturenbrett aufgeschlagen war. Sie hatten ihr einen Platz im Gefängnis reserviert.

Ava sah Ray Aldrich das Büro betreten, in dem sie, wie andere Agenten in ihrer kleinen Außenstelle, eine Arbeitsnische hatte. Sie betrachtete ihn argwöhnisch.

Heute bestand er nur aus Lächeln und Charme. Schon bei ihrer Besprechung früh am Morgen hatte er sich bereits beruhigt gehabt. Er war wie ein Hund ohne Zähne, aber vielleicht würden ihm welche wachsen, wenn er herausfand, dass sie entgegen seiner ausdrücklichen Anweisung in Vans Tod ermittelte.

„Guter Job bei der Verhaftung heute Morgen Ava.“

„Danke.“ Sie gewährte ihm ein verspätetes „Sir.“

Van hatte immer gesagt, dass man mit Honig mehr Fliegen fing als mit Essig, und Sheridan war nicht der Einzige, der gut darin war, Leute zu manipulieren.

„Der Schaden am Impala war minimal. Wussten Sie, dass er verstärkte Stoßstangen hat, bevor Sie Taylors Geländewagen gerammt haben?"

Hielt er sie für eine Idiotin?

„Ich hätte das PIT-Manöver mit einem nicht modifizierten Fahrzeug nicht durchgeführt, und ich hätte es auch nicht getan, wenn ich nicht gesehen hätte, dass die Streifenwagen uns dicht auf den Fersen waren. Ich hatte nur ein paar Sekunden, bevor Taylor die I95 erreicht, und die potentielle Gefahr für Zivilisten sich dramatisch erhöht hätte."

„Ich zweifle Ihre Entscheidungen nicht an Ava." Lügner. Er lachte. „Ich bin schockiert, dass er überhaupt aufgetaucht ist."

Ja, das hatte sie sich gedacht. Aldrich hatte versucht, sie zu beschäftigen und vom Büro und der Ermittlung zu Calvin Mortimers Erschießung fernzuhalten. Jimmy Taylor hatte seine Pläne durchkreuzt.

„Niemand hat je behauptet, dass Kriminelle Quantenjphysiker wären." Sie drehte sich leicht auf ihrem Stuhl, spielte Lässigkeit vor. „Irgendwelche Neuigkeiten über den Mord an Mortimer?"

Obwohl die Schießerei in Virginia stattgefunden hatte, hatten die Vorgesetzten die Ermittlung dem Washington Field Office (WFO) übertragen, da sie mehr verfügbares Personal und Platz hatten als das Büro in Richmond. Außerdem war das WFO geographisch näher am Tatort, dem Bundeslabor und dem Direktor, der anscheinend stündliche Aktualisierungen über die Fortschritte der Sondereinheit verlangt hatte.

Aldrich steckte seine Hände in die Taschen. „Der leitende Ermittler ist ein Agent namens Mark Gross, der kürzlich im

WFO zum Teamleiter befördert wurde. Ich weiß, dass sie Spuren zu Fahrzeugen verfolgen, die gestern auf den Verkehrskameras in Fredericksburg gesehen wurden, obwohl es wahrscheinlich ist, dass er falsche Nummernschilder benutzt hat, wenn die Tat geplant war. Und sie warten noch auf den Ballistikbericht."

„Auf dem Dach des Wohnblocks wurden keine forensischen Beweise gefunden?"

„Leider nicht. Nur die Patronenhülse, die Sie und SSA Sheridan entdeckt haben." Aldrich lehnte sich gegen die Ecke ihrer Arbeitsnische. „Wie geht's Ihnen heute?"

Wie es ihr ging? Sie fühlte sich verloren. Hilflos. Wütend. „Gut."

„Haben Sie schon mit der Psychologin gesprochen?"

Ihr Mund verzog sich. „Ich war mit Taylors Überwachung und Verhaftung beschäftigt. Ich rufe gleich wegen eines Termins an …" Sie griff nach dem Telefon. Es war nach fünf und die Seelenklempner würden alle schon nach Hause gegangen sein. Wie sie erwartet hatte, nahm niemand ab. Sie sah betont auf ihre Uhr. „Mir war nicht bewusst, dass es so spät ist."

„Erledigen Sie es morgen. Van zu verlieren war schlimm genug, und dann Calvin Mortimer, der vor unseren Augen erschossen wurde. Es ist wichtig, die Hilfe zu bekommen, die Sie brauchen."

Die Hilfe, die sie brauchte, beinhaltete, dass alle anderen ihr nicht mehr im Weg standen, damit sie herausfinden konnte, wie genau Van gestorben war.

„Nun, Sie waren auch dort", sagte Ava. „Ich weiß, dass es mir nicht zusteht, das zu sagen, aber vergessen Sie nicht, Ihren eigenen Termin auszumachen."

Aldrich war einer jener Leute, die im Allgemeinen harmlos waren, aber er tat alles, um seine eigene Position beim FBI zu schützen. Sie musste in dieser Situation vorsichtig vorgehen, die Vorarbeit für den Augenblick machen, in dem er schließlich herausfand, dass sie hinter seinem Rücken gehandelt hatte.

„Ich werde Sie für eine Belobigung wegen der gestrigen Heldentat unter großer Gefahr vorschlagen."

Was? Sie wollte keine Belobigung dafür, dass sie tat, wofür sie bezahlt wurde.

„Ich weiß das zu schätzen." Sie lächelte ihn an und versuchte, das Lächeln ihre Augen erreichen zu lassen. Würde sie auch eine Abmahnung bekommen, weil sie in Vans Tod ermittelte? Wahrscheinlich.

Sie dachte wieder an Dominic Sheridan. Sie hatte es nicht nötig, dass er sie beschützte. Sie war eine FBI-Agentin, keine verängstigte Zivilistin. Sie hatten verlässliche Hinweise, dass Vans Tod nicht so eindeutig war, wie jeder vermutete, und es machte sie wahnsinnig, nicht ernst genommen zu werden. Nicht als gleichwertig respektiert zu werden.

„Haben Sie bei der Durchsicht von Vans Akten irgendetwas gefunden?", fragte sie.

Aldrich richtete sich auf, als ob er wusste, worauf sie es abgesehen hatte. „Nichts, das verdächtig erscheinen würde."

Sie dachte darüber nach, was der Nachbar ihr über das Hochziehen von Vans Hose gesagt hatte.

Sie öffnete ihren Mund, um etwas zu sagen, und schloss ihn dann wieder. Wenn sie zugab, dass sie die Ermittlung durch Befragung des Nachbarn fortgesetzt hatte, würden sie Disziplinarmaßnahmen erwarten, und sie konnte jegliche Hoffnung, ihre Suche nach der Wahrheit fortzusetzen, aufgeben. Als frischgebackene Agentin würde sie vielleicht auch ihren Job verlieren. So sehr sie es hasste, das zuzugeben, Sheridan hatte recht.

„Ich weiß, dass es wehtut, aber vielleicht hat er, als er das FBI verließ, entschieden, dass er sonst nichts mehr hatte, für das es sich zu leben lohnte …"

Abgesehen von der Reise nach Italien, die er geplant hatte, und dem Buch, das er über sein Leben als FBI-Agent zu schreiben begonnen hatte. Seinen Freunden. Seiner Familie.

Aldrich streckte die Hand aus, als ob er ihren Arm tätscheln wollte. Sie entblößte die Zähne in der Parodie eines Lächelns, und seine Hand hielt in der Luft inne.

Genau. Nicht berühren.

„Ich stelle besser meinen Bericht fertig, Sir." Hoffentlich würde Maria Santana dafür verurteilt, dass sie mit einem entflohenen Häftling gemeinsame Sache gemacht hatte. Menschen waren dumm. Aber verliebte Menschen waren besonders einfältig.

Für den Bruchteil einer Sekunde blitzte ein Bild von ihr, händchenhaltend mit Dominic Sheridan, in ihrem Gehirn auf. Ihr Herz begann zu hämmern, und Hitze strömte in ihr Gesicht. Wo zur Hölle war das hergekommen?

„Sind Sie in Ordnung?"

Es musste schlimm sein, wenn Aldrich es bemerkte.

„Nach gestern immer noch ein wenig durcheinander", log sie und berührte die Kruste, die sich auf ihrer Wange gebildet hatte.

Er nickte energisch. „Gleich morgen früh. Rufen Sie die Psychologin an."

Sie sah zu, wie er weg ging und ließ dann ihre Stirn auf die kühle Oberfläche ihres Schreibtischs sinken. Sie musste definitiv ihren Kopf untersuchen lassen, wenn ihr Unterbewusstsein sich irgendeine Art Märchenromanze mit diesem Agenten vorstellte. Sicher, er war auf raue Art gutaussehend und charmant, wenn er wollte, aber er war auch die Art Kerl, die schwer zu begreifen war und niemanden an sich heranließ. Sie hatte schon häufig mit dieser Art Mensch gearbeitet und hatte genug davon, sich ständig anzustrengen, um sich als würdig zu erweisen. Er war ein Supervisory Special Agent, zehn Jahre älter als sie und jemand, der sich an die Regeln hielt. Sie war ein Frischling und folgte ihrem Instinkt. Und selbst wenn er ein ansprechendes Gesicht und schöne Unterarme hatte, und wahrscheinlich ein Sixpack unter dem Hemd, bedeutete das noch lange nicht, dass er wusste, was im Schlafzimmer zu tun war.

Sie schnaubte über ihre eigenen Gedanken. Wie war ihre Vorstellungskraft ins Schlafzimmer gelangt? Soweit sie wusste, könnte er auch verheiratet sein und Kinder haben.

Bitte, bitte, lass ihn verheiratet sein. Dann würde sie sich keine Sorgen darüber machen müssen, sich wegen eines Mannes völlig zum Narren zu machen, der sie lediglich als ein Ärgernis betrachtete, eine Irritation, eine Verantwortung, die er von Van geerbt hatte.

Sie brauchte zusätzlich zu all den anderen Problemen in ihrem Leben nicht auch noch romantische Erniedrigung. Es war besser, alles professionell zu halten und sich darauf zu konzentrieren, was genau Van zugestoßen war. Sie konnte sich ihr Herz dann irgendwann in ihrer Freizeit brechen lassen.

———

DOMINIC HIELT SPÄTER am selben Abend noch einmal vor

Vans Haus an, diesmal in seinem Privatauto, einem schwarzen Lexus. Es war nun fast einundzwanzig Uhr, und es dämmerte. Um ihn herum herrschte Stille, und die Niedergeschlagenheit legte sich schwer auf ihn, als er begriff, dass es fast genau eine Woche her war, seitdem Van gestorben war.

Dominic stieg aus, schloss die Fahrertür leise und ging vorne um das Auto herum. Er hatte diese Gegend Virginias immer gemocht. Sie war ruhig und relativ friedlich, aber nahe genug sowohl an D.C. als auch an Quantico, um es auf seine Liste zu schaffen, als er nach einer Wohnung gesucht hatte, nachdem er von L.A. zur Abteilung für Krisenverhandlungen versetzt worden war. Er hatte sich für ein Zuhause in einer ländlicheren Gegend und näher an der Arbeit entschieden, damit er mehr Zeit mit seinem Hund und etwas weniger Zeit mit Autofahren verbringen konnte – wenigstens theoretisch.

Er öffnete die Beifahrertür und ließ seinen schwarzen Labrador frei, der heraussprang und im Kreis herumlief, der Kopf unten, der Schwanz wie eine Parlamentärsfahne wedelnd. Ranger war jetzt acht Jahre. Ein Geschenk seines Vaters, wahrscheinlich ausgewählt, um zu verdeutlichen, wie unglaublich unbequem und zeitraubend die Karriere war, für die Dominic sich entschieden hatte – als ob man als Anwalt bessere Arbeitszeiten hätte. Aber mit der Hilfe einer Hundetagesstätte in der Nähe von Quantico, Mitagenten, die Hunde liebten, und eines Nachbarn, der Pferde hatte und Ranger zu sich nahm, wann immer Dominic über Nacht weg musste, kamen sie zurecht. Ranger hatte den verrückten Überschwang der Jugend hinter sich gelassen und war mittlerweile vermeintlich vernünftiger. Immerhin hatte er damit aufgehört, Rigipswände zu fressen.

Dominic legte den Hund an die Leine und überquerte die

Straße. Ranger beschnupperte die Gerüche entlang des weißen Lattenzauns, während Dominic das vordere Gartentor öffnete. Das Licht des Bewegungsmelders blitzte auf und blendete ihn fast. Er ging um das Haus herum, hielt sich auf dem Gras, das er früher am Tag gemäht hatte. Ein großer Busch verdeckte das Fenster des Arbeitszimmers vor der Straße. Grillen zirpten laut, und ein Schweißtropfen lief Dominics Wirbelsäule herunter. Ranger winselte.

Dominic sah sich um. Die Straße war leer. Niemand saß in einem der in der Nähe geparkten Autos. Trotzdem blieb das Gefühl, beobachtet zu werden.

Die unbeantworteten Fragen von zuvor kreisten weiterhin in seinem Gehirn. Warum war Vans Hose offen gewesen? Warum hatte das Fenster offen gestanden?

Dominic hatte die Übersichten der Beweisaufnahme überprüft, aber niemand hatte erwähnt, dass das Grundstück abgesucht worden war.

Er benutzte sein Handy als Taschenlampe und schob die Zweige des Rhododendron zurück, woraufhin ein sanfter Blätterregen niederfiel. Er ließ den Lichtstrahl über den Boden unter dem Fenster gleiten, achtete darauf, Ranger von der losen Erde fernzuhalten. Letzte Woche hatte es am Mittwoch gegen siebzehn Uhr geregnet. Ein kurzer Schauer, der den ausgetrockneten Boden durchnässt hatte. Aber diese Stelle war durch die Büsche und den Dachvorsprung geschützt.

Der Lichtstrahl beleuchtete einige Abdrücke in der Erde. Fußspuren. Ein Schauder überlief seine Schultern und seine Wirbelsäule. Jemand war hier gewesen. Es könnten Kinder gewesen sein, die einander herausforderten, den Schauplatz eines Todes anzusehen. Es könnten Reporter gewesen sein, die auf der Suche nach einem grausigen Exklusivbericht waren. Er war froh, dass die Jalousien fest geschlossen gewesen waren und neugierige Augen ausgeschlossen hatten.

Aber es gab eine weitere Möglichkeit. Ava Kanas' Theorie. Nach der Van ermordet worden war … und dies könnten die Fußspuren seines Mörders sein.

Die Schatten wurden länger und dunkler, während das Licht des Bewegungsmelders ausging und ihn schließlich in tiefe Dunkelheit hüllte. Dominic trat zurück und ging auf den Zaun an der Westseite des Grundstücks zu, hielt Ranger dicht bei sich. Jetzt war es dunkel. Kein Mond. Keine Straßenlaternen erhellten die direkte Umgebung. Er wandte sich dem Haus zu und ging ungefähr fünf Meter, bevor der Bewegungsmelder wieder ansprang. Er versuchte dasselbe mit den Lampen hinter dem Haus. Sie hatten wegen der überdachten Veranda eine noch beschränktere Reichweite.

Ranger schnüffelte wie ein Hund auf einer Mission den Boden entlang. Dominic wünschte sich, er hätte die Nase des Labradors. Es wäre so viel bequemer, wenn man jemanden anhand des von ihm zurückgelassenen Geruchs identifizieren könnte.

Er ging zu seiner Anfangsposition zurück und starrte auf das Fenster von Vans Arbeitszimmer. Dann zog er sein Handy hervor und machte einen Anruf, während er sich fragte, ob er einen großen Fehler beging. „Agent Kanas?"

„Dominic?" Die Verwendung seines Vornamens erwischte ihn unvorbereitet. Warm. Intim. Großer Fehler. „Was gibt's?"

Sie klang verwirrt. Verdammt, sie war wahrscheinlich zu Hause oder im Bett.

„Treffen Sie mich bei Vans Haus. Ich muss Ihnen etwas zeigen."

„Wann?"

„Sofort." Er beendete das Gespräch, wusste, dass sie kommen würde, während er sich nicht sicher war, wie er sich bei der Verbindung, die zwischen ihnen entstand, fühlte. So sehr er es auch wollte, er konnte sie von dieser Suche nach Antworten nicht ausschließen. Er konnte sie ganz bestimmt nicht ignorieren.

Diese Fußspuren hatten vielleicht nichts mit Vans Tod und alles mit der Besessenheit der Leute mit dem Makabren zu tun. Aber die Frage nagte weiter an ihm. Was, wenn Kanas recht hatte? Was, wenn jemand Van ermordet und dann seinen Tod benutzt hatte, um einen weiteren FBI-Agenten ins Visier zu nehmen? Und was, wenn er das schon vorher getan hatte?

KAPITEL SIEBEN

AVA ERGATTERTE EINE Sitznische für sich und Sheridan hinten in einer Bar namens Mule & Pitcher in den Außenbezirken von Fredericksburg, nicht weit von der Stelle, an der sie Jimmy Taylor erwischt hatte. Ein Freund beim RA hatte sie zuvor einen Blick in Vans Fallakte werfen lassen. Die Bankunterlagen zeigten, dass er in dieser Bar zu Abend gegessen hatte. Dann war er den meisten Leuten in ihrer Organisation zufolge nach Hause gefahren und hatte sich aus Versehen das Hirn weggepustet.

Sie knibbelte mit ihrem Daumen die Metallfolie von ihrer Bierflasche und trommelte mit den Fingern ihrer anderen Hand auf ihrem Oberschenkel, während sie darauf wartete, dass Sheridan sich zu ihr gesellte. Sie war überrascht, dass er sie angerufen hatte, aber auch dankbar.

Ava sah sich um. Sie war noch nie hier gewesen. Sie zog Netflix den Nachtclubs vor. Abgesehen von einem gelegentlichen Abend mit den Jungs nach der Arbeit neigte sie dazu, ihre Freizeit im Fitnessstudio oder auf dem Schießstand zu verbringen. Das letzte Mal, als sie auf einer Verabredung gewesen war, vor Monaten – ins Kino, jetzt erinnerte sie sich –, hatte sie irgendeinen Versager gesehen, der jemanden an einem Geldautomaten abzockte, und hatte den Hurensohn vier Blocks gejagt, bis sie ihn erwischt und in Handschellen gelegt hatte. Ihre Verabredung war schon lange weg gewesen, als sie zurückgekommen war. Er hatte sie nie wieder angerufen.

Van hatte ihr gesagt, dass sie ein wenig einschüchternd wirken konnte, aber sie würde nicht vorgeben, jemand zu sein, der sie nicht war. Sie würde nicht zusehen, wie jemand angegriffen wurde, ohne etwas dagegen zu tun, nur weil ihre Verabredung nicht damit umgehen konnte.

Sie ignorierte die Blicke, die ihr einige der Kerle in dem Lokal zuwarfen. Es gab immer noch reichlich Männer, die glaubten, dass eine Frau nur dann allein in eine Bar ging, wenn sie jemanden aufreißen wollte. Sie nahm einen weiteren Schluck von ihrem Bier und stellte sicher, dass ihr Gesichtsausdruck diese Vermutungen beendete.

Der Laden war brechend voll. Wussten die Leute nicht, dass es ein Dienstagabend war? Sicher mussten einige von ihnen am nächsten Tag arbeiten? Ava zuckte zusammen, als eine Frau von ihrem Stuhl fiel und auf dem Boden liegend anfing zu lachen. So wie alle ihre Freundinnen. Ava wollte gerade aufstehen und helfen, als die Frau sich auf die Seite rollte und sich selbst hochwuchtete.

Gute Zeiten.

Der Tresen befand sich rechts an der hinteren Wand, mit einer kleinen Tanzfläche in der Nähe des Fensters. Zum Glück tanzte niemand, und die Musik war nicht zu laut. Die meisten Leute saßen in kleinen Gruppen zusammen, trinkend und lachend. Die Kundschaft schien zwischen Anfang zwanzig und Mitte dreißig zu sein. Manche Leute waren offensichtlich direkt von der Arbeit gekommen, während andere legerer in Shorts und T-Shirts oder Jeans gekleidet waren. Ava berührte das Armband gegen den bösen Blick an ihrem Handgelenk. Es war ein alberner griechischer Aberglaube, aber das Amulett schaffte es immer wieder, dass sie sich besser fühlte.

Sheridan kam herein, immer noch in diesem teuer aussehenden dunklen Anzug und derselben blutroten Krawatte, die er früher am Tag in seine Tasche gestopft hatte, bevor er Vans Rasen gemäht hatte. Er sah wie ein absolut heißer Politiker oder CEO aus. Der gemeinsame Nenner schien Sex und Hitze und Dinge zu beinhalten, die sie nicht mit einem hochgestellten FBI-Agenten verbinden sollte. Sie erlaubte sich, den Anblick so lange zu genießen, bis sie Augenkontakt hatten, dann hob sie die Hand zur Begrüßung.

Sie ließ ihre Blicke durch die Bar schweifen. Mehrere weibliche Augen folgten seinem Weg durch den Raum. Anscheinend war sie nicht die Einzige, die sein gutes Aussehen bemerkt hatte.

Es war halb elf, und viele Gäste waren über das Stadium der Beschwipstheit schon hinaus. Die Schilder verkündeten, dass die Happy Hour von siebzehn Uhr bis Mitternacht ging, was zwar darauf hindeutete, dass der Manager eine Unterrichtsstunde in grundlegender Mathematik benötigte, dafür aber die lärmende Menge erklärte.

Sheridan erreichte ihre Sitznische und schob sich auf die Bank, kam ihr nahe, damit sie reden konnten, ohne dass jemand sie hörte. Sein Oberschenkel strich gegen ihren, bevor er wegrückte, und sie fuhr bei der kurzen Berührung zusammen.

Echt cooles Verhalten Ava.

Sie räusperte sich, suchte nach einer Lässigkeit, die sie nicht empfand. Sie waren nicht auf einer Verabredung. Das hier war geschäftlich. Es ging um Van. „Wo haben Sie Ihren Hund gelassen?"

Er zuckte mit den Schultern, und sie versuchte, die Breite

ebendieser Schultern zu ignorieren. Er war nur ein Kollege. Verdammt, sie glaubte nicht, dass er sie überhaupt sehr mochte, und sie war keine Masochistin.

„Auf der Rückbank im Auto, ich habe die Fenster ein Stück aufgelassen." Die Nacht war kühler geworden.

Die Tatsache, dass ihm sein Hund wichtiger war als die Sicherheit seines Lexus, ließ seine Attraktivität rapide emporschnellen.

„Machen Sie sich keine Sorgen, dass die schicken Ledersitze zerkaut werden?" Sie nahm einen Schluck Bier. Sie war nicht überrascht, dass sein Privatwagen ein Luxusmodell war. Er war ein Luxusmodell-Typ.

Ein amüsiertes Funkeln ließ seine Augen aufleuchten. Ihr Herz wollte einen kleinen Sprung machen, aber sie zwang es, unbeweglich an Ort und Stelle zu bleiben.

„Es gab eine Zeit, in der vom Inneren nichts mehr übrig geblieben wäre, aber mittlerweile..." Er zuckte mit den Schultern. „Er wird alt. Etwas ruhiger und langsamer, Gott sei Dank. So wie ich."

„Klar."

Der Kerl war in seiner Glanzzeit, und das wusste er. Er hatte verdammt sicher nicht ausgesehen, als ob er langsamer werden würde, als sie gestern Morgen hinter dem Schützen hergejagt waren.

„Es stimmt." Er lachte leise, entspannter, als sie ihn je zuvor gesehen hatte. Aber die Falten an seinen Augenwinkeln waren heute deutlicher. Sie fragte sich, ob er in der letzten Nacht nach der Schießerei überhaupt geschlafen hatte. Sie hatte es ganz sicher nicht.

Ihre Kellnerin brachte den Bucket mit Hähnchenteilen, den Ava bestellt hatte. Essen zu bestellen war die einzige

Möglichkeit gewesen, einen Tisch zu ergattern.

„Was darf ich Ihnen bringen?", fragte die Kellnerin – ihrem Namensschild zufolge hieß sie Caroline – Sheridan mit einem breiten Lächeln, bevor sie die Tagesangebote aufsagte.

„Wasser, bitte." Er tippte auf seinen Bierdeckel auf dem Tisch. „Haben Sie jeden Dienstagabend so viele Leute hier?"

Die Kellnerin hatte ein strahlendes Lächeln und trug ein enges Top, das ein Mörderdekolleté enthüllte. Sheridan bekam Bestnoten dafür, dass sein Blick nicht unter das Kinn der Frau sank, obwohl allein diese vollen Lippen wahrscheinlich bereits für ein großes Trinkgeld sorgen würden.

Ava hatte auch einmal diese Lippen und dieses Lächeln besessen. Sie hatte sich durchs College gebracht, indem sie in einem erstklassigen Lokal in Portland als Kellnerin gearbeitet hatte. Sie war so oft in den Hintern gekniffen worden, dass es ein Wunder war, dass sie niemanden mit einem Cocktailspieß erdolcht hatte. Die hohen Absätze gegen Stahlkappenstiefel einzutauschen, als sie bei der Portland Police angefangen hatte, war einer der glücklichsten Momente ihres Lebens gewesen, der nur noch von ihrem Abschluss an der FBI-Akademie übertroffen wurde.

„Bedienen Sie sich." Ava deutete auf die Hähnchenteile, als die Kellnerin ging. Es roch gut, und das Wasser lief ihr im Mund zusammen, aber sie würde nicht die Einzige sein, die aß und sich einsaute. Sheridan hatte bereits zu viele Trümpfe in der Hand. Gutaussehend, mächtig, stark. Allgemein wohlhabend, wenn man nach seinem Auto ging – entweder das, oder er schuldete der Bank eine Menge Geld.

Er nahm einen Drumstick, kaute so hastig, als ob er sowohl mittags wie auch abends vergessen hätte, etwas zu essen. Vielleicht hatte er das. Sie benutzten beide die wenige freie Zeit, die sie hatten, um tiefer in den Umständen von Vans Tod zu graben. Essen schien irrelevant.

„Sie haben es geschafft, ein Beweissicherungsteam dort hinaus zu bekommen?" Sie war überrascht, dass er sie kontaktiert hatte, damit sie sich die von ihm gefundenen Fußspuren ansah, bevor er Aldrich anrief. Überrascht und erfreut. Es bedeutete nicht, dass er sie bei irgendetwas anderem einbeziehen würde. Aber er hatte eine zweite Meinung gewollt, bevor er es gemeldet hatte. Die Tatsache, dass er überhaupt angerufen hatte … vielleicht war er doch nicht so übel.

Waren diese Fußspuren Beweis für irgendetwas außer morbider Neugier? Waren sie von Van, der die Fenster geputzt oder Unkraut gejätet hatte? Oder war jemand durch dieses Fenster in Vans Haus eingestiegen? Hatte ihn erschossen und eine Selbsttötung vorgetäuscht? Das Wichtigste war, sicherzustellen, dass die Spuren ordnungsgemäß dokumentiert wurden, bevor sie verschwanden, falls die Sache vor Gericht kam.

„ERT kam an, bevor ich ging. Immerhin hat der Direktor den Befehl gegeben, dass jeder Stein umgedreht werden soll." Er wischte sich Lippen und Finger an einer Serviette ab und nahm einen großen Schluck Wasser.

War das eine Stichelei gegen sie? Wegen dem, was sie bei der Beerdigung gemacht hatte?

„Sie haben den Direktor angerufen?"

Sie hatte den Eindruck gewonnen, dass Sheridan Verbindungen nach oben hatte, aber sie wusste es nicht sicher. Vielleicht hatte er früher mit ihnen zusammengearbeitet. Vielleicht kannte er sie privat.

Er schüttelte den Kopf, aber etwas an der Art, wie er es tat, deutete darauf hin, dass er es hätte tun können, wenn er das gewollt hätte. Er hatte also Beziehungen.

„Aldrich. Essen Sie auch was?"

Sie nahm einen Hähnchenflügel, biss in das warme Fleisch, und der Geschmack zerging ihr auf der Zunge. „Oh, mein Gott, das ist gut." Sie stöhnte auf. Gebratenes Huhn war der Grund, aus dem sie nie Vegetarierin werden könnte.

Er warf ihr einen raschen Blick zu, und sie wurde langsamer, kaute verlegen an ihrem Essen. Er hatte eine Art, sie zu verunsichern, die sie verärgerte. In ihrer Familie hatte Essen einen hohen Stellenwert. Sie war über einem griechischen Restaurant in einer Kleinstadt in Oregon aufgewachsen. Lag es daran, dass er eine höhere Position hatte als sie? Er war nur ein paar Jahre älter, aber ein Supervisory Special Agent zu sein, war eine ganz andere Welt, als die von jemandem, der noch nicht offiziell den Neuagenten-Status hinter sich gelassen hatte. Van war ihr auch übergeordnet gewesen, und trotzdem hatte sie sich bei ihm nie verunsichert gefühlt …

Die Struktur des FBI hatte ihr gefallen, als sie den Arbeitsvertrag unterschrieben hatte. Es gab ihr ein Ziel, auf das sie hinarbeiten konnte. Sie hatte nur nicht bedacht, wie es sich anfühlen würde, auf der untersten Sprosse der Leiter zu stehen, nachdem sie die Akademie verlassen hatte.

Sie zwang sich, zu essen, weil sie hungrig war, und ihr Körper Energie brauchte, knabberte das Fleisch bis zum Knochen ab und wischte dann ihre Finger sauber. „Haben Sie Aldrich gesagt, dass ich dort war?"

„Ich habe ihm gesagt, dass ich bei Vans Haus war, um mich um das Grundstück zu kümmern, als ich Fußspuren vor dem Arbeitszimmerfenster bemerkte. Ich ließ ihn vorschlagen, ein Beweissicherungsteam dorthin zu schicken." Er nahm noch einen Flügel, während die Kellnerin sein Wasser auffüllte. Als sie gegangen war, sprach er weiter. „Ich habe ihn auch davon überzeugt, dass es seine Idee war, Fingerabdrücke vom Fenster zu nehmen und nach Kontakt-DNA zu suchen. Nur um gründlich zu sein." Er grinste, und ihr Herz zog sich panisch zusammen.

„Sie können Menschen gut manipulieren", stieß sie hervor – alles, was nicht so klang, als ob sie ihn attraktiv fand. Sie konnte es sich nicht leisten, für den Kerl zu schwärmen. Es wäre zu erniedrigend.

Ein Grübchen erschien auf seiner Wange, aber dann wurde das Lächeln schwächer. „Die meisten Leute bezeichnen es als Charme. Sie sollten es mal ausprobieren."

Autsch. Die Stichelei schmerzte mehr als sie sollte.

Die Finger seiner Hand griffen sein Glas fester. „Es ist ein wichtiger Teil meines Jobs, Leute dazu zu bringen, das zu tun, was ich möchte, und sie dabei denken zu lassen, dass es ihre Idee sei."

„Sie mögen es, Verhandlungsführer zu sein."

„Ich mag es, wenn Entführungsopfer wieder nach Hause gehen können. Ich mag es, wenn Leute nicht sterben."

Sie mochte das auch. Sie nahm einen Schluck Bier. „Sie klingen defensiv."

Er bedachte sie mit einem langen, harten Blick und ignorierte ihre Feststellung. Vielleicht bildete sie sich das aber auch nur ein.

„Hier hat Van den letzten Dienstagabend verbracht?" Sheridan änderte das Thema wieder zu dem, über das sie reden sollten.

„Ja." Sie sah zu einem Tisch mit lachenden Frauen, die

offensichtlich etwas feierten. „Kein Ort, an dem ich ihn erwartet hätte."

„Vielleicht hat er jemanden hier getroffen." Sheridans dunkelblaue Augen begegneten ihren. Die Unterhaltung mit dem Nachbarn blitzte unausgesprochen zwischen ihnen auf.

Sie sah weg und ließ ihre Blicke über die Menge schweifen. „Die meisten Männer, die ich kenne, würden sich nach einem Blowjob nicht das Hirn wegpusten."

Bei der Erinnerung an den Schauplatz und die Fotografien von Vans Leiche wurde ihr schlecht. Sie schob ihren Teller weg. Sie hätte den Autopsiebericht nicht lesen sollen, aber sie war so sicher gewesen, dass die Ermittler irgendetwas Offensichtliches übersehen hatten, etwas, das sie sofort entdecken würde. Sie schloss ihre Augen bei dem Bild, das durch ihr Gehirn blitzte. Manche Dinge konnte man nie ungesehen machen.

„Es ist in Ordnung, aufgebracht zu sein", sagte er leise.

„Danke für die Erlaubnis", fuhr sie ihn an und bereute es sofort. „Es tut mir leid. Es ist nur so …" Sie schluckte heftig.

„Ich weiß. Ich verstehe das." Die Tiefe seines Verständnisses gab ihr das Gefühl, unwichtig und kleinlich zu sein, weil sie ihn angefahren hatte. „Van war ein guter Kerl. Er hat etwas Besseres verdient als das, was ihm passiert ist. Wie auch immer er starb, er hat definitiv etwas Besseres verdient."

Sie nickte, konnte nicht reden. Vielleicht lag es daran, dass Sheridan ein erstklassiger Verhandlungsführer war. Anscheinend konnte er mit Leuten über alles reden. Sogar mit den Kratzbürstigen und zeitweise Wahnsinnigen.

Ein Gefühl der Einsamkeit und Isolation überwältigte sie. Sie vermisste Van, sie vermisste ihre Mom und ihre Geschwister, die am anderen Ende des Landes lebten. Die meisten ihrer Freunde waren ebenfalls dort. Van hatte eine Million Lücken in ihrem Leben gefüllt. Er hatte ihr so lange geholfen, ihre Entscheidungen zu treffen, und jetzt war er weg. Es schien nicht fair, ihn zu verlieren.

Ihren Vater zu verlieren war eine grausame und erschreckende Erfahrung gewesen. Van zu verlieren fühlte sich noch schlimmer an. Vielleicht, weil sie Van länger gekannt hatte, oder weil es gerade erst passiert war. Sie nahm einen Schluck von ihrem Bier, und Sheridan unterbrach ihr Schweigen nicht. Die Enge in ihrem Hals ließ allmählich nach.

Einsam zu sein war Mist, aber es war immer noch besser, allein zu sein, als mit jemandem zusammen zu sein, der nicht das Richtige für einen war. Ava hatte bisher noch niemanden getroffen, der auch nur annähernd richtig für sie gewesen war, und mit sechsundzwanzig begann sie sich zu fragen, ob es je passieren würde.

Sheridan überließ sie ihren Gedanken, während er weitere Hähnchenteile verdrückte. „Selbst wenn vor seinem Tod jemand bei ihm war, neige ich immer noch dazu, dass er sich selbst getötet hat", gab er zu. „Er war ein zu guter Agent, um unvorbereitet erwischt zu werden."

„Ich könnte meine Waffe ziehen und Sie sofort erschießen."

Sein Mund zuckte amüsiert. „Ist das eine Drohung, Agent Kanas?"

Sie kniff ihre Lippen zusammen, um das widerwillige Grinsen zu unterdrücken, das heraus wollte. „Sie wissen, was ich meine. Wenn Sie es nicht erwarten, und die andere Partei etwas plant, kann es Sie leicht erwischen."

Er runzelte die Stirn.

Sie klang wie eine Irre. „Warum sollte er sich selbst

erschießen?“

„Wer weiß schon, warum Leute sich umbringen“, entgegnete er bitter. „Vielleicht wegen des Schuldbewusstseins?“

„Schuld?“

„Dass er Jessica betrogen hatte.“

Seine tote Frau.

„Ich weiß, dass er seine Frau liebte. Er hat die ganze Zeit von ihr gesprochen.“ Ava glaubte es trotzdem nicht. Sie tippte mit ihrem Fingernagel gegen das dicke grüne Glas der Flasche. „Wenn das Schuldbewusstsein stark genug war, dass er sich töten würde, weil er mit jemand anderem gevögelt hat, warum hat er dann überhaupt jemand anderen gevögelt?“

„Männer können im Angesicht der Versuchung ziemlich schwach sein.“ Sein Blick senkte sich zu ihren Lippen, aber dann sah er weg, so schnell, dass sie sicher war, es sich nur eingebildet zu haben. „Er war ziemlich religiös.“

Sie schüttelte den Kopf. „Der Kirche ist es egal – es heißt, bis dass der Tod uns scheidet. Nicht für alle Ewigkeit. Warum sollte er die ultimative Sünde begehen, wenn er wusste, dass er im Fegefeuer enden würde? Warum nicht beichten und büßen, wie all die anderen Katholiken?“

Sheridan runzelte die Stirn. „Sie haben recht. Es passt nicht zu dem Mann, den ich gekannt habe, aber falls er getrunken hatte …“

Die Kellnerin kam erneut mit einem großen Wasserkrug zu ihnen. Sie füllte Dominics Glas auf.

„Noch ein Bier?“ Die Kellnerin deutete auf Ava.

„Nein, danke.“ Eines war ihr Limit, wenn sie fuhr.

Sheridan suchte in seiner Geldbörse herum und zeigte der Frau eine Fotografie. „Haben Sie diesen Kerl je hier gesehen?“

Ava lehnte sich über Sheridans Arm. Er rückte nicht ab. Es war ein Foto von ihm und Van bei einem Sportmatch. Der Kloß in Avas Hals wurde größer. Einige der Dinge, die sie zu ihm gesagt hatte, waren unfair gewesen. Er hatte den Mann offensichtlich geliebt.

Die Augen der Kellnerin weiteten sich einen Moment in einem Aufblitzen des Erkennens. „Vielleicht. Er sieht vertraut aus.“

„Haben Sie letzte Woche gearbeitet?“ Ava bemühte sich, lässig zu klingen.

„Ich habe drei Schichten gearbeitet. Dienstag, Freitag, Samstag. Ich bin an der Uni und brauche das zusätzliche Geld.“

„Erinnern Sie sich daran, diesen Mann hier letzten Dienstagabend gesehen zu haben?“, fragte Sheridan ruhig.

Die Kellnerin betrachtete die Fotografie von Van und runzelte die Stirn. „Ich habe ihn definitiv gesehen, aber ich bin nicht sicher, wann.“ Sie sah hoch. „Die Schichten verschwimmen nach einer Weile alle miteinander.“ Sie zuckte mit den Schultern. „Tut mir leid.“

„Wer hat sonst noch letzten Dienstag gearbeitet?“ Ava zielte auf locker ab, was ihr aber nicht gelang, wenn man nach Sheridans Stirnrunzeln ging.

Caroline sah vom einem zum anderen. „Wird er vermisst oder sowas?“

„Er ist ein Freund.“ Sheridan nickte ihr zu, womit er technisch gesehen die Wahrheit sagte.

Die Frau hatte Van trotz der Nachrichtenberichte nicht erkannt und Ava achtete darauf, ihre Miene ausdruckslos zu halten. Sie würde nicht verraten, dass Van tot war.

„Wir versuchen nur, seine Aktivitäten nachzuverfolgen.

Wir werden Ihnen keine Schwierigkeiten machen." Sheridan schob einen Fünfzigdollarschein über das glatte Holz. „Er ist ein Freund von uns und wir müssen wissen, ob er hier jemanden getroffen hat. Es ist wichtig. Haben Sie irgendwelche Aufnahmen von Sicherheitskameras, auf die wir Zugriff bekommen könnten?"

Die Kellnerin kam näher, nutzte ihren Wasserkrug, um den Blick auf das Geld vor anderen zu verbergen, während sie es in ihre Schürze schob und ihre Gläser dabei mit weiterem Wasser nachfüllte. Sie hielt sie wahrscheinlich für Privatdetektive, die nach Beweisen dafür suchten, dass ein Ehepartner den anderen betrogen hatte. „Ich würde an Ihrer Stelle den Eigentümer nicht nach Aufnahmen der Sicherheitskameras fragen." Ihr Mund spannte sich an. „Er ist kein besonders netter Kerl."

Ava tauschte einen Blick mit Sheridan aus.

Die Kellnerin warf einen nervösen Blick über ihre Schulter. „Ich muss mich um meine anderen Tische kümmern."

Sheridan schob eine Visitenkarte über den Tisch. „Rufen Sie mich an, wenn Ihnen noch etwas einfällt."

Caroline las die Karte und erblasste. „Natürlich." Sie setzte ein weiteres breites Lächeln auf, das ihre Augen diesmal nicht erreichte, stopfte die Karte schnell in ihre Schürzentasche und ging davon.

Offensichtlich gefiel es ihr nicht, dass sie Bundesagenten waren, aber es gab eine Million Gründe, woran das liegen könnte.

„Was denken Sie?", fragte Ava Sheridan.

„Ich denke, dass das FBI mit dem Manager reden und sich die Aufnahmen der Überwachungskamera ansehen muss."

Was bedeutete, dass er Aldrich und der Sondereinheit die Informationen weitergab, und sie so tat, als ob sie nicht existierte. Sie fuhren mit dem Essen fort, bis nur noch ein Haufen kleiner Knochen übrig war. Ava leckte sich das Salz von den Fingern.

Sie waren nicht viel weiter als gestern, abgesehen von ein paar weiteren unbeantworteten Fragen – wie zum Beispiel, warum Vans Hosen heruntergelassen gewesen waren, und warum er in diese Bar gekommen war. Hatte er überhaupt einen bestimmten Grund gehabt? Die langsame Entwicklung ihrer Untersuchung frustrierte sie unendlich.

Über Sheridans Schulter hinweg beobachtete Ava einen massigen Kerl in einem karierten Hemd, der zu einem anderen Mann ging, der an der Bar saß, und ihm auf die Schulter tippte. Als der sitzende Mann sich umdrehte, rammte der große Kerl ihm seine Faust wie einen Vorschlaghammer ins Gesicht.

„Barprügelei." Ava suchte mit ihren Blicken die Umgebung nach anderen Bedrohungen ab.

Der verletzte Mann wischte sich mit einer Hand über das Gesicht, offensichtlich schockiert, dass seine Finger danach blutig waren.

Sheridan schlüpfte aus der Sitznische. Sie folgte ihm.

„Wie gefällt es dir, wenn jemand eine Prügelei mit dir anfängt, der viel größer ist als du, du Arschloch?", rief der große Kerl, offensichtlich sehr betrunken und sehr wütend.

Tolle Kombination.

Der verletzte Typ fluchte, stand auf und nutzte die Schwungkraft, um einen linken Haken zu landen, der den großen Kerl rückwärts in einen Tisch voller Drinks taumeln ließ. Die Leute stoben auseinander. Bier und Wein verteilten sich überall, Gläser flogen über Tischplatten und zerschmetterten auf dem Boden.

Bargäste traten von den streitenden Männern zurück. Einige der Leute sahen zu, dass sie aus der Bar kamen. Andere richteten sich auf die Show ein.

„Ich fange keine Prügeleien an, du Scheißkerl", schrie der Mann, der geschlagen worden war, „aber ich weiß verdammt gut, wie man sie beendet."

Die beiden Männer fingen an, aufeinander einzuschlagen, und Ava rollte ihre Schultern. Sie hatte nicht geplant, ihren Tag so zu beenden.

Sheridan hielt seine Marke hoch und rief über den Lärm hinweg. „FBI. Auseinander mit euch, Jungs."

Der Mann mit der blutigen Nase nahm einen schnellen Atemzug. „Haben Sie gesehen, was er mit mir gemacht hat?"

Der große Kerl beugte sich vor. „Das passiert Arschlöchern, die Frauen schlagen."

Avas Augen verengten sich, als sie den verletzten Mann ansah, auf dessen Seite sie bis zu diesem Augenblick geistig gewesen war.

„Ich habe keine Ahnung, wovon du redest." Er duckte sich unter einem Schlag weg, der ihn sehr gut hätte erledigen können.

„Das reicht jetzt!", rief Sheridan, während er sich durch die Menge drängte. „Die Party ist vorbei."

Sheridan hatte den größeren Mann in Handschellen gelegt, bevor der Kerl seine Anwesenheit überhaupt bemerkt hatte, und hatte ihn trotz seiner Größe gut unter Kontrolle. Ava hielt Sheridan den Rücken frei. Dominic murmelte dem angegriffenen Mann zu: „Möchten Sie Anzeige erstatten, Sir?"

Der Kerl berührte seine gebrochene Nase. „Wie lange

würde das dauern?"

„Einige Stunden." Sheridan sprach lauter, um das Geheule des großen Mannes zu übertönen.

„Verdammt, nein."

Ein Mann, der der Manager sein musste, schob sich durch die Menge.

„Möchten *Sie* Anzeige erstatten?", fragte Sheridan ihn.

Der Manager schüttelte den Kopf. „Schmeißen Sie ihn einfach raus. Du hast Hausverbot, Kumpel", rief er dem Kerl nach.

Sheridan führte den Unruhestifter zur Tür, hielt dort inne und sprach mit leiser, zorniger Stimme mit ihm.

Ava ging zurück zum Tisch, um nach der Rechnung zu fragen.

Als Sheridan wieder erschien, fragte sie: „Sie haben ihn nicht verhaftet?"

Ein reumütiges Schimmern leuchtete in seinen Augen auf. „Mehr Unannehmlichkeiten als er wert ist. Der Mann – Karl Feldman ist sein Name – sagte, er hätte eine weinende Frau bei den Toiletten gesehen. Sie hat behauptet, der Kerl an der Bar hätte sie verprügelt."

„Sollen wir versuchen, sie zu finden? Eine Aussage aufnehmen?"

Sheridan kippte sein restliches Wasser herunter und deutete auf die Menge, die ihren Abend ohne Zögern wieder aufgenommen hatte, nachdem die Aufregung jetzt vorbei war. „Wie genau sollen wir sie finden?"

„Indem wir nach einer Person Ausschau halten, die geweint hat?" Ava stieß einen langen Atem aus, als sie sich umsah. Er hatte recht. Es war nahezu unmöglich und die Frau würde vielleicht gar nicht mit den Strafverfolgungsbehörden reden wollen, selbst wenn sie sie ausfindig machten.

Caroline kam mit einem breiten Lächeln herüber. „Der Manager sagt, es geht auf's Haus."

Sheridan schüttelte den Kopf und Ava holte einige Geldscheine hervor.

„Das geht auf mich." Sheridan versuchte, ihr Geld wegzuschieben.

„Ich habe bestellt, ich bezahle", beharrte sie.

„In Ordnung", murmelte er. „Danke für das Abendessen."

Hatte Sheridan gerade die Augen verdreht? Es war schwer zu sagen.

„Ich werde nur kurz mit dem Kerl an der Bar reden", murmelte Ava. „Sicherstellen, dass er zweimal darüber nachdenkt, bevor er seine Freundin noch einmal schlägt. Sie müssen nicht auf mich wart…"

„Ich warte."

„In Ordnung."

Er stemmte seine Füße in den Boden. „Sofern Sie nicht vorhaben, hier Party zu machen oder vielleicht einen dieser Kerle mit nach Hause zu nehmen, werde ich warten."

Ava fuhr schockiert zurück. War es das, was er über sie dachte? Sie stemmte ihre Hände in ihre Taille und hob ihre Augenbrauen. „In Ordnung. Tun Sie, was Sie nicht lassen können. Ich brauche fünf Minuten."

DOMINIC SAß IN der Sitznische und beobachtete Ava an der Bar. Warum zur Hölle hatte er das gesagt? Leben und Tod von Leuten hingen wortwörtlich von seiner Fähigkeit, unter Druck einen kühlen Kopf zu bewahren, ab. Aber ein Abend mit Ava

Kanas, und er war nicht mehr als irgendein diktatorischer Dummkopf, der seine Klappe nicht halten konnte.

Die Tatsache, dass sie seine Unterstützung nicht annahm, sich weigerte, anzuerkennen, dass das FBI am besten im Team arbeitete, machte ihn wahnsinnig. Sie musste immer alles alleine machen. Ava Kanas gegen den Rest der Welt. Kein Wunder, dass Van sie unter seine Fittiche genommen hatte. Kanas war ihr eigener größter Feind, und sofern sie nicht lernte, den Agenten zu vertrauen, mit denen sie arbeitete, würde sie beim FBI nicht lange überleben.

Es war seine Pflicht, hier zu bleiben und ihr den Rücken frei zu halten, falls an der Bar irgendetwas schief lief. Aber würde sie seine Hilfe dankbar annehmen? Verdammt, nein. Es machte ihn sauer und er hatte sie angegriffen und etwas Unangebrachtes gesagt, das ihre Gefühle verletzt hatte, was bedeutete, dass sie beide noch einiges zu lernen hatten.

Wie sie versprochen hatte, wandte sie sich weniger als fünf Minuten später von dem Kerl mit der blutigen Nase ab, dem sie an der Bar die Leviten gelesen hatte. Dominic tat der Kerl fast leid – abgesehen von der Sache mit der häuslichen Gewalt.

Zusammen gingen sie durch die schwere Eingangstür an die frische Luft und er begleitete sie zu ihrem Fahrzeug – einem Nissan Versa, bei dem er nicht sicher war, ob er dort hineinpassen würde.

Sie seufzte schwer. „Ich kann für mich selbst sorgen, wissen Sie?"

„Gern geschehen." Er bedachte sie mit seinem sonnigsten Lächeln, entschlossen, die Dinge zu richten.

„Yeah. Danke." Die Worte kamen ihr nur widerwillig über die Lippen.

„Ich hätte das eben nicht sagen sollen. Das war

unangebracht." Er hatte wie ein eifersüchtiger Idiot geklungen. Nein, er hatte wie sein gottverdammter Vater geklungen.

Sie lächelte ihn reserviert an. „Für die Zukunft zur Information, ich reiße im Allgemeinen nur am Wochenende und an Feiertagen Fremde in Bars auf."

Er würde darauf nicht eingehen. „Das ist klasse. Fahren Sie vorsichtig, Ava. Ich werde morgen als Erstes mit Aldrich darüber reden, die Überwachungsbänder der Bar zu besorgen. Dann werden wir sehen, ob wir ein Bild von Van mit jemand anderem hier erhalten."

Sie ließ ihre Blicke über die Straße schweifen. „Dort drüben ist ein Geldautomat. Bitten Sie ihn, auch das Band von dort zu bekommen."

„Gute Idee." Er zögerte.

„Ich weiß, was Sie sagen wollen." Sie hielt ihre Hand hoch, um ihn vom Reden abzuhalten.

Er hatte keine Ahnung, warum ihn das so sehr amüsierte. „Was?"

„Ich soll mir keine Hoffnungen machen, Van könnte allein nach Hause gegangen sein, und selbst wenn nicht, würde das nicht bedeuten, dass er ermordet wurde."

Er presste die Lippen zusammen und öffnete die Autotür für sie.

„Ich bin nicht dumm." Sie kletterte in ihre Blechdose von Auto und ließ den Motor an.

„Ich halte Sie nicht für dumm Ava."

Sie erwiderte seinen Blick eine ganze Weile, die Unsicherheit in der Kurve ihres Mundes sichtbar. Nach einigen langen Augenblicken schloss er die Tür und sah zu, wie sie wegfuhr. Dominic schlenderte zu seinem Auto zurück, war so müde, dass er kaum einen Fuß vor den anderen setzen konnte.

Ranger leckte sein Ohr, als er in den Lexus stieg. Er klopfte auf den Vordersitz, und der Hund sprang von hinten hinzu. Er befestigte den speziell entworfenen Hundesicherheitsgurt und kraulte dem Tier schnell die Rippen, dachte an Ava Kanas und die Wirkung, die sie auf ihn hatte. Trotz ihres Mangels an Team-Fähigkeiten war sie eine gute Agentin. Sicher, sie hatte Probleme mit Autorität, war übereifrig, direkt und neigte ein wenig dazu, an Verschwörungen zu glauben, aber sie hatte Integrität und Mut und einen Arbeitsethos, der es mit seinem eigenen aufnehmen konnte. Er konnte verstehen, warum Van sie so gemocht hatte.

Und das sogar ohne Berücksichtigung des hübschen Gesichts und dieses unglaublichen Körpers.

„Daran denke ich gar nicht", murmelte er sich selbst zu.

Seine Augen waren schwer, und seine Nebenhöhlen fühlten sich verstopft an, als ob er plötzlich eine Erkältung bekam. Sein Zuhause war zwanzig Minuten entfernt, und sein Bett lockte ihn.

Auf dem Highway war die Straße frei. Er gab Gas, wollte sich beeilen, bevor er am Steuer einschlief. Er hatte in der letzten Woche nicht viel geschlafen, und sogar davor hatte es viel Arbeit gegeben. Savage würde sauer werden, wenn er krank würde. Er musste nur mal eine Nacht gut schlafen und …

Scheinwerfer blitzten ihn an und eine Hupe ertönte. Er riss die Augen auf und brachte den Wagen auf seine eigene Fahrspur zurück, während ein Lastwagen vorbei sauste.

Verdammte Scheiße! Er war fast beim Fahren eingenickt. Es war übler, als er dachte.

Er rollte das Fenster herunter, sog die kühle Nachtluft ein

und riss die Augen so weit wie möglich auf. Ranger winselte.

„Alles in Ordnung, mein Junge." Seine Worte waren verwaschen wie die eines Betrunkenen. Scheiße. Er kniff die Augen zusammen, um das Schild zu erkennen. Fast zu Hause. Nur noch ein paar Meilen.

Die blinkenden blauen Lichter in seinem Rückspiegel sagten ihm, dass er tief in der Scheiße saß.

Er konzentrierte sich intensiv und fuhr auf den Seitenstreifen. Allerdings war er viel zu schnell und konnte die Bremsen nicht finden, da seine Füße den Dienst verweigerten. Er versuchte, das Steuer herumzureißen, aber ein Telefonmast erschien wie aus dem Nichts. Dominic fluchte, griff Ranger beim Genick und schloss seine Augen.

Die Auslösung der Airbags riss seinen Kopf wie ein Faustschlag zurück. Der Aufprall erschütterte jeden Knochen in seinem Körper. Seine Schulter fühlte sich an, ob sie mit einem Ruck ausgekugelt würde. Das schreckliche Kreischen von Stahl auf Holz durchschnitt sein Gehirn. Schmerz durchschoss seinen Oberkörper, dann sein Gesicht und seine Beine. Schwärze betäubte die Qual und verschlang ihn dann ganz.

KAPITEL ACHT

AUF IHRER RÜCKFAHRT von der Bar hatte Ava zuerst den Polizeifunk eingeschaltet, aber das Bedürfnis, die Stimme ihrer Mutter zu hören, übermannte sie. Ava wohnte über einem Antiquitätengeschäft in der Nähe des Rappahannock River. Der größte Lärmfaktor war das Klappern von Pferdehufen an einem Samstagmorgen, wenn die Kutschen voller Touristen vorbeifuhren.

Es war herrlich ruhig.

An Abenden wie diesem hatte diese Ruhe allerdings etwas Einsames, und in Verbindung mit der unterschwelligen Verzweiflung, die sie wegen Vans Tod verspürte, wurde die Einsamkeit unerträglich. Um sich daran zu erinnern, dass sie Menschen hatte, die sie liebte und die sie ebenfalls liebten, nahm sie das Telefon zur Hand.

„Hey, Mama.“

„Ava, Liebes. Wie geht es dir? Wann kommst du nach Hause?“

Ihre Mutter sprach nicht über einen Besuch.

Ava ignorierte es. „Weihnachten, das habe ich dir schon gesagt.“

„Es ist spät. Kommst du gerade erst von der Arbeit?“ Ihre Mutter war der Meinung, dass sie zu hart arbeitete. Und das von einer Frau, die sechs Abende in der Woche ein Restaurant geführt und dabei noch allein drei Kinder aufgezogen hatte.

„Hast du etwas gegessen?"

Griechische Eltern fütterten ihre Kinder gerne wie Guppys, bis sie platzten.

„Ich war aus."

„Auf einer Verabredung?" Ihre Mutter versuchte ständig, sie mit einem Mann zu verkuppeln. Ihre jüngere Schwester hatte vor einigen Jahren ihre Highschool-Liebe geheiratet und bereits zwei Kinder zur Welt gebracht, was den Druck ein wenig verringerte. Ava liebte ihre Nichte und ihren Neffen, war aber nicht bereit für Kinder. Ganz zu schweigen davon, dass sie keinen Partner hatte.

„Jemand von der Arbeit." Das war keine Lüge, aber absolut irreführend. So armselig war sie.

„Ist er Grieche?"

„Nein, Mama, er ist kein Grieche." Waren alle Eltern so?

„Sieht er gut aus?"

„Er ist ein Kollege, Mom."

„Also sieht er gut aus. Ist er verheiratet?"

„Tun wir einfach so als ob."

„Also ist er gutaussehend und alleinstehend. Ist er reich?"

Ava wusste nicht, ob sie lachen oder weinen sollte. Sie hatte nicht angerufen, um mit ihrer Mutter über Dominic Sheridan zu reden – eher, um damit aufzuhören, an den Mann zu denken. „Ist reich wichtiger als nett?"

Ihre Mutter hörte mit dem Lachen auf. „Nein, Ava, aber ich weiß, dass du dich nicht mit jemandem einlassen würdest, der grausam wäre."

Plötzlich brannten Avas Augen. Sie hatten beide gelernt, böse Männer zu meiden, sofern sie ihnen keine Handschellen anlegte. „Ich habe mich nicht mit ihm eingelassen. Wir haben gearbeitet."

„Du arbeitest zu hart …“ Das Nörgeln ging weiter.

Ava blendete es aus. Irgendetwas im Polizeifunk hatte ihre Aufmerksamkeit erregt, und sie stellte ihn lauter. Ein schwarzer Lexus war auf der Route 17 gegen einen Telefonmast gekracht.

Ein flattriges Gefühl breitete sich in ihrem Magen aus. „Ich muss los, Mama. Ich rufe dich am Wochenende wieder an. Ich liebe dich.“

Es konnte nicht Dominic Sheridan sein. Aber das hinderte sie nicht daran, ihr Auto zu wenden und zurückzufahren, um es selbst zu überprüfen.

Es dauerte zwanzig Minuten, bis sie die Unfallstelle erreicht hatte. Sie bremste auf Schrittgeschwindigkeit herunter. Zwei Streifenwagen, ein Feuerwehrauto und ein Rettungswagen standen bereits am Straßenrand. Bernsteinfarbene, blaue und rote Lichter blitzten in dem Bereich und erhellten ihn wie ein Kriegsgebiet. Ein Streifenpolizist, der den Verkehr regelte, winkte sie durch. Sie ließ das Fenster beim Vorbeifahren herunter, sagte sich, dass es zwar derselbe Autotyp war wie der Sheridans, dass es aber nicht er sein konnte.

Dann sah sie den Hund, der von einem anderen Polizisten an der Leine gehalten wurde, und lenkte an den Straßenrand.

„Steigen Sie wieder ins Auto und fahren Sie weiter, Ma'am“, rief der Streifenpolizist ihr zu.

„FBI.“ Sie zeigte dem Cop ihren Ausweis. „Was ist passiert?“

Er blinzelte überrascht. Sie trug immer noch die Kleider, die sie zur Beschattung am Morgen angezogen hatte. Zerrissene Jeans und ein T-Shirt mit Aufdruck deuteten kaum darauf hin, dass sie eine Bundesagentin war.

Er starrte mit deutlichen Zweifeln auf ihre Marke. „Sieht wie ein Fall von Alkohol am Steuer aus. Der Kerl ist gegen einen Mast gedonnert."

„Lebt er?" Sie hielt die Luft an, bis sie die Antwort hörte, ihre Lungen schmerzten.

„Es hat ihm ziemlich übel erwischt, aber er lebt."

Sie atmete aus. Gott sei Dank. Wie schwer war er verletzt? „Kann ich ihn sehen?"

Das Geräusch einer Säge durchfuhr sie mit Entsetzen. Die Feuerwehrleute benutzten die Rettungsschere an der Seite des Autos und öffneten das Ding wie eine Blechdose.

„Warum? Wer ist das?" Der Cop musterte sie misstrauisch.

„Er ist ein Bundesagent. Supervisory Special Agent bei der Abteilung für Krisenverhandlungen."

„Wird vielleicht nicht mehr lange ein Bundesagent sein. Wenn der Kerl an einem schönen Tag auf einem leeren Highway gegen einen Mast kracht, ist er wahrscheinlich betrunken."

Sie schüttelte den Kopf. „Er hat nicht getrunken. Ich habe den ganzen Abend mit ihm verbracht. Er hat nur Wasser getrunken."

Der Streifenpolizist zuckte mit den Schultern und sah sie mit einem wissenden Funkeln in den Augen an. Er nahm dasselbe an wie ihre Mutter; dass sie auf einer Verabredung gewesen waren. „Also Drogen."

Sheridan nahm auf gar keinen Fall Drogen.

„Kann ich ihn sehen?" Ava schob herausfordernd ihr Kinn vor, während sie wartete. Sie brauchte seine Erlaubnis nicht, aber sie war dafür, mit den Cops zusammenzuarbeiten. In der Bar war es Sheridan gut gegangen. „Ich werde seinen Hund zum Durchchecken zum Tierarzt bringen", fügte sie hinzu.

Die Lippen des Streifenpolizisten wurden schmal. „In Ordnung." Es war offensichtlich, dass die Cops hier schon zu ihren eigenen Schlussfolgerungen hinsichtlich der Unfallursache gekommen waren. Entweder das, oder der Kerl mochte keine Bundesagenten.

Sie ging an ihm vorbei, rief sich in Erinnerung, wie es war, tagein und tagaus mit solchen Szenen zu tun zu haben. Sie ging zu dem Polizisten, der Sheridans Hund festhielt, und zeigte ihm ihre Marke. Sie reckte den Hals, aber es war unmöglich, an den Notfallleuten vorbei zu sehen. Sie unterdrückte den Drang, sich zwischen ihnen hindurchzuschieben und es sich selbst anzusehen. Sie würde nur im Weg sein.

„Hey, Kumpel." Sie ging in die Hocke, um den armen, verwirrten Hund zu umarmen, ignorierte das nasse Gras, das ihre Jeans durchtränkte und versank in dem weichen Fell an ihrer Wange. Sie sah auf. „Wie geht es ihm?"

„Er scheint in Ordnung zu sein. Er war gesichert, also ist er hauptsächlich durcheinander und verängstigt, hat aber keine sichtbaren Verletzungen. Hey." Der Mann mit der Leine kniff die Augen zusammen. „Sind Sie nicht die Agentin, die heute Morgen bei dem entflohenen Häftling das PIT-Manöver durchgeführt hat?" Er übergab ihr die Leine des Hundes, während sie sich wieder aufrichtete.

Es fühlte sich wie eine Ewigkeit an, seit sie Jimmy Taylor verhaftet hatte. Sie streckte ihre freie Hand aus, um seine zu schütteln. „Ja, Sir. Mein Name ist Kanas, vom Büro in Fredericksburg."

„Das war perfekt ausgeführt. Einer der Hubschrauber in der Luft hat es auf Band."

„Wirklich? Das würde ich gerne mal sehen." Sie strich mit

ihrer Hand über Rangers seidigen Kopf.

„Wir werden es im Training verwenden – ein Beweis, dass nicht alle Feds Idioten sind."

Sie lachte, obwohl die Nervosität sich in ihre Brust grub. „Der Sergeant des Polizeireviers Portland hat mir dieses Manöver hundert Mal eingehämmert. Ich werde ihm besser eine Kopie des Bands schicken, um zu beweisen, dass ich aufgepasst habe."

„Polizeirevier Portland, hm?" Er betrachtete sie von Kopf bis Fuß, schätzte ihre körperlichen Attribute wie ein Coach bei einem Athleten ab. „Macht es Ihnen Spaß, Bundesagentin zu sein?" Die Frage in seinen Augen deutete an, dass er selbst schon über den Wechsel nachgedacht hatte.

„Ja, das tut es, aber weniger, wenn meine Kollegen Autounfälle haben." Sie schluckte die Übelkeit herunter, die sie plagte, während die Feuerwehrleute ihre Aufgabe erfüllten. „Das da drin ist ein Freund von mir. Ein Verhandlungsführer aus Quantico." Die meisten Cops mochten Verhandlungsführer – denn die waren nicht auf Ruhm aus. Ihre Hände gingen an ihren Hals. „Können Sie mir sagen, wie es ihm geht?"

Der Polizist legte seine Hand auf seinen Ausrüstungsgurt. „Gehen wir nachsehen."

Weniger als drei Jahre zuvor war sie auch mit einem dieser schweren, unhandlichen Gürtel um ihre Taille herumgelaufen. Das Schlimmste daran war gewesen, herauszufinden, was sie damit tun sollte, wann immer sie auf die Toilette musste. Sie vermisste ihn nicht. Und über ihr früheres Leben als Streifenbeamtin nachzudenken, war viel besser als sich Sorgen um Dominic Sheridan zu machen.

Hektische Aktivität um den Lexus ließ Ava und den

Polizisten nach vorne drängen, um zu sehen, ob Sheridan – es musste Sheridan sein – lebte oder nicht.

Sie entdeckte seine bleichen, blutbedeckten Gesichtszüge. „Oh, verdammt." Einen Moment lang wurden ihre Knie schwach und der Uniformierte hielt sie mit einem Arm um die Taille aufrecht.

„Fallen Sie mir jetzt nicht in Ohnmacht. Er war bewusstlos, als ich ankam, aber er atmete."

„Herr im Himmel." Sie bedeckte ihren Mund mit ihrer Hand. „Hat ihn jemand von der Straße abgedrängt?"

„Nein. Ich folgte ihm, als er wild auf der Straße herumschlingerte. Wahrscheinlich betrunken …"

„Haben Sie in seinem Atem Alkohol gerochen?", verlangte sie zu wissen, während sie sich löste.

Der Cop schüttelte langsam den Kopf. „Jetzt, da Sie es erwähnen … nein, Ma'am. Es könnte ein Hirnaneurysma gewesen sein."

Oh, Gott. Der Gedanke war wie ein Hieb gegen den Hals. Sie wollte nicht, dass Sheridan verletzt war oder starb, und sie wollte nicht darüber nachdenken, warum sie das so aufbrachte.

„Oder Drogen … vielleicht wäre es für ihn am besten, wenn die Ärzte nicht sofort eine Blutprobe nehmen."

„Auf keinen Fall." Ava schüttelte den Kopf. „Dominic Sheridan hat auf keinen Fall Drogen genommen." Plötzlich erschienen die Barschlägerei aus dem Nichts vor ihrem inneren Auge, und der Kerl mit einer Freundin, von der er behauptete, dass sie nicht existierte, in einem anderen Licht. „Lassen Sie die Rettungssanitäter sofort eine Blutprobe nehmen."

Der Streifenpolizist richtete sich auf und neigte den Kopf.

„Wenn er etwas genommen hat …“

„Das hat er nicht.“ Sie wusste nicht, warum sie so sicher war. Weil Van an den Kerl geglaubt hatte? Wegen dem, was sie in der kurzen Zeit, die sie ihn kannte, gesehen hatte?

„Entweder ist es ein medizinischer Notfall“, der Gedanke war ebenfalls erschreckend, „oder es ist möglich, dass jemand ihm etwas in sein Wasser getan hat, als wir vorhin in einer Bar waren. Ich möchte, dass er sofort auf KO-Tropfen getestet wird.“ Wenn Sheridan Drogen genommen oder heimlich Alkohol getrunken hatte, dann würde er für die Folgen geradestehen müssen, so wie alle anderen. Aber das glaubte sie nicht. Der Kerl war anständig. Ernsthaft und gewissenhaft.

Ava entschuldigte sich und rief die FBI-Einsatzzentrale an. Sie bat darum, mit der CNU in Quantico verbunden zu werden und hoffte gegen alle Wahrscheinlichkeit, dass noch jemand dort war. Der Agent, der ans Telefon ging, klang sauer, dass sie seinen Abend unterbrochen hatte.

„Sie müssen sofort herkommen.“ Sie gab ihm die Wegbeschreibung. „Einer Ihrer Leute, Dominic Sheridan, hatte einen Autounfall.“ Ava sah zu, während die Feuerwehrleute Sheridan eine Halskrause anlegten und ihn dann auf eine Bahre hoben. Die einzig gute Neuigkeit war, dass er noch atmete. „Er lebt, aber es sieht ernst aus.“

DIE AUFREGUNG WAR wie eine durch ihr Blut rauschende Droge. Die blinkenden gelben und roten Lichter ließen den Unfallort wie eine Tanzparty aussehen. Das Auto war zerschmettert, das Metall verbogen, wie eine Blechbüchse aufgerissen. Einer der Airbags war mit Blut bedeckt.

Nun, das sah nicht gut aus.

Es war nicht einfach, ein Grinsen zu unterdrücken, damit die Aufmerksamkeit des Streifenpolizisten nicht geweckt wurde. Aber nichts, das es wert war, war je einfach. Bernie würde sehr, sehr glücklich sein.

KAPITEL NEUN

ES WAR FAST zwei Uhr morgens, als Ava an die Tür des ordentlichen kleinen Handwerkers klopfte, die sich in einer ruhigen Straße ungefähr sechshundert Meter vom Mule & Pitcher entfernt befand. Sie hatte mit dem Zittern kaum aufhören können, seit sie gesehen hatte, wie Sheridan in einem Rettungswagen weggefahren wurde. Einer der Feuerwehrleute hatte ihr versichert, dass all seine Vitalwerte trotz seiner Bewusstlosigkeit gut waren, und er abgesehen von einer wahrscheinlich gebrochenen Schulter keine sichtbaren Verletzungen erlitten hatte. Das bedeutete nicht, dass er nicht irgendeine Kopfverletzung oder einen Gehirnschaden oder eine innere Verletzung erlitten hatte …

Sie verdrängte diesen Gedanken. Dominic Sheridan war in guten Händen, und sie konnte ihre Zeit besser mit dem Versuch verbringen, herauszufinden, was an diesem Abend passiert war. Etwas an der Barschlägerei wirkte auf sie nicht mehr echt, und ihr Cop-Instinkt war geweckt worden.

Sie betrachtete den großen schwarzen Truck in der Einfahrt. Obwohl sie in Gehweite der Bar waren, hatte Ava das Gefühl, dass Karl Feldman nicht seine Füße benutzt hatte.

Ava klopfte wieder an die Tür, und ein Licht ging draußen an. Sie hielt ihre Marke an den Türspion. Sie trug außerdem ihre Einsatzjacke, da sie keinen Zweifel daran lassen wollte, dass sie in offizieller Funktion hier war.

„Mr. Feldman? Ich bin FBI Special Agent Kanas. Wir sind uns früher am Abend schon begegnet. Ich muss mit Ihnen über das sprechen, was in der Bar passiert ist."

Ein schlurfendes Geräusch erklang, und Ava legte ihre Hand auf den Griff ihrer Glock. Vielleicht hätte sie jemandem sagen sollen, wohin sie gegangen war.

Die Tür öffnete sich weit, und da stand der Riese, der die Barschlägerei angefangen hatte, in einer Pyjamahose, einem schmutzigweißen T-Shirt und einem lose fallenden Baumwoll-Morgenmantel, der in der Mitte nicht zuging. Ava war 1,78 m, und bei diesem Kerl fühlte sie sich wie eine Mücke. Sein Haar war schütter, er trug eine Brille und einen borstigen Schnurrbart. Seine Augen sahen genauso aus wie die auf jeder Fotografie eines Serienmörders, die sie jemals gesehen hatte. Vielleicht war dies nicht ihre klügste Idee gewesen. Er betrachtete sie durch zusammengekniffene Augen und seufzte schwer. Schaler Alkohol und schlechter Atem trafen auf ihr Gesicht.

„Mir war nicht klar, dass eine Barschlägerei ein Bundesvergehen ist."

Ruhestörung, tätlicher Übergriff, Körperverletzung – es gab viele mögliche Anklagen, die sich aus etwas anscheinend so Harmlosem wie einer Barschlägerei ergeben könnten. Und wenn Ava und Sheridan diesen Mann verhaftet hätten, wäre Sheridan vielleicht nicht in einen Telefonmast gefahren.

„Ich möchte Ihnen gerne einige Fragen stellen."

„Kommen Sie rein." Er ließ den Türknauf los und wandte sich nach drinnen, ließ ihr wenig andere Möglichkeiten, als ihm zu folgen.

Aber bevor sie hineinging, schickte sie Feldmans Adresse mit einer Zeitangabe und dem Vermerk „Ich gehe hinein" per

Textnachricht an Sheridan. Es würde vielleicht nicht verhindern, dass ihr etwas passierte, wenn der Kerl ein Psycho war, aber wenigstens würden ihre Kollegen wissen, wo sie anfangen sollten, nach ihrer Leiche zu suchen.

Sie ging ins Haus und war von der schlichten Einrichtung und den geschmackvollen Farben angenehm überrascht. Die Böden waren aus Holz, und die Teppiche sahen nach Persern aus, hätten aber genauso gut von Ikea sein können. Sie folgte ihm durch die Küche, die frisch renoviert aussah, mit hellen Shaker-Schränken und einem großen Keramik-Waschbecken. Feldman setzte sich an einem großen Holztisch auf einen stabilen Küchenstuhl.

„Sie haben ein schönes Zuhause, Mr. Feldman."

Er sah sie mit kleinen, stechenden Augen an. „Das ist mein Beruf."

Sie hob fragend ihre Augenbraue. Der starke Geruch metabolisierten Alkohols durchdrang das Zimmer und nahm ihm etwas von seinem Charme.

„Ich renoviere alte Häuser und restauriere sie zu ihrer früheren Pracht. Eigentlich mache ich sie sogar noch besser." Er ging hinüber zum Tiefkühlschrank, griff sich eine Tüte gefrorener Erbsen, wickelte ein Geschirrtuch darum und presste sie auf die Knöchel seiner rechten Hand, während er sich wieder hinsetzte. „Hat der Kerl, dem ich eine verpasst habe, seine Meinung geändert? Sind Sie hier, um Anklage zu erheben?"

„Nein, Sir. Obwohl Mr. Gardner", der Mann, den er geschlagen hatte, „vielleicht doch noch Anzeige erstatten wird."

Feldman zog eine Grimasse. „Es ist wahrscheinlich eine gute Sache, dass ich selbständig bin."

„Geraten Sie oft in Schlägereien?"

Er zog eine Grimasse. „Es kam schon vor."

Ava strich mit ihrer Hand über die glatte Oberfläche der Kücheninsel, hoffte, den Kerl zu entspannen. „Das ist ein schönes Stück. Marmor?"

„Eigentlich ist es ein seltenes Stück blasser Granit, das ich gefunden habe. Ist leichter zu pflegen als Marmor. Neigt weniger zu Flecken."

„Nett."

Feldman nickte und nahm ein großes Glas Wasser. Er trank gierig.

„Sie sagten, dass eine Frau Ihnen erzählt hätte, Mr. Gardner hätte sie geschlagen. Ist sie direkt auf Sie zugekommen und hat Sie gebeten, ihr zu helfen?"

Ein Stirnrunzeln schob die buschigen Augenbrauen zusammen. „Ich kam aus der Toilette, und diese Frau stolperte von mir weg und fing an zu schluchzen. Ich fragte sie, ob sie in Ordnung wäre. Zuerst wollte sie mir nicht sagen, was los war, aber schließlich gab sie zu, dass sie Angst vor dem Kerl in dem roten Hemd hätte, der an der Bar saß."

„Was haben Sie dann gemacht?"

Er zuckte etwas beschämt mit den Schultern und drückte die gefrorenen Erbsen gegen seinen Kiefer. „Bin wie ein Idiot losgestürmt, um mich um den Kerl zu kümmern."

„Was hat die Frau getan?"

Er zuckte mit den Schultern, und Ava vermied es, auf den Streifen Bauch zu schauen, der durch diese Bewegung enthüllt wurde. „Ich weiß nicht. Ich wurde ja rausgeworfen. Ich habe sie nicht mehr gesehen."

Ava hatte keinen Beweis, dass jemand etwas in Sheridans Getränk getan hatte, wusste nicht einmal, was es bedeutete, wenn jemand es getan hätte. Hatte jemand einfach nur die Möglichkeit genutzt? Irgendein Clown, der den Feds eins auswischen wollte? Oder war ihnen jemand von Vans Haus aus gefolgt?

Wenn sie sich irrte, wenn Sheridan schlechtes Kokain geschnupft oder hinter dem Steuer ein Aneurysma erlitten hatte, würde sie mit ihren Verschwörungstheorien wie eine verdammte Irre aussehen.

Deshalb war sie allein hergekommen … aber sie arbeitete oft allein. Sie war in einem kleinen Büro und es gab nicht immer genug Leute, um zu zweit zu arbeiten – insbesondere wenn alle anderen Überstunden wegen der Mortimer-Schießerei machten.

Die Sorge um Sheridan zerrte weiterhin an ihren Nerven. Sie wollte ihn sehen und sich vergewissern, dass er in Ordnung war, aber sie hatte kein Recht dazu. Er würde sie dort nicht wollen – sie kannte den Kerl kaum.

„Haben Sie die Frau in der Bar vor heute Abend schon einmal gesehen?", fragte sie.

„Nein, ich war zum ersten Mal da. Außerdem war ich so betrunken, dass ich kaum was sehen konnte."

Und trotzdem war er nach Hause gefahren …

„Würden Sie es in Erwägung ziehen, mit einem Polizeizeichner zu reden und zu versuchen, ein Bild der Frau zu erstellen?" Ava wusste nicht, ob es hilfreich sein würde oder nicht.

„Warum machen Sie sich solche Gedanken um sie? Warum kümmern Sie sich nicht um den Freund?"

Ava kräuselte ihre Lippen. „Die Sache ist, Mr. Feldman, Mr. Gardner sagt, dass er keine Freundin hat, und bestreitet, irgendjemanden geschlagen zu haben – abgesehen von Ihnen."

Ein kaltes Lächeln ließ Feldmans Lippen zucken. „Geben diese Kerle je zu, ihre Frauen zu schlagen?"

Sie erkannte es sofort, das seelentiefe Wissen um Missbrauch, das sich tief in seinen Augen spiegelte.

„Nein, sie geben es nicht zu, aber … ich hätte wirklich gerne Ihre Hilfe dabei, sie zu finden."

Wenn die Frau die Wahrheit gesagt hatte, könnte Ava ihr vielleicht helfen. Wenn sie gelogen hatte, um eine Ablenkung zu schaffen, dann wollte Ava auch das wissen.

Nach einigen Augenblicken nickte Feldman und stand auf, ragte mit schmerzvoller Miene über ihr auf. Ihr kam der Gedanke, dass der Kerl die Frau erfunden haben oder gemeinsame Sache mit ihr machen könnte. Allein hier herzukommen war, gelinde gesagt, unklug gewesen.

Er zog eine Grimasse und presste einen Finger an seine Schläfe. „Ich werde mit einem Polizeizeichner zusammenarbeiten, aber ich weiß nicht, ob ich mich morgen früh noch an viel erinnern werde."

Sie würde auf gar keinen Fall jemanden dazu bringen können, mitten in der Nacht zu kommen, wenn ihr Verdacht in nichts weiter als einer ihrer verrückten Ahnungen begründet war. Aber Karl Feldman war entgegenkommender gewesen, als sie erwartet hatte. „Ich weiß Ihre Hilfsbereitschaft zu schätzen. Ich finde selbst hinaus."

Ava eilte aus dem Haus, auf irrationale Weise durch den Kerl nervös geworden, insbesondere wenn man bedachte, dass sie sowohl bewaffnet als auch selbst gefährlich war. Sie zitterte, während sie in die warme Nachtluft entkam. Sie war nicht stolz darauf, nervös zu sein, aber sie setzte es auf die lange Liste der Fehler, an denen sie arbeitete.

Ihr Telefon piepte, während sie zum Auto ging. Der

Tierarzt hatte eine Nachricht hinterlassen, um mitzuteilen, dass es Sheridans Hund gut ging, und sie ihn bis zum nächsten Morgen dabehalten würden. Dann müsste sie ihn abholen.

Sie schickte Sheridan eine schnelle Nachricht, um ihn wissen zu lassen, dass sein Hund in Ordnung war.

Waren die Resultate des Drogentests schon reingekommen? Sie wusste nicht, wen sie anrufen und danach fragen könnte. Sheridan? Es schien wie eine Zumutung, da sie nicht wusste, ob er in einem Koma lag, oder es noch schlimmer war. Textnachrichten waren eine Sache, ein Anruf eine komplett andere. Und wenn die Tests Drogen im Blut nachwiesen, was würde sie sagen? Tut mir leid, dass ich geholfen habe, Ihre Karriere zu zerstören?

Sollte sie seinen Boss anrufen? Oder ihren?

Ihre Wangen brannten bei dem Gedanken. Welches Recht hatte sie, sich nach seiner gesundheitlichen Verfassung zu erkundigen? Was würden die Ärzte denken?

Verdammt. Sie schlug frustriert gegen das Steuer. Sie würde sich über jeden, der in einen so schweren Unfall verwickelt gewesen war, solche Sorgen machen. Sie sah auf ihr Telefon. Die Tatsache seiner Attraktivität hatte nichts mit ihrer Sorge zu tun, und sie wollte nicht, dass irgendjemand das missverstand. Frustriert durch ihre eigene Entscheidungsunfähigkeit schloss Ava die Augen.

Sie stellte den Nissan auf Drive und machte sich zurück zur Bar auf, um festzustellen, ob irgendjemand dort sich an irgendetwas erinnerte. Danach würde sie zum Krankenhaus fahren und sich nach Sheridans Verfassung erkundigen. Weil Kollegen so etwas taten.

DIE VISITENKARTE WURDE mit einem stürmischen Kuss überreicht.

„Zwei Feds haben über diesen Kerl von letzter Woche Fragen gestellt. Also habe ich eine Verschlusskappe Liquid E in ihre Getränke getan und bin an dem Wrack ihres Autos am Straßenrand vorbeigekommen."

Bernies Finger strichen über den eingravierten runden Schild auf der Visitenkarte. *Justizministerium der Vereinigten Staaten, Federal Bureau of Investigation, Krisen-Interventions-Abteilung, Dominic S. Sheridan.* Der Name „Dominic S. Sheridan" war fettgedruckt.

Wofür stand das „S"?

Eine seltsame Mischung aus Zorn und Trauer schlug zu. Fragen, Fragen, Fragen. Bernies Herz hämmerte. „Sie werden wissen, dass du es warst."

„Ich habe für eine Ablenkung gesorgt." Caroline fing an, die Knöpfe ihrer engen schwarzen Bluse zu öffnen und lächelte, während Bernie zusah. Caroline war heiß genug, um Glas zu schmelzen und vögelte wie ein Kaninchen, sogar ohne das Mittel GHB. „Und ich bin eine sehr gute Lügnerin."

Caroline *war* eine gute Lügnerin. Sie war auch geil. Sie war oft geil, wenn sie um zwei Uhr morgens vorbeikam. Bernie machte das nichts aus. Caroline hielt sich für die Kluge, Gewiefte in der Beziehung, und auch das machte Bernie nichts aus.

Die Tatsache, dass das FBI angefangen hatte, Fragen über Van Stamos' letzte Aktivitäten zu stellen, war besorgniserregend, da es auf der Liste noch weitere Leute gab, die es zu töten galt. Vielleicht waren sie nicht so dumm wie sie wirkten.

„Bist du sicher, dass er tot ist?"

„Nein." Caroline öffnete ihre Hose, um einen passenden Spitzen-Stringtanga zu enthüllen. Heißer Scheiß. „Aber selbst wenn nicht, er wird in nächster Zeit keine Fragen stellen."

„Du hast zwei Agenten erwähnt. Mit wem war er unterwegs?"

Caroline zuckte mit den Schultern. „Irgendeine Frau. Hab' weder ihre Karte noch ihren Namen."

Dumme Schlampe.

Caroline hatte sich als sehr nützlich erwiesen, zuerst zum Vögeln und dann durch die Information, dass Gangster hinten in der Bar, in der sie arbeitete, Drogen verkauften. Bernie hatte sie bleiben, mehr und mehr Zeit hier verbringen lassen. Es zugelassen, dass sie sich wohlfühlte. Zu wohl.

„Ricky bekam einen ziemlichen Schreck, als er herausfand, dass sie Feds waren." Caroline lachte.

Ricky war der Manager der Bar. Wenn der Kerl ein Gehirn hatte, war es so klein und so weit oben in seinem Arsch, dass es wahrscheinlich mit seinen Mandeln verwechselt werden würde.

„Er und die Jungs wollten heute das Kokain rausschaffen. Idioten. Sie hätten es alles letzte Woche wegbringen sollen, nachdem der andere Fed sich das Hirn weggepustet hat."

Auf Bernies Anfrage hin hatte Caroline Van zur Bar gebeten und ihn mit Informationen über die Drogen gelockt. Dann hatte sie ihm etwas ins Bier getan.

Carolines Blick wurde durchtrieben. „Habe ich erwähnt, dass ich letzten Dienstagabend herkam, du aber nicht da warst?"

Das hatte Bernies Überwachungskamera schon angezeigt.

„Ich hatte eine geschäftliche Besprechung außerhalb der Stadt."

Caroline schnaubte. „Klar. Du bittest mich, den Kerl unter Drogen zu setzen, hast mir aber nie den Grund gesagt. Und dann ist er am nächsten Tag tot …"

So fingen Erpressungen an.

Caroline hielt ihre Hände hoch. „Aber ich habe keine Fragen gestellt."

„Ich mag Frauen, die keine Fragen stellen." Bernie strich mit einem Finger über die Mitte von Carolines Brustkorb, hakte ihn unter den schwarzen Spitzen-Pushup-BH und zog sie näher. Nach einem langen, tiefen Kuss rieb Caroline ihren ganzen Körper gegen Bernies.

Bernie löste sich. „Was hältst du davon, dass ich dir ein schönes heißes Bad einlasse, damit du deine armen, schmerzenden Füße hineintauchen kannst? Du hast heute Abend gute Arbeit geleistet. Ich möchte dir zeigen, wie dankbar ich bin."

Carolines Lächeln war breit und sinnlich. „Nur wenn du versprichst, dich zu mir zu gesellen." Sie zog einen niedlichen Schmollmund.

„Das hatte ich vor."

Bernie arrangierte Oliven und einen Teller mit Käse und Crackern auf einem Tablett. Dem folgten zwei Gläser Bollinger und ein kleines Extra in Carolines Glas.

Im zum Schlafzimmer gehörenden Badezimmer waren die Spiegel bereits beschlagen. Bernie dimmte die Lampen. Überall schäumten Bläschen, während Caroline auf einer Seite der riesigen Wanne lag. Bernie stellte das Tablett an den Rand. Auf Armlänge entfernt.

„Oh, mein Gott. Daran könnte ich mich gewöhnen." Caroline nahm den Drink, den Bernie ihr reichte. Dann zog Bernie sich aus, langsam, machte es gut und heiß, so wie Frauen wie Caroline es mochten. Caroline sah zu, Lust tanzte in ihren Augen.

Bernie kletterte hinein und nahm die nackte Frau in die Arme. Ihre Haut aneinander war glitschig.

Bernie nahm das andere Glas und sie stießen an und tranken alles auf einmal, lachend. Bernie schenkte mehr Champagner nach und tröpfelte etwas davon über Carolines Schultern und Brüste. Sie abzulecken war genau die Art Aufmerksamkeit, nach der Caroline sich sehnte. Bernies Finger tauchten tiefer, zwischen rasierte Lippen, die so hungrig waren wie Carolines Mund.

Es dauerte nicht lange, bis sie kam. Sie wussten beide, wie sie einander zum Orgasmus bringen konnten. Grob, schnell, unerbittlich.

„Das ist so gut, ich glaube, ich könnte das die ganze Nacht machen." Caroline klang jetzt betrunken.

Bernie fing von vorne an, verschaffte ihr einen weiteren Orgasmus, zog sie dann zu sich herüber, so dass sie ausgestreckt dalag, Haut auf nackter Haut. Sie zuckte plötzlich.

„Entspann dich. Ich hab' dich."

Es dauerte ein paar Minuten, bis Caroline völlig schlaff wurde, ihre Oberschenkel im Wasser trieben.

„So gut", murmelte sie, während ihr Mund unter die Oberfläche glitt.

Sie strampelte, als sie einatmete, aber Bernie schlang starke Arme um ihren Brustkorb und drückte ihre Beine nach unten. Es war nicht zu schwer, sie sicher unter dem Schaum zu halten.

Nach fünf Minuten stieg Bernie aus der Wanne und trocknete sich ab.

Töten war der einfache Teil. Die Leiche loszuwerden war immer die Herausforderung.

EIN STETIGES „PIEP, piep" brachte ihn langsam ins Leben zurück. Dominic stöhnte und versuchte, seine Hand an den schmerzenden Kopf zu heben, aber jemand hielt sein Handgelenk fest. Er öffnete ein Augenlid und sah seinen Boss dort stehen.

„Warum bekomme ich nicht die gutaussehende Krankenschwester?", frage er mit unsicherer Stimme.

„Einige Leute halten mich für gutaussehend." Savages durchdringender Blick war konzentriert auf sein Gesicht gerichtet. „Wenn du den Tropf rausreißt, verprügele ich dich damit."

„Ich wusste nicht, dass es dich kümmert." Er stieß ein leises Lachen aus und zuckte zusammen, als Schmerz von seiner Nase über seine Wangenknochen ausstrahlte. „Ich dachte, du wärest in D.C.? Was ist passiert?"

Savage drückte einen Knopf, ließ wahrscheinlich eine Krankenschwester kommen. „Du hattest einen Autounfall, also bin ich sofort zurückgekommen."

„Autounfall?" Er hatte eine schwache Erinnerung an laute Geräusche und viele Schmerzen.

„Sag mir, an was du dich erinnerst."

Bei jedem Einatmen schmeckte Dominic Blut. Übelkeit wirbelte in seinem Magen, aber das Letzte, was er wollte, war es, sich vor seinem Boss zu übergeben. „Kann das nicht warten?"

„Nein."

Verdammt. Dominic ging in Gedanken seinen Tag durch. Er erinnerte sich, zu Vans Haus gefahren zu sein. Die Fußabdrücke entdeckt zu haben. Mit Ava Kanas auf einen

Drink in die Bar gegangen zu sein, die Van eine Woche zuvor besucht hatte. Er erinnerte sich an einen Streit mit Kanas, konnte sich aber nicht erinnern, worum es genau gegangen war. In sein Auto gestiegen zu sein … Seine Augen flogen auf. „Ranger. Ist er in Ordnung?"

Er versuchte, sich aufzusetzen und Schmerz explodierte in pulsierenden Wellen in jedem Nerv. Er fiel vor lauter Schmerzen zurück in die Kissen.

„Ranger geht's gut", versicherte Savage ihm. „Agent Kanas hat ihn in eine Notfalltierklinik gebracht, damit er gründlich durchgecheckt werden konnte. Ich glaube, er ist noch dort."

„Kanas?" Dominic runzelte verwirrt die Stirn. „Sie war am Unfallort? Was hat sie da gemacht? Ist sie in Ordnung?"

„Sie sagte, ihr beide hättet euch in einer Bar auf einen Drink getroffen, um über Van Stamos zu reden, da ihr ihm beide nahestandet." Savages Stimme deutete an, dass er wusste, dass mehr dahintersteckte. „Auf ihrem Heimweg hörte sie im Polizeifunk, dass ein schwarzer Lexus auf der 17 einen Telefonmast gerammt hatte. Sie fuhr zurück, um sicherzustellen, dass es nicht dein Wagen war. Leider warst du es. An was erinnerst du dich noch?"

Dominic war nicht sicher. „Dass ich auf dem Weg nach Hause war und mich total schläfrig fühlte. Ich war kaum noch in der Lage, meine Augen offen zu halten. Ich glaube, ich versuchte, am Straßenrand anzuhalten. Dann nichts mehr." Vielleicht war das ein Segen. Panik durchfuhr ihn. „Habe ich jemanden angefahren?"

„Was hast du getrunken?"

Getrunken? „Nichts."

„Nicht einmal ein Bier?"

„Wasser." Er wollte auch jetzt Wasser, da sein Hals

schmerzte. Die Tatsache, dass er an jenem Morgen mit einem Kater aufgewacht war, war der Grund gewesen, aus dem er in der Bar keinen Alkohol getrunken hatte. Er war kein Heiliger, aber er fuhr nicht, wenn er über der Promillegrenze war. Er schüttelte den Kopf und versuchte, die daraus entstehende Übelkeit niederzukämpfen, die in seinem Magen herumwirbelte.

„Drogen?"

Was sollte das? „Nein Quentin. Du kennst mich. Ich nehme keine Drogen. Sag mir, dass sonst niemand heute Abend verletzt wurde. Sag mir, dass ich niemanden angefahren habe." Er glaubte nicht, damit leben zu können, wenn er jemanden angefahren und verletzt oder gar getötet hätte.

Savage presste seine Lippen aufeinander, bevor er antwortete. „Du weißt, dass ich fragen muss. Niemand sonst war an dem Unfall beteiligt, aber die Feuerwehr musste dich aus deinem Fahrzeug schneiden. Dein Lexus sieht aus wie etwas, das von einem riesigen Dosenöffner bearbeitet wurde."

Dominic war das Auto egal. Er konnte Schnitte an seinen Beinen spüren und erinnerte sich an das Geräusch einer Säge. Panik raste durch ihn hindurch, als er hinuntersah und mit seinen Zehen wackelte. Erleichterung stieg innerlich auf, als er sie unter der Decke reagieren sah.

Sein Herz hämmerte.

Eine Krankenschwester betrat das Zimmer, flirtete mit Savage, las einige Zahlen ab, stellte seine Infusion neu ein und ging wieder. Sie gab ihnen keine Antworten.

„Also, wie schlecht bin ich dran?", fragte Dominic.

„Du hattest Glück."

Dominic fühlte sich nicht, als ob er Glück hätte.

„Keine gebrochenen Knochen, keine inneren Verletzungen. Eine ausgekugelte Schulter, die sie schon wieder eingerenkt haben. Leichte Fleischwunden. Prellungen – Du wirst morgen verdammte Schmerzen haben."

Er hatte heute schon verdammte Schmerzen.

Savage runzelte die Stirn. „Wie die Krankenschwester dir gesagt hat, führen die Ärzte Tests durch, um ein Hirnaneurysma auszuschließen, aber du wirkst auf mich okay, und ich gehe davon aus, dass sich ein solches Trauma langfristig auf deine Bewegungsfähigkeit und kognitiven Fähigkeiten auswirken würde."

Savage ließ sich schwer auf den einzigen Stuhl im Zimmer fallen. „Agent Kanas hat eine andere Theorie – aufgrund derer sie darauf bestand, dass die Ärzte sofort Blutproben nahmen, also hoffe ich bei Gott, dass du hinsichtlich des Alkohols und der Drogen die Wahrheit sagst."

Dominic knirschte mit den Zähnen. Es schien, als ob Ava Kanas mehr Vertrauen in ihn hatte als einige Leute, mit denen er seit Jahren arbeitete. Er war fünfunddreißig Jahre alt und ein respektierter Bundesangestellter. Er war kein Arschloch, obwohl diese Dinge sich nicht unbedingt ausschlossen.

„Kanas glaubt, dass jemand die in der Bar etwas ins Wasser getan hat."

Wie bitte?

„Sie sagte, dass es eine Schlägerei gab?"

Dominic versuchte, den Nebel seiner Erinnerung zu durchdringen. „Ich erinnere mich vage daran, eine Barschlägerei beendet zu haben."

„Kanas glaubt, dass sie vielleicht als Ablenkung benutzt wurde."

Könnte sie recht haben? War er unter Drogen gesetzt

worden? Es würde das plötzliche Einsetzen und die Stärke der Müdigkeit erklären, ebenso wie die Tatsache, dass er jetzt wach war und relativ milde Verletzungen hatte. Er war durstig. Seine Stimme war kratzig. Er hatte höllische Schmerzen, aber er konnte reden, und seine Glieder funktionierten mehr oder weniger.

„Warum würde jemand mir etwas ins Wasser tun?", fragte Dominic.

„Ja, warum würde jemand dir etwas ins Wasser tun?"

„Zieh diese Scheiße nicht mit mir ab, Quentin. Ich bin zu verdammt müde und habe zu große Schmerzen, um mich jetzt damit zu befassen."

„Warum warst du wirklich in der Bar?"

Dominic schloss seine Augen und holte tief Luft. „Ich habe Agent Kanas gebeten, Vans letzte Aktivitäten herauszufinden." Technisch gesehen nicht die Wahrheit, aber seine Karriere konnte wesentlich mehr Stürmen standhalten als Avas. „Die Bar war unseres Wissens nach der letzte Ort, den er vor seinem Tod besucht hat, also haben wir sie uns angesehen."

„Du ermittelst in seinem Tod." Savages Stimme war harsch.

„Ich überprüfe einige Aspekte. Ich habe vor dem Fenster seines Arbeitszimmers Fußspuren gefunden und Ray Aldrich vorgeschlagen, ein Beweissicherungsteam dorthin zu schicken."

„Warum haben die sie überhaupt übersehen?", fragte Savage.

Das hätte nicht passieren dürfen. „Wahrscheinlich, weil es eine so offensichtliche Selbsttötung war, und niemand es so einstufen wollte. Ich weiß nicht", antwortete Dominic müde.

„Warum sollte es jemand auf dich abgesehen haben?"

„Ich weiß nicht, ob das der Fall ist." Das Hämmern in seinem Kopf erschwerte das Denken. „Ich habe mich der Kellnerin gegenüber als Bundesagent zu erkennen gegeben, in der Hoffnung, dass sie Informationen über Van hätte. Und dann erneut, um die Barschlägerei zu beenden. Das war der einzige Moment, in dem ich mein Getränk nicht im Blick hatte. Vielleicht mochte jemand in der Bar keine Feds."

„Es scheint, als ob in letzter Zeit eine Menge Leute keine Feds mögen", stellte Savage fest. Er sprach über den Mord an Calvin Mortimer.

Dominic brummte. War es möglich, dass das FBI wirklich so unbeliebt war? Bei Kriminellen und Politikern vielleicht. Die meisten gesetzestreuen Bürger waren froh, die Unterstützung des FBI bei der Bekämpfung böser Jungs zu haben. Schien wie eine ziemliche Kette von Zufällen, oder unglaubliches Pech, oder etwas komplett anderes …

„Was ist mit Agent Kanas? Vertraust du ihr?", fragte Savage.

„Warum sollte ich das nicht?"

„Sie ist ehrgeizig. Sie hätte diejenige sein können, die dir Drogen ins Getränk getan und dir dann nach Hause gefolgt ist, in der Hoffnung, als Retterin aufzutreten – falls du überlebst …"

„Ava Kanas könnte sich nicht weniger dafür interessieren, jemandes Retterin zu sein." Sie wurde von der Liebe für einen guten Mann und der Entschlossenheit, die Wahrheit aufzudecken, angetrieben. „Ich vertraue ihr." Dominic versuchte, seinen Mund zu öffnen, um sie noch mehr zu verteidigen, aber seine Zunge verweigerte den Dienst. Die Krankenschwester musste ihm eine weitere Dosis des

Beruhigungsmittels gegeben haben. Das machte ihn sauer. Er döste weg, während er sich fragte, wie es Ranger ging, und ob Kanas in Ordnung war. Er hoffte es. Er hoffte es wirklich.

KAPITEL ZEHN

I M MULE & Pitcher brannte Licht. Trotz des „Geschlossen"-Schilds im Fenster versuchte Ava es an der Vordertür und war überrascht, sie unverschlossen vorzufinden. Alle Stühle standen auf den Tischen, und der Boden war nach kürzlichem Wischen noch nass.

Drei Kerle saßen trinkend an der Bar. Der Manager stand an der Kasse, die gerade die Abschlussbons ausspuckte. Er sah sie mit einem „Oh Scheiße"-Gesichtsausdruck an.

„Ich dachte, diese Tür wäre verschlossen." Er hob seine Stimme, um den Lärm der Kasse zu übertönen und blitzte einen der an der Bar sitzenden Männer an. „Was kann ich für Sie tun, Agent …?"

Die Atmosphäre wurde angespannter, als Ava sich auf einen Barhocker schob. Schließlich war die Kasse damit fertig, Bons auszustoßen, und die nachfolgende Stille hallte im Raum wider. „Ist das hier eine Privatparty?"

„Einige Freunde leisten mir Gesellschaft, während ich den Tagesabschluss mache", antwortete der Manager.

„Hm." Dies könnte das Druckmittel sein, das sie brauchte, um ihn dazu zu bringen, die Überwachungsbänder für den heutigen Abend und Vans Aufenthalt hier in der letzten Woche herauszurücken.

„Wie heißen Sie?" Sie wandte sich an einen der Männer, der in sein Bier starrte. Sie sah zu, während er mit sich selbst rang, ob er ihr die Wahrheit sagen wollte.

„Bo." Er hatte eine tiefe Stimme. Durchaus ansprechendes Gesicht.

„Kennen Sie Lanny Gardner, Bo?", fragte sie.

Er zuckte mit einer schmalen Schulter. „Lanny? Klar. Er ist Stammgast."

„Verprügelt er all seine Freundinnen?"

Bo stieß ein Lachen aus und schüttelte den Kopf, aber sie vertraute seinen hübschen blauen Augen nicht. „Ich kenne niemanden, der Frauen schlägt."

„Ist das wahr?" Sie hob eine absolut ungläubige Augenbraue. Einer der Freunde ihrer Mutter hatte sie einmal beiläufig mit der Faust ins Gesicht geschlagen, bevor er sie gegen eine Wand gedrückt und seine Hand in ihre Hose geschoben hatte. Er hatte sie befingert, als ob er das Recht hätte, mit ihrem Körper zu tun, was immer zur Hölle er wollte. Als ob sie ihm gehörte.

Ava war damals dreizehn gewesen.

Er war zu betrunken gewesen, um etwas Schlimmeres zu machen. Sie hatte gewartet, bis er auf dem Sofa eingeschlafen war und hatte dann das schärfste Messer, das sie hatten, an seinen Hals gehalten. Jedes Mal, wenn er ausgeatmet hatte, hatte es in sein Fleisch geschnitten. Er hatte lange gebraucht, um es zu bemerken und um aufzuwachen. Zu diesem Zeitpunkt lief das Blut bereits in Rinnsalen über seinen Hals und hatte seinen Hemdkragen durchtränkt.

Sie hatte ihm gesagt, welchen Körperteil sie ihm im Schlaf abschneiden würde, wenn er sie je wieder berührte. Er war aus der Wohnung gerannt und hatte geschrien, dass sie verrückt wäre.

Danach hatte sie es ihrer Mutter erzählt und ihre Mutter

hatte Van angerufen. Er hatte dafür gesorgt, dass ein FBI-Agent dem Kerl einen Besuch abstattete. Van hatte schon sehr lange auf Ava aufgepasst.

Der Barmanager stellte mit einem deutlichen Bums eine offene Bierflasche vor sie auf die Theke. Ava betrachtete sie misstrauisch. Alles an der Sache hier fühlte sich falsch an. Bei Feldman hatte sie auf Vorurteile und durch Popkultur geschürte Ängste reagiert. Hier krabbelten ihre Instinkte über all ihre Nerven und schrien, dass sie es versaut hatte. Sie hatte niemandem gesagt, wo sie nach der Befragung von Feldman als Nächstes hinging. Sie hatte nicht erwartet, dass noch irgendjemand in der Bar arbeitete, geschweige denn, dass die Vordertür offen wäre.

Ihr kam der Gedanke, dass die Kellnerin Drogen in ihr und Sheridans Getränk gegeben haben könnte, und dass die Barschlägerei einfach nur eine Ablenkung gewesen war, damit Caroline nicht die einzige Verdächtige war.

Ava hatte das Bier, das sie auf dem Tisch hatte stehenlassen, nicht ausgetrunken. Sheridan hatte sein Wasser ausgetrunken, während sie mit Lanny Gardner geredet hatte.

Hatte der Manager gesehen, dass sie die Kellnerin befragt hatten? Hatte er etwas zu verbergen? Hatte Van den Verdacht gehabt, dass illegale Dinge in der Bar passierten? War er deshalb überhaupt erst hier gewesen? Waren diese Leute an seinem Tod beteiligt?

Viele Fragen und keine Antworten, abgesehen von den Schweißtropfen, die sich allmählich zwischen ihren Schulterblättern bildeten.

Ava legte ihre Hand um den Flaschenhals und wünschte sich, sie wäre nicht so impulsiv. Van hatte versucht, diese Eigenschaft zu dämpfen, aber sie hatte den Dreh für Vorsicht nie so richtig herausbekommen. Anscheinend lernte sie nur auf die harte Tour.

„Haben Sie hier Überwachungskameras?“ Ava warf einen Blick auf die Kamera über der Bar.

Der Manager zuckte mit den Schultern, während er weiterhin irgendetwas mit der Kasse machte. „Ein paar.“

„Ich möchte die Aufnahmen von heute Abend sehen.“ Es war keine Frage.

Seine Miene wurde mürrisch.

„Oder ich könnte Sie dafür drankriegen, dass Sie nach Geschäftsschluss noch offen haben.“

Seine Augen wurden hart, aber er sah nicht eingeschüchtert oder zerknirscht aus. Er sah verärgert aus. Das lief nicht so, wie sie erwartet hatte.

„Ich möchte die Frau identifizieren, die behauptet hat, dass Lanny Gardner sie geschlagen hätte. Ich kann eine richterliche Anordnung besorgen und morgen früh ein ganzes Team herschicken, das die Aufnahmen durchgeht, wenn Sie das vorziehen. Ihre Entscheidung.“

Die Männer wechselten Blicke. Sie wusste sofort, dass es das falsche Vorgehen gewesen war. Ihre Haltung änderte sich.

Bo stand auf, während der hölzerne Hocker unheilvoll knarrte, und trat hinter sie. Er fuhr mit einer Fingerspitze über ihren Nacken und sie unterdrückte ein Schaudern. „Weiß jemand, wo du bist, Herzchen?“

„Ich bin eine FBI-Agentin, Bo.“ Sie verspottete ihn. „Was glauben Sie wohl?“

„Ich glaube, du bluffst. Ich glaube, du bist hier auf eigene Faust auf einer Mission hergekommen, um irgendeine weinerliche kleine Schlampe zu retten. Deshalb ist dein Kumpel nicht bei dir.“

„Er sitzt draußen im Auto." Sie zwang sich, normal zu atmen. Keine Angst zu zeigen.

Bo schüttelte den Kopf. „Tut er nicht."

Was zur Hölle sollte das? Was wusste er?

„Wird jemand dich vermissen, wenn du verschwindest, Herzchen?"

Sie griff mit einer Hand nach seinem Handgelenk und duckte sich unter seiner Schulter durch, zog seinen Arm hinter seinen Rücken und brachte ihn mit einer Hand auf die Knie. Sie setzte ihren Fuß auf seinen Rücken, verschärfte den Druck, zog dann geschmeidig mit der linken Hand ihre Glock und richtete sie direkt auf den Manager, der angefangen hatte, ein Gewehr hervorzuholen.

„Heben Sie das noch zwei Zentimeter höher und Sie haben eine 9mm-Patrone zwischen den Augen."

Er zögerte.

„Legen Sie es hin! Kommen Sie hier herum und auf den Boden. Alle. Auf den Boden." Eine leichte Schweißschicht bildete sich auf ihrer Stirn. Verdammte Scheiße. Wie hatte das so schnell so schiefgehen können?

Die drei anderen Männer ließen sich auf dem Boden nieder und beobachteten sie, um eine Gelegenheit zu finden. Wenn sie eine fänden, würden sie sie umbringen, das erkannte sie so deutlich wie sie ihr eigenes Gesicht erkannte.

Hatten sie Van umgebracht?

„Hände hinter den Kopf", rief sie. „Beine spreizen. Weiter."

„Ich dachte, das wäre mein Satz." Bo stieß ein dunkles kleines Lachen aus, das durch ihre Nerven kroch, und sie griff sein Handgelenk fester.

„Seien Sie still." Diese Kerle waren offensichtlich in etwas

Illegales verwickelt.

Ach, Ava, denkst du wirklich?

Hatten sie Sheridan unter Drogen gesetzt? Wussten sie deshalb, dass er nicht draußen im Auto auf sie wartete? Sie legte Bos Hände hinter seinem Rücken in Handschellen, achtete darauf, dass sie eng saßen. Für die anderen zog sie die Kabelbinder hervor, die sie für Notfälle aufgerollt in ihrer Jeanstasche hatte. Sie zog das Plastik energisch fest, zwang die Handgelenke des Managers eng zusammen, damit er sich nicht herauswinden konnte.

Dann fesselte sie den dritten Kerl, bevor sie die Zentrale anrief.

„Hier spricht Agent Kanas von der Außenstelle Fredericksburg. Ich brauche sofortige polizeiliche Verstärkung in …"

Der vierte Kerl schob hinten an seinem Gürtel die Hand unter sein kariertes Hemd.

„Lassen Sie Ihre Hände da, wo ich sie sehen kann", schrie Ava.

Zu spät. Er zog eine Pistole und rollte sich auf den Rücken, hob die Waffe, zielte auf sie und betätigte den Abzug, allerdings nicht schnell genug. Ava warf sich auf die Seite und feuerte dreimal auf seinen Körper, der Lärm in dem großen Raum war enorm.

Die Männer auf dem Boden fluchten und schrien, aber sie trat von ihnen weg, hielt sich mit dem Rücken an der Wand, falls die Schüsse jemanden aus dem hinteren Raum hervorlocken würden.

Sie bemerkte, dass der Mann von der Zentrale immer noch mit ihr sprach.

„Ja, ja, ich bin in Ordnung. Ja. Schicken Sie einen

Einsatzbus." Sie gab mit zitternder Stimme die Adresse durch. „Einer von ihnen hat auf mich geschossen. Ich bin in Ordnung, aber er ist verwundet. Schicken Sie auch Sanitäter."

ES WAR EINFACH, in einem Krankenhaus unsichtbar zu sein. Einfach herumsitzen und müde und besorgt aussehen, einen Kaffeebecher in Griffweite besorgter Finger, oder die Flure mit verkrampften Händen und schmalen Lippen durchwandern. Aber es war um einiges schwieriger, Antworten auf Fragen zu bekommen; so wie die, ob Dominic Sheridan lebte.

Caroline hatte Mist gebaut.

Es war egal.

Sobald der nächste Agent starb – hoffentlich eher heute als morgen – würde sogar das FBI die Verbindung entdecken und begreifen, dass sie es mit einem Serienmörder zu tun hatten, der sie wie die Tiere jagte, die sie wirklich waren.

Wie überrascht sie sein würden.

War Sheridan tot? Bernie hoffte, dass es nicht der Fall war.

Extreme Schmerzen und Leid wären akzeptabel, aber nicht tot, noch nicht, und nicht durch die Hand eines anderen. Bernie wollte, dass er letztlich kapierte, warum das hier passiert war und wer dafür verantwortlich war, bevor er einen qualvollen Tod starb.

Was war mit der weiblichen Agentin, die Sheridan begleitet hatte? Wer war sie? Was war mit ihr passiert?

An der Tür zu einem Privatzimmer entwickelte sich Hektik. Eine Gruppe FBI-Agenten marschierte vorbei, versammelte sich wie Leibwächter des Geheimdienstes um Sheridans große, schlanke Gestalt.

Sheridan lebte. Gut.

Der Fed sah blass und hager aus. Schatten verdunkelten seine Augenhöhlen, und er hatte einen Schnitt quer über dem Nasenrücken, wahrscheinlich von den Airbags in seinem noblen Lexus. Er trug Trainingshosen und ein kariertes Hemd, und sein rechter Arm war in einer Schlinge.

Hoffentlich tat es verdammt weh.

Kein Zeichen von der Frau, mit der er am vergangenen Abend zusammen gewesen war. Vielleicht war sie nicht im Auto gewesen. Oder vielleicht hatte sie es nicht geschafft.

Hoffentlich war sie ihm wichtig, und der Schmerz ihres Todes würde ihn bei lebendigem Leib verzehren, bis ihn die Trauer in den Wahnsinn trieb.

War sein Daddy schon involviert? Musste nett sein, einen Politiker als Vater zu haben, aber nicht nett genug, um das Kommende aufzuhalten. Niemand würde das Kommende aufhalten.

Oh, ja. Es war gut, dass er noch nicht tot war.

Das hier machte viel zu viel Spaß, um so schnell vorbei zu sein.

„WAS ZUM TEUFEL meinen Sie damit, ,sie wurde beurlaubt‘?" Dominic schloss angesichts der pochenden Schmerzen in seinem Kopf und der Informationen, die er gerade über Kanas erfahren hatte, die Augen.

Sein Boss hatte klugerweise gewartet, bis sie allein im Auto waren, bevor er ihn über die neusten Entwicklungen informierte.

„Sie hat gegen den ausdrücklichen Befehl ihres Chefs zu

Vans Tod ermittelt. Sie hat sich ohne Verstärkung in eine gefährliche Situation begeben, nicht einmal, sondern zweimal, und beim zweiten Mal hat sie einen Mann getötet."

„Sie hat untersucht, was vorher in der Bar passiert ist. Sie hat versucht, herauszufinden, ob jemand mich unter Drogen gesetzt hatte." Und das hatte jemand. Die Testergebnisse hatten das verdammte GHB nachgewiesen.

„Sie hätte es ihrem Boss sagen sollen. Sie hätte die Prozesse befolgen und nicht allein hineingehen …"

„Um zwei Uhr morgens? Nur aufgrund einer Ahnung? Agenten in kleinen Außenstellen arbeiten oft allein, das wissen Sie. Wenn ich einen Unfall untersuchen würde, in den Agent Kanas verwickelt wäre, würden Sie mich dann für leichtsinnig halten, wenn ich allein losgezogen wäre, um Zeugenaussagen – davon ging sie aus – einzuholen? Sind wir dazu nicht ausgebildet worden?"

„Wir sind ausgebildet worden, Prozesse zu befolgen." Savage warf ihm einen bitterbösen Blick zu. Er fuhr Dominic nach Hause, mit Anweisungen des Arztes, sich auszuruhen. Sicher. Dominic hatte keine ernsten Verletzungen, abgesehen von der wieder eingerenkten Schulter. Die Schlinge, die er tragen sollte, ging ihm schon jetzt gehörig auf die Nerven. Zum Glück war er Linkshänder, und es war seine rechte Schulter, die verletzt worden war. Das größte Problem war, dass er mindestens eine Woche lang nicht fahren durfte, und sein Haus in einer ländlichen Gegend lag, mit nur wenigen Nachbarn.

Dominic glaubte nicht, dass er viel Ruhe bekommen würde, insbesondere mit dem Wissen, dass Ava in Schwierigkeiten war. Nichts davon wäre passiert, wenn er sie nicht wieder in den Fall einbezogen hätte.

Kein Wunder, dass sie überall Verschwörungen sah, wenn das die Art war, auf die sie behandelt wurde. „Sie sagten, dass sie es ermöglicht hat, einen großen Drogenring hochgehen zu lassen."

„Was toll gewesen wäre, wenn die DEA den Laden nicht ohnehin schon überwacht hätte."

Scheiße.

Er setzte sich aufrecht hin. „Haben sie irgendwelche Bandaufnahmen? Von gestern Abend oder letzter Woche?"

Savage brummte.

„Hat die DEA wenigstens Beweise, dass diese Arschlöcher mir Drogen ins Wasser gegeben haben?"

Savage überholte einen Traktor, der Heu transportierte. Dominic hielt den Atem an und versuchte, sich nicht einen schrecklichen Tod auszumalen. Er war am letzten Abend nah dran gewesen. Nur die Tatsache, dass sein Auto mit Sicherheitsfunktionen vollgepackt war, hatte es ihm ermöglicht, ohne größere Verletzung davonzukommen.

„Nichts, was sie uns bis jetzt gegeben haben. Sie sind immer noch sauer, weil wir in ihre Party geplatzt sind. Es ergibt allerdings Sinn. Sie sind in der Bar und stellen Fragen, und sie haben im Hinterzimmer eine halbe Tonne Kokain. Vielleicht dachten sie, dass Sie beide ihnen auf der Spur wären."

„Scheint eine seltsame Methode, die Bundesagenten von der Spur abzubringen – uns unter Drogen zu setzen. Warum nicht mit dem Kokain abhauen?"

„Niemand hat behauptet, dass diese Kerle Genies wären."

Dominic trommelte mit seinen Fingern auf seinem Oberschenkel. „Wissen Sie, ohne Ava Kanas hätten wir vielleicht nie herausgefunden, was mit mir passiert ist. Ich wäre im Krankenhaus, und Sie würden all meine Blutwerte auf Drogen und Alkohol überprüfen und mich tadelnd ansehen, bis die Tests negativ zurückkämen. Die Ärzte hätten das GHB vielleicht komplett übersehen."

Savages Finger krallten sich fester um das Steuer. „Sie ist auch diejenige, die die Theorie vertritt, dass Van ermordet wurde, und Sie in etwas hineingezogen hat, das Sie fast umgebracht hätte."

Dominics Lippen verzogen sich. „Weil ich mich so leicht führen lasse."

„Das bedeutet nicht, dass ihre Handlungen nicht indirekt dafür verantwortlich waren, dass Sie im Krankenhaus gelandet sind." Savage warf ihm einen weiteren Blick zu und wich einem toten Stinktier auf der Straße aus.

„Ich bin derjenige, der sie angerufen hat." Dominics Finger gruben sich in das Armaturenbrett. „Und fahren Sie verdammt nochmal langsamer. Ich hatte für einen Tag genug Aufregung."

Savage nahm seinen Fuß vom Gas. „Entschuldigung."

„Sie müssen zugeben, dass irgendetwas Seltsames vor sich geht. Van bringt sich um, nachdem er in diese Bar gegangen ist. Ein Schütze tötet bei seiner Beerdigung einen FBI-Agenten. Ich werde unter Drogen gesetzt und sterbe fast bei einem Autounfall …"

„Das hat vielleicht alles überhaupt nichts miteinander zu tun."

Dominics Lachen klang nicht amüsiert, noch weniger, als der Schmerz durch seine Rippen schnitt. Er hielt mit seinem unverletzten Arm seine Seite. Er hasste es, darüber nachzudenken, wie er sich ohne Sicherheitsgurt oder Airbags fühlen würde. Tot, zweifellos. „Was passiert jetzt?"

„Sie gehen nach Hause, ruhen sich aus und halten sich von Agent Kanas fern."

„Mit der Ermittlung, meine ich." Dominic ignorierte den Seitenhieb auf Ava.

„Sie wissen, dass Sie auf keine Weise involviert sein können …"

„Irgendein Arschloch hat versucht, mich umzubringen. Ich bin also bereits involviert." Dominic hob kaum seine Stimme. Es war keine tolle Verhandlungstechnik, aber sie hatten alle mal einen freien Tag.

Savage versuchte offensichtlich, seinen eigenen Ärger im Zaum zu halten. Zu viele willensstarke Männer in einem geschlossenen Raum, aber Dominic war nicht in der Stimmung, nachzugeben.

„Vielleicht sollten Sie sich eine Weile freinehmen. In Urlaub fahren. Eine Pause machen."

„Sie brauchen mich im Büro."

Savages Mund wurde dünn. „Ich werde Ihre Gesundheit nicht riskieren …"

„Hören Sie damit auf. Ich bin morgen da."

„Danke." Savage räusperte sich. „Wir brauchen Sie, aber Sie sehen beschissen aus. Ich habe das Hauptquartier um genug Geld gebeten, um weitere fünf Vollzeit-Verhand-lungsführer in der CNU bezahlen zu können, was ein wenig den Druck von uns nehmen würde. Sie sagten, sie würden darüber nachdenken."

Dominic zog eine Grimasse. „Erwarten Sie nicht zu viel."

Savage fuhr in Dominics Einfahrt vor seine Garage, welche Platz für drei Autos bot. Das Haus war für eine Person viel zu groß, hatte einen Pool, gute Sicherheitsausstattungen und einen großen, eingezäunten Garten hinten, in dem Ranger herumstreifen konnte. Kaum dachte er an seinen Hund, öffnete Charlotte schon die Tür und hielt Ranger an der Leine. Der Hund zog sie praktisch die Treppe hinunter, als er Dominic sah.

Er stieß die Tür auf, hielt die Plastiktüte mit seinen Sachen fest und fluchte, als seine lädierte Schulter vor Schmerz praktisch aufschrie. Nichts war gebrochen, er würde gesund werden, aber in der Zwischenzeit musste er auf Klimmzüge verzichten.

Ranger rannte auf ihn zu, mit wedelndem Schwanz und heraushängender Zunge. Der Hund stieß seine Nase in seinen Schritt – autsch – und sie winselten beide mitleiderregend.

„Er ist definitiv in Ordnung?", fragte Dominic Charlotte, während er es nicht mochte, dass er ständig über ihre Schulter sah und auf Ava Kanas' Erscheinen wartete. Wie wütend würde sie auf ihn sein?

Was könnte er tun, um es wieder gut zu machen?

„Ranger geht's gut. Der Tierarzt hat ihn durchgecheckt, und Agent Kanas hat ihn heute Morgen bei CNU vorbeigebracht."

Dominic hielt die Frage, wie Kanas ausgesehen hatte, zurück. War sie in Ordnung? Was zur Hölle war gestern Abend passiert? Hatte sie etwas über Vans letzte Aktivitäten herausgefunden? War sie verletzt worden? Aber sein Boss sah zu und würde sein Interesse nicht billigen.

Interesse?

Klar, so nannten die coolen Kids es heutzutage.

„Ich habe dir einige Lebensmittel gekauft und selbst gekochte Suppe aus meinem Tiefkühlschrank mitgebracht. Stell sie in den Kühlschrank, bis du Hunger bekommst." Charlotte kümmerte sich oft um das Haus, wenn er weg war, also hatte sie einen Schlüssel. Sie zuckte beim Zustand seines Gesichts zusammen. „Weißt du, du solltest jemanden einstellen, der die Lebensmitteleinkäufe für dich erledigt. Du hast bereits eine Putzfrau und einen Gärtner. Es ist nur ein weiterer Schritt." Sie lachte und strich mit ihrer Hand mütterlich über seinen unverletzten Arm.

Er blinzelte. Er war nicht daran gewöhnt, dass jemand sich um ihn kümmerte. Die Sheridans waren nicht diese Art von Familie.

„Ich glaube, du solltest gleich aufs Ganze gehen und eine Haushälterin engagieren, die hier im Haus wohnt", scherzte Charlotte.

„Oder ein Kindermädchen", murmelte Savage vernichtend.

„Sie sind doch nur eifersüchtig", entgegnete Charlotte ihrem Boss grinsend.

„Er hat ein verdammtes Kino in seinem Keller. Natürlich bin ich eifersüchtig." Savage grinste.

Dominic gab Charlotte eine einarmige Umarmung. „Danke, Char. Ich weiß deine Hilfe zu schätzen." Bereits von Müdigkeit übermannt, tätschelte er seinen Hund, und sie schlurften müde auf das Haus zu.

„Sind Sie sicher, dass Sie zurechtkommen werden?", fragte Savage. Dem Kerl entging nicht viel. Es war dieses angeborene Wahrnehmungsvermögen und die Aufmerksamkeit für Details, die ihn in seinem Job so gut machten.

„Ich kann bleiben, wenn du möchtest." Charlotte sah besorgt in sein zerschrammtes Gesicht. „Ich mag den Gedanken nicht, dass du allein hier draußen bist. Ich könnte im Untergeschoss arbeiten. Du würdest nicht einmal merken, dass ich da bin."

Er küsste liebevoll ihren Scheitel. „Ich werde schon zurechtkommen, aber danke."

Er mochte seine eigene Gesellschaft. Viel Platz zu haben bedeutete, dass es einfacher war, seiner Familie auszuweichen, wenn sie gelegentlich herkam. Und dieser Gedanke erinnerte ihn daran, dass er die Telefonnachrichten seines Vaters beantworten musste, obwohl Savage den Gouverneur schon über alle medizinischen Fragen informiert hatte. Toll.

„Ich werde noch eine Schmerztablette nehmen und schlafen, so wie der Arzt es befohlen hat. Danke für alles. Bis morgen im Büro." Er schloss vor Charlottes bestürzter Reaktion die Tür. Sollte sie lieber Savage über freie Zeit und Gesundung belehren. Dominic hatte eine Ahnung, die er überprüfen musste. Ein Gedanke, der ständig an seinem Hirn nagte und nicht weggehen wollte. Er holte sein persönliches Handy aus der Plastiktüte, wählte eine Nummer und lauschte dem Klingeln.

Endlich nahm sie das Gespräch an.

„Kanas? Bewegen Sie Ihren Hintern her."

KAPITEL ELF

AVA SAß IN Sheridans riesiger Einfahrt in ihrem kleinen Nissan. Es war fast zwei Uhr nachmittags, und der Himmel war voller dunkler Wolken, die drohten, jeden Moment aufzubrechen.

Was tat sie hier?

Nach der Schießerei in der Bar am vergangenen Abend hatte sie Ray Aldrich angerufen, um ihn auf dem Laufenden zu halten. Aldrich war besorgter gewesen, dass der Zwischenfall ihn weich aussehen ließ, als darüber, dass sie fast gestorben wäre. Sie hatte dem Kerl gesagt, dass sie untersucht hatte, was Sheridan zugestoßen war, während die Erinnerungen noch frisch waren, aber sobald er entdeckt hatte, dass sie und Sheridan diese Bar ausgewählt hatten, weil es der letzte Ort war, an dem Van lebend gesehen worden war, war er ausgeflippt und hatte sie auf unbestimmte Zeit beurlaubt.

Die Tatsache, dass er sie nicht unterstützt hatte, nachdem sie gezwungen gewesen war, in Notwehr einen Mann zu töten, ließ die Wut in ihr schäumen und kochen, und mit wässrigen Klauen an der Innenseite ihrer Augenlider kratzen. Obwohl sie froh war, dass Sheridan, der immerhin fast in einem Autounfall gestorben wäre, nicht disziplinarisch belangt worden war, waren die unterschiedlichen Maßstäbe niederschmetternd.

Also war sie schockiert gewesen, von Sheridan zu hören.

Schockiert, dass er mit nur leichten Verletzungen aus dem Krankenhaus entlassen worden war. Schockiert, dass er wollte, dass sie zu ihm kam, damit sie besprechen konnten, was geschehen war.

Sie war gekommen, aber sie war sich nicht sicher, warum.

Er war ein Supervisory Special Agent, und unter diesen Umständen könnte sie von Glück reden, wenn sie ihre Probezeit überstand.

Es war ein beeindruckend aussehendes Haus. Riesig und wunderschön, mit klassischem Mauerwerk im Erdgeschoss und einem Obergeschoss mit einer in einem warmen Gold gestrichenen Verkleidung. Rosarote Fensterläden umrahmten die Sprossenfenster. Es war eine Farbkombination, die nicht hätte funktionieren sollen, es aber tat, es für ihren im Bereich der Gestaltung untalentierten Blick sogar noch mondäner erscheinen ließ. Das Gebäude hatte eine L-Form, mit drei separaten Garagentoren auf der linken Seite und weiß gestrichenen dorischen Säulen, auf denen direkt geradeaus ein überdachter Eingang ruhte. Die Veranda war mit gemütlichen Stühlen bestückt. Elegant und originell, es passte absolut zu dem Mann.

Ihre Finger umklammerten das Steuer. Sie konnte nicht aus dem Auto steigen.

Die DEA war angefressen, weil sie ihren Fall plattgerollt hatte, aber die Kriminellen hatten ihr wenig Auswahlmöglichkeiten gelassen. Es hatte sich herausgestellt, dass sie aus dem hinteren Teil des Grundstücks seit Monaten Kokain verkauften. War Van deshalb dort gewesen? Hatte er irgendeinen Hinweis erhalten? Hatte jemand in dieser Bar ihn getötet, weil er ihnen auf die Schliche gekommen war?

Sie wusste es nicht und war von dem Fall abgezogen

worden, obwohl sie die Verhaftung durchgeführt hatte.

Das FBI hatte den Fall zurück an die DEA gegeben. Die DEA hatte mit einer Razzia des Ladens anscheinend gewartet, weil sie den Oberboss drankriegen wollten. Sie verdächtigten die russische Mafia, aber der wichtigste Mann war ein schlüpfriger Bastard, der der Verhaftung bisher entgangen war. Der Kerl, den sie getötet hatte, war mit einem ukrainischen Pass unterwegs gewesen und wahrscheinlich nur der Verbindungsmann. Sie schauderte, als sie sich an den Augenblick erinnerte, in dem sie den Abzug betätigt hatte. Kein Training konnte einen darauf vorbereiten, einen anderen Menschen zu töten, aber es tat ihr nicht leid. Sie hatte eine zu starke Lebenssehnsucht, als dass es ihr leidtäte.

Sie verstand, warum die DEA verärgert war. Sie wäre an ihrer Stelle absolut wütend. Wenn sie gewusst hätte, dass sie die Bar unter Beobachtung hatten, wäre sie nie auch nur in die Nähe des Ladens gekommen. Aber sie hatte es eben nicht gewusst. Die DEA mochte vielleicht Überwachungsbänder haben, aber die Chancen, dass sie sie ihr zeigten, nachdem sie ihre Operation hatte auffliegen lassen? Da standen die Chancen besser, dass sie die gläserne Decke durchschmetterte und die erste weibliche FBI-Direktorin wurde.

Ein Klopfen am Fenster ließ sie auf ihrem Sitz zusammenfahren. Sie drehte sich ruckartig um, und Dominic Sheridan stand neben ihrem Auto, lässig in ein Paar graue Trainingshosen und ein blaukariertes Hemd gekleidet, dessen zwei obere Knöpfe aufstanden. Er war barfuß.

Er sah schrecklich aus. Beide Augen waren blau angelaufen, und eine hässliche Schnittwunde teilte seinen Nasenrücken. Der rechte Arm lag in einer Schlinge. Ihr Herz klopfte bei seinem Anblick unregelmäßig, wahrscheinlich weil er sie erschreckt hatte. Er sah immer noch zu gut aus, als dass sie Ruhe finden könnte, aber sie hatte sich schon immer von den Badboy-Typen angezogen gefühlt, also wirkten die zerschlagenen Gesichtszüge tatsächlich besser auf sie, als es seine adrette Seite tat.

Mit ihr stimmte offensichtlich etwas nicht. Aber das waren nicht unbedingt überraschende Nachrichten.

Er starrte sie an, wartete darauf, dass sie aus dem Auto stieg. Sie hob ihr Kinn an. Was tat sie überhaupt hier? Über den Fall zu reden und die Ermittlung weiterzuführen, würde dazu führen, dass sie gefeuert würde.

Große Regentropfen begannen, von der Windschutzscheibe abzuprallen. Er stand einfach nur da. Der Kerl würde noch völlig durchnässt werden.

Sie öffnete die Tür ein wenig, und er zog sie ganz auf. Dann streckte er seine heile Hand aus, um ihr aus dem Auto zu helfen, aber sie ergriff sie nicht. Sie saß da und sah ihn an.

Ihr Zögern, ihn zu berühren, schien ihn nicht wütend zu machen. Er wirkte geduldig und verständnisvoll.

Gottverdammt.

Sie wollte sein Mitleid nicht, und sie war nicht an Ritterlichkeit gewöhnt. Männer waren für sie ein Mysterium. Sie hatte einen jüngeren Bruder und einen Neffen, den sie innig liebte, einen Vater, der gestorben war, als sie erst sieben gewesen war, und eine Serie von Freunden, die nie richtig gepasst hatten. Van war der beste Mann gewesen, den sie je gekannt hatte. Und Van hatte ihr immer und immer wieder gesagt, dass Dominic Sheridan ein toller Kerl sei.

Trotzdem, Ava vertraute nicht schnell.

„Ich werfe Ihnen nicht vor, dass Sie ärgerlich sind, Ava. Es ist nicht fair, dass Sie suspendiert wurden und ich nicht. Ich werde alles in meiner Macht stehende tun, damit Sie wieder eingesetzt werden."

Mit diesen Worten brach er den Bann, unter dem sie gestanden hatte.

Sie drehte sich um, um ihre Laptoptasche und die Handtasche vom Beifahrersitz zu nehmen. Sheridan bestand darauf, ihr die Sachen abzunehmen. Sie befahl sich, nicht bezaubert zu sein. Hier ging es um Arbeit, und sie war mehr als fähig, ihre eigenen Besitztümer zu tragen. Sie hatte hart darum gekämpft, als gleichgestellt behandelt zu werden. Er trug sie trotzdem.

„Danke, dass Sie gestern Abend auf den Bluttest bestanden haben. Die Ärzte haben bei mir GHB gefunden. Sie haben mir den Arsch gerettet." Er hielt unerschütterlich ihrem Blick stand, während sie aus dem Auto stieg. „Und dass Sie sich um Ranger gekümmert haben. Wenn ihm irgendetwas zugestoßen wäre … ich hätte nicht gewusst, wie ich damit zurechtkommen sollte."

Regen befeuchtete seine kurzen Haare.

„Sie hätten dasselbe für mich getan." Sie war sich nicht sicher, woher sie das wusste, aber so war es.

„Wurden Sie gestern Abend verletzt?" Seine leise Stimme vibrierte durch ihre Knochen.

Der Regen versetzte ihrer Haut Nadelstiche. Sie wartete auf die Strafpredigt über Leichtsinnigkeit, aber sie erfolgte nicht. Sie schüttelte den Kopf. „Feldman war nicht feindselig, und mit den vier Kerlen in der Bar konnte ich umgehen."

Seine Augen weiteten sich trotz der Verletzungen. Er hatte offensichtlich nicht gewusst, dass vier Männer in der Bar gewesen waren.

Ava hätte mit dem Reden aufhören sollen, bevor sie sich in

noch mehr Schwierigkeiten brachte, aber sie war noch nie gut darin gewesen, einzulenken oder sich zurückzuhalten. Sie musste das wahrscheinlich lernen, bevor sie noch gefeuert oder getötet werden würde.

„Ich habe einen Fehler gemacht, als ich allein dorthin zurückgekehrt bin", gab sie zu.

„Sie haben getan, was ein guter Agent tut, wenn er eine Spur verfolgt – aber wenn Sie zukünftig so etwas tun, dann schicken Sie die Informationen an jemanden, der nicht auf der Intensivstation liegt." Das rasche Zucken seiner Augenbrauen zeigte ihr, dass er ihre Textnachricht über den Besuch bei Feldman erhalten hatte.

Ava nickte erschöpft. Sie fühlte sich durch sein ruhiges Verständnis mehr gerügt als durch Ray Aldrichs Anschiss. „Geht's Ihnen gut? Abgesehen vom Offensichtlichen." Sie deutete auf sein Gesicht und seinen Arm.

Er nickte.

„Es tut mir leid, dass Sie verletzt wurden. Es tut mir leid, dass Ihr Auto zerstört ist."

Er zuckte mit den Schultern. „Ich hatte Glück. Ich bin froh, dass die Typen es nicht auf Sie abgesehen hatten."

Wenn sie ihr Bier ausgetrunken hätte, hätte es leicht sie selbst sein können, die heute wie ein Nebendarsteller aus einem Rocky-Film aussah.

Sheridans Miene blieb gelassen, aber sein Blick wanderte kurz zu ihren Lippen, und ein erregtes Schaudern lief über ihre Haut.

Er trat einen Schritt zurück, und der Augenblick verging. „Sie werden nass. Gehen wir hinein."

Der Regen verstärkte sich, und sie fingen an, zum Haus zu joggen. Seine schmerzverzerrte Miene zeigte, dass die schnelle

Bewegung wehtat, aber er hielt mit ihr Schritt, bevor er die besonders breite Vordertür aufstieß. Ranger begrüßte sie mit einem Tennisball im Maul und einem Schwanz, der nie aufhörte, durch die Luft zu wirbeln.

„Nettes Zuhause", murmelte sie, nachdem sie den Hund begrüßt hatte.

Sheridan legte ihre Sachen auf einen langen, schmalen Tisch in der Halle und verschwand in einem kleinen, vom Flur abgehenden Zimmer. Er kam mit zwei flauschigen Handtüchern zurück, von denen er ihr eines zuwarf. Sie strich damit über ihre Haare, ihr Gesicht und ihren Hals, erleichtert, dass sie sich nach den erbärmlichen paar Stunden Schlaf, die sie gefunden hatte, nicht die Mühe gemacht hatte, Make-Up aufzutragen.

Sie versuchte, diesen Mann mit nichts außer ihren Fähigkeiten als Agentin zu beeindrucken.

Klar.

Ava sah sich um. Die Bauweise deutete darauf hin, dass es sich um eine alte umgebaute Scheune handelte, an die angebaut worden war. Sie streifte ihren nassen Blazer und ihre Schuhe ab und ließ sie neben der Tür. Die Klimaanlage verursachte ihr Gänsehaut an den Armen.

Bevor sie fragen konnte, warum genau sie hier war, sagte er: „Kommen Sie nach hinten durch. Da habe ich mich eingerichtet."

Er ging hinein, sie griff sich ihre Sachen und folgte zusammen mit Ranger, bewunderte die dunklen Holzböden und die Bilder an den Wänden – abstrakt und farbenfroh und wahrscheinlich Originale. Sie kam an einem Arbeitszimmer vorbei, einem Wohnzimmer mit zwei großen, haferflockenfarbenen Sofas und dahinter einem Esszimmer, welches über einen riesigen dunklen Holzesstisch mit acht schicken Holzstühlen verfügte.

Obwohl das Holz dunkel war, war der allgemeine Eindruck durch den großen, hellen Teppich und die Wände in hellem Blaugrün frisch und einladend. In einer Ecke befand sich ein Weinständer mit etwas, das wahrscheinlich ein Kühlschrank war, obwohl es wie ein handgearbeitetes Möbelstück aussah.

„Leben Sie hier allein?" Sie wusste nicht viel über den Kerl, was bedeutete, dass diese kleinen Ranken der Anziehung, die sie verspürte, absolut unangebracht sein könnten, wenn sie plötzlich Mrs. Dominic Sheridan vorgestellt würde.

„Ja." Er sah verlegen aus und schob seine unverletzte Hand in seine Tasche. „Ich weiß, dass es etwas groß ist, aber ich wollte etwas, das auf dem Land, aber auch nahe an der Arbeit ist. Dieses Haus kam auf den Markt ..." Er zuckte mit den Schultern, als ob das alles erklärte.

Durch das Fenster sah sie einen Pool, komplett mit Poolhaus und Pagode.

Heilige Scheiße, er musste stinkreich sein.

Sie würde lügen, wenn sie behaupten würde, nicht eingeschüchtert zu sein. Sie war über einem Restaurant aufgewachsen und hatte während ihrer Collegezeit als Kellnerin gearbeitet. Der Gedanke, Geld zu haben, sich nicht von Gehaltsscheck zu Gehaltsscheck durchzuschlagen und sich zu fragen, ob sie je genug für eine Anzahlung auf ein eigenes Haus auf der Bank haben würde, war schwindelerregend.

Sie folgte Sheridan durch eine geräumige Küche mit einer hohen Kücheninsel aus Granit, an der vier Hocker standen. Es waren nicht die hübschen, elfenbeinfarbenen Küchenschränke oder die hochwertigen Geräte, die ihre Aufmerksamkeit erregten. Stattdessen war es der Laptop, der neben einem halb gegessenen Sandwich stand. Sheridan bewegte die Maus, und das Bild eines Mannes, der in die Kamera lächelte, füllte den Bildschirm aus.

„Wer ist das?" Ihre Zähne klapperten.

Sheridan antwortete nicht sofort. Er ging rüber zum Thermostat, stellte ihn höher und nahm dann ihr Handtuch und warf es zusammen mit seinem in ein von der Küche abgehendes Zimmer.

Er ging dorthin zurück, wo sie neben dem Laptop stand, während die Anspannung um seine Augen andeutete, dass jeder Schritt schmerzte.

„Das", sagte er langsam, „ist ein Kerl namens Brian Andrews. Er war mein Vorgesetzter, als ich in New York in der Abteilung für Gewaltverbrechen arbeitete. Toller Kerl." Sheridans Stimme klang grimmig. „Er starb letzten September in Ohio bei einem Autounfall."

Ava begegnete seinem Blick, fürchtete, dass sie wusste, wo das hinführte.

„Während ich in meinem Krankenhausbett lag, fing ich an, darüber nachzudenken, auf wie vielen Beerdigungen ich im letzten Jahr war, und beschloss, zu überprüfen, wer sonst noch gestorben war, ohne dass ich davon wusste."

Ein weiteres Bild erschien. „Das ist Preston Daniels. Er und seine Frau starben letztes Jahr an Weihnachten in Utah. Kohlenstoffmonoxid-Vergiftung durch eine fehlerhafte Heizung."

„Lassen Sie mich raten, er hat auch mit Ihnen in der New Yorker-Außenstelle gearbeitet."

Sheridan nickte.

Mist.

Ein weiteres Klicken. Ein weiteres Gesicht.

„Arnold Biro starb Anfang letzten Jahres an Krebs – hervorgerufen durch seine Arbeit am Ground Zero. Er lebte zum Zeitpunkt seines Todes in Kalifornien." Eine weitere Fotografie. „Ira Mallic erlag auf Long Island einem tödlichen Herzanfall. Jamal Fidan ertrank nach einem Bootsunfall. Sie sind alle in den letzten paar Jahren gestorben."

Avas Knie gaben nach, und sie setzte sich auf den nächststehenden Hocker. Sie und Sheridan starrten einander wie betäubt an.

„Sie glauben, dass es jemand auf FBI-Agenten abgesehen hat, die zur selben Zeit wie Sie in der New Yorker Außenstelle arbeiteten?"

Er rieb über die leichten Stoppeln auf seinem Kiefer. „Einige dieser Tode mögen natürliche Ursachen haben, aber die Sterberate liegt weit über dem Landesdurchschnitt, insbesondere, wenn wir Van und Calvin Mortimer mit auf die Liste setzen."

„Ganz zu schweigen von Ihnen …"

„Ich bin noch nicht tot."

Das Grinsen, mit dem er sie ansah, ließ ihren Mund trocken werden. „Ich hatte den Verdacht, dass Van ermordet wurde, und bei Calvin Mortimer ist es offensichtlich, aber wenn Sie recht haben …"

„Wenn *wir* recht haben, hat es das FBI mit einem Serienmörder zu tun, der es auf Agenten abgesehen hat."

Avas Finger verkrampften sich ineinander. „Sie müssen noch einmal mit Aldrich reden."

Sheridan wandte den Blick ab. „Ich hatte gedacht, wir könnten diese Information jemand Höherem als Aldrich geben.“

„Wem?“ Ava verschränkte ihre Arme über ihrer Brust. Ihr war so kalt, dass sie das Gefühl hatte, als würde sich ein Wintersturm in ihr zusammenbrauen. Eine weiche Wolldecke legte sich um ihre Schultern. Sheridan machte weiter, als ob dieser Akt der Freundlichkeit keine Bedeutung hätte.

„Ich habe Erkundigungen bei einigen Leuten eingeholt, die ich kenne“, erklärte er grimmig.

„Aldrich ist nicht nur schlecht.“ Sie war sich nicht sicher, warum sie den Mann verteidigte. Wahrscheinlich, weil niemand Van hätte ersetzen können. Aldrich hatte als ihr Boss nie eine Chance gehabt.

„Er war Buchhalter“, sagte Sheridan, als ob das alles erklärte.

„Ich hätte seine Befehle nicht ignorieren dürfen.“

„Er hat Sie suspendiert, nachdem jemand auf Sie geschossen hat …“

„Ich weiß, was er getan hat!“, fuhr sie ihn an und bereute es sofort. Sheridans Miene wurde ausdruckslos.

„Entschuldigung …“, fing Ava an.

„Vergessen Sie es.“ Sein Ton war brüsk und hatte diese leise, dringliche Intimität verloren. „Was Sie vielleicht nicht wissen ist, dass Aldrich Sie nicht nur suspendiert, sondern Sie dem OPR gemeldet hat. Und wenn er herausfindet, dass Sie in dem Fall immer noch ermitteln, werden Sie Ihren Job verlieren. Ich nehme an, ich hätte das erwähnen sollen, als ich Sie anrief.“

Avas Mund öffnete sich überrascht. Das OPR? Das Büro für berufliche Verantwortlichkeit. Innere Angelegenheiten für FBI-Agenten. Sie könnten ihr fristlos kündigen, nur weil sie versuchte, die Wahrheit herauszufinden. Ava ließ ihren Kopf auf ihre Arme sinken, die auf der Kücheninsel lagen.

Sie durfte ihren Job nicht verlieren. Das hier war alles, was sie hatte tun wollen, seitdem sie sieben Jahre alt war. „Wir können die Beweise nicht ignorieren…"

„Wir haben keine Beweise." Sheridans Faust ballte sich, während er sich schwer auf einen Hocker neben sie setzte. Er ließ seinen verletzten Arm auf der Granitoberfläche ruhen. „Wir haben eine Menge toter Agenten und ein wirklich schlechtes Gefühl. Aber sonst nichts außer seltsame Umstände, die andeuten, dass die Fälle zusammenhängen könnten."

Die Türklingel hallte durch das Haus. Sheridans Brauen zogen sich hoch. Ranger fing an zu bellen.

„Soll ich lieber gehen?", fragte Ava, während sie aufstand. Sie ließ die Decke auf den Hocker fallen.

„Nein, schon in Ordnung. Ich bat jemanden, herzukommen, aber er ist früher dran, als ich erwartet hatte. Jemand, der uns helfen kann, hinter diese Sache zu kommen, und der Ihnen vielleicht helfen kann, Ihren Job zu behalten. Sofern Sie ihn behalten möchten?" Diese verletzten Indigoaugen musterten sie forschend.

„Mehr als alles auf der Welt, SSA Sheridan."

Das Grinsen, das seinen Mund zucken ließ, überraschte sie. „Dann können Sie genauso gut damit anfangen, mich Dominic zu nennen. Sieht aus, als ob wir einander eine Weile am Hals haben werden."

Ava folgte ihm in die Halle, durch den Reiz dieser Aussage durcheinandergebracht. Könnte Dominic Sheridan ihr wirklich helfen, ihren Job zurückzubekommen, oder würde sie irgendwo hineinkrachen, so wie er am vorigen Abend?

D OMINIC GING MIT großen Schritten zur Vordertür und öffnete sie, erwartete ASAC Lincoln Frazer von der Abteilung für Verhaltensanalyse. Er blinzelte angesichts des Anblicks, der ihn erwartete.

Eine Nachbarin von gegenüber stand mit einer großen Auflaufform auf seiner Schwelle. Ihr schwarzer Mercedes parkte in der Einfahrt. Regen strömte über ihren Designerregenmantel, über ihr Haar und über das trotz des Wetters perfekten Make-Up.

„Suzanna. Was kann ich für dich tun?"

„Oh, Dominic. Hi. Ich hörte, was gestern passiert ist … der Unfall. Und, meine Güte – dein armes Gesicht. Tut es weh?"

Er hätte am liebsten gelacht. Natürlich tat es weh, insbesondere da er es vermied, etwas Stärkeres als Paracetamol zu nehmen. „Sieht schlimmer aus als es ist."

Sie hob die Auflaufform hoch, für den Fall, dass er ihre Bedeutung übersehen hätte. „Ich weiß, dass du nicht viel Essen im Haus hast, also habe ich diesen Rinderschmortopf mitgebracht, den du magst …" Ihre Stimme erstarb, als Ava hinzuschlenderte. „Oh, du hast Besuch. Entschuldigung, ich habe angenommen, dass du allein hier bist. Ich hatte mir Sorgen gemacht, dass du hungrig bist und jemanden brauchst, der sich um dich kümmert, aber offensichtlich ist das nicht der Fall."

Er sah zu Ava, die beide Augenbrauen hob, während sie ihre Hände in ihre hinteren Hosentaschen steckte. Ihre Augen blitzten amüsiert. „Hey."

„Suzanna, das hier ist eine, äh … Kollegin von mir." Er

machte vor dem Wort Kollegin absichtlich eine Pause, gab ihm eine Bedeutung, die andeutete, dass es viel mehr als eine Arbeitsbeziehung war. Ava lächelte höflich, ohne zu zögern.

„Möchtest du hereinkommen?", bot Dominic an.

„Oh, i-ich …", stotterte Suzanna. „Nun ja, nein. Ich sehe, dass du arbeitest. Es tut mir so leid, dich unterbrochen zu haben." Die Auflaufform, die zuvor hochgehoben worden war, senkte sich leicht. „Bitte, nimm den Rindereintopf. Ich wollte nur sicherstellen, dass du etwas Gesundes zu essen hast."

„Das ist wirklich nett von dir, Suzanna. Danke." Er nahm seiner Nachbarin den schweren Topf ab. Seine verletzte Schulter schrie protestierend auf, aber er ließ sich nichts anmerken.

Ava neigte ihren Kopf zur Seite. „Mann, ich wünschte, ich hätte eine Nachbarin wie Sie. Meine würden mich eher mit einer Pistole bedrohen, als mir etwas zu essen zu bringen."

Suzannas braune Augen weiteten sich entsetzt. „Oh, naja. Also dann, ich hoffe, Sie werden es beide genießen."

Dominic begann, die Tür mit seinem Fuß zu schließen.

„Ich komme morgen wieder, um die Form abzuholen."

„Keine Sorge. Ich stelle sie auf deine Türschwelle, sobald wir fertig sind. Ich möchte dir keine Unannehmlichkeiten verursachen", beharrte Dominic.

„Okay …" Suzannas Antwort wurde durch die schwere zufallende Tür abgeschnitten.

Ava sah ihn in der feuchten Kälte der stillen Eingangshalle wissend an. „Das war wirklich sehr nachbarschaftlich." Ihre Miene war eine Aufforderung an ihn, sich ihr mitzuteilen.

Dom brummte. „Dich mit einer Pistole bedrohen? Du lebst in Fredericksburg."

Sie lachte. „Ein wenig Farbe schadet bei einer Kollegin nicht."

Er ignorierte ihre selbstzufriedene Miene und ging in die Küche, stellte die Form in den Ofen und schaltete ihn ein. Suzanna machte tolle Eintöpfe.

„Seltsam, wie gut sie über den Inhalt deines Kühlschranks Bescheid wusste." Avas Augenbrauen erledigten das restliche Reden.

Er rieb sich das Gesicht und gab auf. „Sie hat letztes Weihnachten nach einer Party im Haus eines anderen Nachbarn bei mir übernachtet." Er hatte wenig Erinnerung daran, was zwischen ihnen passiert war, abgesehen davon, dass sie beide nackt in seinem Bett aufgewacht waren. Es war ihm peinlich gewesen. „Ich hätte nie …" Er schürzte die Lippen. „Wie auch immer. Sie, hm, wollte mehr."

„Aber du nicht. Ich verstehe. Vertrau mir, ich verstehe das." Sie strich mit ihren Händen vorne über ihre Jeans und er fühlte sich wie ein Arschloch.

„Sie verdient wesentlich mehr, als ich bieten kann. Sie hat ein Kind, obwohl ich ihm nie begegnet bin. Lebt anscheinend beim Vater." Er räusperte sich verlegen. Das schlechte Gewissen, das er seit acht Monaten hatte, wirbelte in ihm herum, gestaltlos und unangenehm.

Ava stieß schwer die Luft aus. „Hast du je daran gedacht, dass sie es vielleicht nicht so verzweifelt versuchen würde, wenn du mit ihr einfach wie mit einer Erwachsenen sprechen würdest?"

Warum war er sofort der Böse? „Ich *habe* mir ihr geredet. Ich habe mich an dem Morgen, nachdem wir Sex hatten, mit ihr hingesetzt. Ich habe mich eine Woche später, als sie an meine Tür kam und auf eine Wiederholung hoffte, erneut mit ihr hingesetzt." Und einen Monat später wieder. Reden hatte nicht funktioniert, und jedes Mal, wenn er die Frau sah, fühlte er sich verkommener.

Avas Mund wurde vor Missbilligung schmal.

„Ich habe mich dabei nicht gut gefühlt, Ava. Ich habe mich wie ein Mistkerl gefühlt, aber ich wäre ein noch größerer Mistkerl gewesen, wenn ich diese Unterhaltung nicht geführt hätte. Ich lasse Leute nicht einfach ohne ein Wort zurück. Ich bin direkt und ehrlich."

Sie sah ihn zweifelnd an.

„Und ich mag Sex, okay? Ist das zwischen zwei willigen Erwachsenen ein Verbrechen?" Herr im Himmel, warum sprach er überhaupt darüber?

„Natürlich nicht." Ihre Stimme quietschte. Ihre Wangen flammten knallrot auf. Der Gedanke, dass er Ava Kanas zum Erröten bringen konnte, bewirkte innerlich etwas bei ihm. Das gefiel ihm ebenfalls nicht.

Sie hatte gestern, als sie über Oralsex sprachen, nicht verschämt gewirkt. Aber sie waren persönlich geworden, anstatt über die Arbeit zu reden. Ironisch, da er nicht die Art Mensch war, der leicht Dinge mitteilte. Etwas an Ava Kanas ließ ihn Dinge machen, die er normalerweise nicht tat. Er wollte sie kennenlernen. Wollte verstehen, wie sie tickte.

Nicht körperlich. Zwischen ihnen könnte nichts Körperliches passieren. Er war zu alt für sie und ging nicht mit Agentinnen aus, insbesondere nicht mit jüngeren Agentinnen. Dominic würde niemand Jüngeren oder Verletzlicheren ausnutzen. Er räusperte sich. „Wie auch immer, ich dachte, wir würden an diesem Fall arbeiten?"

Sie kaute auf ihrer Lippe, was seinem Vorsatz, die Dinge streng professionell zu halten, nicht half.

„Wie können wir das, wenn wir keinen Zugriff auf die Fallakten haben?", fragte sie.

Die Klingel ertönte erneut.

„Wir haben etwas anderes. Etwas Besseres."

„Mehr Rindereintopf?", fragte sie trocken, während sie ihm zur Vordertür folgte.

Er drehte sich so abrupt um, dass sie gegen ihn stieß. Elektrizität durchfuhr ihn. Es hatte nichts mit den Schmerzen durch seine Verletzungen zu tun.

Er stützte sie mit seiner unverletzten Hand. „Es gibt eine Reihe von ehemaligen Bettgefährtinnen. Ich lasse mich normalerweise nicht mit Frauen ein, die nicht von Anfang an begreifen, woran ich interessiert bin, und ich bin immer nur an kurzzeitigen Dingen interessiert."

Ihre Blicke trafen sich, und er konnte spürten, wie sein Herz ein wenig zu schnell schlug. Er war nicht stolz auf seine Bindungsprobleme, aber der Tod seiner Mutter, zusammen mit einer Abfolge vorübergehender Stiefmütter, hatten ihn der Vorstellung von emotionaler Bindung gegenüber misstrauisch gemacht. Warum sollte man sich darauf einlassen, wenn es wahrscheinlich sowieso nicht funktionieren würde?

Er streckte die Hand aus und konnte sich nicht davon abhalten, eine Haarsträhne, die sich aus ihrem festen Knoten gelöst hatte, hinter ihr Ohr zu streichen. „Es tut mir leid, dass ich dich benutzt habe, um Suzanna loszuwerden, selbst wenn es nur eine Andeutung war. Ich werde das nicht mehr tun."

Sie erzitterte unter seiner Berührung.

War ihr kalt, oder spürte sie diese unbequeme Anziehung ebenfalls? Er hoffte verdammt nochmal, dass es nur einseitig war, denn das würde es viel einfacher machen, seine Hände bei sich zu behalten.

Ihre haselnussbraunen Augen waren riesig und voller Schatten. Sie schluckte hörbar.

„Entschuldigung. Aber ich habe genug Abfuhren erhalten, dass Suzanna mir einfach leidtut. Es ist Mist."

„Ich habe es auch erlebt, Ava. Das haben die meisten Leute." Sein Blick flackerte zu der Narbe an ihrer Braue und dann auf die frische Abschürfung auf ihrer Wange. „Hast du so die Narbe bekommen?"

„Nein."

„Du wirst mir diese Geschichte nicht erzählen?"

„Das bezweifle ich."

Er lachte. Wenigstens war sie ehrlich.

Die Türklingel erklang erneut.

Ava blinzelte, und er trat zurück. Es gelang ihm nicht gut, sich von ihr fernzuhalten, aber hier kam die Kavallerie zur Hilfe. Dominic sah diesmal durch den Türspion.

Lincoln Frazer, Leiter der Abteilung BAU-4, starrte zurück, sah sauer aus, weil er warten musste.

Dominic schwang die Tür auf. Lincoln kam herein und wurde von Ranger begrüßt, der geradezu ausflippte, als er an den Hosenbeinen des Mannes schnüffelte. Hinter Lincoln folgte die hochschwangere Agentin, die ihn zum Ort der Schießerei bei Vans Beerdigung begleitet hatte. Mallory Rooney. Die Tochter der Senatorin.

Er zuckte zusammen, denn er hasste es, wenn Leute das machten – ihn eher durch die Leistungen seines Vaters zu definieren, als durch seine eigenen.

Ein weiterer Mann stand hinter ihnen, musterte Dominic mit ruhigen, grauen Augen.

Lincoln betrachtete sein verletztes Gesicht. „Tut's sehr weh?"

Dominic zuckte mit den Schultern.

„Hab' ich mir gedacht." Der Mann grinste. „Also, ich nehme an, die große Frage ist, wer will dich tot sehen und warum?"

KAPITEL ZWÖLF

„IHR ERINNERT EUCH an Special Agent Ava Kanas?", fragte Dominic, während er die Tür hinter den Neuankömmlingen schloss.

„Wie könnten wir die Agentin vergessen, die im Alleingang Amerika rettet", kommentierte Lincoln Frazer trocken, aber sein Ton war eher amüsiert als kritisch.

Der dritte Mann trat vor und streckte seine Hand aus. „Alex Parker. Agent Rooneys Ehemann. Ich berate das FBI in Cybersicherheitsangelegenheiten."

Ava schüttelte ihm die Hand. Das hier war der Kerl, über den gemunkelt wurde, dass er früher für die CIA gearbeitet hatte, bevor er in einem marokkanischen Gefängnis gesessen hatte. Ava bemerkte, dass sie die gleichen Narben an ihren Augenbrauen hatten. Sie fragte sich, ob er seine daher hatte, dass er mit einer Pistole geschlagen worden war, nachdem er den Mord an seinem Vater mitangesehen hatte. Irgendetwas in den Tiefen seiner Augen deutete Schlimmeres an. Viel Schlimmeres.

Er lächelte, und sie erwiderte das Lächeln.

Dominic ging zum Esszimmer voran. Ava folgte, ging neben der hochschwangeren Agentin. Parker spielte mit dem Hund, während auch er folgte.

„Wann kommt das Baby?", fragte Ava.

Rooney bedachte sie mit einem beklagenswerten Blick. „In

drei Wochen. Ich habe das Gefühl, seit Ewigkeiten schwanger zu sein."

„Sie arbeiten bis zur Geburt?"

„Bis zum bitteren Ende, weshalb Alex noch mehr in meiner Nähe bleibt als ohnehin schon", erklärte Rooney mit einem Lächeln, das zeigte, dass es ihr nichts ausmachte. „Ich bin eigentlich überrascht, dass er sich nicht für einen Hebammenkurs angemeldet hat, nur für den Fall, dass etwas schiefgeht."

„Was denkst du, wo ich jeden Donnerstagnachmittag hingehe?", fragte er mit unbewegtem Gesicht.

Rooney warf ihrem Ehemann einen energischen Blick zu und nickte dann in Frazers Richtung. „Der Boss hat mir geschäftliche Reisen verboten, aber das hier ist von Quantico aus leicht erreichbar. Ich mache lieber etwas Nützliches, als herumzusitzen und mich zu fragen, wohin meine Zehen verschwunden sind."

Ava lachte. „Genießen Sie die Freiheit, solange Sie können."

„Haben Sie Kinder?"

Dominic warf einen scharfen Blick über seine Schulter.

Ava schüttelte den Kopf. Sie hatte keine Ahnung, wie sie eine Familie mit einer erfolgreichen Karriere beim FBI unter einen Hut bringen sollte, oder eigentlich einer eher nicht erfolgreichen. Rooney hatte offensichtlich einen unterstützenden Ehemann, aber nicht jeder war ein Millionär, der das FBI beraten durfte.

Ava war erst sechsundzwanzig, und trotz des unablässigen Nörgelns ihrer Mutter keineswegs in Eile, eine Beziehung einzugehen. Sie wollte genauso wenig gebunden sein wie Sheridan. „Meine Schwester hat zwei Kinder unter zwei

Jahren. Wir reden oft miteinander."

Rooney stieß einen Atemzug aus, der ihre Haarsträhnen, die ihr über die Stirn hingen, tanzen ließ. „Das nenne ich Mut!"

Dominic führte sie zu seinem schicken Esstisch und bat sie alle, sich zu setzen. Er ging seinen Laptop holen, setzte sich dann an den Kopf des Tisches. Er bewegte sich steif, hatte offensichtlich Schmerzen, war aber zu diszipliniert, um es zuzugeben. Er hätte wahrscheinlich das Bett nicht verlassen sollen, geschweige denn an einem Fall arbeiten.

Ava wusste nicht, was zwischen ihnen beiden vor sich ging. Arbeit, das sicher. Ein persönliches Interesse an den Umständen von Vans Tod und daran, herauszufinden, was zur Hölle vor sich ging. Aber da war noch etwas anderes. Irgendeine unterschwellige Anziehung, von der sie beide so taten, als ob sie nicht existierte.

Suzanna, die arme, vernarrte Nachbarin, auf der Türschwelle sabbern zu sehen, hatte dazu geführt, dass Ava gedanklich einen Riesenschritt zurück machte. Aber wer hatte noch nie Fehler gemacht, wenn es um Beziehungen ging? Sie war sich ziemlich sicher, dass jeder Mann, mit dem sie je geschlafen hatte, eine erhebliche Fehleinschätzung gewesen war. Sie verdrängte diese Gedanken. Sie musste sich jetzt darauf konzentrieren, ihren Job zurückzubekommen.

„Was hast du für uns?", fragte Frazer fokussiert.

„Agent Kanas und ich haben herausgefunden, dass insgesamt sieben Agenten, mit denen ich in der New Yorker Außenstelle gearbeitet habe, verstorben sind. Inklusive Van Stamos und Calvin Mortimer."

Wenn Sheridan mit seiner Theorie richtig lag, würde es das erste Mal in der Geschichte des FBI sein, dass es jemand so gnadenlos und systematisch auf Agenten abgesehen hatte. Ava hielt den Atem an.

Frazer fluchte. „Welche Abteilung?"

„Gewaltverbrechen."

„Sie glauben, dass jemand Mortimer, Stamos und all die anderen Männer dieser Einheit wegen irgendetwas, das in New York passiert ist, ermordet hat?", fragte Rooney.

Sheridan nickte.

„Fallen dir irgendwelche Fälle ein, die eine solch heftige Rachsucht hervorgerufen haben könnten?", fragte Frazer.

„Es war New York, also könnte es alles sein. Mafiaangelegenheiten", Ava zwang sich, nicht zu reagieren, „Serienmörder, Serienvergewaltiger, Entführung, Mord, Bedrohung, Zeugenmanipulation, Bestechung, Korruption. Wir haben mit allem zu tun gehabt, das hässlich ist, und viele Leute sind im Gefängnis gelandet." Dominic zuckte mit den Schultern und fuhr fort: „Einige der Tode könnten natürliche Ursachen haben – Krebs, Herzanfälle, aber es fällt mir schwer zu glauben, dass sieben Männer unter sechzig einfach zufällig innerhalb der letzten zwölf Monate unerwartet verstorben sind."

„Wäre ein verdammter Zufall", kommentierte Parker.

Sheridan ging in die Küche und kam mit einer Kaffeekanne und fünf Bechern zurück. Parker holte einen Krug Milch. Der Geruch des Rindereintopfs hing in der Luft und verursachte bei Ava leichte Übelkeit.

Frazer stand auf und betrachtete die Aussicht auf den Pool, den riesigen Rasen und die nahen Wälder. „Wir werden die Details der Todesumstände dieser Agenten erneut untersuchen müssen."

Rooney schaltete sich ein. „Glaubst du, dass dein Unfall

gestern Abend damit zusammenhängt?"

„Das GHB in meinem Körper weist darauf hin, dass es kein Unfall war", warf Sheridan lässig ein.

„Aber hing es mit diesen anderen Todesfällen zusammen, oder mit der Drogenschmuggeloperation, die von dieser Bar aus stattfand?", fragte Ava frustriert. Zu viele Fragen und Möglichkeiten.

„Ich könnte mir vorstellen, dass die Kerle in der Bar versuchen, einige Bundesagenten loszuwerden, die zu nah dran waren", wandte Parker ein.

„Das organisierte Verbrechen weiß doch, dass es keinen sichereren Weg gibt, eine ganze Menge Aufmerksamkeit auf die eigenen illegalen Aktivitäten zu locken, als wenn man sich mit Bundesagenten anlegt", widersprach Frazer.

„Manchmal wird die Mafia dreist", erklärte Parker ruhig. Er sah Ava dabei an. Wusste er von ihrer Vergangenheit? Es war ein Geheimnis, aber vielleicht war nichts ein Geheimnis, wenn man ein wirklich guter Cybersicherheitsexperte war. Sie spielte Lässigkeit vor.

„Warum war Van Stamos letzte Woche in dieser Bar? War es ein Lokal, das er regelmäßig besuchte? Könnte es sein, dass er in der Drogensache ermittelte?" Rooney drehte ihren Kopf auf eine Seite, während sie dieselben Fragen aussprach, die seit Stunden in Avas Gehirn herumwirbelten.

„Er hat mir gegenüber nie erwähnt, dass er dort hingeht." Ava zuckte mit den Schultern. „Vielleicht hat ihn jemand mit Informationen kontaktiert … ich weiß es nicht."

„Wo ist Vans Handy?", fragte Parker.

Sheridan sah ihn an. „Ich kann es dir besorgen."

„Alex ist ein Zauberer, wenn es um Handydaten geht." Rooneys Augen funkelten, während sie einen Schluck von dem Kaffee nahm, den ihr Ehemann ihr eingeschenkt hatte.

„Ich brauche das Telefon nicht, aber ich muss seinen Anbieter wissen", sagte Parker.

„Ich werde es herausfinden." Sheridan machte sich auf seinem Handy eine Notiz.

„Kam schon irgendetwas zu den Schuhabdrücken?", fragte Ava Sheridan.

„Schuhabdrücke?", erkundigte Frazer sich.

„Als Vans Leiche gefunden wurde, war das Fenster in seinem Arbeitszimmer offen", erklärte Dominic. „Als ich mich gestern Abend vor dem Fenster umsah, waren deutliche Abdrücke in der Erde zu sehen. Ich bat Ray Aldrich, das Beweissicherungsteam noch einmal dorthin zu schicken, um Gipsabdrücke zu machen und die Oberfläche des Fensters auf Kontakt-DNA oder Fingerabdrücke zu überprüfen."

„Warum das Fenster benutzen? Warum nicht einfach die Tür?" erkundigte Rooney sich.

„Man kann vermeiden, dass die Lampen der Bewegungs-melder angehen, wenn man durch dieses Seitenfenster hinaus und direkt auf den Zaun zugeht", antwortete Dominic.

Avas Augen wurden groß. Er hatte dieses informative Detail gestern Abend nicht erwähnt, aber es erklärte, warum er im Dunkeln herumgestöbert hatte.

„Woher sollten die Dealer aus der Bar das wissen?" Parker reichte ihr einen Kaffee und bot ihr Milch an, welche sie dankbar annahm.

„Das können sie nicht wissen", sagte Ava. „Nur jemand, der das Haus beobachtet hat, würde es wissen."

„Dann könnte jemand ihn vorher beobachtet haben", bemerkte Frazer nachdenklich. „Ihn beobachtet und auf die perfekte Gelegenheit gewartet haben, was für mich nicht auf Drogendealer hindeutet."

„Aber der Zufall mit den Geschehnissen in der Bar …" Ava hasste Zufälle. „Und es gibt immer noch keinen Beweis dafür, dass Van ermordet wurde."

„Abgesehen von Ihrer und Dominics Überzeugung", sagte Frazer.

„Es gibt noch etwas anderes, das seltsam ist." Dominic warf Ava einen Blick zu, und sie presste ihre Lippen aufeinander. Wenn sie sich irrten, und sich das herumsprach, würde die Erinnerung an Van mehr als belastet sein. Niemand würde sich an die Verhaftungen oder seine Arbeit mit Verbrechensopfern erinnern. Es würde nur noch darum gehen, dass er mit heraushängendem Schwanz gestorben war.

Dominic wusste es ebenfalls. „Wir haben mit dem Nachbarn gesprochen, der Vans Leiche gefunden hat. Er sagte, dass Vans Hose offenstand, als er ihn gefunden hat. Der Nachbar hat die Kleidung gerichtet, bevor er die Cops rief, weil er nicht wollte, dass sein Freund so gefunden wurde."

Frazer starrte Dominic an, dann Ava. Sein eisiger Blick war wie Frost auf einer Windschutzscheibe. Ava vermutete, dass es etwas war, das er sich angewöhnt hatte, um die Leute auf Abstand zu halten.

„Die Theorie des Nachbarn ist, dass Van eine sexuelle Begegnung hatte und von seinem schlechten Gewissen wegen des Betrugs an seiner toten Frau so überwältigt war, dass er sich selbst erschossen hat", fuhr Dominic fort.

Frazers Lippen verzogen sich. „Ich kann mir kaum vorstellen, dass ein pensionierter Agent auf diese Weise entblößt bleiben wollte, selbst wenn er sich schuldig genug fühlen würde, um sich selbst umzubringen. Er wusste, wie bei den

Strafverfolgungsbehörden geredet wird." Seine Augen wurden schmal. „Das ist etwas, das ein UNSUB tun würde, wenn er ein Opfer demütigen wollte."

„Wir benötigen die Überwachungsaufnahmen aus der Bar von dem Abend, an dem Van dort war. Dann können wir sehen, mit wem er gesprochen hat." Dominic richtete seine Schlinge, während sich seine Lippen zu einer Grimasse verzogen.

Frazer betrachtete Ava. „Das wird nicht einfach werden."

„Sobald meine Vorgesetzten die Liste toter Agenten sehen, wird die DEA doch sicher kooperieren?", fragte sie abwehrend. „Und die DEA sah uns die Bar betreten und verlassen. Wir haben uns nicht unbedingt bedeckt gehalten. Ich nehme an, sie hatten jemanden dort eingeschleust. Warum zur Hölle hat keiner von ihnen uns benachrichtigt, dass Van am Abend seines Todes dort gewesen war? Sehen die die verdammten Nachrichten nicht?"

Frazer breitete seine Hände auf der Tischplatte aus. „Das ist alles nebensächlich."

„Ich habe den Eindruck, dass wir versuchen, mehrere verschiedene Dinge herauszufinden, die das Bild trüben." Parker lehnte sich vor. „Ob Van Stamos oder einer der anderen Agenten umgebracht wurde, und wer gestern Abend Drogen in Sheridans Getränk getan hat. Und hängen diese Ereignisse zusammen?"

„Wie sollen wir Antworten darauf finden, wenn die DEA hinsichtlich der Überwachungsaufnahmen nicht kooperiert?", fragte Ava.

Parker zuckte mit den Schultern. „Ich könnte vielleicht sehen, was die DEA hat, wenn sie die digitalen Beweise in ihrem System aufbewahren, aber das könnte dauern."

„Gegenüber vom Mule & Pitcher befindet sich auch ein Geldautomat." Ava hatte das durch alles, was geschehen war, vollkommen vergessen gehabt.

„Was ist mit dem Kerl, der gestern Abend die Barschlägerei angefangen hat?", fragte Dominic sie.

Ava rutschte auf dem harten Holzstuhl herum. „Er sagte, er wäre bereit, mit einem Polizeizeichner zu arbeiten, wäre sich aber nicht sicher, woran er sich erinnern würde, wenn er wieder nüchtern sei. Ich wurde suspendiert, bevor ich mich weiter darum kümmern konnte."

Frazer machte eine Notiz auf seinem Telefon. „Ich erkundige mich nach dem Stand und werde den Hintergrund des Kerls überprüfen lassen. Dann, während Alex Pentests beim System der DEA durchführt…"

Alex grinste bei Avas erschrockenen Blick. „Sie bezahlen mich, um Fehler in ihrem Netzwerk zu finden."

Frazer brummte. „Wir bezahlen viel zu viel. Jedenfalls werde ich mit einem Freund dort reden und erklären, dass diese Sache eventuell umfassender ist, als die Sprengung eines Drogenrings oder der versuchte Mord an zwei Agenten. Selbst wenn sonst nichts dabei herauskommt, könnten sie in der Lage sein, uns Informationen darüber zu besorgen, ob die Männer in Gewahrsam zugeben, Dominic unter Drogen gesetzt zu haben. Dominic, du erkundigst dich nach dem Status der Sondereinheit, die zu Calvin Mortimers Mord ermittelt. Wenn wir irgendwelche eindeutigen Beweise bekommen, dass diese Todesfälle alle zusammenhängen, wird die Ermittlung wahrscheinlich von dieser Sondereinheit über-nommen werden. Mark Gross leitet sie. Er ist ein guter Agent."

„Ich würde die Kellnerin vernehmen – wenn ich nicht

suspendiert wäre." Die Realität ihrer Lage erwischte Ava erneut.

Dominic räusperte sich. „Ich hatte gehofft, dass du vielleicht beim Direktor ein gutes Wort für Agent Kanas einlegen könntest …"

Deshalb hatte er sie also mit diesen Leuten hergebeten. Ava rollte mit den Augen. Sie würde Leute, die sie nicht kannte, nicht um einen Gefallen bitten.

Frazer lachte. „Ich habe bei dem Direktor keinen solchen Stand."

„Bockmist." Dominic fing an, seine Arme zu verschränken und zuckte dann vor Schmerzen zusammen.

„Kein Bockmist." Frazer bedachte Rooney mit einem reumütigen Blick. „Ich habe in den letzten neun Monaten all meine Gefallen aufgebraucht. Und wenn Agent Kanas nicht wieder eingesetzt wird, kann sie an diesem Fall nicht mitarbeiten, nicht einmal am Rande. Es könnte die Anerkennung jeglicher Beweise, die wir finden, gefährden, wenn es vor Gericht geht."

Ava spürte, wie das Blut aus ihrem Kopf wich. Der Gedanke, in ihrer Wohnung herumzusitzen und darauf zu warten, gefeuert zu werden, wirkte zerstörerisch auf ihre Seele.

„Tu du es doch", sagte Frazer zu Sheridan. „Mit deinen Beziehungen könntest du wahrscheinlich dafür sorgen, dass sie in Fredericksburg wieder eingesetzt wird, während das OPR seine Ermittlungen durchführt." Frazer spielte mit seinem Becher, während er sprach.

„Welche *Beziehungen*?", stieß Ava hervor.

Dominic schwieg stur.

„Sein Vater ist der Gouverneur von Vermont." Frazers Miene war ausdruckslos, aber ein leichtes Lächeln umspielte seine Lippen.

Ava blinzelte langsam. Sie hatte vermutet, dass Dominic einen mächtigen und einflussreichen Hintergrund hatte.

„Und sein Patenonkel ist Joshua Hague."

Avas Augen wurden riesig. „Joshua Hague?"

„Ja, Joshua Hague, der Präsident der Vereinigten Staaten von Amerika." Frazer schien es zu genießen, Sheridans Verbindungen zu erklären, aber Ava fühlte sich, als ob ihr jemand eine Faust in den Bauch gerammt hätte.

Dominic mied ihren Blick. „Mein Vater und mein Patenonkel haben keinen Einfluss auf irgendetwas innerhalb des FBI."

„Das sollten sie auch nicht." Frazers Lächeln war zynisch. „Wenn du Ray Aldrich bittest, sie wieder einzusetzen, wird er es tun. Du weißt, dass er es für dich tun wird."

Dominic brummte. „Und was sagt das über meine Integrität? Ich habe jahrelang darauf geachtet, diese Linie nicht zu übertreten. Ich habe nie auf der Grundlage meiner Beziehungen um Gefallen gebeten."

So viel zum Thema, dass Dominic seinen ganzen Einfluss nutzte, um ihr zu helfen, ihren Job zurückzubekommen.

„Das ist sehr bequem, wenn meine Karriere auf dem Spiel steht, nicht deine." Ava sollte den Mann dafür bewundern, dass er seine Beziehungen nicht zum persönlichen Vorteil nutzte. Allerdings ging es hier nicht um ihn. *Sie* war diejenige, die alles verlieren könnte.

„Ich werde meine Integrität nicht kompromittieren."

„Du glaubst nicht, dass ich auch nur die Mühe eines Anrufes wert bin." Die Erkenntnis schmerzte.

„Natürlich glaube ich, dass du es wert bist. Aber hier geht es um politisch mächtige Männer – sie sind nicht das FBI. Sie haben keinen Einfluss auf die operative Führung dort. Und ich kann mich nicht an den Direktor wenden, weil ich ihm nicht das Gefühl geben darf, dass er Schwierigkeiten mit dem POTUS bekommt, wenn er mir etwas verweigert."

Also würde er sie einfach im Stich lassen, nachdem sie bei dem Versuch, herauszufinden, was ihm zugestoßen war, fast gestorben wäre. Wütende Tränen brannten hinten in ihren Augen, aber sie blinzelte sie weg. Ava würde lieber sterben, als vor diesen Leuten zu weinen.

„Ich werde den Präsidenten nicht in eine schwierige Lage bringen." Wut blitzte in Dominics normalerweise ruhigen Augen auf.

Der Kloß in ihrem Hals dehnte sich aus. Sie dachte über ihr Leben nach. Die schwierigen, lebensverändernden und lebensbedrohenden Entscheidungen, die sie über die Jahre getroffen hatte. Und dieser Mann, der seine Hilfe angeboten hatte, würde nicht einmal ein gutes Wort für sie einlegen. Ava stand langsam auf. „Deine politischen Verbindungen sind mir egal, aber du hast nicht einmal die Eier, als Kollege für mich einzustehen."

Er stand ebenfalls auf, und sie starrten einander über den Esstisch hinweg an. „Meine Integrität ist mir wichtig."

Seine Integrität würde ihre Miete nicht bezahlen. „Wir haben beide Dinge getan, die unsere Bosse uns untersagt haben, aber ich bin die Einzige, die suspendiert wurde. Ist das die FBI-Bürokratie, die uns gleich behandelt, oder spielt die Tatsache deiner politischen Verbindungen da auch schon eine Rolle?"

Dominics Mund spannte sich an. „Vielleicht wollten sie einen Mann nicht suspendieren, während er bewusstlos war."

Er war fast gestorben, sie aber auch. Sie hatte gestern

Abend einen Mann umgebracht.

Ava fing an, ihre Sachen zusammenzusammeln, bevor sie noch vor diesen Leuten die Fassung verlor.

„In Ordnung“, stieß er hervor. „Ich werde mit Aldrich reden. Setz dich, Ava. Wir haben viel zu tun.“ Seine verengten Augen begegneten ihren mit einem gereizten Ausdruck. Sie war sich sicher, dass ihre genauso aussahen.

Sie kämpfte mit sich und ihrem Stolz und dem Drang, hinauszustürmen. Das würde diesen Agenten nur beweisen, dass sie kopflos und impulsiv war, eine Angelegenheit, in der Van versucht hatte, sie zu coachen. Sie brauchte ihren verdammten Job. Sie brachte ihr Temperament unter Kontrolle und ging im Esszimmer auf und ab, während sie darauf wartete, dass die Wut in ihrem Blut sich abkühlte.

„Da ist noch etwas, das bisher niemand erwähnt hat.“ Rooney legte eine Hand auf ihren Bauch. „Wir müssen herausfinden, wer sonst noch in Gefahr sein könnte.“

Ava hatte nicht einmal so weit gedacht, was zeigte, wie wenig sie in Form war.

„Mach eine Liste von allen aus der Abteilung“, stimmte Frazer zu. „Ich werde auch die Personalabteilung kontaktieren, um die offizielle Liste zu bekommen.“

„Es ist möglich, dass es schon Angriffe auf andere Leute gab. Wenn es einen Fall gab, der vor Gericht gekommen ist, könnte es Zeugen geben. Staatsanwälte. Richter.“ Dominic strich mit einer Hand über sein Gesicht. Er sah abgespannt aus. Sie hatte ein schlechtes Gewissen, weil sie ihn angeschrien hatte. Vielleicht war sie nicht fair gewesen. Sie hatte gewusst, dass sie eine Grenze überschritten hatte, als sie entgegen Aldrichs Befehlen zu Vans Tod ermittelt hatte.

„Du weißt, dass man es auf dich abgesehen hat, richtig?

Unabhängig davon, wer dir gestern Abend etwas in dein Getränk getan hat. Wenn wir hier richtig liegen, dann möchte jemand dich tot sehen", sagte Ava.

„Ich kann auf mich selbst aufpassen."

„So wie du es gestern Abend getan hast?", fragte Frazer sarkastisch. „Wenn du hier richtig liegst, dann hat der UNSUB verschiedene Methoden benutzt, um erfolgreich mehrere erfahrene Bundesagenten umzubringen, ohne Verdacht zu erregen. Bis jetzt."

„Möchtest du, dass ich mich in Schutzgewahrsam begebe, oder untertauche? Die CNU ist extrem unterbesetzt und kann es sich nicht leisten, einen Vollzeit-Verhandlungsführer zu verlieren."

„Sie werden noch unterbesetzter sein, wenn du stirbst", erklärte Frazer. „Außerdem hast du vielleicht keine Wahl."

„Tja", Dominics Lippen verzogen sich. „Ich sehe das etwas anders."

Frazer zog eine bevormundende Augenbraue hoch. Ava verschränkte ihre Arme vor der Brust und schnaubte. Also würde Dominic ohne mit der Wimper zu zucken seinen unausgesprochenen Einfluss benutzen, um selbst im Spiel zu bleiben, aber sie musste um seine Unterstützung betteln.

„Warum lassen wir Ava nicht als deine Leibwächterin arbeiten, bis das hier vorbei ist?", schlug Rooney fröhlich vor. „Du brauchst sowieso jemanden, der dich herumfährt, richtig?"

„Was? Nein." Dominic sah entsetzt aus.

Ava zuckte zusammen.

„Es ist die perfekte Lösung. Sie kann an dem Fall arbeiten, während du deine Verhandlungsführersache machst, und dir in der restlichen Zeit den Rücken freihalten."

Frazer starrte Ava abwägend an. „Das ist keine schlechte Idee", überlegte er. „Sie könnten sich als Sheridans Freundin ausgeben, und so würde der Mörder nicht unbedingt wissen, dass wir ihm auf der Spur sind – anders als wenn er plötzlich von Agenten umgeben wäre."

„Du glaubst, dass er mich beobachtet?", fragte Dominic.

Frazer nickte. „Falls er nicht zufällig gestern Abend in der Bar war, folgt er dir möglicherweise. Genau, wie er andere Opfer verfolgt haben muss."

Avas Mund wurde trocken.

Dominics normalerweise geschmeidige Stimme polterte durch seine Brust. „Ich möchte keinen Leibwächter."

„Und ich möchte nicht suspendiert sein", gab Ava zurück.

„Dann solltest du lernen, mit dem FBI zusammenzuarbeiten anstatt dagegen", erwiderte Dominic.

Ava sog zornig die Luft ein.

„Und schon geht es weiter." Frazer verdrehte die Augen. „Warum gehen wir das nicht Schritt für Schritt an. Alex kann versuchen, Überwachungsaufnahmen von der Bar zu finden. Ich werde mit der DEA reden, aber erwartet nicht zu viel. Mallory kann sich darum kümmern, einen Polizeizeichner zu dem Kerl zu schicken, der mit der Barschlägerei angefangen hat, und mit der Kellnerin reden, die euch bedient hat. Ich werde unsere Vermutungen dem Direktor darlegen. Du", er sah Dominic an, „bittest Aldrich, Kanas' Suspendierung aufzuheben und sie zur Arbeit mit dir einzuteilen. Das OPR ermittelt ohnehin, es gibt also keinen Grund, warum sie sich in der Zwischenzeit nicht nützlich machen sollte."

Ava blinzelte angesichts seiner kühlen Sachlichkeit.

„Du musst grundlegende Sicherheitsvorkehrungen treffen, und dazu gehört, dass immer jemand bei dir ist. Wenn nicht

Kanas, werden wir jemand anderen besorgen – bis unsere Vorgesetzten diese Entscheidung treffen." Frazer presste seine Lippen zusammen. „Ich nehme an, dass sie dir eine HRT-Einheit zuteilen werden, ob du es nun möchtest oder nicht."

„Auf gar keinen Fall werde ich die Ressourcen des HRT verschwenden", sagte Dominic energisch. Er schoss einen Blick auf Ava ab. Er wollte sie genauso wenig, das war verdammt klar.

Rooneys Magen knurrte hörbar und durchbrach die Anspannung. „Entschuldigung." Sie rieb ihren Bauch. „Junior hat Hunger, und das, was da kocht, riecht gut."

„Rindereintopf, den eine Nachbarin vorbeigebracht hat. Möchtest du etwas?", fragte Dominic.

„Nur, wenn es dir nichts ausmacht." Rooney schmatzte mit den Lippen. Sie sah ihren Boss an.

Dieser zuckte mit den Schultern. „Ich habe nicht vor, mich zwischen eine schwangere Frau und ihr Essen zu stellen."

„Linc?", fragte Dominic. Die Verwendung der Abkürzung von Frazers Vornamen deutete darauf hin, dass sie gute Freunde waren, wie Ava bereits vermutet hatte.

Der blonde Mann schüttelte seinen Kopf. „Nichts für mich. Ich führe Izzy später zum Essen aus."

„Ich nehme was." Parker nahm die Einladung an, ohne gefragt worden zu sein.

„Ava?", fragte Dom.

Sie würde auf gar keinen Fall den berüchtigten Rindereintopf der Nachbarin essen. „Nein, danke. Ich spiele mit dem Gedanken, Vegetarierin zu werden."

Dominics Lippen zuckten. „Und Hähnchenteile aufzugeben?"

Sie lachte widerwillig, und ein wenig der noch in der Luft

liegenden Anspannung verschwand. „Vielleicht nicht. Aber ich habe gerade keinen Hunger. Esst nur."

Dominic ging in die Küche und sie alle folgten ihm. Ranger tanzte ihm aufgeregt um die Füße. Ava sah das Folgende wie in der Zeitlupe einer romantischen Komödie. Dominic zog einen Ofenhandschuh über und holte die Auflaufform ungeschickt mit seinem unverletzten Arm heraus. Dann drehte er sich um, stolperte über den Hund und wusste in diesem Augenblick, dass er fallen würde. Er hob die Auflaufform hoch, damit sie Ranger nicht treffen würde, der verwirrt winselte und aus dem Weg schoss, während Dominic hart auf den Boden stürzte. Die Auflaufform zersprang. Der Eintopf verteilte sich überall.

Ava eilte zu der Stelle, an der Dominic sich auf dem Boden wand.

„Bist du okay?" Sie griff nach seiner unverletzten Schulter und seine Hand umfasste ihre, während er sich auf seinen Rücken rollte, nach Atem rang und seine Rippen mit seinen Ellenbogen umschlang. Ganz offensichtlich hatte er Schmerzen. Er drückte ihre Finger so fest, dass sie zusammenzuckte.

Unter den schwärzlichen Prellungen war sein Gesicht milchweiß, die Augen zusammengekniffen und nass.

„Herr im Himmel, Dominic, sag was. Muss ich einen Rettungswagen rufen? Hast du dir eine Rippe gebrochen?"

Dann begannen seine Schultern zu zittern und er begann zu keuchen.

„Bist du okay? Sprich mit mir, verdammt nochmal, bevor ich dich schlage."

Schließlich brach ein Lachen heraus, und er ließ ihre Hand los, um sich die Tränen aus den Augen zu wischen. „Du würdest eine schreckliche Krankenschwester abgeben.“

„Hast du dir etwas gebrochen?“, fragte sie drängend.

„Suzannas verdammte Auflaufform. Jetzt muss ich ihr eine neue kaufen. Hilf mir hoch, Agent Kanas, und dann zeige ich dir ein Zimmer, das du erst einmal nutzen kannst, bis wir herausfinden, was zur Hölle vor sich geht.“

Der Hund fing an, den Eintopf aufzulecken.

„Da ist zerbrochenes Glas drin“, warnte Ava eindringlich.

Frazer griff Ranger beim Halsband und zog ihn weg. „Komm mit, Junge.“

Dominic sah aus seiner hingestreckten Position auf dem Boden zu Rooney hoch. „Eintopf ist leider aus. Wie wär's mit hausgemachter Suppe?“

KAPITEL DREIZEHN

JEDER MUSKEL IN Dominics Körper schmerzte. Jeder Nerv, jeder Knochen, jede Sehne. Es wurde eher schlimmer als besser, aber er würde auf gar keinen Fall etwas Stärkeres gegen die Schmerzen einnehmen. Die Epidemie der Opioid-Sucht ängstigte ihn weitaus mehr als jedes temporäre Unbehagen.

Er und Ava Kanas hatten den Großteil des frühen Abends damit verbracht, die Berichte über die Tode der anderen Agenten durchzusehen und nach Gemeinsamkeiten zu suchen. Das Einzige, was sie in dieser Hinsicht gefunden hatten, war die Tatsache, dass sie jetzt alle tot waren. Was die von der New Yorker Einheit bearbeiteten Fälle betraf, gab es Hunderte, bei denen sie alle in gewisser Weise zusammengearbeitet hatten. Das FBI neigte dazu, Verhaftungen mit einer überwältigenden Zahl an Agenten vorzunehmen, um Straftäter von dem Gedanken abzubringen, dass Fluchtmöglichkeiten bestanden, und den Willen zum Widerstand zu zerschmettern. Es war eine erfolgreiche Taktik.

Er und Ava hatten einander mit strikter Höflichkeit und Professionalität behandelt und sich beide verdammt unbehaglich dabei gefühlt. Sie hatte sich am anderen Ende eines langen Arbeitstisches eingerichtet, den die vorherigen Eigentümer im Kellergeschoss zurückgelassen hatten.

Sein Blick wanderte immer wieder zu ihr hinüber. Intelligente Augen, konzentriert zusammengekniffen.

Glänzendes braunes Haar, das ihr lose um die Schultern fiel, anstatt in dem üblichen Knoten zusammengefasst worden zu sein. Sie trug einen weiten Pullover mit Zopfmuster zu engen Jeans. Ihre Glock-22 lag neben ihrem Computer auf dem Tisch. Eine Erinnerung daran, dass sie nicht zu einem privaten Besuch hier war.

Dominic wollte von niemandem bewacht werden. Er war von Natur aus ein Einzelgänger – er hatte das Gefühl, dass dies auch auf Ava zutraf. Er wollte keine FBI-Ressourcen auf seinen Schutz verschwenden, wenn es andere Leute in größerer Gefahr gab. Es bestand die Möglichkeit, dass sein eventueller Angreifer die Gegend verlassen hatte, und falls das nicht der Fall war, würde er sich ganz sicher aus dem Staub machen, sobald Dominic von einer Gruppe HRT-Schwachköpfen in kugelsicheren Westen umgeben war.

Er wollte diesen Dreckskerl schnappen, nicht verscheuchen. Aber er konnte es im Augenblick nicht allein schaffen. Verdammt, er konnte nicht mal Autofahren. Also war er in nächster Nähe zu einer Frau gefangen, die er zunehmend attraktiv fand, eine Frau, die ihn weitaus weniger zu mögen schien als er sie – was eine gute Sache war, wie er sich selbst einredete.

Er sollte eine Liste von allen Kollegen erstellen, mit denen er in New York zusammengearbeitet hatte, aber er konnte sich mit der anderen Agentin im Zimmer nicht konzentrieren. Vielleicht war er müde. Er berührte seinen Nasenrücken, der jetzt ebenso schwarz war wie seine Augenhöhlen. Er sah wie ein gottverdammter Waschbär aus – was durch den Schlafmangel noch verschlimmert wurde.

„Möchtest du einen Drink?" Er nickte in Richtung der voll ausgestatteten Bar. Die Vorbesitzer hatten außerdem einen

Billardtisch und eine Dartscheibe hier unten zurückgelassen. Ganz zu schweigen von dem voll funktionsfähigen Kino mit Sitzplätzen für acht Leute.

Ava sah von ihrem Computer auf, wo sie die Listen von Fällen durchsah, an denen er beim NYFO mitgearbeitet hatte, um festzustellen, ob irgendetwas auffällig war. Vielleicht hatte Van einen bestimmten Angeklagten erwähnt, und die Liste würde ihrer Erinnerung auf die Sprünge helfen. Letztlich griffen sie nach Strohhalmen.

„Nein. Danke. Ich behalte lieber einen klaren Kopf. Nur für alle Fälle."

Nur für den Fall, dass irgendein UNSUB beschloss, ihn erneut anzugreifen – und dann würde sie was tun? Sich in die Flugbahn der Kugel werfen, um ihn zu retten? Verdammt, nein. Das würde nicht passieren, aber er nahm an, dass es besser war, wenn sie das nicht wusste.

Sie war in ihre Wohnung zurückgekehrt und hatte einige Sachen geholt. Niemand wusste, wie lange es dauern würde, diesen Dreckskerl zu schnappen. Wenigstens war sein Zuhause gut gesichert. Er hatte alle Jalousien zugezogen, um zu verhindern, dass sie oben einfache Zielscheiben für einen Scharfschützen abgaben, aber hier im Kellergeschoss mussten sie sich keine Sorgen machen.

„Du kannst ruhig ein Bier trinken …"

„Ich weiß, dass du nicht viel von mir hältst, SSA Sheridan." Ihre Augen verengten sich zu Laserstrahlen der Missbilligung.

Dominic öffnete den Mund, um zu widersprechen, aber sie redete einfach weiter.

„Ich weiß, dass du es lächerlich findest, dass ich als deine Leibwächterin fungiere, und dass es das Letzte ist, was du möchtest, aber ich nehme meinen Job ernst. Also kein Alkohol, danke."

Er schwieg, obwohl es ihn drängte, lebhaft zu protestieren. Nach einigen Augenblicken sagte er vorsichtig: „Ich habe nichts dagegen, dass du den Job machst, Ava. Aber ich habe etwas dagegen, dass irgendjemand – inklusive dir – sich für mich in Gefahr begibt."

Sie sah auf und irgendetwas flackerte in ihren Augen. „Ich glaube dir nicht."

Dominic begriff, dass er seine Unterhaltung mit Ava wie alle anderen Verhandlungen, bei denen viel auf dem Spiel stand, behandeln musste, also begann er mit etwas emotionalem Einfühlungsvermögen. „Es scheint, als ob dich das aufbringt."

Sie rollte dramatisch mit den Augen.

„Und es scheint, als ob du denkst, ich schätze dich nicht als Agentin."

Ihre Augen weiteten sich mit gespielter Überraschung. „Wodurch habe ich mich verraten?"

„Die Dolche in deinen Augen."

Ihre Augen verengten sich wieder.

Er zuckte zusammen. „Das war ein Scherz." Anscheinend ein schlechter. Sie brachte seine schlechtesten Seiten zum Vorschein, und er beschloss, das zu nutzen, indem er all seine schlechtesten Eigenschaften in einer selbstanklagenden Auflistung zur Sprache brachte. „Okay, ich bin ein Arschloch. Ich nehme mich und meinen Job wesentlich zu ernst. Ich bin hinsichtlich meiner politischen Verbindung hypersensibel. Ich möchte nicht, dass irgendjemand denkt, ich hätte meine Position aus einem anderen Grund erhalten, als dass ich in dem, was ich mache, gut bin."

Sie sah ihn nun mit etwas weniger Feindseligkeit an.

„Ich mag den Gedanken nicht, dass irgendein Mistkerl Menschen verletzt. Insbesondere wenn es um meine Freunde und Kollegen geht. Wenn wir herausfinden, dass Van umgebracht wurde, werde ich mir nie verzeihen, dass ich nicht dort war, um ihn zu beschützen. Wenn er sich selbst umgebracht hat, werde ich dasselbe empfinden." Und der Gedanke, dass jemand dieser Frau etwas antat, weil sie bei ihm war, trieb einen Pfahl durch seinen bereits schmerzenden Körper. Er räusperte sich. „Ich bin ein ziemlich privater Mensch. Ich habe gerne Raum für mich, und ich mag es nicht, mich vor dem Dreckskerl verstecken zu müssen. Ich möchte nicht, dass er denkt, er würde gewinnen. Ich möchte nicht, dass er denkt, ich hätte Angst." Er hielt kurz inne. „Ich nehme an, das ist Stolz. Dort, wo ich herkomme, eine Todsünde."

Sie stieß einen langen Atemzug aus, der klang, als ob sie ihre Ablehnung abwarf. „Ich verstehe das. Ich habe vorhin überreagiert. Van hat immer gesagt, dass ich schnell in die Luft gehe. Es tut mir leid. Ich habe nur das Gefühl, dass niemand meine Ansichten ernst nimmt …"

„Ich nehme dich ernst. Du bist eine gute Agentin."

Sie zog fragend eine Augenbraue hoch.

„Du hast nicht zurückgeschossen, als man während Vans Beerdigung auf uns schoss. Ein Hitzkopf hätte das Feuer erwidert."

„Wir waren außer Reichweite."

„Was beweist, dass du nachgedacht und nicht nur reagiert hast. Und diese Sache mit den Umständen von Vans Tod. Du bist an der Sache drangeblieben, obwohl niemand dir geglaubt hat."

Ihre Lippen wurden schmal, und sie sah weg. „Ich kann

trotzdem falsch liegen."

„Du liegst nicht falsch." Er wusste es jetzt sicher. Es gab zu viele unerklärliche Todesfälle. Zu viele Zufälle. „Es tut mir leid, dass ich mich bei deinen Vorgesetzten nicht für dich einsetzen wollte. Ich ging davon aus, dass ich dir unter Wahrung meiner puritanischen Werte helfen könnte, wenn ich Frazer überzeugen könnte, es zu tun." Die Leichtigkeit, mit der Ray Aldrich zugestimmt hatte, sie wieder einzusetzen, während das OPR weiter arbeitete, hatte ihm den Magen zusammengezogen.

„Ich hatte keine Ahnung von deinen politischen Beziehungen. Van hat deine Familie mir gegenüber nie erwähnt." Ava zupfte sich eine Fluse von ihrem Pullover. Sie war neugierig, wollte es aber nicht zugeben.

„Weil er wusste, dass ich es hasse, wenn Leute sie erwähnen – besonders bei der Arbeit." Dominic stand auf und schenkte sich einen kleinen Whiskey ein. Genug, um die Wirkung zu spüren, nicht genug, um seine Sinne zu dämpfen. „Mein Vater und ich haben nicht die einfachste Beziehung, aber er ist ein Politiker, also versuche ich, nicht darüber zu reden."

„Warum vertragt ihr euch nicht?"

Er sah sie an, während der Whiskey seine Zunge wärmte. „Wir vertragen uns gut genug, er neigt nur dazu, seine Karriere über uns andere zu stellen. Und das kann schwer sein."

„Ich habe deine Familie vorhin gegoogelt", gab sie zu. Ihre Stimme wurde vor Mitleid leise und er wusste, was sie sagen würde, bevor sie es aussprach. Er wappnete sich. „In dem Artikel stand, dass deine Mom sich umgebracht hat, als du ein Kind warst."

„Und das ist nur eines der vielen Dinge, über die ich nicht reden möchte." Er schenkte sich erneut ein. Mist. „Was ist mit deiner Familie?"

Ihre Augen wurden groß. „Was soll mit ihr sein?"

„Der Name Kanas ist griechisch, richtig?"

Sie nickte, rutschte aber unbehaglich auf ihrem Stuhl herum.

„Etwas, das du mit Van gemeinsam hattest?"

Sie warf ihren Stift hin und streckte ihre Arme über ihren Kopf. Ein blaues Perlenarmband fing das Licht ein. Dominic sah weg. Er musste nicht daran erinnert werden, dass sie Brüste hatte.

„Van ist zum Katholizismus übergetreten, um Jessica zu heiraten. Er hat die enge griechische Gemeinschaft zur selben Zeit mehr oder weniger verlassen", erklärte sie.

„Du scheinst viel über ihn zu wissen." Wie nahe hatten sie einander gestanden?

„Wir haben viel darüber geredet." Sie lachte. „Frag irgendein griechisches Kind nach griechischer Schule, und du wirst verstehen, warum es eine so große Sache ist, ‚griechisch' aufzuwachsen."

„Glaubst du, dass ihr euch so gut verstanden habt, weil ihr beide einen griechischen Hintergrund habt?" Wenn er sie nicht so genau beobachtet hätte, hätte er es nicht bemerkt.

Ihre Hand glitt unten an ihren Hals, in einer Bewegung, die das Bedürfnis nach Selbstschutz geradezu herausschrie. „Wahrscheinlich."

Er runzelte die Stirn. Er glaubte ihr nicht. Warum würde sie über eine so einfache Sache lügen? „Kommst du aus einer großen Familie?"

Sie stand auf und begann, hin und her zu gehen. „Nicht

wirklich."

Er zog eine Braue hoch. Sie schien noch widerwilliger, über ihre Familie zu reden, als er. Sie gähnte. Die dunklen Ringe unter ihren Augen zeigten ihm deutlich, wie erschöpft sie war. Er wusste auch, dass sie sich nicht rühren würde, bis er zu Bett ging.

Sein Handy begann zu vibrieren. Es war sein Vater. Verdammt. „Ich werde diesen Anruf in meinem Zimmer entgegennehmen und dann etwas schlafen."

„Ich werde unten auf dem Sofa schlafen", erklärte sie.

„Es gibt fünf weitere Doppelbetten im Haus", sagte er entnervt.

„Sie sind alle auf anderen Etagen als der, in der du schläfst. Ich werde mit dem Sofa gut zurechtkommen", beharrte sie.

Dominic knirschte mit den Zähnen, nahm seine Dienstwaffe vom Tisch und ging hinauf. Ranger lag bereits in seinem Hundebett bei der Hintertür und wedelte halbherzig mit dem Schwanz, als Dominic vorbeiging.

Er ging bis zu seinem Schlafzimmer im Erdgeschoss und legte die Glock auf den Nachttisch. Wenn Ava auf dem Sofa schlafen wollte, war das ihr Problem.

Sie würde sicher zurechtkommen.

Er hatte häufig dort geschlafen, aber es fühlte sich trotzdem seltsam an, jemanden, insbesondere eine Frau, die er attraktiv fand, so nahe bei sich schlafen zu lassen. Auf dem Sofa. Ihn „beschützend".

Er drückte die Wahlwiederholung auf seinem Handy.

„Dominic, wie geht es dir, Sohn?" Es war wahrscheinlich nicht die Schuld seines Vaters, dass er immer so klang, als ob er gerade im Wahlkampf wäre.

„Den Umständen entsprechend ziemlich gut." Dominic

zwang sich zu einem Lächeln, weil die Leute ein Lächeln sogar am Telefon hören konnten. „War eine verdammt üble Woche."

„Ich habe dich nach der Schießerei am Dienstag angerufen."

„Entschuldige, Dad, ich wollte zurückrufen, aber ich war mit der Arbeit so beschäftigt."

„Joshua hat sich nach dir erkundigt …"

Dominic war begeistert gewesen, als sein Patenonkel die Wahl gewonnen hatte, es war erst danach seltsam geworden. „Grüß ihn bitte von mir."

„Du könntest ihn selbst anrufen, wie du weißt. Oder noch besser, besuch den Mann."

Die Muskeln in Dominics Brust spannten sich an. „Ich werde versuchen, das beim nächsten Mal zu tun, wenn ich in D.C. bin." Und wahrscheinlich schuldete er dem Mann einen Besuch. Es fühlte sich nur so verdammt seltsam an, seinen Patenonkel im Weißen Haus zu besuchen.

„Ich habe aus einem anderen Grund angerufen." Sein Dad räusperte sich. „Ich habe Tracy gebeten, mich zu heiraten, und sie hat Ja gesagt."

Dominic stieß hörbar den Atem aus, zog seine Schlinge ab und warf sie auf das Bett. „Das ist toll, Dad." Vielleicht würde es beim fünften Mal klappen.

„Wir veranstalten nächste Woche eine Verlobungsparty. Wäre schön, wenn du kommen könntest und sie und ihre Familie kennenlernst. Dein Bruder und deine Schwester werden beide da sein. Bring ruhig eine Verabredung mit."

Eine Verabredung? Meinte er das ernst? Das letzte Mal, als Dominic eine Verabredung mit nach Hause gebracht hatte, hatte sein Bruder sie verführt. Dominic knöpfte sein Hemd auf und schlüpfte aus den Ärmeln. Die Prellungen auf seinen Rippen wurden unter seiner Haut dunkel. Dominic zog seine Hose aus und warf sie auf einen Stuhl. Er hatte hier irgendwo einen Pyjama. Er betrat den begehbaren Kleiderschrank und zog lose karierte Hosen hervor. Ava Kanas würde wahrscheinlich nicht zu schätzen wissen, worin er normalerweise schlief.

„Tracy möchte eine große, weiße Hochzeit, da es ihre erste ist …"

Oh, Gott.

„Ich hatte gehofft, du würdest mein Trauzeuge sein."

„Hast du Franklin das erzählt?" Sein älterer Bruder würde sauer sein.

Sein Vater lachte. „Noch nicht, aber er war es bei den letzten drei Hochzeiten. Ich ging davon aus, mehr Glück zu haben, wenn ich diesmal dich fragen würde."

Seinem Bruder würde es nicht gefallen, usurpiert zu werden. Aus irgendeinem unbekannten Grund hatte Franklin im Wettbewerb mit Dominic gestanden, seit er zurückdenken konnte. Sport. Noten. Frauen. Die Aufmerksamkeit seines Vaters. Franklin hatte es nicht gefallen, als Dominic den Vorschlag, der Rechtsanwaltskanzlei der Familie beizutreten, in der er bereits zum Partner gemacht worden war, abgelehnt hatte. Er mochte es nicht, dass Dominic zum FBI gegangen war. Er mochte es nicht einmal, dass es Dominics Patenonkel war und nicht seiner, der im Oval Office saß.

Ihr Vater versuchte immer, sie dazu zu zwingen, sich zu vertragen, aber Dominic war der Einzige, der Zugeständnisse machte, und er hatte genug von der Heuchelei und dem Bockmist.

„Ich hoffe, dass es das letzte Mal sein wird. Ich glaube, du wirst Tracy mögen."

Sein Vater würde vielleicht mehr Glück haben, wenn er nicht Frauen heiraten würde, die halb so alt waren wie er und sein Geld und seinen Status mehr wollten als den Mann selbst. Nicht, dass Dominic ein Beziehungsexperte war. Sein Dad hatte ihn da entschieden überflügelt.

Sein Vater räusperte sich. Ihre Unterhaltungen schienen immer über die ungelösten Schäden aus Dominics Kindheit zu stolpern. „Jedenfalls … hoffe ich, dass du kommst." Sein Dad ratterte ein Datum und eine Uhrzeit herunter. „Deine Schwester vermisst dich."

Er wusste, dass dies die einzige Weise war, auf die sein Vater auch nur ansatzweise zugeben konnte, dass er ihn auch vermisste. Wenigstens lebte der Gouverneur nicht mehr in der Villa, in der Dominic als Kind seine Mutter mit einer Überdosis im Bett gefunden hatte.

Er erinnerte sich an jedes Detail jenes Tages. Von der Stille des Hauses bis hin zur stickigen Luft im Schlafzimmer seiner Mutter. Er hatte gewusst, dass er sie nicht stören sollte, wenn sie krank war – er hatte eine neue kleine Schwester, und seine Mutter aus dem Schlaf zu reißen, wurde durch einen harten Schlag hinten auf die Beine bestraft. Aber er hatte sich das Knie aufgeschürft, als er von seinem Rad gestürzt war, und wollte den Trost seiner Mutter.

Nun, den hatte er nicht bekommen. Er verdrängte die Erinnerungen.

„Ich bin nicht sicher, ob ich es im Augenblick nach Vermont schaffe, Dad. In der Arbeit tut sich viel."

„Das ist in Ordnung, denn wir werden die Party in D.C. abhalten, damit jeder teilnehmen kann."

Mit *jeder* meinte er den Präsidenten. Dominic konnte

nicht anders, als zynisch zu sein.

„Das ist toll. Ich kann allerdings nicht garantieren, dass ich in Virginia sein werde. Falls ein Zwischenfall eintritt …“

„Das FBI wird dich doch sicher einen lausigen Abend lang entbehren können, insbesondere nachdem du einen Autounfall hattest?“

Schuld zog sein Inneres zusammen. Er war seit Weihnachten nicht mehr zu Besuch gewesen, und sein Vater klang, als ob er ihn wirklich sehen wollte. „Ich werde sehen, was ich tun kann, aber ich verspreche nichts.“

„Wenigstens weiß ich, was ich dir dieses Jahr zu Weihnachten schenken kann.“

„Und was?“

„Einen neuen Lexus.“

Dominic schloss die Augen, während Bilder des Unfalls ihn bombardierten. „Du musst mir kein Auto schenken, Dad.“

Er glaubte, ein Stocken in der Stimme seines Vaters zu hören. „Aber ich möchte es gerne, Sohn.“

Es war immer so. Sich durch Jahre der Schuld arbeiten und versuchen, eine normale Beziehung zu haben, und dann Geld darauf werfen, in der Hoffnung, dass es die Dinge schnell in Ordnung brachte. Er räusperte sich und zeigte sich erkenntlich. „Also, was möchtest du als Verlobungsgeschenk?“

„Dich. Ich möchte dich sehen.“

Scheiße.

„Und bring eine Verabredung mit. Sonst sorge ich dafür, dass Tracy all ihre Singlefreundinnen einlädt und versucht, dich zu verkuppeln.“

„In Ordnung. Ich bringe jemanden mit.“ Er schloss die Augen und beendete das Gespräch, hoffte, dass eine Geiselnahme dazwischenkam. Wie verdammt nochmal war er in diese Falle geraten? Vielleicht würde Charlotte ihn begleiten. Aber noch während er diesen Gedanken hatte, wusste er, wen er zu der gottverdammten Party mitnehmen würde.

Vielleicht würden sie nach Alaska geschickt, oder auf eine Bohrinsel. Er konnte immerhin hoffen.

Dominic verließ sein Schlafzimmer, um sich ein Glas Wasser und einige Schmerztabletten zu holen, hielt aber an der Schwelle seines dunklen Wohnzimmers inne.

Ava lag in Trainingshosen und einem grünen Trägerhemd schlafend auf dem Sofa. Ranger hatte sich an sie gekuschelt.

„Verräter", murmelte er dem Hund zu, der ihm einen schrägen Seitenblick zuwarf.

Er griff sich eine Decke von der Rückenlehne des anderen Sofas und legte sie über die beiden.

Dann kehrte er in sein übergroßes und leeres Bett zurück, lag dort wach und wusste nicht mehr, was zur Hölle er wollte.

SHERIDANS HAUS VON den Wäldern aus zu beobachten, war nicht so befriedigend wie sonst. Die Jalousien waren geschlossen und die Vorhänge fest zugezogen. Keine Lücken. Kein einfaches Ausspionieren. Kein Fantasieren darüber, eine Kugel in seine arglose Stirn zu schießen.

In der Einfahrt standen keine Autos, aber er war definitiv zu Hause. Nicht tot. Er versteckte sich.

War er allein?

Die Berichte hatten für die letzte Nacht keine Todesfälle gemeldet, also lebte die Frau, mit der er zusammen gewesen war, wahrscheinlich auch. Pech. Carolines Tod wäre nicht ganz so sinnlos gewesen, wenn wenigstens einer von ihnen gestorben wäre. Aber Caroline hatte sich eingemischt und hatte zu viel gewusst. Außerdem hatte sie ihren Zweck erfüllt.

Würden sie Caroline für die Morde verantwortlich machen? Es war absolut möglich. Ein Gedanke nahm Gestalt an. Es würde eine weitere Nacht ohne Schlaf erfordern, aber der Schlaf entzog sich momentan ohnehin. Zu viele Geister, die um Vergeltung flehten.

Das Licht in Sheridans Schlafzimmer ging aus, sodass nur noch die schwachen Lichter im Pool an waren. Der Agent hatte ein ausgezeichnetes Sicherheitssystem, Videokameras und Bewegungssensoren an jeder Ecke.

Der Versuch eines Einbruchs war zu riskant, und es war vorzuziehen, anzugreifen, wenn die Beute es nicht erwartete. Wie der arme, erbärmliche Van Stamos. So ernsthaft entschlossen, das Verbrechen zu bekämpfen.

Saftsack.

Die Ungeduld wurde stärker, das hier zu beenden. Dieses Arschloch zu zerstören. Der Drang, alle Fenster mit einem Baseballschläger zu zerschmettern und in den Pool zu pissen, war verführerisch, aber das würde die vollständige und ultimative Rache nicht näher bringen. Das würden nur drei weitere Leichen schaffen.

Die Aufgabe war jetzt schwerer.

Der Wind rauschte in den Blättern der Bäume und Dunkelheit umfing die Welt. Ein Sensenmann ging durch die Schatten, geduldig und bereit. Jetzt stand der wirkliche Test an. Jetzt ging es darum, die letzten drei Mörder zu töten und vollständige und äußerste Rache zu erringen. Bald. Sehr bald.

KAPITEL VIERZEHN

DOMINIC GING AM nächsten Morgen ins Büro seines Chefs, setzte sich und wartete auf die Eröffnungssalve.

Quentin Savage sah von dem Bericht auf, den er las. „Ich habe gerade mit dem Direktor telefoniert."

„Ja?" Minimale positive Ermutigung brachte die andere Person dazu, weiterzureden, was effektiver war, wenn die andere Person kein ausgebildeter Verhandlungsführer war.

„Ja", wiederholte Savage und sah ihn aus schmalen Augen an. „Lincoln Frazer hat es geschafft, ihn davon zu überzeugen, dass wir das mögliche Szenario überprüfen müssen, dass FBI-Agenten der New Yorker Außenstelle gezielt angegriffen, und ihre Tode als Unfälle inszeniert wurden. Jetzt möchte der Direktor, dass das WFO die Sondereinheit für die Schießerei am Dienstag zu einer Sondereinheit erweitert, die in all diesen Todesfällen ermittelt, um zu sehen, ob es eine Verbindung gibt. Sie teilen jedem, der in diesem Zeitraum bei der Einheit gearbeitet hat, einen Leibwächter zu, inklusive dir. Hast du irgendetwas hiermit zu tun?"

„Ich habe gestern Nachmittag einige Dinge mit Lincoln Frazer besprochen."

„Als du dich eigentlich hättest ausruhen sollen?" Savage hatte den Ruf, nicht um den heißen Brei zu reden, war für brutale Ehrlichkeit bekannt. Wenn er verhandelte, war er absolut durch nichts aus der Fassung zu bringen, aber ansonsten war er hitzig und unvorhersehbar. Das hielt alle auf Trab.

„Ich fing an, zurückzudenken, wie viele Agenten, mit denen ich gearbeitet hatte, in letzter Zeit gestorben waren. Ich konnte keine Ruhe finden, bis ich nicht mit jemandem gesprochen hatte, der vielleicht ein Muster erkennen könnte."

„Und wer könnte das besser als der Leiter der Abteilung BAU-4?", fragte Savage höhnisch.

BAU-4 war die Verhaltensanalyseabteilung, die sich mit Verbrechen gegen Erwachsene befasste.

„Fällt dir von den Fällen, die du damals bearbeitet hast, jemand ein, der das FBI so sehr hassen könnte?", fragte Savage.

Der Gedanke, dass jemand ihn tot sehen wollte, war beunruhigend. Sicher, viele der bösen Jungs, die er hinter Gitter gebracht hatte, hatten ihm mit Gewalt gedroht, als er sie verhaftet hatte, aber im Allgemeinen nahmen sie es nicht persönlich. Sie waren diejenigen, die das Gesetz brachen, und sie verstanden, dass sie bekamen, was sie verdienten – solange sie keine Narzissten waren. „Jeder, der das FBI so sehr hasst, ist entweder noch im Gefängnis oder tot."

Er hatte gestern Abend die offensichtlichsten, bekanntesten Verbrecher überprüft. Lincolns Team überprüfte den Rest, während die Sondereinheit sich organisierte.

„Sie hätten jemanden angeheuert oder ein Familienmitglied haben können, das sich ungerecht behandelt fühlte", überlegte Savage.

Dominic brummte. Wenn er wüsste, wer es war, hätte er es schon gesagt.

„Und ich habe dich immer für den Charmeur der Abteilung gehalten", knurrte Savage nach einigen Augenblicken.

„Anscheinend hat jemand das Rundschreiben verpasst." Und der Mörder war nicht der Einzige. Dominic dachte an Ava Kanas. Sie hatte seit dem Frühstück kaum mit ihm gesprochen, als er sie informiert hatte, dass sie in der nächsten Woche vielleicht an der Verlobungsparty seines Vaters in D.C. teilnehmen müssten, wenn diese Situation bis dahin noch nicht geklärt war.

Sie hatte gefragt, was sie anziehen sollte, und er hatte ihr gesagt, ein Kleid, und seitdem war sie sauer. Mit kugelsicherer Weste zu erscheinen war schlechtes Benehmen.

Er glaubte nicht, dass bei dieser Sache jemand einen Anschlag auf sein Leben verüben würde, weil die Sicherheitsmaßnahmen angesichts der erwarteten Teilnahme des POTUS mehr als streng sein würden. Er und Kanas könnten die Fahrt nutzen, um mehr Informationen von den Fallagenten zu bekommen. Das WFO und die Sondereinheit vor der Party besuchen. Sie mussten nicht lange bleiben. Ein kurzes Vorbeischauen war immer die beste Art, an diesen Sachen teilzunehmen, insbesondere wenn seine Familie beteiligt war.

Er konzentrierte sich wieder auf das, was Savage sagte. „Sie hatten mindestens zwei Möglichkeiten, dich zu töten und haben es trotzdem nicht getan. Warum?"

„Vielleicht habe ich einfach Glück?", vermutete Dominic mit ruhiger Stimme.

„Vielleicht möchten sie dich foltern, bevor sie dich töten", schlug Savage vor.

Dominic lachte. „Das ist ein aufmunternder Gedanke."

Savage hatte allerdings recht. Er war bei der Beerdigung ein potentielles Ziel gewesen und GHB war nicht das einzige Mittel, das jemand in ein Getränk geben konnte – wenn man davon ausging, dass es sich um denselben Täter handelte und nicht die Drogendealer. Wer auch immer ihn töten wollte, hatte mehrere Möglichkeiten gehabt.

Dominic rieb seine unverletzte Hand über sein Gesicht, versuchte, das Bild von Calvins leuchtend rotem Blut auf seinem weißen Baumwollhemd auszulöschen. Das Bild blitzte in seinen Gedanken auf, und er war erneut entsetzt. Wütend. Am Boden zerstört. Er war so müde, die Schlinge, die er tragen musste, war unhandlich und einschränkend, und sein ganzer Körper pochte mit leichten Schmerzen, aber er würde nicht jammern. Anders als Van und Calvin und all die anderen lebte er immerhin noch.

„Die Ballistik bestätigte, dass die Patronenhülse, die auf dem Dach gefunden wurde, vom selben Kaliber, derselben Zusammensetzung und wahrscheinlich demselben Hersteller war wie diejenige, die Calvin Mortimer umbrachte", erklärte Savage.

„Das ist kaum hilfreich", meinte Dominic abfällig.

Der Abteilungsleiter zuckte mit den Schultern. „Das ist alles, was wir momentan haben. Die Patrone, die sie aus Mortimer geholt haben, war so gut wie zerstört, und sie können davon keine ballistischen Kennzeichnungen bekommen, auch nicht von irgendeiner der anderen."

Aber wenn sie den Schützen und die Waffe gefunden hatten, dann würden sie die Hülse vergleichen können, was es vielleicht möglich machen würde, eine Verurteilung zu erzielen. Der Schütze hatte die meisten Hülsen mitgenommen, was darauf hindeutete, das diese eine aus Versehen zurückgelassen worden war.

„Irgendwelche neuen Informationen über Augenzeugen oder Überwachungsaufnahmen in der Umgebung des

Wohnblocks?", fragte Dominic.

Savage schüttelte den Kopf. „Ich habe mit Mark Gross vom WFO gesprochen. Er sagte, dass sie jedes Wohnhaus im Umkreis von eineinhalb Quadratkilometern überprüft und alle in der Gegend aufgenommenen Bilder angesehen haben, aber es gibt keine Kameras, die die Front des Gebäudes abdecken. Sie überprüfen die Nummernschilder von allen Fahrzeugen, die von Kameras aufgenommen oder in den örtlichen Parkuhren registriert wurden, aber bis jetzt gibt es noch nichts Auffälliges."

„Jemand hat sich vorher gut informiert."

„Wir haben Glück, das er ein mieser Schütze war."

Das, so begriff Dominic, stimmte. Der Schütze hatte nur Calvin erwischt, der ein unbewegliches Ziel abgegeben hatte. Es deutete darauf hin, dass der Schütze keine Militärerfahrung hatte und nicht sonderlich fähig war. Sobald die Leute angefangen hatten, auseinander zu laufen, hatte der Schütze niemanden mehr getroffen. Er war dem am nächsten gekommen, als er Ava mit diesem Splitter von dem zerschmetterten Holz erwischt hatte.

Dominic presste seine Lippen aufeinander. Sie war an diesem Tag dem Tod nahe gewesen und hatte sich trotzdem eine Stunde später mit dem obersten Mann des FBI angelegt. Wenn er ihr beibringen könnte, taktvoll mit ihren Vorgesetzten zu reden, wäre sie beim FBI nicht aufzuhalten. In zehn Jahren könnte sie ihre eigene Außenstelle leiten.

„Also sind wir bei der Suche nach Calvins Mörder nicht wirklich weitergekommen?", fragte Dominic.

„Nein, nicht wirklich."

„Die Schuhabdrücke, die ich vor Vans Fenster gefunden habe, haben die Größe neununddreißig." Ziemlich klein.

Könnte ein neugieriger Jugendlicher gewesen sein. „Sie prüfen sie auf DNA."

„Was einige Tage dauern wird", stellte Savage fest, während er sich in seinem Stuhl zurücklehnte. „Ich höre, dass wir ein neues Teammitglied haben." Er lächelte, ohne dass es seine Augen erreichte, und starrte in das Großraumbüro hinaus, wo Ava sich eingerichtet hatte und arbeitete. Sie ging immer noch Fälle des NYFO durch, suchte nach etwas, das auf blutrünstige Rache hinwies.

„Lincoln Frazer schlug vor, dass Kanas mich bewachen sollte."

„Ich würde ein Team vom HRT vorziehen." Savages dunkler Blick ruhte unbeweglich auf ihm.

„Sie ist eine gute Agentin." Dominic hielt dem Blick stand. „Ich werde nicht die Zeit einer ganzen Gruppe Leute vom Geiselrettungsteam verschwenden."

„Es gehört zum Aufgabenbereich des HRT, FBI-Mitglieder und ihre Familien zu bewachen." Savages Miene war ernst. „Und das weißt du."

„Ich will keine Personenschutztruppe", sagte Dominic laut. Er mochte und respektierte seinen Abteilungsleiter, aber er würde in dieser Sache nicht nachgeben.

„Und ich dachte, ich wäre der Boss." Savage stellte ihn auf die Probe.

„Wir möchten den Täter hervorlocken. Das werden wir nicht tun, wenn ich von Männern mit Maschinenpistolen umgeben bin. Er wird einfach abtauchen, bis wir in unserer Wachsamkeit nachlassen."

„Du glaubst, dass Ava Kanas dem Job, deine Sicherheit zu gewährleisten, gewachsen ist?"

„Du hast sie in Aktion gesehen. Sie ist eine gute

Agentin." Dominic zuckte mit den Schultern. Es würde sowieso niemand eine Kugel für ihn einfangen.

Savage stieß laut die Luft aus. „Geh nur nirgendwo alleine hin, nicht einmal auf eine öffentliche Toilette."

„Ich hänge normalerweise nicht in öffentlichen Toiletten rum, also sollte das kein Problem sein." Dominic sah auf die Uhr, begierig darauf, dem Büro seines Chefs zu entkommen und zu einem Anschein von Normalität zurückzukehren. „Ich muss wieder an die Arbeit, wenn es also sonst nichts gibt ..."

Savage warf einen Blick auf seinen Computermonitor und fluchte.

„Was ist?", fragte Dominic, der dieses Prickeln zwischen den Schulterblättern bekam, das ankündigte, dass etwas Großes passieren würde.

„Gefängnisgeiselnahme in New York State."

„Schick mich..."

„Nein."

„Aber..."

„*Nein*", beharrte Savage entnervt. „Du hast Stubenarrest, bis wir diesen Mörder gefasst haben."

„Was soll denn das? Glaubst du, der Schütze ist dumm genug, mir in den Bereich einer Geiselnahme zu folgen, in der sich wahrscheinlich mehr SWAT- und Sicherheitsleute befinden, als sonst irgendwo außerhalb eines Kriegsgebiets? Das ist der sicherste Ort, an dem ich sein könnte. Komm schon ..." Dominic hob seine unverletzte Hand hoch.

„Er war dumm genug, einen FBI-Agenten bei der Beerdigung eines anderen FBI-Agenten zu ermorden." Savage spiegelte seine Pose. „Ich schicke Charlotte und Eban. Das HRT wurde auch zugeteilt. Ich bin sicher, dass sie das schaffen."

„Sie werden mehr Verhandlungsführer als das brauchen", erklärte Dominic leise.

„Du stellst ein Risiko dar."

Dominic stand auf. „Jemand greift mich an, und ich werde aus meinem Job gedrängt? Ich soll hier sitzen und Zeitpläne für Trainingsgruppen machen?"

„Irgendjemand muss es tun. Warum also nicht du?" Savage warf ihm einen Blick zu.

Dominics Lippen verzogen sich zu einem selbstbewussten Lächeln. „Weil ich einer deiner erfahrensten Verhandlungsführer bin?"

„Und?"

„Und … meine Fähigkeiten werden besser draußen eingesetzt als im Büro verschwendet."

„Sehe ich anders." Savages Miene war ausdruckslos.

„Wenn du von Terroristen gefangengenommen würdest, wen würdest du am anderen Ende der Leitung haben wollen?" Dominic würde nicht wegen irgendeines Arschlochs hier sitzen und Däumchen drehen.

„Ich würde ein Team aus Verhandlungsführern jedem einzelnen Verhandlungsführer vorziehen."

„Nun, offensichtlich." Sie arbeiteten immer in Teams. „Aber wenn irgendein Bösewicht anfangen würde, dir die Extremitäten abzuschlagen, dann würdest du wollen, dass *ich* den Kerl beruhige, oder?" Dominic grinste, als Savage seine Beine übereinanderschlug.

„Du gehst wirklich zu weit." Savages Lippen zuckten.

„Richtig", sagte Dominic.

„Bei meinem Glück würdest du meinen Entführer herausfordern, mich zu töten, nur damit du meinen Job bekommst", brummte Savage.

„Daran habe ich gar nicht gedacht." Dominic legte seine Hand auf Savages Schreibtisch. Er wusste, dass er ihn überredet hatte.

„Ich nehme an, dass du da oben wahrscheinlich sicherer bist als hier. Es würde mich nicht überraschen, wenn der Täter bei seinem Versuch, dich zu erwischen, bei deinem Haus vorbeischaut."

„Ich habe tolle Sicherheitseinrichtungen. Ich werde es erfahren, wenn jemand versucht, einzubrechen."

Savage folgte ihm aus dem Büro. „Vergiss deine Leibwächterin nicht." Seine Stimme triefte vor Sarkasmus.

„Schnappen Sie sich Ihre Einsatzjacke, Agent Kanas", rief Dominic.

Sie saß an einem Schreibtisch und versuchte anscheinend, mit dem Büroteppich zu verschmelzen. Die Chancen, dass Ava unsichtbar wurde, waren jedoch bei null.

„Was ist los?" Sie stand auf und sah verunsichert aus.

Aufregung durchfuhr ihn, wie es immer der Fall war, wenn etwas Großes anfing. „Wir machen einen Ausflug."

———

MALLORY NUTZTE EINE Hand, um ihren Babybauch von unten zu unterstützen, während sie unbeholfen und plump am Westufer des Rappahannock Rivers entlangging. Es half nicht, dass sie nicht sehen konnte, wo sie ihre Füße hinsetzte.

Schweiß lief ihren Rücken hinunter und sickerte in das Taillenband ihrer schwarzen Schwangerschaftshose. Von der Seite her sah sie wie ein Berg aus.

Der Boden bestand aus trockenem, zersprungenem Schlamm, und der Wasserstand des Flusses war aufgrund des langen, heißen Sommers und des ausdauernden Regenmangels niedrig. Vögel sangen in den Bäumen, und Eichhörnchen schnatterten vor Wut über die Polizeiinvasion.

Eine Stunde zuvor hatte sie einen Anruf des örtlichen Polizeichefs zu der vermissten Mule & Pitcher-Kellnerin bekommen, die sie versucht hatte, ausfindig zu machen. Wegen der Ausrichtung der Ermittlung – sowohl der Drogen wie auch der Morde – hatte Mallory eine Fahndungsmitteilung herausgegeben, als sich herausstellte, dass niemand die Frau gesehen hatte, seitdem das FBI die Kerle in der Bar wegen Drogenschmuggels hochgenommen hatte. Mallory war davon ausgegangen, dass sie an der Drogenoperation beteiligt gewesen war, aber es war auch möglich, dass die DEA sie als Zeugin ihres Falles in Schutzgewahrsam genommen hatte.

„Kommen Sie da zurecht?" Ein Polizist in dunkelblauer Uniform streckte seine Hand aus, um ihr zu helfen, während sie über einen vermodernden Baumstamm kletterte.

Sie griff nach seiner Hand und folgte ihm unbeholfen zum Ufer.

„Einige Angler haben sie gefunden. Sie hofften auf Schwarzbarsche, bekamen aber wesentlich mehr, als sie erwartet hatten." Das Funkeln des schwarzen Humors in den Augen des Beamten ließ sie ein kleines Lachen ausstoßen. Daran war sie gewöhnt. Das war ihre Welt.

Das Baby trat unter ihren Rippen, trampelte gegen ihre Lungen, während er oder sie sich wand, und erinnerte sie daran, dass ihre Welt sich bald ändern würde. Das Baby hatte lange Zeit nicht real gewirkt, aber jetzt war es ein voll ausgebildetes menschliches Wesen, und sie war dem Krümel gegenüber schon ausgesprochen überbehütend.

Der Gedanke, Mutter zu sein, war auch erschreckend. Sie kannte die Gefahren, die in diesem weiten und schönen Land existierten, besser als die meisten. Sie kannte ihre Fehler. Sie hoffte, sie würde ihren Job gut machen und das Kind nicht zu sehr verkorksen.

Sie folgte dem Beamten einen schmalen Weg entlang, der wahrscheinlich durch Rehe oder Angler entstanden war. Es war die Art Ort, an denen sie gerne mit dem Golden Retriever Rex, den sie adoptiert hatte, nachdem seine Vorbesitzerin ermordet worden war, einen langen, ruhigen Spaziergang machte – ohne die Leiche natürlich.

Vor sich sah sie eine kleine Gruppe Leute, die um etwas Milchweißes versammelt waren. Sie unterzeichnete in einem Protokollbuch und lehnte sich gegen einen Baum, während ein Beamter ihr half, Papierüberzüge über ihre Schuhe zu ziehen.

Sich nicht bücken zu können war eine größere Schwierigkeit, als sie erwartet hatte.

„Weniger als drei Wochen", murmelte sie. Sie war auf die Mutterschaft nicht vorbereitet, hatte aber innerhalb der letzten Monate begriffen, dass sie nie vollständig vorbereitet sein würde, und das war in Ordnung. Sie hatte Alex, und gemeinsam würden sie zurechtkommen. Sie konzentrierte sich darauf, sich auf die Geburt vorzubereiten, die sie wenigstens planen und somit etwas Kontrolle ausüben konnte.

Mallory ging weiter, während sie alle Augen auf sich spürte. Sie erkannte den Gerichtsmediziner von anderen Fällen und nickte ihm zu.

„Sie haben nach dieser Frau gesucht?", fragte der Mann.

Mallory kam näher und starrte auf die nackte und zerschlagene Gestalt einer jungen weiblichen Person hinab. Man hatte Mallory ein Führerscheinfoto der Kellnerin gezeigt, aber das Gesicht war so aufgedunsen, dass es schwer zu sagen war, ob es dieselbe Person war.

„Haben Sie Fingerabdrücke genommen?"

Der Cop neben dem Gerichtsmediziner nickte. „Sie passen zu einer Caroline Perry. Studentin eines Magisterstudiengangs an der Mary Washington." Die Kellnerin im Mule & Pitcher.

Mallory nickte. „Können Sie schon etwas über die Todesursache sagen?"

Die erfahrenen Augen des Gerichtsmediziners hoben sich und begegneten ihren. „Es ist ein wenig früh, um sich festzulegen."

„Starb sie, bevor oder nachdem sie im Wasser war?", fragte Mallory. Einen Wissenschaftler zu einer definitiven Aussage zu bewegen, erforderte eine Zange und scharfe Fingernägel.

„Auch das ist schwer zu sagen."

Mallory betrachtete die Schnitte und Fleischwunden über- all auf der Leiche. „Sieht aus, als ob sie geschlagen worden wäre …"

Der Gerichtsmediziner runzelte die Stirn. „Auch hier…"

„… ist es schwer zu sagen." Mallory beendete den Satz für ihn.

„Flussaufwärts von hier ist es ziemlich felsig und durch den niedrigen Wasserstand ist es eine holprige Reise. Es gibt keine Prellungen, also besteht die Möglichkeit, dass die Hautverletzungen eher post mortem als ante mortem entstanden sind."

Mallory kniff ihre Lippen zusammen. „Irgendeine Ahnung, wie lange sie dort drin war?"

„Nicht lange", überraschte sie der Gerichtsmediziner mit einer Aussage. „Angesichts des relativ warmen Wassers wären die Verwesung und der Tierfraß wesentlich fortgeschrittener und ausgeprägter, wenn sie auch nur einen ganzen Tag im Fluss gewesen wäre. Ich gehe davon aus, dass sie erst irgendwann seit gestern Abend im Fluss ist."

Niemand hatte die Frau gesehen, seit sie am Donnerstagabend von der Arbeit weggefahren war, aber es war offensichtlich, dass sie nicht nach Hause gefahren war, und ihr Auto war nicht gefunden worden. Wo war sie gewesen? Wann war sie gestorben?

„Irgendwelche Anzeichen sexueller Gewalt?" Die Frau war nackt. War sie angegriffen worden, oder nackt schwimmen gegangen und ertrunken?

Der Gerichtsmediziner zeigte eine unverbindliche Miene.

„Gibt es sonst irgendetwas, das Sie mir sagen können?"

Er runzelte die Stirn, während er die Leiche untersuchte. „Keine offensichtlichen Spuren von manueller Strangulation, Schüssen oder tiefen Stichwunden. Kein Verlust von Gliedmaßen oder Enthauptung."

„Dafür zahlen sie Ihnen die ganze Kohle?", witzelte einer der Cops.

Mallory spürte, wie das Baby mit beiden Füßen gegen ihr Zwerchfell stieß. Sie legte ihre Hand direkt unter ihre Rippen und sog die Luft ein. Er oder sie drehte sich besser nicht noch einmal um. Sie wollte sich nicht mit einer Steißgeburt befassen müssen. Das war in ihrem Plan nicht vorgesehen.

„Warum ist die BAU involviert?", fragte der Gerichtsmediziner.

Das Interesse in den Blicken der anderen Männer wurde schärfer.

„Haben wir hier in der Gegend einen Serienmörder?", fragte der Gerichtsmediziner.

So verführerisch es war, ihm zu sagen, dass es zu früh sei, sich festzulegen, sie wollte den Mann nicht hänseln.

„Ich glaube nicht, dass hier ein sexueller Sadist umgeht, aber wir ermitteln zu einigen anderen Vorfällen in anderen Staaten, die vielleicht zusammenhängen."

„Wie ist sie darin verwickelt?" Ein Cop nickte in Richtung der Leiche am Flussufer.

Mitleid für die tote Frau überkam Mallory. Sie hatte sich von ihrer Schwester verabschiedet, als sie sie endlich begraben hatten, aber jede Leiche, jedes Opfer ließ die alten Gefühle wieder wie Blut in einer frischen Wunde hochsteigen.

Sie begegnete dem Blick des Gerichtsmediziners. „Wir sind nicht sicher, wie sie damit zusammenhängt, abgesehen davon, dass sie im Mule & Pitcher gearbeitet hat. Wir wollten sie zu den Ereignissen von Dienstagabend befragen."

Die Gesichtsausdrücke der Männer zeigten, dass sie es alle mit der Zerschlagung des Drogenrings, über welche ausführlich berichtet worden war, und dem Bundesagenten, der unter Drogen gesetzt worden war und einen schweren Autounfall gehabt hatte, in Verbindung brachten. Wenn Sheridan und Kanas recht damit hatten, dass jemand es auf FBI-Agenten abgesehen hatte, würde diese ganze Sache explosionsartig zu einer Mediensensation werden. Mal hoffte, dass sie das Rätsel lösen würden, bevor es allgemein bekannt wurde. Sie wollte nicht, dass der Mörder sich an einer solchen Aufregung nährte. Er würde sonst vielleicht nie aufhören.

Sie übergab dem Gerichtsmediziner und jedem der örtlichen Polizisten ihre Visitenkarte. „Bitte rufen Sie mich an, wenn Sie noch etwas herausfinden."

Sie drehte sich um und stapfte den Weg zurück, den sie gekommen war, kehrte den Prozess um, indem sie sich im

Tatortprotokoll austrug und ihre Papierschuhüberzüge entfernte. Der Polizist, der sie begleitet hatte, half ihr, die steileren Teile der Uferböschung hinaufzuklettern. Wenn sie steckenblieb, würde sie eine maschinelle Winde benötigen, die sie herausholte.

Sie ließ ihn oben an der Böschung zurück, dankte ihm und stieg in ihren Dienstwagen, momentan ein RAV4. Dann rief sie Frazer an. „Die Kellnerin ist tot. Ich treffe in vierzig Minuten den Polizeizeichner bei Karl Feldman."

„Entweder hat sie sich selbst umgebracht, weil sie Dominic die Drogen verpasst hat und wusste, dass sie ins Gefängnis kommen würde, oder jemand hat sie umgebracht, damit sie nichts ausplaudern konnte", mutmaßte Frazer.

„Tote Frauen erzählen keine Geschichten", stimmte Mallory zu.

„Und Rache ist ein Gericht, das am besten kalt serviert wird." Frazer war auf grimmige Weise amüsiert. „Wir müssen das hier aufklären, bevor der Täter wieder zuschlägt."

KAPITEL FÜNFZEHN

Ava bestieg ein C-17 Militärflugzeug mit einer Gruppe aufgedrehter Machotypen des HRT und genügend Ausrüstung, um einen Krieg zu beginnen, oder, hoffentlich, eine Geiselnahme zu beenden. Sie hasste Fliegen, hatte aber beschlossen, dies Sheridan gegenüber nicht zu erwähnen, damit er sich nicht entschied, sie zurückzulassen.

Laut der kurzen Einweisung, die sie erhalten hatten, hatten zwei rivalisierende Gangs eine Auseinandersetzung in der Cafeteria eines Bundesgefängnisses mit mittlerer Sicherheitsstufe angefangen. Eine weitere Gruppe aus drei Insassen hatte die Verwirrung der Wachen ausgenutzt, um sich mit vier Geiseln in der Gefängnisküche zu verbarrikadieren, von denen eine der Gefängnisdirektor war.

Eine vibrierende Aufregung durchlief die versammelten Agenten wie ein Hitzeflimmern. Sie konnte sich nur annähernd vorstellen, welches Training diese Männer hinter sich hatten, und wie gut es sich anfühlen musste, dieses Training anwenden zu können.

Ihre Ausrüstung bestand aus ihrer Marke, ihrer Glock-22, ihrer Ersatzwaffe, einer großen Reisetasche und einem Laptop. Sie folgte Dominic und schnallte sich in dem ungemütlich aussehenden Sitz neben ihm an. Er hatte auf der Fahrt hierher nicht viel zu ihr gesagt.

Jeder war angespannt, abgesehen von der Verhandlungsführerin, der Ava gestern Morgen Dominics Hund übergeben hatte. Das schien eine Million Jahre her zu sein. Ranger war jetzt bei einem Nachbarn Dominics, der Pferde hielt. Der dritte sie begleitende Verhandlungsführer, Eban Winters, war ruhig und gelassen. Im Allgemeinen wirkten die Verhandlungsführer wesentlich entspannter als ihre taktischen Kollegen, abgesehen vom Leiter der Abteilung. Quentin Savage war ziemlich intensiv, so wie ein ärgerlicher John Wick, der auf Rache für seinen toten Welpen sann.

Ein massiver Kerl mit Schultern, die so breit waren, dass sie mehr als den vorgesehenen Platz einnahmen, saß neben ihr. Er sah an ihr vorbei und nickte Dominic zu, während sein Blick auf dem Rückweg nach vorne nachdenklich über sie glitt.

„Ich kenne Sie von irgendwo her." Der Kerl sprach aus dem Mundwinkel.

Ava zuckte mit den Schultern. „Ich habe eben eines dieser Gesichter."

Der Kerl schüttelte langsam den Kopf. „Daran liegt es nicht."

Ava war bewusst, dass Dominic auf ihrer anderen Seite sich versteifte.

„Sind Sie eine Verhandlungsführerin?", fragte er.

Sie fühlte sich wie in einem Italo-Western. Die CNU hatte beschlossen, sie als Verhandlungsführerin in Ausbildung zu bezeichnen, um die Lebensgefahr, in der Dominic sich befand, geheim zu halten und dafür zu sorgen, dass keine Informationen über diesen möglichen Serientäter, der es auf Bundesagenten abgesehen hatte, bekannt wurden. Sie wollten niemanden auf Ideen bringen. „Das ist richtig."

Der Mann brummte und richtete seine Aufmerksamkeit auf Charlotte Blood, die mit dem Großteil des HRT-Teams plauderte.

Ava drehte sich zu Dominic und stellte fest, dass er sie ansah, nur Zentimeter entfernt. Der Pilot ließ die Motoren an, und obwohl Ava ihren Mund öffnete, um etwas zu sagen, machte der Lärm der Motoren es unmöglich, gehört zu werden. Sie schloss ihren Mund und konnte nicht anders, als zu bemerken, dass Dominics Blick kurz auf ihren Lippen ruhte, bevor er sich abwandte. Vielleicht bildete sie sich die Anziehung, die ihr jede seiner Bewegungen, jedes seiner Worte so bewusst machte, doch nicht ein. Sie erinnerte sich an das Gefühl aus der High School, gemeinsam mit der akuten Beschämung, wenn jemand es herausfand.

Sie würde auf keinen Fall zulassen, dass Sheridan oder seine Kumpel es herausfanden.

Charlotte kam auf dem Weg zu ihrem Platz vorbei, lächelte sie reserviert an und drückte Dominics Arm, woraufhin der HRT-Kerl auf ihrer rechten Seite sich anspannte.

Interessant. Kannte der HRT-Kerl die Verhandlungsführerin, oder wollte er sie kennenlernen? Sie hatte das Gefühl, dass es Letzteres war, und konnte ein Grinsen nicht unterdrücken.

Nach einer Stunde Flug war das Grinsen verschwunden. Eine Sturmfront hatte für eine holprige Reise gesorgt, ihr Hintern tat weh, und ihr Kopf schmerzte vom Dröhnen der Motoren. Sie hatte sich in den Sitz verkrallt, als sie im Landeanflug waren, und stieß einen glücklichen Seufzer aus, als sie zu einem Militärhangar fuhren, wo das Geiselrettungsteam relativ unbemerkt aussteigen konnte.

„Flugangst?", fragte Dominic sie, als sie endlich wieder reden konnten.

„Absturzangst", korrigierte sie.

Sie stiegen aus dem Flugzeug aus und verließen die Leute vom HRT, die ihre Ausrüstung in Ordnung bringen mussten. Ein Agent der Außenstelle in Buffalo holte sie ab und brachte sie direkt zum Gefängnis, einer niedrigen grauen Anlage mit mehr Stacheldraht als Niemandsland.

Achthundert Meter vom Hauptgebäude war ein äußerer Sperrstreifen eingerichtet worden, um zu verhindern, dass Presse und Öffentlichkeit zu nahe kamen, und um jeden unternehmungslustigen Insassen davon abzuhalten, die Situation für einen Ausbruch auszunutzen.

Die Verhandlungsführer kamen am Haupteingang an und eilten in das Gebäude, wo sie von einem weiteren Agenten aus Buffalo begrüßt wurden.

„Wer spricht momentan mit den Geiselnehmern?", fragte Dominic. Er hatte sich auf der Anfahrt unablässig eilige Notizen gemacht.

„Wir haben einen von der Gefängnisbehörde ausgebildeten Verhandlungsführer in der Leitung."

„Gut. Reden die Geiselnehmer? Haben sie eine Liste mit Forderungen?", fragte Dominic.

Ava musste schnell gehen, um mit ihnen allen Schritt zu halten. Dominic schien seine Verletzungen vergessen zu haben und hatte entgegen der ärztlichen Anweisung die Schlinge abgelegt. Charlotte Blood und Eban Winters folgten dichtauf. Ava fühlte sich ein wenig wie eine Hochstaplerin, als sie vorgab, eine von ihnen zu sein, aber sie wusste, wie sie sich im Hintergrund halten konnte.

„Sie haben eine lange Forderungsliste, aber …"
„Aber was?"
Ava erkannte die scharfe Autorität in Dominics Stimme.

„Jeder der Geiselnehmer hat eine andere Forderungsliste."

„Na toll. Wer ist der Anführer?"

„Zwei von ihnen wetteifern um diese Rolle. Ein ehemaliger Drogendealer aus Albany, Frank Jacobs, der schwört, dass er wiedergeboren wurde, und ein alter Mafia-Attentäter namens Gino Gerbachi, auch als Gino die Schlange bekannt."

Ava stolperte, und Dominic erwischte ihren Arm, bevor sie direkt auf ihr Gesicht stürzte. Gino Gerbachi konnte nicht hier sein. Er war in Otisville, Orange County …

„Bist du okay?", fragte Dominic.

„Ja. Entschuldigung. Danke. Gestolpert." Ihr Herz hämmerte, als ob jemand sie an eine Steckdose angeschlossen hätte. Sie zwang sich, sich aus Dominics unterstützendem Griff zu lösen.

Hatte sie ihm erzählt, dass sie eine Verbindung zu diesem Kerl hatte, oder nicht?

„Der dritte Kerl ist ein verurteilter Serienmörder."

„Wer?", fragte Dominic.

„Milo Andris."

Dominic machte ein finsteres Gesicht. Ava fragte sich, was der Mann getan hatte. „Wir haben keine Bildaufnahmen von ihnen in der Küche?"

„Wir haben dort Kameras und Audio, dessen sie sich momentan wohl nicht bewusst sind."

„Irgendwelche Frauen da drin?"

„Die Direktorin."

Dominics verschlossene Miene ließ einen Schauder über Avas Schultern laufen.

„Welche Waffen haben sie?" Dominic feuerte Fragen über Fragen auf den Mann ab.

„Küchenmesser und andere Geräte. Ich nehme an, sie haben alle mindestens eine selbstgefertigte Klinge bei sich."

Ava wollte diesen Austausch nicht unterbrechen. Leben standen auf dem Spiel. Wenn Ava Dominic über ihre Verbindung zu Gino der Schlange berichten würde, würde er sie aus dem Gefängnis entfernen lassen, und wenn er sie entfernen ließ, könnte sie nicht als seine Leibwächterin fungieren. Und wenn sie nicht seine Leibwächterin wäre, dann war sie ziemlich sicher, dass sie wieder suspendiert werden würde, bis Aldrich einen Weg gefunden hätte, sie loszuwerden.

Sie rieb an dem Mati-Armband an ihrem Handgelenk. Es sollte sie vor dem bösen Blick beschützen. Es mochte nur ein alter Aberglaube sein, aber sie war nicht über ein rasches Gebet erhaben.

Es war nicht so, als ob sie es mit den Insassen zu tun bekäme. Sie würde sich im Hintergrund halten. Komplett anonym. Gerbachi würde sie nicht einmal erkennen, wenn er sie sähe. Sie hatte jetzt einen anderen Namen, und Kanas war in griechischen Gemeinschaften häufig genug, um es schwierig zu machen, ihre Mutter und Geschwister zu finden. Sie könnte an Hinweisen zu den Morden arbeiten, während Sheridan sein Ding machte; schlafen, wenn er schlief. Diese separaten Welten brauchten nicht zusammenzutreffen.

Ava biss die Zähne aufeinander. Sie erinnerte sich an die vielen Male, als Dominic sie beschuldigt hatte, nicht fähig zu sein, als Teil eines Teams zu arbeiten. Aber es war nicht nur ihr Geheimnis, das sie beschützte. Es waren ihre Mutter, ihre Geschwister, ihre Nichte und ihr Neffe. Das war nicht die Art Geheimnis, die man teilte – es war die Art, die man begrub.

Aber sie würde es ihm erzählen.

Irgendwann.

Nur nicht vor all diesen Leuten.

„Wo ist der Einsatzleiter?", fragte Dominic, während sie mit großen Schritten an zahlreichen verschlossenen Türen und Mengen von uniformierten Cops und Strafvollzugsbeamten vorbeigingen.

Der örtliche Agent öffnete eine Seitentür. „Direkt hier drin."

Sie folgte Dominic. Eban und Charlotte waren direkt hinter ihr. Der Gedanke, dass jemand Dominic hier drin erwischen könnte, war verrückt, aber bis sie herausfanden, wer der Bösewicht war, würde Ava in ihrer Wachsamkeit nicht nachlassen. Vielleicht war es ein anderer Agent mit verborgenen Motiven? Sie betrachtete die anderen beiden Verhandlungsführer, und Eban erwiderte ihren Blick fragend.

Sie sah weg.

Der Raum, den sie betreten hatten, war mit einem weiteren Raum verbunden, in den sie durch eine Glaswand hineinsehen konnten. Eine Gruppe aus vier Männern saß an einem Tisch, alle trugen Headsets, aber nur ein Kerl hatte ein Mikrofon. Die anderen machten sich Notizen.

Eine große Tafel mit Anweisungslisten hing an der Wand.

Dominic schüttelte einem großen Mann in einem braunen Anzug direkt hinter der Tür die Hand, der sich als Special Agent in Charge des Büros in Buffalo vorstellte, Derek Hamner. Der Einsatzleiter.

Nachdem die Vorstellungen erledigt waren, sah Dominic sich um. „Gibt es einen weiter von hier entfernten Raum, den wir nutzen können?"

Der Einsatzleiter schien sich zu sträuben.

„Es ist normalerweise eine gute Idee, Verhandlungsführer

isoliert und für sich unterzubringen, damit wir nicht von allem anderen, was vor sich geht, abgelenkt werden und nicht aus Versehen etwas über die Aktionen des taktischen Teams an die Geiselnehmer verraten. Ich meine, wir müssen wissen, was passiert, aber es ist besser, wenn wir nicht Teil dieser Atmosphäre sind – wir möchten sie den Geiselnehmern nicht kommunizieren."

Der Einsatzleiter entspannte sich. „Auf dem Parkplatz direkt um die Ecke vom Haupteingang stehen einige Wohnwagen."

„Wir werden Kommunikationseinrichtungen dort brauchen, zusammen mit den verfügbaren Videoschaltungen."

Der Einsatzleiter nickte. „Wird in einer Stunde bereit sein."

„Und können wir in der gleichen Ecke eine Unterkunft bekommen? So werden wir immer nahe am Geschehen sein, wenn es nötig ist."

„Es stehen zwei Hütten dort. Eine hat eine Küchenecke, eine Dusche und sanitäre Einrichtungen. Wir können ein paar Matratzen reinlegen, und Sie können Ihre Leute in Schichten einteilen."

„Stellen Sie bitte nur sicher, dass die Matratzen neu sind. Nichts für ungut", meldete sich Charlotte mit einem Lächeln, das der Einsatzleiter erwiderte.

Ava war von der Bitte überrascht und darüber dankbar. Die Frau schien jeden zu bezaubern, dem sie begegnete, aber ihre Haltung Ava gegenüber hatte sich merklich abgekühlt. Ava hatte keine Ahnung, woran das lag.

„Ich kümmere mich darum." Der Einsatzleiter schob seine Brust heraus. „Das HRT wird in einem alten Flugzeughangar näher am Flughafen untergebracht."

Die Verhandlungsführer tauschten Handynummern mit dem Einsatzleiter aus.

Sheridan sagte: „Wenn wir uns um achtzehn Uhr mit dem Kommandeur des taktischen Teams treffen könnten, können wir die besten Optionen für die nächsten Schritte diskutieren. In der Zwischenzeit möchte ich dem Verhandlungsführer dort drin zuhören und sehen, wie die Risikoeinstufung aussieht."

Der Einsatzleiter nickte. „Ich werde jemanden schicken, der Sie um sechs abholt."

Als er ging, klopfte Dominic an das Glas und wartete, bis jemand sie hineinließ. Er begegnete Avas Blick und drückte seinen Finger auf seine Lippen, bevor sie hineingingen. Sie verstand. Kein Reden.

Sie wappnete sich, als sie eintrat, wusste, dass sie den Mann sehen, seine Stimme hören würde, der ihren Vater kaltblütig umgebracht und sie mit einer Pistole quer über das Gesicht geschlagen hatte, bevor er sie vermeintlich tot hatte liegen lassen.

Sie schob sich hinter Dominic hinein und fand in der Ecke des Zimmers einen Stuhl mit einem kleinen Schreibtisch. Sie setzte sich, holte tief Luft und beruhigte sich. Sie hatte dem Bastard vor Gericht gegenübergestanden, sie konnte das hier schaffen. Aber wahrscheinlich war es am besten, wenn Gino Gerbachi nicht wusste, dass sie hier war – wenn man bedachte, dass sie der Grund dafür war, dass er drei lebenslange Freiheitsstrafen verbüßte und im Gefängnis sterben würde.

DOMINIC PRÜFTE SEINE E-Mails, während er Joe Booker zuhörte, und sah, dass Mallory Rooney ihm geschrieben hatte.

Er las es nicht, leitete es einfach an Kanas weiter. Er konnte sich keine Ablenkung erlauben.

Joe – der Verhandlungsführer der Gefängnisbehörde – machte einen tollen Job, verlangsamte alles, sagte den Geiselnehmern, dass niemand ihnen schaden wollte, und fragte immer und immer wieder: „Wie kann ich euch helfen?"

Die Zeit war der beste Verbündete des Verhandlungsführers.

Dominic sah auf dem Bildschirm zu, wie die Geiselnehmer in der großen Küche auf und ab gingen. Frank Jacobs und Gino Gerbachi wechselten sich dabei ab, ihre Forderungen in die Freisprecheinrichtung zu zetern, aber Milo Andris hatte bisher überhaupt nicht mit ihnen geredet.

Die vier Geiseln hatten ihre Hände hinter dem Rücken gefesselt und saßen auf dem Boden neben der zweifach verschlossenen Schwerlasttür, die den hinteren Ausgang der Küche bildete. Der hintere Eingang führte durch einen Flur zu einem Bereich für den Hofgang. Die Direktorin war dort, ein Strafvollzugsbeamter, ein Koch einer Privatfirma und ein weiterer Insasse, der offensichtlich nichts mit dieser Situation zu tun haben wollte.

Das Problem mit Geiselnahmen in Gefängnissen war, dass sie so gesichert waren, dass es schwer war, einen vollständigen taktischen Angriff durchzuführen, ohne dass eine Menge Leute in der Zeit starben, die die Sicherheitskräfte brauchten, um Zugang zu bekommen. Niemand wollte, dass das passierte, aber falls die Geiselnehmer anfingen, Leute zu verletzen, würden die Behörden keine Wahl haben, als zu agieren.

Dominic fragte sich, was genau die schwarzen Schwäne dieser Situation waren – die unbekannten Unbekannten. Informationen, die so weit von den Erwartungen entfernt waren, dass niemand auch nur von ihrer Existenz wusste. Schwarze Schwäne konnten den Verhandlungsführern die Druckmittel geben, die sie brauchten, um eine Sache zu beenden, oder sie konnten dazu führen, dass die Situation ihnen um die Ohren flog. Der entscheidende Punkt war, dass sie nicht wissen konnten, was diese schwarzen Schwäne waren, bis sie offenbart wurden, und deshalb hatte das FBI Leute, die nach jedem Aspekt im Leben der Geiselnehmer und Geiseln gruben.

Dominic schrieb Joe eine Nachricht. „Bitten Sie Gino, Milo ans Telefon zu holen. Wir möchten wissen, was seine Forderungen sind."

„Hey, Milo, beweg deinen abartigen Arsch her", schrie Gino, nachdem Joe die Botschaft überbracht hatte.

Joe hielt die Kopfhörer einen Augenblick von seinem Ohr weg. Gino war ein altmodischer, bulliger Gangster, der schikanöse und einschüchternde Techniken nutzte, um seinen Willen durchzusetzen.

Milo ignorierte den Kerl und schärfte weiter ein Küchenmesser an einem nassen Stein. Jedes dumpfe Kratzen dieser Klinge klang wie Kreide auf einer trockenen Tafel und ließ Dominics Zähne schmerzen.

Niemand konnte sagen, warum Milo dieses Messer schärfte, aber es gefiel Dominic nicht. Jeder der Geiselnehmer hatte eine Waffe bei sich, und er bemerkte, dass weder Frank noch Gino Milo je den Rücken zuwandten.

„Er möchte nicht reden", sagte Gino schließlich, kam näher an die Freisprecheinrichtung und sprach laut. „Wann kriegen wir unseren Hubschrauber?"

„Gino, ich kann nicht einmal anfangen, einen Hubschrauber zu organisieren, bis ich von euch allen drei

Zusicherungen habe, dass die Geiseln nicht verletzt werden.“

Dominic sah zu, wie Gino sich wieder Milo zuwandte.

Der Mann zog eine hässliche Grimasse, die seinen Schnurrbart zusammenschob. „Milo verspricht, niemanden zu verletzen, solange ihr uns besorgt, was wir haben wollen.“

Ein Hubschrauber mit genügend Treibstoff, um sie nach Kanada zu bringen.

Anscheinend hießen kanadische Behörden ausgebrochene Verbrecher weitaus bereitwilliger willkommen als die USA. Jemand sollte besser die berittene kanadische Polizei, die RCMP, informieren.

Joe sah ihn an und Dominic ließ seinen Finger kreisen.

„Können Sie Milo an den Apparat holen, damit er mir das bestätigt, Gino? Ich muss es von ihm selbst hören“, beharrte Joe.

„Er möchte aber nicht mit euch Arschlöchern reden!“, brüllte Gino ins Telefon.

Joe reagierte nicht. „Gino, wir möchten nur sicherstellen, dass alle sicher und unverletzt da rauskommen. Sagen Sie mir, was ich jetzt für Sie tun kann, damit Sie sich wohler fühlen.“

Dominic nickte zustimmend. Joe war gut.

Das Problem war, dass eine Menge der üblichen Taktiken bei Gefängnisinsassen in dieser Art verzweifelter Situation nicht funktionierten. Solche Gefangenen hatten sehr wenig zu verlieren.

Verhandlungsführer versuchten, Zeit zu schinden, in der sie darauf warteten, dass das taktische Team eine sinnvolle Angriffsstrategie ausarbeitete und sie genügend übte, um sie blind durchführen zu können. Alternativ richteten sie sich langfristig ein. Sie wochenlang durch Reden beruhigen, bis die Gefangenen alle Hoffnung auf Freiheit aufgaben, und sich ergaben.

Offensichtlich würde der Hubschrauber nie zur Verfügung gestellt werden, außer sie nutzten ihn als Köder, um diese Kerle herauszulocken.

Milos ständiges Messerschärfen erweckte Dominics Sorge um die Sicherheit von jedem in dieser Küche. Der Mann hatte vor zehn Jahren sechs Menschen kurz nacheinander vergewaltigt, ermordet und zerstückelt, und wenig Reue gezeigt, als er erwischt worden war. Seitdem er im Gefängnis saß, war er ein vorbildlicher Insasse gewesen, aber wer wusste schon, welche Sehnsüchte im Gehirn dieser Art von Mörder lauerten? Dominic wartete auf die psychologischen Berichte.

Videomaterial der Entwicklung dieser Situation deutete darauf hin, dass die drei Männer das Ereignis nicht vorher geplant hatten. Gino und Frank hatten einen Blick ausgetauscht, als die rivalisierenden Gangs mit der Schlägerei begannen, und waren in die Küche gegangen. Milo schien sich ihnen einfach angeschlossen zu haben.

Die Unterredung setzte sich fort, aber das waren gute Nachrichten. Solange Geiselnehmer redeten, verletzten sie keine Geiseln.

Dominic rollte seine verletzte Schulter. Obwohl sein Körper immer noch schmerzte und sein Gesicht aussah, als ob er verprügelt worden wäre, besserte sich sein Befinden.

Ein Klopfen an der Glasscheibe ließ ihn aufblicken. Charlotte. Dominic sah auf seine Uhr. Bereits Mitternacht. Es war an der Zeit für den Schichtwechsel. Er stellte das Mikrofon auf stumm und sagte Joe, er solle den Geiselnehmern mitteilen, dass er in einigen Minuten seine Schicht beenden würde, aber andere Leute hier sein würden, wenn es irgendetwas gäbe, das sie bräuchten, um sich wohler zu fühlen.

Dominic warf einen Blick auf Ava, die den Bildschirm mit einem Blick voller intensiver Konzentration betrachtete. Sie hatte die letzten Stunden damit verbracht, in einer Ecke des Raums Dokumente durchzusehen. Er fragte sich, ob sie irgendwelche Verdächtigen für den Serienmörder gefunden hatte, der es auf FBI-Agenten abgesehen hatte, oder ob Rooney irgendetwas von der Kellnerin erfahren hatte.

Ava bemerkte, dass er sie ansah. Dunkle Schatten umhüllten ihre Augenhöhlen. Er fragte sich, ob sie hungrig war. Keiner von ihnen hatte seit dem Frühstück gegessen.

„Zeit zu gehen", sagte er lautlos.

Sie nickte und fing leise an, ihre Sachen zusammenzusuchen. Technisch gesehen musste sie nicht hier sein, aber so konnte er sie wenigstens im Auge behalten. Van hätte gewollt, dass er das täte, und sie konnte an dem Fall arbeiten, ohne in weitere Schwierigkeiten zu geraten. Außerdem, wenn sie half, herauszufinden, wer der Mörder war, könnte sie sich mit dem FBI wieder gut stellen.

Sie gingen ins angrenzende Zimmer, um Charlotte und Eban über die Situation zu informieren, bevor diese ihre Schicht begannen. Trotz der anfänglichen Versprechungen des Einsatzleiters waren sie immer noch im Hauptgebäude des Gefängnisses. Der Kerl meinte, wahrscheinlich morgen, aber Dominic wusste es besser, als etwas zu erwarten oder sich über Dinge aufzuregen, die er nicht unter Kontrolle hatte. Das war der Weg in den Wahnsinn.

„Wir haben zwei Betten mit einem behelfsmäßigen Vorhang dazwischen aufgestellt, der ein wenig Privatsphäre bietet", erklärte Charlotte ihm. „Wir haben selbst die Plastikhülle von den Matratzen entfernt. Ich habe einen der örtlichen Agenten überzeugt, mich zu Walmart zu fahren und etwas billige Bettwäsche geholt. Wer weiß, wie lange wir hier sein werden. Eban und ich haben außerdem chinesisches Essen bestellt und für euch etwas davon im Kühlschrank gelassen."

„Ich weiß das zu schätzen, Char." Dominic schob sie und Eban auf eine Seite des Raums, um ungestört reden zu können. „Momentan ist es da drinnen ruhig. Joe macht einen tollen Job, er beruhigt sie und fängt an, ihr Vertrauen zu gewinnen. Ich versuche, Milo ans Telefon zu bekommen, aber er möchte nicht reden und scheint keine Forderungen zu haben. Ich glaube, die anderen beiden haben diesen Ausbruchsplan in der Vergangenheit schon in Erwägung gezogen und sind so überrascht wie alle anderen, dass sie Milo jetzt dabei haben."

Was zu einer explosiven Situation führte. Milo war ein Serienmörder und niemand konnte vorhersagen, was er tun würde. „Jemand im Zimmer soll angewiesen werden, Milo die ganze Zeit zu beobachten. Ich werde mit dem Einsatzleiter sprechen, bevor ich etwas esse und schlafen gehe."

„Glaubst du, dass sie mit einer Frau reden möchten?", fragte Charlotte.

Dominic presste nachdenklich die Lippen zusammen. „Ich glaube, zu diesem Zeitpunkt sollte Eban versuchen, da anzuknüpfen, wo Joe gerade ist. Ihnen weiter versichern, dass wir ihnen helfen möchten, dass wir eine friedliche Lösung möchten und nicht wollen, dass jemand verletzt wird. Sie fragen immer wieder nach einem Hubschrauber. Seht, ob ihr Milo dazu bringen könnt, zuzustimmen, niemanden zu verletzen, und dann können wir anfangen, über einen Hubschrauber zu reden."

„Könnte die beste Methode sein, sie da rauszubekommen", stimmte Charlotte zu.

„Aber nicht, bis Milo zusichert, dass er den Geiseln nichts antun wird", betonte Dominic.

„Verstanden, Dom", versicherte Eban ihm. „Geht ihr zwei euch ein wenig ausruhen."

Dominic stieß einen langen Atemzug aus. Er war überdreht, aber er wusste, dass er sich ausruhen musste, um konzentriert zu bleiben. „Ich sehe euch dann um acht."

Er hielt kurz inne, um im Flur mit dem taktischen Kommandeur zu reden. Das HRT hatte ein Team bereitstehen, falls sie schnell agieren mussten, ein weiteres Team, das sich ausruhte, und ein drittes Team, das den Zugriff übte.

Die Geiselnehmer hatten in Behältern gelagertes Wasser, und in diesen großen Kühlschränken befand sich genügend Nahrung, um Wochen durchzuhalten. Dominic hatte ein schreckliches Gefühl, dass diese Insassen so wenig zu verlieren hatten – insbesondere Milo –, dass die taktische Reaktion die einzige Methode sein könnte, diese Sache zu beenden.

Er hoffte, es würde anders ausgehen. Die Gefahr, dass unter diesen Umständen Geiseln starben, erhöhte sich drastisch.

Schließlich verließ er das Gefängnisgebäude und ging zum Wohnwagen. In der Luft summte die Anspannung, die durch die große Anzahl schwerbewaffneter Einsatzkräfte entstand, die umhergingen und leise murmelnd Unterhaltungen führten.

Er ignorierte die neugierigen Blicke und ging um die Ecke, dorthin, wo der Wohnwagen stand. Er öffnete die Tür, erleichtert, dass er sauber schien, über eine funktionierende Klimaanlage und eine kleine Küchenecke verfügte. Verglichen mit einigen der Orte, an denen er im Laufe der Jahre untergebracht gewesen war, war das hier ein Palast.

„Rooney hat die Leiche, die heute Morgen aus dem Rappahannock gezogen wurde, als die Kellnerin aus dem Mule & Pitcher identifiziert." Ava zog die Tür hinter sich zu und ließ ihre Taschen auf die Bank fallen.

Dominic hielt inne und drehte sich um, in diesem beengten Raum der Frau sofort zu nah. Er hatte nicht darüber nachgedacht, dass sie hier drinnen zusammen festsaßen. Allein. Er hatte keine Zeit gehabt, über irgendetwas nachzudenken, außer darüber, diese Geiseln in Sicherheit zu bringen.

Er war verschwitzt und schmutzig, und sein Körper schmerzte vom Autounfall, aber vorwiegend hatte er Riesenhunger und war entschlossen, sich nicht zu Kanas hingezogen zu fühlen. Er griff sich die Kartons mit chinesischem Essen aus dem Kühlschrank und warf sie alle in die Mikrowelle. „Was noch?"

Er fand zwei Flaschen Bier im Kühlschrank, öffnete sie beide und reichte ihr eines. Ausnahmsweise stritt sie nicht mit ihm darüber, es zu trinken.

„Caroline Perrys Schuhgröße ist vergleichbar mit der, die wir vor Vans Fenster gefunden hatten. Eine männliche neununddreißig oder weibliche vierzig."

„Haben sie Perrys DNA mit denen verglichen, die an einem der anderen Tatorte gefunden wurden?"

„Sie arbeiten daran, aber das Labor ist überlastet."

Er kratzte sich an der Stirn und erhaschte in der Mikrowellentür einen Blick auf seine blauen Augen. „Das Labor ist immer überlastet. Wie ist die Kellnerin gestorben?"

„Das hat der Gerichtsmediziner noch nicht gesagt."

„Irgendwelche Anzeichen einer Waffe in ihrer

Wohnung?“

Ava schüttelte den Kopf. „Mallory wollte heute Nachmittag mit dem Polizeizeichner zu Karl Feldman. Ich nehme an, wir werden morgen früh ein Phantombild bekommen.“ Sie klang zweifelnd.

„Außer ...“, ermutigte er sie.

„Außer, er steckt mit der Kellnerin unter einer Decke. Dann wird er es kaum zugeben, sodass wir keine Ahnung haben, ob das Bild echt oder ein Versuch ist, uns von der Spur abzubringen.“

„Ich nehme an, jemand wird Caroline Perrys Aktivitäten nachverfolgen, um zu sehen, wo sie während Vans Beerdigung und zu den anderen Zeiten war, zu denen Agenten starben?“

Ava nickte. „Rooney sagte, dass sie auch ihren Hintergrund überprüfen würden, um festzustellen, ob es Verbindungen zu irgendeinem der Fälle in New York gibt, an denen ihr gearbeitet habt.“

„Haben all die anderen Agenten, die in der Einheit gearbeitet haben, Personenschutz?“

Ava löste das Gummi, das ihr Haar zusammengehalten hatte, und strich mit ihren Fingern durch die langen Strähnen, die um ihre Schultern fielen. Er versuchte, nicht zuzusehen.

„Bunting und seine Frau sind in einen geheimen Unterschlupf gegangen. Gil Reiz in San Antonio hat einen Agenten zugewiesen bekommen, der die ganze Zeit als Leibwächter bei ihm ist. Fernando Chavez hat für sich und seine Familie ein Team zugeteilt bekommen.“

Dominic fragte sich, ob Reiz’ Leibwächter nur halb so attraktiv war wie Ava Kanas. Er versuchte, den Gedanken zu verdrängen. Er fühlte sich schon wie ein lüsterner, alter Bock, weil er den Gedanken überhaupt hatte. Und obwohl weniger als zehn Jahre Altersunterschied zwischen ihnen lagen, machte sein höherer Rang die Situation moralisch falsch. Er wollte niemanden ausnutzen und konnte sich vorstellen, wie schlecht eine Beziehung zwischen ihnen beiden auf dem Papier aussehen würde.

Beziehung?

Scheiße!

Begehren war keine Basis für irgendetwas außer Sex. Er ließ sich aus Prinzip nicht auf Beziehungen ein, und er wollte sich definitiv nicht mit Agentinnen darauf einlassen. Er musste aufhören, Ava als etwas anderes als eine Kollegin zu sehen.

Er griff sich Einwegessstäbchen und verteilte das Essen gerecht auf zwei Teller. Dann begann er, wie ein Verhungernder Essen in seinen Mund zu schaufeln.

Ava aß bedachter. Er brauchte nur genug Energie, um es in die Dusche zu schaffen und dann für ein paar Stunden Schlaf im Bett zusammenzubrechen und zu hoffen, dass niemand ihn in der Zwischenzeit störte.

„Hat Alex Parker irgendwas von der DEA bekommen?", fragte er zwischen Bissen des Kung Pao-Huhns.

„Er sagte, dass die DEA die Überwachungsaufnahmen nicht online aufbewahrt. Lincoln Frazer hat einen offiziellen Antrag eingereicht, die Aufnahmen sehen zu dürfen. Parker hatte mehr Glück mit der Kamera an dem Geldautomaten gegenüber, aber er sagte, die Bilder wären verdammt unscharf."

Sie hielt inne, und er konnte erkennen, dass sie über etwas nachdachte.

„Es ist wahrscheinlich, dass unsere Kellnerin dein Wasser mit Drogen versetzt hat, nachdem sie herausfand, dass wir

Agenten sind – warum sonst wäre sie jetzt tot?"

„Vielleicht haben die Drogendealer gesehen, wie sie mit uns sprach, und dachten, sie würde sie verraten", schlug Dominic vor.

„Kann sein." Nachgiebig und umgänglich, Ava war offensichtlich müde.

Er aß zu Ende und hielt sich mühevoll davon ab, den Teller abzulecken. Ava stellte ihr nur halb verzehrtes Essen hin. Er betrachtete es. „Bist du fertig? Kann ich das haben?"

Sie lächelte ihn an. „Du hast mir eine Portion für einen Höhlenmenschen gegeben, also klar. Ich nehme eine Dusche und werde dann ohnmächtig ins Bett fallen."

„Brauch nicht das ganze heiße Wasser auf. Ich bin als nächster dran."

Sie nickte und ging in das winzige Badezimmer, während er sein Bier leerte, ihre Portion aß und den Gedanken an das Bild einer nassen, nackten Ava nur einige Meter entfernt verdrängte.

Er dachte über die Geiselnahme nach. Milo war in dieser Dynamik der unbekannte Faktor. Der Kerl könnte anfangen, die anderen zu töten, sobald die Messer zu seiner Zufriedenheit geschärft waren. Dominic hatte alle Akten von Milos Anklage angefordert. Der Gefängnispsychiater hatte Medikamente verschrieben, die helfen sollten, seine paranoiden Fantasien zu kontrollieren, und behauptet, dass die Resultate ausgesprochen erfolgreich waren, aber Milo bekam seine Medikamente nicht, während sie in dieser Küche verbarrikadiert waren. Wer zur Hölle konnte schon sagen, was das mit seiner geistigen Verfassung anrichten würde?

Die Tür zum Badezimmer öffnete sich einen Spalt. Ava steckte ihren Kopf heraus, die Finger fest um die Tür gekrallt.

„Entschuldigung. Könntest du mir ein Handtuch geben, bitte?"

Dominic fuhr zusammen. So viel dazu, dass er seine überaktive Vorstellungskraft unter Kontrolle behielt. Wasser tropfte aus ihrem nassen Haar auf den Boden, und ihre nackte Schulter lockte ihn wie einen vierzehnjährigen Jungen.

„Natürlich." Dominic ging zu Avas Tasche und zog ein Handtuch heraus. Er griff sich auch seines, wenn er schon dabei war, sowie frische Boxershorts und ein T-Shirt, um darin zu schlafen.

Er streckte das Handtuch aus, damit sie es nehmen konnte. „Hier."

Sie ließ die Tür los, um nach dem Handtuch zu greifen, aber das verdammte Ding fing an, aufzuschwingen. Dominic streckte seinen Fuß vor, um sie aufzuhalten.

Herrgott nochmal. Sogar der Gedanke daran, sie nackt zu sehen, ließ sein Blut brodeln. Verdammt. „Wenn du da drin fertig bist, wie wär's, wenn du dich hier draußen abtrocknest und anziehst, während ich eine Dusche nehme?"

„Gute Idee. Gib mir nur eine Sekunde." Sie kam heraus, um sich nur ein Handtuch, das bis zur Mitte ihres Oberschenkels ging. Ihre Schultern waren unbedeckt. Perfekte Schlüsselbeine betonten einen langen, schlanken Hals und ein spitzes Kinn. Sie bürstete ihre nassen Haare, sich nicht bewusst, dass sie absolut umwerfend aussah. „Alles deins."

Wenn das nur so wäre.

Dominic hasste sich dafür, dass er sich durch die Frau, diese Frischlingsagentin, erregt fühlte. Aber er konnte in diesem Moment nichts dagegen tun, außer sich auf nichts einzulassen. Sie saßen zusammen hier fest.

Er ging in das winzige Badezimmer, zog sich aus und

stellte das kalte Wasser an, bevor er unter den eisigen Strahl trat. Alles, was seinen Körper unter Kontrolle brachte und sein Blut abkühlte.

KAPITEL SECHZEHN

AVA WACHTE MITTEN in der Nacht auf, desorientiert und verwirrt, wo sie war, und warum sie auf dem Boden schlief. Langsam gewöhnten sich ihre Augen an die Dunkelheit und erkannten einen Lichtschimmer, der durch die billigen Jalousien drang. Polizeifunkgeräte krächzten gedämpft in der Entfernung.

Sie war in dem Wohnwagen beim Gefängnis, direkt außerhalb von Buffalo. Sie rollte sich herum und versuchte, eine bequeme Position zu finden, aber egal, was sie tat, sie war hellwach.

Gestern war traumatisch gewesen, aber sie hatte es durchgestanden, ohne dass Sheridan bemerkt hatte, dass etwas nicht stimmte. Die Stimme von Gino der Schlange zu hören, hatte sie in jene Nacht zurückversetzt, in der ihr Vater gestorben war. In die langen, mühsamen Monate, in denen sie in geheimen Unterschlüpfen gelebt hatten, während ein Team der US Deputy Marshals sie vor Einschüchterungen und Todesdrohungen schützte, bevor sie gegen den Mann aussagen sollte.

Gino hatte ihren Vater erschossen und ihr dann dieselbe Waffe ins Gesicht geschlagen und sie getreten, während sie bewusstlos auf dem Boden lag. Er hatte sie dort zum Sterben liegenlassen. Sie sollten der widerspenstigen griechischen Gemeinschaft als Beispiel dafür dienen, was passierte, wenn man sein Schutzgeld nicht bezahlte. Ihre Mutter hatte sie lebend gefunden und das FBI anstelle der Polizei angerufen, weil sie einen Cousin hatte, dessen Cousin wiederum für das FBI in New York arbeitete. Dieser Cousin eines Cousins war ein Mann namens Vangelis Stamos – der vom Tag ihrer Begegnung an einen erheblichen Einfluss auf Avas Leben gehabt hatte.

Van war der Mann, der ihre verängstigte Mutter davon überzeugt hatte, dass die einzige Methode, Gerechtigkeit für ihren Ehemann zu erlangen, die war, vorzugeben, dass die kleine Emmeleia Stophodopolis tot war – bis sie dann auftauchte und vor Gericht aussagte. Emmeleia hatte ihren eigenen weißen Sarg, und ihr Name wurde auf den Grabstein ihres Vaters eingraviert. Van hatte ihre Mutter überredet, ihre Identitäten zu wechseln und ins Zeugenschutzprogramm einzutreten. Wenn man bedachte, dass dies bedeutete, ihr ganzes Leben hinter sich zu lassen, war das kein geringes Unterfangen gewesen.

Avas Mutter war ihre Heldin. Sie hatte so viel geopfert, um die Sicherheit ihrer Kinder zu gewährleisten, während sie den bösen Jungs die Stirn bot.

Van hatte ihnen beim Umzug geholfen. Er hatte eine kleine Stadt direkt außerhalb von Portland, Oregon vorgeschlagen, in der viele seiner Verwandten lebten. Die verschworene griechische Gemeinschaft hatte geholfen, sie zu verstecken, und sie außerdem unterstützt, indem sie ihrer Mutter einen Job und eine Unterkunft gegeben hatte.

Dann hatte das Gerichtsverfahren stattgefunden. DNA und Ballistikbeweise, zusammen mit Fotografien von Emmeleias Verletzungen und der Leiche ihres brutal getöteten Vaters, sowie ihre unerschütterliche Augenzeugenaussage hatten ausgereicht, um Gino und einen seiner Komplizen zu verurteilen. Dieser Komplize, ein Mann, der erst kürzlich in die Verbrecherfamilie aufgenommen worden war, hatte die anderen verraten und es den Bundesagenten ermöglicht, das gesamte korrupte Imperium zu zerschlagen, sowie die meisten Beteiligten lebenslang ohne Möglichkeit auf Bewährung hinter Gitter zu bringen. Zu sagen, dass Avas echte Identität bei der Cosa Nostra unbeliebt war, wäre untertrieben. Aber niemand wusste, wer dieses Mädchen mittlerweile war. Niemand. Nicht einmal Dominic Sheridan.

Ava war der Polizei beigetreten, um nie wieder machtlos zu sein. Eine FBI-Agentin zu sein, half ihr bei diesem Bedürfnis. Sie war sich nicht sicher, was sie tun würde, wenn man ihr diesen Job wegnehmen würde.

Und jetzt versuchte Dominic, mit dem Mann zu verhandeln, der entschieden hatte, dass ein siebenjähriges Mädchen nicht einmal eine Kugel wert war.

Sollte sie Dominic die Wahrheit sagen und riskieren, dass er sie wegschickte? Der Gedanke, ihren Job zu verlieren, verursachte ihr Übelkeit. Aber sie wollte mutiger sein. Sie wollte vertrauen …

War er wach? Sie lauschte aufmerksam dem Geräusch seines Atmens, konnte aber nichts hören. In leichter Panik, dass er sie allein gelassen hatte, griff sie unten an den behelfsmäßigen Vorhang und hob ihn hoch genug, um den Mann auf dem Rücken liegen zu sehen, die Gesichtszüge im Schlaf entspannt.

Sie starrte ihn an, die gerade Nase, die dichten Brauen und den eigensinnigen Kiefer. Die blauen Flecken vom Unfall sahen in diesem dämmrigen Zwielicht wie Halbschatten aus. Seine Lippen waren leicht geöffnet, und sie ertappte sich bei dem Gedanken, wie es wäre, ihn zu küssen.

Er rollte sich auf die ihr zugewandte Seite und öffnete plötzlich die Augen.

Ava erstarrte und flüsterte dann langsam: „Ich dachte, du hättest mich hier zurückgelassen …" Sie versuchte, die Demütigung, von ihm erwischt worden zu sein, als sie ihn anstarrte, herunterzuschlucken. Die Worte enthüllten mehr, als sie wollte.

Er streckte den Arm aus und berührte ihre Wange, die jetzt so gut wie verheilt war. „Ich bin immer noch hier Kanas. Schlaf weiter. Es ist vier Uhr morgens."

Ihr Herz hämmerte wie verrückt, während sie seinem Blick standhielt. Sie sollte ihm von Gino erzählen. Die Wahrheit gestehen. Er würde es verstehen und sie nicht wegschicken. Seine Handfläche war so heiß an ihrer Haut, dass es brannte. Sie wollte dieser Hitze näherkommen. Die Sehnsucht war so überwältigend, dass es sie erschreckte, sie lähmte.

Er nahm seine Hand mit einem leichten Lächeln weg, an das sie sich gewöhnen könnte, und schloss schläfrig die Augen. Er murmelte: „Schlaf weiter Ava."

Sie lag da, starrte an die Decke, bis der Morgen den Raum mit Licht erfüllte. Sie schlief keine weitere Sekunde.

ALS DOMINIC UM sechs Uhr aufwachte, stellte er fest, dass Ava ein Frühstückssandwich und eine Tasse Kaffee in die Küchenecke gestellt hatte, die wahrscheinlich für ihn waren. Er zog sich an und nahm sein Frühstück mit nach draußen.

Wo war sie?

Er entdeckte sie in einer Unterhaltung mit einem der HRT-Kerle. Sie war in einen weiteren schwarzen Hosenanzug gekleidet, die Ärmel hochgerollt, das blaue Perlenarmband schmückte ihr Handgelenk. Zusammen mit dem Schulterholster und dem langen, in einem unordentlichen Knoten hochgesteckten Haar sah diese Frau absolut heiß aus.

Dominic verstand sich mit dem Großteil des Teams gut, auch wenn zwischen diesen beiden Bereichen der Critical Incident Response Group, kurz CIRG, ein wenig unterschwellige, gewohnheitsmäßige Rivalität bestand. Die Leute des HRT und des SWAT waren die Speerspitze im Werkzeugkasten der Bundesregierung, aber letzten Endes wollten alle nur nach Hause gehen. Verhandlungsführer halfen dabei, Pattsituationen ohne Gewalt zu beenden, wenn es irgendwie möglich war, und nach den Katastrophen von Ruby Ridge und Waco – danke, ATF, dass du das so gründlich versaut hast – war das FBI vom Kongress ermächtigt worden, nach Möglichkeit friedliche Methoden zur Beendigung von Geiselnahmen anzuwenden.

Dominic ging hinüber, nickte dem Kerl zu und erkannte in den Augen des Agenten das Funkeln männlichen Interesses. Der Typ war scharf auf Kanas und versuchte wahrscheinlich, ihre Nummer zu bekommen.

Wer würde das nicht tun?

Dominic erinnerte sich daran, in den frühen Morgenstunden die Hand nach Avas Wange ausgestreckt und sie berührt zu haben, und zuckte in Gedanken zusammen. Diese Berührung hatte tief in ihm etwas bewirkt. Und sie war nicht wie auf dem Dach am Tag von Vans Beerdigung zurückgezuckt – er wusste immer noch nicht, wo sie diese verdammte Narbe her hatte, aber er würde es letztlich herausfinden. Dominic hatte den Drang, sie fest an sich zu ziehen, unterdrücken müssen. Wer weiß, was sonst passiert wäre. In seiner Vorstellung glühend heißer Sex, der sie beide mehrfach zum Orgasmus brachte. Aber sie hatte wahrscheinlich die ganze Nacht verängstigt auf der Matratze gelegen.

„Guten Morgen." Er begrüßte sie beide. „Danke für das Frühstück", sagte er zu Ava, während er das Sandwich aufaß und die Verpackung mit einer Hand zusammenknüllte.

„Irgendwelche Fortschritte bei den Insassen?", fragte der HRT-Agent ihn.

„Ich bin erst vor fünf Minuten aufgestanden, also wissen Sie wahrscheinlich mehr als ich." Seine Stimme klang ein wenig harsch, was nicht nötig war. „Ava, kann ich mit dir reden?"

Ihre haselnussbraunen Augen wurden groß. Sie glaubte, in Schwierigkeiten zu sein. „Natürlich."

Der Mund des HRT-Agenten verzog sich zu einem kurzen Lächeln, und er ging außer Hörweite. Er wusste, warum Dominic bissig war. Arschloch.

„Also wegen heute Nacht …"

Ihre Augen wurden riesig. „Es tut mir so leid …"

„Warum zur Hölle tut dir das leid?"

„Weil du mich für einen Freak halten musst, nachdem ich dich so angestarrt habe."

Dominic blinzelte. Er hatte darüber nicht einmal nachgedacht, was angesichts dessen, wie selten er so nah bei einem anderen Menschen schlief, seltsam war. „Das ist es nicht. Ich wollte mich entschuldigen, weil ich dein Gesicht berührt habe."

„Mein Gesicht?" Ava berührte ihre Wange an derselben

Stelle, an der er sie in der Nacht berührt hatte. Die Abschürfung war gut verheilt, die Stelle war nur noch durch eine kleine braune Kruste sichtbar.

„Ich bin mir bewusst, dass ich die Grenzen von dem übertreten habe, was wahrscheinlich als angemessenes Verhalten angesehen wird." Sein Gesicht brannte. Er hatte sich nicht mehr so geschämt, seit er nach einem betrunkenen Techtelmechtel, an das er sich nicht einmal mehr erinnerte, mit Suzanna im Bett aufgewacht war.

Falten erschienen zwischen ihren Brauen, als sie die Stirn runzelte. „Ich hielt es nicht für unangemessen, dass du mein Gesicht berührt hast." Sie klang über den Gedanken verwirrt. „Vielleicht hängt es davon ab, ob die andere Person berührt werden möchte?" Ihre Wangen nahmen ebenso viel Farbe an wie seine, und sie wollte einen Schritt zurücktreten, aber hinter ihr war eine Mauer.

Er trat näher, von der Neugier überwältigt, und senkte seine Stimme. „Und wolltest du? Berührt werden?"

Sie erwiderte seinen Blick, die haselnussbraunen Augen warm, verletzlich, zögerlich. „Ja."

Er schluckte seinen Schock über ihr ehrliches Geständnis und die Andeutung, dass sie vielleicht mehr gewollt hätte, herunter. Und doch hätte es ihn nicht überraschen sollen, Ava Kanas war absolut ehrlich.

„Hör zu, Dominic, es gibt etwas, dass ich dir sagen …"

„Sheridan!", rief ihm ein weiteres Mitglied des HRT aus einer Ecke des Gefängnisgebäudes zu. „Du wirst sofort in der Kommandozentrale gebraucht."

Dominic drückte kurz ihren Arm, ließ es für einen zufälligen Beobachter absolut professionell wirken, obwohl sein Blut unregelmäßig durch seine Adern pumpte. „Erzähl es mir später, ich muss zurück zum Verhandlungsraum."

Ava stieß sich von der Mauer ab, um ihm zu folgen.

Er sah sie fragend an. „Du musst nicht den ganzen Tag dort drin eingeschlossen sitzen. Arbeite im Wohnwagen."

„Charlotte und Eban müssen sich ausruhen." Ihre Mundwinkel verzogen sich nach unten. „Außerdem ist es mein Job, auf dich aufzupassen, erinnerst du dich?"

Dominics Stimmung sank abrupt. Sie hatte recht und hatte ihn an einen weiteren Grund erinnert, warum es eine schreckliche Idee war, überhaupt daran zu denken, sich auf persönlicher Ebene mit Ava Kanas einzulassen. Es hielt ihn nicht davon ab, sich auf dem gesamten Weg in das Gebäude den Geschmack ihres Mundes vorzustellen. Oder davon, in Gedanken die weiche Kurve ihrer nackten Schultern zu betrachten. Sobald er durch die Gefängnistüren ging, schob er allerdings jegliche Ablenkung zur Seite.

Charlotte und Eban kamen im Flur auf ihn zu. Beide sahen vor Erschöpfung mitgenommen aus.

„Irgendwelche Fortschritte?"

Eban schüttelte den Kopf. „Wir haben sie den Großteil der Nacht über am Reden gehalten, aber die Geiselnehmer werden immer angespannter. Sie sind müde. Milo spricht immer noch nicht mit uns. Wir haben vorgeschlagen, seine Medikamente durch die Luftführungsanlage zu schicken, und sie haben es angenommen. Keine Ahnung, ob Milo die Medikamente wirklich genommen, oder nur so getan hat. Er könnte befürchten, dass es Beruhigungsmittel sind."

„War es so?", fragte Dominic.

„Diesmal nicht." Eban lächelte kleinlaut. „Wir haben beschlossen, beim ersten Mal ein wenig Vertrauen aufzubauen."

„Esst etwas und schlaft." Dominic sah auf seine Uhr. „Ich funke euch an, wenn ich euch brauche." Der Handyempfang war blockiert, also benutzten sie stattdessen kleine Funkgeräte.

Die zwei traten müde in die Sonne hinaus, und Dominic ging zur Kommandozentrale, um den Einsatzleiter zu finden.

„Du wartest besser draußen", sagte er Ava, als sie die Tür erreichten. Er wollte keine Aufmerksamkeit auf sie lenken, oder erklären, dass er selbst in Gefahr war. Hier ging es nicht um ihn.

Drinnen fand er den Einsatzleiter, SAC Hamner, vor, der mit Kurt Montana, dem taktischen Kommandeur des HRT, sprach.

„Irgendwelche Fortschritte?", fragte der Einsatzleiter.

„Ich bin gerade wieder auf dem Weg dorthin. Die Verhandlungsführer der Nachtschicht sagten, dass die Geiselnehmer müde werden. Hoffentlich können wir sie heute weiter zermürben."

Der Einsatzleiter rollte mit den Schultern. „Wie lange wird es dauern, sie zum Aufgeben zu überreden?"

Dominic neigte den Kopf zur Seite. „Wie lange?", wiederholte er.

„Ja. Diese gesamte Einrichtung ist im Lockdown, und es gibt Hunderte von Gefangenen, die versorgt werden müssen."

Die Gefangenen waren alle mit Nahrung und Wasser versorgt. Die Behörden hatten angefangen, einige der weniger gefährlichen Straftäter in ein nahegelegenes Gefängnis mit niedriger Sicherheitsstufe zu transportieren. Ironischerweise konnte diese Situation dazu führen, dass einige der anderen Gefangenen früher entlassen wurden, während sie die Haftstrafe Ginos, Franks und Milos verlängern würde – wobei Milo ohnehin nie wieder auf freien Fuß gesetzt werden würde.

Er hatte Glück, nicht unten in Florida, wo er einige seiner grauenhaftesten Verbrechen begangen hatte, in der Todeszelle gelandet zu sein.

Dominic wusste, dass der Einsatzleiter gestresst war und sich Sorgen um das Schicksal der Geiseln machte. Dominic machte sich ebenfalls Sorgen, aber es half nicht, den Prozess zu übereilen. „Ich verstehe, dass das für Sie frustrierend sein muss, aber es gibt Fortschritte. Bisher haben sie den Geiseln nichts angetan, und sie reden mit uns – abgesehen von Milo." Dominic hoffte, heute mit dem Gefängnispsychiater zu sprechen. Der Kerl war auf einem Urlaub in Europa gewesen. Jetzt nicht mehr. „Ich glaube, wir müssen …"

„Warum pumpen wir nicht durch die Lüftungsschächte Gas in die Küche?", schlug der Einsatzleiter vor.

Dominic verschränkte die Arme und warf Kurt Montana einen kühlen Blick zu. „Das hat sich in der Vergangenheit als wenig erfolgreiche Methode erwiesen. Ich denke insbesondere an die 129 Geiseln, die während der Geiselnahme in dem Theater in Moskau starben, und bei denen man von 126 annimmt, dass sie durch das Anästhetikum starben, das die Behörden vor dem Rettungseinsatz in das Theater gepumpt haben."

Der Einsatzleiter schürzte besorgt die Lippen. „Ich möchte nicht, dass irgendwelche Geiseln sterben, aber das hier kostet ein Vermögen. Sie glauben doch nicht, dass sie damit durchkommen und tatsächlich entkommen werden?"

„Abzuwarten, bis sie aufgeben, ist die beste Methode, ein friedliches Ende zu erreichen." Dominic spiegelte Hamners Körpersprache. Mit den Chefs zu reden war oft schon eine Verhandlung an sich.

„Ich nehme an, dass Sie recht haben." Er klang nicht überzeugt.

„Ganz abgesehen von den Millionen Dollar aus den Klagen wegen widerrechtlicher Tötung, die die Familien einreichen werden, wenn wir nicht wenigstens versuchen, diese Kerle durch Reden zum Aufgeben zu bringen.“

Der Einsatzleiter runzelte beim Blick auf Karl Montana, der sein Oberschenkelholster mit einem angespannten Lächeln zurechtrückte, die Stirn. Kurt war ein Mann der Tat – ein toller Kerl, aber nicht jemand, der den Warteteil des Spiels genoss.

„Wie lange werden Sie brauchen, um in die Küche zu gelangen, falls wir einen Angriff starten müssen?“, fragte Dominic den Taktiker.

Kurt schob seine Schultern zurück und stieß sich von der Wand ab. „Da die Geiseln sich neben der Tür nach draußen befinden, können wir nur von der Cafeteria her zugreifen. Ich habe ein Team angesetzt, um herauszufinden, wie viel C4 wir genau brauchen, um die Türangeln in jedem Fall wegzusprengen, ohne alle drinnen zu töten. Wenn wir diesen Teil des Angriffs perfektionieren, wird die Geiselnahme hoffentlich in weniger als einer Minute vorbei sein.“

Es dauerte nur ein paar Sekunden, jemandem die Kehle durchzuschneiden.

Der Blick, den Kurt ihm zuwarf, zeigte, dass er das auch wusste.

„Zermürben wir sie weiter. Wenn die Dinge sich verschlechtern, tun wir es auf Ihre Weise“, stimmte Dominic zu. „Aber wir müssen sehr sicher sein, dass wir zuerst alle friedlichen Optionen ausgeschöpft haben.“

Kurt sah überrascht aus. Überrascht, dass Dominic einen Angriff überhaupt in Erwägung zog.

„Ich mache mir Sorgen um Milo", gab Dominic zu. „Er kommuniziert nicht mit den Verhandlungsführern, und er sitzt wegen schrecklicher Verbrechen im Gefängnis. Er hat nichts zu verlieren, selbst wenn er jeden da drin umbringt."

„Vielleicht tut er uns einen Gefallen und erledigt zuerst die anderen beiden Geiselnehmer", witzelte Kurt.

„Es ist mein Job, zu versuchen, jeden unversehrt da herauszubekommen." Dominic starrte den Mann in Grund und Boden.

Kurts Lippe verzog sich.

„Offensichtlich haben die Geiseln für uns höhere Priorität."

„Das ist nett von Ihnen", höhnte Kurt.

Dominic hielt den Blickkontakt. „Es tut mir leid, wenn dieser Einsatz zwischen Sie und Ihre Spielzeit in Quantico kommt, aber Leben zu retten war immer das Hauptziel der CNU."

Kurt nahm eine drohende Haltung ein.

„Selbst wenn wir einen Angriff starten, würde ich vorschlagen, noch einige Tage zu warten, um zu beweisen, dass wir der Verhandlung wirklich Zeit geben, Wirkung zu zeigen. Sonst wird die Aufsichtskommission des Senats in D.C. Sie bei lebendigem Leib in der Luft zerreißen."

„Nun, ich bin sicher, dass Daddys Beziehungen es Ihnen erlauben werden, diesen Prozess mit fliegenden Fahnen zu überstehen." Kurt regte Dominic auf.

Dominic wusste nicht, was Kurt über die Leber gelaufen war, aber sie brauchten so etwas nicht. Er achtete darauf, seine Miene neutral zu halten, wich aber nicht zurück. Tatsächlich trat er einen Schritt vor. „Die Verhaltensregeln zu befolgen und alles in unserer Macht Stehende zu tun, um diese

Geiselnehmer durch Reden dazu zu bringen, friedlich aufzugeben, solange die Geiseln nicht in unmittelbarer Gefahr sind, ist das, was mich durch jede Überprüfung bringen wird. Aber Sie werden sicher all Ihre Fehler und Ihr Versagen auf mich schieben, nicht auf Ihre Unfähigkeit, an Ihrem eigenen Schwanz vorbeizusehen. Und denken Sie daran, falls irgendeiner Ihrer Jungs stirbt, wenn wir beschließen, mit vollem Waffeneinsatz da rein zu gehen, bevor wir alle friedlichen Optionen ausgeschöpft haben, dann wird Ihnen das angelastet werden. Jetzt gehen Sie mir verdammt nochmal aus dem Weg und lassen mich wieder meine Arbeit machen.“

KAPITEL SIEBZEHN

FERNANDO CHAVEZ HATTE in den letzten Jahren viel Erfolg gehabt und war jetzt in einer Führungsposition in der FBI-Außenstelle in Reno. Einer seiner liebsten Zeitvertreibe war es, auf dem Lake Tahoe mit seiner Frau und ihren drei kleinen Kindern Wasserski zu fahren.

So ein Pech, dass sie alle sterben mussten.

Chavez' Ego hatte seine Familie in Gefahr gebracht. Das, und der Drang, zu beweisen, dass er keine Angst hatte und nicht daran dachte, wegen „irgendeines Arschlochs" seine Gewohnheiten zu ändern.

Sie waren alle so langweilig vorhersehbar.

Als Jamal Fidan ertrunken war, hatte Bernie Drogen in den Drink des Mannes getan und ihn über den Rand des Bootes geschubst, als er nicht mehr bei klarem Verstand war; ihn strampeln und um sich schlagen lassen, bis er endlich unter die Wasseroberfläche gesunken war.

Das hier würde etwas anders ablaufen.

Der „Freund", der diese Familie an diesem herrlichen Samstagmorgen begleitete, war offensichtlich irgendeine Art Undercover-Leibwächter.

Der Leibwächter sah zu der anderen Seite des Parkplatzes hinüber und nickte.

Scheiße. Furcht schoss durch Bernies Knochen, als die Person auf dem Fahrersitz des weißen Pickups daraufhin nickte. Bernie hatte die Verstärkung nicht bemerkt.

Mit einem Schauder legte Bernie den Gang in dem Allradfahrzeug ein und fuhr vorsichtig rückwärts die kleine Steigung hinauf. Keine durchdrehenden Reifen. Keine schnellen Bewegungen.

Sich die Show anzusehen würde ein Fehler sein. Eine törichte Schwäche.

Die Augen des Leibwächters auf dem Boot folgten dem gemieteten Allradfahrzeug, während es die Straße neben dem See entlangfuhr.

Scheiß auf dich, Arschloch.

Bernie drückte bei einer in sein Handy einprogrammierten Nummer auf Wählen und holte voller freudiger Erwartung tief Luft.

Nichts passierte.

Bernie hielt am Straßenrand an und versuchte es erneut. Die Menge Plastiksprengstoff in der Kabine dieses Boots sollte ausreichen, um jeden an Bord verbrennen zu lassen.

Ein dritter Versuch brachte genau dasselbe Ergebnis.

Gottverdammt!

Hatten sie die Bombe gefunden? War dieses ganze Szenario eine Falle? Ein abgekartetes Spiel? Trotz der Hitze des Tages brach kalter Schweiß auf Bernies Haut aus.

Wenn es eine Falle war, würde vielleicht jemand dem Wagen folgen, oder vielleicht befand sich hoch in der Luft ein Überwachungsflugzeug – oder eine Drohne. Sie wäre nahezu unsichtbar. Das Hämmern rauschenden Blutes in plötzlich heißen Ohren machte es unmöglich, abgesehen von unregelmäßigem, panischem Rauschen irgendetwas zu hören.

Als der Wagen wieder auf die Schnellstraße einbog, ignorierte Bernie das Gefühl der Angst, die alles verzehren wollte. Es lag ein Fehler vor. Eine schlechte Verbindung. Beschissener Handyempfang. Oder sie blockierten die Signale …

Bernie sah in den Himmel hinauf. Das FBI folgte ihm nicht. Das FBI bestand aus einer Bande inkompetenter Idioten. Bernie fuhr weiter. Stundenlang, ziellos. Im Kreis. Tankte und musterte die Umgebung. Am Ende des Tages fuhr Bernie wieder an der Marina entlang, aber die Chavezfamilie war nicht dort. Das Boot allerdings schon, und der Drang, zu überprüfen, warum die Bombe nicht losgegangen war, war beinahe überwältigend. Aber Peter war tot, weil er nicht in der Lage gewesen war, dummes Verlangen zu ignorieren. Der Mann konnte einem potentiellen Opfer nie widerstehen und hatte eine Frau angemacht, die von den Feds eingesetzt worden war.

Die meisten Leute hätten es Verführung zu einer Straftat genannt. Dominic Sheridan hatte Peter erschossen und eine verdammte Belobigung bekommen.

Bernies Finger umfassten das Steuer so fest, dass es sich anfühlte, als ob sie festgeschweißt wären.

Neben Sheridan war der weibliche Cop die wichtigste Zielperson, die zerstört werden musste. Ohne diese Schlampe wäre Peter nie erwischt worden. Bernie hatte diesen Plan bereits in Gang gesetzt. Fernando Chavez würde erst einmal warten müssen, er würde eben zurückgestellt werden.

Er lebte allerdings in einem Holzhaus in den Wäldern. Vielleicht wäre es möglich, etwas Benzin und Streichhölzer zu besorgen. Es war ein heißer, trockener Sommer. Das Feuer würde sich schnell ausbreiten und alles in seiner Bahn verschlingen. Die perfekte Art Rache – schmerzhaft, erschreckend.

Bernie musste den Mann nicht einmal sterben sehen. Es musste nur passieren. All jene, die dafür verantwortlich waren, Peter in die Falle gelockt zu haben, mussten für immer aufhören zu atmen.

Nach zehn Stunden zielloser Fahrerei wurde der kleine private Flugplatz sichtbar. Es war fast verführerisch, sich auf den Weg zu Peter zu machen. Wieder bei ihm zu sein, wenn auch nur für kurze Zeit, aber es gab viel zu tun.

Rache nahm viel Zeit in Anspruch. Bald wäre es alles vorbei. Bald wäre es vollbracht.

KAPITEL ACHTZEHN

AVA HATTE NOCH einmal versucht, im Flur mit Dominic zu reden, bevor er seine Schicht im Verhandlungsraum antrat, aber sie merkte an seinem Gesichtsausdruck, dass er nicht in der Stimmung war, sich irgendetwas anzuhören, das sie sagte. Sie traute sich nicht mehr und setzte sich stattdessen in die Ecke, hing am Ethernetkabel, damit sie ihre E-Mails herunterladen konnte. Das gesamte WLAN und alle Handyverbindungen waren blockiert worden, damit die Geiselnehmer mit niemandem außer den Verhandlungsführern in diesem Raum kommunizieren konnten.

Ava war mehr als beschämt, weil sie zugegeben hatte, dass ihr Dominics Berührung recht gewesen war. Wenn sie darüber nachdachte, schien ihr Kopf zu zerspringen. Er war entsetzt und überrascht gewesen. Er setzte sie wahrscheinlich auf seine Liste weiblicher Stalker, diejenigen, die sich nach ihm sehnten und ihn in ihren Betten wollten und ihn nicht in Ruhe lassen würden, wenn sie ihn dorthin bekommen hätten.

Igitt.

Sie scheute sich nicht davor, Männer nach einer Verabredung zu fragen, aber sogar dieses kleine Zugeständnis Sheridan gegenüber hatte ihr Selbstbewusstsein zerschmettert. Sie war eine solche Idiotin. Er war momentan quasi ihr Boss, und sie sollte auf ihn aufpassen, das zusätzliche Paar Augen sein, damit er nicht überraschend angegriffen würde. Er hatte sich mehr oder weniger für eine im Halbschlaf geschehene, unschuldige Berührung entschuldigt, und sie hatte ihm quasi versichert, hey, das ist in Ordnung, Boss, berühr mich noch einmal, auf jede Art, auf die du möchtest.

Verdammt. Sie kniff ihre Augen genauso energisch zu, wie sie nach dem Stift griff, mit dem sie sich Notizen machte. Sie musste ihm von ihrer Verbindung zu Gino erzählen, aber sofern sie die vertrauliche Information nicht durch den vollen Raum schreien wollte, erwies es sich als völlig unmöglich.

Sie öffnete die Akte, die Mallory Rooney geschickt hatte. Anscheinend hatte Lincoln Frazer die Sondereinheit, die in der Erschießung Mortimers in Fredericksburg ermittelte, endlich davon überzeugt, dass die Todesfälle der anderen sechs FBI-Agenten und früheren FBI-Agenten vom NYFO zusammenhängen könnten. Mitglieder der Sondereinheit überprüften die Einzelheiten erneut, um herauszufinden, ob die Todesfälle wirklich Unfälle oder natürlichen Ursprungs waren. Zusammenhängend oder nicht. Die Agenten bei der BAU-4 hatten zugestimmt, Ava jegliche relevante Information zukommen zu lassen, die nützlich sein könnte, um herauszufinden, wer dieser Täter war. Sie schickten auch E-Mails an Dominic, aber er öffnete die Nachrichten nicht einmal mehr. Er konzentrierte sich auf diese Gefängnisgeiselnahme und erlaubte sich keine Ablenkungen.

Inklusive ihr.

Erneut überkam sie die Scham. Wie hatte sie das zu ihm sagen können? Sie schob die aufgewühlten Gedanken beiseite und blockte auch die angriffslustige Stimme von Gino der Schlange ab, der seine verrückten Forderungen stellte. Ein Hubschrauber und fünfzigtausend Dollar. Für jeden.

Glaubte er wirklich, dass er hier herauskommen würde?

Mallory Rooney hatte eine E-Mail über die tote Kellnerin weitergeleitet. Zur Zeit von Vans Beerdigung war Caroline Perry weder in der Bar noch an der Universität gewesen. Ihr Aufenthaltsort konnte nicht ermittelt werden, was bedeutete, dass sie sie als Schützin nicht ausschließen konnten. Sie hatte im Mule & Pitcher gearbeitet, als Van dort gegessen hatte, und die Bundesagenten hatten Kapseln mit Liquid-E im Schlafzimmer der Wohnung gefunden, die sie mit jemandem teilte, was darauf hinwies, dass wahrscheinlich sie es gewesen war, die Dominic unter Drogen gesetzt und fast getötet hatte. Hatte sie Van unter Drogen gesetzt und seinen Tod inszeniert? Die Tests des Gerichtsmediziners waren ergebnislos, aber GHB wurde im Körper schnell verstoffwechselt.

Keine Langwaffe. Kein Beweis, dass sie je ein Gewehr besessen oder auch nur abgefeuert hatte, aber sie suchten immer noch nach dem Auto der Kellnerin.

Hatte sie zu Ende gebracht, was auch immer sie vorgehabt hatte? Vielleicht dachte sie, dass Dominic in diesem Autounfall gestorben war? Hatte sie lieber Suizid begangen, als ins Gefängnis zu kommen?

Der Gerichtsmediziner sagte, dass sie wahrscheinlich ertrunken sei, war sich aber nicht absolut sicher gewesen. Sie warteten auf Laborergebnisse. Und auf die DNA-Ergebnisse.

Die DEA war hinsichtlich des Zeigens ihrer Videoaufnahmen unnachgiebig. Junge, waren die sauer auf sie, weil sie ihre Operation ruiniert hatte. Lincoln Frazers Team machte sein Ding und erstellte ein Profil. Alex Parker hatte Vans Handydaten untersucht und entdeckt, dass ihr Freund und Mentor am Morgen seines Todes einen Anruf von einem Prepaidhandy erhalten hatte. Das Gespräch hatte fünfzehn Minuten gedauert.

Alex versuchte, herauszufinden, wann und wo das Prepaidhandy gekauft und benutzt worden war. Vielleicht konnten sie den Täter irgendwo auf Überwachungsaufnahmen entdecken.

Falls das ein ausgefeilter Plan war, um eine bestimmte Gruppe FBI-Agenten umzubringen, bezweifelte Ava, dass der Täter nachlässig genug wäre, sich von einer Kamera erwischen zu lassen. Die Planung musste zu detailliert, zu gründlich dafür gewesen sein. Es wäre für jemanden außerhalb des FBI sogar schwierig gewesen, die Namen der Agenten der Einheit herauszufinden.

Könnte er einen Privatdetektiv engagiert haben?

Ava sah auf, als auf dem Fernsehmonitor irgendeine Hektik ausbrach. Der Ton war sehr leise gestellt, damit der Kopfhörer, den Joe – der Kerl, der das gesamte Reden übernahm – benutzte, nichts davon aufnehmen oder Rückkopplungen verursachen würde. Die Geiselnehmer hatten ihr Telefon auf Lautsprecher gestellt.

Gino hatte sich die einzige Frau im Raum – die Direktorin – gegriffen, die aufschrie, als der Gangster sie an ihren gefesselten Armen über den Boden in die Mitte des Raums zerrte.

„Was passiert da drin, Gino?" Joe sprach weiter mit ruhiger Stimme, obwohl die Anspannung im Raum sich anfühlte, als ob gleich etwas zerspringen würde.

„Nichts passiert, du beschissener Arsch. Das ist das verdammte Problem. Wir möchten hier raus. Kapierst du das?"

Joe schloss die Augen und schien sich geistig zu wappnen. „Es tut mir leid, Gino, dass das hier etwas dauert, aber wie soll ich diesen Hubschrauber besorgen, wenn ich nicht von euch allen drei die Zusicherung habe, dass ihr die Geiseln nicht verletzen werdet?"

Dominic presste seine Lippen zusammen. Obwohl er immer noch auf seinem Platz saß, sah er lebhaft und voller Energie aus. Und attraktiv. Diese blauen Flecken waren jetzt zu einem hellen Grau verblasst und lenkten nicht von der äußeren Verpackung ab.

Und wolltest du? Berührt werden?

Ava schloss ihre Augen und sah weg, bevor er sie dabei ertappte, wie sie ihn anstarrte.

„Wie wär's damit, Joe? Wenn wir nicht innerhalb der nächsten dreißig Minuten einen Hubschrauber im Hof haben, dann werde ich diese Schlampe hier vom Hals bis zur Möse aufschlitzen." Gift tropfte aus Ginos Stimme. „Aber erst, nachdem ich ein wenig Spaß hatte."

Gino riss die Bluse der Direktorin auf und alle im Raum erstarrten. Die Frau hatte sich bis dahin tapfer gehalten, aber jetzt zog sich ihr Gesicht zusammen, während Gino den Rand des Messers über ihre Haut zog und einen dünnen roten Strich hinterließ.

Joe sah nicht auf den Bildschirm.

„Gino, reden Sie mit mir. Sie wissen, wenn den Geiseln irgendetwas passiert, wird es nicht gut aussehen, und die Chancen, dass die da oben den Hubschrauber zur Verfügung stellen, werden weiter sinken ..."

Plötzlich stand der dritte Geiselnehmer auf, derjenige, der seit Tagen in der Ecke saß, sein Messer schärfte und sich weigerte, zu kommunizieren. Er ging dorthin, wo Gino die zitternde Direktorin festhielt.

Milo Andris sprach leise ins Telefon. „Sie haben meine Zusicherung, dass keiner von uns eine der Geiseln verletzen wird, solange Sie uns den Hubschrauber, den meine Kollegen erbeten haben, bis morgen um zwölf Uhr mittags zur Verfügung stellen. Jetzt können Sie alles Notwendige einleiten." Und dann nahm Milo die Direktorin sanft beim Arm und setzte sie neben sich in der Ecke auf den Boden und fuhr damit fort, diese verdammte Klinge zu schärfen.

Gino grinste, als ob Milos Reaktion die ganze Zeit von ihm beabsichtigt gewesen wäre, und fing an, den Kühlschrank zu durchwühlen, aber Ava kaufte es ihm nicht ab. Gino war nicht klug genug, um eine solche Manipulation durchzuführen, aber er wollte weder wie ein Idiot dastehen, noch sich mit dem anderen Kerl anlegen.

Serienmörder machten sogar einem Mafiosi Angst.

Ein Mann klopfte an die Tür des Verhandlungsraums und trat ein. Joe stellte sein Mikrofon auf stumm.

Der Neuankömmling trug alte Jeans und ein T-Shirt mit einem Bierlogo. „Hallo, ich bin Dr. Jones. Der Gefängnispsychiater. Bin gerade erst aus dem Flugzeug aus Lissabon ausgestiegen, also entschuldigen Sie, dass ich so aussehe. Was kann ich tun, um zu helfen?"

Dominic schob den Kerl hinüber auf Avas Seite des Zimmers und setzte sich auf einen Stuhl, der so nah an ihrem stand, dass sein Knie gegen ihren Oberschenkel strich. Sie versuchte, nicht zu reagieren.

„Erzählen Sie mir alles, was Sie über Milo Andris wissen", bat Dominic den Psychiater. „Insbesondere über seine Beziehung zur Direktorin."

DIE GEGEND WAR abgelegen und dicht bewaldet. Eine Gruppe

Wanderer hatte den Fund eines Autos gemeldet, anscheinend einfach dort abgestellt, zehn Meilen flussaufwärts von der Stelle, an der sie Caroline Perry aus dem Rappahannock River gezogen hatten.

Mallory hielt inne, um Luft zu holen.

„Bist du in Ordnung?", fragte Alex, während er ihren Ellenbogen nahm.

„Junior macht Kickboxen mit meiner Lunge, ein Lieblingszeitvertreib, und ich habe ungefähr die Größe eines Nilpferdes, aber abgesehen davon …"

„Geh es langsam an. Das Fahrzeug verschwindet nicht."

„Solange der örtliche Sheriff es nicht abschleppen lässt."

„Er wird es nicht abschleppen lassen", versicherte Alex. Sie hasste es, wie vernünftig er klang. „Nicht, wenn es einer Verdächtigen in der Schießerei vom Dienstag gehört."

Mallory zog eine Grimasse. „Das stimmt wohl."

Sie war mürrisch und reizbar. Ihr Rücken schmerzte. Alex unterstützte sie sehr, aber sie war immer noch hochschwanger und watschelte wie eine verdammte Ente. Mittlerweile wollte sie, dass das alles vorbei war, aber sie wollte auch ein gesundes Baby.

Alex rieb ihren unteren Rücken mit einem Können, das sie manchmal erstaunte.

„Ich habe immer noch furchtbare Angst, dass ich eine schlechte Mutter sein werde", murmelte sie leise, als ob das ihre Ängste irgendwie minimieren würde.

„Du wirst die unglaublichste Mutter der Welt sein." Das sagte er immer.

„Was, wenn nicht? Was, wenn ich das Baby anschreie?"

„Mütter schreien. Das gehört dazu."

„Aber …"

„Du“, er hielt an, sah auf sie hinab und strich ihre Haare auf eine Seite, „wirst eine unglaubliche Mutter sein. Und“, er unterbrach sie erneut, bevor sie widersprechen konnte, „du wirst auch manchmal Fehler machen. Das ist erlaubt. Du musst nicht so tun, als ob du perfekt wärst.“

„*Du* bist perfekt“, murmelte sie. Er wusste immer, was er sagen musste, damit sie sich besser fühlte.

Alex lachte. „Das ist eine Lüge, aber ich habe vor, alles, was ich habe, dir und unserer Familie zu geben.“ Das Grau seiner Augen wurde zu einem warmen Silber. „Zusammen werden wir diese Babysache schon regeln.“

Er grinste, während sie mit dem Handrücken gegen seinen Magen schlug. „Babysache?“

Er nahm ihre Hand und küsste ihre Finger.

Das Eheleben war erheblich einfacher als alles, was davor gekommen war. Selbst wenn Alex recht hatte, bedeutete das nicht, dass sie sich weniger Sorgen machte. Die Besorgnis war ein Teil ihres Wesens, aber ein Teil, den sie normalerweise besser abtrennen und mit dem sie sonst besser umgehen konnte. Seitdem sie schwanger geworden war, hatten ihre Hormone sie übermannt und sie weinerlicher und kampflustiger gemacht. Es war eine beängstigende, entnervende Kombination, aber es gab nichts, was sie nicht tun würde, um dieses Kind oder diesen Mann zu beschützen. Sie drückte die Hand ihres Ehemanns und wusste, dass er dasselbe empfand.

Weiter vorne sah sie einen Hilfssheriff in brauner Uniform. Sie und Alex näherten sich dem kleinen, silbernen Sedan und achteten darauf, dass keiner von ihnen in die Reifenspuren entlang des Weges trat.

Als sie auf die Erde sah, bemerkte Mallory im Staub einige schwache Schuhabdrücke.

Alex sah sie ebenfalls. Er hockte sich einen Augenblick neben die Spuren. „Sieht wie ein Mann mit kleinen Füßen oder ein Kind mit großen Füßen aus. Könnte auch eine Frau sein."

Das engte es ein.

„Lassen wir die Beweistechniker Markierungen anbringen und ihnen so weit folgen, wie es ihnen möglich ist. Vielleicht stimmen sie mit denen überein, die bei Van Stamos' Haus gefunden wurden."

„Oder sie könnten von einem Wanderer sein", schlug Alex vor.

„Sammeln wir die Beweise ein."

Alex sah aus seiner Hocke hoch und sie konnte ihn über ihrem enormen Bauch kaum sehen. „Ja, Boss."

Sie grinste, während sie sich wegdrehte. So angenehm und zugänglich Alex Parker an jedem einzelnen Tag auch war, es bestand doch nie ein Zweifel daran, wer der wirkliche „Boss" war. Seine Geschicklichkeit mit Waffen, in Sachen Cybersicherheit und Computern war legendär. Seine Lebenserfahrung ermöglichte es ihm, potentiell gefährliche Situationen sofort zu erkennen. In seiner Anwesenheit fühlte sie sich immer einhundert Prozent sicher. Sie wurde nervös, wenn er weg war. Wegen der Vergangenheit. Wegen der Zukunft. Wegen der Unsicherheit des Elternseins und der Angst, es nicht zu schaffen.

Sie hatten geplant, einander in den nächsten Wochen geographisch nahe zu bleiben, damit er während der Geburt bei ihr sein konnte. Sie brauchte seine Kraft für das, was vor ihnen lag.

Der Hilfssheriff streckte zuerst Alex seine Hand hin. „Deputy Ortez. Sie müssen Agent Rooney sein?"

„Mr. Parker ist ein Berater für die BAU und außerdem mein Ehemann, also bat ich ihn, mich zu begleiten." Der Hilfssheriff schüttelte ihre Hand und starrte auf ihre Mitte.

„Wie weit sind Sie?"

„Fast achtunddreißig Wochen." Und die Tage herunterzählend.

„Ihr Erstes?", fragte Ortez.

Mallory nickte.

„Ihr Leben wird eine richtungsweisende Veränderung erfahren", sagte der Beamte mit einem Lächeln.

„Wir können es kaum abwarten", antwortete Alex.

„Ich habe selbst drei Kinder, also habe ich Erfahrung mit Notfällen, falls es notwendig sein sollte."

„Ich werde dran denken." Mallory hatte nicht die Absicht, ihr Baby neben einem Fluss auf der Erde zu bekommen. Sie würde in einem Krankenhaus sein, mit jedem Experten und medizinischen Gerät, die der Menschheit zur Verfügung standen.

Sie betrachtete das Auto. Sie hatte ein schlechtes Gefühl bei diesem Fall. Die Dinge passten nicht zusammen. War Caroline Perry eine Mörderin, oder hatte sie Dominic Sheridan aus reinem Nervenkitzel unter Drogen gesetzt? Karl Feldmans Phantombild hatte eine bemerkenswerte Ähnlichkeit zu Angelina Jolie aufgewiesen. Er hatte komplett dichtgemacht, sobald er erfahren hatte, dass Caroline Perry tot war – oder als er begriffen hatte, dass die Strafverfolgungsbehörden ihre Leiche entdeckt hatten. Er hatte sich einen Anwalt besorgt und hielt seitdem den Mund.

Vielleicht war Feldman so betrunken gewesen, dass er sich nicht mehr erinnern konnte, wie die Frau ausgesehen hatte. Aber es war auch möglich, dass er und Perry zusammengearbeitet hatten, und er sie getötet und ihre Leiche entsorgt hatte. Analytiker suchten nach jeder verfügbaren Information über Karl Feldman. Hintergrundchecks hatten bisher keine offensichtlichen Verbindungen zu den toten FBI-Agenten gezeigt. Mallory fragte sich, ob ein so riesiger Mann so winzige Füße haben könnte.

Sie mochte es nicht, dass so viele Hinweise ins Nichts führten. Sie mochte das Fehlen eines klar ersichtlichen Motivs nicht.

„Einige Schuhabdrücke führen zu dieser Reifenspur. Haben Sie sie schon aufgenommen?", fragte sie den Hilfssheriff.

Der Mann nickte in Richtung eines Technikers in weißen Tyvek-Schuhüberzügen, der etwas am Boden fotografierte. „Es sind auch einige neben dem Fahrzeug, aber es war so trocken, dass sie nicht wirklich deutlich sind."

Mallory ging um das Auto herum und betrachtete die Abdrücke und etwas, das sehr nach Schleifspuren aussah. „Katalogisieren und sammeln Sie alles. Ich werde ein Team mit einem Bluthund anfordern, um festzustellen, ob sie den Geruch zurück zur Straße verfolgen können." Obwohl sie nicht sicher war, was es ihnen sagen würde. Hatte der Täter einen Komplizen, der ihn abgeholt hatte? Hatte er ein Auto angehalten? War er gelaufen?

Sie spähte auf den Rücksitz des Sedans. Mehrere Kleider waren auf den Boden geworfen worden.

„Haben Sie ihr Handy gefunden?", fragte Alex den Beamten.

Der Hilfssheriff schüttelte seinen Kopf.

„Haben Sie schon in den Kofferraum geschaut?", fragte Mallory.

„Nein, Ma'am. Sobald ich das Nummernschild überprüft hatte, wurde mir Ihre Suche angezeigt. Ich wollte warten, bis Sie hier sind."

Mallory nickte. „Das weiß ich zu schätzen."

Sie ging zum Kofferraum, aber Alex hielt sie auf.

„Lass es mich zuerst überprüfen." Alex zog Handschuhe und ein sehr unattraktives Haarnetz an. Er war aus gutem Grund übervorsichtig, seine DNA an keinem Tatort zu hinterlassen. Er öffnete die hintere Tür auf der Beifahrerseite, schob den Rücksitz ein wenig nach vorne und richtete den Strahl einer Stiftlampe in den Kofferraum.

Er studierte eine volle Minute lang mit penibler Sorgfalt das Innere des Kofferraums. Dann ging er in die Hocke und sah unter das Fahrzeug, arbeitete sich um den unteren Teil herum. „Ich sehe keine offensichtlichen Sprengladungen."

Denn auch wenn sie bereits tot war; falls Caroline Perry mehrere Bundesagenten getötet hatte, wäre sie wahrscheinlich froh, noch ein paar weitere zu erledigen, wenn die Möglichkeit sich ergab.

„Stellt euch bei den Bäumen da drüben hin", sagte Alex ihnen, aber er sah Mallory dabei an.

Sie presste ihre Lippen aufeinander, beschloss aber, dass es sich nicht lohnte, darüber zu streiten. Sie hatte ein Baby, das sie beschützen musste.

„Sei vorsichtig", sagte sie ihm, bevor sie sich auf zehn Meter entfernte. Vielleicht sollten sie das Bombenentschärfungskommando rufen, aber Alex würde den Kofferraum nicht öffnen, wenn er wirklich glaubte, dass er eine Bedrohung darstellte. Sie breitete ihre Finger über dem Babybauch aus, spürte, wie sich der kleine Mensch dort drin streckte und zappelte.

„Wofür ist er noch einmal Berater?", fragte der Hilfs-sheriff.

Sie stieß ein lautloses Lachen aus, während Alex vorsichtig den Kofferraum öffnete. „Für alles."

Als Alex ihr sein Gesicht zuwandte, wusste sie, dass er etwas Wichtiges entdeckt hatte. Im Kofferraum war ein Browning-Gewehr, komplett mit Zielfernrohr.

„Ist das das Gewehr, mit dem Agent Mortimer am Dienstag erschossen wurde?", fragte Mallory Alex.

„Könnte sein."

Sie würde darauf wetten.

Der Blitz ging los, als der Polizeifotograf die Beweise dokumentierte. Mallory drehte sich weg und ging hinunter zum Rand des Wassers. Das gegenüberliegende Ufer spiegelte sich im Fluss. Er war hier breit, klar und an den Rändern flach. Winzige Fische flitzten weg, als ihr Schatten über sie fiel.

Wenn Caroline Perry sich selbst umgebracht hatte, wie hatte sie es gemacht? Hatte sie sich ausgezogen und war dann in den Fluss gegangen um sich von der Strömung mitziehen zu lassen? Die Schleifspuren deuteten auf etwas anderes hin. Sie deuteten darauf hin, dass die Frau bewusstlos oder tot war, bevor sie im Fluss gelandet war.

Mallory rief Frazer an, obwohl es ein Samstag war, und er zu Hause mit Izzy entspannte. Das FBI machte an den Wochenenden keine Pause. „Wir haben ein Gewehr gefunden. Wir brauchen sofort eine Ballistikanalyse. Ich werde den örtlichen Sheriff um ein Hundeteam bitten, das einige Fußabdrücke verfolgen soll. Jemand sollte Feldman beschatten – nur für den Fall." Etwas an dieser ganzen Sache passte nicht zusammen. Mallory starrte auf die Fußabdrücke, die sich von dem Ort entfernten. „Und noch etwas … finden

Sie die Schuhgröße des Kerls heraus.“

Am anderen Ende der Leitung lachte Frazer spöttisch. „Ja, Boss.“

KAPITEL NEUNZEHN

DOMINIC VERLIESS UM acht Uhr abends den Verhandlungsraum. Die letzten vier Tage waren monotone Routine gewesen, bestehend aus zwölf-Stunden-Schichten im Verhandlungsraum – der sich immer noch im Hauptverwaltungsgebäude des Gefängnisses befand – und dem Schlaf in nur wenigen kurzen Zentimetern Abstand von einer Frau, deren Aussehen und Duft anfingen, ihn vor Lust in den Wahnsinn zu treiben.

Er hatte am Ende seiner heutigen Schicht eine kurze Besprechung mit dem Einsatzleiter und Kurt Montana gehabt. Er hatte vor, morgen um Punkt sechs Uhr früh wieder auf seinem Posten zu sein. Falls die Geiselnehmer nicht vorher aufgaben, war geplant, dass drei taktische Scharfschützen gleichzeitig alle drei Geiselnehmer erschießen sollten, während sie zu einem Hubschrauber gingen, der im Hof auf sie warten würde. Ein ausgesprochen schwieriger Plan, der durch die Möglichkeit des Todes von Geiselnehmern und Geiseln gleichermaßen belastet war, aber die Behörden verloren die Geduld mit den Insassen.

In der Zwischenzeit mussten die Verhandlungsführer die Geiselnehmer ruhig halten und mit ihnen alle Phasen dessen, was sie für ihre Ausstiegsstrategie hielten, besprechen. Sicherstellen, dass jede Phase sorgfältig choreografiert war, obwohl die Insassen die Anlage nie verlassen würden.

Die Geiselnehmer sollten die vier Geiseln auf dem Boden zurücklassen, und der FBI-Pilot würde ihr einziger verbleibender Gefangener sein, bis er sie irgendwo an einer abgelegenen Stelle nördlich der Grenze absetzte. Das war die Abmachung. Der Pilot würde bewaffnet sein, und die Insassen brauchten den Kerl lebendig, da keiner von ihnen einen Hubschrauber fliegen konnte. Es war trotzdem verdammt mutig, sich darauf einzulassen.

Die Männer waren bewaffnet und gefährlich und, wie Milo bewiesen hatte, absolut unvorhersehbar.

Dominic folgte Ava zurück zu ihrem Wohnwagen, seine Schritte vor Erschöpfung schleppend.

Der Gefängnispsychiater war über Milos Beteiligung schockiert. Der Serienmörder arbeitete an einer Promotion in Philosophie und hatte eine gute Beziehung zu den Gefängnisangestellten – nichts war für die Konzentration auf Weiterbildung förderlicher, als mehrfache lebenslängliche Haftstrafen. Laut dem Psychiater war Milo ein Mustergefangener gewesen, der seine Verbrechen bereute, die Direktorin respektierte und ihr dankbar war, dass sie ihm die Fortsetzung seines Studiums erlaubte. Der Kerl war allerdings nie mit ihr allein gewesen, oder bewaffnet und in Kontrolle der Situation. Das änderte alles.

Vieles hing von den Fantasien des Sadisten ab und davon, ob irgendwelche der Ereignisse sie nährten, ganz zu schweigen davon, ob er die Medikamente, die sie ihm durch einen Lüftungsschacht in der Wand schickten, schluckte.

Dominic gefiel die stetige Verschlechterung von Gino Gerbachis Verhalten nicht. Der Mann döste nur, wenn Frank Wache hielt. Er schwitzte, war nervös, erschöpft, verärgert. Er stand kurz vor dem Zusammenbruch. Dominic merkte, wie seine müden Augen instinktiv zu Agent Kanas' rundem Hintern wanderten, während er ihr zum Wohnwagen folgte. Vielleicht war Gino nicht der Einzige, der kurz vor dem Zusammenbruch stand.

Er schüttelte über sich selbst den Kopf. Sie war tabu, und das Letzte, an das er jetzt überhaupt nur denken sollte, war Sex. Allerdings dachte er jetzt an Sex. Gottverdammt.

„Ich habe Neuigkeiten zu den Ermittlungen", fing Ava an und drehte sich eifrig um, um ihm alles Neue mitzuteilen.

Er legte seine Hand auf ihren Arm und spürte den vertrauten elektrischen Schlag, der ihn wie jedes Mal, wenn sie Körperkontakt hatten, durchfuhr.

„Entschuldige, Ava, ich möchte heute Abend nicht darüber nachdenken. Ich möchte mich auf diese Situation konzentrieren, bis es vorbei ist." Und hoffentlich würden am Ende alle noch leben.

Dominic hatte an diesem Nachmittag die Verhandlungen übernommen. Er hatte sich nicht entschuldigt oder es erklärt. Er hatte sich einfach nur ruhig vorgestellt. „Mein Name ist Dominic. Sie haben jetzt mit mir zu tun."

Kein Drama, nichts Theatralisches. Einfach nur beschlossene Sache.

Joe war in den letzten Tagen unglaublich gewesen, aber er war offensichtlich erschöpft, und Dominic machte sich Sorgen, dass er unabsichtlich etwas über die geplante Aktion verraten würde. Er glaubte immer noch nicht, dass er die unbekannten Unbekannten in dieser Situation – die schwarzen Schwäne – aufgedeckt hatte, aber die FBI-Analysten suchten weiter.

Gino erwärmte sich nicht sehr für ihn, aber Frank tat es. Sie hatten angefangen, über alles von Lieblingsskihügeln in

Vermont bis hin zum Sporttauchen auf den Bahamas zu reden. Gino saß da, seine aufgedunsenen Gesichtszüge höhnisch verzogen. Milo blieb stumm und saß ruhig neben der Direktorin, als ob er sie bewachte, aber das könnte eine verrückt abwegige Vermutung sein.

„Dominic, ich…"

Er drückte Avas Schulter. „Ich verspreche, mich wieder um den Fall zu kümmern, sobald das hier vorbei ist, aber jetzt brauche ich eine Dusche, ein kaltes Bier und ein paar Stunden Schlaf." Es musste an dem Autounfall und dem Druck dieses Einsatzes liegen, dass er total kaputt war.

Sie musterte seine Augen und musste die Erschöpfung erkannt haben, die drohte, ihn zu verschlucken. Sie nickte unsicher. „Okay. Ich hole etwas zu essen. Möchtest du irgendetwas Bestimmtes?"

„Keine Pizza." Pizza war das Grundnahrungsmittel der meisten spätabendlichen Pattsituationen mit Bewaffneten und der Krisenverhandlungen.

„Ich schaue, was es sonst noch hier gibt." Sie stellte ihren Laptop in den Wohnwagen und ging direkt aus der Tür. Er stolperte hinein, nahm die schnellste Dusche der Welt und brach bewusstlos auf der Matratze zusammen, die für ihn auf dem Boden lag. Ava war noch nicht zurück, und der Gedanke, wie sie am anderen Morgen mit dem HRT-Kerl geredet hatte, bohrte sich durch sein Gehirn. Es bestand kein Zweifel daran, alle möglichen dieser Kerle würden ihr gerne an die Wäsche gehen.

Ihre Entscheidung.

Bei dem Gedanken biss er die Zähne zusammen.

Fünf Stunden später erwachte er zu dem sanften Geräusch von Avas Atmen. Der Mond war voll, und alles im

Wohnwagen leuchtete in einem hellen Silberschein. Dominic hob vorsichtig das dünne Laken an, das zwischen ihnen hing, um sie anzusehen. Sie lag auf der Überdecke auf dem Rücken, trug ein weiteres ihrer Trägeroberteile und ein Paar Boxershorts.

Himmel, sie war hübsch – diese eleganten, geschwungenen Brauen und dieser üppige, breite Mund, der so gut austeilen wie einstecken konnte. Er sollte sie nicht so ansehen, sie wie ein Liebhaber anstarren, wenn das Laken da war, um ihnen beiden in einem beengten Umfeld etwas Privatsphäre zu sichern. Er wollte das Laken gerade wieder fallen lassen, als sie sich umdrehte und ihre Hand in seine Richtung fiel, ihre Handfläche seine nackte Brust berührte. Er fuhr zusammen. Ihre Finger waren ausgebreitet und die Hitze der Berührung versengte ihn. Dann öffneten sich ihre Augen langsam.

Anstatt ihre Hand wegzuziehen, blinzelte sie einige Male und rieb dann ihre Handfläche über seine Bauchmuskeln und seine Rippen.

„Ich hatte mir vorgestellt, dass du so aussiehst …" Ihre Stimme war leise und so weich wie Samt. Ihre Hand strich hinauf und über seine Brustwarze.

Er knirschte gegen das Vergnügen, das ihre Berührung ihm bereitete, mit den Zähnen. „Du hast dir vorgestellt, wie ich ohne Hemd aussehe?"

Bedeutete das, dass sie an Sex gedacht hatte, so wie er, wann immer er die Kontrolle über seine Gedankengänge verlor?

Ihre Augen hoben sich zu seinen, ihre Stimme vom Schlaf heiser. „Ich habe mich gefragt, wie du nackt aussehen würdest."

„Ich bin nicht nackt." Seine Stimme senkte sich zwei

Oktaven und dann sah er zu, wie ihre Hand weiter nach unten wanderte und sich um seinen Schwanz schloss, der zu einem unmöglich zu übersehenden Salut Haltung angenommen hatte.

„Ist das der Moment, in dem ich mich dafür entschuldige, dich zu berühren?", fragte sie, ihre Augen dunkel, während sie sich auf ihn richteten.

Herr im Himmel, diese Frau.

Er schluckte, während Lust jede Zelle seines Körpers übernahm. Sie hatte erotisch derart eine Grenze überschritten, und trotzdem war es ihm völlig egal. Angesichts ihrer sinnlichen Stimme und der geschickten Berührung konnte er kaum reden.

„Nicht nötig, mir geht's gut", sagte er.

„Tut es das?", murmelte sie und entdeckte seine sich verändernde Form mit einer Anerkennung, die seine Beherrschung an die Grenzen ihrer Belastbarkeit brachte.

Er schloss kurz seine Augen, ihre Berührung schürte sein Begehren, bis sein Blut sich entzündete. Sie sollten das hier nicht tun, aber wenn er sie nicht bald nahm, würde sein Kopf explodieren. Er öffnete wieder die Augen.

„Möchtest du es wirklich herausfinden, Ava? Möchtest du Sex mit einem Kerl haben, der wesentlich älter ist, als du? Der theoretisch in einer vorgesetzten Position ist?" Er erwiderte in der Dunkelheit ihren Blick.

Sie ignorierte den Altersunterschied, als ob er nicht existierte. Vielleicht war das in diesem Augenblick auch so, sie waren beide Erwachsene, die das hier einvernehmlich durchzogen. Aber das änderte nichts an ihren jeweiligen Positionen beim FBI.

„Theoretisch?"

„Du hast meinen Schwanz in deiner Hand. Vertrau mir, das verändert die Machtdynamik."

„Ja." Sie biss sich auf die Unterlippe. „Ich möchte Sex mit dir, aber ich möchte nicht, dass es irgendetwas komplizierter macht."

Sex verkomplizierte die Dinge immer, aber in diesem Moment war ihm das egal. Seinetwegen konnten sie unfassbar kompliziert werden, wenn er nur direkt jetzt in sie eindringen könnte.

Er legte seinen Arm um ihre Taille, zog sie auf seine Matratze, ließ das Laken hinter sie fallen und rollte sie unter sich.

Ihre Hände schoben sich hoch, um seine Oberarme zu umfassen.

„Du bist dir hierbei sicher?", fragte er.

Sie nickte, ihre Augen verharrten auf seinen Lippen.

Er senkte seinen Mund, um sie zu schmecken, und spürte, wie ihr Körper sich an seinen schmiegte, während ihre Arme sich um ihn legten.

Dominic küsste sie langsam, knabberte an ihren Mundwinkeln, seine Hände umfassten ihren Kopf, hielten sie genau dort, wo er sie haben wollte. Sie schmeckte wie die Minze in Zahnpasta und nach etwas Süßem und Verführerischem und Sündigem.

Ihre Haut war so weich wie Satin, aber heiß, fiebrig heiß. Er leckte die Mitte ihrer Lippen und wartete, dass sie sich ihm öffnete. Er musste wissen, dass sie es beide wollten. Es dauerte nur einen Augenblick, bis ihre Zunge sich mit seiner verschlang, während er gemächlich ihren Geschmack erkundete.

Ihre Nägel gruben sich in seinen Rücken und ihre

Oberschenkel öffneten sich, als ihre Beine sich um ihn schlangen. Er schob seinen steifen Schwanz gegen ihre Mitte und küsste sie schneller, tiefer. Ihr Hände schlüpften in seine Boxershorts und kneteten seinen Arsch, bewegten sich auf eine Weise über ihn, die ihn viel zu schnell auf den Höhepunkt zurasen ließ. Er wollte, dass das hier andauerte, aber Ava hatte es eilig.

Er griff nach ihren Händen und hielt sie mit festem Griff über ihrem Kopf fest. „Geduld, Kanas."

Ihre Augen blitzten auf und verengten sich dann.

Oh, das hier würde so viel Spaß machen. Er zog das Oberteil hoch genug, um ihre Brüste zu entblößen und beugte sich dann herunter, um mit seiner Zunge über ihr üppiges Fleisch zu streichen, sich langsam auf diesen dunklen, perfekten Areolen zu bewegend. Schließlich gab er ihren stummen Forderungen nach und saugte eine harte Spitze in seinen Mund. Seine Zunge quälte ihre Brust, bis sie ihn nach mehr anflehte. Erst dann bewegte er sich zu ihrer anderen Brustwarze.

Er schob sich ihren Körper hinunter und sie versteifte sich und griff in sein kurzes Haar, als sie begriff, wo er hinwollte.

„Du musst das nicht tun."

„Ich muss nicht?", fragte er ungläubig. „Was, wenn ich möchte?"

„Ich weiß nicht … Kerle sagen das immer, aber …" Sie schien mit sich selbst ungeduldig zu werden. „Ich bin nie wirklich gekommen, wenn ein Kerl es gemacht hat, also …"

Dominic wollte nicht daran erinnert werden, dass noch andere bei dieser Frau Oralsex gemacht hatten, aber er konnte einer Herausforderung nie widerstehen „Warum probieren wir es nicht aus und wenn es dir nicht gefällt, sagst du mir, dass ich aufhören soll."

Sie nickte, schien über ihre direkte Unterhaltung ein wenig beschämt, während sie auf ihn zwischen ihren Schenkeln hinabsah.

Ava war meistens so draufgängerisch, dass er sie immer beruhigen und ihre Ängste zerstreuen wollte, wenn sie unsicher und besorgt wirkte. Sie brachte in ihm eine Art Beschützerkomplex hervor, von dem er nicht gewusst hatte, dass er ihn besaß. Dominic gefiel diese Erkenntnis nicht, aber das hielt ihn nicht davon ab, ihre Shorts so weit ihre Beine hinunterzuschieben, dass er das gepflegte Dreieck aus Haaren am Scheitelpunkt ihrer Schenkel sah. Ihr Duft wollte ihn tief eintauchen lassen, aber er war normalerweise kein gieriger Liebhaber. Mit Ava wollte er allerdings alles tun.

Er strich mit seiner Zunge über ihre Klitoris und spürte, wie sie sich von der Matratze aufbäumte.

„Soll ich aufhören?", fragte er mit einem Lächeln.

„Nein." Ihre Stimme war hoch und schwach. „Gib dein Bestes."

Er lachte an ihrem Bauch und merkte, wie ihre Muskeln daraufhin zuckten. Dann schob er seine Zunge weiter über ihr Innerstes und konzentrierte seine Aufmerksamkeit auf die kleine Stelle, die der Schlüssel zu den Orgasmen der meisten Frauen war. Langsam entspannte Ava sich und ihre Schenkel gingen weit genug auseinander, dass er ihr die Shorts ganz ausziehen und sie schmecken konnte, noch während er sich danach sehnte, in ihr zu sein.

Es brauchte Zeit und Konzentration, den Rhythmus zu finden, den sie brauchte. Zum Glück war Geduld eine seiner Stärken. Ihr flaches Keuchen zeigte ihm, dass sie kurz davor war, und er saugte an ihrer Klitoris, um sie direkt in den

Wahnsinn zu treiben. Sie schluchzte leise und ihr ganzer Körper bebte, als ihr erster Orgasmus eintrat. Er hoffte sehr, dass das HRT nicht mit hitzeempfindlichen Kameras vor der Tür stand.

„Okay. Du hast den Test bestanden, Sheridan." Sie klang atemlos und zog an seinem Haar. „Jetzt komm hier hoch und gib mir den Rest", sagte sie mit einem Lachen, und er konnte sich an diese spielerische Ava gewöhnen.

Er kroch an ihrem Körper hoch, genoss auf dem Weg jeden Zentimeter ihrer Haut. Sie zog das dünne Oberteil über ihren Kopf und er lehnte sich zurück, um die volle Wirkung ihrer Nacktheit zu genießen.

„Du bist schön."

„Du auch."

Eine Seite seines Mundes verzog sich nach oben. „Kerle wie ich sind nicht schön."

„Wie meinst du das?" Sie drückte gegen seine Schulter.

„Männer, die von ignoranten Iren abstammen." Er strich über ihren weichen Bauch und die Verletzlichkeit ihres Nabels.

„Ich glaube, du weißt genau, wie heiß du bist, möchtest aber mehr Komplimente."

Er lächelte, während er eine Hand um ihre Brust legte, in die Brustwarze kniff und fest genug zudrückte, um sie zusammenfahren zu lassen. „Komplimente sind schön."

Ava stieß ein Lachen aus, während ihr Körper sich wand. Sie strich mit ihrer Hand über seinen Kiefer. „Du hast ein hübsches Gesicht."

„Hübsch?" Er senkte den Mund, um an ihrer Brustwarze zu saugen, sie in seinen Mund zu ziehen.

Ihr Körper neigte sich zu seinem. „Ich meinte

umwerfend."

„Besser", murmelte er zwischen Zärtlichkeiten.

„Ich mag deine Nase und diese grimmigen Brauen."

Er lachte und führte seine Hand über ihre Rippen und ihren Bauch zwischen ihre Beine, wo er ihre Öffnung liebkoste.

„Ich mag die dunkle Farbe deiner Augen." Sie stöhnte und schluckte hastig, als er einen Finger in sie schob.

„Blau."

„Indigo."

„Mit Prellungen."

Sie berührte sein Gesicht fast zärtlich. „Und die Stoppeln auf deinem Kiefer fühlten sich zwischen meinen Beinen wirklich gut an."

„Ich werde mir einen Bart wachsen lassen."

„Dann kannst du das irgendwann noch einmal probieren."

„Das werde ich." Er hatte ihr gesagt, dass er Sex mochte, und er speicherte diese Information für das nächste Mal. Der Gedanke, Ava Freude zu bereiten, konnte einen süchtig machen. Er hatte normalerweise nicht mit anderen Agenten Sex, aber es würde die nächsten paar Tage oder Wochen wesentlich angenehmer gestalten, wenn sie dies jede Nacht zum Stressabbau machen könnten.

Technisch gesehen arbeiteten sie ja nicht zusammen.

Das FBI hatte kein Problem mit Beziehungen, solange Agenten in verschiedenen Einheiten waren – und wenn sie sich in der Horizontalen befanden, hatte sie wesentlich mehr Macht, auch wenn er sich oder sie ohnehin nie kompromittieren würde.

Dominic strich mit seinen Lippen über die Ausbuchtung ihres Schlüsselbeins und ließ gleichzeitig seine Finger in sie hineingleiten, während seine Handfläche ihre Klitoris streichelte. Ihr Körper war fest und fit, aber trotzdem weich und weiblich. Sie hatte die längsten Beine, die er je gesehen hatte, und runde Hüften und volle Brüste, die seine Aufmerksamkeit für Jahrzehnte fesseln könnten.

„Ich mag deine Brust und deine Schultern." Sie drückte die Muskeln an seinen Oberarmen zusammen.

Er fuhr mit seinen Zähnen über ihren schlanken Hals, achtete darauf, nirgendwo ein Mal zu hinterlassen, wo andere es sehen könnten.

„Und deinen Hals."

Er lachte. Sie konnte nicht gut Komplimente machen.

„Und ich weiß diese steinharten Brustmuskeln und sehr hübschen Bauchmuskeln absolut zu schätzen, Sheridan." Sie neckte ihn. „Nicht schlecht für einen alten Mann."

„Ich bin fünfunddreißig. Neun Jahre älter als du."

Sie strich mit ihren Händen über seinen Rücken und seinen Arsch. Dann schlüpfte ihre Hand zwischen seine Beine und sie hielt ihn fest, ihre Augen auf seine gerichtet. „Diesen Teil von dir mag ich auch."

„Meinen Arsch? Oder meinen Schwanz?"

Sie stieß ein Lachen aus. „Beides."

„Sag es, Ava."

„Ich mag deinen Schwanz, Dominic. Ich will ihn in mir."

Dominic merkte, wie er durch ihre kühnen Worte und Berührungen noch steifer wurde.

Er holte aus der Hose, die er vorhin ausgezogen hatte, seine Geldbörse und durchwühlte sie nach dem Notfallkondom, das er dort aufbewahrte. Er fand es zum Glück, aber sie nahm es ihm ab, bevor er die Verpackung öffnen konnte.

Sie riss sie langsam auf und bedeckte ihn sorgfältig. Das Gefühl, wie sie ihn von der Spitze bis zur Wurzel streichelte und ihn an ihrem Eingang positionierte, ließ ihn schlucken.

„Habe ich erwähnt, dass ich deinen Schwanz mag?", fragte sie mit einem raschen Grinsen. „Ich hoffe, ihn in naher Zukunft sogar zu lieben."

Er grinste, obwohl das Gewicht dieser Aussage seine Schultern beschwerte. Es war nur Sex. Und trotzdem konnte er sich nicht daran erinnern, dass er früher so viel Spaß gehabt hatte oder sein Gehirn alleine von dem Gedanken, jemanden zu vögeln, zu Brei geworden war.

Er knabberte an ihrem Ohr, während er in sie stieß, nicht in der Lage, ihren Blick zu erwidern. Irgendwie machte es das zu überwältigend, zu echt, wenn er in diese hübschen Augen sah, während er sie ausfüllte. Aber er wollte, dass es echt war, er wollte alles, was er fühlte, widergespiegelt sehen.

Er stützte sich auf seinen unverletzten Ellenbogen, um ihr schönes Gesicht und ihren Körper anzusehen, sie lang und tief zu küssen, bevor er anfing, sich in ihr zu bewegen.

Himmel, sie fühlte sich gut an. Eng. Heiß. Erregt. Er sorgte dafür, dass jeder Stoß auf alle guten Stellen traf, richtete ihre Hüften aus, um es absolut sicherzustellen. Seine verletzte Schulter schmerzte jetzt überhaupt nicht mehr.

Er wollte es langsam angehen, aber das durch sein Blut strömende Begehren brachte seinen Körper zum Kochen. Also zählte er auf Französisch bis hundert, damit er nicht durchdrehte. Selbst als Ava um ihn herum zuckte, hielt er durch, bis er wieder atmen konnte, wurde langsamer, wollte, dass es ewig andauerte.

Er küsste den Schweiß von ihrer Schläfe, bevor er sie beide vorsichtig herumrollte und sie auf sich sitzen ließ.

Sie ritt ihn zuerst sanft, mit zögerlichen Bewegungen, erspürte ihn und das, was er mochte, bis sie mehr Selbstvertrauen bekam. Dann stützte sie ihre Arme auf seiner Brust ab, eine Hand über seinem Herzen, während sie die Augen schloss und sich das nahm, was sie von seinem Körper wollte.

Als sie zum zweiten Mal um ihn herum enger wurde, legte er seine Hände um ihre Hüften und stieß so heftig in sie, dass er Angst hatte, sie zu verletzen. Dann schrie sie erneut auf, und sie kamen zusammen zum Höhepunkt. Er umfasste sie fest und hielt einen Schrei zurück, der dazu geführt hätte, dass Verstärkung durch die Tür gestürmt wäre.

Ava erschauderte und sank auf ihn, ihre Herzen schlugen im Gleichtakt.

Heilige Scheiße.

Dominic schluckte mehrfach, ziemlich sicher, dass sein Kopf gerade explodiert war. Er schloss seine Augen und fragte sich, was zur Hölle er getan hatte. Dann fragte er sich, wie schnell er weitere Kondome beschaffen konnte, damit sie es erneut tun konnten.

Sie wollte sich lösen, aber er hielt sie einen weiteren Moment fest. Dann rollte sie sich von ihm und lag nackt neben ihm auf der Matratze. Er ging ins Badezimmer, und als er zurückkkam, sah er sie an. Sie schien nicht sonderlich schamhaft. Vielleicht wusste sie, wie unglaublich ihr Körper war, oder vielleicht war es ihr egal.

Sie öffnete ein Auge. „Ist es falsch, dass ich nicht will, dass du aufhörst, mich zu berühren?"

Er schluckte. „Ich würde es nicht falsch nennen, aber wenn ich es mache, glaube ich nicht, dass ich die Willenskraft habe, dich nicht zu vögeln, und ich habe keine Kondome mehr.“

Sie zuckte vor seiner direkten Sprache nicht zurück. Tatsächlich ließ die Art, wie sie schluckte und ihre Schenkel zusammenpresste, ihn glauben, dass es ihr gefiel.

Die Versuchung, festzustellen, ob es so war, war übermächtig. Er trat einen gefährlichen Schritt vor.

Ein Klopfen an der Wohnwagentür ließ ihn fluchen, und Ava krabbelte schnell zurück auf ihre Seite des Vorhangs. Er zog seine Boxershorts an.

„Was ist?“ Er spielte auf Zeit, damit Ava ihr Oberteil über ihren Kopf ziehen und ihre Shorts überstreifen konnte. Dann ging er zur Tür.

„Der Einsatzleiter möchte Sie in der Kommandozentrale sehen“, erklang eine leise, klare Stimme.

Dominic öffnete die Tür zwei Zentimeter. „Was ist passiert?“

Der Blick des HRT-Agenten glitt hinter Dominic in die Dunkelheit, wo Ava sich anzog.

Dominic änderte seine Position, um jegliche potentiellen Einblicke zu verhindern.

Der Kerl grinste. „Ich bin nur der Bote.“ Er nickte und ging weg.

Dominic schloss die Tür und zog die Kleidung wieder an, die er vorhin abgestreift hatte. Wenn sie ihn weckten, konnte es nicht Gutes bedeuten. „Ava, du musst nicht mitkommen …“

„Erinnerst du dich, was ich darüber sagte, dass Sex nichts ändert?“ Sie knöpfte ihre Bluse zu, während er nach sauberen Socken suchte.

„Ist vielleicht besser, wenn wir den Sexteil vor niemand anderem erwähnen.“ Das Letzte, was er wollte war, dass Ava wieder suspendiert wurde, weil er seinen Schwanz nicht in seiner Hose lassen konnte.

„Das ist nichts, was ich herumerzähle“, sagte sie scharf.

Autsch.

„Ich bin keine Idiotin“, fügte sie in einem strengen Flüsterton hinzu.

Er schüttelte über sich selbst den Kopf. Er war das schlecht angegangen. So selbstbewusst sie war, was ihren Körper betraf, es war etwas komplett anderes, wenn es um ihren Job und ihre Position beim FBI ging. Sie wusste, dass er sich nicht auf Beziehungen einließ, aber sie wusste nichts darüber, wie er Frauen nach dem Sex behandelte.

Er duckte sich hinter das aufgehängte Laken und hielt ihre Arme sanft fest, zwang sie, ihn anzusehen. Ihre Augen waren im Halbdunkel riesig, leuchteten vor Gefühlen, die er nicht zuordnen konnte. „Ich habe deine Intelligenz nie bezweifelt, Ava. Ich weiß, dass du eine kluge, hart arbeitende und hingebungsvolle Agentin bist, die ehrlich ist und Integrität besitzt. Aber wenn die Leute herausfinden, dass wir miteinander schlafen, werden sie uns trennen, und während ich dieser Vorgehensweise unter normalen Umständen zu deinem Nutzen zustimmen würde, möchte ich jetzt, dass du in der Nähe bist, um mir den Rücken freizuhalten und mir zu helfen, diesen Mörder zu finden.“ Sein Griff wurde fester und er sagte heftig: „Außerdem hat es mir nicht gereicht, nur einmal mit dir zu schlafen.“

Sie öffnete ihren Mund zu einer Antwort, aber jemand klopfte erneut an die Tür.

Er gab ihr einen schnellen Kuss auf die Lippen. „Ich muss los. Wir reden später.“

KAPITEL ZWANZIG

AVA HATTE GEWUSST, dass Dominic Sheridan beim Sex gut sein würde. Leidenschaftlich. Stürmisch. Ohne Scham. Konzentriert. Mit einem guten Blick fürs Detail, unglaublich geschickten Berührungen und der Ausdauer, ihr mehrere Orgasmen zu bescheren und trotzdem noch mit einem Knall aufzuhören. Ihr Körper fühlte sich an, als ob er keine Knochen mehr hätte, gleichzeitig war sie voller Energie. Voller Feuer und entspannt. Ihr ganzer Körper zitterte aufgrund der Nachbeben der Lust, sogar als sie seiner sich schnell bewegenden Gestalt durch das Meer muskulöser HRT-Leute folgte.

Sie hatte nicht erwartet, es so sehr zu genießen. Nicht nur die Orgasmen, die gesamte Episode war etwas, das sie jederzeit freudig wiederholen würde.

Der. Beste. Sex. Überhaupt.

Was genau der Grund war, aus dem die arme vernarrte Suzanna im Regen auf seiner Türschwelle gestanden hatte, in den Händen eine verdammte Auflaufform voller Rindereintopf.

Soweit würde es nicht kommen. Sicher, solchen Sex noch einmal zu wiederholen, wäre fantastisch, aber sie würde sich nicht emotional auf diesen Kerl einlassen. Er würde sich nicht in sie verlieben. Das hatte er ihr gesagt. Sie war nicht dumm. Sie hatten völlig unterschiedliche Hintergründe, und das

Einzige, was sie gemeinsam hatten, war Van. Außerdem würde Dominic ausflippen, wenn er herausfand, dass sie ihm über ihre Vergangenheit nicht die Wahrheit gesagt hatte.

Sie wartete, an die Wand vor der Kommandozentrale gelehnt, während Dominic den Raum betrat, um mit dem Einsatzleiter zu sprechen.

Sie ballte ihre Hände zu Fäusten, war sich bewusst, dass ihre Haare ein einziges Durcheinander waren, und sie in letzter Zeit nicht in den Spiegel gesehen hatte. Ihre Miene könnte alles Mögliche verraten. Gestillte Lust? Sie berührte die Stelle an ihrem Hals, an der er geknabbert hatte, und betete, dass sie keinen Knutschfleck hatte. Sie ließ ihre Hand fallen und straffte ihre Schultern. Es ging ohnehin niemanden etwas an.

Ava schürzte ihre Lippen. Sie versuchte, ihm von ihrer Verbindung mit Gino Gerbachi zu erzählen, aber wann immer sie anfing, darüber zu sprechen, war er beschäftigt und hatte keine Zeit zum Reden.

Nur hätte sie ihm besser die Wahrheit sagen als ihm erzählen sollen, dass sie sich nach seinem Schwanz sehnte. Sie schloss kurz ihre Augen, als sie begriff, was sie ihm heute Nacht alles gesagt hatte. Sie hätte ihren Zeugenschutzprogrammhintergrund erwähnen sollen, bevor er seine Zunge in sie gesteckt und sie so heftig hatte kommen lassen, dass sie innen auf ihren Augenlidern immer noch Sterne sah.

Ava holte tief Luft. Sie hatte es versaut.

Ihre Verbindung zu Gino könnte bedeutungslos sein, aber sie hatte keine Ahnung, wie Sheridan auf die Information reagieren oder wie sie sich auf seine Arbeit auswirken würde – oder sogar die Sichtweise, wie er seine Arbeit machte, was für ihn lebenswichtig zu sein schien.

Sie zuckte zusammen.

Sie hatten in der letzten Woche viel Zeit miteinander verbracht und sich gerade erst atemberaubenden fleischlichen Abenteuern hingegeben, aber sie kannte Dominic nicht sehr gut. Sicher, Van hatte ihn einen tollen Kerl genannt, aber wenn man zu einer „Beziehung", die keine „Beziehung" war, Sex hinzufügte, behandelten die Leute einen anders. Ava würde das nicht zulassen. Sie liebte ihren Job. Sie brauchte ihren Job. Mehr als sie einen Mann brauchte.

Es dauerte einen Augenblick, bevor sie merkte, dass die Anspannung im Gefängnis, normalerweise schon hoch, gerade kurz vor dem Siedepunkt stand. Was ging hier vor sich?

Sie hörte in der Kommandozentrale erhobene Stimmen, inklusive der Dominics. Ihre Augen weiteten sich. Sie begegnete dem Blick eines ernst aussehenden Einsatzbeamten, der an der gegenüberliegenden Wand lehnte. Er zog eine Grimasse, um zu zeigen, dass er den Wortwechsel auch gehört hatte, und es nichts Gutes bedeuten konnte.

Dominic kam plötzlich mit großen Schritten aus dem Raum, und sie stieß sich vom Türpfosten ab, um ihn einzuholen. Zorn strahlte in spürbaren Wellen von ihm ab. So viel zum postkoitalen Glühen.

Sie blieb in seiner Nähe, presste ihre Laptophülle an ihre Brust, ignorierte die neugierigen Blicke, die das HRT ihnen zuwarf.

Dominic ging durch die erste Tür in den Verhandlungsraum. Sie klopften an die Tür des inneren Heiligtums, um die Aufmerksamkeit der dort tätigen Verhandlungsführer zu erregen, bevor er hineinstürzte. Ava folgte dicht genug, um als sein Schatten durchzugehen. Sie hatte das Gefühl, dass er ihre Anwesenheit vollständig vergessen hatte.

Ihre Augen schossen zum Bildschirm. Frank hielt die Direktorin auf der metallenen Arbeitsfläche fest, ein Messer an ihrem Hals, und Gino war zwischen ihren Beinen und zerrte ihre Hose herunter.

Avas Mund wurde plötzlich staubtrocken.

Eban Winters sprach mit den Geiselnehmern, sein Blick vom Bildschirm abgewandt, weiterhin vorgebend, dass er nicht sehen konnte, was sie taten. Er stellte das Mikrofon auf stumm.

Dominic beugte sich über den Tisch und fragte: „Was ist passiert?"

„Sie haben irgendwo Alkohol gefunden. Haben sich betrunken und dann beschlossen, dass sie etwas Spaß wollen. Gino versetzte Milo einen Schlag auf den Hinterkopf, während Frank ihn ablenkte. Er liegt bewusstlos oder tot auf dem Boden."

„Haben sie sie schon vergewaltigt?" Dominics Stimme war kalt, aber Ava erkannte die Emotion darin.

Eban war blass und Charlotte streckte den Arm aus und drückte seine Hand.

„Noch nicht. Wir müssen ihre Aufmerksamkeit von der Direktorin auf uns lenken, aber sie hören mir nicht mehr zu", erklärte Evan frustriert.

„Die Einsatzleitung kümmert sich darum, dass innerhalb der nächsten zwanzig Minuten ein Hubschrauber eintrifft. Wir beschleunigen unseren Zeitplan, aber wenn sie mit dem weitermachen, was sie gerade tun, wird das HRT einen sofortigen Angriff starten", erklärte Dominic grimmig.

Ava musste kein Verhandlungsführer sein, um zu wissen, dass alle da drin, inklusive der Direktorin, wahrscheinlich sterben würden, wenn es so weit kam.

Eban gab die Nachricht bezüglich des Hubschraubers weiter.

Frank schrie in Richtung des Telefons: „Das sind gute Nachrichten." Aber er hielt weiterhin das Messer an den Hals der Direktorin, während Gino der Frau die Unterwäsche vom Körper zog. Eban sprach weiterhin mit ruhiger Stimme, um sie daran zu erinnern, den Geiseln nichts anzutun, aber der fast animalische Ausdruck der Konzentration auf Franks Gesicht und die Tatsache, dass Gino seinen Gefängnistrainingsanzug öffnete, zeigten, dass sie beide aufgehört hatten, Eban zuzuhören. Es war offensichtlich, dass sie beide vorhatten, vor ihrer Flucht die Direktorin zu vergewaltigen.

Ava sah durch das Glasfenster. Der taktische Befehlshaber des HRT sah zu, stand offensichtlich kurz davor, den Befehl zum Angriff zu geben.

„Lasst mich mit ihm reden", stieß Ava hervor.

„Sie sind nicht dafür ausgebildet …", fuhr Charlotte sie an.

„Ich kann Ginos Aufmerksamkeit einige Minuten lang ablenken, vertrauen Sie mir. Es könnte ausreichen."

„Wie?", fragte Dominic, während er einen rasiermesserscharfen Blick auf sie richtete.

„Gino die Schlange hat mir diese Narbe verpasst." Ava berührte ihre Braue. „Er hat meinen Vater ermordet und ließ mich liegen, damit ich auch sterben würde. Ich sagte aus und half somit, den Hurensohn hier hineinzubringen."

Dominics blaue Augen zeigten ein Funkeln der Wut und auch der Hoffnung.

„Ich könnte seine Aufmerksamkeit lange genug erlangen, um ihn für einige Minuten von der Direktorin wegzubekommen."

„Auf Zeit zu spielen ist das Beste, das wir tun können",

stimmte Eban zu. „Wir haben jetzt nichts mehr zu verlieren."

Anspannung breitete sich im Raum aus.

„Lasst sie ans Telefon." Dominic nickte. „Stellt sicher, dass in der Akte vermerkt wird, dass Gino Gerbachi nur Sekunden davon entfernt ist, die Direktorin zu vergewaltigen." Er sah sie kritisch an. „Dies könnte verrückt genug sein, um uns ein wenig Zeit zu erkaufen. Gib dein Schlimmstes, Ava. Gib alles, was du hast. Wir müssen diesen Kerl aus seiner augenblicklichen Denkweise herausschocken. Erschüttere ihn bis auf die Grundfesten. Ich bin direkt neben dir, um dich durch alles zu coachen."

Ava setzte sich und nahm die Kopfhörer von Eban entgegen. Charlotte schob ihr hastig eine Liste mit Kernthemen hin. Ava nahm die Liste, aber sie würde nicht helfen. Es war sogar für Experten schwer, mit Psychopathen zu verhandeln. Sie war nur eine Frischlingsagentin mit einer großen Klappe.

Sie sah auf den Monitor, stellte das Mikrofon neu ein, sodass es unter ihren Lippen war.

„Nun, wenn das nicht der alte Gino die Schlange ist. Ich verstehe jetzt, warum sie dich Schlange nennen, großer Junge." Sie betonte ihren griechischen Akzent, um mehr wie ihre Mutter zu klingen. „Ich frage mich gerade, ob der Rest der Familie weiß, was du für ein Riesensack bist?"

Charlottes Mund klappte auf, aber Dominic starrte sie mit intensiver Konzentration an.

Gino hielt mitten in der Bewegung, mit der er seinen Schwanz steif rieb, inne, und sowohl er wie auch Frank sahen sich verblüfft um.

„Was? Dachtest du, wir könnten nicht sehen, was da drin vor sich geht? Hast du immer noch nicht kapiert, dass die Feds gerne Löcher in Mauern und Lampenfassungen bohren? Ist es nicht das, was dich überhaupt hier rein gebracht hat, Gino?" Sie verhöhnte den Mann und wusste, dass Verhandlungsführer nicht so arbeiteten, aber die Zeit für Taktgefühl war vorbei.

„Oh, nein, warte, das war dieses Kind, richtig? Das kleine griechische Mädchen, das du aus Schlampigkeit nicht umgebracht hast."

Gino stand stocksteif mitten in der Küche und hörte ihr mit gebannter Aufmerksamkeit zu. Sein Kiefer war angespannt. Die Augen klein und stechend. Er steckte endlich seinen Schwanz weg, was eine Erleichterung war. Niemand wollte das Ding sehen.

Frank ließ die Direktorin los und kletterte von der Arbeitsplatte. Die Frau rollte sich zu einem Ball zusammen und lag nackt in fötaler Position da. Ava wollte sie von der Arbeitsfläche weg und auf dem Boden haben, wo sie vor einem Kreuzfeuer sicherer wäre, falls das HRT hineinstürmte.

Das Geräusch eines heranfliegenden und landenden Hubschraubers war in der ganzen Einrichtung deutlich zu hören. Das erregte Franks und Ginos Aufmerksamkeit.

Plötzlich rollte sich Milo, der verurteilte Serienmörder, der bis dahin ausgesehen hatte, als ob er bewusstlos oder tot wäre, auf seine Seite und stand langsam auf. Die anderen Geiselnehmer schienen es nicht zu bemerken.

„Erinnerst du dich an ihren Namen, Gino? Das kleine Mädchen, dessen Vater du wie einen Hund erschossen hast, weil er nicht zulassen wollte, dass du sein schwer verdientes Geld stiehlst?"

„Emily." Er kniff die Augen zusammen, als er mit seinen Blicken den Raum absuchte, nach der Kamera, nach ihr

Ausschau hielt.

„Emmeleia, Arschloch. Sie hat's dir im Gericht ganz schön gegeben. Die Geschworenen haben auf ihren Stühlen geheult." Er nahm ein großes Messer.

Ava konnte ihn fast vor Wut zittern sehen. Sie müsste lügen, wenn sie behaupten würde, dass es sich nicht gut anfühlte, sich mit ihm anzulegen. „Hast du dich je gefragt, was aus der kleinen Emmeleia geworden ist, Gino?"

„Ich werde dich finden und aufschlitzen und ficken, bis du blutest."

„Nun, wenn du mich zuerst aufschlitzt, wird es eine absolute Sauerei geben."

„Und ich werde deine Mutter und deine Schwester und deinen kleinen Bruder aufschlitzen."

Sie machte ein missbilligendes, schnalzendes Geräusch, obwohl der Gedanke sie innerlich vor Entsetzen taub werden ließ. So gewannen diese Kerle, indem sie gewalttätiger waren als alle anderen. Gefühllos. Psychopathen. Es war egal, wie viel Geld sie hatten, unter den schicken Anzügen und teuren Krawatten waren sie Monster. Mafiosi waren Tiere und mussten in Käfigen gehalten werden.

Aber er würde sie nicht finden. In ihren Akten existierten keine Hinweise auf sie. Sie waren in Sicherheit. Sie lachte. „Dafür wirst du aus dem Gefängnis kommen müssen und dazu bist du zu dumm. Du wirst deine Chance verpassen, weil du so lange gebraucht hast, um ihn hochzukriegen. Brauchst du eine kleine blaue Pille, Gino? Um ein wenig Schwung in deinen Schwanz zu bringen?"

Gino ging hinüber zum Koch, den er an den Haaren auf die Füße zog. Dieser schrie vor offensichtlich unerträglichen Schmerzen auf. Gino hielt das Messer an den Hals des

Mannes.

Ava hielt den Atem an. Dominic drückte warnend ihre Schulter. Sie sorgten sich beide, dass sie zu weit gegangen war.

„Wir gehen jetzt in den Hof und dieser Hubschrauber erwartet uns besser da", höhnte Gino.

Dominic zeigte auf eine Zeile auf dem Blatt.

„Wenn jemand die Geiseln verletzt, ist der Deal geplatzt", sagte Ava. Kalter Schweiß glitt ihren Rücken herunter. Sie war noch nie in einer so intensiven Situation gewesen. Sogar die Konfrontation mit Jimmy Taylor letzte Woche war weniger stressig als das hier gewesen – weil hier das Leben anderer Menschen auf dem Spiel stand, wie sie begriff.

Es war einfacher, das eigene Leben zu riskieren, als um das Leben anderer zu feilschen.

Sie würde diesen Job nicht für alles Geld der Welt machen wollen.

Alle im Verhandlungsraum waren unruhig und nervös. Sie warf einen Blick hinter sich und sah, wie der taktische Kommandeur und der Einsatzleiter durch das Fenster Löcher in sie starrten.

Sie wandte sich wieder dem Bildschirm zu. Gino hatte den Koch als menschlichen Schutzschild ausgewählt, weil er der größte Mensch im Raum war. Es zeigte, was für ein Feigling der Mann war.

Eben eine Schlange.

Frank griff sich eine andere Geisel und sie warteten in der Nähe des Ausgangs zum Hof.

Hubschrauberrotoren waren deutlich in der Entfernung hörbar.

„Ist der Hubschrauber schon da?", schrie Gino.

Ava hatte den Kerl definitiv nervös gemacht und ihn

daran erinnert, wie sehr er aus dem Gefängnis herauskommen wollte.

Milo hatte die dritte Geisel zum Aufstehen gezwungen und hielt ihn locker von hinten fest. Die Direktorin glitt von der Arbeitsfläche und kroch außer Sichtweite. Gut. Endlich. Sie schienen sie vergessen zu haben oder ihre eigene Haut war ihnen wichtiger.

Dominic stellte Avas Mikrofon auf stumm. „Die HRT-Agenten sind bereit, die Küche zu betreten, sobald die Geiselnehmer durch den Flur in Richtung des Freiganghofes gehen."

Frank schloss gerade das erste Bolzenschloss auf, als Milo das Küchenmesser in seinen Rücken stieß und die Klinge unter den Rippen des Mannes nach oben gleiten ließ.

Avas Mund klappte entsetzt auf.

„Scheiße", sagte Dominic in ihr Ohr.

Sie wusste, dass das HRT sich bemühte, so bald wie möglich in diesen Raum zu kommen, aber würde es schnell genug sein, um Milo davon abzuhalten, alle umzubringen?

„Das war dafür, dass du mich KO geschlagen hast, Arschloch." Milo wandte sich Gino zu, der jetzt von dem Serienmörder wegstolperte, während er weiterhin das Messer an den Hals des Kochs hielt.

Blut tropfte von der Spitze von Milos Klinge und er lachte, während er auf den anderen Geiselnehmer zuging.

„Warum glaubst du, dass er mir etwas bedeutet?" Milo deutete mit der Messerspitze auf den Koch.

Gino stieß die Geisel zur Seite und schrie hoch an die Decke, revidierte seine Freilassungsbedingungen anscheinend. „Holt mich verdammt nochmal hier raus. Dieser Kerl ist ein Psycho!"

„Jetzt bist du nicht mehr so mutig, nicht wahr, Gino?" Milo lachte und verfolgte den Mafioso, der zurückwich, bis er gegen eine Wand stieß.

„Wo zur Hölle ist das HRT?", fragte Dominic, dessen Arm auf dem Schreibtisch so nah an Avas lag, dass es wirkte, als ob er sie von hinten umarmte.

Ava schluckte hart und beschloss dann, etwas auszuprobieren. In diesem Stadium hatten sie nichts zu verlieren. „So funktioniert Rache nicht, Milo." Sie sprach griechisch. „Dieser Mann hat meiner Familie Schaden zugefügt. Ich darf entscheiden, welchen Preis er zahlt."

Milo hielt in seiner Verfolgung des Mafioso inne und starrte direkt in die Kamera. Der Mann hatte die ganze Zeit gewusst, dass sie zusahen. „Was ist mit meiner Rache? Was ist mit der der Direktorin?"

Gino schien ein Schlupfloch oder eine Schwäche bei Milo zu spüren und stürzte auf die Frau zu, die sich hinter der großen metallenen Kücheninsel versteckte. Milo streckte seinen Fuß aus und Gino knallte auf den Boden, hatte Glück, dass er sich nicht mit seiner eigenen Klinge aufspießte. Das Gesicht des älteren Mannes war unter dem weißen Haarschopf knallrot. Er sah nicht länger wie ein Gangster aus, stattdessen wirkte er wie ein fetter, verbitterter, verängstigter alter Mann.

„Er hat meinen Vater getötet. Er hat mein Leben ruiniert." Ava bestand darauf, das Mikrofon mit einer Hand zu umklammern.

„Dann sagen wir, dass das für dich ist", verkündete Milo, als ob er Ava ein Geschenk machte.

„Was zur Hölle geht da vor?", fragte Dominic, nachdem er das Mikrofon auf stumm gestellt hatte.

Ava hatte vergessen, dass die anderen die Unterhaltung

nicht verstehen konnten. „Die alten Griechen standen auf Rache“, erklärte sie.

„Scheiße, ist das nicht, was er studiert hat? Sprich Englisch – wir müssen die Unterhaltung alle verstehen.“ Dominic stellte das Mikrofon wieder an.

„Milo.“ Ava wechselte zu Englisch. „Alles, was bisher passiert ist, ist nicht Ihre Schuld. Wir haben gesehen, dass Sie kein Teil des Planes waren, dass Sie sich selbst einbezogen haben, damit Sie die Geiseln retten konnten.“

„Um die Direktorin zu beschützen“, flüsterte Dominic ihr ins Ohr, während er gebannt auf den Bildschirm starrte. „Da gibt es eine Verbindung.“

„Um die Direktorin zu beschützen“, wiederholte Ava. Schweiß lief an Avas Schläfe herunter, obwohl ihr eiskalt war. „Die Direktorin wird nicht wollen, dass Sie Gino kaltblütig umbringen. Sie wird wollen, dass er nach dem Gesetz bestraft wird.“

Die Frau stand hinter der Arbeitsfläche auf. Nackt, die Arme vor der Brust verschränkt, aber die Schultern gestrafft, die Stimme fest. Das HRT war fast da.

„Sie hat recht, Milo. Ich hätte diese Tortur nie überlebt, wenn Sie mir nicht geholfen hätten. Ich danke Ihnen dafür. Gino soll im Gefängnis verrotten. Legen Sie das Messer hin, bevor das HRT hereinkommt und Sie erschießt, weil Sie bewaffnet sind.“

Auf dem Bildschirm warfen Milo und die Direktorin beide einen Blick in Richtung der Cafeteria, wo die Geräusche der Angriffseinheit zu hören waren.

„Legen Sie die Waffe hin“, drängte Dominic direkt ins Mikrofon. „Wir möchten Sie nicht verletzen, nachdem Sie geholfen haben, diese Krise zu bewältigen.“

Milo sah Gino traurig an. Dann warf er das Messer auf die Arbeitsfläche und hob seine Hände hoch in die Luft. Er ging einen Schritt zurück und führte einen brutalen Tritt aus, der Gino direkt ins Gesicht traf. Ava sog angesichts der Heftigkeit der Attacke verblüfft die Luft ein. Dann trat Milo mit einem Lächeln weg, das Ava erschaudern ließ, gerade als die Jungs vom HRT die Türen aufsprengten und hineinstürmten.

Ava begegnete Dominics Blick und zuckte angesichts der stürmischen Emotionen in seinen Augen zusammen.

„Wir müssen reden", sagte er.

Ava zog eine Grimasse. Sie war jetzt an der Reihe für einen Arschtritt.

KAPITEL EINUNDZWANZIG

„Wusstest du davon?", verlangte Charlotte ärgerlich zu wissen, als sie an seine Seite trat.

Dominic stellte das Mikrofon und die Aufnahmegeräte ab. Wut durchzog ihn wie ein Stacheldraht. Wenn er Nein sagte, würde Ava suspendiert, sie wäre weg. Endgültig aus dem FBI rausgeworfen. Und sie war eine verdammt gute Agentin – eine, mit der er gerade Sex gehabt hatte.

Die Komplikationen vermehrten sich wie Kaninchen, und die Tatsache, dass er sich durch das, was sie getan hatten, kompromittiert fühlte, weil er sowohl sie wie auch seinen eigenen Ruf und seinen Job beschützen musste, machte ihn so verdammt wütend, dass seine Haut sich anfühlte, als ob sie an den Rändern verbrennen würde, wenn er auch nur einen Deut seines Zorns herausließ.

„Natürlich wusste ich es." Er sah Charlotte in die Augen und log.

Ava war ein schwarzer Schwan. Eine unbekannte Unbekannte, die alles völlig veränderte.

Es war so typisch *Ava*, dass er es hätte wissen müssen. Milos beschützende Loyalität gegenüber der Direktorin war eine weitere. Wer hätte gedacht, dass Serienmörder Loyalität empfinden könnten?

Charlotte warf ihre Hände hoch, als er sich weigerte, mehr zu sagen, und drehte sich weg, um ihre Sachen zu ordnen. Er und Ava starrten einander an.

Sie verstand genau, wie wütend er war. Ihre Miene veränderte sich mit jedem Atemzug – von Reue über Widerstand zu Feindseligkeit; die zunehmend kampflustige Haltung ihres Kinns zeigte ihre Stimmung.

Typisch Ava.

Ein wandelndes Pulverfass. Eine Einzelgängerin. Unberechenbar.

Der Einsatzleiter kam ins Zimmer und schüttelte seine Hand, aber Dominic hatte diese Krise nicht gelöst. Er hatte nur auf Zeit gespielt, was in diesem besonderen Fall nicht gut genug gewesen war. Dann wandte der Einsatzleiter sich an Ava und schüttelte ihre Hand.

„Ich weiß nicht, ob irgendetwas davon gestimmt hat, aber es war verdammt prächtig anzusehen."

„Wie geht es Frank Jacobs? Und der Direktorin?", unterbrach Dominic. Diese Operation war eine Teamleistung gewesen, und die Tatsache, dass der Einsatzleiter das nicht erkannte, machte ihn sauer.

„Jacobs wurde ins nächste Traumazentrum gebracht – er lebt. Die Direktorin ist körperlich unversehrt."

„Ich habe nicht viel getan, Sir." Ava sprach deutlich, unterbrach das, was Dominic sagen wollte. Mutig, wenn man bedachte, dass er so gereizt war, dass schon die kleinste Sache ihn hochgehen lassen würde. „Das Verhandlungsteam hat unermüdlich gearbeitet, um die Geiselnehmer davon abzuhalten, die Geiseln zu verletzen. Ich war ein kleiner Schockeffekt zum Ende hin."

Dominic schüttelte den Kopf.

Schockeffekt. Das beschrieb sie perfekt. Und sie hatte ihm mit der Macht ihrer Überzeugungen und ihrem tief verwurzelten Sinn für Ehre den Boden unter den Füßen weggezogen. Das war es, was Van in ihr erkannt hatte.

Der Einsatzleiter nickte. Verdammt, der Mann wirkte vernarrt. Zur Hölle, sie waren es wahrscheinlich alle, abgesehen von Charlotte, die Ava überhaupt nicht zu mögen schien. „Ich werde anregen, dass Sie eine Belobigung erhalten."

Ava schüttelte den Kopf. Die haselnussbraunen Augen waren groß und entnervt. „Nein. Nein, Sir. Mir wäre es lieber, wenn mein Anteil hieran vergessen würde. Aus den Aufzeichnungen gelöscht würde, wenn das möglich ist." Sie schluckte mehrfach. „Ich habe wirklich eine Mutter, einen Bruder und eine Schwester, die in Gefahr sein könnten, wenn mein Name bekannt wird."

„Also stimmte es?", fragte der Einsatzleiter.

Ava zog eine Grimasse, antwortete aber nicht. Dominic blieb lange Zeit still, als er begriff, was genau das bedeutete. Ava, oder Emmeleia, hatte in jungen Jahren den Mord an ihrem Vater mit angesehen. Sie war so fest ins Gesicht geschlagen worden, dass sie die Narbe noch heute hatte. Anstatt sich zu verkriechen und sich zu verstecken, wie er es getan hatte, als seine Mutter gestorben war, hatte Ava sich gewehrt, ihre Identität geändert und es mit einer der mächtigsten Mafiafamilien in der Geschichte New Yorks aufgenommen.

Er schob seine Hände in seine Hosentaschen, um zu verbergen, dass sie plötzlich zitterten. Die anderen entfernten sich, und er und Ava standen da, starrten einander an, umgeben von Chaos und hektischer Aktivität.

„So hast du Van kennengelernt?" Er sprach die plötzliche Erkenntnis laut aus.

Sie nickte.

Kein Wunder, dass sie einander nahegestanden hatten und der Kerl ihr Loblied gesungen hatte. Er hatte sie gekannt, seit sie ein kleines Kind mit einer Zielscheibe auf ihrem Rücken gewesen war.

„Es tut mir leid, dass ich dir nicht alles erzählt habe." Sie sprach leise, sodass nur er sie hören konnte.

Und darin lag ein Teil seines Ärgers begründet, wie er begriff. In der Tatsache, dass sie sich ihm nicht anvertraut hatte. Sie hatte ihm ihre tiefen, dunklen Geheimnisse nicht erzählt. Was heuchlerisch war, denn Dominic vertraute anderen nicht schnell und hütete seine Geheimnisse wie ein Geizkragen sein Geld. Das Zeugenschutzprogramm war kein gewöhnliches Geheimnis. Leben hingen davon ab, keine Informationen zu offenbaren, die nicht offenbart werden mussten.

Er und Ava hatten einander fünf Minuten lang gekannt. Fünf Minuten, die sich länger als ein Leben anfühlten.

Eban und Charlotte räumten auf, sammelten die Notizen zusammen, die sie brauchten, um ihre Berichte zu erstellten.

„Entfernt Avas Namen aus allen Dokumenten und Fallnotizen", sagte Dominic ihnen.

Eban nickte, Charlotte presste ihre Lippen vor Missbilligung fest zusammen.

Avas Augen zeigten ihm, dass sie dankbar war.

„Möchtest du alles mit uns durchgehen?", fragte Eban.

Normalerweise hätte Dominic genau das getan. Festgestellt, ob sie irgendetwas übersehen hatten oder etwas anders oder besser hätten machen können.

„Macht das ohne uns." Er versuchte immer noch, die Einzelteile seines Gehirns wieder zusammenzufügen.

Bevor Charlotte und Eban allerdings gehen konnten, erschien die Direktorin in der Tür, in einem übergroßen schwarzen HRT-T-Shirt und denselben Hosen, die sie seit Tagen trug.

Sie räusperte sich. „Ich wollte mich bei den Leuten, die daran beteiligt waren, diese Geiselnahme aufzulösen, bedanken. Bei der taktischen Einheit, aber insbesondere bei den Verhandlungsführern." Ihre Augen waren rot, und ihre Hände zitterten. Die Frau wusste, dass sie sie alle nackt und in ihrer verletzlichsten Lage gesehen hatten, aber hier war sie, sah ihnen direkt ins Gesicht, begegnete ihren Blicken mit unbeugsamem Wesen. „Sie haben mich davon abgehalten, dort drin völlig in Hysterie zu verfallen, und mir erlaubt, einen Rest Würde zu wahren."

Sie schüttelte ihnen allen die Hände. Joe und Ebans Kiefer waren so stark verkrampft, dass Dominic wusste, dass sie Tränen zurückhielten.

Es war unmöglich, nicht gerührt zu sein. Er warf einen Blick auf Ava, und obwohl sie steif dastand, waren ihre Augen glasig. Trotz ihrer Art hatte Ava Kanas ein großes Herz und war hinsichtlich ihrer eigenen und der Sicherheit ihrer Familie ein großes Risiko eingegangen, um bei der Rettung dieser Frau, die ihr fremd war, zu helfen.

Trotzdem hielt sie sich der Gruppenumarmung fern, während Charlotte gleich dort eintauchte.

Dominic verengte seine Augen, da ihre Körperhaltung ihm zeigte, dass sie sich an der Umarmung beteiligen wollte, sich aber nicht willkommen fühlte.

Plötzlich wollte er Ava in eine innige Umarmung ziehen, hatte aber Angst, dass jeder im Zimmer seine Gedanken und Gefühle für diese Frau würde erkennen können, wenn er das tat, und er war sich nicht einmal selbst sicher, was diese genau waren.

Er wusste, dass er sie mochte. Wirklich mochte. So sehr, dass er sich auf eine Weise kompromittiert hatte, die einige Stunden vorher noch unvorstellbar gewesen wäre. Es schien, als ob er von Van die Aufgabe, sie innerhalb des FBI zu beschützen – hauptsächlich vor sich selbst – übernommen hatte.

Zum ersten Mal seit Tagen fing das Handy in seiner Tasche an zu summen. Die Kommunikationswege im Gefängnis waren wieder eingeschaltet. Er würde lügen, wenn er behauptete, dass er es vermisst hatte, erreichbar zu sein.

Mallory Rooney war in der Leitung. „Die Ballistik eines Gewehrs, das im Kofferraum von Caroline Perrys Auto gefunden wurde, passt zu der Patronenhülse, die nach der Erschießung von Calvin Mortimer auf dem Dach gefunden wurde.“

„Also habt ihr das Auto gefunden?“

„Unten beim Fluss.“ Rooney hielt inne. „Hat Ava es dir nicht gesagt?“

Er strich mit seiner Hand durch seine kurzen Haare. „Ich habe sie gebeten, mir nichts zu sagen, bis diese Geiselnahme vorbei ist, was jetzt der Fall ist. Sie kann mir nun alles mitteilen, was ich versäumt habe. Erzähl du mir die Neuigkeiten.“

„Die Sondereinheit versucht herauszufinden, ob Caroline Perry bei irgendeinem der Tode der fraglichen FBI-Agenten vor Ort war. Wir sehen uns auch Karl Feldman an. Überprüfen, ob sie eventuell zusammengearbeitet haben. Wir haben jemanden, der versucht, herauszufinden, wo sie die Waffe gekauft hat, bis jetzt aber ohne Ergebnis.“

Dominic rieb sich den Nasenrücken. Die Abschürfung war geheilt, und seine blauen Flecken wurden allmählich schwächer. Seine Schulter schmerzte allerdings weiterhin. Und seine Rippen. Aber die Verletzungen heilten, und er war begierig darauf, diesen Albtraum hinter sich zu lassen.

„Die Sondereinheit versucht, eine Verbindung zwischen ihr und irgendeinem der NYFO-Fälle herzustellen, an denen deine Einheit gearbeitet hat. Vielleicht hat sie eine andere Identität angenommen und ist nicht wirklich Caroline Perry."

„Hat die BAU schon ein Profil des wahrscheinlichen Täters erstellt?", fragte Dominic, während er versuchte, den Wirbelwind von Aktivitäten um sich herum zu ignorieren. Ava verschränkte ihre Arme und sah ihn an, wartete geduldig auf Neuigkeiten.

„Angesichts der weit gefächerten möglichen Straftaten mit unterschiedlichem Modus Operandi war das nicht einfach", gab Rooney zu. „Sie haben am Wochenende auf Fernando Chavez' Schnellboot Plastiksprengstoff gefunden. Der Kerl hatte unfassbares Glück, dass der Zünder fehlerhaft war, sonst wären er und seine ganze Familie mittlerweile wohl tot. Die Tatsache, dass der Täter so einfach durch das Land reisen kann, deutet darauf hin, dass er Geld hat und überdurchschnittlich intelligent ist, aber wir haben es noch nicht weiter eingeengt."

Dominics Welt drehte sich langsamer. „Moment, Fernando Chavez? Fernando hat mit einigen der älteren Agenten nur eine zeitliche Überlappung von einigen Monaten …"

„Die Sondereinheit untersucht diese Fälle."

Dominics Gedanken rasten. Es war sein Leben. Er kannte die Fakten besser als jede Sondereinheit. „Ich muss einen

Anruf machen. Ich rufe dich zurück."

Er verließ das Gebäude mit großen Schritten, bemerkte kaum, dass Ava ihm folgte. Er suchte nach den Kontaktinformationen einer weiblichen Beamtin von der Sitte, mit der er während der Jagd auf einen berüchtigten Serienmörder zusammengearbeitet hatte, der von der Presse „Lost Girl Killer" genannt worden war.

Peter Galveston hatte gerne Anhalterinnen mitgenommen und sie über Wochen oder Monate in seinem hochwertigen Holzhaus in einsamen Wäldern festgehalten, wo er sie vergewaltigt und gefoltert hatte. Letztlich starben sie an ihren Verletzungen, oder er wurde gelangweilt und hatte sie erledigt, indem er sie in den Wäldern bei seinem Haus gejagt oder mit bloßen Händen erwürgt hatte.

Der Kerl hatte viel davon in grausamen Einzelheiten gefilmt, aber sie hatten immer gedacht, dass jemand ihm geholfen hatte. Vielleicht mehr als eine Person.

Schließlich fand Dominic die Nummer, nach der er gesucht hatte. Sandra Warren.

„Sheridan?" Sie klang genau wie vor einem Jahrzehnt. „Was kann ich für dich tun?"

„Hey, Sandy. Wo bist du gerade?" Sein Herz pumpte hektisch.

„Das ist eine seltsame Frage." Eine klassische Polizistin, die nichts verriet.

„Es ist wirklich wichtig, dass du mir jetzt sorgfältig zuhörst. Das ist kein Scherz. Ich möchte, dass du dich direkt auf den Weg zum Federal Plaza machst. Sprich mit niemandem. Fahr nicht mit deinem eigenen Auto, trink nichts und iss auch nichts …"

„Was soll denn das? Ist das irgendein Einweihungsritual

für eine geheime Gesellschaft? Gewinne ich am Ende einen Preis?" Sie lachte.

Dominics Mund war trocken. „Wo genau bist du gerade?"

Sie senkte ihre Stimme. „Ich spreche in Lower Manhattan mit dem Opfer eines Sexualverbrechens."

„Allein?"

„Nein, ein Ermittler ist bei mir. Warum? Hey, komm schon. Du machst mir Angst, Kumpel."

„Ich kann es nicht erklären, aber du musst einfach das tun, worum ich dich bitte. Nimm ein Taxi ins FBI-Büro und warte da, bis jemand dich kontaktiert."

„Was ist mit meiner Familie, Dominic?" Ihre Stimme wurde durch Angst lauter. Sie nahm ihn ernst.

„Ruf Ben an, sag ihm, er soll alle abholen – nicht in deinem eigenen Auto, in einem Taxi – und dich bei der NYFO treffen. Ruf mich an, wenn du dort bist …"

„Okay, aber wenn das ein Witz ist, werde ich dir den Arsch aufreißen."

„Es ist kein Witz."

Sie legte auf, offensichtlich in Eile, ihren Ehemann zu warnen.

„Du hast es herausgefunden?", fragte Ava, die ihn betrachtete, während sie ihre Sachen in ihre Reisetaschen warfen. Dominic ignorierte den Anblick der verwickelten Laken auf den Matratzen am Boden, aber er vergaß nicht, was sie getan hatten.

Die Bedeutung verblasste, wenn man es mit den tödlichen Handlungen dieses Mörders verglich – nicht die Tat selbst, aber die damit verbundene Scham.

„Du weißt, wer es ist", verkündete Ava, griff sich die Kulturtaschen aus dem winzigen Badezimmer und warf ihm seine zu.

„Ich glaube, es zu wissen." Er wählte Lincoln Frazers Nummer. Übelkeit wirbelte durch seinen Magen.

„Wer?", fragte sie.

Frazer ging mit einem angespannten „Was ist?" dran.

„Peter Galveston", sagte Dominic.

„Galveston ist tot", antwortete Frazer.

„Ich weiß. Ich habe ihn erschossen." Es war das erste Mal gewesen, dass Dominic einen Mann getötet hatte, wenn auch nicht das letzte Mal.

„Diese Morde haben nicht den gleichen Modus Operandi wie bei Galveston", widersprach Frazer.

„Ich sage dir, Linc, sie hängen mit ihm zusammen. Er war unser Hauptfokus, als Fernando Chavez unserer Einheit beitrat. Wir haben ihn innerhalb eines Monats nach Chavez' Eintritt erwischt, und Preston Daniels ging kurz danach in Pension. Fernando hat Preston ersetzt." Dominics Finger verkrampften sich, weil er das Telefon so fest umklammerte. „Ich weiß, dass es mit Galveston zu tun hat."

„Ich rufe die Sondereinheit an und bitte sie, die Durchsicht seiner Fallakten zu priorisieren."

Dominic hatte monatelang nur für diesen Fall gelebt. Er kannte die Fallakten auswendig.

„Ich habe eine Beamtin namens Sandra Warren angerufen, die als Köder für den Serienmörder gedient hat. Ich habe ihr gesagt, sie solle sich so schnell wie möglich auf den Weg zur NYFO machen und auch ihre Familie dorthin bringen. Wer auch immer das hier macht, wird es auf sie ab-gesehen haben."

Sein Telefon zeigte einen weiteren Anruf an. „Warte. Sie ruft zurück. Lass mich das annehmen."

„In Ordnung", sagte Frazer. „Ich rufe die Sondereinheit an."

„Dominic? Ich kann Ben nicht erreichen." Sandy sprach schnell, zu schnell. „Was zur Hölle geht hier vor sich?"

„Hast du die Schule kontaktiert?"

„Die Kinder sind beide im Büro der Direktorin. Ich habe ihr gesagt, sie soll sie dort behalten, bis ich sie abhole."

„Lass das jemand anderes machen, Sandy. Lasse einen Beamten …"

„Nein. Gottverdammt, wenn sie in Gefahr sind, werde ich diejenige sein, die sie abholt. Sag mir, was zur Hölle los ist."

Dominic holte tief Luft, um sein Herz zu beruhigen. „Wir glauben, dass jemand es auf die Agenten abgesehen hat, die an dem Peter Galveston-Fall gearbeitet haben."

„Auf sie abgesehen hat?"

„Sie ermordet."

„Oh, mein Gott."

Dominic konnte Reifen quietschen und eine Sirene losgehen hören.

„Oh, nein. Oh, Gott." Sandy schluckte hörbar, als ob sie nach Luft rang. „Vor meinem Haus steht ein Krankenwagen, Dominic."

Verdammt.

Er hörte sie den Namen ihres Ehemanns schluchzen, und dann nichts mehr. Sie legte auf. Dominic stand da und schloss seine Augen. Wenn er das hier früher herausgefunden hätte, hätte er es vielleicht verhindern können. Aber das war genau, was der Täter wollte. Dass Dominic von seinem schlechten Gewissen zerrissen wurde.

Er rief Frazer zurück und sagte ihm, was passiert war und bat ihn, Agenten beim NYFO zu kontaktieren, um Schutz für

Sandy zu arrangieren, ob sie es wollte oder nicht.

Die Pläne des Täters schienen danebengegangen zu sein, aber Dominic würde es dem Arschloch zutrauen, noch ein Ass in der Hinterhand zu haben.

„Was wirst du tun?", fragte Frazer.

Dominic warf einen Blick auf Ava. Er wünschte, sie wäre sicher und weit entfernt in Fredericksburg – nicht, weil er sie nicht um sich haben wollte, sondern weil er nicht wollte, dass sie verletzt wurde. Und dieser Täter wäre sicher mehr als glücklich, Ava zu verletzen, wenn sie ihm in die Quere kam.

„Ich bin in der Nähe, also kann ich sicherstellen, dass Galveston noch in der Erde liegt, wo ich ihn hingebracht habe. Ich möchte, dass eine Exhumierungsanordnung unterschrieben ist, wenn ich in Chapel Hill an der Grenze zwischen New York und Pennsylvania ankomme. Ich werde den Staatsanwalt in Binghamton zur Unterstützung anrufen. Du rufst den Direktor an."

„Ich bin schon dran", antwortete Frazer. „Nur eine Sache noch …"

„Was?", fuhr Dominic ihn an, während er den Wohnwagen verließ, um jemanden zu finden, der ihn fuhr.

„Sei vorsichtig. Selbst falls Caroline Perry beteiligt war, glaube ich nicht, dass sie allein arbeitete."

Frazer hatte recht. Die Handlungen waren zu ausgefeilt, um von einem Einzeltäter begangen worden zu sein. „Ich stimme zu."

„Macht Kanas sich als Leibwächterin gut?" Die Art, wie Frazer die Frage stellte, ließ Dominic darüber nachgrübeln, ob er erraten hatte, dass zwischen ihm und Ava etwas lief.

„Rettet immer noch die Welt", gab er dem anderen Mann zur Antwort.

Ava presste ihre Lippen aufeinander, und er wusste, dass sie wusste, dass sie über sie redeten. Aber er hatte keine Zeit, sich über ihre Gefühle Sorgen zu machen, oder darüber, was zur Hölle er mit dieser Frau gerne tun würde, die sein Leben und seine Arbeit so verkomplizierte. Nicht, bis sie diesen Mörder geschnappt hatten. Nicht, bis sie diesem Wahnsinn ein Ende gesetzt hatten.

KAPITEL ZWEIUNDZWANZIG

AVA SAß NEBEN Dominic in dem Hubschrauber, der eigentlich als Köder für die Flucht der Insassen angefordert worden war. Jetzt benutzten Dominic und Ava ihn, um an einen Ort namens Chapel Hills zu fliegen.

Es war erst später Vormittag, aber angesichts von allem, was seit Mitternacht passiert war, hatte sie das Gefühl, als ob der Tag schon tausend Jahre gedauert hätte.

Sie waren in Rekordzeit da herausgekommen, Dominic hatte Fragen und neue Informationen herausgebellt, noch während er am Telefon war, um zu versuchen, die Exhumierung eines Serienmörders namens Peter Galveston in die Wege zu leiten – dem sogenannten Lost Girl Killer. Jetzt saß Ava hinten im Hubschrauber und sah nervös zu, wie die Landschaft unter ihr vorbeisauste. Es war ihr erstes Mal in einem Helikopter, und sie bewegten sich so schnell, dass ihr Herz sich ungefähr sechzig Zentimeter hinter ihrem Körper befand. Es war sogar mit schützenden Kopfhörern ohrenbetäubend laut, und das Mikrofon in ihrem Headset funktionierte nicht, also konnte sie Dominic und den Piloten zwar miteinander reden hören, aber weder Fragen stellen, noch sich an der Unterhaltung beteiligen.

Nach einer Stunde in halsbrecherisch wirkender Geschwindigkeit landeten sie in einer ländlichen Gegend am Upper Delaware an der Grenze zu Pennsylvania.

„Können Sie hier warten? Wir werden einige Stunden brauchen", sagte Dominic zu dem Piloten, während der den Motor abstellte. Die Rotoren wurden langsamer, und Ava hörte den Piloten zustimmen.

Sie wäre überrascht, wenn es nicht wesentlich länger als einige Stunden dauern würde, aber es fühlte sich endlich an, als ob sie näher an diesen Täter herankamen. Ava griff sich ihre Sachen, öffnete die Tür und folgte Dominic. Beide wichen dem hinteren Rotor aus, während sie rasch auf einen wartenden Geländewagen zugingen. Sie war so damit beschäftigt gewesen, ihn über die Einzelheiten von Caroline Perrys Tod zu informieren, dass er keine Zeit gehabt hatte, ihr genau zu erzählen, wer Sandy Warren oder Fernando Chavez waren, aber sie hatte selbst einige Schlüsse gezogen. Ava hatte einen Großteil des Fluges damit verbracht, über Galveston zu recherchieren. Er war ein klassischer sexueller Sadist gewesen, und Dominic hatte ihn während seiner Verhaftung erschossen. Sie nahm an, dass Sandy Warren die Frau war, die als Lockvogel eine Anhalterin gespielt hatte, und dass Chavez ein anderer FBI-Agent des NYFO war.

„SSA Sheridan und Agent Kanas?" Ein Mann in grauem Anzug und dunkler Sonnenbrille schüttelte ihnen die Hände. „Ich bin Agent Pine. Der Gouverneur hat gerade den Befehl unterschrieben. Auf dem Friedhof ist alles bereit."

Sie stiegen beide in das Fahrzeug. Dominic hatte die ganze Reise über Textnachrichten auf seinem Telefon verschickt, wahrscheinlich, um diese Angelegenheit, die normalerweise viel Papierkram erforderte, voranzutreiben. Und wahrscheinlich war er immer noch wütend auf sie, weil sie ihm nicht die Wahrheit über Gino und ihre Vergangenheit erzählt hatte.

„Irgendwelche Neuigkeiten?", fragte sie auf der Suche nach Informationen.

Dominic ließ seine Sonnenbrille etwas herunterrutschen und sah sie von seinem Sitz vorne im SUV an. „NYPD Detective Sandra Warrens Ehemann wurde verletzt in ihrem Zuhause gefunden. Er hat ein an Sandy adressiertes Paket geöffnet, das nach Hause geschickt worden war und sich als Rohrbombe herausstellte. Sie haben ihn ins Krankenhaus gebracht, aber er hat eine Hand verloren und ist noch nicht außer Gefahr."

Emotionen krallten sich in Avas Kehle. „Hätte Caroline Perry es vor ihrem Tod abschicken können?"

Die Frau war direkt vor ihnen gewesen, hatte ihnen Essen und Getränke serviert, und sie hatten keinerlei Verdacht geschöpft.

Dominic nickte. „Es wäre möglich gewesen. Sie untersuchen die gesamte in diesem Fall gefundene DNA so schnell wie möglich, ebenso wie alle anderen Labortests, die durchgeführt werden müssen. Das hat für das FBI oberste Priorität. Agenten waren schon dabei, jeden Aspekt von Perrys Hintergrund vom Kindergarten bis heute zu untersuchen – und zu versuchen, herauszufinden, ob die Kellnerin wirklich ‚Caroline Perry' war, aber bisher sieht es so aus, als ob sie keine lebenden Verwandten hatte. Bis jetzt ist niemand namens ‚Perry' mit irgendeiner Verbindung zum Galveston-Fall aufgetaucht."

„Also, wie sieht der Plan aus?"

„Galvestons Leiche zu untersuchen sollte nicht lange dauern. Höchstens ein paar Stunden."

„Warum genau lassen Sie die Leiche des Kerls exhumieren?", fragte Agent Pine.

„Weil ich beweisen muss, dass er tatsächlich tot ist."

„Sie haben ihn unter die Erde gebracht, und jetzt graben Sie ihn aus?" Pine lachte. „Kein Wunder, dass die Leute die Bundesregierung für ineffizient halten."

Dominic lachte nicht. „Sobald die Verbindung zwischen Galveston und diesen anderen Vorfällen bekannt wird, wird es Spekulationen geben, ob Galveston wirklich tot ist. Das ist er. Ich habe nach der Schießerei seinen Puls überprüft. Ich war bei der Autopsie anwesend, während der sein Gehirn und sein schwarzes Herz auf der Arbeitsplatte gewogen worden sind."

„Die Leute werden behaupten, dass er es irgendwie vorgespielt hat. Irgendeine Art Gift genommen hat, um seinen Herzschlag zu verlangsamen. Der Kerl war ein Multimillionär, er hätte den Gerichtsmediziner bestechen können, die Cops bestechen können … eine Leiche beschaffen können", rief Ava aus. Verschwörungstheoretiker konnten ausgesprochen verrückt werden.

„Oder dass ihr Jungs die falsche Person erwischt habt", warf Agent Pine ein

„Genau." Dominic schob seine Brille wieder auf seiner Nase hoch. „Und ich werde beweisen, dass dieser Schwanzlutscher niemanden mehr verletzen kann."

Ava fragte sich, ob er es auch sich selbst beweisen musste. Van hatte ihr gesagt, dass es Fälle gab, die eine gesamte Karriere prägen konnten. Der Mord an ihrem Vater und die Mafiosi dranzubekommen war Vans Fall gewesen. Vielleicht war dies hier Dominics Fall.

„Wie lief die Schießerei ab?", fragte sie.

„Wir erkannten, dass wir es mit einem Serienmörder zu tun hatten, nachdem die verwesenden Leichen dreier Frauen in den Wäldern auf beiden Seiten des Delaware Rivers gefunden worden waren. Der Fluss trennt New York und Pennsylvania, also wurde das FBI sofort hinzugezogen." Dominic schürzte die Lippen. „Wer weiß, wie viele Überreste wir nicht gefunden haben. DNA-Abstriche aus dem Holzhaus erbrachten vierzig verschiedene Profile, obwohl wir nie sicher waren, ob es alles Opfer waren oder nicht. Einige könnten Freunde gewesen sein. Galvestons Videotagebücher zeigten, dass er gerne Gäste hatte, oft während sich irgendwo anders im Haus ein gefesseltes und außer Gefecht gesetztes Mädchen befand. Das machte ihn an."

Ava schauderte. Die Mafia war bösartig und brutal, aber dieser Art Morden lag eine andere Art des Bösen zugrunde. Genau so verwerflich. Aber anders.

„Wir wussten, dass die Opfer im Allgemeinen freitagabends von den Highways 178 oder 97 verschwanden. Wir beschlossen, dass sich eine Polizistin an einem Freitagabend an einem Straßenabschnitt von einer Meile als Anhalterin ausgeben sollte. Wir hatten in den Wäldern eine Überwachungseinheit versteckt. In unserer vierten Woche wollten wir es gerade beenden, als dieser glänzende neue Pickup-Truck vorbeifuhr und abrupt für Sandy anhielt. Ihr war gesagt worden, nicht in das Auto zu steigen. Wir nahmen zu diesem Zeitpunkt nur Namen und Nummernschilder auf. Bevor wir uns versahen, lag sie am Straßenrand auf ihren Knien, und der Fahrer stieg aus und fing an, sie in den Truck zu zerren. Danach ging alles sehr schnell. Wir fuhren aus den Wäldern direkt vor den Truck, und er rammte uns fast. Wir hatten ihn überrascht. Ich sprang raus und befahl ihm, aus dem Truck zu steigen. Er tat es nicht schnell genug, also öffnete ich seine Tür und er griff nach einer 356er Magnum. Sandy schaffte es, sie ihm aus der Hand zu schlagen, obwohl er sie mit einem Taser betäubt hatte. Ich befahl ihm wieder, das Fahrzeug zu verlassen, aber er stürzte sich stattdessen auf die Waffe. Also habe ich ihn zweimal in die Brust geschossen. Es war innerhalb von fünf Sekunden vorbei, aber jeder Augenblick fühlte sich wie ein Jahrhundert an."

Ava stieß einen langen Atem aus. Es klang, als ob solide Ermittlungsarbeit und reines Glück den Serienmörder zur Strecke gebracht hatten. Die millimeterdünne Grenze zwischen Erfolg und Versagen war sowohl befriedigend als auch erschreckend, da das Glück manchmal der anderen Seite vergönnt war. Manchmal entwischten die bösen Jungs und töteten weiter.

Agent Pine hielt an einem ländlichen Friedhof mit einer schönen alten Ziegelkirche mit weiß gestrichener, von einem Kreuz gekrönter Turmspitze an. Alte verwitterte Grabsteine wetteiferten auf dem üppigen grünen Grundstück mit neuen aus weißem Marmor. Ava stieg aus dem Auto, versuchte, das plötzlich ihre Haut überlaufende Frösteln zu verbergen. Vielleicht war es der Nebel, der sich allmählich vom umgebenden Wald her ausbreitete. Vielleicht war es die kühle Bergbrise. Vielleicht waren es die Geister von Peter Galvestons sämtlichen Opfern. Was auch immer es war, es verursachte ihr Gänsehaut.

In der hinteren Ecke des Friedhofs häufte ein kleiner Bagger einen ständigen wachsenden Erdhaufen neben einem hohen Marmor-Obelisken auf.

Ava folgte Dominic aus dem Auto und über das feuchte Gras. In diesem Augenblick war Sheridan der distanzierte Profi, der die Lage unter Kontrolle hatte. Es war schwer, diesen Mann mit dem Menschen in Einklang zu bringen, der nur Stunden zuvor ihren nackten Körper geleckt hatte, aber

Ava erwartete keine öffentlichen Liebesbekundungen. Wollte sie nicht. Selbst wenn sie in einer richtigen Beziehung gewesen wären, hätte sie erwartet, dass SSA Sheridan sich in erster Linie wie ein Strafverfolgungsbeamter der Bundesregierung verhielt. Wer konnte schon sagen, was passieren würde, wenn sie später alleine waren, aber sie würde nicht wie ein Hund um seine Zuneigung betteln. Sie war nicht mehr bedürftig nach Aufmerksamkeit, seit ihr Vater vor ihren Augen umgebracht worden war, und sie hatte erkannt, dass die Sicherheit eines starken Mannes eine Illusion war.

Ava ging hinter Dominic und Pine, folgte ihnen dichtauf. Sie sah sich um, überprüfte die Umgebung auf mögliche Bedrohungen. Ein Mann und eine Frau kümmerten sich um ein Grab in dreißig Metern Entfernung. Die Frau war auf Händen und Knien und zupfte Unkraut. Der Mann füllte eine Gießkanne. Keine Presse. Gut.

Dominic ging zu einer kleinen Gruppe Männer, die die Ausgrabung mit ansahen, schüttelte Hände und stellte sich vor.

„Wo ist das Zelt?", fragte Dominic.

Normalerweise wurde bei einer Exhumierung ein Tatortzelt verwendet, das die Vorgänge vor neugierigen Augen verbarg. Normalerweise hatten sie auch mehr Zeit zur Vorbereitung …

Pine antwortete. „Mitarbeiter des Gerichtsmediziners sind mit einem Zelt und einer Ausrüstung zur Probenentnahme auf dem Weg. Der Gerichtsmediziner hat mir gesagt, dass der Sarg zuerst draußen sein muss, da ihr Zelt nicht groß genug ist, um den Bagger und die Erde abzudecken. Er sagte, er würde hier sein, wenn wir für ihn bereit wären."

Ava sah, wie Dominics Kiefer sich anspannte, aber seine

Miene blieb neutral. Er war geübt darin, seine Gefühle zu verbergen. Etwas, dass sie nie richtig gemeistert hatte.

Ein Mann kam von der Kirche her zu ihnen und stellte sich als der örtliche Pastor, Robin Elgin, vor. Er schien Anfang dreißig zu sein, ein gutaussehender Kerl in Jeans und einem grünen Pullover und schwarzen Turnschuhen.

Hip und modern für einen Mann Gottes.

Dominic schüttelte ihm die Hand. „Entschuldigen Sie die Unannehmlichkeiten, Pastor. Wir werden Sie nicht lange behelligen."

Die Lippen des Pastors zogen sich vor Widerwillen zurück. „Ich nehme an, es war unvermeidlich, wenn man bedenkt, wessen Grab es ist."

Ava neigte ihren Kopf zur Seite. „Besuchen viele Leute das Grab?"

Dominic horchte bei dieser Frage auf.

Der Mann nickte. „Absolut. Es kommen viele Leute wegen unseres berühmten Bewohners her."

„Irgendwelche regelmäßigen Besucher?", fragte Ava.

„Sogar mehrere."

„Kennen Sie von einigen die Namen?", fragte Dominic, dessen Interesse zunahm.

Der Pastor sah überrascht aus. „Nein. Ich meine", er zuckte mit den Schultern und sah sich um, „es sind keine hiesigen Anwohner."

Dominic tat das, was er tat, wenn er wollte, dass jemand weiterredete. „Keine hiesigen Anwohner?"

„Nun, ich meine, sie könnten es sein, ich kenne hier nicht jeden, aber ich glaube es nicht. Sie kommen definitiv sonntags nicht zur Kirche, aber das scheint ohnehin immer weniger üblich zu sein."

„Galveston ist in einem Familiengrab beerdigt, stimmt das?", fragte Dominic.

Der Pastor nickte und räusperte sich. „Ja. Ich war zu dem Zeitpunkt natürlich nicht hier, aber der Galveston-Familie gehörte das meiste Land hier in der Gegend. Sie spendeten das Grundstück unter der Bedingung, dass alle direkten Nachkommen das Recht hätten, hier beerdigt zu werden."

„Fast, als ob sie wussten, dass sich das eines Tages als nützlich erweisen würde", scherzte Ava.

Der Pastor lächelte. Die Art, wie seine Augen über ihren Körper schweiften, deutete darauf hin, dass er kein Zölibatsgelübde abgelegt hatte.

Sie blinzelte überrascht. Er rief in ihr ein seltsam unbehagliches Gefühl hervor.

„Haben Sie irgendein Buch, in dem diese Besucher sich vielleicht eingetragen haben?", fragte Dominic.

„Nun, ja, obwohl ich nicht weiß, ob sie es auch getan haben." Der Adamsapfel des Pastors sprang einige Male auf und ab. „Ich versuche, die Leute nicht zu beobachten, wenn sie hier sind, um den Toten ihren Respekt zu erweisen, ganz gleich, wen sie betrauern. Wenn Sie mir folgen möchten? Ich zeige Ihnen, wo das Gästebuch ist, damit Sie es sich ansehen können."

„Ava", befahl Dominic.

Verdammt. Sie wollte ihn nicht allein lassen, konnte aber kaum einen direkten Befehl missachten. Außerdem sollte er bei Agent Pine ausreichend in Sicherheit sein.

Als der Pastor sich umdrehte und losging, hielt Dominic sie mit einem Griff um ihr Handgelenk auf und beugte sich dicht an ihr Ohr. „Sei vorsichtig. Ich traue ihm nicht."

„Ja, Sir. Und du sei ebenfalls vorsichtig. Dieser Ort

verursacht in mir ein ungutes Gefühl", sagte sie leise.

„Angst vor Geistern, Agent Kanas?" Dominics Lächeln war hart.

„Nein, Sir. Ich habe Angst vor Menschen." Und momentan traute sie niemandem. Nicht einmal dem toten Kerl.

Dominic grinste sie auf eine Weise an, die ihr Herz wie einen Fisch auf dem Trockenen zappeln ließ. Sie seufzte schwer, während sie dem Pastor zu der alten Kirche folgte. Trotz allem, was sie sich selbst einredete, verliebte sie sich gerade in Dominic. Wenn sie nicht aufpasste, würde sie noch Rinderschmortöpfe kochen und ihm ihr Herz hinhalten, damit er darüber trampeln konnte.

Gottverdammt.

Sie zuckte zusammen und betrat die Kirche mit einer stummen Entschuldigung. Drinnen war es eiskalt, in diesem Teil des Landes gab es die Hitze des Sommers wie in Virginia nicht.

Pastor Elgin führte sie in den hinteren Teil der Kirche und nahm ein Gästebuch, das neben einem schwarzen Stift auf einem Seitentisch lag. Ein Teil von Ava wollte beides als Beweis mitnehmen, aber was würde es beweisen? Nichts Aufschlussreiches, abgesehen davon, dass Händedesinfektionsmittel eine wirkliche Notwendigkeit war.

Sie folgte Elgin in einen seitlich abgehenden Flur und durch ein Zimmer mit einem kleinen Sofa, einem Fernseher, einem Waschbecken, einem Kühlschrank und einer Kaffeemaschine.

„Kann ich Ihnen etwas zu trinken machen?"

Das Bild von Dominic, der aus seinem Lexus gezogen wurde, sprang ihr in den Kopf.

„Nein, danke. Wasser wäre allerdings schön. Ich hole es mir selbst. Ich möchte Ihnen keine Unannehmlichkeiten verursachen", beharrte sie und lächelte den Mann strahlend an. Er strich gegen sie, als er nach oben griff, um ein Glas aus dem Regal zu holen.

Ava rollte mit den Augen, als sie das Glas von ihm entgegennahm. Sie konnte nicht entscheiden, ob er sich für ein Gottesgeschenk hielt – angesichts der Umstände verständlich – oder wenig Ahnung von persönlicher Distanz hatte.

Sie füllte ihr Glas und nahm einen großen Schluck Wasser, ohne den Blick von dem Kerl abzuwenden. Dann wischte sie ihren Mund ab. „Wie lange arbeiten Sie schon hier, Pastor?"

Er blinzelte, und sie bemerkte, dass er Sommersprossen und hellblaue, arglose Augen hatte. „Es sind jetzt ungefähr fünf Jahre. Ich kann eigentlich nicht glauben, dass es schon so lange ist. Davor war ich im College und habe meinen Doktor in Theologie gemacht." Er rieb mit seinen Händen über seine Unterarme. Es war kalt wie im Kühlschrank hier drin.

„Haben Sie die Gemeinde ausgesucht oder war es anders herum?"

Er lachte. Sie bemerkte einen roten Fleck auf der Haut, als er seinen Ärmel hochrollte.

„Ein wenig von beidem, würde ich sagen. Ich habe mich für den Job beworben, als der letzte Pastor wegzog, und hatte das Glück, ausgewählt zu werden. Ich habe davor in Connecticut als Diakon gearbeitet."

„Gute Bezahlung?", fragte Ava lächelnd. Man erfuhr wirklich mehr von den Leuten, wenn man freundlich war.

Er schüttelte den Kopf. „Schrecklich, aber eine gute Unterkunft ist inbegriffen, und es ist wirklich ein schönes Fleckchen Erde."

„Selbst mit einem Serienmörder auf dem Friedhof?"

„Wer ohne Sünde ist, werfe den ersten Stein." Der Ton des Pastors war eher spöttisch als frömmelnd.

„Sehr christlich von Ihnen." Ava lächelte, spülte ihr Glas ab und stellte es zum Trocknen auf die Arbeitsfläche. Dann ging sie zu dem kleinen Tisch, setzte sich und zog Handschuhe über, um durch das Gästebuch zu blättern. Man konnte nicht zu vorsichtig sein.

Der erste Eintrag im Buch war vier Jahre zuvor datiert. „Haben Sie auch die Bücher für die Jahre davor?", fragte sie. „Insbesondere von vor zehn Jahren, als Galveston beerdigt wurde?"

Er richtete sich auf. „Ich weiß nicht. Sie sollten irgendwo hier sein. Lassen Sie mich danach suchen."

„Haben Sie je von einer Frau namens Caroline Perry gehört? Oder einem Mann namens Karl Feldman?"

Elgin runzelte die Stirn. „Nein. Sollte ich?"

„Ich bin nur neugierig." Ava fing an, von vorne nach hinten durch das Buch zu blättern. Die Antworten waren irgendwo. Man musste nur herausfinden, wo.

———

DOMINIC WOLLTE DAS Grab nicht verlassen, bis der Sarg aus dem Loch gehievt und offen war, und er auf Peter Galvestons verrottende Leiche starrte. Aber als er sah, wie Ava dem Geistlichen folgte, der kaum seine Zunge im Mund behalten konnte, wollte Dominic sie auch nicht mit dem Kerl alleine lassen. Das war eher eine persönliche Präferenz als eine berufliche, also blieb er, wo er war. Anscheinend hatte der Einzelgänger sich in den letzten Tagen an seinen schönen

Schatten gewöhnt.

Reiß dich zusammen.

Ava Kanas brauchte seinen Schutz nicht. Sie hatte gefährliche Entflohene und Drogendealer zur Strecke gebracht, und das nur in der letzten Woche. Verdammt, sie hatte es in einem Alter mit der Mafia aufgenommen, in dem die meisten Kinder noch Verkleiden spielten. Was hatte er mit sieben Jahren getan? Wahrscheinlich geweint, weil seine Mutter tot war, und dann seinen Bruder bei Mario Kart besiegt.

Er widmete seine Aufmerksamkeit wieder dem Bagger, der eine Schaufel schwarzer Erde nach der anderen aus dem Boden holte. Das Geräusch machte es unmöglich, eine normale Unterhaltung zu führen. Zwei weitere Bundesagenten kamen an, wahrscheinlich, um sich alles anzusehen. Sie gruben ja nicht jeden Tag einen Serienmörder aus.

Dominic nutzte die Zeit, um seine Gedanken über den Fall zu ordnen.

Dieser Killer hatte C4 auf Chavez' Schnellboot geschmuggelt und eine Rohrbombe an Sandra Warren geschickt, die ihren Ehemann verstümmelt hatte. Ihm oder ihr war es egal, ob Außenstehende verletzt wurden. Es war dem Täter auch egal, ob Kinder verletzt wurden.

Wenn es Caroline Perry war, was war dann ihr Motiv? Wie hatte sie mit Galveston zu tun?

Dominic hob seinen Blick zum Grabstein und las die Inschrift. Älterer Bruder. Eltern. Zu Peter nichts außer seinem Namen, Geburtsdatum, Todesdatum. Der Mann war nach dem frühen Tod seines Bruders Einzelkind gewesen. Dominic würde alles darauf wetten, dass Peter mit diesem vorzeitigen Tod etwas zu tun gehabt hatte. Psychopathen mochten keine

Wettbewerber um Aufmerksamkeit.

Der Kerl hatte eine Menge Freunde gehabt, aber sie waren wie Kakerlaken in alle Richtungen gestoben, nachdem er erschossen worden war, und hatten behauptet, keine Ahnung vom mörderischen Zeitvertreib dieses Mannes gehabt zu haben. Sie sagten wahrscheinlich die Wahrheit. Die meisten von ihnen. Das FBI hatte nie eindeutig einen von ihnen mit seinen Verbrechen in Verbindung bringen können.

Dominic ging um den Obelisken herum und hielt abrupt an. Jemand hatte dem Dreckskerl einen Teddybär hinterlassen. Es war eine teure Marke, das erkannte er am Etikett am Fuß des Plüschtiers. Wer zur Hölle hinterließ einem Serienmörder ein Stofftier? Jemand, der ihn liebte.

Er holte sein Handy heraus, machte ein Foto und schickte es an Lincoln Frazer. Eine Minute später rief der Mann ihn an.

„Wo bist du?", fragte Frazer.

„An Peter Galvestons Grab."

„Gib mir die GPS-Koordinaten."

Dominic schickte sie als Textnachricht und wartete schweigend.

Frazer meldete sich endlich zurück, als der Bagger gerade mit einem leichten Bums auf etwas Festes in der Erde traf. Die Anwesenden drängten sich aufgeregt um das Grab.

„Alex Parker konnte eine Handynummer ausmachen, die in der Umgebung der Bar in Fredericksburg, Vans Haus und der Gegend, in der Caroline Perrys Körper im Wasser gelandet ist, aktiv war. Sie war auch einige Male mit dem Sendungsmast in der Nähe deines Hauses verbunden. Parker hat es überprüft und sie war innerhalb des letzten Jahres auch einige Male mit dem Sendungsmast in der Nähe deines momentanen Aufenthaltsorts verbunden."

„Schick mir diese Daten." Er musste dem Pastor ein Foto von Perry zeigen und feststellen, ob der Kerl sie erkannte. „Wo ist das Telefon jetzt?"

„Es wurde seit Dienstagabend nicht mehr eingeschaltet. Ungefähr zum Todeszeitpunkt, den der Gerichtsmediziner für Perry nannte."

„Was sagt dir der Teddybär?", fragte Dominic den Profiler.

„Dass jemand starke Gefühle für Galveston hatte und beweisen wollte, dass jemand ihn liebte. Wahrscheinlich eine Frau."

Dominic brummte. Männer neigten nicht dazu, für geliebte Menschen Teddybären zu kaufen – sofern es nicht für ein Kind war. Galvestons Eltern waren beide tot.

„Das könnte das Werk von mehr als einer Person sein", erklärte Dominic.

„Zu diesem Zeitpunkt, nachdem so viele Agenten angegriffen wurden, hat der Täter definitiv Hilfe", stimmte Frazer zu.

„Ich muss los." Dominic beendete das Gespräch.

Also, wer hatte das Spielzeug hinterlassen? Durfte er es als Beweis mitnehmen? Zu welchem Zweck? Es war kein Vergehen, ein Grab zu besuchen, oder ein Geschenk dort zu hinterlassen.

Die Totengräber und Arbeiter hatten Ketten unter dem Sarg befestigt. Der Bagger leistete jetzt als Winde Doppeleinsatz. Vier Männer stabilisierten den Sarg, während er ganz aus der Erde kam, und ließen ihn auf dem Gras neben dem Loch in der Erde nieder.

Dominic sah sich ungeduldig nach dem Gerichtsmediziner um. Wo zur Hölle war der Kerl? Er wollte gerade den

Sarg selbst öffnen, als ein Transporter heranrollte. Zwei Männer, die beide schwere Taschen trugen, stapften über das ausgetrocknete Gras auf sie zu.

Dominic hielt seine Irritation zurück, anscheinend aber nicht gut genug.

„Was soll die Eile, Leute? Ist ja nicht so, als ob unser Knabe weglaufen würde."

Dominic zwang sich zu einem Lächeln und benutzte seine fröhliche, freundliche Stimme, obwohl seine wütende Stimme ihnen sagen wollte, dass sie sich verdammt nochmal beeilen sollten. „Dies ist Teil einer aktuellen Ermittlung, in der es auf jede Minute ankommt."

„Nachahmer?", fragte der Gerichtsmediziner stirnrunzelnd.

Dominic war sich sicher, dass das Letzte, was dieser Mann auf seinem Tisch haben wollte, vergewaltigte und ermordete Mädchen waren.

„Leider darf ich zu diesem Zeitpunkt nichts über eine aktive Ermittlung sagen."

Der Mann brummte und sah mürrisch gen Himmel. „Wollen Sie wirklich das Zelt? Der Aufbau dauert dreißig Minuten."

Dominic dachte darüber nach. Alles, was sie brauchten, war ein Foto der Leiche in situ und die Entnahme einer raschen DNA-Probe. „Haben Sie Schirme im Auto?", fragte er Agent Pine und den Assistenten des Gerichtsmediziners.

Beide Männer nickten und stapften davon, um sie zu holen.

Der Mann und die Frau auf dem Friedhof sahen interessiert zu.

„Sie können alle gehen. Wir rufen Sie, wenn wir Sie wieder

brauchen", sagte er den Totengräbern und den Arbeitern.

Die restlichen Bundesagenten bildeten eine kurze Mauer. Pine reichte einen Golfschirm herüber und hielt selbst einen zweiten fest. Dominic öffnete den Schirm, gerade als Ava neben ihn schlüpfte, um bei der Bildung der Barriere zu helfen. Der Schirm war breit und verhinderte den Blick Schaulustiger auf das Innere des Sarges von oben und der Seite.

Der Gerichtsmediziner und sein Assistent setzten beide Masken auf und hoben dann die obere Hälfte des Sargdeckels an.

Verdammte Scheiße.

Dominic starrte in den Sarg, während die Welt sich um ihn drehte. Der Sarg war mit braun beflecktem Satin ausgelegt, aber es befand sich keine Leiche darin.

Jemand fluchte. Agent Pine.

Peter Galveston war tot. Dominic wusste, dass er tot war, aber jemand versuchte, seinen Verstand durcheinander zu bringen.

„Können Sie feststellen, ob die Leiche entfernt wurde? Oder ob je eine darin war?", fragte Ava leise, achtete darauf, dass ihre Stimme nicht weit hörbar war.

„Wenn man nach den Flecken und Körperflüssigkeiten dort geht, war definitiv eine Leiche da drin", antwortete der Gerichtsmediziner.

Aber jetzt war sie weg.

Dominic schaffte es, den großen Kloß in seiner Kehle herunterzuschlucken. „Schließen Sie ihn. Der Sarg soll zur Untersuchung in das nächste Kriminallabor transportiert werden. So schnell wie möglich. Höchste Priorität." Er sah die Männer an, die dabei geholfen hatten, den Sarg aus der Erde zu holen.

„Sie müssen all diese Leute befragen", sagte er Pine und den anderen Agenten. „Ich glaube nicht, dass jemand diese Leiche ohne Hilfe gestohlen hat. Auch den Pastor. Vielleicht hat jemand eine Spende gemacht, die er nicht ablehnen konnte, damit er in die andere Richtung sah." Diese Leute waren die Hauptverdächtigen, bis das FBI zu anderen Ergebnissen kam. „Nehmen Sie sie wegen möglicher Beihilfe zum Mord an einem Bundesagenten in die Zange. Packen Sie den Teddybär und alle Gästebücher in der Kirche ein. Besorgen Sie sich einen Befehl, falls der Pastor sich weigert – nein, besorgen Sie sich in jedem Fall einen Befehl. Schicken Sie alles, abgesehen von dem Sarg, per Kurier an das Nationale Labor." Dominic ging mit großen Schritten davon, Ava hinter ihm, während Agent Pine, der sie fuhr, ihnen nacheilte.

„Wo werden Sie hingehen?", fragte Pine.

Dominic sah auf seine Uhr. „Ich werde Galvestons Holzhaus überprüfen. Wissen Sie, wo das ist?"

Pine schüttelte seinen Kopf. „Aber ich kann es herausfinden."

„Nicht nötig. Fahren Sie uns in die nächste Stadt mit einer Autovermietung. Von dort aus finde ich den Weg." Dominic rief den Hubschrauberpiloten an und sagte ihm, er solle nach Hause fliegen. Er hatte das Gefühl, dass sie hier eine ganze Weile festsitzen würden.

KAPITEL DREIUNDZWANZIG

V OM AUTO AUS hatte Dominic Frazer angerufen, der dann den Leiter der Sondereinheit über Peter Galvestons fehlende Leiche informiert hatte. Die Presse würde ausflippen. Jetzt stand er vor dem Restaurant, während er darauf wartete, dass ihr Mittagessen gebracht wurde. Weder Dominic noch Ava hatten seit gestern Abend irgendetwas gegessen. Dominic wusste nicht einmal mehr, was es gewesen war. Er rief seinen Boss an, der zum Glück dadurch abgelenkt war, dass er gleich in ein Flugzeug nach Südostasien steigen musste.

„Ich hörte, du hattest bei der Auflösung der Geiselkrise unerwartete Hilfe", sagte Savage, sobald Dominic damit fertig war, ihn über die Galveston-Situation zu informieren.

Dominic kratzte sich am Kopf. Er hatte Ava noch nicht damit konfrontiert. Seit dem Ende der Geiselnahme war seine Konzentration direkt zu diesem Fall und der Tatsache zurückgekehrt, dass jemand ihn und seine Kollegen tot sehen wollte. Alles war ein Wirbelwind aus Aktivitäten gewesen, während sie sich bemühten, dem Täter einen Schritt voraus zu bleiben. Er versuchte immer noch, herauszufinden, ob er von Ava beeindruckt, oder wütend auf sie war. Oder beides.

„Wie geht es Frank Jacobs?"

„Er lebt. Die Ärzte glauben, dass er es schaffen wird. Das Messer hat seine Nieren um zwei Zentimeter verfehlt. Hat die Lunge getroffen, aber nicht so viel Schaden angerichtet, wie zuerst zu befürchten war.“

„Irgendetwas über die Direktorin?“

„Sie wird sich eine Weile frei nehmen. Alle beteiligten Insassen werden verlegt.“

Die Standardprozedur.

„Inklusive Milo Andris?“

„Insbesondere Milo. Seine Anhänglichkeit an die Direktorin könnte hässlich werden. Er könnte das Gefühl haben, dass sie ihm jetzt etwas schuldet. Sie könnte das Gefühl haben, dass sie ihm etwas schuldet. Es ist besser, wenn jeder von vorne anfängt. Also“, Savage gab sich deutlich Mühe, locker zu klingen, „Ava Kanas war im Zeugenschutzprogramm?“

„Ich glaube, offiziell ist sie das immer noch.“ Dominic sah hoch und entdeckte in der Nähe eine Apotheke. Durch das Fenster sah er, dass seine Essensbestellung noch nicht angekommen war. Er ging auf die Apotheke zu, während er weiter telefonierte.

„Keine Sorge“, meinte Savage, „die Information über ihre vollständige Identität wurde aus den offiziellen Berichten über den Zwischenfall herausgehalten. Wir haben sie als Verhandlungsführerin in Ausbildung bezeichnet und sie hat hier bei der CNU keine Akte, also wird auch ihr Name nicht erwähnt.“

Dominic stieß erleichtert die Luft aus.

„Wusstest du davon?“, hakte Savage nach.

Dominic mochte Charlotte und Eban angelogen haben, aber er konnte Savage nicht anlügen.

„Nein, aber rückblickend habe ich ihr wenig Möglichkeiten gegeben, es mir zu erzählen. Ich war so auf die Geiselnahme konzentriert, dass ich immer, wenn sie versuchte, mit mir zu reden, davon ausging, dass es sich um den Täter handelte, der unsere Agenten umbringt, und ihr gesagt habe, sie solle warten, bis die Geiselnahme vorbei sei. Sie hat im Verhandlungsraum nicht einmal ihren Mund aufgemacht, bis Gino nur Sekunden davon entfernt war, die Direktorin zu vergewaltigen."

Dominic nahm eine Schachtel Kondome und einige Kopfschmerztabletten. Er wusste nicht, ob er von seinem Mangel an Selbstbeherrschung angewidert oder von seiner umfassenden Planung für jeden Fall beeindruckt sein sollte.

„Ich hatte keine Ahnung von ihrer Vergangenheit, aber es erklärt ihre Beziehung zu Van Stamos. Ich weiß allerdings, dass die Geiselnahme ohne Kanas' Eingreifen für die Geiseln nicht so gut zu Ende gegangen wäre."

Er zahlte bar und ließ die Sachen in seine Tasche gleiten. Dann ging er zurück zum Restaurant.

„Man muss immer das Unerwartete erwarten." Savage lachte.

„Vergiss das nie. Gute und sichere Reise, Quentin."

Der Mann fluchte. „Bist du sicher, dass du nicht nach Jakarta willst?"

„Verdammt, nein." Dominic war viele Male dort gewesen, aber nie wegen eines Urlaubs. „Du wirst das toll machen."

„Sei vorsichtig, Dom. Irgendjemand wird geil bei dem Gedanken, dich unter die Erde zu bringen."

Er dachte an Caroline Perry. „Dieser Jemand könnte schon tot sein." Scheiße, er hoffte es.

„Vielleicht aber auch nicht. Die gute Nachricht ist, selbst wenn er noch lebt, bezweifle ich, dass er weiß, wo du gerade jetzt bist, aber das wird nicht lange dauern, sobald die Presse von Galvestons fehlender Leiche hört. Tu nichts Dummes, und behalte Kanas in deiner Nähe, solange wir nicht bestätigt haben, dass Perry die Täterin war und definitiv allein gearbeitet hat."

Dominic brummte. Kanas in seiner Nähe zu behalten bedeutete, dass er definitiv etwas Dummes tun würde. Und es war nicht einmal das, was ihn an der ganzen Sache störte. Sie in seiner Nähe zu behalten schien nicht wie ein Problem, und das an sich wurde allmählich ein großes Thema für ihn.

„Wann wirst du wieder in Quantico sein?", fragte Savage.

Dominic kreuzte seine Finger. „Morgen. Ich werde mich melden, wenn sich noch etwas Neues tut."

„Tu das. Charlotte und Eban sind jetzt auf dem Rückweg hierher. In Oregon entwickelt sich wieder irgendeine Patt-Situation."

Verdammte Freemen.

„Also alles normal?", scherzte Dominic.

Savage brummte. „An manchen Tagen fühlt es sich an, als ob es egal ist, wie hart oder schnell wir arbeiten, weil es immer noch eine Gruppe Bekloppter gibt, die bereit sind, aus ihren Löchern zu kriechen und anderen Verwüstung und Leid zu bescheren."

Dominic dachte an Peter Galvestons verschwundene Leiche, die nicht von alleine aus ihrem Sarg gekrochen war.

„Weshalb wir hier sind, nehme ich an."

Dominic sah, wie ein Teller an den Tisch gebracht wurde, an dem Ava saß und mit Agent Pine redete.

Das Wasser lief ihm im Mund zusammen. Er war am Verhungern, aber der Hunger nach der Agentin, die lächelnd einem anderen Mann am Tisch gegenüber saß, war stärker als sein Appetit auf Essen.

Sie war ein gottverdammter Frischling. Was tat er da? Er

wusste es nicht. Er wusste es wirklich nicht. Aber er war noch nicht bereit, sie aufzugeben.

Er verabschiedete sich von seinem Boss, beendete das Gespräch und ging wieder ins Restaurant.

———

NACH DEM MITTAGESSEN setzte Jerry Pine sie bei der nächsten Autovermietung ab. Dominic hatte darauf bestanden, sein eigenes Verkehrsmittel zu haben, hatte aber vergessen, dass er aus medizinischen Gründen noch nicht fahren durfte. Ava hatte dem Kerl nicht widersprochen. Wie auch immer ihre persönliche Beziehung sein mochte, er war trotzdem weiterhin ein Supervisory Special Agent und mehrere Gehaltsklassen über ihr. Stattdessen nahm sie die Schlüssel vom Schreibtisch und setzte sich hinter das Steuer.

„Was ist?", fragte sie, als er endlich seine Tasche in den Kofferraum warf und neben ihr einstieg. Sie mussten beide Wäsche waschen, aber keiner von ihnen wollte ein paar Stunden auf etwas so Banales verschwenden, wenn Menschen in Lebensgefahr waren.

Er warf ihr einen gekränkten Blick zu.

„Wohin, Boss?" Sie lächelte entschlossen. Die Tatsache, dass sie ihren Job noch hatte, machte sie dankbar genug, um seine schlechte Laune zu ignorieren.

Seine Augen verengten sich weiter, und er schob die Sonnenbrille von seiner Stirn herunter. Die blauen Flecken verblassten schnell, und der Überlegenheitskomplex war mit voller Kraft zurückgekehrt. Anstatt zu antworten, gab er eine Adresse in das Navigationssystem ein, lehnte sich dann zurück und stellte den Sitz so ein, dass er seine langen Beine ausstrecken konnte.

Sie prüfte die Spiegel und fuhr los. Das hier war Arbeit, und er war der Chef. *Versau es nicht, Ava.*

„Warum hast du mir nicht von Gino erzählt?", fragte er nach ein paar Minuten der Stille.

Sie stieß lange die Luft aus. Nachdem sie jetzt alleine waren, hatte sie die Inquisition erwartet, aber die Frage traf sie dennoch unvorbereitet.

„Bis wir ankamen, wusste ich nicht, dass Gino dort einsaß." Ihre Finger legten sich reflexartig fester um das Steuer. Sich Gino zu stellen war gewesen, als ob sie sich einem ihrer Dämonen gestellt hatte. Sicher, sie hatte es schon vorher im Gericht getan, aber das war Jahre her.

Dominic blieb stumm. Das leise Summen des Motors und das Gewicht der Anschuldigung füllten die Leere.

Ihre Finger rieben über das Steuer. „Ich hätte nie gedacht, dass ich aktiv an der Verhandlung beteiligt sein würde." Er sprach immer noch nicht. „Ich weiß, ich hätte es dir sagen sollen, aber ich hatte nicht gedacht, dass es einen Unterschied machen würde."

„Es hätte für mich einen Unterschied gemacht." Seine Worte erschütterten sie ebenso wie der samtige Ton seiner Stimme. Es war nicht die Stimme, die er während Verhandlungen benutzte. Es war diejenige, der er benutzt hatte, als sie Sex gehabt hatten.

Ihr Puls überschlug sich.

Sie bog gemäß den Anweisungen des Navigationssystems rechts ab und begann, die Hügel in einen dunklen Wald hochzufahren. „Ich rede nie darüber, Dominic. Ich kann nicht riskieren, mich zu verraten und meine restliche Familie zum Tode zu verurteilen. Das ist das erste Mal, dass ich seit der

Verhandlung öffentlich die Wahrheit eingestanden habe."

Er rutschte auf seinem Sitz herum, das Leder knarzte. „Der Großteil dieser Verbrecherfamilie ist im Gefängnis."

„Wegen mir. Und einer reicht. Oder jemand, den sie bezahlen." Sie schüttelte ihren Kopf. „Dieses Risiko konnte ich nicht eingehen."

„Du hättest mir vertrauen können."

„Ich weiß, dass ich dir vertrauen kann. Ich vertraue dir." Mehr als sie zugeben wollte. „Zuerst hatte ich Angst, dass man mich von der Leibwächteraufgabe abziehen und wieder suspendieren würde, wenn jemand es herausfände", erklärte sie ihm. „Dann versuchte ich mehrere Male, es dir zu sagen, aber entweder warst du beschäftigt, oder," sie räusperte sich, „wir wurden abgelenkt."

Er ignorierte die indirekte Anspielung darauf, dass sie dabei nackt gewesen waren. Er verschränkte seine Finger in seinem Schoß. Ihr Mund wurde trocken, als sie an diese Finger auf ihrer Haut dachte.

„Gino wird jetzt wieder nach Informationen über dich suchen."

Ihre Aufmerksamkeit flog zurück zu der Bedrohung, die sie ihr ganzes Leben lang überschattet hatte. „Ich kann auf mich selbst aufpassen. Falls irgendjemand beim FBI oder der Strafvollzugsbehörde der Verbrecherfamilie Informationen über mich weitergibt, dann gibt es in meinen offiziellen Akten wenigstens keine Verbindung zu meinen Verwandten. Van hat dafür gesorgt. Und die griechische Gemeinschaft ist so verschworen, dass wir erfahren werden, wenn jemand anfängt, Fragen zu stellen." Eine Welle der Kälte traf sie. „Aber ich muss meine Familie warnen. Ihnen sagen, dass sie besondere Vorkehrungen für ihre Sicherheit treffen müssen." Was Mist war. Es würde ihrer Mutter nur noch mehr Munition dafür geben, dass sie das FBI verlassen und nach Hause kommen sollte.

Seine intelligenten Augen betrachteten sie jetzt auf andere Weise. Es dauerte einen Moment, bis sie erkannte, dass es Respekt war, den sie dort sah.

„Kein Wunder, dass ihr beide einander so nah wart."

Ihr Magen krampfte sich zusammen. „Van hat mein Leben gerettet, aber noch wichtiger war, dass er mich gelehrt hat, mir meine Selbstbestimmung zurückzuholen."

„Kein Wunder, dass du Agentin werden wolltest."

„Ja." Sie lachte. „Frag die Mafia, was sie am meisten fürchten, und es werden Anklagen gemäß dem Gesetz gegen organisiertes Verbrechen und das FBI sein. Also wollte ich nie etwas anderes, außer Agentin werden." Sie warf für diesen Mann ganze Schichten ihrer Rüstung ab. Sie wusste, er würde den Gefallen nicht erwidern. Vielleicht bohrte sie deshalb weiter. „Warum hast du dich dem FBI angeschlossen?"

Er zog wie aufs Stichwort eine Grimasse und sah weg. Dann überraschte er sie. „Eigentlich ist es ziemlich einfach. Mein Vater wollte, dass ich in einer großen Anwaltsfirma Partner werde."

„Also baut deine ganze Karriere darauf auf, deinem Dad eins auszuwischen?"

Sein Lächeln erwischte sie unvorbereitet. Das Funkeln in diesen blauen Augen. „So hat es angefangen. Jura hat mich zu Tode gelangweilt, aber FBI-Agent zu sein? Der Adrenalinrausch, die Gefahr, die Möglichkeit, etwas zu bewirken – das war ein Spaß, dem ich nicht widerstehen konnte." Er rieb seine Hand über seinen Oberschenkel. „Dann wurde es zu einer Art Besessenheit, zu beweisen, dass ich alles durch meinen eigenen

Verdienst erreicht habe. Van hat mir geholfen, als Frischling nicht allzu oft Mist zu bauen. Es stellte sich heraus, dass man schnell eine Zielscheibe auf dem Rücken hat, wenn man mit einem Silberlöffel im Mund aufwächst."

„Das verstehe ich."

„Tust du?" Er klang überrascht.

„Klar tue ich das. Jede gutaussehende Frau muss beweisen, dass sie nicht erfolgreich ist, weil sie ihren Boss gevögelt hat."

Sie erwartete, dass er über ihre Analogie lachte, aber das tat er nicht.

„Haben die Leute das über dich gedacht?"

„In so ziemlich jedem Job, den ich je hatte. Sogar du hast gedacht, dass ich mit Van geschlafen habe."

Er fuhr mit seinem Finger über seinen Kragen. „Ich bin ein Arschloch, und ich entschuldige mich dafür." Eine lange Pause trat ein. „Was ist mit uns? Bringt es dich in eine ungute Situation, dass wir miteinander schlafen?"

Sie sah auf das Navigationssystem und bog erneut ab. „Es ist am besten, wenn niemand es herausfindet. Ich meine, wenn wir eine richtige langfristige Beziehung hätten, wäre es vielleicht etwas anderes. Andere Agenten könnten immer noch alle Beförderungen, die ich erhalte, infrage stellen, wenn wir davon ausgehen, dass ich nicht gefeuert werde." Ihr Herz zog sich schmerzhaft zusammen. „Aber wenigstens wäre es etwas, dem ich mich bereitwillig stellen würde. Aber nur wegen Sex …" Sie schüttelte ihren Kopf. „Ich würde nicht wollen, dass irgendjemand es weiß."

Sie riskierte einen Blick auf ihn, erwartete, dass er amüsiert oder spöttisch aussah, aber stattdessen wirkte seine Miene grimmig.

„Ich möchte deine Karriere nicht in Gefahr bringen, Ava."

„Dann findet besser niemand heraus, dass wir einander vögeln."

„Sie werden es nicht von mir erfahren." Er gab ihr endlich die Versicherung, von der sie gedacht hatte, sie hören zu wollen. Aber sie wirkte nicht wie erwartet auf sie.

Seine Augen richteten sich auf die Straße vor ihnen. „Das ist die Stelle, an der ich Peter Galveston erschossen habe."

Ava setzte den Blinker und hielt am Straßenrand an.

Dominic stieg aus dem Auto und ging an den Rand des Asphalts und starrte in das dichte Unterholz.

Ava folgte langsam, schob ihre Gefühle beiseite, sodass sie ihnen bei der Erledigung ihrer Arbeit nicht im Weg standen.

„Was ich nicht verstehe", begann Dominic leise, „warum so lange warten, um Rache zu üben? Ein Jahrzehnt. Wer zur Hölle ist so geduldig?"

Ava stand neben ihm und starrte auf die entgegengesetzte Seite der Wälder. „Könnte derjenige eine Gefängnisstrafe abgesessen haben?"

Dominic stemmte seine Hände in die Hüften. „Ich habe mich schon dasselbe gefragt." Er schüttelte ungeduldig den Kopf. „Die DNA-Ergebnisse und anderen Beweise sollten mittlerweile da sein. Frazer sagte, er würde mich anrufen, sobald etwas Definitives hereinkommt. Lass uns zum Holzhaus fahren."

Ava folgte ihm zurück zum Auto. „Was erwartest du, dort zu finden?"

Er schüttelte den Kopf. „Ich habe ehrlich gesagt keine Ahnung."

„Wem gehört es?"

„Einer Firma aus New York."

„Wem gehört die Firma?"

Sein Lächeln zeigte einen Hauch von List. „Alex Parker untersucht das für uns."

„Parker? Nicht die Sondereinheit?"

Dominic zuckte mit den Schultern, als er ins Auto stieg. „Sie untersuchen es anscheinend auch, aber Frazer sagt, dass Parker schneller ist, und es stehen immerhin Leben auf dem Spiel."

Ava ließ den Motor an, fühlte sich seltsam melancholisch. Sie brannte darauf, die Wahrheit herauszufinden, erkannte aber, dass sie und Sheridan einander nicht mehr länger brauchen würden, sobald das erledigt war. Ihre Wege würden sich trennen. Der Gedanke erschütterte sie. Sie war nicht bereit, sich von diesem Mann zu verabschieden.

Es dauerte weitere fünfundzwanzig Minuten, um das Holzhaus zu erreichen, das an einer Seitenstraße stand, welche sich durch den dichten Wald schlängelte, kaum Häuser in der Nähe.

Dominic bemerkte, dass ihre Blicke umherschweiften. „Galveston gehörte der Großteil dieses Berges."

„Wo ging das ganze Geld nach seinem Tod hin?", fragte Ava.

„An einen entfernten Cousin, glaube ich. Die Familien der Opfer erhielten ebenfalls Entschädigungen."

Ava konnte sich nicht vorstellen, dass es das Leid der Familien gelindert hatte.

Dominic beugte sich vor und spähte auf ihrer Seite der Straße den Hügel hinauf. „Da ist das Holzhaus." Er deutete durch die Bäume.

Ava sah einen massiven Bau. Eine rustikale Version einer Villa wäre eine passendere Beschreibung gewesen. Die feinen Haare in ihrem Nacken stellten sich auf.

„Dieser Ort verursacht mir Gänsehaut", gab Dominic zu, während er seine Sonnenbrille in die Tasche seines Jacketts steckte. Es war eines der Dinge, die sie wirklich an ihm mochte. Er hatte keine Angst, seine Fehler zuzugeben oder Schwäche zu zeigen. Er fühlte sich wohl mit dem, was er war, und war sich seiner Fähigkeiten bewusst.

Sie parkte vor dem Grundstück, und sie stiegen beide aus, angespannt und vorsichtig, blickten sich nach möglichen Anzeichen von Schwierigkeiten um. Sie holten ohne ein Wort ihre kugelsicheren Westen aus dem Kofferraum und ließen ihre Blicke ständig über die Bäume und das Haus schweifen, während sie sie anzogen.

Wäre sie diejenige, die die Racheangriffe wegen des Todes von Peter Galveston auf das FBI organisieren würde, wäre dies der Ort, an dem sie sich aufhalten würde. An dem Ort, an dem er seine Verbrechen begangen hatte.

Ava zog die Klettverschlüsse fester und ließ ihre Hand auf dem Griff ihrer Glock ruhen.

„Überprüfen wir zuerst die Garage und stellen fest, ob jemand zu Hause ist."

Ava nickte und hielt sich hinter Sheridan, die Mündung ihrer Waffe auf den Boden gerichtet, damit niemand aus Versehen erschossen wurde.

Keine Vögel sangen, keine Eichhörnchen keckerten. Das Einzige, das sich bewegte, waren die Blätter, die in der Brise rauschten. Avas Puls machte einige unregelmäßige Schläge, bevor ihre Übung es ihr ermöglichte, ihren Atem zu beruhigen. Das war die Art Situation, die ihre Nerven flattern ließ, aber sie wusste, was sie zu tun hatte, sie konnte damit umgehen. Und Sheridan ebenfalls.

Sie überprüften die Garage und schauten durch das trübe

Glas der Seitenfenster. Ein Geländefahrzeug und ein Schneemobil standen darin, aber keine Autos oder Trucks.

Sie gingen schweigend zur Vordertür, und Dominic klingelte. Das Geräusch hallte in den hohen Räumen wider, aber niemand kam an die Tür.

Dominic sah sie eine Weile an, das Indigo seiner Augen so dunkel wie ein Schatten.

„Als Galveston aktiv war, bekam er seine Opfer ins Auto, indem er sie zuerst taserte und sie dann hineinschleppte, danach ihre Hände hinter ihrem Rücken fesselte und sie knebelte."

Dominic ging auf der das Haus umgebenden Veranda zur Hintertür und sah durch die großen Fenster ins Haus. „Sobald er sie total verängstigt und unter Kontrolle gebracht hatte, zwang er sie mit vorgehaltener Waffe in dieses Haus und brachte sie in ein provisorisches Schlafzimmer in der oberen Etage."

Er deutete auf eine obere Ecke des Gebäudes.

Avas Griff um ihre Waffe wurde fester, aber sie atmete bewusst gleichmäßig, wollte nicht nervös wirken.

„Es war eigentlich ein unvollendeter Lagerraum im Speicher hinten im Haus, ohne Fenster. Galveston hat ihn in eine Zelle verwandelt und die Gefangenen in Ketten gelegt, die am Boden befestigt waren. Sie hatten eine Toilette, und wenn er in der Stadt war, ließ er ihnen Wasser in Flaschen, einen Topf und Fertignudeln da, damit sie nicht verhungerten. Er hatte ein Kamerasystem eingerichtet, sodass er sie beobachten konnte. Wenn sie versuchten, zu entkommen, schlug er sie. Ich glaube, es waren weitere Leute beteiligt, Leute, die sie überwachten, aber sie erschienen nie auf den Videos, und wir haben sie nie geschnappt. Wenn er hier Freunde zu Besuch hatte, stellte er die Frauen ruhig, indem er GHB in ihr Wasser gab." Dominics Mund spannte sich an, als sie beide die Verbindung zu dem, was ihm geschehen war, bedachten. „Er filmte sich selbst, wie er die Opfer vergewaltigte und folterte. Er brachte sie nach unten, wo er einen Haken in der Decke angebracht hatte, an dem er sie befestigte, sodass sie nackt dort hingen. Gerade außer Reichweite des Telefons." Dominics Schritte auf den Holzbohlen hallten hohl wider. „Er behielt einige von ihnen unten in Hundezwingern und zwang sie, Lederkombinationen und Ballknebel zu tragen und auf allen Vieren herumzukriechen und aus Hundeschüsseln zu essen. Ich bin ziemlich sicher, er hätte so getan, als ob er auf ungewöhnliche Spielarten stand, falls jemand je mit den Frauen geredet hätte. Wenn man nach den Videos geht, waren das seine Lieblinge. Seine Haustiere."

Der Vergleich war bitter.

„Warum tötete er sie, wenn sie seine Lieblinge waren?"

„Sie verärgerten ihn irgendwie oder versuchten, zu fliehen, oder er ging mit seinem Sadismus zu weit. Er behielt einige von ihnen über Monate hier. Oft mehrere auf einmal."

Ava erschauderte. „Wie viele insgesamt?"

„Opfer?" Dominic klopfte stärker an die Hintertür.

„Ja." Ava ließ ihre Blicke über den Wald schweifen, während Dominic das Haus betrachtete.

Nichts außer den Geistern der Vergangenheit rührte sich.

„Wir haben auf seinen Sexspielzeugen die DNA von fünfzehn Frauen identifiziert – obwohl die Jüngste bei ihrer Entführung gerade einmal vierzehn Jahre alt gewesen war."

Ava fröstelte bis auf die Knochen. Dass solche Monster existierten …

„Niemand ist hier." Dominic sah nach oben und runzelte

die Stirn.

Wie oft hatten diese gefangenen Frauen jemanden an der Tür gehört? Wie oft waren Flucht und Rettung so knapp außer Reichweite gewesen? Sie würden es nie erfahren.

„Sehen wir uns um, wo wir schon hier sind." Dominic schien nicht gehen zu wollen. Er wollte Antworten. Sie alle wollten Antworten.

Ava nickte und steckte ihre Waffe in das Holster, während sie die Veranda verließen.

Dominic stieg den Hügel zu dem Kamm hinter dem Holzhaus hoch. Oben blieben sie beide einen Augenblick stehen. Ava war durch Galvestons Straftaten erschüttert. Die bösartige und narzisstische Natur der Mentalität eines Psychopathen war eines der Dinge, die ihn von der restlichen Menschheit trennten.

„Wenn du ihn nicht erwischt hättest, hätte er vielleicht jahrelang weitergemordet."

„Es war Glück."

Ava schüttelte ihren Kopf. „Nein. Es war gute Polizeiarbeit. Du hast ihm eine Falle gestellt, und er ist direkt hineingelaufen."

Dominics Mund zog sich nach unten. „Ich werde Sandy anrufen und fragen, wie es ihrem Ehemann geht."

Diese Angriffe schienen sein Gewissen schwer zu belasten. Sie verstand es und versuchte nicht, ihn zu beruhigen. Sich selbst zu verzeihen, brauchte Zeit und eine bestimmte Sicht auf die Dinge.

Dominic sah auf sein Handy und fluchte. „Wenigstens würde ich das tun, wenn ich Empfang hätte."

Ach, Mist. Sie ließ ihre Hand wieder auf ihrer Waffe ruhen, während sie einen kurzen Gang über das Grundstück machten. Das Unterholz war durch den Sommerbewuchs dicht, was es unmöglich machte, dass jemand sich leicht vor ihnen verstecken konnte. Sie umrundeten das gesamte Grundstück und kamen hinter ihrem Mietwagen an. Anstatt zum Fahrzeug zurückzukehren, ging Dominic jedoch zurück auf den Kamm.

„Was ist?", fragte Ava, leicht außer Atem, nachdem sie versucht hatte, bei dem steilen Aufstieg mit Dominic Schritt zu halten.

Er zog eine Grimasse. „Ich weiß nicht. Einfach … irgendwas. Ich habe das Gefühl, als ob etwas hier ist. Ich möchte es finden."

„Nun, hier herrscht definitiv eine bestimmte Atmosphäre", kommentierte Ava trocken.

Sie gingen zusammen den Hügel wieder hinunter und nahmen einen anderen Weg durch einen Teil der Wälder.

Ava sah es zuerst.

Sie griff nach seinem Arm, und sie hielten beide an und zogen dann ihre Waffen.

Langsam gingen sie auf einen geräumten Teil des Waldbodens zu. Büsche verhinderten, dass jemand den Bereich von der Einfahrt her entdecken konnte.

„Was ist das?", murmelte Ava leise. Sie hielt sich hinter Dominic, sicherte sie beide nach hinten ab.

„Ein behelfsmäßiger Friedhof."

„Das kann ich sehen." Dutzende weiß gestrichene Kreuze waren in den Boden gerammt. „Glaubst du, dass hier wirklich jemand begraben liegt?"

„Ich weiß es nicht." Dominic ging vorsichtig auf die Kreuze zu, von denen einige Namen trugen. „Molly Jenner. Olivia Lopez. Frauke Holland. Das sind einige der Namen der

Opfer."

In der Mitte stand ein größeres Kreuz, das kunstvoller war. Dort stand zuerst in großen und dann darunter in kleinen Buchstaben „Peter Galveston". Weder Geburts- noch Todesdatum waren aufgeführt.

Auf der rechten Seite befanden sich Kreuze, die die Namen der FBI-Agenten trugen, die ihn erwischt hatten. Ava sah genauer hin. Vans Name war dort. Dominics ebenfalls.

„Du hast hier auch ein Kreuz." Ihr war übel.

„Bin aber noch nicht tot."

„Das freut mich."

Er lächelte sie an.

„Fernando Chavez und Sandra Warren ebenfalls. Glaubst du, das ist Caroline Perrys Werk? Hat sie alles in Bewegung gesetzt und dann angenommen, dass sie euch alle erfolgreich getötet hat? Sie hat sich selbst getötet, um nicht erwischt zu werden und nicht für ihre Verbrechen zahlen zu müssen?"

Dominic schnaubte. „Ich weiß es nicht. Ich halte es für möglich. Ich halte es auch für möglich, dass sie ein Köder ist. Rooney sagte, dass sie neben ihrem Fahrzeug beim Fluss Schleifspuren gefunden haben."

„Vielleicht arbeitete sie mit jemand anderem, und dieser beschloss, dass er sie nicht mehr brauchte, und wollte keine losen Enden?"

„Das sind eine Menge Leute, die ohne irgendwelche Unterstützung umgebracht werden müssen. Große Entfernungen, die zurückgelegt werden müssen."

Ava machte einige Fotos mit ihrem Handy. Dann betrachtete sie mit zusammengekniffenen Augen die Kreuze auf der Seite der Opfer.

„Da sind nur vierzehn Kreuze für die Opfer."

„Was?", fragte Dominic.

„Vierzehn Kreuze. Du sagtest, es gäbe fünfzehn Opfer …"

„Davon gingen wir angesichts der gefundenen DNA-Profile aus."

„Wie viele Leichen habt ihr gefunden?", fragte Ava.

„Acht unvollständige Überreste zusätzlich zu den drei Leichen der Frauen, die uns überhaupt auf den Gedanken brachten, dass in der Gegend ein Serienmörder umgehen könnte."

„Also könnte das FBI eventuell…"

„Aus Versehen eine der Frauen als Opfer eingestuft haben, obwohl sie tatsächlich eine freiwillige Komplizin war", beendete Dominic Avas Gedanken.

Sie sahen einander an. „Wir müssen alle neuen DNA-Profile mit denen von Peter Galvestons vermutlichen Opfern abgleichen."

Sie starrten einander mit der erwachenden Erkenntnis an, dass sie vielleicht auf einer Spur waren. Das gab ihrer Ermittlung eine neue Richtung.

Die Kugel zischte so dicht über ihren Kopf hinweg, dass sie die Bewegung der Luft spürte. Sie schlug in die Garage hinter ihr ein, während das Geräusch des Schusses durch die Luft hallte.

Dominic stieß Ava auf den Boden und sie rollten über die Erde und versuchten, Deckung zu finden.

KAPITEL VIERUNDZWANZIG

„B LEIB UNTEN", RIEF Dominic. Er stürzte auf einen Felsvorsprung zu, der links hervorragte, griff sich Ava und zog sie mit sich, während er versuchte, sie mit seinem Körper zu schützen.

Der Schuss war vom Hügelkamm aus abgegeben worden.

„Hast du jemanden gesehen?", fragte sie mit einem Blick über ihre Schulter.

„Nein. Du?"

Sie schüttelte den Kopf.

Sie standen geduckt in Deckung, während eine weitere Kugel über ihre Köpfe flog und zeigte, dass der Schütze noch da war. „Wir können nicht hierbleiben."

„Insbesondere wenn es mehrere sind", stimmte Ava zu. „Du gehst links, ich rechts. Wettrennen nach oben?" Ihre Augen blitzten und ihre Lippen zeigten ein kleines Lächeln.

„Du siehst aus, als ob dir das hier Spaß macht, Kanas."

Ihr Grinsen wurde breiter, aber er erkannte, dass es unecht war. So, wie er während eines Telefongesprächs lächelte, um den Klang seiner Stimme zu beeinflussen.

„Nein, aber ich werde diesen Dreckskerlen gegenüber verdammt nochmal keine Angst zeigen."

Er grinste und küsste sie schnell auf den Mund. Ein weiterer Schuss prallte von dem Fels über ihren Köpfen ab. „Ich treffe dich oben. Werd' nicht leichtsinnig."

„Ich dachte, das wäre deine Spezialität", neckte sie gekonnt.

Verdammt. Er hasste es, dass irgendein Arschloch auf sie schoss – auf sie beide schoss. Er wollte nicht, dass sie starb. Aber er konnte es sich nicht erlauben, so zu denken. Sie war eine gute Agentin. Er hatte nicht vor, sie im Stich zu lassen, indem er zuließ, dass sie getötet wurde.

„Das wird auch der Fall sein, später", versprach er. „Falls wir hier lebend rauskommen. Okay, zusammen." Er zählte stumm mit den Fingern herunter. Drei, zwei, eins.

Sie stoben in unterschiedliche Richtungen davon, aber der Schütze schien damit gerechnet zu haben. Eine Serie von Schüssen richtete sich direkt auf Dominic und zwang ihn, hinter einer breiten Birke in Deckung zu gehen. Er konnte Ava hören, die absichtlich eine Menge Lärm machte, um zu versuchen, die Aufmerksamkeit des Schützen auf sich zu ziehen.

Er streckte seinen Kopf vor und zurück und wurde mit einer Kugel belohnt, die sich nur wenige Zentimeter vor seinem Gesicht ins Holz grub. Der Schütze betrachtete ihn offensichtlich als die größere Bedrohung, aber er hatte es noch nicht mit Ava Kanas zu tun gehabt. Oder er wollte beenden, was er angefangen hatte, solange er noch die Chance dazu hatte. Dominic überprüfte seine Umgebung und griff nach seinem Telefon, um Verstärkung anzufordern, dann fiel ihm ein, dass er keinen Empfang hatte.

Er fluchte leise. Ava war jetzt hundert Meter entfernt. Er wollte nicht, dass sie sich diesem Dreckskerl alleine stellte. Er schätzte die Entfernung zum nächsten Baumstamm ab. Wenn er sonst keine Möglichkeiten hatte, konnte er den Schützen wenigstens ablenken.

Er bückte sich tief und lief im Zick Zack zur nächsten Deckung. Kugeln durchsiebten die Luft um ihn herum. Scheiße. Kalter, klammer Schweiß bedeckte seine Schläfen. Dominic hielt schwer atmend hinter einem weiteren Baum an. Er würde es nie lebend auf diesen verdammten Berg schaffen.

Dann erinnerte er sich daran, worin er gut war.

„Hey", schrie er. „Wir sind FBI-Agenten. Wir hatten nur ein paar Fragen über Peter Galveston an den Eigentümer dieses Hauses. Wir möchten Ihnen keinen Schaden zufügen."

Die einzige Antwort war eine Kugel in den Baumstamm, aber das war in Ordnung. Er würde darauf vertrauen müssen, dass Ava die Möglichkeit haben würde, auf den Kerl zu schießen, während er das tat, was verdammt nochmal notwendig war, um eine Ablenkung zu schaffen.

„Legen Sie die Waffe hin, und wir können reden."

Ein weiterer Schuss. Vielleicht war der Kerl taub. Das Problem war, dass es Zeit brauchte, das Verhalten von jemandem zu beeinflussen, selbst wenn der Kerl nicht in einem psychotischen Zustand war. Man fing mit aktivem Zuhören an, zeigte Empathie, um ein gutes Verhältnis aufzubauen, und erst dann konnte man den Willen des anderen nach den eigenen Wünschen beugen. Kugeln trugen kaum dazu bei, Empathie zu wecken.

Eine weitere Verhandlungsregel war, Leute nicht anzulügen, außer wenn man kurz davor stand, sie zu töten. „Wir möchten Ihnen nicht wehtun. Sagen Sie mir, was los ist? Warum schießen Sie auf uns? Legen Sie die Waffe hin, und wir können reden."

Er konnte Ava nicht mehr hören. Scheiße. Was, wenn es mehr als einer war? Was, wenn jemand ihr ein Messer an die Kehle hielt?

Er schloss seine Augen und atmete langsam aus. Verhandlungen konnten einen nicht unendlich weit bringen. Dominic kauerte sich neben den nächsten Baum, aber es wurden keine Schüsse mehr abgefeuert.

Er hastete abseits des Weges den Hügel hinauf, nutzte Bäume als Deckung, aber es wurden immer noch keine weiteren Schüsse abgefeuert. Der Drecksack lockte ihn entweder heraus, um ungehindert auf ihn schießen zu können, oder er hatte Ava und wartete auf seine Ankunft, damit er sie vor ihm töten konnte. Oder er würde abhauen.

Das einzige Geräusch war jetzt das seines eigenen Atems. Wo war sie?

Er kam oben auf dem Hügelkamm an, bereitete sich auf eine Kugel vor, suchte die Umgebung mit den Augen ab. Im Gras lagen Patronenhülsen verstreut. Dann hörte er das Geräusch rennender Schritte und erhaschte einen Blick auf eine weiß zwischen den Bäumen aufblitzende Bluse. Ava.

Dominic rannte den Hügel in der gleichen Richtung entlang, blieb aber ungefähr sechzig Meter höher auf dem Kamm. Der Drang, zu Ava zu rennen, war fast überwältigend und hatte nichts mit Taktik oder Ausbildung zu tun. Es war persönlich. Er wollte sie beschützen. Er wollte sie in Sicherheit bringen. Er kämpfte gegen den Drang an. Er musste darauf vertrauen, dass sie ihren Job machen konnte, und obwohl sie ein wenig leichtsinnig sein mochte, war sie weder dumm noch hatte sie eine Todessehnsucht.

Ein Schatten bewegte sich vor ihm durch den Wald. Der Schütze hatte sich links anstelle von rechts gehalten und rannte auf die Straße zu. Dort hatte er wahrscheinlich ein Auto stehen. Dieser Kerl würde auf gar keinen verdammten Fall davonkommen. Zur Hölle, nein.

Dominic war höher als Ava und der Täter. Der Kerl trug Schwarz, inklusive einer Skimaske. Er hatte sein Gewehr irgendwann fallen lassen und rannte mit höchster Geschwindigkeit auf das Auto zu. Aber Ava war schneller, ihre langen Beine rasten über den Boden. Sie hatte ihn fast erreicht, als sie stolperte und ihr die Glock aus der Hand flog.

Der Schütze begriff, was passiert war, hielt an und ging zurück zu der Stelle, an der Ava keuchend auf dem Boden lag. Der Kerl sah sich um, entdeckte Dominic hoch über sich aber nicht.

Der Mann zog eine Pistole hervor und zielte auf Ava, während sie verzweifelt versuchte, nach ihrer Waffe zu greifen.

Dominic schoss mehrere Kugeln auf den Dreckskerl, betete, dass er gut gezielt und nicht die Frau erwischt hatte, die irgendwie all seine Verteidigungsmechanismen ausgetrickst hatte. Bei dieser Entfernung und Höhe bestand durchaus die Möglichkeit dazu.

Ava bedeckte ihre Ohren und rollte sich zu einem Ball zusammen, um sich so klein wie möglich zu machen. Als der Täter auf den Boden knallte, hörte Dominic mit dem Schießen auf. Sie rollte sich auf ihre Füße und griff nach ihrer Glock, bevor sie die Waffe des Verbrechers unter seinen kraftlosen Fingern wegtrat.

Sie stand mit auf den Kerl gerichteter Waffe da, als Dominic einen Weg von dem niedrigen Abhang hinab gefunden hatte.

„Hast du sonst noch jemanden gesehen?", fragte Dominic, während er seine Blicke durch den Wald wandern ließ.

Ava schüttelte ihren Kopf. Ihre Nase blutete von ihrem Sturz auf ihr Gesicht. Sie ignorierte es und bewegte ihren Blick nicht von dem hingestreckten Mann weg.

Dominic legte dem Kerl Handschellen an und fühlte dann den Puls. Er sah in Avas blasses Gesicht hoch. „Er ist tot."

Er zog die Skimaske hoch und enthüllte das Gesicht des Mannes.

Es war Robin Elgin, der Pastor der Kirche.

AVA VERBRACHTE MEHRERE Stunden in der Nachbesprechung mit anderen FBI-Agenten über die Vorgänge im Wald. Die aggressivste Befragung hatte durch den Leiter der Sondereinheit stattgefunden, die in den FBI-Todesfällen ermittelte, Mark Gross. Gross war wie ein Bulldozer auf sie losgegangen, kümmerte sich weniger darum, dass sie an diesem Nachmittag fast gestorben war, sondern mehr darum, dass sie und Sheridan ohne Durchsuchungsbefehl bei dem Haus herumgeschnüffelt hatten.

Sie hatte ihm die Wahrheit gesagt. Sie waren so nah dran gewesen, dass es ein natürlicher nächster Schritt gewesen war, das Grundstück zu besuchen, auf dem Galveston die Verbrechen begangen hatte, und mit den Leuten zu reden, die jetzt dort lebten.

Keiner von ihnen hatte erwartet, die Kreuze zu finden oder in eine Schießerei verwickelt zu werden, oder in die Mündung einer Waffe zu sehen und zu erwarten, jede Sekunde zu sterben.

„Sind wir jetzt fertig?", fragte sie, nachdem der Mann gute fünf Minuten lang geschwiegen hatte.

Gross sah von seinen Notizen hoch, aber er führte sie nicht hinters Licht. Der Kerl verschwendete Zeit, um sie sauer zu machen. Gute Neuigkeiten. Es war ihm gelungen.

„Sie können gehen. Versuchen Sie, daran zu denken, dass Sie der Bewachung von SSA Sheridan zugeteilt sind, nicht der Ermittlung in den Todesfällen dieser FBI-Agenten.“

„Nun, ich konnte ihn wohl kaum alleine zu dem Haus gehen lassen, oder?“, fuhr sie ihn an.

Seine Augen waren so hart wie die Glasperlen, die sie an ihrem Handgelenk trug. „Ich erwarte nicht, Sie noch einmal zu sehen, Agent Kanas.“

Das konnte sie nur hoffen.

Ihr Stuhl schrammte über den Boden, als sie ihn zurückschob. Anstatt ihren schmerzenden Körper so zu strecken, wie sie es gewollt hätte, verließ sie den Raum mit ihrem Kinn in einer Sie-können-mich-mal-Haltung.

Männer wie Gross hatten einen Job zu erledigen, aber das bedeutete nicht, dass sie sich wie Arschlöcher aufführen konnten, oder dass ihr das gefallen musste.

Vor dem Befragungsraum herrschte in der Außenstelle völliges Chaos. Die Hälfte der Sondereinheit schien sich hier eingerichtet zu haben und arbeitete daran, die Tatorte durchzugehen. Galvestons früheres Zuhause – wo, wie sich herausstellte, Robin Elgin gelebt hatte – und die Kirche. Es stellte sich auch heraus, dass das Haus derselben Firma gehörte, die auch der Kirche Land gespendet hatte. Es war eine auf den Cayman-Inseln registrierte Briefkastenfirma, und jemand würde dorthin fliegen müssen, um weitere Informationen zu bekommen.

Es schien offensichtlich, dass Robin Elgin sich entweder aus einer kranken Besessenheit heraus oder aufgrund einer bisher unbekannten Verbindung zu Peter Galveston als Pastor bei dieser Kirche beworben hatte. Jetzt nutzten die Beweissicherungsteams Bodenradar und Leichenhunde an der

Stelle, bevor sie die eventuellen Gräber öffneten.

War Robin Elgin derjenige, der diese Morde organisiert hatte? Hatte er Caroline Perry gekannt?

Ava fand Dominic, der sich einen Bericht ansah und mit Jerry Pine sprach. Sie ging in seine Richtung. Einige der örtlichen Agenten wirkten über die Invasion etwas irritiert. Provisorische Tische und Schreibtische waren hereingebracht worden und nahmen jeden verfügbaren Platz in Anspruch. Telefone klingelten unaufhörlich. Soviel zum verschlafenen Binghamton.

Ava schob sich hinter einigen Agenten vorbei, die Fotos von Robin Elgin auf ihrem Schreibtisch verstreut hatten, inklusive einem, das ihn tot zeigte. Sie sah hoch und stellte fest, dass Dominic sie anstarrte.

„Ich kann nicht glauben, dass ich über eine verdammte Baumwurzel gestolpert bin", sagte sie, als sie ihn erreichte. Ohne ihn wäre sie jetzt tot.

Er sagte nichts.

Sie verschränkte ihre Arme vor der Brust, unglaublich erschöpft, aber nicht willens, eine Niederlage einzugestehen. „Wie ist der Plan?"

Dominic zog eine Braue hoch. „Ich bin hier eine persona non grata. Ich habe auf dich gewartet, nun fahren wir zurück."

Ava nickte, obwohl das, was sie wirklich brauchte, Schlaf war. Seitdem sie mitten in der Nacht aufgewacht und Sheridan auf intime Weise nahegekommen war, hatte sie dabei geholfen, eine Gefängnisgeiselnahme zu beenden, eine Exhumierung – beziehungsweise eine versuchte – mitangesehen und war an einer Schießerei beteiligt gewesen. Das wäre für jedermanns Standards ein voller Tag gewesen.

Die Stadt zu verlassen war eine Priorität. Sie bezweifelte,

dass in einem Fünf-Meilen-Radius dieser Stadt noch ein Zimmer zu bekommen war.

Sie verabschiedeten sich von Jerry Pine und den anderen Anwesenden, die so hilfreich gewesen waren, bevor ihnen der Fall um die Ohren geflogen war, und gingen hinunter zum Mietwagen, den sie vier Stunden zuvor draußen geparkt hatte.

„Irgendwelche Neuigkeiten?", fragte sie, während sie sich auf den Fahrersitz schob.

Dominic fluchte, während er die Tür öffnete. „Verdammt, ich habe vergessen, dass ich immer noch keine ärztliche Erlaubnis zum Fahren habe."

Ava zuckte mit den Schultern. „Fahren wir los und suchen unterwegs ein Motel, bevor ich einschlafe."

„Bist du sicher?"

Ava zog eine Grimasse. „Alles Teil des Arbeitsalltags."

Dominic stieg ein und stellte das Navigationssystem ein, damit keiner von ihnen denken musste. Sie war auf dem Weg aus der Stadt, als er endlich sprach.

„Die Autopsie von Caroline Perrys Leiche hat Tenside in ihrer Lunge gefunden."

„Tenside?"

„Ein Bestandteil von Schaumbädern."

„Ah. Nichts, was ich normalerweise mit dem Rappahannock River in Verbindung bringe. Also ertrinkt sie in der Wanne und wird dann in den Fluss geworfen. Warum? Irgendwelche Beweise, die Perry mit Elgin in Verbindung bringen?"

Dominic schüttelte seinen Kopf. „Das Prepaidhandy, das laut Alex Parker um Fredericksburg herum aktiv war, war um die Kirche herum und bei den Sendemasten, die Galvestons Holzhaus am nächsten stehen, aktiv. Er überprüft die Firma, der das Haus gehört und die der Kirche das Land gespendet hatte. Die Sondereinheit überprüft Robin Elgins Hintergrund genau und versucht, ihn mit Perry in Verbindung zu bringen."

Ava öffnete das Fenster, um sich selbst wach zu halten, aber als sie anfing, heftig zu gähnen, wusste sie, dass sie bald einen Schlafplatz finden mussten.

„Fahr ran", sagte Dominic ihr.

„Was?"

„Fahr ran. Ich hatte schon einen Autounfall. Ich möchte keinen zweiten erleben, ganz gleich, was die Ärzte sagen. Das ist ein Befehl, Kanas."

Ava hielt an.

Dominic stieg aus, ging um das Auto herum und öffnete die Tür, damit sie aussteigen konnte. Sie schwankte dabei, war sich der Nähe seines Körpers mehr als bewusst. Das Bedürfnis, ihn zu berühren, war fast überwältigend. Nur ein winziger Moment menschlichen Kontakts. Aber sie würde nicht diejenige sein, die die Grenze überschritt, nicht, während sie arbeiteten.

Er überraschte sie damit, dass er nach ihrem Arm griff und sie zum Stehen brachte, bevor sie weggehen konnte. Dann grub er seine Hände hinten in ihre Haare und zog sie zu einem langen, langsamen Kuss heran. Als er vorbei war, legte er seine Stirn an ihre, während ihr Herz wie verrückt hämmerte.

„Ich bin froh, dass du heute nicht gestorben bist", sagte er und schluckte heftig.

Sie griff hoch und drückte seine Handgelenke. „Ich bin froh, dass du heute auch nicht gestorben bist. Habe ich dir dafür gedankt, dass du mir das Leben gerettet hast?"

„Ich bin derjenige, der dich dort hinaus gezerrt hat", entgegnete er.

„Ich dachte, wir würden das hier zusammen machen?"

„Ja, aber ich bin derjenige, den er tot sehen wollte."

„Nicht während meiner Schicht", sagte sie ernst.

Er lachte, und sie merkte, wie das Geräusch durch ihre Finger bis in ihren Schädel und hinunter in ihr Knochenmark vibrierte.

„Danke, dass du auf mich aufpasst", sagte er sanft, bevor er sie losließ und wegtrat.

Ava stieg auf der Beifahrerseite ein, schnallte sich an und schloss ihre Augen. Unter ihrer Haut gerieten ihre Gefühle außer Kontrolle, und sie wollte nicht, dass er es merkte. Sie wollte nicht, dass er begriff, dass sie so schwach und dumm war wie all die anderen Frauen, die ihm zu Füßen lagen.

Sie räusperte sich und stellte ihren Sitz zurück. „Fahr ran, wenn du müde wirst, Sheridan. Und brich nicht das Gesetz, sonst werde ich wahrscheinlich wieder suspendiert, und du bekommst eine Belobigung." Die Worte kamen kratzbürstig und scharf heraus, aber sie waren alles, was sie noch an Rüstung hatte, und sie brauchte jetzt jeden Schutz, den sie aufbringen konnte.

KAPITEL FÜNFUNDZWANZIG

DIE TRAUER STACHELTE Bernies Zorn an. Robin war ein lieber Freund gewesen, einer von Peters frühen Jüngern. Er hatte sich nicht an den Morden oder der Folter beteiligt. Er hatte nur gerne zugesehen. Frauen mochten ihn, und manchmal hatte Peter Robin benutzt, um irgendein braves kleines Mäuschen anzulocken, das nicht per Anhalter fuhr.

Der Wagenheber schleifte über die Erde.

Wenn Bernie nur bei Peter gewesen wäre, als diese Schlampe ihren Arsch die Route 97 hoch und runter hatte wackeln lassen.

Die Rohrbombe war explodiert, aber die Polizistin war nicht verletzt worden. Es hatte stattdessen ihren Mann erwischt.

Die Bombe hatte ihn verstümmelt.

Das war es, was die Nachrichtenberichte sagten. Es klang köstlich. Bernie lächelte. Mal sehen, wie die Schlampe damit klarkam, dass ihr geliebter Mann verdammt „verstümmelt" war.

Der Wagenheber war schwer. Unnachgiebig. Der Lärm, den er machte, als er über den Boden schleifte, ließ Bernie an ein antikes Schwert denken, das über Stein gezogen wurde.

Sandra Warren sollte tot sein. Fernando Chavez sollte tot sein. Dominic Sheridan hatte Robin ermordet und Peters Grab gefunden und sollte tot sein.

Die Dinge verliefen nicht plangemäß.

Bernie ging aus dem Wald und auf Sheridans Haus zu, ohne anzuhalten, wurde stattdessen schneller und nutzte den Schwung, um den Wagenheber hochzuheben und ihn gegen Sheridans Schlafzimmerfenster zu donnern. Das Glas zersprang, der Alarm ging los. Bernie ging zum nächsten Fenster.

Jeder Knall befriedigte etwas Dunkles und Rachsüchtiges in Bernies Innerem. Drei Fenster. Vier. Glasscherben regneten herab, aber die Skimaske und Handschuhe schützten Gesicht und Hände. Fünf, sechs, sieben, acht, neun, zehn. Der Alarm kreischte, als das letzte Fenster zersprang.

Bernie trat zurück und nahm einen tiefen Atemzug. Die Cops waren sicher schon auf dem Weg. Der Wagenheber landete im Pool und Bernie entfernte sich von der Zerstörung.

Es war nicht Sheridans Blut, aber es war eine Botschaft. Sie waren noch nicht fertig. Es war nicht vorbei. Er war verdammt nochmal nicht sicher.

Die Schatten im Wald verdeckten den Rückzug. Bis die Cops ankamen, würde Bernie schon lange weg sein.

KAPITEL SECHSUNDZWANZIG

DOMINIC WAR ÖSTLICH von Hagerstown, als seine Augen anfingen, zuzufallen. Es reichte aus, um ihn aus seiner Selbstgefälligkeit zu reißen, und er hielt in der nächsten Stadt an und fand ein kleines Hotel in der Nähe des Flughafens.

Ava schlief bereits fest, die Züge ihres Gesichts weniger scharf, ihre Miene entspannt. Ihre Abwehr war heruntergefahren – etwas, das sie bei ihm jetzt ab und zu machte, aber weniger bei anderen Leuten.

Es führte dazu, dass er sich gleichzeitig selbstgefällig und wie ein Arschloch fühlte. Nachdem das hier vorbei war, hätten sie keine Entschuldigung mehr, einander nahe zu sein.

Er mochte den Gedanken nicht, dass sie zu ihrer „Ava Kanas alleine gegen den Rest der Welt"-Mentalität zurückkehrte, und trotzdem gab es in seinem Leben keinen Platz für eine richtige Beziehung. Seine Mutter so jung zu verlieren hatte ihn verkorkst.

Van hatte ihm immer gesagt, dass er etwas verpasste, aber bis jetzt hatte er es nie wirklich geglaubt …

Dominic rief sich in Erinnerung, dass Ava gesagt hatte, dass sie ebenfalls keine Bindung wollte. Er wollte nicht der Verlierer sein, der in der Hoffnung auf ein paar Brotkrumen der Zuneigung in ihrer Nähe herumhing. Er wollte nicht für diese Frau zu so einem Kerl werden. Er respektierte und schätzte ihre Meinung zu sehr.

Ein Page näherte sich dem Auto und er berührte ihren Arm, um sie durch einen sanften Stupser zu wecken.

„Ich brauche etwas Schlaf", sagte er, als sie ein Augenlid aufzwang.

„Ich kann ein paar Stunden fahren, wenn ich Kaffee bekomme." Ava streckte ihren Körper im beengten Umfeld des Autos.

Dominic versuchte, seinen Blick professionell zu halten, obwohl sein Begehren sich regte. Dies könnte die letzte Nacht sein, die sie zusammen verbrachten. Bei dem Gedanken überkam ihn ein Übelkeit erregendes Gefühl des Verlusts, was verrückt war. Vielleicht war es eine Nebenwirkung davon, dass jemand heute versucht hatte, sie umzubringen. Etwas, das abnehmen würde, während die Dinge wieder zur Normalität zurückkehrten.

„Wir brauchen beide etwas Ruhe und etwas zu essen. Ein paar Stunden Schlaf werden niemanden umbringen." Zumindest hoffte er das. Die Sondereinheit war jetzt an dem Fall dran und suchte mögliche Verdächtige.

Sie griffen sich ihre Reisetaschen und gingen hinein. Dominic brachte sie zu einem Ottomanen in der Nähe der Rezeption, wo sie saß, während er sich um die Zimmer kümmerte.

„Komm." Er führte sie mit seiner Hand auf ihrem unteren Rücken. Eine Hand, die nicht loslassen wollte, es aber trotzdem tat. „Hier. Das ist dein Zimmer."

Er öffnete eine Tür für sie und sah, wie sie ihre Brauen überrascht hochzog, und ihr Mund aufklappte; aus Enttäuschung, wie er hoffte.

Sie ging hinein und schloss die Tür mit einem entschiedenen Klicken ab.

Er ging den Flur ein Stück zum angrenzenden Zimmer entlang, warf seine Sachen auf das Bett, stellte sein Handy ab und steckte es in das Aufladegerät, bevor er an die Verbindungstür klopfte.

Ava riss sie auf, und er hätte schwören können, Tränen in ihren Augen glitzern zu sehen, aber das musste nur Einbildung gewesen sein.

„Ich wollte nicht, dass irgendjemand dein Verhalten anzweifelt, falls man die Hotelunterlagen überprüft", erklärte er leise.

Sie zog ihn an seinen Jackenaufschlägen herein, und seine Hände glitten um ihre Taille und zogen sie an sich. Er war erschöpft, aber nicht so erschöpft, dass er die Zeit mit Ava nicht nutzen würde, solange er konnte.

Ihre Finger fummelten an seiner Krawatte und seinen Knöpfen, während er ihre Bluse aus ihrer Hose zog und ihre glatte, warme Haut darunter spürte.

Sie strich mit ihren Handflächen über seine Bauchmuskeln und über seine Brust. Dann biss sie sich auf die Lippe, und das machte ihn hart wie einen Felsen, etwas, das ihr nicht entging. Ihre Hände fanden ihn, umfassten ihn durch seine Anzughose, und er war wortwörtlich ihrer Gnade ausgeliefert. Dominic sank auf seine Knie, öffnete zuerst die Knöpfe ihrer Bluse, enthüllte einen Rand aus roter Spitze, dann öffnete er die Knöpfe ihrer Hose und zog langsam den Reißverschluss herunter.

Er sah hoch, und sie betrachtete ihn mit einem verwunderten Ausdruck auf ihrem Gesicht. Ihr Duft machte ihn fertig, aber er zwang sich dazu, langsam vorzugehen, sie zu behandeln, als ob sie das Wertvollste und Zarteste war, das er je berühren würde.

Was sie durchaus sein könnte.

Ihre Hose glitt ihre Oberschenkel herunter und er zog ihre Stiefeletten und die Ersatzwaffe ab, die die Hose aufhielten. Als sie nur in ihrem kleinen roten Höschen und aufgeknöpfter Bluse dastand, drängte er sie nach hinten, bis sie auf die Matratze traf. Ihre Knie knickten ein und er schob sich vor, bis sein Mund an der warmen Seide war.

„Bleib still liegen", wies er sie an.

Sie tat, wie ihr gesagt wurde. Gar nicht typisch Ava.

Er schob ihre Beine weiter auseinander und strich mit seiner Nase über ihr Innerstes, atmete sie ein, eine leichte Berührung, die sie beide anmachte. Dann fuhr er mit seiner Zunge über den Rand der Spitze, genoss es, wie sie stöhnte. Die Berührung ihres Oberschenkels an seiner Wange war so weich, dass er zitterte.

Er erinnerte sich daran, wie sie am vorherigen Abend gesagt hatte, dass sie das Gefühl seines Bartes zwischen ihren Beinen mochte. Er hatte sich nicht rasiert. Er zog das Höschen an unglaublich langen Beinen herunter und legte seinen Mund auf ihre Klitoris, strich mit seinen Stoppeln über die empfindliche Haut ihrer Vulva und sie schoss beinahe vom Bett hoch.

Dominic griff hoch, um ihre Brustwarzen durch die sie umgebende Spitze zu kneifen, bearbeitete sie mit seinem Mund und seinen Händen, bis sie keuchte und schluchzte und in sein Haar griff, während sie ihre Oberschenkel so weit wie möglich öffnete und sich an seinen Mund drückte.

Er war immer noch vollständig angezogen und so steif, dass es wehtat. Er bearbeitete sie weiter mit seiner Zunge, nicht in der Lage, ihrer satt zu werden. Nicht in der Lage, genug zu bekommen, bis sie aufschrie und über ihm erschauderte.

Er kroch hinauf und legte seinen Kopf auf ihren Bauch, schloss seine Augen. Ihr Puls hämmerte unter ihrer Haut.

„Ich hoffe, du hast Kondome mitgebracht", sagte sie atemlos.

„Das habe ich. Leider bin ich zu verdammt müde, um etwas damit zu machen."

Sie lachte. „Das ist in Ordnung. Leg dich hin und ich kümmere mich darum."

Er ließ sich auf dem Bett nieder und neben ihr fallen. „Das ist nicht mein übliches Vorgehen."

Sie nahm ihr Pistolenholster ab, ihre Bluse und dann ihren BH. Sie war nackt, und er verlor die Fähigkeit, zu sprechen.

Er steckte seine Hand in seine Jackett-Tasche und warf ihr die Schachtel mit den Kondomen zu, die sie mit einer Hand auffing. Dann setzte er sich auf, um sein Jackett und sein Schulterholster abzustreifen und legte seine Waffe auf den Nachttisch.

Sie bewegte sich hinter ihm und er hielt inne, als sie seinen Nacken küsste, seine Schultern, seine Wirbelsäule hinab.

Sie berührte seine Rippen an der Seite und er fuhr hoch. „Tut es noch weh?", fragte sie.

„Nicht mehr." Nicht, wenn sie ihn berührte.

Sie griff herum und öffnete den Reißverschluss seiner Hose, befreite vorsichtig seinen angespannten Schwanz.

„Atmen", flüsterte sie in sein Ohr. Er konnte das Lächeln in ihrer Stimme hören.

Er schloss seine Augen, als sie ihn berührte, aber sein Blut entzündete sich in blinder Lust und er zog Hose und Boxershorts aus und griff nach ihr, aber sie wich zurück.

„Oh, nein." Sie drohte ihm mit dem Finger. „Ich bin jetzt

an der Reihe.“

Er sah sie mit schmalen Augen an. Er war es nicht gewohnt, anderen die Kontrolle zu überlassen. Insbesondere nicht im Schlafzimmer. Aber er sah ihren erwartungsvollen Gesichtsausdruck und begriff, dass das jetzt nicht wichtig war. Ava wollte zur Abwechslung das Sagen haben, und obwohl er ihr das bei der Arbeit nicht zugestehen konnte, war er hier, in der Abgeschiedenheit ihrer Hotelzimmer, in der Lage, ihr alles zu geben, was sie wollte.

Vielleicht war sie einfach verdammt nochmal an der Reihe.

Er legte sich zurück, sein Kopf ruhte auf dem Kissen, ein Arm unter seinem Kopf. Sein anderer Arm ruhte auf ihrem Oberschenkel, weil er sie berühren wollte. Auf eine Art verbunden zu sein, auf die er noch nie mit jemand anderem hatte verbunden sein wollen.

Sie fing langsam an, erkundete seinen Körper mit ihren Händen, gefolgt von ihren weichen Lippen.

Dominic streifte das Band ab, das ihr Haar oben zusammenhielt. Ihre weichen Strähnen fielen wie kühle Seide über seine Haut, kitzelten sein Fleisch und ließen seinen Puls ansteigen. Die Erschöpfung war verschwunden, während sein Schwanz pochte und seine Lungen pumpten, jeder Zentimeter seines Körpers hungrig und erregt.

Sie küsste seine Brustwarzen, was sich gut anfühlte, ihn aber nicht so verrückt machte wie sie. Sie anzusehen machte ihn wahnsinnig. Seine Handfläche über ihre glatte Hüfte zu streichen machte ihn wahnsinnig. Ihre Lippen um seinen Schwanz ließen ihn fast den Verstand verlieren.

Heilige Scheiße.

Sie leckte ihn als ob er ihre Lieblingseiscremesorte wäre,

und seine Hand vergrub sich tief in ihrem Haar. Er musste sich davon abhalten, sich zu bewegen. Dann nahm sie ihn so tief in den Mund, dass er ihre hintere Kehle berührte, und ihm der Schweiß aus jeder Pore ausbrach. Nach einigen Berührungen ihrer Zunge zog er sie weg, denn sonst wäre diese Party vorbei, bevor sie überhaupt begonnen hätte.

Ava lachte, wusste genau, was sie bei ihm bewirkte.

Sie griff nach der Schachtel Kondome und zog das Zellophan ab. Sie verteilte quadratische Verpackungen auf dem Bett und öffnete eine, rollte das glitschige Latex über seinem steifen, pochenden Schwanz ab. Ihre Berührung war leicht, aber er musste trotzdem die Zähne zusammenbeißen und sich ermahnen, sich nicht wie ein verdammter Teenager gehen zu lassen.

Sie setzte sich rittlings auf seine Oberschenkel, und er sah zu, froh, dass das Licht vom Nebenzimmer hell genug durch die offene Tür fiel, um jedes Detail zu offenbaren.

Seine Hand glitt zwischen ihre Beine. Ihre Pupillen weiteten sich, als er zwei Finger hinein sinken ließ, sie erhob sich in schockierter Überraschung auf ihre Knie. Ihre Muskeln spannten sich um ihn herum an, als er ihren G-Punkt fand und sie aufschreien ließ.

Ihr postorgasmisches Lächeln zog alles in ihm zusammen. Sie schob sich vor und ergriff ihn, rieb seine Eichel gegen ihre Klitoris, bis er derjenige war, der sich wand.

„Lieber Gott, Ava, wenn ich nicht bald in dir bin …“, flehte er.

Sie verschob ihren Körper und er glitt ganz hinein, sein Gehirn durch die Lust, die seine Sinne überflutete, vollkommen leer.

Sie hielt still, lang genug, um ihn wieder zu Atem kommen

zu lassen, erst dann fing sie an, sich zu bewegen. Ava ritt ihn zuerst langsam, fand einen Rhythmus und eine Tiefe, die ihr gefielen. Und er beteiligte sich an dem Ritt, umkrallte ihre Oberschenkel wie ein Mann, der von einem Abhang herunterhing. Es wäre ein verdammtes Wunder, wenn sie morgen keine blauen Flecken hätte. Und er konnte sie trotzdem nicht loslassen. Schließlich stockte ihr Atem, und er stieß härter, tiefer, arbeitete auf den Höhepunkt hin, wollte und brauchte nichts, als diesen Augenblick mit dieser Frau zu teilen.

Es begann wie eine Explosion von seinen Eiern bis zu seiner Eichel, eine warme Welle, die ihn mit erlesener Freude erfüllte. Jedes Molekül in seinem Körper teilte sich und fand mit einem Klicken hedonistischen Entzückens wieder zusammen. Ava spürte es auch, und als sie aufschrie, klang es, als ob sie Schmerzen hätte, aber er kannte diesen Kampf aus Lust und Schmerz.

Sie brach mit einem Seufzen auf ihm zusammen, ihre vor Schweiß feuchte Haut klebte an seinem Körper. Er liebte es.

Er rollte sie sanft von sich und entledigte sich des Kondoms. Dann zog er sie nah an sich und hielt sie fest, während sie einschliefen.

AVA WACHTE VON etwas Hartem auf, das sich gegen ihren inneren Oberschenkel drückte, und einer süßen Sehnsucht zwischen ihren Beinen. Sie brauchte einen Moment, um sich daran zu erinnern, wo sie war und in wessen Gesellschaft. Einen Moment, um sich von einem angespannten *Oh, Scheiße* zu einem warmen *Oh, wow* zu entspannen, während die Erinnerungen an die vergangene Nacht sie überfluteten.

Irgendwann war sie ins Badezimmer gestolpert und hatte ihre Zähne geputzt. Dann war sie wieder zu Dominic ins Bett gekrochen, als ob es das Natürlichste auf der Welt war, neben einem anderen Menschen zu schlafen. In Wirklichkeit hatte sie keine Ahnung, wann das zum letzten Mal vorgekommen war.

Das graue Licht der Morgendämmerung fing an, durch die Fenster zu strömen, aber sie blieb, wo sie war, eingesponnen in Wärme und das Gefühl, endlich irgendwohin zu gehören.

Das war natürlich Blödsinn, aber in diesem Augenblick fühlte es sich handfest und echt an. Sie war nicht so dumm, so zu tun, als ob es über diese Ermittlung hinausgehen würde, aber sie war entschlossen, es so lange wie möglich zu genießen. Bevor die Zweifel einsetzten. Bevor sie beide anfingen, sich in ihre einsamen Schneckenhäuser zurückzuziehen.

Sie fragte sich, ob er immer noch wollte, dass sie an diesem Abend mit ihm zur Verlobungsparty seines Vaters ging, oder ob er es bequemerweise vergessen hatte – das wäre ihr recht. Sie passte eindeutig nicht zu diesen Leuten.

Es war ziemlich wahrscheinlich, dass Robin Elgin und Caroline Perry aus irgendeiner noch unbekannten Motivation heraus die Morde gemeinsam begangen hatten, also war die Gefahr vermutlich vorüber. Außerdem hatte sie nichts anzuziehen. Sie hatte gedacht, sie würden im Gefängnis bleiben und es versäumen, aber Gino die Schlange ruinierte ihr Leben erneut.

Nun, da beide Verdächtigen tot waren, durften weder sie noch Dominic sich weiter an der Ermittlung beteiligen. Die Justiz und die FBI-Ermittlungen mussten unparteiisch sein, und nach mehreren Anschlägen auf ihr Leben waren sie und Dominic Sheridan alles andere als unparteiisch.

Dominic schlief noch, aber eine große Hand umfasste ihre Brust und sein Körper war wie ein Ofen. Sie war sich seiner morgendlichen Erregung sehr bewusst. Ihre Brustwarze wurde unter seiner Handfläche hart und sie konnte ein kleines Zucken des Begehrens nicht unterdrücken.

Plötzlich änderte Dominics Atem sich und seine Finger wurden fester und fanden die harte Erhebung ihrer Brustwarze und rollten sie zwischen seinen Fingern und seinem Daumen. Sie unterdrückte ein Stöhnen.

„Ich nehme an, du bist wach." Ihre Stimme erhob sich scharf, während er in ihre Brustspitze kniff.

„Ich bin wach." Seine Stimme klang tief und schickte ein erwartungsvolles Schaudern durch ihren Körper.

Sie hörte das Rascheln einer Verpackung und ihr Mund wurde vor Verlangen trocken.

Er spreizte ihre Oberschenkel und prüfte nicht einmal, ob sie für ihn bereit war. Er wusste es. Er wusste, wie heiß sie war, und wie sie sich danach sehnte, dass er sie erfüllte.

Sie stöhnte auf, als er genau das tat, keuchte und krallte sich in die Laken, als das Gefühl sie erschütterte. Seine Stöße führten dazu, dass sie wollte, dass dies nie endete, nie aufhörte. Hier für immer zu liegen, mit dieser köstlichen Reibung in ihrem Körper, die Anspannung stärker und stärker werden zu lassen, bis ihre Nerven sich wie Gitarrensaiten anfühlten, die gleich zerspringen würden.

Er bewegte sie, bis er auf ihr war, sein schweres Gewicht ihre Schenkel weiter auseinander schob, ihre Hüften in die Matratze drückte, ihren Bewegungsspielraum kontrollierte, sodass sie keine andere Möglichkeit hatte, als in dieser Position zum Höhepunkt zu kommen, aber noch steigerte sich die Erregung auf fast unerträgliche Weise. Ihr Körper zitterte und bebte, und er gab ihr trotzdem immer noch nicht das, was sie so sehnsüchtig wollte.

„Dom", stöhnte sie.

Er lag direkt auf ihr, fing den Großteil seines Gewichts mit seinen Ellenbogen ab, machte sie durch seine Kraft aber trotzdem bewegungsunfähig, nur seine Spitze war in ihr, was sie hungrig auf mehr machte; sie wollte sich enger an ihn schmiegen, ihn tiefer in sich aufnehmen.

„Was?" Sein Atem strich über ihr Ohr, bevor seine Zähne sanft in ihre Ohrläppchen bissen.

„Bitte ..." Sie war dem Betteln so nah wie sie je kommen würde. So kurz davor, ihm zu sagen, wie sehr sie ihn wollte – nicht nur seinen Körper – sondern ihn, alles von ihm.

Was hatte dieser Mann an sich, das das Blut einer Frau infiltrierte und sie süchtig machte? Kein Wunder, dass Frauen mit Geschenken auf seiner Türschwelle erschienen.

Vögle mich und ich werde für dich backen. Vögle mich und ich werde alles tun ...

Er hielt sie fest an sich gezogen, legte dann seinen Arm um ihre Taille und zog ihren Körper nach oben, brachte sie näher an das Kopfteil, bevor er ihre Hände oben dagegen drückte. Sie war nun völlig offen für ihn. Er hielt ihre Hüften fest, pumpte schneller, traf ihren G-Punkt und breitete dann seine Finger um ihre Klitoris aus, bevor er diese empfindliche kleine Knospe umfasste. Sie drückte sich gegen ihn, spiegelte seine Stöße und seine Kraft. Ava wollte, dass dieser Wahnsinn seinen Gipfel erreichte, und sie von dieser Klippe stürzte, sodass sie ohne Fallschirm mehrere hundert Meter in die Tiefe fiel. Sie hatte sich noch nie so ohne Kontrolle gefühlt, und noch nie so sehr von einer anderen Person kontrolliert.

Es war berauschend. Es war beängstigend.

Dominics andere Hand umfasste ihre Brust, und jetzt war sie diejenige, die sie oben hielt, während er ihre Sinne dreifach attackierte. Endlich, endlich, stürzte eine Atombombe der Lust in ihr nieder und sie explodierte in eine Million funkelnder Stücke, während Dominic aufschrie, ihr folgte und tief in ihr blieb, als er kam.

Langsam brachen sie beide auf den Laken zusammen, und Dominic zog sie in seine Umarmung, während er ihren Hals liebkoste.

Keiner von ihnen sagte ein Wort.

KAPITEL SIEBENUNDZWANZIG

MALLORY, ALEX UND Lincoln Frazer standen auf der Poolterrasse vor Dominic Sheridans schönem Zuhause. Nur war es nicht mehr so schön. Die Fenster im Erdgeschoss waren zerstört. Überall lag zerschlagenes Glas, dessen funkelnde Ränder scharf und gefährlich waren.

Die Sonne ging auf, obwohl es noch nicht einmal sechs Uhr morgens war. Die Sicherheitsfirma hatte das Grundstück überwacht, aber weder Sheridan noch Sheridans Chef, Quentin Savage, erreichen können, der als Notfallkontakt aufgeführt war. Sie hatten schließlich jemanden in der Abteilung für Krisenverhandlungen erreicht, der genug über die Vorgänge wusste, um Frazer anzurufen. Die Sicherheitsfirma hatte die örtliche Polizei gerufen, aber bis sie hier draußen angekommen waren, waren fast vierzig Minuten vergangen und der Täter schon lange verschwunden.

Alex zeigte ihr und Frazer auf seinem Telefon die Videoüberwachungsaufnahmen. Eine dunkle Gestalt in schwerer schwarzer Kleidung, einer Skimaske und schwarzen Handschuhen näherte sich. Es gab keine Kennzeichen, anhand derer sie identifiziert werden könnte. Nichts Ungewöhnliches. Keine Eigenheiten. Keine Möglichkeit, herauszufinden, wer zur Hölle diesen Vandalismus begangen hatte – und warum.

„Der Täter wusste offensichtlich, dass er außer Haus war", sagte Frazer. „Aber er hat nicht versucht, einzubrechen. Wo ist

Sheridans Hund?"

„Bei einem Nachbarn, der eine Farm hat", antwortete Mallory.

„Er wandert in den und aus dem Wald, als ob er sich auskennt und es nicht eilig hat", meinte Alex.

„Glaubst du, dass er Sheridan ausspioniert hat?"

Alex begegnete ihrem Blick. „Er hat ihn definitiv beobachtet."

Mallory warf schaudernd einen Blick auf den Wald. „Sollen wir die Spürhunde kommen lassen?"

Von der Stelle, wo sie Caroline Perrys Auto gefunden hatten, hatten die Bluthunde sie zurück zur Straße geführt, aber dann hatten sie nicht gewusst, in welche Richtung sie gehen sollten. Nach einer Stunde hatte der Hundeführer aufgegeben.

„Würde nicht schaden. Könnte uns zu irgendeinem Versteck führen. Obwohl …" Alex fing an, in Richtung des Waldes zu gehen.

Obwohl Mallory nicht folgen wollte, tat sie es, Frazer ebenfalls. Da es Sommer war, war das Unterholz dicht und üppig, in ominöse Schatten gehüllt. Es roch nach Pollen und niedergetrampeltem Gras, nicht nach dem Verrotten und Verfall des Herbstes.

Mallory war dankbar, dass Vögel auf den Zweigen saßen und fröhlich zwitscherten. Es half. Ein wenig.

Alex folgte dem Weg zwischen die Bäume und führte sie zu einem Tor in dem ein Meter achtzig hohen Zaun, der das Grundstück umgab. Alex trat zur Seite, während Frazer einen Handschuh überzog, um es vorsichtig zu öffnen. Die Beweissicherungstechniker würden später nach Fingerabdrücken und DNA suchen, aber es war unwahrscheinlich, dass der Eindringling solche Spuren hinterlassen hatte.

„Warum tut jemand so etwas?", fragte Mallory Frazer, während sie langsamer ging, um nach Luft zu schnappen. Ganz gleich, wie sehr sie versuchte, es zu verdrängen, ihre Schwangerschaft machte es ihr schwerer, ihren Job zu erledigen. Vielleicht hätte sie im Büro bleiben sollen, wie Frazer vorgeschlagen hatte. Eines Tages würde sie außer auf ihre eigene Sturheit auch auf andere hören.

„Alles in Ordnung?", fragte Alex, der wieder an ihre Seite trat.

Frazer sah sie scharf an und hielt an.

„Mir geht's gut." Sie winkte ab, obwohl sie bereits ein Nickerchen hätte vertragen können. „Warum hat er seine Fenster zerbrochen? Für jemanden, der Morde begangen hat, wirkt das belanglos und kleinlich."

Frazer legte seine Hände auf seine Hüften und zuckte mit den Schultern. „Vielleicht war es ein Bekannter Robin Elgins, der wusste, was los war, und der wütend war, aber nicht mordlustig, weil das FBI alles hat auffliegen lassen."

„Oder der Täter lebt und ist stinksauer", sagte Alex. „Die Bomben haben weder Chavez noch Warren wie gewollt umgebracht. Sheridan und Kanas fanden Peter Galvestons Leiche, die ihm offensichtlich wichtig genug war, um ihn auszugraben und umzubetten, dann hat Sheridan Robin Elgin erschossen. Er kommt an Sheridan nicht heran, also verlor er die Beherrschung, wollte ihn bestrafen und", er zuckte mit den Schultern, „das hier ist kindisch, hat aber wirksam sein Haus verwüstet."

„Zeigt einen deutlichen Kontrollverlust", überlegte Mallory.

Frazer nickte. „Wenn es der Verdächtige ist und nicht

irgendein Gehilfe, dann macht er Fehler, gerät aus den Fugen. Er weiß, dass es nur eine Frage der Zeit ist, bis wir ihn erwischen."

„Außer wenn er ein gutes Versteck hat …" Alex sah hoch zu den Bäumen und dann wieder hinab auf den Waldboden.

„Wir haben so viel Beweise durchzugehen, dass es zu lange dauern könnte. Er könnte entwischen." Mallory spürte die wachsende Angst, die sie niederzukämpfen versuchte.

„Wir werden ihn finden, ganz gleich wo er ist", versicherte Frazer ihr sanft.

Sie blinzelte. Ihr Vorgesetzter war zwar nicht perfekt, aber ein beeindruckender Kerl. Wenn er sagte, dass sie diesen Täter erwischen würden, dann würden sie ihn erwischen. Aber die Frage blieb … wann?

„Hier." Alex war davongeschlendert und hatte sich auf den Boden gehockt, starrte auf einen Schuhabdruck auf einem kleinen Flecken nackter Erde. „Diese Person weiß genau, dass sie ihr Gesicht und ihre Hände bedecken muss, scheint aber einige der anderen Grundlagen zu vergessen. Der Beweistechniker soll herkommen, um das Ding hier zu fotografieren und einen Abdruck davon zu machen."

Mallory wollte näher herangehen, aber Frazer griff nach ihrem Arm.

„Vorsichtig." Er zog sie zurück, und sie begriff, dass sie fast auf ein Beweisstück getreten wäre, dass sie nicht einmal sehen konnte.

Sie trat einen Schritt zurück. „Ich muss Sheridan Bescheid sagen, was hier passiert ist. Ich bezweifle, dass er es überhaupt schon weiß."

„Ich fahre ins Labor und werde ihnen wegen der DNA-Ergebnisse etwas Feuer unterm Hintern machen." Frazer sah stinksauer aus.

Mallory war in diesem Augenblick froh, keine Laborantin zu sein. Sie drückte ihre Finger gegen ihren unteren Rücken und ging los, um einen Beweistechniker zu holen, während Frazer die Fußabdrücke bewachte.

„Sehen diese Schuhabdrücke wie die vom Flussufer aus?", fragte Mallory Alex, als er sie einholte.

„Ja." Er zeigte ihr die beiden Fotos nebeneinander auf seinem Handy. Das Muster auf der Sohle sah identisch aus. Jemand hatte ein Lieblingspaar Turnschuhe.

„Ich glaube nicht, dass das hier vorbei ist, Alex."

„Das glaube ich auch nicht, Baby. Das glaube ich auch nicht."

Sie versuchte noch einmal, Sheridan anzurufen, aber die Nummer wurde als nicht erreichbar angezeigt, also hatte er sein Telefon wahrscheinlich abgestellt, um zu schlafen. Sie konnte es ihm nicht vorwerfen.

„Warum tun Leute das? Warum hassen und zerstören, wenn lieben so viel besser ist?"

„Gier, Rache, Zorn, Schmerz? Vielleicht haben sie Hunger auf Zerstörung?"

Sie wusste die Anspielung auf Guns N' Roses zu schätzen.

Er steckte seine Hände in die Taschen und zuckte mit den Schultern, als ob es ihm egal wäre, aber sie wussten beide, dass es eine Lüge war.

„Wir essen morgen in D.C. mit meiner Mutter zu Abend. Hast du daran gedacht?"

„Ich habe daran gedacht, dass mir wahrscheinlich in letzter Sekunde ein Notfall im Büro dazwischenkommt." Ihr Ehemann wackelte mit den Augenbrauen, und sie grinste.

„Es wäre schön, wenn wir diesen Kerl erwischen, ihn

einsperren, und ich unser Baby dann in Ruhe bekommen könnte." Hoffentlich durch eine Epiduralanästhesie zu betäubt, um Schmerzen zu spüren. Sie verflocht ihre Finger über ihren Strandballbauch, während sie zu Alex hinüber sah.

Seine Finger gesellten sich zu ihren. „Du kannst jederzeit mit der Arbeit aufhören", murmelte er an ihrer Stirn.

Wenn Mallory einen Fehler hatte, und sie hatte viele, dann stand das Nicht-Loslassen-Können ganz oben auf der Liste.

„Kannst du mich bei der Arbeit absetzen und ich treffe dich heute Abend in D.C.?", fragte sie.

„Ich kann dich auch nach D.C. fahren."

„Ich dachte, du hättest heute Nachmittag dort einen Termin."

„Das habe ich, aber ich kann …"

Sie berührte seine Lippen mit ihren Fingern, und sie fühlten sich unter ihrer Haut warm an.

„Ich kann mich selbst fahren. Bis heute Abend, Mr. Parker."

Ein Grinsen erschien auf seinem Gesicht. „Wie du willst, Mrs. Parker, aber mach auf Frazers Sofa ein Nickerchen. Er wird ohnehin den ganzen Tag damit beschäftigt sein, seinem eigenen Schatten hinterher zu jagen."

Frazer stöhnte mitleiderregend. „Das habe ich gehört."

Sie nickte.

„Versprochen?", fragte er.

„Ich verspreche es."

„MÜSSEN WIR HEUTE nach Quantico zurückfahren?" Ava sprach leise ins Kissen.

Dominics ganzer Körper zitterte durch das Nachbeben. Diese Frau hatte ihn komplett erledigt, gestern Abend und heute Morgen erneut, und er fragte sich, was zwischen ihnen vor sich ging. War es nur guter Sex? Obwohl *umwerfend* ein treffenderes Wort war. War er so lange abstinent gewesen, dass er vergessen hatte, wie es wirklich war? Er erinnerte sich ehrlich nicht an den Sex mit Suzanna, was ihn zu Tode geängstigt und seitdem zölibatär hatte leben lassen. Sex mit Ava war allerdings etwas, das er nie vergessen wollte.

„Ach, verdammt." Er stöhnte, erinnerte sich an etwas, das er lieber vergessen würde.

„Was?"

„Wir müssen heute nach D.C."

Sie wandte ihm den Kopf zu. „Ich dachte, Gross hätte uns gesagt, wir sollten uns von den Ermittlungen der Sondereinheit fernhalten?"

Er verzog seine Lippen, aber es war kein Lächeln. Mark Gross war eine Plage gewesen. „Wir müssen zu einer Party."

Sie fluchte und sprach damit seine Gedanken laut aus. „Ich dachte, du hättest es vergessen. Oder deine Meinung über meine Anwesenheit dort geändert." Ava drehte sich ganz herum, bis sie ihn direkt ansah, und er den Anblick ihrer gesamten Nacktheit geboten bekam. Er küsste ihren Mund und küsste sie weiter, bis ihr der Atem wegblieb.

Schließlich, als er vor Verlangen nach ihr wieder steif wurde, löste er sich. Um sich selbst zu beweisen, dass er es konnte. „Ich nehme nicht an, dass du ein Ballkleid eingepackt hast?"

„Ein Ballkleid?", fragte sie und sah gleichzeitig verwundert und erregt und verwirrt aus.

„Es wird Abendgarderobe erwartet."

„Abendgarderobe?" Sie klang entsetzt. Er konnte es ihr nachfühlen.

„Mein Vater nimmt seine Position als Gouverneur sehr ernst. Normalerweise ist er im Sommer zu Hause, aber ich nehme an, der Präsident konnte es nicht einrichten, nach Vermont zu fahren. Und wenn der Präsident eingeladen ist, dann wird es förmlich sein. Ich habe einen Smoking in meiner Wohnung, aber ich habe keine Kleider."

Ava sah an sich hinab, hob eines ihrer langen Beine hoch und streckte ihre Zehen aus. „Ich könnte auch einen Smoking tragen."

Dominic lachte, aber sein Mund war staubtrocken. Er hatte sich nie als Mann betrachtet, der auf Beine abfuhr, aber alles an Ava widersprach dem, was er als seine Norm betrachtet hatte. „Es wäre verführerisch, nur um zu sehen, wie du aussehen würdest." Er wollte etwas Schmutziges und Unangebrachtes sagen, aber sie mussten sich über die Arbeit unterhalten. Sie mussten aufstehen, duschen, in das verdammte Mietauto steigen und in ihr echtes Leben zurückfahren. „Du musst nicht mitkommen." Er berührte ihre Wange. „Es wird sterbenslangweilig sein, und meine Familie wird deine Anwesenheit als meine Begleitung absolut über-interpretieren. Aber so sehr sie mich nerven, ich möchte nicht, dass sie sich Sorgen um mich machen oder wissen, dass ein Mörder es auf mich abgesehen hat – also würde ich dich bitten, das für dich zu behalten, auch wenn die Gefahr wahrscheinlich vorbei ist."

Sie hielt seinem Blick stand und er war wieder einmal von all den Farbfacetten in ihren Augen überwältigt. „Wir wissen nicht sicher, dass es vorbei ist."

Er zuckte mit den Schultern. „Wenn der Präsident

anwesend ist, werden die Sicherheitsmaßnahmen hoch sein. Ich werde ausreichend sicher sein.“

„Würdest du wollen, dass ich mitgehe?“, fragte sie. „Wenn wir nicht zusammen arbeiten würden?“

Er merkte, dass sie die Frage bereute, sobald sie sie gestellt hatte, da sie versuchte, sich von ihm wegzurollen. Er hielt sie auf. Sie hatte sich verletzlich gemacht und er weigerte sich, weniger mutig zu sein.

„Ja.“ Ehrlichkeit war beängstigend und sein Herz beschleunigte seine Schläge.

Sie lächelte langsam zu ihm hoch. „Können wir irgendwo unterwegs bei einem Walmart halten?“

„Einem Walmart?“

„Um ein Partykleid zu kaufen.“

Er lachte. Obwohl es ihm egal wäre, wenn sie in Jeans und T-Shirt käme, würde die feine Gesellschaft sie in der Luft zerreißen. Er betrachtete sie sorgfältig, was ihm nicht schwer fiel. Seine Schwester war zu klein. Ihm kam ein plötzlicher Einfall und er ging in das angrenzende Zimmer, griff nach seinem Handy und stellte es wieder an. Er hatte Dutzende verpasster Anrufe. Scheiße. Er wählte eine Nummer. „Agent Rooney?“

„Ich habe versucht, Sie zu erreichen, SSA Sheridan.“

Ava versuchte, sich aufzusetzen, aber er legte einen Oberschenkel über ihren. Er war noch nicht mit ihr fertig.

„Ich habe gestern Abend mein Telefon abgestellt, um zu versuchen, etwas Schlaf zu bekommen. Bevor du mir sagst, warum du mich anrufst, wäre es seltsam, wenn ich dich fragen würden, ob du ein Abendkleid hast, das ich für heute Abend ausleihen könnte?“ Er schätzte, dass sie ähnlich groß war wie Ava und sie eine ähnliche Figur hatte, wenn sie nicht schwanger war. Er könnte nach Quantico fahren, um das Kleid abzuholen, und dann direkt in die Höhle des Löwen in D.C. fahren.

Rooney lachte. „Das habe ich, aber du müsstest Alex nach Schuhen fragen."

Er lachte leise und sah, wie die Unsicherheit in Avas Augen blieb. „Welche Kleider- und Schuhgröße hast du?", fragte er Ava lautlos.

Sie zeigte es ihm mit ihren Fingern.

„Alles in Kleidergröße sechsunddreißig und Schuhgröße siebenunddreißig würde gehen. Agent Kanas begleitet mich heute Abend zur Verlobungsfeier meines Vaters und braucht etwas zum Anziehen." Er erwähnte nicht, dass sie seine Leibwächterin sein würde. Er wollte sie als seine Verabredung bei sich haben.

„Ich brauche etwas, das mich meine Waffe erreichen lässt", fügte Ava hinzu.

Dominic wiederholte das für Rooney, und sie versprach, an diesem Abend etwas zu seiner Wohnung zu bringen, da sie ohnehin in D.C. sein würde. Er gab ihr seine Adresse. „Also, was sind die schlechten Neuigkeiten?", fragte er. Er bezweifelte, dass Rooney mitten in der Nacht mit guten Nachrichten anrufen würde.

„Jemand hat die Fenster an der Rückseite deines Hauses zerschmettert."

„Wurde jemand verletzt?"

„Nein. Und bis die örtliche Polizei ankam, war der Rowdy schon verschwunden."

„Du glaubst, dass es der Täter war?"

„Ja."

Dominic strich mit seiner Hand über sein Gesicht. „Ich

dachte, es wäre vorbei." Er wollte, dass es alles vorbei war. Dass Sandy und Fernando in Sicherheit waren, dass er wieder ein normales Leben führen konnte. Der beunruhigende Gedanke, dass Ava kein Teil davon sein würde, wirbelte verwirrend in seinem Gehirn herum. Sie hatten immer noch diesen Abend. Es war noch nicht vorbei.

„Irgendwelche Neuigkeiten zur DNA oder den Laborergebnissen? Oder zu Robin Elgins Handydaten?"

„Frazer hat vor, dem Labor heute Druck zu machen, bis sie ihm Antworten geben."

Dominic zuckte zusammen. Er hätte Frazer nicht gerne im Nacken sitzen, aber verdammt, sie brauchten Ergebnisse.

Ihm wurde bewusst, dass es wirklich früh und sie wahrscheinlich noch nicht einmal in der Arbeit war. „Ich werde meine Reinigungsfirma anrufen, dass sie im Haus aufräumen sollen und sobald wie möglich einen Glaser beauftragen, der die Fenster mit Brettern vernageln soll, bis sie neues Glas einpassen können. Ruf mich an, wenn es irgendwelche Neuigkeiten gibt. Danke für alles. Ich schulde dir was."

Er beendete das Gespräch und warf das Handy hinter sich. Es gab so viele Dinge, die er tun musste. Bei all diesen verpassten Anrufen zurückrufen. Mit Sandy reden, um nach Ben zu fragen, mit Gross darüber reden, was das FBI beim Holzhaus gefunden hatte. Lincoln Frazer zu den weiteren Entwicklungen befragen, und sich bei der CNU melden. Stattdessen strich er mit seinem Finger über Avas Augenbrauen, verweilte kurz bei der Narbe auf ihrer Stirn, strich dann ihre Nase entlang und über ihre blütenweichen Lippen.

Dann die elegante Kurve ihres Halses hinunter, über ihr

geschwungenes Schlüsselbein, das er wahnsinnig attraktiv fand. Ihre Brüste waren voll und perfekt geformt. Sie bettelten nach ein wenig Aufmerksamkeit, welche er bereitwillig gab. Er erlaubte dem Hunger, zu wachsen, fachte die Flammen an, setzte seine Erforschung aber den ganzen Weg bis zu ihren Zehen fort, welche er einen nach dem anderen küsste.

Sie sah ihm zu, ihre Augen hell wie Glas. Und als er endlich anfing, sich wieder ihren Körper hinaufzubewegen, drehte sie den Spieß um, bevor er die köstlichen Stellen probieren konnte. Sie drehte ihn auf seinen Rücken.

Er sagte sich, dass er sie überwältigen könnte, wenn er müsste, aber angesichts des festen Griffs, mit dem sie ihn festhielt, und der Tatsache, dass sie wusste, wie man mit allen Mitteln kämpfte, war er sich nicht sicher, ob er ehrlich war. Es gab hinsichtlich Ava eine Menge Dinge, bei denen Dominic ziemlich sicher war, nicht ehrlich zu sich zu sein, und als ihre Lippen sich um seine schlossen, und er zum dritten Mal in dieser Nacht seinen Verstand verlor, begann er sich zu fragen, was so schlimm daran wäre, eine richtige Beziehung mit dieser Frau zu haben.

Solange sein Herz nicht involviert war, solange er den wesentlichsten Teil von ihr getrennt hielt, sodass er nicht völlig vernichtet werden würde, falls und wenn sie ihn verließ. Vielleicht, ja vielleicht konnten sie das hier hinbekommen.

KAPITEL ACHTUNDZWANZIG

AVA HÄTTE SICH lieber mit der russischen Mafia angelegt, als sich schick zu machen und mit der Elite Washingtons zu verkehren.

Sie fuhren zum CNU-Büro in Quantico, damit Dominic die Berichte und den Papierkram fertigstellen konnte, die wegen der Gefängnisgeiselnahme anstanden.

Sie hatte die Dokumente überprüft, um sich zu versichern, dass weder ihr Name noch die Außenstelle, in der sie normalerweise arbeitete, erwähnt wurde. Aus Rücksicht auf das Zeugenschutzprogramm hatte das FBI sie einfach als „Verhandlungsführerin in Ausbildung" bezeichnet. Abgesehen von den Mitarbeitern der CNU und den wenigen Agenten des Geiselrettungsteams, mit denen sie im Gefängnis geredet hatte, kannte niemand ihre Identität. Sie hatte mit ihrer Familie gesprochen, und sie hatten ihre Entscheidung, die Direktorin vor der Vergewaltigung durch Gino Gerbachi zu retten, unterstützt. Sie hatten auch versprochen, zusätzliche Vorsichtsmaßnahmen zu ergreifen, aber die Gemeinschaft war klein, und ihre Adressen standen nicht im Telefonbuch. Anonymität war ihr Freund. Sie war es von dem Moment an gewesen, in dem die Mafia kaltblütig ihren Vater umgebracht hatte.

Nachdem sie und Dominic Quantico verlassen hatten, machten sie sich zur Party nach D.C. auf, gerieten in furchtbaren Verkehr und hatten bei ihrer Ankunft nur wenig Zeit. Ava ging unter die Dusche, wusch ihre Haare, behandelte sie mit einer Haarspülung, schrubbte sich ab und rasierte sich mit Dominics Rasierer.

Dann föhnte sie ihre Haare und zog ihr Höschen an, aber sie würde unter dem fast rückenfreien, tief ausgeschnittenen, lavendelfarbenen Spitzen- und Chiffonkleid, das Mallory gebracht hatte, auf gar keinen Fall einen BH tragen können.

Rooney hatte auch daran gedacht, Schuhe, Schmuck, eine Handtasche, in der Ava ihre Glock unterbringen konnte, und ein wenig Make-Up mitzubringen.

Ava musste daran denken, dieser Frau Blumen zu schicken. Sie wusste nicht, welche Kleidung in dieser Situation angemessen war, und hätte sich solche Kleider absolut nicht leisten können. Es verdeutlichte genau, wie unterschiedlich sie und Dominic in allem außer der Arbeit waren – und wenn sie je eine richtige Beziehung hätten, würden sie auch nicht mehr zusammen arbeiten dürfen.

Woraufhin ihnen was genau blieb? Sex?

Über den Sex konnte sie sich nicht beklagen.

Vielleicht würde der heutige Abend ein Test für sie beide werden. Oder einfach eine Erinnerung daran, dass sie nichts gemeinsam hatten, ganz gleich wie kompatibel sie im Bett waren.

Sie schlüpfte in das Kleid und schaffte es, den Reißverschluss hochzuziehen. Es hatte einen leicht griechischen Stil, was ihr gefiel. Sie war ein wenig verunsichert, weil ihre Brüste fast nackt waren, die obere Wölbung nur durch ein wenig Spitze bedeckt. Sie rückte es zurecht, aber das machte es nicht weniger freizügig. Wenigstens waren ihre Brustwarzen vor den Augen der Öffentlichkeit verborgen.

Sie verdrehte sich, um sich im Spiegel den Rücken anzusehen. Über einem um ihre Taille gebundenen Band waren nur ein paar Zentimeter Stoff drapiert. Es gab eine verdammte Schleppe, die unglaublich aussah, aber es würde schwer sein, darin zu laufen und nicht zu stolpern.

Dominic klopfte an die Tür. „Fünf Minuten."

Sie warf der Tür einen wütenden Blick zu, wusste aber, dass er auf den ganzen Rummel genauso wenig Lust hatte wie sie. Vielleicht noch weniger. Familien konnten brutal sein.

Ava bürstete ihr Haar und steckte es zu dem üblichen Knoten hoch, ordentlicher und fester als sonst, in der Hoffnung, dass die widerspenstigen Strähnen sich einmal benehmen würden. Es war das Beste, was sie unter diesen Bedingungen bewerkstelligen konnte.

Sie holte das Make-Up hervor und legte Lidschatten und etwas Rouge und dunklen Eyeliner und Mascara auf. Die Grundlagen.

Zum Glück war der Lippenstift, den Rooney gebracht hatte, in einem weichen Rosa anstatt einem leuchtenden Rot. Er fühlte sich eher wie etwas an, was Ava tatsächlich selbst tragen würde.

Ava legte funkelnde Ohrringe an und hoffte bei Gott, dass es Zirkonia und keine echten Diamanten waren. Sie ignorierte die Halskette, obwohl sie hübsch genug war, um von ihren Brüsten abzulenken. Der Gedanke, sie zu verlieren, war für Ava zu beunruhigend. Sie konnte es sich nicht leisten, sie zu ersetzen. Wenn sie aus Versehen zu viel von ihrer Brust entblößte, würde sie einfach damit leben müssen. Wenn sie Rooneys Halskette verlor, würde sie sich von der nächsten Brücke stürzen müssen.

Dominic klopfte an die Tür, und sie öffnete sie

schwungvoll, als er gerade ansetzte, etwas zu sagen.

Er blinzelte zweimal, und sie sah zu, wie er seine Augen anscheinend gewaltsam von diesem erregenden Spitzenrand lösen musste.

„Jetzt möchte ich wirklich nicht zu dieser Party gehen." Seine Stimme war leise und rau und sandte einen lustvollen Schauder durch sie.

Der gesamte Sauerstoff im Zimmer verschwand, und sie merkte, wie sie schnelle, flache Atemzüge nahm, die nicht ausreichten. Sie dachte daran zurück, wie sie sich nackt auf diesem Bett in Pennsylvania gewunden hatte. Sie presste ihre Beine zusammen und spürte ein angenehmes Kribbeln.

Dann begegneten seine Augen den ihren. „Du siehst unglaublich aus."

Sie lächelte langsam. „Du ebenfalls." Verdammt, sie wollte zu ihm gehen, dieses frische, weiße Hemd aus diesem sündhaft erotischen schwarzen Kummerbund reißen und ihre Hand in seine Hose schieben und um die Erektion legen, die sich in dieser teuer aussehenden Hose bildete.

Seine Augen wurden dunkel, und seine Nasenlöcher blähten sich. Er nahm ihre Hand und zog sie mit sich. „Später. Bringen wir das hier erst hinter uns."

Sie zitterte bei dem Versprechen in seiner Stimme. An der Wohnungstür griff sie nach ihrer silbernen Handtasche, die groß genug war, um ihre Glock, Ersatzmunition und ihre Marke aufzunehmen. Sie schlüpfte vorsichtig in Rooneys Absatzschuhe.

Sie und Sheridan waren nun auf Augenhöhe, und sie konnte sehen, wie Hunger mit Pflicht kämpfte, während er sie betrachtete.

„Hast du deine Waffe?", fragte sie mit einem zweideutigen

Grinsen.

Er nahm ihre Hand. „Ja, ich habe immer meine verdammte Waffe." Und dann schockierte er sie, indem er ihre Handfläche gegen seinen harten Schritt presste und sie gegen die Tür drückte. Er schob seinen festen Oberschenkel zwischen ihre Beine und sie erkannte den Wert einer Schleppe, als er ihr rechtes Knie an seine Hüfte zog. Seine andere Hand ruhte auf ihrem unteren Rücken und zog sie zu sich. Seine Lippen brachten den Puls an ihrem Hals zum Rasen.

„Ich möchte jeden Zentimeter von dir küssen."

Und sie wollte absolut geküsst werden.

Der Summer seiner protzigen Wohnung ertönte, brach den Zauber und erinnerte sie daran, dass sie erwartet wurden.

Der Kerl hatte zwei Zuhause. Eines hatte einen Pool, und das andere einen Portier. Wenn sie genauer darüber nachdachte, war hier wahrscheinlich auch irgendwo ein Pool.

Ava gehörte nicht hier her, aber sie wollte trotzdem mit ihm zusammen sein, und sie begann zu denken, dass ihre Gefühle tiefer gingen, auch wenn sie so tat, als ob es bei dieser Sache um Sex ging, und darum, dass sie zwangsweise Zeit gemeinsam verbrachten. Viel tiefer.

Er fluchte, löste sich und drückte auf die Gegensprechanlage. „Wir sind gleich unten." Er nahm ihre Hand. „Heute Abend bist du nicht meine Kollegin oder Leibwächterin, du bist meine Freundin. Die Sicherheitsmaßnahmen werden streng sein, wir können uns ein wenig entspannen."

Ava wurde von so starkem Verlangen durchströmt, dass sie seinem Blick nicht standhalten konnte. Sie wusste, dass es nicht echt war. Sicher hatte er gesagt, dass er sie dahaben wollte, aber was hätte er sonst sagen sollen?

Seine Anwesenheit bei der Party sollte seinen Vater zufriedenstellen, und wenn sie als seine Freundin auftrat, blieben FBI-Angelegenheiten vertraulich. Noch hatte niemand herausgefunden, dass ein Serienmörder es auf FBI-Agenten abgesehen hatte. Die Medien wussten auch nicht, dass Peter Galvestons Leiche aus seinem Grab entfernt worden war, wahrscheinlich vom örtlichen Pastor. Sobald sie es herausfänden, würde die Öffentlichkeit durchdrehen.

Aber vielleicht könnten sie und Dominic einen weiteren Abend lang alles vergessen und entspannen, was verdammt viel einfacher wäre, wenn sie nicht Acht-Zentimeter-Absätze tragen, und ihre Brüste der Welt nicht auf dem Präsentierteller dargeboten würden.

Mut.

Dominic schwang seine Hand nach vorne, also ging sie zuerst. Sie gingen zum Aufzug und sie stand fast atemlos dort, als sie ihn in der spiegelnden Oberfläche betrachtete. Er sah wie ein Filmstar aus.

Er setzte eine dunkle Brille auf, als sie den Aufzug verließen. Die Brille versteckte die letzten Spuren der Prellungen um seine Augen und sie konnte sich vorstellen, dass er wirklich nicht jedem genau erklären wollte, wo er sie herhatte.

Draußen am Bordstein stand ein schwarzer Lexus, der mit dem, in dem er letzten Mittwochabend den Unfall gehabt hatte, identisch war. Er hielt mitten im Schritt inne und wich fast zurück.

„Was ist los?", fragte sie und bereitete sich auf Ärger vor.

„Anscheinend hat mein Vater mir ein Geschenk geschickt."

Er schien über den Gedanken nicht glücklich, und Ava verstand. Als er das letzte Mal in diesem Fahrzeugmodell gewesen war, hatte er einen schrecklichen Unfall gehabt.

„Nehmen wir ein Taxi", schlug Ava vor.

Dominic wandte abrupt den Kopf und sah sie über die Brille hinweg an, als ob er von ihrem Verständnis überrascht wäre.

Sie versuchte, nicht beleidigt zu sein. Van hatte ihr immer gesagt, dass ihre Intuition ihr größter Vorteil wäre, gefolgt von ihrem Mumm. Seine Worte. Sie erinnerten sie daran, warum sie wirklich bei Sheridan war. Um die Wahrheit über Vans Tod herauszufinden. In den letzten Tagen war dieser Fokus verschwommen, und sie verspürte Scham. Nach allem, was Van für sie getan hatte, hatte er von ihr mehr verdient.

Dominic nahm wieder ihre Hand und drückte sie, zog sie an den Straßenrand, wo er seinen Arm hob, um ein vorbeifahrendes Taxi anzuhalten.

Als ein Yellow Cab anhielt, half er ihr hinein und stieg neben ihr ein. Sie beförderte die Schichten aus Spitze und Chiffon in ihren Schoß, fühlte sich wie die Heldin in einem historischen Liebesroman. Das Taxi müsste sich nur noch in eine Pferdekutsche verwandeln und Sheridan in einen Duke. Sie würden herummachen und wahrscheinlich richtigen Sex haben, und ihr unschuldiger Ruf wäre ruiniert, und sie müssten heiraten.

Sie blinzelte sich zurück ins einundzwanzigste Jahrhundert, ein wenig schockiert darüber, dass ihre Vorstellungskraft ihr jetzt Tagträume bescherte, in denen sie und Sheridan zusammenkamen.

Das Problem bei einem Taxi war, dass sie vor dem Fahrer nicht über den Fall reden konnten. Sie schwiegen, nachdem

Dominic dem Kerl eine Adresse genannt hatte. Ava kannte D.C. nicht so gut, widmete ihre Aufmerksamkeit während der Fahrt also den Sehenswürdigkeiten.

Dominic nahm ihre Hand, und sie fragte sich, ob er es tat, um in seine Rolle zu finden, oder ob er Trost für das brauchte, was vor ihm lag. Das Wenige, was er gesagt hatte, zeigte, dass er nicht das beste Verhältnis zu seiner Familie hatte. Ihre war laut und ausgelassen und mischte sich immer in ihre Angelegenheiten ein, aber sie liebte sie.

Als sie allmählich an Botschaften vorbeikamen, und die National Cathedral auf dem Hügel über ihnen erschien, fing Ava an, nervös zu werden.

„Gibt es etwas, dass ich über dieses Ereignis wissen muss?"

„Meine Familie ist dysfunktional und irritierend, abgesehen von meiner kleinen Schwester Gwen." Er sprach leise, damit der Taxifahrer ihn nicht hören konnte. „Sie ist das Küken der Familie. Fühlt sich dafür verantwortlich, dass unsere Mutter sich umgebracht hat, obwohl sie erst ein Säugling war, als es passierte."

„Postnatale Depression?", fragte Ava.

Dominic nickte angespannt. „Niemand erwähnt es, oder Mom, jemals. Es ist, als würden wir so tun, als ob sie nie existiert hätte."

„Das tut mir leid. Ich weiß, wie furchtbar das ist." Ava wurde von einem unerwarteten Blitz der Sehnsucht getroffen. „Wir sprechen auch nicht über meinen Vater. Ich vermisse ihn, aber es ist, als ob ich ihn mir ausgedacht hätte."

Dominic nickte und schloss seine Augen kurz, als ob er zuließ, dass die Gefühle ihn für diesen Bruchteil einer Sekunde berührten, bevor er weitermachte.

„Dies wird das fünfte Mal sein, dass mein Vater heiratet,

und ich soll diesmal der Trauzeuge sein." Er sah aus dem Fenster. „Normalerweise fragt er meinen Bruder Franklin, aber ich nehme an, er hat mich gefragt, damit ich keinen Weg finde, mich vor der Hochzeit zu drücken. Wir haben es schon so oft erlebt. Es ist schwer, so zu tun, als ob es halten würde."

„Pessimist." Sie stieß ihn mit ihrem Arm an.

„Realist", widersprach Dominic. „Mit der Unfähigkeit meines Vaters, die richtige Frau zu heiraten, und dem Drang meines Bruders, alles Gute in der Welt zu zerstören, ist meine Familie nicht unbedingt voller Herzen und Blumen."

„Brüder können lästig sein."

Er hielt ihrem Blick stand. „Franklin ist nicht lästig. Er ist ein Arschloch."

Ihre Lippen zuckten. „Gut zu wissen."

Seine Finger strichen über ihre Hand, als ob er sich die Länge und Kurve jedes Knochens und Knöchels einprägen wollte.

„Was, wenn die Leute wissen wollen, woher ich stamme?", fragte sie und versuchte, sich von den Gedanken an seine Hände auf ihrem Körper abzulenken.

Dominics dunkelblaue Augen musterten sie und schienen ihre bebenden Nerven zu bemerken. „Sag es ihnen."

„Welche Version?", murmelte sie gedämpft.

Dominic beugte sich zu ihr, sein Gesicht berührte ihr Haar. „Ich habe vergessen, dir zu sagen, wie unglaublich du bist, das zu tun, was du als Kind getan hast, nachdem du den Mord an deinem Vater mitangesehen hast. Und es war verdammt mutig, wie du gestern diesen Schützen durch die Wälder gejagt hast."

Sein Atem auf ihrer Haut ließ ihre Brustwarzen unter dem Kleiderstoff hart werden.

„Erzähl ihnen die Version, die du willst, aber du brauchst nicht zu versuchen, diese Leute zu beeindrucken. Du bist die absolut schönste und ernsthaft ausgezeichnetste Agentin, die ich je … gekannt habe." Seine Augen funkelten, als er eine gewisse intime Bedeutung in das vorletzte Wort legte.

Sie stieß ein leises Lachen aus und rollte mit den Augen, als sie ihn ansah. „Und wie viele von denen sind dort?"

Er wurde still, als ob er sorgfältig über die Antwort nachdachte, strich dann mit einem Finger über ihr Schlüsselbein. „Eine. Du."

Avas Blick traf seinen und ihr Mund wurde trocken.

Dann kamen sie an, und sie musste lachen, da sie aus einem Yellow Cab ausstiegen, während alle anderen in Limousinen ankamen. Ava sah hinüber zu der georgianischen Villa mit genügend Säulen und weißen Marmortreppen, um es mit dem Weißen Haus aufnehmen zu können.

Heilige Scheiße.

Sie ließ ihre Röcke fallen und hoffte, dass sie keinen Absatz durch diese schöne Kreation bohren, und direkt auf ihr Gesicht fallen würde.

Dominic nahm ihre Hand und zog sie durch seine Ellenbogenbeuge. „Hoffentlich können wir reingehen, uns blicken lassen und wieder verschwinden und dann innerhalb einer Stunde zu Hause sein. Dann habe ich vor, dich auf mein Bett zu legen und dich wie das beste Weihnachtsgeschenk auszupacken, das ich je bekommen habe."

„Im August?"

„Dann eben Geburtstagsgeschenk."

„Wann ist dein Geburtstag?"

Sein Grinsen war schelmisch. „Im Januar."

„Ich muss mich entscheiden, ob ich ein frühes

Weihnachtsgeschenk oder ein spätes Geburtstagsgeschenk bin." Sie strich mit ihrem Finger seinen Jackenaufschlag hinab. „Und ich habe selbst einige Anzugpornofantasien."

„Anzugporno?"

„Und Smoking-Sex."

Dominic schien an seiner Fliege zu ersticken.

Ava grinste. „Ich glaube, du hast verstanden."

KAPITEL NEUNUNDZWANZIG

MIT AVA AN seiner Seite löste sich einiges von dem Grauen, das Dominic normalerweise bei dem Gedanken an die Teilnahme bei diesen Ereignissen überkam, in Luft auf.

Sie war witzig, nahm weder sich selbst noch die Leute bei dieser Party zu ernst. Sie war so schön, dass sie wie zukünftiger Liebeskummer aussah. Was genau der Grund war, aus dem er sich über das Körperliche hinaus nicht in sie verliebte. Sie konnten sich einige Wochen amüsieren. Vielleicht sogar eine Weile ausprobieren, wie sie mit einer Beziehung zurechtkamen. Danach würden sie getrennte Wege gehen.

Er ignorierte den Stich, den dieser Gedanke verursachte. Wie er ihr an dem Tag nach dem Unfall gesagt hatte, er mochte Sex, und manchmal fühlte er sich einsam. Das bedeutete nicht, dass er ständig jemand in seinem Umfeld wollte, der ihn die Dinge nicht so machen ließ, wie er sie tun wollte, ihm in die Parade fuhr.

Welche Dinge? Welche Parade?

Er schob die Gedanken über sein normalerweise einzelgängerisches Dasein aus seinem Kopf. Es verstand sich von selbst, dass er ihre gemeinsame Zeit so ausgiebig wie möglich genießen würde, das war sogar einem Dummkopf wie ihm klar.

Die Überreste von Galvestons Skelett waren in dem

behelfsmäßigen Grab hinter der Garage beim Holzhaus gefunden worden. Nun, es waren dort Überreste gefunden worden, deren grundlegende anthropologische Parameter übereinstimmten. DNA und zahnärztliche Unterlagen würden es letztlich bestätigen. Was jeden überrascht hatte, war die Anwesenheit eines weiteren Skeletts. Eines Kindes.

Niemand wusste etwas über ein Kind. Ein forensischer Anthropologe untersuchte die Knochen, um herauszufinden, wie lange das Kind schon dort war, und vielleicht sogar, wie es gestorben war.

War es ein noch unbekanntes Opfer? Das Kind eines Opfers? Das Kind von Galveston selbst? Könnte das Kind der ursprüngliche Besitzer des Teddybärs gewesen sein, der bei Galvestons Grabstein hinterlassen worden war?

Wo war die Mutter dieses Kindes, und wie war das Kind gestorben? Das war die große Frage, ebenso wie die, wer es in dem flachen Grab bei Galvestons altem Holzhaus begraben hatte.

Das Labor arbeitete rund um die Uhr, bis sie das herausfanden. Leider konnte die Wissenschaft keine unbeschränkte Geschwindigkeit erreichen.

Es würde schön sein, den Serienmörder wieder zu beerdigen, bevor die Presse überhaupt herausfand, dass seine Leiche verschwunden war. Die vermisste Leiche war sicher inszeniert worden, um die Erinnerung an den Mann und seine Untaten wieder aufzurühren. Um der Bevölkerung Angst einzujagen. Eine Methode, die Familien der vermissten und ermordeten Frauen erneut zu Opfern zu machen.

Aber die Anwesenheit des Kindes … Dominic runzelte die Stirn. Was bedeutete das?

FBI-Agenten waren zu allen früheren Wohnorten

Galvestons und allen bekannten Ablagestellen geschickt worden, um herauszufinden, ob dieser Täter noch irgendetwas getan hatte. Sie waren bereit, mit den Familien der Opfer zu sprechen, sobald die DNA bestätigte, dass die Skelettüberreste wirklich die von Galveston waren.

Bis jetzt waren keine weiteren menschlichen Überreste bei dem Holzhaus gefunden worden.

Sandy Warrens Ehemann waren zwei seiner Finger wieder angenäht worden, was die Hölle war, aber besser, als gar keine Hand zu haben. Dominic wusste nicht, wie er Sandy oder Ben gegenübertreten sollte, wenn er sie das nächste Mal sah. Agenten der New Yorker Außenstelle überwachten nun Sandys Grundstück und hatten Personenschutz für ihre gesamte Familie organisiert. Das Gleiche galt für Fernando Chavez, der seine Frau und Kinder in Schutzgewahrsam geschickt hatte, bis sie den Täter geschnappt hatten.

Und vielleicht hatten sie das schon, aber jemand da draußen verspürte immer noch einen Groll, da er seine Fenster eingeschlagen hatte. Der Täter oder ein Komplize? Das war die Frage des Tages.

Das Gewehr in Caroline Perrys Auto war dieselbe Langwaffe, die benutzt worden war, um Calvin Mortimer umzubringen. Sie hatte Dominic unter Drogen gesetzt, Van wahrscheinlich ebenfalls. Und wahrscheinlich hatte sie auch Vans Mord wie einen Suizid aussehen lassen.

Dominic wollte genau wissen, was seinem alten Freund passiert war. Das schlechte Gewissen überkam ihn. Er wollte genau wissen, wie schlimm er Van im Stich gelassen hatte.

Wenn sie die Verbindung vorher entdeckt hätten, wäre Van vielleicht nicht tot, Calvin Mortimer wäre vielleicht nicht tot. Andere wären vielleicht nicht gestorben. Sandy und ihre

Familie hätten dieses qualvolle Trauma vielleicht nicht durchmachen müssen.

Dann begriff er, was er tat, er fühlte sich wegen etwas schuldig, das nicht von ihm getan worden war. Die Verantwortung lag eindeutig beim Täter und seinen kranken Bedürfnissen und Motivationen.

Wie waren Caroline Perry und Robin Elgin mit Galveston verbunden?

Falls die Sondereinheit es herausgefunden hatte, äußerte Gross sich nicht.

Dominic war zu ungeduldig, um sich bei den Leuten einzureihen, die darauf warteten, seinen Vater und dessen neueste Verlobte an der Vordertür zu begrüßen. Er nahm Avas Hand und führte sie um das Haus herum zur Küchentür. Sie mussten den um das Haus postierten Sicherheitsleuten ihre Marken zeigen, was beruhigend war. Ihr FBI-Status und die Tatsache, dass sie auf der Gästeliste standen, bedeutete, dass sie beide in der Lage waren, mit verborgen getragenen Waffen hineinzugehen. Noch waren keine Geheimdienstagenten sichtbar, obwohl sie wahrscheinlich schon im und um das Haus herum postiert waren.

Das Haus war riesig, aber sein Vater veranstaltete diese verschwenderischen Partys gerne, also nutzte er den Platz wenigstens wirklich.

„Das Haus gehörte eigentlich der Familie meiner Mutter." Es fühlte sich befreiend an, zur Abwechslung über sie zu reden. Den schwarzen Fleck ihres Todes zurückzuweisen, der so tiefgreifend war, dass sie alle versuchten, so zu tun, als ob sie nie existiert hätte.

Ava brachte ihn zum Stehen. „Was war ihr Beruf? Der deiner Mom? Als sie noch lebte?"

„Eigentlich nichts." Er konnte ihrem Blick nicht begegnen, da die durch die Unterhaltung aufgewühlten Gefühle zu heftig waren. Zu frisch, auch noch nach all diesen Jahren. „Ihre Familie war seit Generationen wohlhabend. Sie verdienten während der letzten Jahrhundertwende ein Vermögen in der Holz- und Bergbauindustrie. Die meisten Männer der Familie starben während der Spanischen Grippe oder während des Zweiten Weltkrieges. Meine Großmutter war die einzige Überlebende von sechs Kindern. Sie heiratete spät – wahrscheinlich wurde sie von ihren Eltern dazu gezwungen, damit das Geld in der Familie blieb." Es war wirklich verrückt, und trotzdem genoss er täglich die Vorteile daraus. „Meine Mutter war das einzige Kind dieser Verbindung und erbte alles." Seine Finger schlossen sich fester um ihre. „Ich glaube, wenn sie etwas Konstruktives mit ihrem Leben gemacht hätte, etwas Konstruktives abgesehen davon, Kinder zu haben, was ihr offensichtlich nicht ausreichte – hätte sie es vielleicht durch diese dunkle Zeit geschafft, ohne ..." Er konnte es immer noch nicht aussprechen. Suizide machten ihn immer noch wütend, obwohl er wusste, dass seine Mutter psychisch krank gewesen war.

„Es tut mir wirklich leid, dass du sie so jung verloren hast, Dominic. Es tut mir leid, dass sie nicht die Behandlung bekam, die sie verdiente."

Vielleicht stammte der Großteil des schlechten Gewissens und der Ablehnung der Familie daher. Die Tatsache, dass keiner von ihnen begriffen hatte, wie krank sie war, und sie sich insgeheim alle gegenseitig beschuldigten, damit sie sich nicht selbst beschuldigen mussten.

Dominic legte seine Hand auf Avas unteren Rücken und zog sie an sich. Ihre Augen wurden groß. Er senkte seinen

Mund auf ihre Lippen und küsste sie.

„Wofür war das?", fragte sie misstrauisch, als er sich löste. Sie wischte über seine Lippen, die wahrscheinlich jetzt die gleiche Farbe hatten wie ihre. Es war ihm egal.

„Komm. Suchen wir die Familie, und finden wir heraus, ob wir einen Rekord für die am wenigsten auf solchen Veranstaltungen verbrachte Zeit aufstellen und dann nach Hause fahren und etwas Spaß haben können."

Als er die Tür zur Küche öffnete, warf die Köchin ihre Hände in die Luft und kreischte, zuerst überrascht und dann erfreut.

„Dominic! Dein Vater sagte, dass du kommen würdest, aber ich habe es nicht geglaubt."

Martha war seit Jahren bei ihnen.

„Es ist doch gar nicht so lange her …" versuchte er, sich zu verteidigen.

Martha drohte ihm mit dem Finger. „Weihnachten, und du lebst nur einige Stunden entfernt." Sie stemmte ihre Fäuste in ihre Taille. Sie trug heute eine Kochuniform, weil es ein formeller Anlass war, aber normalerweise tat sie das nicht. Der Großteil des Essens für ein Ereignis dieser Größe würde von einer externen Firma geliefert werden. Er hatte immer gehofft, dass sein Dad Martha heiraten und in seinem Leben ein wenig Normalität finden würde, aber der Gouverneur schien entschlossen, dem Traum der perfekten Frau nachzujagen. Hübsch. Schwungvoll. Immer glücklich. Als ob sie das irgendwie wieder alle zusammenbringen würde. Oder vielleicht mochte sein Dad Sex ebenfalls – mit hübschen, schwungvollen, immer glücklichen Blondinen.

„Wer ist das?" Martha hob ihr Kinn in Avas Richtung.

Ava streckte ihre Hand aus. „Ava Kanas. Ich arb…"

„Meine Freundin", unterbrach Dominic mit einem entschlossenen Lächeln.

Marthas Brauen formten ein V auf ihrer Stirn und sie schien Ava einen langen, ausgedehnten Moment von oben herab zu mustern. Ava lächelte weiter und schließlich stieß Martha ein stürmisches Lachen aus. „Sie ist hübsch, aber du hattest schon immer gerne eine schmückende Frau am Arm."

Anstatt sauer zu werden, zog Ava eine spöttische Augenbraue in seine Richtung hoch. Er wusste nicht, in wessen Namen er beleidigter sein sollte – in seinem, dem seiner früheren Verabredungen, oder Avas.

„Diese *schmückende Frau* ist bewaffnet und gefährlich", sagte Dominic trocken. „Also sei vorsichtig."

„Ich mag sie jetzt schon", verkündete Martha.

Er gab der Frau einen Kuss auf die Wange und hielt Avas Hand fest. Diese ganze Situation war ein potenzielles Minenfeld von Katastrophen, aber jetzt war er hier und musste das Beste daraus machen, selbst wenn er lieber in einer bewaffneten Pattsituation eine Geiselfreilassung verhandelt hätte.

Er griff sich einen Drink vom Tablett eines vorbeigehenden Kellners und hielt ihn Ava hin.

Sie lehnte ab. „Ich bin offiziell im Dienst."

„In Ordnung." Er würde nicht mit ihr streiten. Er nahm den Drink und kippte ihn in einem Zug herunter, nahm dann einen weiteren. „Wo ist der Whiskey, wenn man ihn braucht."

„Dominic!"

Er zwang sich, sich beim Klang der Stimme seines Vaters nicht anzuspannen. Er ließ ein Lächeln auf seinem Gesicht erscheinen und drehte sich um. „Pops. Da bist du ja."

Ava drückte seine Hand, und er wünschte, er würde sie

nicht ganz so sehr mögen. Er hatte das schreckliche Gefühl, dass sie beide mehr für den jeweils anderen empfanden, als sie geplant hatten.

Er umarmte seinen Dad, spürte, wie sich die Arme des Mannes fest um ihn schlossen, als ob er versuchte, ihn an der Stelle zu verankern. Anstatt sich zu lösen und wegzurennen, wie Dominic es normalerweise tat, ließ er den Kontakt noch einige Sekunden länger zu. Erlaubte seinem Dad, sich zuerst zu lösen.

„Lass mich dir Agent Ava Kanas vorstellen. Meine Freundin."

Es entging ihm nicht, wie die Augen seines Vaters aufleuchteten, als er Ava ansah. Der Kerl war ein notorischer Weiberheld – genau wie Dominics Bruder.

Ava klemmte ihre hübsche Handtasche unter ihren Arm, um seinem Vater die Hand zu schütteln. Sein Vater lächelte eifrig. „Sie sind die erste Frau, die er in über einem Jahrzehnt nach Hause mitbringt."

Eine Seite von Avas Mund ging nach oben. „Vielleicht starte ich einen neuen Trend."

„Ich hoffe nicht. Ich würde gerne erleben, dass Sie an seiner Seite bleiben." Sein Vater hatte Avas Hand immer noch nicht losgelassen, und Dominic merkte, wie er seine Besitzansprüche deutlich machen wollte, was wahrscheinlich der Grund war, aus dem der liebe alte Dad das tat – um ihn aufzubringen. Endlich ließ sein Vater los, und Dominic hörte auf, mit den Zähnen zu knirschen.

„Wo ist die bezaubernde Tracy?", fragte Dominic.

„Im Ballsaal."

Avas Augen wurden so groß, dass Dominic ein Lachen zurückhalten musste. Hatte nicht jeder einen Ballsaal?

„Ich stelle euch einander vor."

Ava beugte sich nah zu ihm, während sie anfingen, durch die Menge zu gehen. „Du hast sie noch nicht kennengelernt?"

Dominic zuckte mit den Schultern. „Ich hatte viel zu tun."

„Das ist ja furchtbar", rügte Ava.

„Sag das meinem Boss."

Sie boxte gegen seinen Arm, aber er weigerte sich, ihre Hand loszulassen und sie stolperte gegen ihn. Sie lachte und er beugte sich herunter und küsste sie auf die Lippen.

Ihr Herz fing an zu hämmern und seine Haut brach in Flammen aus, als sie den Kuss erwiderte, obwohl sie von Fremden umgeben waren. Alles und jeder im Zimmer verschwand. Ihre freie Hand legte sich um seinen Jackenaufschlag, um ihn näher zu sich zu ziehen.

Ein lauter bewundernder Pfiff schnitt durch die Luft, und Dominic löste sich. Ava errötete tief. Sie wischte ihm den Lippenstift mit beschämter Miene vom Mund, aber ihre Augen leuchteten voller Glück.

Er ging weiter in den Ballsaal, es war ihm egal, was irgendjemand über ihn oder Ava oder die Tatsache dachte, dass sie zusammen hier waren. Er konnte über die Köpfe der meisten Anwesenden sehen und entdeckte seinen Vater in der Nähe der rückwärtigen Wand unter dem größten Spiegel der Welt, der den größten Kronleuchter der Welt reflektierte.

„Wow. Ihr wisst wirklich, wie man Partys schmeißt. Habt ihr auch Innenfeuerwerk?"

Er schüttelte den Kopf. Ava Kanas war eine Meeresbrise in dieser stickigen D.C.-Atmosphäre.

Sie schoben sich durch die Menge, während Dominic alten Bekannten zunickte, sich aber schnell genug bewegte, um keine Unterhaltungen zu ermutigen. Endlich erreichte er seinen Vater.

„Dominic, ich möchte dir Tracy Fitzgerald vorstellen. Tracy, dies ist mein jüngster Sohn. Wie ich dir erzählt habe, arbeitet er fürs FBI.“

Die Frau drehte sich um, und Dominic war angenehm überrascht. Anders als die letzte Frau seines Vaters, Fiona „nenn mich Fe-Fe“, schien Tracy älter zu sein als er. Sie trug ihr Haar nicht platinblond, sondern in einem kurzen braunen Bob, und hatte Sommersprossen auf der ganzen Nase. Sie trug ein hübsches rotes Kleid, und ihre dunklen Augen wurden durch dunklen Lidschatten betont.

Sie sah intelligent und freundlich aus.

Tracy streckte ihre Hand aus – mit einem beeindruckend aussehenden Diamanten am dritten Finger. „Es freut mich, dich kennenzulernen, Dominic. Dein Vater hat so viel über dich gesprochen, dass ich das Gefühl habe, dich bereits zu kennen.“

Ihr Dialekt klang leicht nach den Südstaaten. Nicht so tief wie Alabama, aber vielleicht North Carolina.

„Ich freue mich auch, dich kennenzulernen, Tracy. Es tut mir leid, dass es so lange gedauert hat, bis ich herkam.“

Sie lächelte ihn warm an. „Ich habe gehört, dass du viel zu tun hast. Dein Vater ist unglaublich stolz auf das, was du tust. Nun, er ist auf alle seine Kinder stolz, aber ich würde sagen, besonders auf dich.“

Dominic spannte angesichts der unerwarteten Gefühle, die diese Worte hervorriefen, seinen Kiefer an. Die Sheridans waren stolz darauf, sich angesichts unvorstellbaren Leids stoisch zu verhalten, aber ein wenig menschliche Güte warf sie aus der Bahn.

Er hatte seinen Vater stinksauer gemacht, als er sich dem

FBI angeschlossen hatte, aber das war lange her. Vielleicht war es an der Zeit, die alten Feindseligkeiten hinter sich zu lassen.

„Das ist Ava." Er stellte sie Tracy vor, während das Gefühl, das er empfand, zu wachsen und sich auszubreiten schien. Ansteckend. Gefährlich. Seinen Hals zuschnürend, sodass er nicht reden konnte.

„Es freut mich, Sie kennenzulernen, Ava." Tracy schüttelte ihr die Hand.

„Mich auch, Ma'am."

„Tracy leitet das Smithsonian …"

„Ich leite es nicht", wies Tracy den Gouverneur zurecht. „Ich arbeite dort. Hör auf, mich wichtiger klingen zu lassen, als ich eigentlich bin." Sie schürzte die Lippen und scherzte dann: „Wenn er nicht vorsichtig ist, werde ich wegen ihm noch gefeuert."

Der Gouverneur zog sie zu sich heran und gab ihr einen Kuss. „Für mich bist du wichtig."

Dominic grinste. Offensichtlich war Tracy intelligent, unabhängig und hing an ihrer Arbeit. Er mochte sie bereits jetzt schon.

Der Mann, der für den Pfiff verantwortlich gewesen war, gesellte sich zu ihrer Gruppe und schlug Dominic auf den Rücken. Fest.

„Hätte nicht gedacht, dass du dich hier blicken lassen würdest." Die Pupillen seines Bruders weiteten sich, als er Ava von Kopf bis Fuß musterte und dann seinen Blick auf ihren Brüsten ruhen ließ. Er schwankte leicht, offensichtlich betrunken.

„Hör auf, meine Verabredung anzusabbern, oder sie wird dich erschießen." Dominic wollte Franklin schlagen, aber Ava war absolut in der Lage, sich selbst zu verteidigen.

„Bedeutet das, dass sie auch Plüschhandschellen dabei hat?"

Franklin und sein Vater kicherten beide über die Anspielung, aber Tracy warf seinem Vater einen wütenden Blick zu.

Ava sagte süß: „Warum suchen wir nicht einen Heizkörper, und dann können Sie sie einige Stunden lang ausprobieren."

Franklins Augen wurden schmal, und sein Lächeln erreichte seine Augen nicht. Er wurde nicht gerne herausgefordert. Dominics Bruder war fünf Jahre älter als er, und er hatte sich jahrelang gedankenlos durch die weibliche Bevölkerung gevögelt, inklusive dem einzigen anderen Mädchen, das Dominic nach Hause mitgebracht hatte, und, da war er sich ziemlich sicher, seiner Stiefmutter Nummer zwei.

Dominic betrachtete, wie der Zynismus seines Bruders die ganze Freude aus seinem Gesicht verschwinden ließ, und fragte sich, ob dies war, wie er normalerweise aussah. Ob das der Gesichtsausdruck war, den er der Welt normalerweise zeigte. Sein Magen verkrampfte sich. Er wollte nicht so abgestumpft oder verurteilend oder verschlossen sein.

„Wo ist Gwen?", fragte Dominic, als das Schweigen andauerte, und Ava begann, sich zu sorgen, dass sie das Falsche gesagt hatte.

„Drüben beim Punsch. Sie ist immer noch mit diesem Arschloch Geoffrey zusammen. Wahre Liebe." Mit einem höhnischen Blick kippte Franklin seinen Champagner wie Wasser hinunter.

Dominic blinzelte.

„Ich hörte, dass der Unfall, in den du verwickelt warst, ziemlich übel war", sagte sein Dad leise. „Bin froh, dass du noch bei uns bist, Sohn."

„Es war nur ein Blechschaden."

„Du hattest einen Totalschaden", betonte Franklin.

„Die Versicherungsfirma hat ihn abgeschrieben. Du weißt, wie sie manchmal sind."

Avas Brauen wanderten halb ihre Stirn hoch.

Franklin streckte den Arm aus und zog die dunkle Brille von Dominics Gesicht. Er zuckte zusammen, bevor er sie wieder gegen Dominics Brust stieß. „Sieht wie ein verdammt heftiger Blechschaden aus."

Sein Vater sah entsetzt auf Dominics verblassende blaue Flecken. Tracy warf einen wachsamen Blick auf seinen Bruder.

„Airbags", kommentierte Dominic trocken.

„Bist du sicher, dass die bezaubernde Ava dir nicht das blaue Auge verpasst hast?"

„Warum sollte ich das tun?", fragte Ava verwirrt.

„Aus Spaß?" Franklin kippte ein weiteres Glas Champagner. Dominic versuchte, sich zu erinnern, wann sein Bruder bei einem Familientreffen nicht betrunken gewesen war, konnte es aber nicht.

„Lass Ava in Ruhe", sagte Dominic ihm.

„Ich kann auf mich selbst aufpassen", beharrte Ava.

Sein Bruder höhnte und wischte sich den Mund mit dem Handrücken ab. Franklin war entweder Alkoholiker oder auf dem besten Wege, einer zu werden. Aber das erklärte nicht, warum er Dominic gegenüber so rachsüchtig war. Oder vielleicht war es seine Art, jeden auf Abstand zu halten. Nicht wieder am Boden zerstört zu sein, wenn einem von ihnen etwas passierte. Vertreibe alle, die du liebst, damit du nie wieder verletzt wirst.

Dominics Mund wurde trocken, als er die Taktik

erkannte.

„Die hier mag ich", sagte Franklin, als ob es eine Rolle spielte. „Sie ist streitlustig. Nicht wie die Letzte, die du nach Hause mitgebracht hast. Wie hieß sie noch?"

Dominic blitzte seinen Bruder an. „Ainsley." Die sein Bruder verführt und dann sitzengelassen hatte. Der einzige Grund, sie jetzt zu erwähnen war, einen Keil zwischen sie zu treiben.

„*Sie*", sagte Ava mit einem Funkeln in ihrem Auge und einer Kinnhaltung, die Ärger ankündigte, wie Dominic wusste, „ist eine Bundesagentin, mit Festnahmerecht, also ist *streitlustig* die Geringste meiner Eigenschaften."

Dominic legte seinen Arm um Avas Schultern und spürte, wie die Anspannung in ihren Knochen vibrierte.

Franklin griff sich einen weiteren Drink von einem vorbeigehenden Kellner, und Dominic sah, wie sich die Miene seines Vaters verfinsterte. Dann hörte er ein Quietschen hinter ihm, das nur von seiner Schwester stammen konnte.

Er drehte sich um, und sie sprang ihn an, klammerte sich wie ein Koala an ihn, in seliger Unwissenheit über seine verletzte Schulter und Rippen.

Er legte seine Arme fest um sie und drückte zu. Vielleicht war sein Problem in der Vergangenheit, dass er sich von diesen Treffen immer durch die Verbitterung seines älteren Bruders und seine eigenen Selbstzweifel hatte vertreiben lassen.

„Hi Gwen", murmelte Dominic, als sie ihn nicht losließ.

„Ich bin so froh, dich zu sehen", schniefte Gwen an seinem Hals. „Ich habe dich so vermisst."

Seine Hände ballten sich zu Fäusten, als er Tracys sanftem Blick begegnete.

„Du konntest mich jederzeit besuchen", widersprach er.

„Du bist nie da. Immer, wenn ich sage, dass ich dich besuchen komme, hast du plötzlich irgendwas Wichtiges woanders zu erledigen."

Dominic zog eine Grimasse. Das stimmte wahrscheinlich. „Das ist mein Job, Gwen. Es ist schwer, freie Zeit einzuplanen."

Sie ließ ihn endlich los und trat zurück.

„Gut, dass du doch nicht in die Kanzlei eingetreten bist, Dom. Ich kann verstehen, warum du es nicht getan hast." Franklin sah Ava lüstern von oben bis unten an. Dann streckte er die Hand aus und ließ seine Knöchel über die Wölbung ihrer Brust gleiten. „Wir haben im Büro nicht solche heißen Geräte …"

Dominic versetzte Franklin einen so heftigen Fausthieb, dass sein Bruder schon ohnmächtig war, bevor er den Boden berührte.

Scheiße.

Dominic kniff seine Augen zu, wütend auf sich selbst, weil er so reagiert hatte. Sein Bruder hatte ihn absichtlich provoziert, da er wusste, wie sehr sein Vater öffentliche Szenen hasste. Verdammt. Warum musste Franklin ihn immer so weit treiben?

„Entschuldige Pops." Er schüttelte die Schmerzen aus seiner Hand, beugte sich dann herunter, um seinen bewusstlosen Bruder an einen ruhigen Ort zu bringen. Sein Vater hielt ihn auf. Er winkte zwei seiner Sicherheitsleute heran. „Schafft ihn hier raus, und einer bleibt bei ihm, bis er nüchtern ist."

Dominic trat einen Schritt zurück. „Ich werde gehen."

„Nein", rief sein Vater aus. „Was Franklin getan hat, war

verwerflich." Die Hände seines Dads zitterten. „Ich habe seine Fehler zu lange ignoriert. Er war schon immer auf dich eifersüchtig, selbst als du noch ein Baby warst. Nichts, was deine Mutter und ich je gesagt haben, hat das geändert. Jetzt hat sein Trinken die Situation noch verschärft."

Dominic blinzelte, sowohl wegen der Erwähnung seiner Mutter, als auch wegen allem anderen. Er erinnerte sich nicht an das letzte Mal, als sie über sie gesprochen hatten. „Nun, es tut mir leid, eine Szene gemacht zu haben."

„Ich muss ihm die Hilfe besorgen, die er braucht, und beten, dass er klug genug ist, sie anzunehmen. Es tut mir leid Ava. Entschuldige, Sohn." Sein Vater nahm ihn in eine intensive Umarmung, gegen die Dominic hilflos war. Dann gesellte sich Gwen dazu, und die von seinen Rippen ausstrahlenden Schmerzen ließen ihn in kalten Schweiß ausbrechen, aber er löste sich trotzdem nicht.

Ein Kloß der Gefühle schwoll in seiner Kehle an, und seine Augen brannten. All diese Jahre, in denen er sich zurückgehalten hatte, um niemanden aufzuregen, die ganze unterdrückte Ablehnung und Trauer. Vielleicht war es der Autounfall oder die Tatsache, dass irgendein Verrückter es auf sein Leben abgesehen hatte, aber plötzlich fühlte er sich, als ob er von vorne beginnen könnte. Er musste keine alten Muster oder Fehler wiederholen. Er konnte seine Zukunft kontrollieren. Seine Familie war fehlerhaft, aber die Beziehungen waren nicht irreparabel.

Ava sah ihn mit unsicherer Miene an. Er spürte, dass sie kurz vor der Flucht stand.

„Ich habe dich gewarnt, dass meine Familie verrückt ist", sagte er, als sein Vater und seine Schwester ihn endlich losließen.

„Hey." Sie hob dramatisch die Hände. „Meine Familie ist griechisch. Ihr müsst nur noch mit Geschirr werfen, dann fühle ich mich ganz wie zu Hause."

Er lachte und zog sie an sich, wusste, dass sie verlegen war, wollte aber, dass sie verstand, dass er etwas für sie empfand. Dass sie ihm wichtig war, obwohl er nicht wusste, wie er die Worte aussprechen sollte. Sie würden Zeit brauchen, um sich über das hier klar zu werden. Er wollte sie nicht verlieren. Sie würden es richtig machen.

Er küsste sie direkt auf den Mund. Ein wenn-wir-alleine-wären-würde-ich-dich-an-der-Wand-vögeln-Kuss mit offenem Mund. Als Dominic sich löste und aufblickte, zersprang seine gesamte Welt um seine Füße herum.

KAPITEL DREIßIG

BERNIE SAH, WIE Dominic Sheridan die Schlampe, mit der er zusammen war, nicht nur einmal, sondern zweimal küsste. Und wie er sie anstarrte, voller schwelender Leidenschaft und heißer Lust.

Es war so perfekt. So verdammt perfekt. Dominic zu töten war die ganze Zeit der Plan gewesen, aber das war zu einfach. Zu … geradlinig. Nicht genug Leid, wenn man bedachte, wie viel Schaden Sheridan angerichtet hatte. Nicht genug Folter oder Schmerz.

Bernie hatte geplant, etwas Fieses in den Punsch zu geben. Nicht genug, um jemanden zu töten, aber genug, damit sie sich vollschissen, während sie alle auf einmal zur Toilette rannten.

Es wäre so lustig gewesen.

Leider hatten sie Kellner, die jeden Tisch beobachteten, und die Möglichkeit hatte sich nicht ergeben. Es war immer jemand da, um zu plaudern und sich den Mund vollzustopfen.

Bernie wollte nicht als eine Person, die beim Essen und den Getränken herumgehangen hatte, in Erinnerung bleiben, wenn den Leuten schlecht wurde, also wurde aus dieser Idee nichts.

Die Sicherheitsmaßnahmen waren zu gründlich gewesen, als dass man hätte riskieren können, eine Waffe mitzubringen.

Dominic und diese Schlampe und irgendein anderer Kerl

waren in die Bibliothek gegangen, aber dann war der Präsident angekommen, und Bernie konnte nur eine begrenzte Menge Arschkriecherei ertragen. Es schien das Klügste, zu gehen. Robin zu verlieren war ein Schlag gewesen. Sheridans Fenster zu zerschmettern, hatte die Schärfe des Ärgers gemildert, aber diese Schlampe aufzuschlitzen, Zentimeter für perfekten Zentimeter, würde viel dazu beitragen, die Dinge auszugleichen.

Aber dafür war jetzt nicht der richtige Zeitpunkt. Es war stattdessen Zeit, sich zurückzuziehen und sich neu zu organisieren, die Gegend zu verlassen, bis sie in ihrer Wachsamkeit wieder nachließen. Der Gedanke war wie ein Rausch. Ein süßer, heißer Rausch bei dem Gedanken, Sheridan langsam in den Wahnsinn zu treiben, in dem Bernie lebte, mit keiner anderen Gesellschaft als der Trauer.

KAPITEL EINUNDDREISSIG

AVA WAR ÜBERRASCHT, dass Dominic sie in der Öffentlichkeit küsste, sogar vor seinem Vater, aber wie immer, wenn er sie berührte, wurden ihre Knie weich und sie sank gegen ihn.

Das hier wirkte nicht wie vorgetäuscht oder vorübergehend. Es fühlte sich sehr an wie sie erwartete, dass Liebe sich anfühlte.

Dann spannte er sich an und löste sich so schnell von ihr, dass sie fast stolperte. Sie blinzelte verwirrt und erkannte das Problem. Der FBI-Direktor stand dort, und sein wütender Blick brannte geradezu ein Loch durch sie hindurch.

Mist.

Der Direktor nickte Dominics Vater zu. „Gouverneur. Ms. Fitzgerald." Dann trat er näher an Ava und Dominic heran und senkte seine Stimme. „Gehen wir an einen ruhigeren Ort, ja?"

Dominics Miene wurde verschlossen. Er nickte. „Kommen Sie mit mir."

Er ließ ihre Hand los, zum gefühlt ersten Mal seit Stunden. Natürlich ließ er los. Ihr Chef hatte sie öffentlich knutschen gesehen und würde ihnen beiden den Arsch aufreißen.

Verdammter Mist. Es könnte für Dominic sehr schlecht aussehen, da er ihr Vorgesetzter war, und sie wusste, wie wichtig ihm sein Ruf war.

Dominic führte sie aus dem Ballsaal durch einen Durchgang in der Nähe, einen kurzen Flur entlang und dann in ein Zimmer, das eine tatsächliche Bibliothek war. Es gab einen großen, offenen Kamin und Ohrensessel. Ava konnte sich vorstellen, wie zauberhaft es zur Weihnachtszeit hier aussah.

Sie wartete, bis Dominic die Tür hinter ihrem Chef geschlossen hatte.

„Ich kann es erklären, Sir", legte sie los. „Wir taten so, als ob wir zusammen wären, damit der Täter nicht merkt, dass wir ihm auf den Fersen sind. Wir hoffen, ihn hervorzulocken."

Dominics Miene flackerte, als ob sie das Falsche gesagt hätte. Seine Augen wurden schmal. Seine Lippen presste er zusammen.

„Ich dachte, der Täter wäre tot. Von Ihnen beiden gestern in einem New Yorker Staatswald erschossen." Der Direktor zeigte eine fast gelangweilte Miene, als ob es den Agenten persönlich nichts abverlangte, Menschen umzubringen.

„Wir werden nicht genau wissen, wie viele Leute an dieser Sache beteiligt sind, bis wir die DNA und weitere auf Beweisen beruhende Daten zurückbekommen", erklärte Ava.

„Dann ist es schade, dass Sie den einzigen lebenden Zeugen umgebracht haben."

Ava richtete sich entsetzt auf.

„Der Mann, Robin Elgin, hat mehrfach auf uns geschossen." Dominic sprach, seine Stimme ein leises, hartes Grollen. „Er hatte seine Waffe auf Agent Kanas gerichtet, und wenn ich ihn nicht erschossen hätte, hätte er Agent Kanas kaltblütig umgebracht."

„Und ich bin sicher, sie war sehr dankbar."

Zorn raste durch Ava und nahm ihr den Atem. „Was zur

Hölle soll das bedeuten?" Ihre Stimme vibrierte.

Dominics Augen wurden groß, so als ob er wollte, dass sie mit dem Reden aufhörte, aber sie hatte genug davon, sich beleidigen zu lassen.

„Was es bedeutet?" Der Direktor lachte. „Ich komme zum gesellschaftlichen Ereignis des Jahres und entdeckte zwei meiner Angestellten dabei, in einem vollen Zimmer vor dem Gouverneur von Vermont Speichel miteinander auszutauschen. Das FBI hat einen Ruf zu wahren, und das beinhaltet nicht, dass Agenten sich unmöglich aufführen."

Ava wusste, dass sie wie ein Fisch nach Luft schnappte, aber der Direktor hatte die Situation zu etwas Geschmacklosem und Hässlichem verdreht. Es fühlte sich an, als ob er sie geschlagen hätte.

„Ich bin derjenige, der Agent Kanas geküsst hat. Sie hat einfach nur mitgespielt, falls ein weiterer Täter an den mehrfachen Morden und ernstzunehmenden Anschlägen auf mein Leben beteiligt ist, und falls er sich diese Veranstaltung zufällig ansieht, hätte sie nicht verraten, dass sie abgestellt wurde, um mich zu beschützen."

„Sie hat Sie nicht beschützt, als ich hereinkam." Der Direktor klang gleichermaßen erzürnt. „Sie hatte verdammt nochmal ihre Krallen in Sie geschlagen."

„Das stimmt nicht." Dominic verteidigte sie.

„Sagen Sie mir, dass Sie beide keine körperlichen Beziehungen miteinander hatten."

Dominics Augen waren dunkel vor Feindseligkeit und seine Finger verkrampften und entkrampften sich, aber er leugnete es nicht.

Bereute er jetzt, sich mit ihr eingelassen zu haben? Natürlich tat er das. Seine Karriere bedeutete ihm alles und sie riss ihn mit sich in die Gosse.

Ava senkte ihren Blick auf den Teppich.

„Wenigstens sind Sie nicht so dumm, es weiter zu leugnen."

Ava sah hoch, Wut brannte in ihren Augen.

„Sie haben eine weitere Chance bekommen, nachdem Sie suspendiert wurden, aber Sie haben wiederholt bewiesen, dass Sie ein Hitzkopf sind und keinen Platz beim FBI haben. Schlimmer noch", der Direktor ließ seinen strafenden Blick über sie gleiten. „Sie haben schlechten Einfluss auf andere. Geben Sie mir Ihre Marke und Ihre Dienstwaffe. Ich werde dafür sorgen, dass Ihnen Ihre Sachen an die in Ihrer Akte stehende Adresse geschickt werden. Sie haben keine Erlaubnis, das FBI noch einmal zu betreten." Sein Ton war grob und abfällig. „SSA Sheridan, Sie melden sich morgen früh umgehend bei OPR."

„Was?" Ava trat einen Schritt nach vorne. „Ich werde gefeuert und SSA Sheridan wird ans OPR gemeldet? In welchem Universum ist das fair?" Sie sah, wie sich die Antwort in den Augen des Direktors spiegelte. Der Reichtum und die Macht der Sheridan-Familie im Gegensatz zur Machtlosigkeit ihres Arbeiterhintergrunds.

Ava starrte den Direktor an, während Stille im Raum widerhallte.

„Das können Sie nicht tun." Die Worte kamen als Flüstern über Avas Lippen, während sie eigentlich schreien wollte.

„Ich werde tun, was ich für angemessen halte, um den Ruf meiner Behörde zu schützen."

Ava wartete darauf, dass Dominic irgendetwas tat, irgendwie half, aber er stand nur da, während die Feindselig-keit in spürbaren Wellen von ihm ausstrahlte.

Verbitterung kochte in ihren Adern. Sie hätte es wissen müssen.

Seine Ablehnung hätte sich nicht wie ein Betrug anfühlen sollen. Aber so war es. Demütigung überkam sie. Sie würde vor diesen Männern nicht zusammenbrechen. Sie öffnete ihre geliehene Handtasche und hielt ihrem Chef ihre Waffe hin, zusammen mit ihrer Marke.

„Ich bin eine gute Agentin", brachte sie hervor. Dann, ohne einen Blick auf Dominic, ging sie davon.

DOMINIC WARTETE DARAUF, dass der Zorn in ihm nachließ. Er wusste, wie er sich aus dieser Sache herausreden konnte. Er wusste, dass es ihnen nichts bringen würde, ärgerlich zu reagieren. Er wollte Ava in seine Arme nehmen und sie beruhigen, aber er musste sich zuerst selbst beruhigen.

Sie würde nicht gehen, ohne mit ihm zu reden. Sie würde an irgendeinem ruhigen Ort auf ihn warten, wo sie die Dinge besprechen konnten. Er würde das hier in Ordnung bringen.

Verdammt. Panik durchlief ihn. Ava würde auf gar keinen Fall bleiben, nachdem sie so gründlich beleidigt worden war. Sie würde gehen. So schnell wie möglich.

Dominic wollte ihr nachgehen, aber der Direktor griff nach seinem Arm.

„Sie ist es nicht wert, Sheridan."

Er entzog sich. Das Bedürfnis, seine Faust in das Gesicht des Mannes zu schlagen, war fast überwältigend, und er holte Luft, um sich davon abzuhalten. Er hatte heute Abend schon seinen Bruder geschlagen. Ava hatte ihn in jemanden verwandelt, der eher seine Fäuste als seine Worte benutzen wollte, obwohl es seine Worte waren, die ihn dorthin gebracht hatten, wo er heute war.

Er war nicht so. Was zur Hölle war mit ihm passiert?

Schließlich wurde ihm klar, was er sagen musste. „Ich weiß, dass sie nur ein Frischling ist, aber sie ist eine verdammt gute Agentin. Sie ist der erste Mensch, der begriffen hat, dass ein Mörder es auf FBI-Mitarbeiter abgesehen hat." Seine Stimme klang wie zerbrochenes Glas, das aneinander rieb. „Sie hat unter großem persönlichen Risiko dabei geholfen, eine Gefängnisgeiselnahme zu beenden und verhindert, dass die Direktorin brutal vergewaltigt wurde, während wir alle herumsaßen und zusahen. Sie hat meinen Ruf nach dem Autounfall gerettet, als jeder glaubte, dass ich wahrscheinlich zu viel getrunken oder eine Prise Koks geschnupft hätte. Sie suchte nach der Wahrheit und hat einen Drogen-schmuggelring enttarnt, auf den die DEA es schon seit Monaten abgesehen hatte."

„Sie ist ein wandelndes Pulverfass ..."

„Sie ist die gottverdammt beste Bundesagentin, die mir je begegnet ist!", rief Dominic. „Und Sie haben sie gefeuert, als ich sie geküsst habe. *Ich* bin derjenige, den Sie feuern sollten." Dominic bohrte seinen Finger in die Brust des Mannes, absolut sicher, dass er seinen Job verlieren würde. Aber es war ihm egal.

Wenn die Behörde, für die er arbeitete, jemanden wie Dreck behandelte, der so absolut loyal war wie Ava Kanas, dann war es ihm egal.

Er musste sie finden.

Sie würde sich bereits davon überzeugt haben, dass er sie nicht genug schätzte, um sie zu verteidigen. Und sein Schweigen, während er versucht hatte, sich unter Kontrolle zu bringen, würde diese Meinung noch verstärken. Nichts hiervon war ihre Schuld. Nicht, dass sie in der Öffentlichkeit geküsst worden war, nicht, dass er seinen Bruder zu Boden geschlagen hatte, nicht, dass sie gefeuert worden war.

Das ging alles auf ihn und sie war diejenige, die dafür bezahlte.

Er wollte ihr nacheilen, als die Tür aufgestoßen wurde. Anstatt dass Ava zurückkehrte, standen sein Vater und sein Patenonkel dort. Geheimdienstagenten standen im Hintergrund.

„Probleme, Gentlemen?" Präsident Joshua Hague und Dominics Dad kamen herein und schlossen die Tür hinter sich.

Und normalerweise hätte Dominic etwas gesagt wie: „Nein, Sir. Nichts, mit dem du dich befassen musst, Sir". Er verachtete Nepotismus, aber es ging nicht um ihn. Es ging um eine grobe Ungerechtigkeit, die einer Agentin widerfuhr, die er respektierte und bewunderte.

„Eine Mitagentin, die mir zufällig sehr am Herzen liegt." Der Direktor zuckte bei diesen Worten zurück, und Dominic wusste, dass er sich schämen sollte, seine Verbindungen auf eine Weise zu benutzen, von der er immer geschworen hatte, es nie zu tun. Nur wollte er keinen Gefallen, er wollte Gerechtigkeit. Und er hatte gerade erst erkannt, wie viel Ava ihm bedeutete. „Sie wurde gefeuert, nachdem ich sie in der Öffentlichkeit geküsst habe."

Der Direktor öffnete seinen Mund, um sich zu verteidigen, aber Dominic sprach weiter. „Entweder feuert der Direktor uns beide, oder er gibt Ava ihren Job zurück, und sie muss sich derselben disziplinarischen Überprüfung stellen wie ich. Er wird uns nicht unterschiedlich behandeln, weil sie ein

Frischling ist und ich der Sohn eines gottverdammten Politikers."

Der Präsident und sein Vater kamen auf sie zu.

„Stimmt das?", fragte sein Vater. „Sie haben Ava gefeuert?"

„Sie und Dominic führten eine intime Beziehung …"

„Führten?", knurrte Dominic. Sollte er Ava jetzt sitzenlassen?

Tiefe Falten gruben sich in die Stirn seines Vaters. „Aber das wird beim FBI nicht missbilligt, solange beide unverheiratet sind."

„Agenten müssen es ihren Vorgesetzten mitteilen. Sie können so nicht zusammenarbeiten", tobte der Direktor.

„Es hat gerade erst angefangen", sagte Dominic ungeduldig. Er wollte zu ihr gehen, musste aber zuerst für sie kämpfen. „Wir hatten nicht vor, zusammenzukommen. Die … Umstände haben uns zusammengebracht." Dominics Blick schoss zu seinem Vater und dem Präsidenten. Er konnte eine aktive Ermittlung nicht einmal mit ihnen besprechen. „Wir haben uns ineinander verliebt. Sehr."

Dominic schloss seine Augen. *Oh, Scheiße.* Er war so sehr in seine Gefühle für sie gestürzt, von ganz oben. Seine Landezone war wie das Kreuz gewesen, das ein Fallschirmspringer aus dreitausend Metern Höhe anvisierte. Winzig und unwichtig, bis man in seine Nähe kam. Und wenn man näherkam, wusste man genau, worauf man abzielen und wohin man gehen musste.

„Ich muss sie suchen." Dominic sah den Direktor an. „Ich werde meine offizielle Kündigung morgen einreichen, aber zuerst muss ich mit Ava reden."

„Ich habe sie draußen vor dem Haus gesehen", sagte sein

Vater. „Mit einer Schwangeren. Senator Tremonts Tochter, glaube ich …“

„Mallory Rooney?“

„Ja, das war sie.“

„Entschuldigen Sie mich, Gentlemen, ich muss eine Beziehung retten.“ Auf dem Weg nach draußen hielt er inne, um eine Hand auf die Schulter seines Vaters zu legen. „Tut mir leid, dass ich deine Party ruiniert habe, Pops. Ich mag Tracy übrigens. Ich hoffe, ihr werdet beide sehr glücklich.“

„Ich mag sie auch. Tatsächlich liebe ich sie.“ Die Hand seines Vaters legte sich auf seine. „Es ist in Ordnung, Sohn. Geh dein Mädchen suchen.“ Seine Augen wurden wässrig. „Du siehst sie an, wie ich deine Mutter ansah, als wir uns begegneten. Ich möchte euch auf meiner Hochzeit miteinander tanzen sehen.“

Dominic begriff, dass er das ebenfalls wollte. Er wollte sie an seinem Arm allen zeigen und mit ihr nach Hause gehen. Was ihn erneut sauer machte, da sie ohne ihn gegangen war.

Weil er nicht für sie gekämpft hatte.

Weil es, wie immer, Ava Kanas gegen den Rest der Welt gewesen war.

Wenn sie nur geduldig gewesen wäre, hätte sie gesehen, dass er sich für sie einsetzte. Für sie kämpfte. Sich auf ihre Seite stellte. War er zu spät? War er einige Sekunden zu spät zu ihrer Rettung herbeigeritten? Sie war sauer, aber noch wichtiger: sie war verletzt. Würde sie ihm verzeihen?

Er wusste es nicht. Er schickte ihr eine Nachricht und wartete auf ihre Antwort, aber die Nachricht wurde nicht einmal als angekommen angezeigt.

Dominic starrte ungeduldig auf den Bildschirm, schüttelte dann seinen Kopf, während er durch den Ballsaal in den vorderen Teil des Hauses ging. Er wusste, wie er verhandeln musste, wenn viel auf dem Spiel stand, und bei dieser Sache mit Ava stand mehr auf dem Spiel als je zuvor.

KAPITEL ZWEIUNDDREIßIG

MALLORY WAR SICH nicht sicher, wie sie mit ihrer Mutter auf Gouverneur Sheridans Verlobungsfeier gelandet war.

Sie trug ein fließendes schwarzes Kleid, das aus zahlreichen Schichten eines netzartigen Stoffs bestand und einem Zelt ähnelte. Es ging bis zu ihren Knien – wahrscheinlich – und hatte einen dekorativen Kragen, der mit glänzenden Strasssteinen besetzt war. Sein einziger Vorteil war, dass es locker und kühl war und ihre Arme und Beine unbedeckt ließ.

Mal war sich ziemlich sicher, vor einigen Jahren bei einer anderen Verlobungsfeier in diesem Haus gewesen zu sein und wusste, dass der Gouverneur mehrere Male geheiratet hatte, seitdem er seine erste Frau durch Suizid verloren hatte. Sie verstand Trauer besser als die meisten. Sie hatte das Glück, ihr Leid in ihre Karriere gelenkt und Alex gefunden zu haben. Wenn ihm irgendwas passieren würde … sie könnte sich nicht vorstellen, wie sie weitermachen sollte.

Allerdings – sie strich mit einer Hand über ihren straff gewölbten Bauch – hatte sie jetzt noch einen Grund, weiterzumachen. Einen weiteren Grund, zu leben.

Sie stieg die Treppen zur massiven Vordertür der beeindruckenden Villa hinauf und warf einen Blick auf die vielen Leute, die innen umhergingen.

„Geh ruhig, Mom. Ich werde mich draußen auf die Bank in die Sonne setzen." Sie deutete auf eine Gartenbank, die ihr Gewicht vielleicht aushalten würde. „Grüß den Gouverneur von mir und hol mir ein Wasser, ja?"

Die Mundwinkel ihrer Mutter verzogen sich nach unten. „Geht es dir gut?"

Schweiß brach auf Mals Stirn aus und Schwindel überkam sie, aber das Letzte, was sie wollte war, dass jemand unnötigen Wirbel machte. Die Schwangerschaft brachte niedrigen Blutdruck mit sich und sie hatte gelernt, damit zurechtzukommen. Es dauerte normalerweise nur ein paar Minuten. Es waren die ständigen Rückenschmerzen, als ob Fingerknöchel ihre Nieren kneteten, die sie in den Wahnsinn trieben.

„Mir geht's gut."

Ihre Mutter drückte ihre Hand.

Mallory wollte einige Minuten allein sein, aber stattdessen waren hier dreihundert Leute in Plauderstimmung. Sie würde lieber jemanden verhaften. Herrgott nochmal. „Ich möchte nur einfach nicht in ein stickiges Haus voller Leute gehen."

„Okay. Wenn du es sagst. Ich werde Douglas und Tracy begrüßen und dir etwas zu trinken holen. Ich werde in zehn Minuten wieder da sein."

Natürlich würde sie das.

Mallory lächelte sie ermutigend an. Sie liebte ihre Mutter. Was sie hasste war, so behandelt zu werden, als ob sie ein Kindermädchen bräuchte.

Als sie allein war, ging sie zu der Gartenbank, setzte sich und seufzte, als ihre armen, schmerzenden Füße ein wenig Erleichterung fanden.

Aus dem Augenwinkel sah sie Lavendel aufblitzen und ihr Kopf schoss hoch.

War das Ava Kanas?

Mallory stand eilig auf und ging zum Eingangstor.

„Ava?", rief sie.

Die Frau fuhr herum und Mal bemerkte ihre verzweifelte Miene. Sie eilte zu ihr. „Was ist passiert?"

Ava blinzelte mit verdächtig leuchtenden Augen. „Nichts."

„Lügnerin", sagte Mal. „Es muss mit Dominic zu tun haben. Was hat er getan?"

Das Lachen hatte einen bitteren Unterton. „Was hat es verraten?"

„Das gebrochene Herz, das Sie in Ihrem Gesicht tragen." Mal legte einen Arm um Ava und hielt sie fest, als die Frau anfing zu zittern. „Okay, wir werden hier die Straße hinuntergehen, damit wir niemandem eine kostenlose Show bieten. Ich werde Alex anrufen, damit er uns abholt."

Mal drückte mit einem Finger auf die Kurzwahltaste für ihren Ehemann. „Kannst du mich und Ava abholen?"

„Das Baby?", fragte er.

„Nein, Ava hat ein Problem mit einem gewissen Geiselverhandlungsführer und muss hier schnell weg." Mal legte auf und ließ das Telefon in ihre Tasche gleiten.

Ava richtete sich auf und benutzte beide Hände, um ihr Augenmakeup wegzuwischen. „Ich bin keine Agentin mehr. Der Direktor hat mich gefeuert."

„Was? Warum?"

„Er hat mich und Dominic beim Küssen erwischt."

„Was ist mit Dominic? Wurde er auch gefeuert?", fragte Mal.

„Nein." Avas Lippen zitterten.

„Was hat Dominic gesagt?" Hitze durchfuhr Mal. Ihre Haut prickelte.

„Nicht viel. Er stand nur da und sah sauer aus." Ava schüttelte ihren Kopf. „Ich konnte nicht bleiben. Ich musste da raus."

Mal strich mit ihrer Hand über Avas Rücken. „Es tut mir so leid. Ich bin sicher, dass Dominic das nicht hinnehmen wird."

Ava sah nicht überzeugt aus. Überhaupt nicht. Und dann passierten zwei Dinge auf einmal. Mal spürte einen Schwall Flüssigkeit ihre Beine herunterlaufen und ein Auto hielt neben ihnen an.

„Oh, verdammt. Es geht los."

„Was?" Ava runzelte die Stirn und sah dann auf die Pfütze zwischen Mals Beinen. „Oh je."

Plötzlich ergaben die langen Stunden voller Rückenschmerzen viel mehr Sinn. Sie hatte wahrscheinlich die ganze Zeit Vorwehen gehabt.

Das Autofenster wurde heruntergelassen und die Stimme einer Frau erklang. „Kann ich Sie mitnehmen?"

Mal lehnte sich in das offene Fenster. „Meine Fruchtblase ist geplatzt. Können Sie mich bitte zum Krankenhaus fahren?" Sie würde Alex eine Nachricht schicken, sie dort zu treffen.

„Natürlich, steigen Sie ein."

Mallory drehte sich um und umarmte Ava, erkannte das Leid in ihren verkniffenen Gesichtszügen.

„Lieben Sie ihn?", fragte sie.

Ava blinzelte, als ob sie die Antwort auf diese Frage nicht gewusst hatte, bis Mal sie ausgesprochen hatte, und nickte dann bedrückt.

„Dann gehen Sie wieder dort hinein und kämpfen Sie um ihn."

Ava schloss ihre Augen und schüttelte langsam den Kopf. „Ich kann ihm doch nicht nachlaufen, Mallory. Ich kann nicht eine weitere dieser Frauen sein, die sich ihm zu Füßen werfen. Wenn er mich will, wird er um mich kämpfen müssen. Kommen Sie, Sie müssen ein Baby zur Welt bringen. Bringen wir Sie ins Krankenhaus."

„Rufen Sie ihn an? Geben Sie ihm wenigstens eine Chance."

Ava drückte ihre Hand. „Ich werde ihn anrufen." Aber ihre traurigen Augen zeigten, dass sie nicht glaubte, dass es viel Sinn hatte.

Mallory nickte. In diesem Augenblick hatte sie andere Prioritäten, also schlüpfte sie unbeholfen auf den Beifahrersitz und hielt die Luft an, während die Schmerzen intensiver wurden.

„SUZANNA. WAS MACHEN Sie hier?" Ava erkannte die Frau, sobald sie ins Auto stieg. „Das ist Dominics Nachbarin", erklärte sie Mallory.

Suzanna sah über ihre Schulter, setzte den Blinker und fuhr geschmeidig los.

„Ich bin eine der Geldgeberinnen des Gouverneurs, also wurde ich zur Party eingeladen." Ihre knochigen Finger klammerten sich um das Steuer und lösten sich dann wieder. „Um ehrlich zu sein hoffte ich, allein mit Dominic zu reden, aber als er mit Ihnen auftauchte, begriff ich, dass ich besser verschwinden sollte, bevor er mich sah. Niemand möchte armselig wirken."

Ava war derselben Meinung. Sie nahm ihr Handy aus

ihrer geliehenen, funkelnden Handtasche und starrte auf den Bildschirm. Sie wusste, dass sie dem Kerl eine Nachricht schicken sollte, damit er sich nicht fragte, wo sie war, oder Zeit damit verschwendete, nach ihr zu suchen, aber sie war immer noch emotional zu aufgewühlt. Er hatte ihre Ehre vor seinem Bruder verteidigt, aber er war nicht bereit gewesen, dasselbe vor dem Direktor zu tun.

Woran lag das? Weil er an sie als Frau glaubte, aber nicht als Agentin? Oder hatte er zu viel Angst, sich seinem Chef entgegenzustellen? In jedem Fall hatte sein Schweigen sich wie ein Betrug angefühlt.

Sie sah auf ihr Handy, ihre Finger über dem Display, zögerte aber. Sie brauchte Zeit, bevor sie den Mann kontaktierte, der ihr mittlerweile so viel bedeutete. Zeit, um ihre Abwehr aufzubauen und ihr Lächeln zu stärken; Zeit, herauszufinden, was sie mit dem Rest ihres Lebens tun sollte, ohne ihn oder das FBI darin.

Sie wollte nicht, dass er wusste, wie sehr er sie verletzt hatte.

Sie hätte nicht abhauen sollen, wie sie nun begriff. Sie hätte auf ihn aufpassen, ihn beschützen müssen, aber wieder einmal hatten ihre Gefühle ihre Handlungen bestimmt. Van hatte versucht, sie dazu zu bringen, langsamer zu werden, zuerst zu denken statt gleich zu handeln. Sie arbeitete daran, aber offensichtlich nicht hart genug. Vielleicht war es nicht mehr wichtig.

Suzanna fing ihren Blick im Rückspiegel auf. „Sie sehen aufgebracht aus?"

Ava presste ihre Lippen zusammen und hoffte, dass sie nicht anfangen würde zu weinen. Sie schniefte. „Es ist nichts."

„Ich habe gesehen, wie er Sie geküsst hat."

Ava zog eine Grimasse. „Ja, nun, wie Sie wissen, ist Dominic ein sehr guter Küsser.“

„Oh“, Suzanna stieß ein vibrierendes, kleines Lachen aus. „Wir haben uns nie geküsst.“

Ava blinzelte. Was? „Das ist aber nicht das, was Dominic denkt.“

Suzanna lachte. „Oh, das ist ja entzückend. Ich wusste nicht, dass er dachte, dass wir … Nun, wir waren beide sehr betrunken. Ich hatte das Vergnügen, seinen winzigen, kleinen Penis zu sehen.“ Ihre Lippen verzogen sich zu einem breiten Lächeln, das ihre Augen nicht erreichte. „Wir hatten allerdings keinen Sex, weil er keinen hochbekam.“

Ava zog eine Braue hoch. Das war eine seltsame Unterhaltung, nicht zuletzt weil Dominics Penis nicht winzig war. Ava würde hier nicht widersprechen.

Etwas fühlte sich seltsam an.

Mallory saß sehr still auf dem Vordersitz. Die Augen geschlossen. Sehr kontrolliert atmend.

Eine Hupe erklang. Die Straßen flitzten vorbei. Ava lehnte sich zwischen den Sitzen nach vorne. „Sie haben die Abzweigung zum Krankenhaus verpasst.“

Mallorys Gesicht war vor Schmerzen verzogen und Suzanna fuhr zu schnell.

„Fahren Sie langsamer, Suzanna. Drehen Sie um. Sie sind vorbeigefahren.“

Die Frau sah über ihre Schulter, nahm den Fuß aber nicht vom Gaspedal. Stattdessen zog sie eine P320 Compact Carry Nitron 9 mm aus der Seitentasche der Tür und deutete auf Mallorys Bauch. „Halten Sie den Mund, Schlampe, oder Ihre Freundin und ihr Baby werden sterben.“

Scheiße. Ava hatte eine klassische Fehleinschätzung

begangen. Sie hatte die Frau mit Empathie und Mitleid beurteilt, weil sie sich daran erinnerte, wie es sich anfühlte, wenn man neben einem Kerl aufwachte, der wollte, dass man verschwand. Suzanna war nicht, was sie vorgegeben hatte zu sein.

Mallory drang ein klagendes Geräusch aus ihrer Kehle, ein Geräusch, das ihr direkt aus der Seele gerissen worden zu sein schien, als sie von dem Verständnis, was geschah, und einer Wehe gleichzeitig getroffen wurde.

Ava lehnte sich zurück und zog den Gurt über ihren Körper.

Sie schickte Dominic das Wort „Hilfe" als Textnachricht und wählte dann seine Nummer per Schnellwahl, betete darum, dass er abheben würde. Sie versteckte das Handy unter dem Stoff ihres Rocks.

Auch wenn ihre Beziehung in Trümmern lag, war diese Bedrohung noch nicht vorbei. Das musste er wissen. Er musste dabei helfen, Mallory verdammt nochmal außer Gefahr zu bringen.

Suzanna hatte das Handy nicht bemerkt, oder vielleicht nicht begriffen, dass es eine Bedrohung war. Die Frau tickte nicht richtig – verrückt oder eine Psychopathin. Keines davon war gut, wenn sie eine Waffe und die Kontrolle über das Steuer hatte.

„Haben Sie Van umgebracht?", fragte Ava.

Suzanna stieß ein Lachen aus. „Dieser alte Narr."

Ava zuckte zusammen.

„Er dachte, er würde verdammt alles wissen. Es war so einfach, ihn umzubringen. Caroline hat ihn mit KO-Tropfen im Bier platt gemacht und ich habe ihm wie einem betrunkenen Penner nach Hause geholfen. Und ihn dann mit seiner eigenen Waffe umgebracht."

Das einengende Band der Trauer um Avas Herz erschwerte ihr das Atmen. Sie hatte hinsichtlich Vans Tod recht gehabt, aber es gab ihr kein gutes Gefühl, insbesondere da sie und Mallory mit der dafür verantwortlichen Person in einem rasenden Fahrzeug feststeckten.

„Haben Sie ihn vergewaltigt?", fragte Ava. Der Gedanke entsetzte sie. Hatte Van gewusst, was passierte? Hatte er inmitten des Nebels auf Beruhigungsmitteln irgendeine Ahnung von der Gefahr gehabt, in der er sich befunden hatte?

Suzanna lachte höhnisch. „Machen Sie sich nicht lächerlich. Ich wollte ihn nur im Tod demütigen."

„Und Sie haben Mortimer bei der Beerdigung erschossen?"

Suzannas Lippen verkniffen sich. „Ich hätte ein Sturmfeuergewehr kaufen und mehr von euch FBI-Dreck umbringen sollen. Werfen Sie mir Ihre Waffe zu", befahl sie harsch. „Schnell, bevor ich ihr eine Kugel verpasse."

Ava versuchte, die Wut und die Angst abzuschütteln, die drohten, sie zu überwältigen. „Der FBI-Direktor hat mich gefeuert, weil dieses Arschloch Sheridan mich vor allen geküsst hat. Er hat mir meine Waffe und Marke abgenommen. Deshalb war ich aufgebracht."

„Ich glaube Ihnen nicht."

Ava öffnete ihre Tasche und zeigte das Innere, das aus einer einsamen Kreditkarte bestand. Sie zog ihre Röcke den ganzen Weg bis zu ihrem Höschen hoch. „Ich habe keine Waffe dabei, Lady." Sie wünschte, sie hätte eine, obwohl sie so schnell fuhren, dass Ava nicht riskieren würde, auf die Fahrerin zu schießen. Sie hatte wahnsinnige Angst davor, was Mallory und dem Baby im Falle eines Unfalls passieren würde.

„Was ist mit Ihnen?", fragte Suzanne Mallory.

Mallory starrte die Fahrerin ungläubig an. Einige ihrer Haare klebten voller Schweiß an ihrem Gesicht. „Sehe ich aus wie eine Bundesagentin?"

Das wirkte sogar auf Ava überzeugend, aber leider glaubte sie nicht, dass Mal bewaffnet war.

Sie waren fast außerhalb der Stadt, rasten durch die Palisades, fuhren am Potomac entlang.

„Lassen Sie die schwangere Frau gehen. Sie hat mit dieser Situation nichts zu tun. Ich war zufällig bei ihr, als ihre Fruchtblase platzte. Fahren Sie ran und lassen Sie sie ihr Baby in Ruhe bekommen…"

„Warum? Warum sollte ich? Mein Baby hat die Feds auch nicht interessiert."

„Sie waren schwanger?" Ava begriff endlich. „Mit Peter Galvestons Kind?"

Suzanna raste durch eine Lücke im entgegenkommenden Verkehr, während man sie anhupte. „Deshalb war ich nicht bei ihm, als Sheridan ihn umbrachte. Ich hatte Angst und musste schließlich monatelang im Bett bleiben. Deshalb war ich an diesem Wochenende nicht bei Peter. Deshalb ist er auf diesen dummen Trick hereingefallen."

„Sie wussten, was er Frauen antat?", fragte Ava ungläubig.

Suzanna schnaubte. „Natürlich wusste ich es. Er war ein brillanter und faszinierender Mann. Herr im Himmel, Sie sind alle so dumm."

Besser als verrückt, Lady.

Mallory schrie erneut auf, schien es dann aber zu schaffen, irgendwie durch den Schmerz zu atmen.

„Was ist mit Ihrem Kind passiert?", fragte Ava.

Das wilde Leuchten war wieder in Suzannas Augen und

ihr Hals arbeitete sichtlich. „Er war wunderschön und erstaunlich, aber sein Herz arbeitete nicht richtig. Er starb vor zwei Jahren.“

Es war sein Skelett gewesen, das sie beim Holzhaus mit Peter Galveston ausgegraben hatten. Das musste der Auslöser für die schrecklichen Handlungen dieser Frau gewesen sein.

„Also haben Sie Peter ausgegraben, damit sie zusammen sein konnten?“, fragte Ava.

Suzanna nickte. „Damit ich sie beide in meiner Nähe behalten konnte.“

„Sie lebten in dem Holzhaus?“

Suzannas Kinn fuhr hoch. „Es wurde vor ungefähr fünf Jahren verkauft und ich zog mit dem kleinen Pete dort ein. Ich konnte nicht aufhören, an sie alle zu denken, an das, was sie ihm angetan hatten. Was sie uns gestohlen hatten.“

„Das FBI?“

Ein weiteres scharfes Nicken. „Ich habe über alle Informationen gesammelt und angefangen, sie ausfindig zu machen. Ich hatte meine Rache von dem Tag an geplant, an dem sie Peter umgebracht haben, aber ich wartete, weil ich meinen Sohn nicht verlieren wollte. Als er an einem Herzinfarkt starb, hatte ich keinen Grund mehr, sie nicht zu töten.“

Ava schauderte. Diese Frau hatte Strafverfolgungsbeamte wie Hunde gejagt, weil sie ihren Job gemacht und die Sicherheit der Bevölkerung gewährleistet hatten.

„Ich fand heraus, wo Sheridan in Virginia wohnte. Ich fuhr eines Tages vor achtzehn Monaten dort vorbei, versuchte, die beste Methode herauszufinden, ihn zu erwischen. Dann sah ich, dass das Haus gegenüber zum Verkauf stand.“ Sie lachte gackernd. „Es schien wie vom Schicksal bestimmt.“

Wo zur Hölle hatte sie das ganze Geld her? Ava wollte es wissen, war aber der Meinung, dass es wichtigere Fragen gab.

„Warum haben Sie Dominic nicht umgebracht, als Sie die Möglichkeit hatten? Er lag in dieser Nacht bewusstlos in seinem Bett." Sie musste ihn ebenfalls unter Drogen gesetzt haben. Es war offensichtlich eine Methode, die für sie und ihre Komplizin, Caroline Perry, mehr als einmal funktioniert hatte.

Suzanna bog so schnell ab, dass Ava und Mallory beide gegen ihre Türen geschleudert wurden.

„Das habe ich fast getan", gestand Suzanna. „Ich strich mit einem Messer über seine Rippen und suchte nach einem Zwischenraum, um es ihm tief ins Herz zu stoßen." Die Kurve war vorbei und Ava setzte sich wieder gerade hin. „Es war zu einfach. Ich war noch nicht bereit für seinen Tod. Er musste begreifen, wer das tat und warum er alles verdiente, das ihm zustieß."

„Sie genossen es, ihn zu quälen."

„Das tat ich." Suzannas lächelndes Gesicht sah ihres im Spiegel an. „Ich durchstöberte sein Haus und all seine Fotoalben. Ich spuckte in seine Milch. Ich zog ihn aus und drückte mich an seinen nackten Körper, als er allmählich aufwachte. Ich berührte ihn intim. Ich beobachtete, wie seine Verwirrung zu Entsetzen wurde, aber es reichte nicht ganz. Er hatte nie wirklich genug zu verlieren. Bis er Ihnen begegnet ist."

Ava sah, wie Mallorys Finger sich über ihrem Bauch verkrallten. Das hier war ernst. Auf Zeit zu spielen war in Ordnung, wenn niemand davor stand, zu gebären. Ava musste ihr medizinische Hilfe besorgen, aber wie?

„Lassen Sie sie gehen. Nehmen Sie mich als Geisel und lassen Sie sie gehen. Sie hat hiermit nichts zu tun."

„Nein." Die wilden Augen leuchteten. „Das hier ist perfekt. Ein Zeichen."

Ein verdammtes Zeichen?

Mallory wand sich auf dem Vordersitz vor Schmerzen, während ihre Füße sich in den Boden stemmten.

„Ich bekomme ein neues Baby. Ein Geschenk von Peter." Suzanna lächelte wie der Psycho, der sie war, und Panik setzte sich in jeder einzelnen Zelle von Avas Körper fest. Dieses Miststück würde auf gar keinen Fall das Baby in die Hände bekommen.

Sie hatten den Fluss überquert und fuhren eine ruhige Straße entlang. Ava sah Schilder zu einem Privatflughafen. „Sie haben das hier schon lange geplant."

„Ich habe das hier überhaupt nicht geplant. Ich hatte beschlossen, eine Weile unterzutauchen. Sheridans Wachsamkeit absinken zu lassen. Ihn vielleicht mit einem weiteren vergifteten Auflauf umzubringen."

Avas Mund klappte auf. Wenn Dominic nicht über seinen Hund gestolpert wäre, wären er und Mallory und ihr Baby vielleicht schon tot … und Ava hätte nie Verdacht geschöpft. Die Frau war eine verdammt gute Schauspielerin.

„Als ich Sie auf dem Bürgersteig sah, war es, als ob all meine Gebete erhört wurden." Suzanna sah sie mit unheimlich leeren Augen an. „Peter hat mir sogar ein neues Baby geschenkt."

Nur über Avas Leiche.

Mallory war still und konzentrierte sich auf den inneren Kampf, den sie ausfocht.

„Was ist mit Caroline Perry und Robin Elgin? Was war ihre Verbindung?" Ava musste sie ablenken. Einen Plan machen. Das würde Dominic tun. Sie ließ das Telefon in ihre

Handtasche gleiten. Sie hoffte, dass er sie immer noch reden hören konnte. Dass er die Unterhaltung und ihre Bedeutung verstand. Sie für die strafrechtliche Verfolgung aufnahm.

Suzanna zuckte mit den Schultern. „Caroline war jemand, den ich irgendwann einmal mit nach Hause genommen habe. Sie erwies sich als nützlich, insbesondere als sie mir sagte, dass die Bar, in der sie arbeitete, von Drogendealern geführt wurde. Ich habe sie eine Weile bei mir behalten. Dann hat sie Sheridan fast umgebracht – ohne meine Erlaubnis. Das war nicht akzeptabel.“

Also hatte Suzanna sie in der Badewanne ertränkt. „Und Robin Elgin?“, drängte Ava.

Suzanna seufzte. „Robin war ein lieber Freund. Er war an unseren … Aktivitäten beteiligt. Peter mochte es, ihm und mir zuzusehen.“ Suzanna schluchzte und bedeckte ihren Mund mit dem Rücken der Hand, in der sie die Waffe hielt, als ob die Gefühle sie überwältigten. Ava nahm ihre ganze Kraft zusammen. Sie bekämpfte den Drang, ins Steuer zu greifen. Wenn sie einen Unfall hätten, könnte es dem Baby schaden. Ava musste Mallory und das Baby um jeden Preis beschützen.

„Und Ihnen?“, fragte Ava unsicher. Das war es, was Dominic und andere Verhandlungsführer taten, um Leute zum Reden zu bringen – Schlüsselworte oder Sätze spiegeln. Es fühlte sich offensichtlich und dumm an. Und sie war dumm, in dieses gottverdammte Auto gestiegen zu sein, obwohl sie gewusst hatte, dass die Gefahr noch nicht vorbei war. Aber sie hatte nie erwartet, dass sie selbst in Gefahr war. Oder Mallory.

„Wenn wir Sex hatten.“ Suzanna wedelte locker mit der Pistole, als ob es ein übliches Vorkommnis wäre. „Peter ließ uns Rollenspiele machen.“ Die Knöchel der dürren Finger, die das Steuer so heftig umkrallten, standen wie eine Bergkette hervor. „Es war Robins Idee, uns für eine Weile jemanden, der keinem von uns etwas bedeutete, zum Spielen zu besorgen. Um es aufzupeppen."

Zum Erniedrigen und Entwürdigen. Zum Foltern und Töten.

Und Robin hatte wie so ein netter Kerl gewirkt.

„Obwohl ich nicht glaube, dass er begriff, dass wir sie töten mussten. Jedenfalls am Anfang nicht."

Sie fuhren nun durch einen Wald, der nahe am Fluss lag, folgten immer noch Schildern zum Flughafen.

„Es hat Ihnen nichts ausgemacht, dass Peter dabei zusah?" Ava hatte keine Ahnung, wie sie mit dieser Frau reden sollte, und Mallory war damit beschäftigt, ihre Schmerzen zu verinnerlichen.

„Warum sollte ich sonst mit Robin Sex haben?", fragte Suzanna, als ob Ava die Idiotin wäre. „Denken Sie, Sex mit Robin brachte Peter dazu, mich weniger zu lieben? Au contraire. Er wusste, was er mir bedeutete. Er wusste, dass ich für ihn sterben würde. Er wusste, dass ich auch für ihn töten würde."

Die Vehemenz der Worte führte dazu, dass die Haare in Avas Nacken sich aufrichteten.

Sie dachte an Dominic und daran, was diese Frau ihm antun wollte. Sie sollte seine Leibwächterin sein und hier war sie nun, und lockte ihn in die Gefahr. Sie hatte ihn verlassen, als sie ihn hätte beschützen sollen, alles wegen ihrer verletzten Gefühle. Der FBI-Direktor war nicht der Grund, warum sie auf ihn aufgepasst hatte. In Vans Tod zu ermitteln war der ursprüngliche Grund gewesen und dann hatte das Begreifen, dass Dominic selbst ein Ziel war, ihr einen weiteren Grund gegeben, in der Nähe zu bleiben. Er war nicht nur eine Methode, ihren Job zu behalten.

Vielleicht war sie wirklich eine schreckliche FBI-Agentin, die es verdiente, gefeuert zu werden. Leider war sie nicht die Einzige in Gefahr, sonst hätte sie versucht, Suzanna die Waffe abzunehmen.

Ava betete, dass Dominic einen Weg finden würde, sie zu finden, ohne sich selbst in Gefahr zu bringen. Sie fühlte sich so hilflos, auf diese Art in ihr Verderben zu stürzen, und das Letzte, was sie wollte war, dass er verletzt wurde. Er mochte sie nicht lieben, aber er verdiente nichts von all dem hier.

„Ich muss mich übergeben." Mallory hielt ihre Hand vor ihren Mund, dann ließ sie los und übergab sich über Suzannas gesamten Schoß.

„Oh, mein Gott. Oh, mein Gott." Suzanna schlingerte an den Straßenrand, die Bremsen quietschten, das Auto schleuderte. Sie hielt ihr jetzt durchweichtes Paillettenkleid von ihrer Haut weg. „Das ist ja widerlich. *Sie* sind widerlich." Der Geruch war ranzig und gallig.

Ava wünschte, ihr wäre das eingefallen.

Das Unterholz war hier dicht. Sie brauchten nur eine Chance und könnten dann vielleicht entkommen.

„Mir wird wieder schlecht", warnte Mallory, hielt ihren Mund zu und würgte. Sie würden sich auf keinen Fall erlauben können, mit dieser Frau ein Flugzeug zu besteigen, also war es ein Geniestreich.

Oder vielleicht war Mallory ernsthaft schlecht, wahrscheinlich weil sie während dem, was die schwierigste Erfahrung ihres Lebens sein sollte, von einer Verrückten entführt worden war, die ihr Kind entführen wollte.

Suzanna entriegelte die Türen, und Mallory stolperte aus

dem Auto und beugte sich vor, als ob sie sich übergeben würde. Aber sie hielt nicht an. Sie rannte.

Ava wurde von einem Hochgefühl erfüllt.

Los, Mallory!

Suzanna zielte mit ihrer Waffe auf die schwangere Frau und legte ihren Finger um den Abzug.

Verdammt, nein!

Ava stürzte sich auf die Waffe. Suzanna riss sie aus ihrer Reichweite und feuerte zweimal, der Lärm dröhnte in dem engen Innenraum des Wagens in Avas Ohren. Die Kugeln flogen hoch und durchschlugen das Dach des Autos. Suzanna schrie frustriert auf.

Ava kämpfte um ihr Leben, um ihrer aller Leben. Sie schlug Suzanna dreimal ins Gesicht, verblüffte ihre Gegnerin mit der gnadenlosen Gewalt ihres Angriffs. Die verdammte Frau ließ die Waffe allerdings nicht fallen. Ava griff nach ihrer Handtasche, trat die Tür auf und rollte sich auf den Boden, als Kugeln dort einschlugen, wo sie den Bruchteil einer Sekunde zuvor noch gewesen war.

Ava kämpfte sich in ihren Absatzschuhen auf die Füße, verfluchte die Materialmenge ihres Kleids. Sie rutschte auf dem Schotter aus, fand endlich ihr Gleichgewicht, als sich die Fahrertür öffnete. Ava hastete die kurze Böschung hinunter und tauchte zwischen zwei große Büsche, die ihre Arme zerkratzten und sie stachen. Sie stürzte hinter Mallory in den Wald und betete, dass sie beide diesem Albtraum entkommen würden.

KAPITEL DREIUNDDREISSIG

DOMINIC STAND AUF dem Bürgersteig, als ein Audi-Sportwagen mit quietschenden Bremsen neben ihm anhielt.

Alex Parker stieg aus und sah sich um. „Wo ist Mal?"

Dominic stemmte seine Hände in seine Hüften, während er suchend die leere Straße entlang blickte. „Anscheinend sind sie und Ava zusammen irgendwo hingegangen."

„Aber sie hat mich angerufen, damit ich sie abhole…?" Alex' Blick fiel auf einen nassen Fleck auf dem Beton des Bürgersteigs, der fehl am Platz wirkte, weil die Sonne vom Himmel herunterbrannte.

Dominics Telefon läutete aufgrund einer eingehenden Nachricht, dann klingelte es. Dominic ging ran, als er sah, dass es Ava war, aber das hallende Schweigen am anderen Ende schien darauf hinzudeuten, dass sie aus Versehen angerufen hatte.

Dann hörte er sie sagen: „Haben Sie Val getötet?"

Sein Kiefer verkrampfte sich, als er die Antwort hörte, und er stellte den Anruf mit maximaler Lautstärke auf Lautsprecher, während er das Mikrofon auf stumm stellte. Er begegnete Parkers Blick. „Ich glaube, der Killer hat Ava."

In der Leitung lachte eine Frau.

Ihm wurde schwindelig, als er die Stimme der Person erkannte, die mit Ava sprach. „Scheiße. Das ist meine

Nachbarin, Suzanna Bernier.“

„Steig ein.“ Parker glitt auf den Fahrersitz seines Autos und war schon halb die Straße herunter, bevor Dominic seine Tür geschlossen hatte.

Alex fischte sein Handy aus seiner Tasche und entsperrte den Bildschirm mit Augenkontakt, bevor er es Dominic zuwarf. „Öffne das Icon mit Mallorys Bild. Finden wir zuerst heraus, wo sie ist. Wenn sie im Haus deines Vaters oder dem Krankenhaus ist, ist sie in Sicherheit.“

Die App verband sich mit einer Landkarte und ein roter Punkt erschien auf dem Bildschirm, bewegte sich mit hoher Geschwindigkeit in nordwestlicher Richtung aus der Stadt.

GPS. „Wir haben ein Signal. Sie bewegt sich.“

Alex sagte nichts, schaltete aber den GPS-Bildschirm seines Autos ein, der jetzt dasselbe zeigte wie das Handy. Es schien wahrscheinlich, dass sowohl Mallory wie auch Ava in den Klauen dieser bösen Frau waren, und wenn er nach der Unterhaltung ging, die er auf seinem Handy mithörte, war das nicht gut.

„Schnall dich an.“ Alex beschleunigte und raste über eine rote Ampel. Einige Sekunden später nahm ein Fahrzeug mit Sirene die Verfolgung auf. Alex warf einen Blick in den Spiegel. „Werden Sie ihn los.“

Dominic rief seinen Vater von seinem persönlichen Handy aus an – zum Glück führten die Regeln und Bürokratie des FBI dazu, dass er immer zwei Handys dabei hatte – und tat somit etwas, das er noch nie zuvor getan hatte. Er benutzte seine Verbindungen für seine persönlichen Zwecke. „Pops, widersprich mir nicht, sondern gib mir den Präsidenten, sofort. Wir haben hier eine ernste Situation.“

Es dauerte einige Sekunden und dann noch einige, bevor

die Hintergrundgeräusche der Party leiser wurden. Dominic stellte sich vor, wie die Männer in der Bibliothek standen.

Eine Schlange vor einer anderen roten Ampel führte dazu, dass Alex auf den breiten Bürgersteig und an der Schlange vorbeifuhr. Sie donnerten mit einem markerschütternden Aufprall wieder auf die Straße.

„Hallo?"

„Mr. President", sagte Dominic schnell.

„Dominic." Hague klang gereizt. „Ich habe dir schon oft genug gesagt, dass du mich Joshua oder Onkel Josh nennen sollst, so wie du es dein ganzes Leben getan hast…"

„Die Sache ist, Sir, in diesem Augenblick muss ich mit dem Präsidenten reden, nicht mit meinem Patenonkel."

„Okay", sagte Hague langsam. „Fahr fort."

„Du musst die Capitolpolizei kontaktieren. Da ist eine Frau namens Suzanna Bernier, eine Nachbarin von mir. Ich habe Grund zur Annahme, dass sie seit einiger Zeit FBI-Agenten umbringt."

Er hörte ein Keuchen des älteren Mannes.

„Sie hat momentan Ava Kanas und Agent Mallory Rooney – die hochschwanger ist – in einem Fahrzeug bei sich, welches in nordwestlicher Richtung fährt. Ich nehme an, dass Bernier bewaffnet ist. Es ist notwendig, dass die Verkehrspolizei einen schwarzen Audi passieren lässt, da wir ein Trackingsignal verfolgen, aber ein Verkehrspolizist ist uns auf den Fersen." Alex ratterte das Kennzeichen herunter und Dominic wiederholte es. Dann nannte er dem Mann den Ort des anderen Autos und die Straße, auf der sie fuhren.

„Ich weiß nicht, welchen Fahrzeugtyp Suzanna Bernier fährt und welche Farbe das Fahrzeug hat, aber die Cops können es wahrscheinlich herausfinden. Die Polizei soll in einem Zwanzig-Meilen-Radius Straßensperren errichten, aber nicht versuchen, unseren Audi anzuhalten. Ich habe das schreckliche Gefühl, dass sie alle sterben werden, wenn wir sie nicht bald einholen." Dominic wollte sich das nicht einmal vorstellen.

Weiterer Verkehr ließ Alex fluchen und seine Hand ununterbrochen auf die Hupe drücken, damit er vorbeikam.

Der Präsident rief seinen Leuten Anweisungen zu. Der Verkehrspolizist war ihnen immer noch dicht auf den Fersen, die Sirene lieferte eine angemessen dringliche Begleitmusik zu Dominics bereits hämmerndem Herzen.

„Ich muss aufhören, Sir."

„Pass auf dich auf, Dominic. Stürz dich da nicht ohne Verstärkung hinein."

„Hoffen wir, dass das nicht nötig sein wird." Dominic beendete das Gespräch und hielt sich fest, als Alex eine Abkürzung nahm, indem er in falscher Richtung durch eine Seitenstraße fuhr, dann eine Ecke auf zwei Rädern nahm, um sie an dem Verkehr vorbei zu bringen. Dominic versuchte, nicht an den Unfall zu denken, der ihn letzte Woche fast umgebracht hatte. Seine ganze Welt war seitdem auf den Kopf gestellt worden, und ein Teil dieses Aufruhrs war dadurch verursacht, dass er sich in Ava Kanas verliebt hatte. Ava war das Wichtigste in seinem Leben und er hatte das entsetzliche Gefühl, dass er sie für immer verlieren würde, weil er ihr nicht zur Seite gestanden hatte, als sie ihn am dringendsten gebraucht hatte.

Es war alles seine Schuld. Er hätte sie schneller und entschiedener verteidigen sollen. Er hätte seine Marke abgeben und gehen sollen, als sie gegangen war. Er war so verdammt sicher gewesen, dass er sie beide durch Reden aus der Situation bringen könnte, aber er hatte versagt. Also war er vielleicht doch nicht so verdammt gut, wie er es gerne dachte. Vielleicht hatte er alles wirklich nur wegen der Stellung seines Vaters erreicht.

Der Verkehrspolizist stellte abrupt die Sirene ab und gab die Verfolgung auf.

Gott sei Dank.

Sie holten auf. Dominic glaubte nicht, je mit dieser Geschwindigkeit gefahren zu sein, und er betete, dass Alex noch mehr aus seinem Sportwagen herausholen konnte. Er glaubte, Mallory reden zu hören, und dann hörte er ein Würgen und einen Ausruf. Aus dem Augenwinkel sah er, wie Alex sich anspannte.

Der rote Punkt auf Alex' Bildschirm bewegte sich nicht mehr. Suzanna hatte das Auto angehalten. Dann bewegte sich das Signal, das vermutlich Mallorys Handy repräsentierte, in den Wald hinein und aus Dominics Handy erklangen deutliche Schüsse.

AVA VERFLUCHTE IHRE Absatzschuhe, als sie in den Wald und auf das dichte Unterholz zu rannte. Sie hörte Suzanna aus dem Auto steigen und wagte es nicht, anzuhalten.

Ava griff instinktiv nach ihrer Waffe und fluchte stumm, als sie sich daran erinnerte, dass sie sie dem verdammten Direktor gegeben und zu der Party keine Zweitwaffe mitgenommen hatte.

Wo war Mallory? Ava suchte mit ihren Blicken die Umgebung ab und sah, wie sich die andere Frau an eine große Eiche drückte. Ihre Blicke trafen sich. Avas lavendelfarbenes

Kleid schien im Wald wie eine verdammte Leuchtreklame. Wenigstens trug Mallory Schwarz. Ava drehte sich um und rannte in die entgegengesetzte Richtung.

Zu Mallory zu gehen würde damit enden, dass sie beide getötet würden. Sie musste Suzanna so weit wie möglich von der anderen Frau wegführen.

Sie erinnerte sich an das Telefon in ihrer Handtasche, als sie in einen Sprint verfiel, ihre Schleppe hochhob, um nicht hinzufallen, und betete, dass die Absätze nicht abbrachen. Sie versteckte sich hinter einer großen Eiche, zog das Handy heraus und warf die Tasche weg. „Dominic?"

Eine Kugel streifte über ihrem Kopf den Baum und ließ sie erneut losrennen. Sie stolperte und fiel in den Dreck und das Telefon flog ihr aus der Hand. Sie konnte allerdings nicht danach suchen. Rennen war die einzige Methode, durch die sie hoffen konnte, diesem Albtraum zu entkommen.

Eine weitere Kugel, rechts von ihrem Fuß. Zum Glück war Suzanna eine lausige Schützin.

Lock sie von Mallory weg.

Lock die Mörderin in den Wald, bis die Verstärkung eintrifft. Avas Puls raste, aber eine seltsame Ruhe überkam sie. Als ob das hier jemand anderem passierte. Als ob sie in einer Trainingsübung wäre und jemand bald „Stopp" rufen würde.

Eine weitere Kugel schlug nahe genug ein, um sie aufschreien zu lassen. Sie rollte sich herum und kam wieder auf die Füße, rannte gebückt durch die Bäume weiter.

Wie viele Schüsse waren das? Sieben? Acht? Das Magazin der Waffe hielt fünfzehn Kugeln, sowie diejenige in der Kammer, wenn man davon ausging, dass sie voll geladen war. Ava hielt kurz hinter einem Baum und löste die Schnallen der Absatzschuhe, bevor sie sie abstreifte. Sie überlegte, das Kleid auszuziehen, aber der Gedanke, nackt gefunden zu werden, sagte ihr nicht zu. Außerdem war ihre Haut in dieser Umgebung ebenso hell. Nein, im Moment war sie ein Köder. Sie musste sich weiter bewegen.

Ihre Stirn war schweißnass, und sie wischte ungeduldig darüber. Verdammt. So viel zum Thema Training.

Sie betrachtete den nächsten Baum und rannte erneut, versuchte, die scharfen Steine und Äste zu ignorieren, die sich in ihre weichen Fußsohlen bohrten. Diesmal streifte die Kugel ihren Oberarm, und sie schrie vor Schmerz auf, hörte aber nicht damit auf, sich zu ducken und im Zick Zack zu laufen. Ihr linker Arm hing taub an ihrer Seite. Blut tropfte von den Fingerspitzen und durchnässte das hübsche Kleid, ein Kleid, wegen dem sie jetzt vermutlich getötet werden würde.

Sie hätte doch einen Smoking tragen sollen. Bei dem Gedanken zog sie eine Grimasse. Wenn sie starb, würde es Dominic schwer treffen. Die Tatsache, dass sie ihn liebte, schien jetzt so offensichtlich. Als ob die Scheuklappen plötzlich abgenommen worden wären. Und wenn sie nicht einfach so von ihm weggegangen wäre, wären weder sie noch Mallory in dieser albtraumhaften Situation.

Hochmut kommt vor dem Fall …

Ein verdammt tiefer Fall.

Sie schlug sich tief in den Wald, ihr verletzter Arm heiß und taub und nutzlos. Suzanna hatte gesagt, dass sie für Peter sterben würde. Als Ava den Kugeln im Wald auswich, begriff sie, dass sie für Dominic ebenfalls sterben würde. Und noch wichtiger, Dominic würde zweifellos für sie sterben.

Und wenn sie stark genug war, sich für jemanden eine Kugel einzufangen, dann war sie verdammt nochmal stark genug, aufzuhören, sich vor ihren Gefühlen zu verstecken und jede Ausrede zu nutzen, einem Typen nicht zu vertrauen. Sie war es wert, geliebt zu werden. Sie war Dominics Liebe wert. Sie musste niemandem etwas beweisen.

Sie musste nur überleben.

Ava rannte eine kurze, steile Böschung hinunter und tauchte ab, drückte sich in die Erde und Wurzeln eines niedrigen Felsvorsprungs. Ihr Herz schlug so schnell und heftig, dass sie dachte, es würde explodieren und ihr Inneres mit Blut überfluten.

Sie zitterte, Angst und Verzweiflung überkamen sie. Sie wünschte, sie könnte Dominic mitteilen, dass es ihr leidtat, ihm bei der Party nicht den Rücken freigehalten zu haben. Natürlich war er sauer über die Situation. Natürlich war er sauer auf den Direktor. Und er war vielleicht sogar sauer auf sie. Das war in Ordnung. Er hatte sich in einer miesen Lage befunden und versucht, sich durch Nutzung seiner Stärken daraus zu befreien, als sie ihm eine Chance verweigert hatte, für sie einzutreten.

Wenn sie hier lebend herauskam, musste sie ihm all das sagen. Dass sie wusste, dass er sie liebte. Und dass sie seine Liebe erwiderte. Und sie würde ihn nie wieder verlassen, ganz gleich wie erschreckend es wurde.

Sie mussten beide nur überleben.

Und es war nicht Ava, die ihn in Gefahr brachte, obwohl sie ihm nie von der Seite hätte weichen sollen. Es war diese verrückte Frau, die entschlossen war, ihre verdrehte Rache zu bekommen.

War Mallory in Sicherheit?

Ava wusste es nicht. Sie wollte frustriert aufschreien, hielt aber den Atem an. Die Gefahr war ganz nah. Sie konnte es spüren.

Ein Schritt war über ihr zu hören. Erde rieselte in ihre Haare und über ihre nackten Schultern. Ava schloss ihre Augen. Bewegte sich nicht. Machte kein Geräusch. Sie wollte nicht sterben.

Mit etwas Glück war Mallory in Sicherheit und weit weg. Ava betete inbrünstig und wünschte sich, sie würde ihr Armband gegen den bösen Blick tragen.

Ein Lachen erklang und verursachte ihr eine Gänsehaut.

Das klimpernde Flüstern über ihrem Kopf ließ sie erstarren. „Hab' ich dich."

KAPITEL VIERUNDDREIßIG

MALLORY VERBARG SICH hinter einem großen Ahornbaum, den Rücken gegen die raue Rinde gepresst, und betete. Eine Wehe setzte ein und die Schmerzen waren fast unerträglich, wie eine große Klinge, die sie langsam entzwei schnitt. Sie bewegte sich nicht und machte kein Geräusch. Sie erduldete es.

Das Beste an dem Kleid, das sie trug, war die Tatsache, dass es Taschen hatte. Ihr Handy befand sich in einer dieser Taschen und sie wusste, dass Alex ihre Spur verfolgen würde. Sie wusste es so sicher, wie sie ihren eigenen Namen wusste. Sie mussten einfach nur am Leben bleiben, bis er hier ankam.

Sie knirschte mit den Zähnen und versuchte zu atmen. Ihre ganze Planung. Der Geburtsvorbereitungskurs. Die Privatärzte, die in Bereitschaft standen. Das Nachthemd, das sie ausgesucht hatte. Die bequemen Kissen. Sie hatte sogar einen verdammtes Gebärbecken gebucht.

Geburtsplan – ha!

Die Wehe ließ nach und Mal konnte wieder einatmen.

Sie lauschte angespannt, wagte es nicht, sich zu bewegen, wusste, dass dieses verrückte Miststück ihr Baby mehr als irgendetwas sonst wollte. Aber Mallory hatte nicht die Absicht, dieses kleine Geschöpf in ihre Hände geraten zu lassen. Selbst wenn es bedeutete, Ava kurzzeitig in Gefahr zu bringen. Alex würde sie finden, und er würde sich um Suzanna kümmern und sie alle retten.

Halt durch Ava.

Die andere Agentin lockte sie absichtlich weg, wie Mal mit einer Welle der Zuneigung begriff, die so stark war, dass sie fast in Tränen ausbrach. Sobald Suzanna Ava nachgerannt war, ging Mallory zurück zur Straße. Sie überlegte, ob sie sich hinter das Steuer von Suzannas Auto setzen sollte, aber Alex würde bald hier sein und während einer Wehe würde sie ohnehin nicht fahren können, und die Wehen kamen schnell und heftig.

Stattdessen schlurfte Mal so schnell wie möglich über die Schnellstraße und verschwand im Wald auf der anderen Seite der Straße.

Schulbewusstsein durchfuhr sie so mächtig wie eine Wehe, aber sie zwang sich, sich weiter zu bewegen. Weg von Ava, weg von der Gefahr. Sie legte ihre Hände um ihren geschwollenen Bauch. Diese Psychopathin würde auf gar keinen Fall ihr Baby in die Hände bekommen. Suzanna würde Mallory töten, sobald das Baby geboren war. Sie wusste, wie diese Irren tickten.

Wenn sie nur eine Waffe hätte, aber dieses dumme Kleid und das Fehlen einer Taille hatten dazu geführt, dass sie keine getragen hatte. Außerdem war sie zu der Verlobungsparty eines Gouverneurs gegangen, um Himmels Willen. Sie hätte in Sicherheit sein sollen. Sie ging durch den Wald, parallel zur Straße, jeder hinter ihr erklingende Schuss ließ ihre Nerven verzweifelt beben.

Alex würde kommen. Mal musste darauf vertrauen und sich an diesem Wissen festhalten und beten, dass ihr Baby und Ava überlebten.

Eine weitere Wehe setzte ein, zwang sie auf die Knie. Die

Qual zerriss sie, und sie unterdrückte einen Schrei. Ein Geräusch, und Suzanna würde sie finden und töten und ihr Baby stehlen.

Das würde nicht passieren.

Noch ein Schuss.

Sie fuhr zusammen. Verdammt. Aber eine Ablenkung könnte Ava vielleicht retten …

Mallory hatte das Gefühl, als ob sie sowohl geistig wie körperlich entzweigerissen würde. Aber dieses Baby würde kommen, ob sie bereit war oder nicht, und Mallory konnte nur einen Kampf gleichzeitig ausfechten.

Sie sah einen umgestürzten Baum, dessen gezackte Wurzeln in die Luft ragten. Sie torkelte darauf zu, kaum in der Lage, sich mit jedem Schritt mehr als einige Zentimeter vorwärts zu bewegen, da der Druck zwischen ihren Beinen zunahm. Hinter den riesigen Wurzeln lag eine Grasfläche versteckt, auf die sie sich außer Sichtweite legte.

Ihr improvisierter Geburtsplan beinhaltete weniger Kissen, mehr Insekten und sehr viel weniger Schmerzmittel.

Eine weitere Wehe umfing sie und sie lag keuchend da, zwang sich, nicht zu pressen, da es noch nicht soweit sein konnte. Ihre Finger schlossen sich um ein kurzes Stück Holz im Gras neben ihr, und Mal schob es sich zwischen die Zähne und biss darauf, um das Wimmern zurückzuhalten, das ihrer Kehle entfliehen wollte.

Das Baby war noch nicht hier, aber es würde nicht lange dauern. Wenn Suzanna sie fand bevor Alex es tat, war sie tot.

KAPITEL FÜNFUNDDREISSIG

DOMINIC UND ALEX hielten neben einem schwarzen Sedan an, der verlassen am Straßenrand stand, mit drei weit offenen Türen. Sie hatten beide ihre Waffen gezogen.

Ein Schuss rechts von ihnen zeigte Dominic, dass Suzanna Bernier in der Nähe war. Alex überprüfte sein Telefon. „Mallory ist dort." Er deutete mit zwiegespaltener Miene in die entgegengesetzte Richtung.

„Geh. Stell sicher, dass Mallory und das Baby okay sind. Ich muss Suzannas Aufmerksamkeit erregen. Die Verstärkung ist auf dem Weg." Er hatte mit den Agenten der Außenstelle Washington gesprochen. Ihr SWAT-Team war fünfzehn Minuten hinter ihnen. Sie hatten herausgefunden, dass Suzanna Bernier an einem nahegelegenen Flughafen ihren Privatjet stehen hatte, und Agenten war ebenfalls auf dem Weg dorthin, um sicherzustellen, dass dieser am Boden blieb.

Dominic dachte nicht darüber nach, dass Ava verletzt oder tot sein könnte. Wenn er sich solchen Gedanken hingab, würde er nie überleben. Dann würde er nie eine zweite Chance haben, sein Leben richtig zu leben, anstelle dieses stark kontrollierten, emotional verkümmerten Versuches, mit dem er sich selbst betrogen hatte.

Alex joggte in die entgegengesetzte Richtung davon. Dominic betete, dass Rooney lebte und ihr Baby in Sicherheit war.

„Suzanna!", rief er, während er in die Wälder vorstieß. Eine Krähe flog von einem Ast in der Nähe auf und Dominics Herz polterte in seiner Brust. Scheiße.

Das Geräusch einer Bewegung lockte ihn nach Osten, wobei er nahe an der Straße blieb. Er suchte den Wald nach einem Zeichen von ihnen ab, entdeckte einen Weg, wo das Gras plattgedrückt war, vielleicht durch den schweren Stoff eines Abendkleids. Das helle Lavendel sollte in diesem Umfeld leicht zu entdecken sein. Zu leicht.

Er bewegte sich rasch, nutzte soweit möglich Bäume zur Deckung. Avas High Heels lagen hinter einem Baum. Dann die glitzernde Abendhandtasche, die sie bei sich gehabt hatte.

Die Unvereinbarkeit von Pailletten und Smokings mit der Waldumgebung entging ihm nicht. Wie konnte eine schicke Party sich innerhalb von dreißig Minuten in seinen schlimmsten Albtraum verwandeln?

Das war es, was böse Menschen taten. Sie zerstörten Dinge. Zerstörten Glück, zerstörten Menschen. Obwohl er selbst einiges zerstört hatte, als er Ava hatte gehen lassen, und er sich nie verzeihen würde, sie in diese Lage gebracht zu haben. Sie im Stich gelassen zu haben, als sie ihn am meisten gebraucht hatte.

Wenn Ava nur ihre Waffe gehabt hätte … aber wer wusste schon, was Suzanna getan hatte, um die beiden Frauen unter ihre Kontrolle zu bringen. Wenn sie Rooney bedroht hatte, hätte Ava sich ohnehin der Waffe entledigt. Der Direktor war trotzdem ein Arschloch. Die Frauen mussten ihn sicher rufen gehört haben, als er ankam, wo waren sie also? Er sah aus dem Augenwinkel eine schnelle Bewegung zu seiner Linken. Er eilte in diese Richtung, suchte den Wald nach einem Zeichen von Ava in ihrem blasslila Kleid ab. Er sog scharf die Luft ein, als er

Blut auf dem Boden sah. Es musste Avas sein. Sie war getroffen worden. Er nahm sich den Bruchteil einer Sekunde, um sich zu versichern, dass sie in Ordnung sein musste, wenn sie hier nicht tot vor ihm lag.

„Ich bin derjenige, den du willst, Suzanna. Komm hierher zurück und beende, was du angefangen hast. Deine Rache an mir, weil ich dieses Arschloch Peter umgebracht habe."

Sie kreischte, der Irrsinn hallte im Echo wider. „Du solltest nicht einmal seinen Namen aussprechen!"

Total durchgedreht. „Peter Galveston? Diesen Namen?"

Lavendel blitzte hinter dem ganzen Grün auf und er hielt den Atem an, als sich zwei Leute durch die Bäume zu ihm durcharbeiteten. Ava – Gott sei Dank lebendig – und hinter ihr Suzanna Bernier.

Die Tatsache, dass Ava noch atmete, rief in ihm große Erleichterung hervor. Die auf ihren Kopf gerichtete Waffe war weniger positiv, ebenso wie ihr linker Arm, der schlaff an ihrer Seite hing, während Blut ihr hübsches Kleid durchtränkte.

Die üblichen Verhandlungstechniken würden hier vielleicht nicht funktionieren. Es war keine Zeit, die Verbindung aufzubauen, die Suzanna vielleicht letztlich dazu bringen würde, die Frau, in die er sich dummerweise verliebt hatte, nicht zu töten. Und wenn Suzanna herausfand, wie wichtig ihm Ava war, würde sie sie noch bereitwilliger töten.

Aber selbst als sein Herz sich vor Wut zusammenzog, als er begriff, dass Suzanna Ava verletzt hatte, sagte sein Kopf ihm, er müsste es versuchen. Es zu entschleunigen. Das Drama zu zerstreuen. Der Zeit Zeit zu geben. Das ‚Warum' hinter ihren Handlungen herauszufinden. Wissen war Macht. Das SWAT-Team war auf dem Weg und Alex Parker hatte Mallory hoffentlich in Sicherheit gebracht.

„Du hast ihn geliebt", sagte er. „Du musst am Boden zerstört gewesen sein, als du ihn verloren hast."

Sie machte ein Geräusch wie ein Tier in einer Falle. „Ich habe ihn nicht verloren. Du hast ihn ermordet!" Sie schubste Ava vor sich. Blut tropfte von ihrer Hand. Zu viel Blut.

Wenn er sich früher gegen den Direktor behauptet hätte, wäre das hier nicht passiert.

Dominics Mund wurde trocken, als er begriff, dass er sich, falls sie das hier überlebten, würde öffnen müssen, sich Ava immer und immer wieder beweisen müssen, wenn er ihr Herz gewinnen wollte. Avas Vertrauen war zu zerbrechlich. Sie war zu oft geprüft worden. Er würde jedes Gramm seiner über die Jahre erlernten Fähigkeiten nutzen müssen, um ihr Vertrauen und danach ihre Liebe zu gewinnen. Er brauchte nur eine Chance.

„Wie kann ich dir helfen, Suzanna?" Das waren gegenüber einem verzweifelten Menschen einige der mächtigsten Worte.

„Wie wär's, wenn du wie ein Hund um ihr Leben bettelst und ich sie dann trotzdem töte?", höhnte Suzanna.

Mit Psychopathen verliefen die Dinge nicht immer wie im Lehrbuch.

„Ihr Sohn ist gestorben", sagte Ava leise.

Suzanna riss Avas Kopf mit einer Faust voller Haare zurück. Ava verzog vor Schmerz das Gesicht. „Halt den Mund."

„Erzähl mir von deinem Sohn." Fragen mit offenem Ende brachten die Leute zum Reden, aber wenn es ein empfindliches Thema war, und der Verlust eines Kindes war immer ein empfindliches Thema, könnte es auch nach hinten losgehen.

Wo zur Hölle war das SWAT-Team?

„Was interessiert dich mein Sohn?" Die Worte klangen erstickt und verbittert.

Er neigte seinen Kopf zu einer Seite und zog die Augenbrauen hoch, teilte ihr durch seine Körpersprache mit, dass sie ihm trauen konnte. „Du hast mir gesagt, dein Sohn wäre bei seinem Vater ..." Und dann begriff er, dass dieses Kind das Skelett war, dass sie mit Galveston begraben gefunden hatten.

„Wie war er?"

Suzannas Kehle bewegte sich, als sie schluckte. „Er war klug und liebte Tiere. Er hatte dunkles Haar, wie sein Vater. Meine Augen." Sie verlor sich in ihren Erinnerungen.

Dominic ließ das Schweigen so lange andauern, wie er wagte. Er wollte nicht, dass sie sich an Ava erinnerte. „Was ist passiert?"

Suzanna sah nach unten, aber sie behielt Avas Haar fest im Griff und die Waffe zitterte nicht. „Er wurde mit Wolff-Parkinson-White-Syndrom geboren. Er starb mit acht Jahren an einem Herzanfall, während er mit seinen Freunden Verstecken spielte."

„Ein Kind zu verlieren, muss unglaublich schmerzhaft sein. Dein Verlust tut mir sehr leid." Der Tod des Kindes war der Auslöser für die FBI-Morde gewesen.

„Wusste Peter von dem Baby?", fragte er. Ava sah ihn mit hellen Augen an, trug das Kinn immer noch hoch, trotz des von ihrer Hand tropfenden Blutes. Er wollte ihr eine Botschaft senden, aber Suzanna würde es sehen und darauf reagieren.

„Ja. Natürlich wusste er es. Der Gedanke, Vater zu werden, hat ihn begeistert."

Darauf würde Dominic wetten. Ein weiteres unschuldiges Wesen, über das er Kontrolle ausüben konnte. Aber in einer

Verhandlung musste man seine Meinung und sein eigenes Ego wegschieben und sich auf den Preis konzentrieren. In diesem Fall war der Preis, Suzanna dazu zu bringen, Ava ohne weiteren Schaden freizulassen.

„Ich bin sicher, er war ein tolles Kind." Dominic dehnte seinen Nacken, um die Anspannung loszuwerden. Schweiß floss an der Seite seines Gesichts herunter, und er wischte ihn mit seinem Jackettärmel ab. Er verhandelte um Avas Leben, und der Einsatz war nie höher gewesen. „Als dein Sohn starb, hast du so sehr unter deiner Trauer gelitten, dass du beschlossen hast, all die Leute anzugreifen, die du dafür verantwortlich machtest, den Mann getötet zu haben, den du liebtest. Du hast das Gefühl, uns alle zu hassen, weil wir Peter erschossen haben. Dir den Vater deines Kindes genommen haben. Du beschuldigst uns dafür, dass du allein bist."

Der Schmerz in Suzannas Schweigen war spürbar. Er ließ den Moment andauern.

„Das stimmt", bestätigte Suzanna endlich leise.

Das war der Durchbruch, den er brauchte, aber normalerweise gab es eine zeitliche Lücke, während die Psychologie dieser Verkündung im Hirn des Geiselnehmers wirkte. Die Frau hatte eine unbekannte Anzahl FBI-Agenten umgebracht, inklusive seines Mentors, und einen Unbeteiligten verstümmelt. Jetzt stand Ava blutüberströmt vor ihm, und er musste die Sorge um sie aus seinen Gedanken verbannen, damit er seinen Job machen konnte.

Wenn Ava irgendetwas passierte, wäre das Leben, wie er es kannte, vorbei. Er zwang die neuentdeckten Gefühle der Liebe zur Seite und ließ sich von einer kalten und tödlichen Ruhe in Besitz nehmen.

„Du musst sehr gelitten haben, als dein Sohn starb,

Suzanna. Du hast großen Schmerz empfunden. Du hast dich am FBI gerächt, weil du das Gefühl hattest, dass das FBI für diesen Schmerz verantwortlich war. Es ist jetzt vorbei. Es ist an der Zeit, mit dem Leid aufzuhören und die Welt sehen zu lassen, was du getan hast."

Suzannas Mundwinkel sanken herunter. „Ich hatte gehofft, damit davonzukommen, aber offensichtlich war ich nicht klug genug."

Er hätte liebend gerne genau gewusst, wen sie getötet hatte und wie, aber Psychopathen logen oft über ihre Verbrechen. Außerdem wollte er sie nicht daran erinnern, dass sie ihre restlichen Tage im Gefängnis oder im Todestrakt verbringen würde, wenn sie aufgab.

Er hatte nur ein Ziel. Ava in Sicherheit zu bringen.

„Du warst bei deiner Rache unglaublich effektiv. Wir wissen beide, dass du mehrere Möglichkeiten hattest, mich zu töten, es aber nicht getan hast. Du hast uns wie Idioten dastehen lassen. Möchtest du nicht, dass die Welt das erfährt?"

Erreichte er sie? Fand er in diesem Wahnsinn einen Halt? „Lass Kanas gehen, und ich werde sicherstellen, dass du mit Respekt und Mitgefühl behandelt wirst." Obwohl es ihm in der Seele wehtun würde.

Es war der falsche Ansatz.

„Ich mache das hier nicht für Ruhm, Sheridan. Ich mache es, um so viel Schmerz wie möglich zu verursachen, insbesondere dir." Ihre Worte versetzten ihn in Alarmbereitschaft.

Ihr Finger legte sich fester um den Abzug und er wusste, dass er entschieden handeln musste. Sonst wäre Ava tot.

Er kam aus seiner Deckung. Hielt seine Waffe in beiden Händen auf den Boden gerichtet.

„Diese Frau hatte mit Peters Tod nichts zu tun. Sie mag mich nicht einmal besonders." Vielleicht würde Avas Technik, die Leute total zu schockieren, als letzter Ausweg funktionieren. Er hoffte, dass Ava die Lügen nicht glaubte. „Sie war eine nette Bettgeschichte, aber du weißt, wie sehr ich Verpflichtungen hasse. Ich habe sie sofort fallen lassen, als sie anhänglich wurde und meine Karriere bedrohte."

„Sie liebt dich, du Trottel!"

Dominic erstarrte, sein Blick traf Avas. Stimmte das? Sie lächelte ihn schwach und entschuldigend an. Wie zur Hölle hatte Suzanna es herausgefunden und er nicht? Dann sagte Ava lautlos ein einziges Wort: „Bereit."

Er brauchte einen Moment, um es so zu verstehen, wie es gemeint war. Ein Signal.

Er nickte ihr fast unmerklich zu.

Suzanna stieß Ava nach vorne und sie kamen auf ihn zu, Ava unsicher vorwärts stolpernd. „Also, ich werde ihr eine Kugel verpassen und du kannst ihr beim Sterben zusehen ..."

Ava benutzte die Finger ihrer unverletzten Hand, um von Drei herunter zu zählen. Sie sah ungebrochen und mutig aus.

„Und dann, selbst wenn ich dich nicht töten kann ..." Suzanna zielte auf Suizid durch Polizisten ab.

„Zwei." Ava zählte stumm herunter, während sie sich weiter auf ihn zu bewegte.

„Ich werde wissen, dass du in dem Wissen in dein Grab gehen wirst, dass all diese Leute wegen dir gestorben sind ..."

„Eins." Ava ließ sich in Suzannas Armen zusammensacken, wurde zu einem leblosen Gewicht, das die andere Frau nicht halten konnte.

Dominic hob seine Waffe und feuerte drei Schüsse direkt in die Mitte von Suzanna Berniers Körper. Die Frau sank auf ihre Knie und kippte dann um. Ava rollte sich ab und schnappte sich die Waffe aus Suzannas schlaffen Fingern.

„Hast du deine Handschellen?", rief Ava. Sie lag auf den Knien und richtete die Waffe auf Suzannas reglosen Körper. Dominic konnte sehen, dass Avas Füße bluteten und völlig verschmutzt waren.

Er kam zu ihr hinüber, beugte sich herunter und überprüfte den Puls an Suzannas Hals. Er schüttelte den Kopf. „Nicht nötig. Sie ist tot."

Er wandte sich Ava zu, nahm die Waffe aus ihren Händen und steckte sie in seine Jacketttasche. Sie blieb, wo sie war, starrte mit großen, gequälten Augen auf die tote Frau.

Dominic zog seine Fliege ab und band sie über der immer noch blutenden Wunde an Avas Oberarm fest.

„Wir müssen Mallory finden", flüsterte sie. „Ihre Wehen haben eingesetzt."

Dominic hob sie hoch.

„Ich kann gehen", protestierte sie.

Ava verdiente es, dass sich jemand zur Abwechslung einmal um sie kümmerte. Um ihre inneren Dämonen zu besiegen.

„Ich kümmere mich um dich." Er küsste ihre Stirn und sie sank gegen ihn.

„Ich weiß", sagte sie leise.

Seine Kehle schnürte sich mit Gefühlen zu und er stolperte fast vor Erleichterung. Sie glaubte an ihn. Sie vertraute darauf, dass er für sie da war, trotz dem, was vorher mit dem Direktor passiert war. Sie hatte darauf vertraut, dass er ihr zur Hilfe eilen würde.

„Suzanna hat Van umgebracht."

„Ich hab's gehört. Du hast das Richtige getan, als du mich

angerufen hast."

Avas Finger griffen seinen Jackettaufschlag fester. „Sie hat ihn getötet, als ob eine Versagerin wie sie das Recht hätte, über ihn zu urteilen."

„Das hatte sie nicht. Sie war weniger als Abschaum."

„Sie war an Galvestons Verbrechen beteiligt gewesen. Lag im Wochenbett, als du den Mistkerl erschossen hast."

Dominic nickte. Das ergab Sinn. Ava ließ ihr Gesicht an seiner Brust ruhen und er merkte, wie sie schlaff wurde.

Sie erreichten das Auto.

„Wo ist Mallory?", fragte sie.

Dominic nickte in Richtung des Waldes. „Parker sagte, sie wäre irgendwo da drin."

Angesichts der unheimlichen Stille überkam ihn Angst. Was, wenn Mallory verletzt war, oder dem Baby etwas passiert war?

MALLORY LAG AUF der Erde und sah in den blauen Himmel hinauf, als einige Schüsse durch die Luft hallten. Der Schweiß ließ ihr Haar an ihrer Haut kleben. Ihr Körper zitterte vor Erschöpfung. War Ava getötet worden? Wo war Suzanna? Sie hörte ein Auto anhalten, glaubte, Männerstimmen zu hören, wagte es aber nicht, Aufmerksamkeit auf sich zu lenken, falls Suzanna Komplizen hatte, von denen sie nichts wussten.

Hatte Suzanna das Gebiet verlassen? Oder streifte sie wie ein tollwütiges Tier herum und suchte nach Rache?

Eine weitere Wehe setzte ein, nahm ihre ganze Aufmerksamkeit in Anspruch, zwang sie, auf den Stock zu beißen, während ihr brutal der Atem genommen wurde. Ihr

Rücken bog sich vom Boden hoch, die Knie waren gebeugt, die Beine weit gespreizt. Sie konnte kaum denken, geschweige denn sich selbst oder ihr Kind beschützen.

Ein leises Wimmern entfuhr ihr und sie biss die Zähne zusammen, voller Panik, dass sie sich verraten würde.

Plötzlich kauerte Alex neben ihr.

Sie spuckte den Stock aus und griff nach seiner Hand.

„Du hast uns gefunden." Sie fing an zu keuchen, während der Schmerz sie beinahe entzweiriss.

Er strich ihr die feuchten Haare aus der Stirn und küsste sie dort. Seine Augen suchten die Umgebung ab. Seine SIG blieb in seiner Hand.

„Ist sie noch nicht gefasst?", flüsterte Mallory.

„Die letzten Schüsse klangen wie eine Glock. Welche Waffe hatte sie?"

Mallory lachte und wünschte sich sehnlich etwas Wasser. „Eine halbautomatische Pistole. Ich weiß es nicht genau. Ich habe es vermieden, dorthin zu sehen."

Sein Blick wurde sanfter und ein Lächeln umspielte seinen Mund. „Sheridan kümmert sich darum."

„Was, wenn Ava tot ist? Es wird alles meine Schuld sein…" Eine weitere Explosion der Qual überkam sie.

Sie keuchte, aber Alex lenkte ihre Aufmerksamkeit auf sich und brachte sie dazu, so zu atmen, wie man es sie gelehrt hatte.

„Atme durch den Schmerz, Mal."

Ihre Nägel gruben sich in seine Haut. Er legte die Waffe neben sich auf den Boden.

„Sobald diese Wehe vorbei ist, werde ich nachsehen, wie weit der Muttermund schon geöffnet ist. Und herausfinden, wie ich dich ins Auto bekomme."

Sie schüttelte den Kopf. „Das Baby kommt jetzt, Alex. Ich werde es nicht zum Auto schaffen."

Ein alarmierter Blick traf ihren. „Kannst du es nicht noch etwas zurückhalten? Es verzögern?"

„So funktioniert das nicht! Das Baby kommt", zischte sie. „Jetzt."

Sie ließ sich nach hinten sinken, während Alex ihren Rock hob und ihr das Höschen herunterzog. „Lass nicht zu, dass Suzanna uns findet", flehte sie im Flüsterton. „Sie will unser Baby haben."

„Niemand wird unser Baby wegnehmen, Mal. Das weißt du."

Das tat sie. Aber sie hatte trotzdem furchtbare Angst.

Alex schob ihre Schenkel weiter auseinander. Ihre Hand berührte zur Beruhigung den Griff seiner SIG. Sie hob sie nicht hoch. Sie war nicht dumm. Aber sie war in Reichweite, und wenn dieses Miststück erschien, würde Mal ihr eine Kugel zwischen die Augen jagen, Wehen hin oder her.

„Ich kann den Kopf des Babys sehen."

Mal schloss die Augen. Mist. Die ganze Planung und Vorbereitung, die sie gemacht hatten, und nun bekam sie das Baby auf einem Grasflecken neben der Straße.

„Bei der nächsten Wehe musst du pressen, Mal." Er sah hoch und begegnete ihrem Blick, seine silbrigen Augen voller Besorgnis. „Es ist soweit."

Angst überkam sie und die Panik ließ ihren Puls aussetzen. „Ich kann das nicht."

Er lächelte. „Du kannst das."

Sie wollte ihn beschimpfen und verfluchen, aber eine weitere Wehe setzte ein und der instinktive Drang zu pressen, überkam sie.

Als es vorbei war, keuchte sie klagend, rieb mit ihrem Finger über das Muster auf dem Griff der SIG.

Der Schmerz kehrte zurück, es hatte kaum eine Sekunde für eine Atempause gegeben. Sie spannte jeden Muskel in ihrem Körper an und presste mit voller Kraft.

„Der Kopf ist draußen", sagte Alex aufgeregt. „Beim nächsten Schub werden die Schultern rauskommen und dann wird es vorbei sein, Mal. Unser Baby ist fast hier und ich passe auf euch beide auf." Seine Augen begegneten ihren und huschten zu der Waffe. „Vertrau mir. Nichts wird an mir vorbeikommen und einen von euch verletzen."

Sie nahm ihre Hand von der Waffe, während eine weitere Wehe ihren Körper zusammenkrampfte. Sie presste und spürte, wie das Baby in einem Rutsch ihren Körper verließ. Alex fing ihn oder sie auf und legte ihr das warme Neugeborene auf die Brust.

Oh, mein Gott. Oh, mein Gott.

Ein perfektes, zerknautschtes kleines Gesicht sah zu ihr hoch, von der Veränderung seiner Umgebung völlig unbeeindruckt. Das Baby hatte eine Stupsnase und einen schwarzen Haarbuschel auf dem Kopf und kuschelte sich an Mallorys Brustkorb.

Alex zog sein T-Shirt aus und wickelte es um das Neugeborene, das ein wimmerndes Geräusch machte. Dann durchschnitt Alex die graue Nabelschnur mit einem Taschenmesser. „Tut mir leid. Das ist das Beste, was ich hinbekomme."

Hoffentlich machte es nichts aus. „Hilf mir, mein Kleid hochzuschieben, damit ich mit dem Baby Haut an Haut vertraut werden kann."

„Diese Art mag ich am liebsten", scherzte er, während er

feuchten Tüll aus dem Weg schob, damit das Baby auf ihrer Brust liegen konnte.

Sie war so gut wie nackt, saß im Wald auf dem Gras, während raue Rinde in ihre Schultern stach und Fliegen umher summten. Ihr Baby kuschelte sich in die Geborgenheit ihres Körpers und Mallory begriff, dass sie es überstanden hatte. Sie hatte ohne die Unterstützung moderner Medizin ein Kind zur Welt gebracht. Und obwohl es hart gewesen war, hatte sie es geschafft. Sie war so froh, dass Alex da gewesen war, um ihr zu helfen.

Er küsste ihnen beiden die Stirn und nahm die SIG. „Wir haben ein perfektes kleines Mädchen." Seine Stimme brach. „Du bist unglaublich, Mrs. Parker."

Freude durchfloss Mallory, auch wenn sie sich Sorgen um Ava und Dominic machte. „Du bist selbst ziemlich unglaublich, Mr. Parker."

Er schüttelte den Kopf. „Nicht einmal annähernd, Liebling. Nicht einmal annähernd."

Dann fing das Baby an zu weinen.

KAPITEL SECHSUNDDREIßIG

DAS GERÄUSCH EINES schreienden Babys schallte durch die Luft, und Dominic lief ein Schauder der Erleichterung den Rücken hinunter.

„Gott sei Dank ist Suzanna tot", sagte Ava an seiner Brust.

„Warum?", fragte er, während er seinen Griff verstärkte.

„Sie wollte Mallorys Baby stehlen. Behauptete, das Kind wäre ein Geschenk von Galveston. Okay. Du musst mich jetzt absetzen. Wir müssen ihr helfen."

„Ich werde dich nie wieder absetzen oder gehenlassen, Ava Kanas." Dominic überquerte mit großen Schritten die Straße und ging in den Wald, während er sie weiterhin trug.

„Ich …"

„Ich habe übrigens beim FBI gekündigt. Du bist natürlich so schnell aus dem Haus gerannt, dass ich dich nicht mit meinem dramatischen Abgang beeindrucken konnte."

„Gib für mich nicht den Job auf, den du liebst", protestierte sie müde.

Überall auf seinem weißen Hemd war Blut. Genau wie an dem Tag, an dem Calvin Mortimer gestorben war.

„Das war nicht für dich." Er sah ihr in die Augen. „Es war für uns."

Sie berührte sein Gesicht mit ihrer unverletzten Hand. „Es tut mir leid, dass ich so eine schreckliche Leibwächterin war."

„Du dachtest, ich wäre böse auf dich, aber ich versuchte,

die Beherrschung zu wahren und nicht auszurasten.“

„Du bringst mir besser deine Technik bei.“

„Ich wurde jahrelang als Verhandlungsführer ausgebildet, Ava, aber es fiel mir immer noch verdammt schwer, dem Kerl nicht ins Gesicht zu schlagen.“

„Verhaftet zu werden, hätte niemandem geholfen.“ Sie lächelte, aber dann zitterten ihre Lippen, und das Lächeln verschwand aus ihrem Gesicht. „Suzanna hat das hier schon lange geplant. Fast wäre es ihr geglückt.“

Dominics Magen krampfte sich zusammen. „Ich kann nicht fassen, dass ich mit ihr geschlafen habe.“

„Das hast du nicht.“

„Was?“

„Sie sagte, du hättest keinen hochbekommen.“

„Gott sei Dank.“ Seine Augen wurden schmal, als er begriff. „Diese Schlampe hat mich unter Drogen gesetzt. Kein Wunder, dass ich mich an nichts aus jener Nacht erinnern konnte. Ich habe mich das ganze Jahr beschissen gefühlt, und es war alles Teil ihres Plans, mich leiden zu lassen.“

Avas Kopf wippte mittlerweile gegen seine Brust.

Vor Dominic erschien Alex mit nacktem Oberkörper und seiner SIG in der Hand.

„Bernier ist tot“, rief Dominic.

Dominic ging um einen hohen, umgestürzten Baum und sah Mallory Rooney, die ein Neugeborenes an ihre Brust drückte, bedeckt mit etwas, das wie Parkers Hemd aussah.

„Geht es dir gut?“

„Ja“, sagte Mallory fest. „Uns geht es gut. Ava auch?“

Dominic sah nach unten und stellte fest, dass sie ihre Augen geschlossen hatte. Er stupste sie an, aber sie rührte sich nicht.

„Sie wurde angeschossen", sagte Mallory.

„Ich habe einen Verband angelegt." Aber Mallory deutete nicht auf ihren Arm. Er hielt Ava etwas von sich weg und stellte fest, dass sie eine Schusswunde an der Hüfte hatte, und stetig Blut austrat.

Panik durchfuhr ihn. Er hatte nicht gemerkt, dass sie zweimal angeschossen worden war, und glaubte nicht, dass sie selbst es gemerkt hatte.

„Alex. Ruf einen Rettungshubschrauber."

„Es geht schneller, wenn ich fahre." Alex nahm das Baby sanft in einen Arm und half Mallory mit dem anderen beim Aufstehen. Dann gab er ihr das Baby zurück. „Kommst du alleine mit Ava zurecht?", fragte er, während er einen unterstützenden Arm um Mallory legte.

Dominic nickte. Er konnte nicht reden. Er drehte sich um und rannte zurück zur Straße. „Stirb bloß nicht, Ava."

Er hatte den Tod seiner Mutter kaum überstanden. Avas würde er nie überstehen.

„Ich kann wegen des Babys nicht zu schnell fahren und ich habe keinen Babysitz." Alex holte einen Verbandskasten aus dem Kofferraum des Audis. „Da drin sind QuickClot und Verbände. Leg sie so fest an, wie möglich. Wir sind fünfzehn Minuten von einem Krankenhaus entfernt. Zwanzig von einer Unfallklinik. Stopp die Blutung und wir können sie durchbringen."

Sie brachten Ava auf dem Rücksitz von Suzannas ehemaligem Auto unter. Dominic kniete sich neben sie, trug das weiße Puder auf die beiden Schusswunden auf und suchte nach weiteren.

Alex setzte sich hinters Steuer. Mallory setzte sich mit ihrer wertvollen Fracht auf den Beifahrersitz.

„Ich rufe die Cops an, damit sie uns eskortieren und das Krankenhaus vorwarnen." Mallory schnallte sich so schnell wie möglich an und küsste das Bündel, das sie an ihrer Brust hielt.

Alex wendete schnell. „Wir werden unterwegs wahrscheinlich am SWAT-Team vorbeikommen."

„Ich werde sie auch anrufen und ihnen den neusten Stand mitteilen", versicherte Mallory ihnen.

Ava was leichenblass, ihre Lippen ohne jede Farbe, die Brust hob und senkte sich kaum.

„Fahr so schnell, wie du es gefahrlos kannst", flehte Dominic. Er wollte nicht, dass dem Baby irgendetwas passierte, und wusste, dass Ava das auch nicht wollen würde. „Aber beeile dich bitte."

KAPITEL SIEBENUNDDREISSIG

ALS AVA AUFWACHTE, verspürte sie einen brennenden Schmerz in ihrer Seite, und ihr Arm fühlte sich an, als ob er an der Schulter abgesägt worden wäre.

Sie zwang ihre Augen auf und wartete, bis sie klar sehen konnte. Ihre Mutter saß schlafend auf einem Stuhl. Das war unerwartet. Dominic saß in der gegenüberliegenden Ecke.

„Hey, was muss man hier tun, um etwas Wasser zu bekommen?" Ihre Stimme klang, als ob sie vierzig Zigaretten am Tag rauchen würde.

Dominic fuhr hoch und ihre Mutter sprang auf.

„Du bist wach." Er griff nach ihrer unverletzten Hand.

„Was ist passiert?"

„Man hat dich angeschossen." Ihre Mutter klang barsch.

„Ich glaube nicht, dass es so ernst war." Sie betrachtete den Verband an ihrem Arm. Wenigstens war er noch dran.

„Du wurdest zweimal getroffen." Dominic küsste ihre Knöchel. „Eine Kugel hat dich seitlich an der Hüfte erwischt, ist aber nicht ausgetreten. Der Chirurg hat sie aus deinem Oberschenkel geholt."

Ava brummte. „Sie hat mir in den Hintern geschossen?" Suzanna hatte besser gezielt, als sie es dieser Psychopathin zugetraut hatte. „Wie ist die Prognose?"

„Tödlich." Ihre Mutter überragte sie, offensichtlich aufgebracht. „Also wirst du mit mir nach Hause kommen und deine letzten Lebenstage dort verbringen.“

Wenn ihre Mutter Scherze machte, dann musste sie in Ordnung sein, aber es erinnerte sie an ihre ruinierte Karriere.

„Nun, ich nehme an, du hast deinen Willen bekommen, Mom. Ich bin nicht mehr beim FBI.“ Sie drehte ihren Kopf von ihnen beiden weg. Sie war sich nicht sicher, was sie jetzt tun würde. Dominic hatte vorhin im Wald einige ziemlich nette Sachen gesagt. Und beim FBI gekündigt, aber sie würden ihm auf gar keinen Fall erlauben, zu gehen. Jemand würde es ihm ausreden. Er war der geborene Verhandlungsführer und sie wollte außerdem nicht, dass er einen Job aufgab, den er liebte.

„Wie meinst du das?“, fragte ihre Mutter.

Dominic drückte ihre Finger. „Der Direktor hat die Kündigung zurückgenommen. Gesagt, dass die ganze Sache ein riesiges Missverständnis gewesen sei.“

Ava wollte Dankbarkeit empfinden, aber sie konnte seinen Blick nicht erwidern. „Wegen dir, nicht wegen mir. Er möchte, dass *du* bleibst, selbst wenn er mich deshalb weiter ertragen muss.“

„Nein, das ist nicht der Fall.“ Dominic setzte sich auf das Bett. Ihre Mutter warf ihm einen unfreundlichen Blick zu. „Weil Lincoln Frazer, Mallory Rooney, Ray Aldrich und jeder in der Außenstelle Fredericksburg, Charlotte Blood, Eban Winters, Mike Gross, Kurz Montana und eine ganze Menge der HRT-Kerle gedroht haben, zu kündigen, wenn der Direktor deine Kündigung, die sie alle ungerecht fanden, durchziehen würde. So ziemlich jeder, mit dem du je gearbeitet hast.“ Dominic lächelte, und etwas, das sich sehr nach Lust, nur weicher und tiefer anfühlte, durchschoss sie. „Ich hatte noch keine Zeit, meine Kündigung formell einzureichen. Ich beschloss, zu warten und dich zu fragen, was du vorhast, bevor ich das weiter verfolge."

„Ray Aldrich?"

„Ray war ziemlich reumütig, nachdem klar wurde, dass Van ermordet worden war. Er erkannte, dass er falsch gelegen hatte." Ava versuchte, die Tränen zu unterdrücken, aber eine floss trotzdem. Soviel zum Thema Willenskraft.

Dominics dunkelblaue Augen betrachteten sie ernst. „Du stehst im FBI nicht alleine da, Ava. Es gibt eine Menge Leute, die dich lieben und respektieren. Van war einer davon. Ich bin ein weiterer." Er küsste ihre Fingerspitzen, und ihr Herz flatterte unerwartet. Sie hatte gehofft, dass er sie liebte, aber es ihn sagen zu hören – noch dazu vor ihrer Mutter – fühlte sich an, als ob eine Million Träume wahr geworden wären. Sie war überwältigt, nicht in der Lage, zu sprechen. Nicht in der Lage, zu schlucken. Und dass Leute für sie eingestanden waren, als sie es gebraucht hatte. Leute, die sie respektierte. Leute, die sie nicht …

„Verlass das FBI nicht, weil der Direktor ein Arsch ist. Das FBI braucht Agenten wie dich." Dominics Augen schnellten zu ihrer Mutter, deren Miene verkniffen war, die aber Ava nicht eine Sekunde lang täuschen konnte. Die Frau war hingerissen, dass Ava endlich einen Mann gefunden hatte.

Dominic interpretierte Avas Schweigen falsch. „Ich weiß, dass ich dir gesagt habe, dass ich nicht an Beziehungen interessiert sei, aber das war, bevor ich dich kennengelernt habe. Ich kann mir nicht vorstellen, dich nicht jeden Tag zu sehen. Nicht jeden Abend nach der Arbeit zu erfahren, wie viele böse Kerle du hast bereuen lassen, dass ihre Wege sich mit deinen gekreuzt haben. Ich liebe dich Ava. Ich habe noch nie so für jemanden empfunden."

Sein Blick ruhte konzentriert auf ihrem Gesicht, und sie hob ihre Hand, um seinen stoppeligen Kiefer zu berühren. Er sah gut aus, wenn er sauber rasiert war, aber mit Bartstoppeln sah er absolut heiß aus. Sie wünschte, sie hätte die Kraft, ihn zu küssen, bis er keine Luft mehr bekam, hatte aber Angst, dass es damit enden würde, dass das Notfallgerät ins Zimmer gerollt werden müsste, um ihr zitterndes Herz wieder zu beleben.

„Ich liebe dich auch Dominic Sheridan. Ich habe dich von dem Augenblick an geliebt, in dem ich dich mit hochgerollten Hemdsärmeln Vans Rasen mähen sah."

Sein Grinsen zeigte pure männliche Zufriedenheit, und er verdiente es. Er war ihr nachgekommen, als sie ihn hatte sitzenlassen. Er hatte ihr zugetraut, dazu beizutragen, Mallory im Wald zu retten, und sie dann blutend dort herausgetragen.

Sie sah ihre Mutter aus schmalen Augen an und neckte: „Ich liebe dich, obwohl du kein Grieche bist."

Ihre Mutter warf die Hände dramatisch hoch, wusste, wann sie geködert wurde. Sie ging um das Bett und küsste Dominic auf den Kopf. „Du behandelst sie besser gut Dominic Sheridan."

„Mom."

„Hey. Du bist fast gestorben, weil irgendeine verrückte Frau es auf ihn abgesehen hatte, Ava …"

Ava rollte mit den Augen. „Es ist nicht unbedingt das erste Mal, dass ich diese Woche fast gestorben wäre, Mom." Ihre Mutter sah entsetzt aus, aber Avas Mund wurde trocken, als sie sich an etwas Wichtigeres erinnerte. „Mallory? Das Baby? Geht es ihnen gut?"

Dominic grinste. „Es geht ihnen unglaublich gut. Ich rufe sie an. Vielleicht erwischen wir sie, bevor sie das Krankenhaus verlassen."

Zehn Minuten später erklang ein Klopfen an der Tür. Eine strahlende Mallory und ein blasser Alex, der einen Babysitz hielt, betraten das Zimmer.

Ava sagte: „Ich bin so froh, dass es Ihnen gut geht."

Alex brachte das Baby herüber, damit sie es sich ansehen konnte. Dunkle Wimpern berührten runde, rosa Wangen. Winzige, perfekte, herzförmige Lippen waren leicht geöffnet. Wunderschön und in einem Stück. Avas Herz schmolz dahin.

„So schön." Sie streckte die Hand aus, um einen winzigen Finger zu berühren, der sich mit stählernem Griff um ihren legte.

„Da möchtest du auch gleich eins, hm?" Ihre Mutter, subtil wie ein Meteorit.

„Irgendwann", sagte Ava leise.

„Irgendwann", murmelte Dominic an ihrem Ohr.

„Georgina Ava Parker, darf ich dich mit deiner Patentante bekannt machen?"

„Was?" Avas Augen wurden groß.

„Du hast es doch gehört." Mallory grinste breit.

„Ich habe doch nichts getan", protestierte Ava.

„Abgesehen davon, dass du eine Verrückte von mir weggelockt hast, damit ich entkommen konnte." Mallory trug ein hübsches Kleid mit Gänseblümchenmuster. Niemand hätte je erraten, dass sie einen Tag zuvor beide im Wald um ihr Leben gerannt waren.

„Du bist diejenige, die uns gerettet hat", beharrte Ava. „Ich hatte keine Ahnung, wie ich sie dazu bringen sollte, das Auto anzuhalten. Sich auf Suzanna zu erbrechen war ein Geniestreich."

Die schrecklichen Erinnerungen dämpften das Leuchten

in Mallorys Augen. „Wir hatten Glück." Sie lächelte zu Alex hinüber, der seine Frau mit sorgfältiger Aufmerksamkeit betrachtete. „Wir hatten wesentlich mehr Glück als du. Es tut mir so leid, dass du verletzt wurdest."

„Ich werde es überleben." Manchmal erwischte das Leben einen unvorbereitet. Schnell. Wie eine Kugel. Und einen Augenblick davon zu verschwenden, war dumm. Ava wandte sich Dominic zu. „Ich liebe dich."

Seine Augen wurden dunkel, und einer seiner Mundwinkel verzog sich nach oben. „Das will ich dir auch geraten haben."

„Ich möchte nach Hause."

„Du hast zwei Schusswunden", gab ihre Mutter händeringend zu Bedenken.

„Du musst einige Tage hierbleiben." Dominic lachte über den rebellischen Ausdruck, der auf ihrem Gesicht erschien. „Der Arzt sagte, wenn du dich weiter gut erholst, kannst du in ein paar Tagen entlassen werden. Wir können in meiner Wohnung in D.C. bleiben, bis du wieder ganz gesund bist."

Ihre Mutter räusperte sich, und Ava erstickte fast an einem unterdrückten Lachen.

„Und", sagte Dominic, der sich selbst noch lauter räusperte, „es gibt dort reichlich Platz, sodass deine Mutter ebenfalls dort bleiben kann."

„Wir gehen." Mallory trat vor, um Avas Handrücken zu berühren. „Wir werden ein oder zwei Wochen in der Stadt bleiben, während wir versuchen, die Bedienungsanleitung für dieses kleine Bündel zu verstehen. Ruf uns an. Wir besuchen euch." Sie küsste Avas Wange und Ava wollte sie fest umarmen, aber es tat zu weh.

Alex hob den Babysitz hoch, gab Ava ebenfalls einen Kuss

und wandte sich dann an Avas Mutter. „Wir können Sie in Dominics Wohnung mitnehmen, Vera, wenn Sie ein Nickerchen machen möchten."

Es war eine Überraschung, dass Alex den Vornamen von Avas Mom kannte, aber wahrscheinlich hatte er sie kennengelernt, als Ava bewusstlos gewesen war.

„Ich werde meinen Portier anrufen, damit er Sie hineinlässt, dann können Sie sich etwas ausruhen. Es war ein langer Flug", fügte Dominic hinzu.

Ava warf ihrer Mutter einen Blick zu, der um etwas Zeit für sich und Dominic allein bat, gleichzeitig aber auch mitteilte, dass sie dankbar war, sie zu sehen.

Schließlich schien ihre Mutter die Botschaft zu verstehen, und ihre Augen wurden groß, während ihr Blick zwischen Ava und Dominic hin und her flog. „Ach … ich bin müde. Ich habe gestern überhaupt nicht geschlafen. Ich werde aber zur abendlichen Besuchszeit wiederkommen und dir etwas von deinem Lieblings-Galaktoboureko mitbringen, damit du anstelle dieser widerlichen Pampe, die sie den Leuten hier geben, etwas Anständiges essen kannst." Ihre Mutter sah angewidert aus. „Du kümmerst dich um sie. Lass sie ausruhen." Sie drohte Dominic mit dem Finger und sah ihn mit dem Blick an, den sie normalerweise für Kunden reserviert hatte, die sie für potentielle Zechpreller hielt. Dann strich sie mit ihrer Hand über Avas Haar, küsste ihre Stirn und flüsterte: „S' agapo."

„Was bedeutet das?", fragte Dominic, ihre Hand haltend, als die anderen sie endlich alleine gelassen hatten.

„S' agapo?"

Dominic nickte und beugte sich näher.

„Ich liebe dich."

Seine Indigoaugen lächelten. „S' agapo", wiederholte er.

„S' agapo." Sie umfasste seine Hand fest. „Ist das echt, Sheridan? Oder wird es innerhalb eines Jahres im Sande verlaufen?"

Sein Grinsen war so weit wie der Himmel. „Es gibt nur einen Weg, das herauszufinden, Kanas."

Sie erwiderte das Lächeln. „So ist es wohl. Machst du also bei dieser Fahrt mit?"

Er schüttelte den Kopf. „Verdammt, nein. Ich werde das verdammte Auto selbst fahren."

Sie lachte und öffnete dann ihren Mund, als der Schmerz sie durchschoss. „Au."

„Nicht lachen."

„Das versuche ich. Ich bin nur so glücklich."

„Gut."

„Ich erinnere mich nicht an vieles, nachdem du Suzanna umgebracht hast." Sie runzelte die Stirn. „Oh, warte, ich erinnere mich, dass du mich getragen hast …" Diese Erinnerung allein ließ sie ins Schwärmen geraten.

„Wir stellten fest, dass Mr. und Mrs. Parker ihr Baby ohne fremde Hilfe zur Welt gebracht hatten und merkten dann, dass du zweimal angeschossen worden warst. Parker fuhr uns alle her, da wir davon ausgingen, dass es schneller gehen würde, als auf einen Rettungshubschrauber oder Krankenwagen zu warten."

„Ich hatte Glück, dass du im richtigen Moment angekommen bist." Avas Magen zog sich bei der Erinnerung daran, wie nah sie dem Tod gewesen war, zusammen. „Wenn du nicht gerufen hättest, hätte sie mir eine Kugel verpasst und wäre dann auf die Jagd nach Mallory gegangen."

Dominic senkte den Kopf, die Bewegungen seines Halses

zeigten, wie es in ihm arbeitete. Sie strich mit ihren Fingern über seinen rauen Kiefer und seine breite Unterlippe.

„Ich kann nicht fassen, dass ich es nicht erkannt habe." Er nahm ihre Hand.

„Niemand hat es bemerkt."

„Du schon."

„Sie hat mich total hinters Licht geführt", widersprach Ava.

Er war ernst, und das verunsicherte sie. „Du hast die Wahrheit über Vans Tod erkannt, als es sonst niemand getan hat. Deshalb möchte Frazer dich in seinem Team."

„Moment… was?"

Dominic zog eine Grimasse. „Ich sollte es dir nicht sagen. Ich sagte ihm, ich würde bezweifeln, dass du zustimmst."

„Warum sollte ich nicht für die BAU arbeiten wollen? Bist du verrückt?"

„Sie sind nichts als glorifizierte Computeranalysten. Verlassen kaum je das Büro."

„Verdammt, ja, ich will zur BAU. Weißt du, wie schwer es ist, da hineinzukommen?"

Dominic öffnete in falscher Unschuld seine Augen weit. „Also kommst du zurück zum FBI?"

Aufregung breitete sich in ihrem ganzen Körper aus. „Ja, wenn ich in der BAU arbeiten kann."

„Du wirst ganz unten anfangen müssen."

„Ich bin absolut an unten gewöhnt."

„Ach, Scheiße." Seine Brauen zogen sich zusammen.

Ava lachte. Da war nicht die Reaktion, die sie erwartet hatte. „Was ist?"

„Ranger ist in der Wohnung. Charlotte hat ihn nach D.C. mitgebracht, als meine Kollegen bei der CNU herausfanden, dass der Direktor dich gefeuert hat."

Ava zupfte an der Baumwolldecke. „Ich glaube nicht, dass Charlotte mich sehr mochte."

„Ich habe auch nicht geglaubt, dass sie das tat."

„Was hat sich geändert?"

„Wahrscheinlich die Ungerechtigkeit der ganzen Sache – es hat ihr feministisches Herz aufgebracht. Mag deine Mutter Hunde?"

Ava zog eine Grimasse. „Wir hatten nie einen, also weiß ich es nicht."

„Okay." Dominic stand auf. Er trug zur Abwechslung Jeans und ein T-Shirt, anstatt einen seiner gut geschnittenen Anzüge. Er sah in beidem gut aus. „Ich werde den Portier anrufen und ihn bitten, deine Mutter hereinzulassen und sie vorzuwarnen. Dann werde ich meine Schwester Gwen anrufen und sie bitten, sich eine Nacht oder zwei um Ranger zu kümmern. Wenn sie dich hier rauslassen und wir beide da sind, wird er kein Problem darstellen."

Ava sah zu, wie er den Anruf machte. Als er fertig war, sagte sie: „Ich bin froh, dass du dich besser mit deiner Familie verstehst."

„Nichts bringt einen so dazu, sich auf die wesentlichen Dinge zu konzentrieren, wie wenn man fast stirbt oder fast die Frau verliert, die man liebt. Ich habe es satt, allein zu sein, Ava, und ich hätte nie erwartet, dir zu begegnen, oder mich in dich zu verlieben, aber jetzt ist schon allein der Gedanke, einen Tag oder eine ganze Woche ohne dich zu sein, geschweige denn ein ganzes Leben, einfach unvorstellbar für mich."

„Ich muss dir ein kleines Geheimnis verraten", flüsterte sie.

Er beugte sich weiter vor. „Was?"

„Es macht mich echt an, wenn du lange Sätze benutzt.“

„Tut es das?“ Seine Augen leuchteten.

Sie zuckte zusammen und hob die Decken, um die Wunde an der Seite ihrer Hüfte zu überprüfen. Au. „Also, keine langen Sätze, bis ich in der Lage bin, dich voll und ganz zu genießen.“

„Ich werde mein Bestes tun.“ Er beugte sich vor und küsste ihren Mund. Eine Woge des Begehrens bahnte sich einen Weg von ihren Lippen durch ihre Rippen bis zu ihrem Herzen.

Das Gefühl war unergründlich. Und es fühlte sich sehr wie Liebe an.

EPILOG

Sieben Tage später.

DIE FEINE WOLLE von Dominics schwarzem Jackett war zu schwer für die heiße, klebrige Schwüle Virginias im späten August. Sein Hemd klebte vor Schweiß an seinem Rücken und ließ seine Haut kribbeln.

Ava griff nach seiner Hand, obwohl sie nicht alleine waren. Sie trug ein einfaches schwarzes Etuikleid, das wegen ihrer zu dünnen Figur etwas locker saß. Flache Schuhe und nackte Beine. Das Glasperlenarmband, das sie so mochte, lag um ihr Handgelenk.

In den Tagen seitdem auf sie geschossen worden war, hatte sie abgenommen und keinen rechten Appetit verspürt, obwohl ihre Mutter ihr all ihre griechischen Lieblingsgerichte kochte. Dominic dagegen würde fett werden, wenn Vera noch viel länger bliebe.

Diese Frau vergötterte ihre Tochter ganz offensichtlich. Sie stand auf Avas anderer Seite, erwies ebenfalls einem Mann ihren Respekt, der ihrer Familie in der Vergangenheit so oft geholfen hatte.

Ava hatte darauf bestanden, teilzunehmen. Er hatte es ihr kaum verbieten können, obwohl er sich Sorgen um sie machte. Laut der Ärzte erholte sie sich gut, aber sie sah blass aus …

Vans Töchter standen hinter ihm, die Köpfe hoch erhoben, obwohl sie den Schrecken des letzten Mals, als sie an dieser Stelle gestanden hatten, sicher noch nachspürten. Das FBI hatte an allen hochgelegenen Stellen der Umgebung Scharfschützenteams stationiert. Niemand ging diesmal ein Risiko ein.

Der Priester predigte wesentlich inbrünstiger als beim letzten Mal. Keine hastig zurechtgelegten Worte. Keine Eile, den Mann in geweihte Erde zu bekommen, bevor jemand entdeckte, dass er eigentlich nicht dort zur Ruhe gebettet werden durfte.

Diesmal waren es Hunderte Trauergäste. Agenten waren von nah und fern gekommen, um ihrem ermordeten Kollegen mit allem Respekt und Prunk, den Van Stamos verdiente, die letzte Ehre zu erweisen. Der FBI-Direktor und der stellvertretende Generalstaatsanwalt waren beide anwesend, obwohl sie sich Mühe gaben, nicht in seine und Avas Richtung zu sehen. Frazer, Rooney und Parker waren da. Fernando Chavez war aus Reno angereist. Die Gabanys, Vans Nachbarn.

Alles dank der Frau, die jetzt seine Hand festhielt, als ob er der Bolzen in ihrer Granate wäre.

Er erlaubte sich diesmal eine einzige Träne. Van hatte für Dominic alles bedeutet, und er war skrupellos ermordet worden, wie so viele andere. Dominic würde sich immer vorwerfen, Suzanna Berniers Fassade nicht durchschaut und ihre wahre Natur erkannt zu haben. Er würde es dem Mann gegenüber nie wieder gutmachen können, abgesehen davon, dass er sich um Ava kümmerte.

Dies war allerdings nicht der Grund seiner Handlungen. Ava zu lieben war wie ein Zwang, und er hatte nicht die Absicht, sich dagegen zu wehren. Freier Wille war eine Illusion. Er gehörte jetzt Ava. Für immer.

Nach der Zeremonie warteten Ava und ihre Mutter die

Beileidsbekundungen der Familie ab, bevor sie in alter griechischer Tradition Blumen auf das Grab legten. Er sah zu, wie Ava das Glasperlenarmband von ihrem Handgelenk entfernte und es sanft zwischen die Blumen legte.

Bald stand Dominic in der Nähe einer knorrigen Eiche und versuchte, Ava im Schatten zu behalten, während Vera mit Vans Familie plauderte.

Er sah sie an, betrachtete ihre blasse Haut, die blutleeren Lippen. Er nahm ihr Gesicht in seine Hände. „Geht es dir gut?"

Sie schob ihre dunkle Sonnenbrille hoch auf den Kopf. Schatten lagen unter ihren haselnussbraunen Augen. „Ich bin müde", gab sie zu.

„Fühlst du dich kräftig genug, um zum Leichenschmaus zu gehen?", fragte er.

„Ich würde ihn auf keinen Fall verpassen wollen."

Dominic wollte seine Hand um ihre Schultern oder ihre Taille legen, aber die noch nicht verheilten Schusswunden machen es unmöglich. Er begnügte sich damit, ihre Finger zu drücken.

„Was ich wirklich möchte", sie beugte sich näher, sah auf seinen Mund, „ist, dass meine Mutter nach Hause fährt, damit wir ungestört sind."

Seine Lippen zuckten. „Ungestört, ja? Ich dachte nicht, dass du dazu schon wieder kräftig genug wärst."

Er neckte sie, aber ihre Pupillen blitzten auf.

„Wir sind klug genug, um eine Lösung zu finden." Ihr Lächeln war absolut sündig.

Er zog sie näher und ließ seine Lippen an ihrer Stirn ruhen. „Ich werde sehen, was ich tun kann."

Dominic sah, dass Mallory ihnen zuwinkte, und sie überquerten die Grasfläche, um zu ihr und Parker zu gehen, die bereit schienen, zu ihrem Neugeborenen zurückzukehren. Avas Mutter stürmte voraus, wie die Naturgewalt, die sie war.

Der Geruch zertretenen Grases stieg auf und weckte alte Erinnerungen. Ausnahmsweise schien der Geruch weder Trauer noch Leid hervorzurufen. Er erinnerte ihn an die Macht der Liebe und auch daran, wie sehr Liebe gepflegt und genährt werden musste.

„Ich möchte den Rest meines Lebens mit dir verbringen, Ava Kanas.“

Sie blieb stehen und blinzelte ihn mit einem schockierten Gesichtsausdruck an. „Machst du mir auf einem Friedhof einen Antrag, Dominic Sheridan?“

„Ich mache dir keinen Antrag auf einem Friedhof.“ Er wandte sich ihr mit einem Grinsen zu. „Ich sage dir, dass ich dir einen Antrag machen werde, und du dich vorbereiten musst.“

„Mich vorbereiten?“, fragte sie.

„Darauf, den Rest deines Lebens von mir geliebt zu werden.“

„Von dir geliebt zu werden ist das Beste, das ich je erlebt habe.“ Ihre haselnussfarbenen Augen wurden groß. „Ich würde dich nie verlieren wollen.“

„Das wirst du nicht, Ava.“ Aber er wusste, was sie meinte. So, wie sie ihren Vater und er seine Mutter verloren hatte. So, wie Van ihnen genommen worden war. Er drückte ihre Finger gegen seine Brust. „Es gibt keine Garantien, wie lange wir auf dieser Erde haben, aber ich weiß, dass wir die Menschen, die wir lieben, auf ewig in unseren Herzen tragen.“

Er küsste sie, und sie sank mit einem leisen Seufzer gegen ihn.

„Es ist seltsam", sagte sie, während sie sich löste und ihn dorthin führte, wo die Parkers und ihre Mutter auf sie warteten. „Straftäter zu jagen hat mir nie wirklich Angst gemacht, aber in einer Beziehung zu sein, Teil eines Paars? Das versetzt mich in gewaltigen Schrecken."

„Es hat mir früher auch Angst gemacht, das ist aber nicht mehr der Fall."

Sie sah zu ihm hoch. „Was ist dein Geheimnis?"

Er erwiderte ihren Blick. „Du bist es, Ava. Du bist es."

Dann sah er hoch in den Himmel und wusste, dass es stimmte. Ava Kanas war das Risiko eines gebrochenen Herzens wert.

Danke, dass du „Kalt und Tödlich" gelesen hast. Ich hoffe, du hast es ebenso genossen, Dominics und Avas Geschichte zu lesen, wie ich es genossen habe, sie zu schreiben. Möchtest du herausfinden, wie Quentin Savage in Indonesien zurechtkommt? Dann lies weiter …

„Toni Anderson hat den perfekten Cocktail aus internationalen Intrigen, Nonstop-Action und Atmosphäre gemixt, der die Seiten knistern lässt."

—Adriana Anders, Autorin von WHITEOUT

Der beste FBI-Unterhändler Quentin Savage wird in seinen schlimmsten Albtraum geschleudert, als ihn ein Terroranschlag auf ein Luxushotel vom angesehenen Hauptredner einer Konferenz zum machtlosen Gefangenen macht.

Haley Cramer ist Mitinhaberin einer privaten Sicherheitsfirma und stolz auf ihre Unabhängigkeit. Aber sie wird bis ins Mark erschüttert, als bewaffnete Männer eine Konferenz angreifen, an der sie teilnimmt. Sie überlebt – aber nur, weil Quentin Savage vorgibt, dass sie seine Frau ist.

Gemeinsam planen Savage und Haley ihre Flucht vor einer Armee brutaler, aber effizienter Krimineller, während sie sich gleichzeitig bemühen, herauszufinden, wer genau der Feind ist. Warum wurde die Konferenz angegriffen und warum war ausgerechnet Quentin ein Ziel?

Besorge dir noch heute „Kälter als die Sünde"!

NÜTZLICHE ABKÜRZUNGEN FÜR TONIS BÜCHER

AG: Attorney General – Generalstaatsanwalt

ASAC: Assistant Special-Agent-in-Charge – Rang beim FBI, eine Stufe über dem Supervisory Special Agent (SSA)

ATF: Alcohol, Tobacco, and Firearms – US-Behörde für Alkohol, Tabak, Schusswaffen und Sprengstoffe

BAU: Behavioral Analysis Unit – Abteilung für Verhaltensanalyse

BOLO: Be on the Lookout – Fahndung

BUCAR: Bureau Car – FBI-Auto

CIRG: Critical Incident Response Group – Zentrale Krisen-Interventions-Abteilung des FBI

CMU: Crisis Management Unit – Unterstützt die CIRG

CN: Crisis Negotiator – Krisenverhandler

CNU: Crisis Negotiation Unit – Krisenverhandlungsabteilung

CODIS: Combined DNA Index System – Nationale DNA-Datenbank der USA

CP: Command Post – Befehlsstelle

DEA: Drug Enforcement Administration – US-Drogenbehörde

DOB: Date of Birth – Geburtsdatum

DOJ: Department of Justice – Justizministerium

EMT: Emergency Medical Technician – Rettungssanitäter

ERT: Evidence Response Team – FBI-Spurensicherungsteam

FOA: First-Office Assignment – Erster Büroeinsatz bei Strafverfolgungsbehörden

FBI: Federal Bureau of Investigation – Zentrale Sicherheitsbehörde der USA

FO: Field Office – Außenstelle des FBI

IC: Incident Commander – Einsatzleiter

HRT: Hostage Rescue Team – Geiselrettungsgruppe, FBI-Spezialeinheit

HT: Hostage-Taker – Geiselnehmer

LAPD: Los Angeles Police Department – Polizei der Stadt Los Angeles

LEO: Law Enforcement Officer – Strafverfolgungsbeamter

ME: Medical Examiner – Gerichtsmediziner

MO: Modus Operandi

NAT: New Agent Trainee – Neuer Agent in Ausbildung

NCAVC: National Center for Analysis of Violent Crime – Nationales Zentrum für die Analyse von Gewaltverbrechen

NCIC: National Crime Information Center – zentrale Datenbank der USA zur Sammlung von Informationen in Zusammenhang mit der Kriminalitätsbekämpfung

NYFO: New York Field Office – FBI-Außenstelle New York

OC: Organized Crime – Organisiertes Verbrechen

OCU: Organized Crime Unit – Abteilung zur Bekämpfung von organisiertem Verbrechen

OPR: Office of Professional Responsibility – Büro zur Untersuchung von Fehlverhalten von beim Justizministerium
beschäftigten Juristen

POTUS: President of the United States – Präsident der USA

RA: Resident Agency – Kleine Außenstelle des FBI

SA: Special Agent – FBI-Agent

SAC: Special Agent-in-Charge – Leiter eines FBI-Büros oder
Region

SAS: Special Air Squadron (British Special Forces unit) –
Spezialeinheit der britischen Armee

SIOC: Strategic Information & Operations – Weltweite
Kommando- und Kommunikationsabteilung des FBI

SSA: Supervisory Special Agent – FBI-Teamleiter

SWAT: Special Weapons and Tactics – Besonders
ausgebildete taktische Spezialeinheit

TC: Tactical Commander – Befehlshaber einer taktischen
Spezialeinheit

TOD: Time of Death – Todeszeitpunkt

UNSUB: Unknown Subject – Unbekanntes Subjekt (im Sinne
von unbekannter Täter)

ViCAP: Violent Criminal Apprehension Program –
Programm zur Aufdeckung von Gewaltverbrechen

WFO: Washington Field

DANKSAGUNGEN

Trotz meiner größten Anstrengungen scheine ich beim Schreiben eher langsamer als schneller zu werden. Entschuldigung. Es gibt nichts, was ich dagegen tun kann, außer weiterzumachen und mich darauf zu konzentrieren, das beste Buch zu produzieren, zu dem ich in der Lage bin. Danke fürs Warten! Ich habe die besten Leser der Welt, und ich weiß Sie zu schätzen! Ich habe mit dieser Geschichte einige Dinge verändert und innerhalb des FBI eine neue Richtung eingeschlagen. Nichts Drastisches, aber genug, um damit einen Spin-Off der Kalte Gerechtigkeits-Serie zu schaffen. Die Gründe dafür werden in den nächsten Büchern deutlicher werden.

Wie immer vielen Dank an Kathy Altmann dafür, dass sie meine Kritikpartnerin bzw. Retterin ist. Wir haben Autojagden unter Nutzung ihres intimen Wissens der Gegend, in der das Buch spielt, konzipiert. Wir haben auch über Donutläden diskutiert. Jetzt werde ich einen besuchen müssen, denn Authentizität ist entscheidend, und obwohl in diesem Buch keine Donutläden vorkamen, wer weiß, was das nächste Buch erfordern wird? Großen Dank auch an Carolyn Crane für das Probelesen – dein Enthusiasmus hat mir Halt gegeben, als ich ihn am meisten brauchte. Und du hast recht, mit allem. Danke an Jocelyn Grant für den Entwurf des tollen Kreuzfeuer-Logos – du bist klasse!

Man braucht ein Team, um ein Buch zu schaffen und zu

verkaufen. Danke an meinen Coverdesigner und meinen Buchsetzer für ihre harte Arbeit. Ein Lob an meine Lektoren, Deb Nemeth, Joan Turner von JRT Editing und Alicia Dean, für ihre Hilfe, das Buch so gut zu machen, wie es sein kann. Ich weiß ihre scharfen Augen und aufmerksamen Beobachtungen zu schätzen.

Danke auch an meine Assistentin Jill Glass und an mein Team für deutsche Übersetzungen, Martin Wick und Stef Mills. Und natürlich an meine Beta-Leser. Ich schätze eure harte Arbeit!

Wie immer möchte ich meinem Ehemann dafür danken, eine solche Heldeninspiration zu sein und nach einem harten Tag der Arbeit, wenn ich zu müde bin, um an Essen auch nur zu denken, das Abendessen zu kochen. Und meinen Kindern dafür, dass sie die besten Menschen der Welt sind und meinen vagen, abgelenkten Wahnsinn dulden. Ich liebe euch.

ÜBER DIE AUTORIN

Toni Anderson schreibt unverblümte, sexy, romantische Thriller und ist eine *New York Times* und *USA Today* Bestsellerautorin. Ihre Bücher wurden mit den Readers' Choice, Aspen Gold, Book Buyers' Best, Golden Quill und National Excellence in Romance Fiction Awards ausgezeichnet. Sie war Finalistin sowohl beim Vivian Contest als auch beim RITA Award der Romance Writers of America, außerdem beim Daphne du Maurier Award of Excellence und der Holt Medallion.

Am bekanntesten für ihre „Cold" Bücher ist es vielleicht nicht überraschend, dass Toni in einem der extremsten Klimazonen der Erde lebt – in Manitoba, Kanada. Als ehemalige Meeresbiologin vermisst Toni immer noch das Meer, hat aber das Glück, zu Forschungszwecken zu reisen (wenn sie nicht gerade eine Pandemie erlebt!). Im Januar 2016 besuchte sie das FBI-Hauptquartier in Washington DC, einschließlich einer Tour durch das Strategic Information and Operations Center (SIOC). Sie hofft innständig, dass sie nicht aufgrund ihrer Google-Suchen verhaftet wird.

Toni liebt es, von Lesern zu hören:
E-Mail: toni@toniandersonauthor.com
Website: www.toniandersonauthor.com/german

Lerne Toni online kennen:
Facebook: facebook.com/toniandersonauthor
Instagram: instagram.com/toni_anderson_author

Wenn du mehr über Tonis deutsche Bücher erfahren möchtest und darüber, wie ihr Schreiben durch ihre Hunde behindert beziehungsweise unterstützt wird, dann melde dich doch für ihren deutschen Newsletter an. Sie liebt es, ihre Leser besser kennenzulernen.
landing.mailerlite.com/webforms/landing/e2o8r3

www.ingramcontent.com/pod-product-compliance
Lightning Source LLC
Chambersburg PA
CBHW051307190726
48290CB00001B/48